DESTINO MORTAL

DESTINY VOL. 1

Suzanne Brockmann

DESTINO MORTAL

DESTINY VOL. 1

Tradução

Renato Motta

Rio de Janeiro, 2014
1ª edição

Publicado mediante contrato com Ballantine Books, um selo do Grupo Random House, Inc.

TÍTULO ORIGINAL
Born to Darkness

CAPA
Simone Villas-Boas

FOTO DE CAPA E CONTRACAPA
Karramba Productions | Fotolia
Tacojim | iStock

FOTO DA AUTORA
Shirin Tinati

DIAGRAMAÇÃO
FA studio

Impresso no Brasil
Printed in Brazil
2014

CATALOGAÇÃO NA PUBLICAÇÃO
BIBLIOTECÁRIA: FERNANDA PINHEIRO DE S. LANDIN CRB-7: 6304

B864d

Brockmann, Suzanne
Destino mortal / Suzanne Brockmann; tradução de Renato Motta. — 1. ed. — Rio de Janeiro: Valentina, 2014.

536p. ; 23 cm

Tradução de: Born to darkness

ISBN 978-85-65859-23-3

1. Romance americano. I. Motta, Renato. II. Título.

CDD: 813

Todos os livros da Editora Valentina estão em conformidade com o novo Acordo Ortográfico da Língua Portuguesa.

EDITORA VALENTINA
Rua Santa Clara 50/1107 – Copacabana
Rio de Janeiro – 22041-012
Tel/Fax: (21) 3208-8777
www.editoravalentina.com.br

Para os meus leitores, que, corajosamente,
estão sempre dispostos a ir em frente.
Agradeço por confiarem e acreditarem que o amor
é um dom maravilhoso.

AGRADECIMENTOS

Os primeiros agradecimentos vão para os U.S. Navy SEALs da vida real — a nata da nata da Marinha americana. A ficção não chega nem perto da realidade desses caras e do que eles fazem.

Estou escrevendo meu décimo sexto livro da série Troubleshooters, cujo tema é a Tropa 16 dos Navy SEALs. A série já existe nos EUA desde 1999. Também estou no décimo primeiro livro da série PAM (Perigosos, Altos e Morenos), que trata da Tropa 10 dos Navy SEALs desde 1995. É Navy SEAL demais, certo?

Qualquer um imaginaria que, quando me sentei para escrever uma série totalmente nova — uma fantasia moderna cujas histórias se passam várias décadas adiante, em um período sombrio do século 21 —, eu já estaria farta de falar de Navy SEALs.

Confesso, porém, que não consigo me livrar do fascínio que desenvolvi por esses caras ao longo dos anos. Eles são tremendamente inteligentes, têm motivações poderosas, humildade serena, coragem insana e, geralmente, são muito divertidos. Foi por isso que criei Shane Laughlin, o ex-tenente de uma tropa dos Navy SEALs. Ele é o herói do primeiro livro desta nova série Destiny. (A história de Shane não termina em *Destino Mortal*. Você vai acompanhar muitas de suas aventuras em vários livros futuros.)

Por tudo isso, agradeço aos Navy SEALs — e não *só* por me fornecerem inspiração ininterrupta por mais de uma década.

Ofereço um agradecimento gigantesco também para a "tropa" da Ballantine e a da Random House, incluindo minha editora estelar, Shauna Summers; a meu agente, Steve Axelrod; a minha família, eternamente paciente: Ed, Jason, Melanie, Aidan, Dexter e Little Joe; e também aos meus pais, Fred e Lee Brockmann.

Os leitores dos meus primeiros rascunhos deveriam receber medalhas em uma cerimônia com muita pompa e trombetas, como na cena final de *Star Wars*. Obrigada a vocês, Deede Bergeron, Patricia McMahon, Lee Brockmann, Ed Gaffney, Deirdre Van Collie e, especialmente, Scott Lutz. (Favor inserir, neste ponto, o grunhido de aprovação dos Wookies.)

Obrigada, Bill e Jodie Kuhlman, por me deixarem pegar emprestado o título "Old Main" para batizar o prédio principal no campus do Instituto Obermeyer.

Obrigada a todo o elenco e também à equipe técnica do filme *The Perfect Wedding*, a comédia romântica que eu coescrevi, produzi e ajudei a filmar no verão passado. Saiba mais sobre o que estou fazendo quando não escrevo livros no site www.ThePerfectWeddingMovie.com.

E se você quiser navegar pela internet, veja como se parecem os principais personagens de *Destino Mortal*, quando eles estão nas profundezas sombrias da minha mente! Conheça Shane, Mac e todos os outros através de posts, fotos e minivídeos no meu site: www.SuzanneBrockmann.com. Interaja com eles, comigo e com outros leitores na minha página do FB, no endereço www.facebook.com/SuzanneBrockmannBooks.

Um muito obrigada imenso a Shirin Tinati, o fotógrafo extraordinário que me ajudou a trazer para a vida real meus personagens, bem como ao meu lindo elenco: Aubrey Grant (Shane), Briana Pozner (Mac), Eric Aragon (Bach), Apolonia Davalos (Anna), David Singletary (Diaz) e Jason T. Gaffney (Elliot).

Por último, mas certamente com igual importância, quero agradecer a *vocês*, meus leitores, que confiaram em mim o suficiente para me seguir aonde quer que eu os leve, e por continuarem a me dar permissão para escrever as histórias que estão no meu coração.

Como sempre, quaisquer erros que eu tenha cometido ou liberdades que tenha tomado ao descrever fatos e eventos são de minha inteira responsabilidade.

1

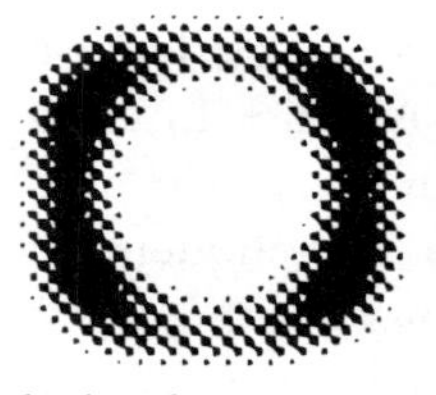

sujeito tinha feito a própria família refém.

Mac Mackenzie podia sentir o medo dos reféns e dava para ouvir a mulher do coringa e as três crianças chorando, enquanto escalava com rapidez a parede lateral da casa, subindo até o telhado. Seu objetivo era alcançar uma janelinha do terceiro andar, nos fundos, que não estava completamente fechada.

A voz calma e firme de Stephen Diaz surgiu no fone do headset de Mac, enquanto ele e o líder da equipe, o dr. Joseph Bach, esperavam no terreno junto da casa.

— Podemos invadir assim que você estiver pronta — informou Diaz.

Subentendendo: *Tique-taque, sua vaca. Estamos esperando por você...*

Tudo bem, o *sua vaca* era por sua conta.

Nos 12 anos em que Mac conhecia Diaz, nem uma vez ele se dirigira a ela sem o máximo de respeito. Até mesmo na noite, *muito tempo atrás*, em que ela havia deixado os dois completamente sem graça ao se jogar nuazinha na cama dele.

Naquele momento, Mac não se deu ao trabalho de responder. Simplesmente atravessou o telhado de ardósia, muito escorregadio devido à chuva, sem fazer barulho.

Alguém que gastava tanta grana em um telhado sofisticado como aquele em tempos tão difíceis só podia estar nadando em dinheiro. E certamente também tinha bala na agulha para comprar drogas ilegais, especialmente uma droga especial que garantia vida eterna para o usuário.

Nunca morra e tenha sempre a aparência dos 20 anos. A promessa oferecida pelo oxiclepta diestrafeno — substância conhecida nas ruas como Destiny —

era difícil de recusar para algumas pessoas. Especialmente aquelas que já tinham muitos carros, mansões e todos os sapatos de grife que seus bilhões de dólares podiam comprar.

Por outro lado, *nem sempre* os viciados que Mac, Bach e Diaz ajudavam a prender eram supermilionários. Alguns deles usavam a droga injetável há tanto tempo que já tinham vendido tudo que possuíam de valor: casas, carros, mascotes exóticos, além de iates, joias e roupas de grife; nada disso valia nem sequer uma fração do preço da droga, em tempos de economia destruída.

Exceto as armas.

Naqueles dias, uma pistola Smith & Wesson ou uma SIG Sauer, mesmo em péssimo estado, valia muito mais do que um BMW. Especialmente quando se levava em conta o preço astronômico da gasolina.

Os viciados muitas vezes vendiam suas armas e toda a munição; o dinheiro obtido ia direto para as veias. O pior é que eles exibiam uma aparência fantástica, porque a Destiny lhes dava juventude e saúde perfeita se você simplesmente esquecesse aquele negócio de vício alucinante. Embora ser extremamente atraente não impedisse ninguém de, um dia, tomar uma overdose ou endoidar de vez, virando um daqueles malucos encrenqueiros e barulhentos que todos ali conheciam pelo nome de "coringa".

Alguns usuários coringavam e piravam na batatinha mais cedo que outros. Era o caso do coringa daquela noite, que fizera a própria família refém, embora, aparentemente, ainda tivesse dinheiro suficiente para manter o aquecimento e as luzes acesas em todos os cômodos da linda mansão de três andares, localizada na parte rica de um dos poucos bairros sofisticados que haviam sobrado em Boston.

— Vamos lá, estou posicionada! — sussurrou Mac ao microfone colado nos lábios, sabendo que tudo que dissesse a Diaz também estaria sendo ouvido pelo dr. Bach, embora o líder da equipe não estivesse usando nenhum fone. Ela colocou a cabeça fora do telhado para dar uma olhada na janela encostada. Como suspeitava, a janela dava para um lavabo. A cortina de enrolar estava erguida e a luz que se derramava pela abertura vinha da luminária no corredor do terceiro andar. Esticou o braço e soltou a tela, tirando-a da moldura.

— Status? — perguntou ao microfone.

— Todos os moradores continuam no segundo andar — informou Diaz. — Na suíte master. O dr. Bach acha que nosso vilão está aplicando mais uma dose em si mesmo neste exato momento. O que você está captando? Por favor, nem tente fazer isso se achar que não consegue bloquear o medo.

De fato, já era esperado que houvesse medo e perturbação. Como ali havia quatro reféns, o medo no ar era uma força poderosa que deixou um estranho gosto de metal na boca de Mac, ainda mais depois que ela baixou seus escudos mentais para avaliar a situação. Três dos reféns eram crianças, e, embora ela não tivesse como ter certeza, apostaria alto em pelo menos duas delas terem menos de 10 anos. Sentia, vindo delas, uma rajada forte de esperança. *Isso não pode estar acontecendo. Papai nos ama, isso deve ser algum engano...*

Quanto ao coringa...

— Percebo uma intensa audácia vindo do valentão — relatou Mac a Diaz. — Acompanhada de um caminhão de raiva. — Lançou a tela da janela no ar sobre o gramado da casa vizinha, como se fosse um gigantesco frisbee. — Por baixo disso tudo, sinto muito ciúme, quase beirando o ódio. Agora ele se foi.

— Acreditamos que ele esteja injetando em si mesmo uma dose dupla para tentar ler a mente da esposa — informou Diaz. — O dr. Bach captou sinais de que os poderes telepáticos do nosso rapaz estão aumentando de forma exponencial, embora continuem a ricochetear em todas as paredes em volta dele.

— Talvez ele nos faça um favor e tome uma overdose — disse Mac, esticando novamente o braço para abrir a janela dupla.

Mas a dobradiça estava emperrada.

Ela não estava em posição ideal para forçar a janela, ainda mais pendurada com metade do corpo para fora do telhado e sem ponto de apoio.

E mais, depois de conseguir vencer a dobradiça emperrada, Mac teria uma passagem muito estreita, tanto quanto havia parecido do chão.

Foi por isso que Mac tinha sido escolhida para a escalada, em vez de Diaz, que tinha o dobro do tamanho dela. Normalmente era *ela* que servia de apoio ao dr. Bach em casos de invasão de domicílio pelo andar superior. Diaz escalava as paredes externas, chegava ao local e destrancava as janelas facilmente com seus poderes mentais.

Só que todas as outras janelas da gigantesca mansão em estilo vitoriano tinham sido lacradas por grossas camadas de tinta. Nem mesmo o amado líder da equipe, o dr. Bach, teria poderes para romper um lacre como *esse* sem fazer muito barulho.

É claro que, de vez em quando, um estrondo inesperado era muito útil. Às vezes esse tipo de resgate corria mais depressa e com mais facilidade, quando Mac e Diaz seguiam as ordens de Bach e usavam uma boa dose de choque e espanto. Mas isso não ia rolar. Era melhor esquecer a opção de quebrar as camadas de tinta acumuladas em mais de 150 anos, que mantinham as janelas lacradas. Se eles unissem seus poderes mentais para quebrar as vidraças e lançar chamas pelas grades de ventilação, bombas de luz explodiriam de todas as tomadas, os móveis da casa levitariam e começariam a dançar.

Isso poderia assustar o maluco.

Dessa vez Bach não queria sustos, e ele era esperto.

Mac não estava sendo irônica, e sim realista. O dr. Joseph Bach era *realmente* esperto. Ela não faria parte dessa estranha unidade de assalto se não acreditasse nisso com toda a sinceridade.

Esticando-se para alcançar a janela, Mac tentou obter tração no telhado escorregadio.

— Precisa de ajuda? — murmurou a voz de Diaz em seu ouvido no instante em que ela escancarou a janela e se posicionou.

Agora a coisa seria muito mais fácil.

— Obrigada — agradeceu, preparando o corpo para enfrentar o espaço minúsculo e ganhar acesso ao interior da casa.

— Não fui eu — avisou Diaz.

— Estava falando com o dr. Bach — replicou Mac. — Estou pronta para entrar. Há algo mais de que eu precise ser informada?

— O nome do coringa desta noite é Nathan Hempford — informou Diaz. — É tudo o que sabemos.

Isso significava que o viciado não tinha ficha policial. Pelo menos o dr. Bach não encontrara nada enquanto eles se dirigiam ao local para salvar o dia, depois que a SWAT de Boston falhou no resgate e perdeu dois homens.

O vilão daquela noite, cujo nome era Nathan, conseguia desviar balas — pelo menos *isso* fora confirmado. Graças à quantidade absurda de Destiny em suas veias, tinha desenvolvido o impressionante poder mental de interromper a trajetória de uma bala e devolvê-la ao soldado que atirou, com resultados fatais.

O maluco do dia tinha um conjunto muito raro de poderes. Infelizmente, isso se mostrara relativamente comum entre os viciados que tinham "coringado" nos últimos meses. Talvez houvesse algo a mais na atual remessa de Destiny — algum componente desconhecido poderia estar servindo de gatilho para uma via específica de trilha neural.

Esse fato era pouco comum. Nenhuma pessoa tinha exatamente os mesmos poderes. Mesmo os Maiorais, como Bach, Diaz e a própria Mac, haviam passado horas intermináveis estudando, treinando e se exercitando, se exercitando e se exercitando, a fim de conseguirem controlar seus talentos mentais — talentos que lhes eram absolutamente naturais, sem que precisassem enfiar uma agulha nas veias.

As habilidades de Mac eram completamente diferentes das de Stephen Diaz, embora ambos tivessem conseguido a integração mental muito alta e muito rara de cinquenta por cento. Em teoria, os poderes de ambos estavam empatados, mas seus talentos eram individuais e únicos, e era por isso que eles se revezavam no posto de segundo em comando, logo abaixo do dr. Bach. Juntos, seus talentos combinados os tornavam quase invencíveis.

Apesar de Mac exibir talentos que Diaz nem sonhava ter, isso não a impedia de sentir uma pontinha de inveja do colega.

A grama do vizinho é sempre mais verde.

Uma das habilidades de Diaz era a capacidade de manter contato telepático com Bach a partir de uma distância relativamente maior do que Mac, que só conseguia de alguns centímetros a três metros, a não ser que fosse via sinal de satélite ou por um headset. O pior é que ultimamente o sinal das torres do satélite caía toda hora ou sofria sérias interferências. Esse também era um dos motivos de Mac geralmente ocupar a posição ao lado de Bach ao invadir um local, pois, de perto, podia se comunicar sem som, apenas por sinais, enquanto Diaz entrava pela janela superior com Bach completamente seguro e aconchegado dentro de sua cabeça.

Como se quisesse confirmar sua reflexão, o sinal do satélite foi invadido por estática no instante em que Mac anunciou:

— Vou entrar.

— Vamos lhe dar dez... nove... — anunciou Diaz, dando início à contagem decrescente.

A janela era muito apertada, mesmo para alguém miúda como Mac. Ela entrou de costas, projetando primeiro os pés, e se sentiu vulnerável quando o botão da cintura de sua calça cargo ficou preso na moldura. Conseguiu se soltar, mas arranhou o rosto de leve na borda áspera da janela.

Logo estava no corredor, movendo-se silenciosamente enquanto observava em torno e procurava as escadas que a levariam para o andar de baixo.

Já dava para ouvir Nathan, o coringa da hora, com a voz entrecortada de raiva, efeito colateral da droga:

— Você acha que eu não *notei* o jeito como você olhou para *ele*?

Suas palavras eram marcadas por sons que pareciam socos, havia gritos e muito choro.

— Não, papai, por favor! — suplicou um dos menores, enquanto Mac se movia mais depressa e Diaz mudava o status da invasão do nível *quatro* para *um*.

— Vamos, vamos! — disse Diaz a Mac, acrescentando: — Estamos entrando. — Mas o dr. Bach os interrompeu mentalmente:

Pare.

Ele não estava falando com Mac, e sua voz não vinha pelo fone. O som estava dentro da cabeça dela, e certamente na cabeça do coringa também. Reverberando, o som ecoou e penetrou por completo em sua mente. Embora ela tivesse erguido os escudos, sentiu o golpe entrar pelo crânio e descer pela espinha. Foi apavorante, mas teria sido muito pior se ela não estivesse na equipe de Bach.

—Vou *matar* você, sua *vadia* mentirosa! — O coringa estava novamente em pé e ameaçava a esposa mais cedo do que eles esperavam. Isso não era bom.

PARE.

Bach falou mais forte e mais alto, e dessa vez não houve aviso de Diaz, apenas um estalo estridente de estática. Mac se julgava totalmente preparada e protegida pelos escudos, mas não devia estar, porque a força da palavra a atingiu com violência. Ela foi erguida do chão e se sentiu levitar por um instante, com o cérebro em chamas.

Embaralhado e ardendo tanto que, quando Bach finalmente suprimiu o golpe mental, ela não conseguiu manter o equilíbrio e despencou escada abaixo. Devia ter se agachado e rolado. Em vez disso, porém, suas pernas se agitaram no ar como as de uma personagem de desenho animado que tenta escapar de uma bigorna prestes a lhe cair sobre a cabeça. Sentiu uma dor aguda no tornozelo ao cair torta e bater na ponta de um dos degraus.

A dor foi aguda e terrível, mas depois da fisgada quase insuportável ela se fechou para não projetar a dor para fora da mente — não só com o intuito de proteger Diaz, mas também porque seria péssimo deixar um coringa viciado, um maluco completo, perceber qualquer fraqueza nela.

Desceu aos trancos e barrancos, quicando nas paredes e aterrissando com um baque surdo, de barriga para cima e força suficiente apenas para encher os pulmões de ar. Mesmo assim, conseguiu manter os escudos de proteção mental erguidos com firmeza.

Nunca deixe que alguém a veja chorar. Esse era seu mantra, sua afirmação constante, mesmo no tempo em que ainda não sabia que era especial.

Além do mais, o tombo fora sua culpa. Ela devia estar preparada. Devia saber que Bach iria intervir com força total.

Por outro lado, o barulho que fez ao rolar as escadas atraíra a atenção do maluco daquela noite, que se afastou da família e apareceu mancando no corredor, onde avistou Mac no instante em que ela tentava se erguer.

— *O que* você *fez* comigo? *Quem*, diabos, é *você*? — gritou ele. Embora estivesse a mais de três metros de Mac, foi como se essas palavras a golpeassem direto no rosto, como um gancho de direita forte o bastante para quase nocauteá-la, deixá-la vendo estrelas. O golpe mental foi seguido por outro, outro e mais um.

Puxa, *isso* era novidade na categoria "troço mais bizarro que ela vira na vida". As palavras dele tinham a força de um soco... literalmente!

— *Responda!* — *Boom*. O nariz dela sangrou só de ouvir a palavra.

Mas logo surgiram Bach e Diaz, subindo as escadas com estardalhaço.

Dessa vez, a voz de Diaz veio alta e clara no fone, acima da estática, e ela viu sua boca se mover na direção de Bach, pedindo:

— Mais uma!

Mac se preparou para Bach, que mentalmente iria explodir a mente do filho da puta e deixá-lo sem sentidos, derrubado por um simples *CHEGA*!

Mesmo com o escudo mental firmemente erguido, Mac sabia que seu cérebro iria quase fritar devido à proximidade, mas a coisa foi muito pior. Depois de mais um golpe de fritura instantânea e na fração de segundo antes de ela perder a capacidade de raciocinar, Mac percebeu que o maluco não era capaz de reverter apenas a trajetória de uma bala, como também refletia golpes *mentais*. Tinha o poder de refletir todo e qualquer ataque mental dirigido a ele e devolvê-lo ao emissor em dose dupla de intensidade.

Até mesmo Diaz cambaleou diante disso. Bach, entretanto, não se alterou.

Ao recuperar a visão, Mac notou quando Bach resolveu que eles teriam de derrubar Nathan do jeito tradicional, com o velho contato físico.

Bach se lançou no ar em um chute amplo e circular que teria derrubado qualquer oponente normal, mas o coringa mal se moveu.

Não sentiu dor alguma — mais um efeito colateral comum da droga. Isso não significava que o sujeito não iria acabar apagando, ainda mais depois de receber socos contínuos de Bach. Ele certamente cairia duro, só que levaria mais algum tempo para derrubá-lo.

Em vez disso, ele retomou seu bombardeio verbal enquanto recebia os golpes de Bach:

— Caiam *fora* da minha *casa*! Vocês *acham* que podem me *enfrentar*?

Como as palavras do viciado foram dirigidas diretamente a Bach, Mac sentiu apenas uma série de golpes indiretos. Também percebeu a genuína surpresa e até mesmo uma sensação de dor vinda de Bach, e isso a deixou mais *apavorada* do que qualquer outra coisa.

Em todos aqueles anos em que conhecia o dr. Joseph Bach — mais de uma década —, Mac *nunca* o tinha visto baixar a guarda. Não daquele jeito.

Pela primeira vez em muito tempo, ela sentiu um friozinho de medo na espinha diante da possibilidade de esse coringa, um mero viciado sem treinamento, um palhaço drogado, um bandido sem habilidades conseguir poderes que nem mesmo o dr. Bach — o verdadeiro mestre e o mais poderoso Maioral do país — conseguiria anular...

Era realmente aterrorizante.

Mesmo sem ter o mesmo grau de empatia avançada que ela, Mac percebeu que Diaz também ficara igualmente surpreso com a reação de Bach. Quase imediatamente Diaz se lançou no ar como uma granada e agarrou o bandido com os dois braços. Sem dúvida testava a teoria de que esse tipo de viciado refletor de ataques talvez fosse mais vulnerável a algo como o choque elétrico controlado que só Diaz conseguia emitir.

Mac havia levado vários anos para aprender a armar um escudo contra esse poder especial com que Diaz contribuiu para a arena do combate mano a mano. Sabia, depois de inúmeras sessões de treinamento, que quanto maior fosse a superfície de contato corporal e mais forte o "abraço de urso", maior a energia que Diaz emitia.

Era como ser atingido por um raio.

Diaz conseguiu atingir Nathan, derrubou-o e ainda teve a habilidade de mantê-lo imobilizado. Mas sua teoria logo provou-se errada. Diaz foi sacudido com um tranco, quando a corrente elétrica que ele próprio emitira o atingiu de volta. Deve ser ressaltado que Diaz aguentou firme, mesmo com o maluco viciado tentando afastá-lo com vigor, porque sem contato físico o circuito elétrico teria sido interrompido.

O viciado continuava berrando. Primeiro foram gritos aleatórios, mas depois ele foi pegando ritmo: "*Arhh! Arhh! Arhh...!*" — e Mac percebeu que Diaz estava aguentando o rebote da carga elétrica e ainda absorvendo os golpes vocais do coringa doido.

Ela queria ajudar, mas não sabia como, até que Bach falou alguma coisa. Só que seus ouvidos ainda estavam tinindo por causa do último golpe mental. O ar em torno de Diaz parecia eletrificado, começou a estalar e ela também não conseguiu ouvir uma única palavra do que ele dizia.

De repente o dr. Bach entrou em sua mente como sempre fazia, desde que estivesse próximo dela, como naquele instante. Deu um empurrãozinho, como se pedisse permissão. Na mesma hora Mac baixou seus escudos de defesa.

E sentiu o calor e a calma que mostravam que Bach estava em sua mente. Ele não disse nada, simplesmente guiou seus pensamentos.

O que você fez comigo? O viciado havia perguntado exatamente isso no instante em que apareceu no corredor.

Mac não havia percebido o que ele queria dizer com aquilo. Subitamente, porém, entendeu *tudo*. O coringa enlouquecido puxava a mesma perna que ela, e também sentia o tornozelo esquerdo, o mesmo que ela havia torcido ao cair da escada. Ele estava *mancando*.

Talvez houvesse alguns poderes que Nathan não conseguia rebater. Quem sabe se...

Mac lutou para se colocar em pé e, em vez de compartimentar e esconder a dor que sentia ao colocar o peso do corpo no pé esquerdo, desmontou a guarda que construíra com tanto cuidado. Não só forçou o pé torcido, como pulou em cima dele. A dor a atingiu por dentro como um raio e ela se ouviu gritar.

Nathan também gritou de dor.

Bingo!

Mac sentiu quando Bach saiu da sua mente e sabia que ele devia estar visitando a mente de Diaz, contando a ele sobre a fraqueza do coringa, porque Diaz também baixou a guarda e lançou uma explosão com tudo o que sentia. Para surpresa de Mac, isso incluiu não apenas a dor do choque elétrico rebatido, mas também raiva, frustração e — puta merda! — um caminhão carregado de energia sexual reprimida.

Considerando que Diaz era o verdadeiro Príncipe do Celibato, *isso* era de estarrecer.

Mas não foi essa a maior surpresa da noite. O fato de Diaz circular pela sala suprimindo a pesadíssima vontade reprimida de foder todo mundo à sua volta não foi nada comparado à muralha de dor que Bach liberou.

Diferente do sofrimento basicamente físico de Mac e Diaz, o que Bach liberou foi uma rajada de mágoa e dor emocional que atingiu Mac e a colocou de joelhos.

Aquilo era indescritível: o pesar, a perda, o remorso, a dor em estado bruto...

Era demais para qualquer um aguentar — não apenas para Mac, mas para Nathan também.

— Ele apagou. Acho que a coisa funcionou, ele teve um derrame — ela ouviu Diaz dizer, com a voz ofegante.

Bach concordou com um tom de urgência na voz que Mac raramente ouvia.

— Nathan apagou, e precisamos de uma equipe médica aqui *agora mesmo*! Não podemos perder esse!

Essa era a grande ironia do trabalho deles. Primeiro, todos arriscavam a vida por um palhaço, mas quando conseguiam subjugá-lo tinham de correr com o infeliz para o CTI montado no Instituto Obermeyer, onde uma equipe médica de ponta trabalharia dia e noite para desintoxicar o imbecil e impedir que ele morresse.

Quando a equipe do Instituto Obermeyer entrou na mansão, Mac saiu da posição fetal em que se colocara.

O dr. Bach se aproximou e ajudou-a a se levantar, aconselhando:

—Você devia examinar esse tornozelo na clínica.

— *Eu* estou ótima — garantiu Mac, deixando a mensagem subentendida: sim, ela se ferira, mas era *ele* quem estava precisando de uma década de terapia contra o sofrimento. Não que tivesse a coragem de falar isso, com todas as letras, na cara dele. Afinal, ele era Bach, e certamente sabia o que Mac estava pensando. — Meu tornozelo não está tão mal, dá para sarar até amanhã. Garanto que estarei de volta com força total amanhã de manhã.

— Faça como quiser — concordou Bach, seus olhos castanhos muito sombrios. — Nos veremos lá, então.

Ele desapareceu pelo corredor, certamente em busca da ex-esposa de Nathan Hempford e dos seus filhos, para lhes garantir que a tortura acabara e eles estavam a salvo, além de explicar o que havia acontecido e o que provavelmente iria acontecer depois.

Bach não lhes contaria que Hempford certamente iria morrer, nem que as autoridades já davam início ao processo de acobertar o que havia acontecido naquela noite. O relatório oficial, sem dúvida, iria divulgar que uma invasão doméstica havia ocorrido no local, protagonizada por um viciado em anfetamina ou heroína, e que ele fizera toda a família refém, inclusive Nathan Hempford. No anúncio do óbito do dono da casa, os noticiários informariam que ele morrera tentando salvar sua família do invasor não identificado, que também matara dois policiais. Desse modo, o público continuaria maravilhosamente iludido, sem ter conhecimento da perigosíssima droga chamada Destiny, muito menos da existência de uma equipe do Instituto Obermeyer. Um grupo psicologicamente poderosíssimo e chefiado pelo dr. Bach.

Não que algum dos membros da equipe quisesse ou precisasse dos holofotes.

Na verdade, era exatamente esse anonimato e a falta de reconhecimento público do seu trabalho que ajudavam a mantê-los seguros.

Mesmo assim...

Mac bloqueou a dor e se arrastou mancando pesadamente pelas escadas até sair da casa. Alcançou Diaz na entrada da garagem, onde ele ajudava a equipe médica a colocar Nathan, inconsciente, dentro da ambulância.

— Você está bem? — quis saber Mac, e Diaz fez que sim com a cabeça.

— Alguém que eu conheço tem um segredo — continuou ela, sem conseguir refrear o olhar travesso, embora reconhecesse que Diaz parecia estar péssimo.

Por outro lado, Mac também não estava assim tão limpa e intacta; seu nariz ainda sangrava um pouco e o lábio tinha um corte feio, embora já começasse a cicatrizar. Mais quinze minutos e seu rosto estaria novinho em folha. O tornozelo, porém, precisava de alguma atenção.

Diaz lhe entregou um lenço que pegou no bolso. Qual o homem que ainda usava lenços?

— Não se trata de um segredo — disse ele, sem pestanejar. — É apenas... irrelevante. — E então disse o que costumava dizer depois de cada resgate, embora eles fossem tecnicamente rivais, competindo para ser o vice-líder do grupo comandado por Bach: — Parabéns pelo excelente trabalho desta noite, Michelle.

— O mesmo para você, D — devolveu ela, como se fosse sua resposta padrão.

— A gente se encontra por lá — disse ele, e desapareceu na noite.

2

A delegacia de polícia já vira dias melhores. Era sombria, cheirava a mofo, pouco iluminada e mal aquecida. Para piorar, precisava de mais funcionários.

Anna Taylor foi obrigada a esperar mais de duas horas, pontuadas por muita ansiedade, antes de o sargento de plantão chamar sua senha. Anna ainda não tinha tido chance para relatar o motivo de precisar da polícia.

— Minha irmã desapareceu. Não voltou para casa hoje, depois da escola — anunciou, fazendo de tudo para manter a frustração que sentia longe da voz. Aquilo havia se transformado em pesadelo em uma velocidade espantosa. Mesmo assim ela havia aguentado sentada várias horas na sala de espera, enquanto sua vontade era continuar à procura de Nika, vasculhando todos os esconderijos favoritos de sua irmãzinha. Não que houvesse muitos deles. As duas irmãs moravam nas imediações de Boston havia poucos meses e ainda tateavam a arte de fazer novas amizades.

Anna nem mesmo conhecia seus vizinhos de prédio até aquela manhã, quando bateu de porta em porta para perguntar se eles tinham visto Nika.

Ninguém vira a menina.

O corpulento sargento que atendia no balcão nem ergueu os olhos do computador.

— Não posso ajudá-la — disse ele. — Pelo menos até completar 72 horas do desaparecimento.

— Setenta e duas horas? — repetiu Anna, incapaz de esconder seu assombro. — Desculpe, talvez eu não tenha explicado direito. Minha irmã é uma criança, tem só 13 anos.

Apenas nesse instante ele ergueu a cabeça e exibiu olhos azul-claros, vagamente sem graça, mas basicamente entediado. O tempo de serviço e o tipo de função que desempenhava haviam sugado toda a vivacidade do oficial.

— Precisamos definir um limite de tempo para dar início às investigações. Na maior parte dos casos de desaparecimentos, inclusive de crianças, as pessoas reaparecem por conta própria em menos de 72 horas. Ou então nunca mais aparecem. De um modo ou de outro, seria um desperdício de recursos públicos.

Anna olhava para ele com a boca aberta, mas é claro que sabia que os cortes no orçamento não eram culpa dele e tinha noção de que as dispensas de pessoal haviam prejudicado muito a segurança pública. Tinha havido cortes em todos os serviços essenciais de Boston. Na semana anterior, andando de ônibus, Anna vira um prédio em chamas. O edifício estava ali, lambendo ao vento, enquanto os inquilinos do prédio de três andares que ficava ao lado usavam mangueiras de jardim para tentar evitar que suas casas fossem atingidas pelo fogo.

Fechando a boca, reuniu toda a sua educação, a essa altura esfarrapada de frustração, e conseguiu perguntar:

— Se é um desperdício de recursos públicos de um modo ou de outro, o que vai acontecer quando eu voltar daqui a 72 horas para informar que minha irmã continua desaparecida?

O sargento odiava aquele emprego, e isso ficou claro quando ele bufou pesadamente e explicou:

— O nome da sua irmã entrará em uma lista. A foto dela, descrição física e último local onde foi vista serão colocados na internet, junto com o seu número de contato e a quantidade de dólares que a senhorita está disposta a oferecer como recompensa pela volta da criança intacta. Os *detetives-cidadãos* assumirão o caso nesse momento e a senhorita terá sua irmã de volta. Ou não. — O sargento abriu uma gaveta e pegou uma folha de papel, que colocou sobre o balcão e empurrou na direção de Anna com as pontas dos dedos. — Aqui está o formulário que a senhorita deverá entregar preenchido quando voltar. Se preferir fazer tudo on-line e anexar a foto por meios próprios, a taxa será de apenas 25 dólares. Se tivermos de redigitar tudo, isso vai lhe custar mais 50.

— Taxa? — repetiu ela, atônita pela ideia de a vida de Nika estar nas mãos de *detetives-cidadãos*.

— Se a senhorita quiser agilizar o período de espera e colocar o nome da sua irmã na lista ainda esta noite — informou o sargento, com o mesmo tom monótono na voz —, a taxa é de 500 dólares. Em dinheiro ou em cartão de débito. Quinhentos e cinquenta, caso prefira usar um cartão de crédito.

— Qual é a "taxa" para eu conversar com um detetive de verdade? — perguntou Anna, tentando ser sarcástica. Não esperava resposta para isso, mas a obteve:

— Por 5 mil dólares a senhorita abre uma investigação oficial — informou o homem, e o coração de Anna despencou de desânimo.

Ela não tinha nem perto disso em dinheiro vivo, e seu limite de crédito fora reduzido novamente, dessa vez para escassos 1.000 dólares.

O sargento balançou a cabeça para os lados, tentando fazê-la desistir da ideia.

— Isso só vai lhe garantir duas horas de busca feita por policiais, o que é praticamente inútil em uma situação dessas. Além do mais, *não oferecemos* garantias de nenhum tipo. — Inclinou-se para a frente e baixou a voz: — Se a desaparecida fosse a *minha* filha e eu tivesse tanta grana para gastar, sabe o que eu faria? Existem várias agências de detetives particulares que poderão ajudá-la por um preço muito mais baixo. — Bateu com os dedos no formulário. — De qualquer modo, eu daria início ao processo agora mesmo e colocaria o aviso de desaparecimento na internet o mais rápido possível. Os primeiros três dias podem ser críticos no caso de rapto de crianças.

— E mesmo assim a polícia precisa esperar 72 horas para agir...? — Aquilo era surreal. — Escute, sargento... Nika é uma menina boazinha e comportada. Está sempre com o celular ligado, e eu esperava que alguém pudesse... sei lá, usar algum tipo de tecnologia para rastreá-la e...

— Pois é, esse serviço também vai lhe custar muito menos, se a senhorita contratar uma firma particular — informou o sargento.

— O senhor me recomendaria alguma dessas...?

— Não posso! — disse ele, cortando-a. — Isso não é permitido. Agora, preciso lhe pedir que a senhorita dê o lugar ao próximo da fila e...

— Espere! — Isso era uma insanidade. — Por favor, eu já ouvi falar desses... não sei como se chamam... esquadrões de rapto? Sempre achei que fossem uma lenda urbana, mas... Nika tem bolsa de estudos na Cambridge Academy. Talvez alguém a tenha raptado achando que temos dinheiro, mas... eu nem tenho um emprego de tempo integral!

O sargento suspirou e disse:

— O melhor a fazer, senhorita, é preencher o formulário e deixar que os *detetives-cidadãos*...

— Mas e se esses tais *detetives-cidadãos* forem as pessoas que a raptaram, para início de conversa?

— Se eles forem os raptores, é de supor que a senhorita conseguirá sua irmã de volta, certo?

— Não, se eu não tiver dinheiro para bancar a busca — disse Anna, e lágrimas de medo e frustração surgiram em seus olhos. — Rapto não é crime? Ou isso também mudou? Por favor, me informe, porque se isso se tornou uma prática legal e aceitável, pode ser que eu entre nesse mercado.

Ele apontou para o corredor.

— O pagamento da taxa poderá ser feito na primeira porta à direita. Existem pontos de acesso público à internet ali adiante; a senhorita poderá baixar o formulário e economizar 50 paus. — Ele desviou o olhar para o monitor diante de si, teclou alguma coisa e ergueu a voz: — Senha 718. — Olhou novamente para Anna, que continuava parada diante dele. — Por favor, dê o lugar para o próximo, senhorita.

Anna não podia desistir. Em vez de se afastar, ela se inclinou na direção do sargento e perguntou:

— Esse esquema todo parece certo para o senhor?

— Saia da frente, senhorita. — Qualquer vestígio de humanidade que ela pudesse ter visto nos olhos dele havia desaparecido.

Anna se afastou, exclamando:

— Isso *não me parece* nem um pouco certo! — Mesmo assim, esticou o braço para recolher a mochila do chão, pegou o cartão de crédito quase estourado e seguiu às pressas para o corredor.

Boston não era muito diferente de Nova York, Chicago, Dallas ou até mesmo Phoenix, quando se tratava de procurar emprego.

Não importava o lugar para onde Shane Laughlin fosse, pois um sujeito na lista negra estava na lista negra e pronto. Não importa se isso era dito com um sotaque pesado do Bronx ou por um ator talentoso que soubesse imitar o jeito de falar do presidente John Kennedy. O pior é que estar na lista negra das corporações ligadas ao governo significava que ele nunca mais conseguiria arrumar emprego. Não seria contratado nem pelos poucos que ainda tinham um restinho de fortuna, depois da última queda na economia mundial; eram pessoas que precisavam de segurança particular para protegê-los das coisas apavorantes que se moviam pela noite.

Shane simplesmente não era bem-vindo.

Pelo menos por ninguém que exercesse atividades legais.

E ali em Boston era pior! A recusa na contratação pelo fato de ele estar na lista negra do governo aparentemente vinha sempre acompanhada de uma surra violenta.

Três homens imensos, verdadeiros armários com cara de boçais tinham seguido Shane quando ele saiu do escritório da empresa de vigilância. Dois dos gigantes o acompanharam abertamente, caminhando a passos largos logo atrás dele pela calçada rachada e esburacada, e o terceiro se posicionou do outro lado da rua — sem dúvida para cortar sua retirada, caso ele tentasse escapar.

Mais adiante, bem em frente, na esquina de uma rua estreita iluminada por uma lâmpada pública fraca de luz intermitente, apareceram mais dois sujeitos grandalhões de cabeça quase raspada, em estilo militar. Shane seria capaz de apostar um mês de seu antigo soldo que eles eram, todos os cinco, ex-fuzileiros navais.

É claro que isso significava que talvez a surra que apontava em seu horizonte não tinha nada a ver com Shane estar na lista negra, e sim com o fato de ele ser um ex-integrante dos Navy SEALs, a força de operações especiais da Marinha americana. A rivalidade entre os fuzileiros navais e os SEALs era feia, antiga e intensa. Apesar do fato de que, tecnicamente, os fuzileiros navais tivessem relação com a Marinha. Aquela relação era sempre tão complicada e disfuncional quanto a de irmãos postiços. Provavelmente essa briga havia começado no instante em que um capitão da Marinha americana anunciou: *Ei, galera, tenho uma boa ideia. Que tal se nós lotássemos os deques dos nossos navios com soldados capazes de invadir praias para lutar contra o inimigo em terra, porque, para ser franco, essas batalhas navais estão se tornando sacais. Podemos chamá-los de fuzileiros navais, forçá-los a usar cortes de cabelo ridículos que façam suas orelhas parecerem maiores do que são, como as asas das garrafas de bebida de contrabando. E vamos avisar aos que se alistarem para essa função que eles serão tratados como se fossem uns merdas...*

Os caras com cabelo à escovinha na posição de 12 horas fingiam olhar para uma vitrine. Tinham as mãos nos bolsos e os ombros inclinados para a frente, a fim de escapar do vento frio e úmido de primavera. Shane não se iludiu achando que eles não estavam ali à sua espera para cobri-lo de porrada, porque a vitrine não era de uma loja de penhores nem de uma videolocadora especializada em filmes pornôs.

Era uma CoffeeBoy que ficava na esquina, uma das poucas que ainda se aguentavam abertas naquela parte decadente da cidade. Provavelmente a cafeteria ainda funcionava devido à sua proximidade da firma de vigilância e de seus hipopótamos, que adoravam ingerir cafeína e passavam na empresa toda semana para pegar o salário.

Shane apertou o passo e, quando ensaiou uma corridinha, os dois sujeitos atrás dele o acompanharam. Os dois à frente pararam de se fingir de fascinados com o cartaz vetusto de um chá da marca Iced Delight, que certamente fora colocado na vitrine no mês de junho, só que dez anos antes, quando a CoffeeBoy ainda oferecia várias opções de combinação e sabor. Atualmente, o gigante nacional das cafeterias só tinha as opções "comum" e "descafeinado".

Os dois homens da frente se viraram na direção de Shane, firmando os pés e prontos para lutar.

Ora, qual é? Cinco contra um não era *luta*, era espancamento coordenado.

Em vez de fingir que atacaria pela esquerda, para escapar pela direita, contornando os dois homens que lhe bloqueavam o caminho, Shane seguiu pelo canto direito da calçada, subitamente *virou* à direita, abriu a porta da cafeteria, entrou correndo e diminuiu o passo na mesma hora. Já que ia ter o couro arrancado, era melhor estar em um local seco e quente quando isso acontecesse.

— Um café extraforte — pediu à mulher ao balcão, sabendo muito bem que os quatro homens da calçada o haviam seguido para dentro da loja. A qualquer instante o cavalheiro do outro lado da rua se uniria a eles. O sino da porta tilintou, o quinto armário surgiu e Shane não precisou nem se virar para confirmar isso. — Duplo, sem açúcar. Por favor, dona.

Ele abriu um sorriso, esperançoso, mas a mulher, mais para idosa e obviamente exausta, não se dignou a atendê-lo. Mal moveu um músculo do rosto ao anunciar:

— Estamos fechados.

— O cartaz diz "aberto 24 horas".

— Hoje não. Estamos fazendo um... levantamento de estoque.

Shane deixou de fingir e perguntou:

— Vai realmente permitir que isso aconteça? A coisa não vai ser nada bonita, e a senhora terá de passar pelos meus restos quando for para casa.

Ela não se impressionou com a imagem e disse:

— Você pode escapar pelos fundos. — Olhou por sobre o ombro de Shane e se dirigiu ao mais alto do grupo: — Tommy, resolvam isso lá fora. Você sabe que a matriz está à espera de um pretexto para fechar nossas portas. Se vocês quebrarem a loja, isto aqui acabou, *já era* a cafeteria.

Shane se virou e confirmou:

— Isso mesmo, *Tommy*. Coloque-se de joelhos para poder chupar o pau dos seus chefes de forma *adequada*.

Tommy, como era esperado, lançou-se com fúria contra Shane. Nenhuma surpresa nisso.

Um ataque como aquele, baseado em fúria cega, sempre fora o favorito de Shane. Era o que lhe oferecia opção mais fácil de defesa, porque, embora fosse um sujeito forte e musculoso, Shane tinha muita leveza e agilidade.

Shane se abaixou e desviou do ataque de Tommy sem esforço. Em seguida, deu-lhe uma rasteira, seguida de um golpe violento e certeiro na garganta que o fez achar que ia morrer, e girou-lhe o corpo com uma rapidez impressionante. Então, usou o *momentum* do próprio sujeito para enviá-lo pelo chão como uma gigantesca bola de boliche, fazendo um *strike* nos seus quatro companheiros.

Enquanto o esquadrão de idiotas xingava alto e se espalhava pelo chão, Shane já tinha pulado sobre o balcão, graças à dica não intencional da atendente sobre a saída dos fundos.

Saiu no beco correndo a toda a velocidade e certamente já estava com um quarteirão de dianteira antes de os cinco trapalhões alcançarem o balcão.

Mesmo assim, continuou correndo, até que uma viatura da polícia surgiu e os guardas o analisaram com suspeita. Nesse momento, passou a seguir em passo rápido, decidido, porque a última coisa que precisava era ser preso pela polícia local por correr estando desempregado, ou algo igualmente ridículo.

Não levou muito tempo para Shane alcançar o Parque Boston Common — que felizmente ficava no local indicado no mapa que ele decorara. Pegou a escada que levava a uma estação de metrô. A primeira plataforma em que saiu pertencia à linha verde, o que lhe pareceu coisa do destino, já que o Instituto Obermeyer ficava no fim de uma das continuações daquela linha, pela extensão D de trens de superfície, perto de um lugar chamado Riverside.

É claro que Shane assumiu que a palavra "sorte" pudesse se aplicar a momentos de desespero total como aquele.

Supôs também que a oferta do Instituto Obermeyer seria cancelada assim que eles verificassem seus registros e descobrissem que Shane não *apenas* era um ex-Navy SEAL, ele estava na lista negra da corporação.

Obviamente a chance de isso não acontecer era a mesma de alguém que compra um bilhete de loteria e acha que isso lhe garantirá a bolada de um bilhão de dólares.

A roleta do metrô aceitou seu cartão de débito no instante em que um trem parava na plataforma, em uma cacofonia de sons de freio. Shane entrou pouco antes de a porta se fechar, mas desceu poucas estações depois, em Kenmore Square.

Ali havia uma estação pública de conexão à internet que ele já usara naquela mesma tarde, mais cedo.

Estava aberta — embora o local estivesse praticamente deserto. Passou o cartão de débito na ranhura, digitou a senha e escolheu a opção de cinco minutos de uso. Isso ira lhe custar... *puta merda!...* cinco dólares? Cancelou a operação e escolheu usar a opção de três minutos. Como só tinha 12 dólares na conta — nove agora —, a ligação teria de ser rápida.

Procurou no Google o site do Instituto Obermeyer, xingando a si mesmo por digitar errado. Jurou nunca mais esquecer que havia três "e" na palavra Obermeyer. Depois de finalmente acertar o nome, seguiu o link do site, que o levou ao chamado "programa de seleção", onde clicou no item CANDIDATOS EM POTENCIAL.

Era o seu caso. O instituto tinha entrado em contato com ele por e-mail, garantindo-lhe que ele se enquadrava no perfil de "candidato em potencial". Shane nunca descobrira exatamente o potencial que *poderia* ter. Só sabia que o Instituto Obermeyer era uma organização dedicada a pesquisas e desenvolvimento. Sabia também que as pesquisas que realizava exigiam voluntários humanos para testes.

Todo o programa era devidamente aprovado pelo governo, algo que, honestamente, já não significava muito para ele.

Além do mais, estavam dispostos a pagar pelos seus serviços, o que, na sua situação atual, era tudo que ele precisava saber.

Uma janela se abriu na tela, mostrando uma maravilhosa e bucólica colina cercada de verde sobre a qual estava instalada uma imponente e muito bela mansão antiga em tijolinhos. *Old Main* era o nome da construção, segundo informava a legenda. A tela foi mudando gradualmente e surgiu a imagem de um prédio mais moderno, cercado de arbustos floridos em plena primavera da Nova Inglaterra. Na legenda vinha escrito: *The Library*. Havia pessoas nessa foto, de várias idades e todas muito atraentes. Vestiam roupas comuns, de jeans a ternos bem-feitos, e uma das jovens estava totalmente equipada, com farda de camuflagem e botas.

Abaixo do slideshow apareceu uma cena movimentada de pessoas carregando bandejas, algumas delas sentadas a mesas compridas, no que Shane decidiu que era o refeitório mais sofisticado que ele vira em toda a sua vida, e em seguida surgiu um formulário. Era exigido o nome completo do proponente, que ele digitou: Shane Michael Laughlin. O sistema piscou e pediu o número de sua identidade. Ele hesitou por um segundo. Por outro lado, o que havia a temer? No máximo, alguém iria usar o número de identidade para limpar toda a grana de sua conta bancária, mas não conseguiria comprar nem meio hambúrguer com os nove dólares que havia de saldo. Teclou o número com vinte dígitos e apertou enter.

Apareceu um ícone que dizia *Por favor, aguarde...* acompanhado de uma ampulheta medieval que parecia marcar o momento do Juízo Final.

Shane tamborilou na mesa com as pontas dos dedos enquanto o relógio no canto da tela, em contagem decrescente, informava os minutos e segundos que faltavam para a conexão cair. De repente surgiu uma pergunta: "Autorizar vídeo?" Shane clicou no botão "permitir", a tela tremeu e o rosto de um homem apareceu. Ele exibia barba por fazer, na velha tradição dos homens com cara de menino, típica das organizações de pesquisa e desenvolvimento em toda parte, tanto no setor público quanto no privado. Tinha cabelo castanho-claro completamente despenteado, com uma franja abundante que só não lhe cobria os olhos por causa dos óculos grossos de armação preta. Sua boca era larga e simpática, já formando um sorriso. Usava uma camiseta azul brilhante debaixo de um guarda-pó branco aberto com o nome dr. E. Zerkowski bordado no bolso esquerdo.

Estava sentado no que parecia ser uma espécie de banco de laboratório. Shane viu várias fileiras de estações de comando de alta tecnologia, a maioria delas ocupada, na imensa sala que se espalhava atrás do atendente.

— Tenente Shane Laughlin — saudou o homem, com um sorriso genuíno que chegava aos seus olhos, quase da mesma cor que a camiseta. — Ex-Navy SEAL, 28 anos, com ótima saúde e em excelente forma... Eu estava à espera do seu contato.

Os alto-falantes estavam muito baixos, e, quando um trem entrou na plataforma da estação, Shane aumentou o volume e pediu:

— Espere um instante, doutor, eu preciso...

Zerkowski apertou algum botão diante dele e o volume aumentou no computador que Shane usava.

— Pode deixar que eu amplifico o seu som. Essas estações públicas antigas precisam de uma força. A propósito, pode me chamar de Elliot. Vejo que você já está em Boston. Isso quer dizer que pretende vir nos visitar amanhã?

— Estou ligando só para saber se esses testes aos quais vou me oferecer como voluntário não são ligados a algum tipo de droga — disse Shane.

— Não fabricamos produtos farmacêuticos — informou Zerkowski. — Sendo assim, não lidamos com drogas. Mas entendo sua preocupação, tenente. Para sua informação, você pode se recusar a participar do programa em qualquer etapa do processo de testes. Além disso, para deixá-lo mais descansado, saiba que o programa do qual irá participar envolve estudos sobre integração neural. Isso, em termos leigos, tem a ver com a quantidade ou porcentagem do cérebro que é utilizada enquanto uma pessoa cumpre uma série de tarefas, desde cavar uma vala até fazer cálculos complexos. — Ele sorriu. — Às vezes, combinamos os dois para analisar a capacidade de alguém para realizar multitarefas. Resumindo, tenente: faremos muitos testes em você. Talvez você se canse de tantos exames e mapeamentos médicos, mas saiba que não usamos marcadores químicos. Na verdade, não usamos drogas de nenhum tipo no programa que você vai seguir. Isso estará declarado no seu relatório de dispensa, e damos garantia. Por fim, saiba que você terá liberdade, enquanto estiver conosco, para fazer exames completos em uma unidade médica externa, a fim de confirmar que seu corpo está isento de substâncias de qualquer tipo. Cobriremos o custo de um checkup desse tipo, mas, se quiser fazer exames posteriores, terá de pagar por eles.

— Parece justo — disse Shane.

— Temos acomodações prontas para recebê-lo — disse Zerkowski. — Você tem o perfil exato para o nosso projeto mais recente de testes. Por favor, junte-se a nós. O setor de admissão funciona de seis da manhã ao meio-dia. Haverá uma sessão de orientação geral às 13 horas. Depois disso, serviremos um delicioso almoço. Tente chegar cedo, porque o registro de entrada funciona por ordem de chegada, e alguns dos nossos apartamentos são muito confortáveis.

O slideshow continuava no canto superior esquerdo do monitor de Shane. No momento certo, o sistema exibiu o que parecia um belo apartamento, com estofados de couro onde uma mulher jovem aparecia sentada ao lado de uma menina, ambas sorrindo. *Temos acomodações para famílias* apareceu na legenda.

— Bom saber de tudo isso — disse Shane ao atendente.

— Provavelmente conseguiremos um quarto ainda hoje, caso não tenha um local agendado para passar a noite...

— Não — disse Shane. — Agradeço muito, mas...

— Receio do confinamento? — Zerkowski sorriu. — As pessoas ouvem a palavra *confinamento* e logo imaginam condições draconianas, última noite de liberdade etc. Eu entendo. Mas saiba que, embora não seja permitido o uso de drogas nem medicamentos sem receita em nossas instalações, *temos* um salão onde é servido álcool, com opção de excelentes vinhos. Cada participante tem direito a um drinque por dia, ou meia garrafa de vinho, conforme desejar. Caso queira beber mais, terá de pagar do seu bolso. Quanto à comida, eu lhe garanto que ela é de excelente qualidade. Eu me alimento aqui há sete anos, moro há três e...

— Desculpe, doutor — disse Shane, cortando o papo. — É que o relógio está correndo e eu ainda tenho mais uma pergunta.

— Ah, claro, desculpe — disse Zerkowski, inclinando-se de leve e digitando algo no computador. — Eu devia ter percebido. Está melhor agora?

O relógio em contagem regressiva no monitor do posto público congelou nos 58 segundos.

— Obrigado. — Shane sentiu alívio.

— Pode dizer: qual é sua pergunta? — quis saber Zerkowski, ainda com o sorriso amigável no rosto.

Shane resolveu confessar de forma direta:

— Estou na lista negra. — Essa expressão ainda deixava um gosto amargo em sua boca, apesar do fato de que, mesmo sob pressão, Shane teria feito exatamente o que fez. — Fui expulso da Marinha... uma expulsão desonrosa. — Não adiantava se estender mais a respeito, nem tentar explicar o que havia acontecido, como se fosse uma justificativa.

Zerkowski não se mostrou abalado.

— Estamos cientes de tudo, tenente. Temos acesso irrestrito aos seus registros militares. — Balançou a cabeça para os lados. — Não acreditamos em listas negras. Um bom candidato é bom e pronto. — Sorriu novamente. — Além do mais, quem poderíamos irritar ignorando as listas negras que *já não esteja* profundamente irritado com as nossas atividades? Entende o que estou dizendo...? Considerando nossas incômodas descobertas científicas e tudo o mais...?

Shane não fazia ideia do que ele insinuava.

— Isso é um assunto sério — argumentou com Zerkowski. — Minha presença poderá colocar em risco os fundos que vocês recebem do governo, ou talvez...

— O financiamento das nossas pesquisas está assegurado — garantiu Zerkowski, sorrindo mais uma vez ao notar a descrença de Shane. — Nossa fundadora é a dra. Jennifer Obermeyer, a mesma que inventou o scanner médico Obermeyer, o pequeno aparelho tecnológico que hoje existe em cada hospital e consultório médico em todo o planeta. Há 15 anos ela vendeu as ações das empresas da família, e mesmo que esses bilhões de dólares não fossem suficientes para nos manter por tempo indeterminado, ela continua recebendo direitos da sua patente. Portanto, pode acreditar quando digo que nossa fonte de financiamento é segura.

No canto inferior direito da tela havia uma foto de Jennifer Obermeyer — uma loura atraente de quarenta e poucos anos e um brilho de inteligência nos olhos azuis.

Zerkowski deve ter notado o foco de Shane, porque riu e avisou:

— Não alimente ideias. Ela não aparece muito por aqui. Geralmente deixa o comando de tudo com o dr. Joseph Bach, embora sempre venha quando ele precisa dela. Todas as nossas instalações estão no antigo campus da *alma mater* da avó da dra. Jennifer, a velha universidade onde ela estudou. Era uma instituição só para mulheres que faliu quando a Lei de Oportunidades na Educação foi aprovada pela primeira vez. O local ficou interditado e infestado por ratos durante cinco anos. Foi quando a dra. Obermeyer entrou em ação, e hoje é um lugar sereno e isolado, cercado de colinas ondulantes, com prédios de tijolinho totalmente restaurados bem perto de Boston. A propriedade tem muros sólidos e está resguardada. Você estará seguro aqui dentro, tenente.

— Não estou preocupado com isso — disse Shane.

— Entendo. — Zerkowski sorriu. — Então, há mais alguma coisa que eu possa lhe informar? O pagamento, na verdade, é uma pequena ajuda de custo. Quarenta dólares por semana, mas o valor é completamente isento de impostos, o que ajuda muito. É claro que fornecemos acomodações, comida e até roupas, se necessário. A maioria das pessoas solicita roupas.

Por Deus.

— Isso não é salário — assinalou Shane. — É escravidão.

— Escute, por mais que desejemos sua participação, existem *muitos* candidatos para *todas* as nossas sessões de testes, e o custo para alimentar e abrigar todos eles é muito elevado. Além disso, temos quase cem técnicos, estudantes e muitos funcionários que moram em nossas instalações.

— Pode deixar que eu apareço — cortou Shane.

— Excelente. — Zerkowski sorriu. — Agora eu preciso ir, teremos uma noite cheia. Tornaremos a nos ver pela manhã, tenente.

— Não sou mais tenente, sou apenas *sr. Laughlin* agora — disse Shane, tentando corrigi-lo, mas a conexão caiu.

Muito bem. Shane resolveu aceitar a proposta. Eles sabiam tudo a seu respeito e ainda assim queriam que ele se inscrevesse. Isso provavelmente significava que os tais "testes de integração neural" incluíam não só fazer cálculos de cabeça e cavar valas ao mesmo tempo, mas, quem sabe, também uma tentativazinha de afogamento ou algum outro tipo de tortura.

Por outro lado, ele teria um belo local para dormir, comida deliciosa... E meia garrafa de vinho por dia.

É claro que, apesar de eles dourarem a pílula, Shane ficaria trancado no local todas as noites. Seria mais ou menos como cumprir pena em uma prisão sofisticada.

Sem liberdade genuína.

E possivelmente sem acesso a mulheres. Sem chance de ele se ver sozinho com alguém.

O slideshow continuava e apareceu outro prédio grande com seis ou sete andares. *Quartel*, leu Shane, e parecia exatamente isso. Residências para famílias completas era uma coisa, mas ele não tinha família, e certamente o colocariam em um beliche ao lado de um armário de aço em um quarto coletivo, com outros recrutas do sexo masculino.

Por ele, tudo bem, mas isso limitava por completo o acesso ao sexo.

Então era essa a agenda de Shane para aquela noite: tentar dormir acompanhado. Já fazia muitos meses que ele não curtia uma boa noite em companhia feminina.

Até agora havia conseguido escapar de uma bela surra, por pouco. E finalmente conseguira emprego em uma organização que não dava a mínima para listas negras. Talvez — se o trabalho do Instituto Obermeyer não tivesse relação com nada censurável — ele pudesse se candidatar para ser segurança do lugar.

Um complexo como aquele certamente precisava de *algum tipo* de segurança.

Quem sabe, até que enfim, sua sorte começava a mudar?

3

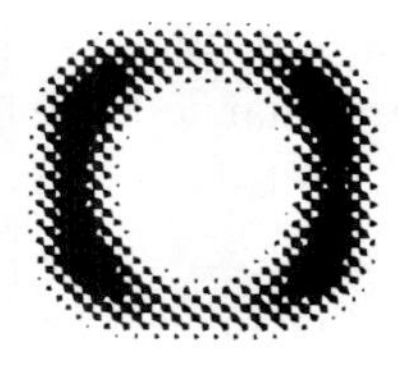

O centro médico estava em ebulição quando Joseph Bach voltou para o Instituto Obermeyer. A equipe completa, composta de seis médicos e uma dúzia de enfermeiras, trabalhava com determinação para manter Nathan Hempford vivo.

Stephen Diaz também estava de volta ao complexo, mas Michelle Mackenzie não dera o ar de sua graça.

Bach não ficou surpreso. Sabia pelo jeito como ela olhou para ele, no instante em que foi ajudá-la a se levantar, que ela havia recebido uma dose pesada da aflição que ele lançara contra o viciado daquela noite. Stephen, que não tinha as mesmas habilidades de empatia que Mac desfrutava, não havia sido atingido pelo golpe demolidor.

A diferença também era de esperar. Nunca dois Maiorais acessavam exatamente a mesma trilha neural. Embora Stephen e Mac fossem raros agentes do tipo Cinquenta — com cinquenta por cento de integração neural altamente avançada —, suas habilidades mentais eram tão diferentes entre si quanto a cor dos olhos, o tom de pele e até mesmo o número de sardas no rosto.

Annie tinha tantas sardas que era impossível contá-las, mas elas se concentravam basicamente ao longo das bochechas e do nariz, beijados pelo sol, por baixo dos cintilantes olhos azuis...

Bach precisou parar e respirar fundo, porque a magnitude dessa perda ainda lhe provocava fisgadas no estômago. Embora o tempo curasse todas as feridas, ainda faltava muito para ele vencer a culpa e o sentimento de ter feito algo errado, e reconhecia não ter superado, nem de perto, o remorso que lhe destroçava a alma. A ferida continuava com uma espécie de casca, que ele geralmente ignorava. Naquela noite, no entanto, ele a arrancara intencionalmente.

Alguém tocou seu braço, e Bach, na mesma hora, se virou na direção da ameaça potencial, mas se viu diante de Elliot Zerkowski, que, alarmado com a reação, afastou o corpo e se protegeu com as mãos espalmadas.

— Opa! — reagiu o chefe do Departamento de Apoio e Pesquisas. — Puxa vida, eu só estava... — Mas logo se aproximou de volta com preocupação no olhar. — Você está bem, Maestro? Está me parecendo um pouco pálido. Como estão suas costas?

— Ótimas. — Ele ainda sentia fisgadas leves, mas não a ponto de torná-lo mentiroso. Um leve desconforto *era* saudável. Bach forçou um sorriso e dispensou com um gesto vago a preocupação do colega. Acenou com a cabeça para Haley, uma das pesquisadoras mais importantes do instituto, que passou com uma expressão preocupada, como se quisesse perguntar se Bach precisava de ajuda. Ela interrogou Elliot com os olhos, mas ele balançou a cabeça para os lados e Haley seguiu em frente.

— Estou ótimo — repetiu Bach, quando Elliot voltou a fitá-lo. — Mas reconheço que foi uma noite difícil.

— Foi o que ouvi dizer. Vamos levá-lo para a sala de exames e...

— Ainda não — reagiu Bach. — Antes eu preciso...

— Cair de cara no corredor? Acho que não. Kyle! — gritou Elliot, chamando um dos enfermeiros que passava a caminho da Emergência. — Avise à equipe médica que estou levando o dr. Bach para a sala de exames número um. Chame o dr. Diaz e a dra. Mackenzie; quero fazer um exame completo neles também, ainda hoje. — Ele se virou novamente para Bach. — De qualquer modo, eu iria procurá-lo. Vai ser mais fácil ouvir o relatório da missão enquanto analiso seus sinais vitais.

Bach não reclamou, pois essa era a rotina do lugar. Ele já tinha redigido um relatório preliminar ao chegar ao instituto, mas sabia que haveria perguntas complementares, pois tinha sido deliberadamente vago em diversos pontos.

Além do mais, *ele também* tinha perguntas a fazer.

— Como está Nathan Hempford? — quis saber, caminhando na frente de Elliot rumo à sala um, que ficava a poucos passos do corredor imaculadamente limpo.

— Nada disso — reclamou Elliot. — Eu pergunto antes, você conhece as regras.

Bach conhecia e parou, deixando-o passar. Mesmo assim, precisava saber.

— Pelo menos poderia me contar sobre a família. *Eles* ficaram bem?

— Estão bem, sim, mas você tinha razão quanto à menina de 3 anos. Ela ficou abalada. Estamos monitorando seu estado. — Elliot também monitorava Bach com atenção, cuidando para que ele não despencasse no chão ao tirar o sobretudo e pendurá-lo em um dos ganchos atrás da porta. Em seguida ele tirou os sapatos, a calça e ficou só de camiseta e cueca — pré-requisito para um exame eletrônico detalhado.

Com o auxílio da tecnologia avançada de que o Instituto Obermeyer dispunha, era possível fazer o que muitos médicos chamavam de exame sucinto ou "varredura rápida" mesmo com o paciente completamente vestido e em movimento.

Mas uma análise médica computadorizada completa exigia imobilidade total do paciente e o mínimo de roupas. O exame levava de um a três minutos, dependendo do equipamento. Pouquíssimo tempo, considerando a quantidade de informações obtidas. Pressão arterial, batimentos cardíacos, eletrocardiograma e avaliação completa do sangue eram os elementos básicos. Mas um exame completo também fornecia detalhes sobre toda e qualquer doença ou ferimento, incluindo ossos quebrados, luxações e comprometimento de tecidos moles.

Diferentemente dos equipamentos comuns nos hospitais, as máquinas do IO tinham sido programadas para incluir informações que a comunidade médica em geral ainda julgava impossíveis, como os reais níveis de integração neurocerebral dos pacientes.

Não que os níveis de Bach costumassem mudar.

Mesmo assim, a equipe médica do IO era muito meticulosa.

— Computador, dar acesso a EZ — disse Elliot, para ativar verbalmente a estação de trabalho, enquanto observava Bach subindo e se deitando na cama de exames. — Preparar varredura completa no dr. Joseph Bach.

— Computador, dar acesso a JB-1 — recitou Bach, em voz alta. — Colocar o som em modo silencioso, por favor.

Não havia necessidade de ouvir a ladainha do sistema recitando os resultados sem parar.

— Computador, notificar por áudio — completou Elliot, modificando o comando de Bach —, caso surja qualquer leitura irregular.

— Não vai aparecer nenhuma — garantiu Bach.

Elliot exibiu um sorriso luminoso e garantiu:

— Conseguir um resultado oficial e bem documentado do seu perfeito estado de saúde vai me deixar tremendamente feliz. Agora, fique imóvel.

Bach não obedeceu e se sentou.

— Antes disso, por favor... Diga se você acha que Nathan tem chances.

— Tem sim — garantiu Elliot. — Você sabe disso, todos eles têm chances.

É claro que isso era apenas um excesso de otimismo de Elliot. Salvar um coringa viciado que dava entrada no IO ainda era um sonho inalcançado. Qualquer dia, porém, os mistérios sobre a atuação daquela droga devastadora seriam solucionados. Bach viu a certeza disso nos olhos de Elliot.

— Houve danos cerebrais? — quis saber.

— Ainda não determinamos. — Elliot fez uma pausa, pensativo. — Mas é muito provável.

Bach também já imaginava isso e assentiu com a cabeça. Recostando-se na cama, voltou a se deitar e ficou absolutamente imóvel e com a respiração presa quando o scanner começou a funcionar.

— Hempford injetou duas doses em si mesmo — informou Elliot, enquanto avaliava os resultados que já apareciam no seu monitor. — Até onde sabemos, a droga é da mesma remessa dos últimos meses. Essa merda é poderosa, doutor. Aliás, *merda* devia ser o nome científico da substância. Parte da fórmula é um repositor energético de eletrólitos, desses usados em esportes e blá-blá-blá. Já lhe enviei uma cópia do meu relatório — informou ele, olhando para Bach por sobre o ombro. — Por algum motivo você sempre consegue que eu conte tudo antes. Se eu não me conhecesse bem, estaria me perguntando se você não está me treinando, como a um jedi. *Esses não são os androides que vocês procuram*, como dizia Obi-Wan, de *Star Wars*. Minhas perguntas para você, meu caro Obi-Wan particular, são mais na linha do "que porra é essa?". Estou falando *sério*! Que papo é esse de Hempford ter se mostrado imune a *tudo* que vocês lançaram sobre ele, a não ser o encanto misterioso que você descreveu como uma *muralha de dor projetada*?

O equipamento apitou ao desligar. Bach se sentou e balançou a cabeça.

— Ele se mostrou imune a tudo o que nós *tentamos* lançar sobre ele — corrigiu Bach, repetindo a palavra que usara no relatório. — Não tivemos muito tempo para experiências. O motivo de termos projetado dor foi que, um pouco mais cedo, durante o embate, Mac torceu o tornozelo. Foi uma torção forte, por sinal, você devia examiná-la, pois pode haver uma fratura ali.

— Antes disso, Mac precisa dar as caras. Mas, tudo bem, vá em frente. Ela torceu o tornozelo e...?

— Como Hempford é um refletor de golpes mentais, *Mac* estava sendo atingida de rebote por tudo que eu lançava contra *ele*. Como ela estava recebendo uma carga muito grande, teve dificuldades de manter os escudos contra a dor. E menos ainda no início do combate, quando ela se machucou. — Bach girou o próprio tornozelo ao lembrar a cena. Ele estava bem agora, mas também sentira o primeiro golpe de dor e queimação no tornozelo. — O coringa, pelo que eu pude notar, não conseguiu bloquear a dor dela *nem* lançá-la de volta para nós. Ao reparar nisso, lançamos tudo o que tínhamos contra ele.

— Dor física projetada. — Por trás dos óculos de aro grosso, os olhos azuis de Elliot pareciam céticos. — Isso foi o bastante para derrubá-lo?

— Mac já entregou seu relatório?

— Você está respondendo a uma pergunta com outra — observou Elliot, girando o corpo e se encostando à estação de trabalho, com os braços cruzados. — Muito interessante. Não, ela ainda não me entregou nada. Por favor, antecipe-me o que eu vou encontrar no relatório de Mackenzie, que é sempre propositadamente confuso e lacônico. Isto é... quando ela aparecer para entregá-lo.

— Não foi apenas dor física, foi... — Bach desistiu de esconder: — Foi dor emocional. Também.

Elliot piscou, surpreso, mas teve o bom-senso de não comentar nada. Em vez disso, se voltou para o monitor e analisou os resultados finais do exame de Bach.

— Como eu conheço Mac, sei que ela talvez não mencione isso — continuou Bach. — Só que eu andei refletindo um pouco e... É importante que você saiba.

— Ciência ou privacidade, é isso? — perguntou Elliot. — Não sei se estou disposto a encarar *esse* jogo.

— Confio em você — garantiu Bach.

— Fico honrado — afirmou Elliot, erguendo os olhos para fitá-lo novamente. — Mas você sabe, *certamente* sabe, que se isso se mostrar um fator relevante terá de aparecer no relatório final.

O que era exatamente o inverso de privacidade.

— Dito isso — continuou Elliot —, minha próxima pergunta é sobre a natureza específica da dor que...

— Isso — interrompeu Bach — *não é* relevante.

— Discordo — afirmou Elliot, com a voz serena, atravessando a sala para entregar a calça de Bach. — As lembranças da dor emocional provocada em uma criança que sofreu *bullying* ativam seções do cérebro diferentes das que são ativadas por, digamos, a morte de um pai ou mãe. Isso, por sua vez, é *muito* diferente de...

— Eu perdi a única mulher que amei na vida — balbuciou Bach, vestindo o jeans e fechando o zíper. Dito assim, em voz alta, parecia uma coisa simples, mas era muito mais complicado. Esticou o corpo, pegou o suéter, o vestiu sobre a cabeça e acrescentou: — Ela morreu por minha causa, em parte, e também devido a circunstâncias fora do meu controle. Aceito isso e já me perdoei, mas nada torna o fato mais fácil de superar. E isso é tudo que você precisa saber.

Mais uma vez, Elliot tentou esconder a surpresa, mas desistiu.

— Sinto muito, de verdade, Joseph — disse, simplesmente, e estava sendo sincero. Bach percebeu o sentimento de solidariedade que emanava do colega.

Havia um pouco de inveja também. Durante muitos anos, Elliot tivera um casamento que julgava sólido como rocha, e, no entanto, seu marido, Mark, o traía o tempo todo. Fazia três anos desde o divórcio e Bach sabia que Elliot continuava profundamente magoado. Concluíra, no entanto, que Mark simplesmente não era capaz de amar Elliot — pelo menos não tanto quanto Elliot amava Mark, segundo o próprio Elliot contara a Bach.

— Sinto muito também — disse Bach, calçando as botas. — Suponho que eu já esteja liberado.

— Você tem sinais de desidratação leve e a taxa de glicose do sangue me pareceu um pouco baixa — relatou Elliot. — Não está muito fora dos seus padrões, mas eu conheço você melhor que o computador. Verifiquei também um leve estreitamento nos seus vasos. Nada preocupante, mas sinto em você a aproximação de uma enxaqueca. Prepare-se para ela.

— Sim, eu também já percebi e estou me ajustando para recebê-la — concordou Bach.

— Suas costas estão ótimas.

— Eu sei.

— Você também tem uma marca roxa na maçã do rosto esquerda — avisou Elliot, mas ela vai desaparecer depressa. Eu me pergunto... quando foi a última vez que você recebeu um golpe no rosto?

Boa pergunta, refletiu Bach.

— Faz muito tempo — afirmou.

— Aposto que sim. Saber que esse cara foi capaz de atingir você é alarmante — disse Elliot. — Aliás, por falar em alarme, quer saber um fato interessante sobre o coringa desta noite? Ele não era um usuário frequente da droga. Hoje foi sua primeira picada.

Bach olhou fixamente para o outro médico.

— Isso mesmo — afirmou Elliot lentamente, para ressaltar o fato.

— Ele coringou por completo...? — Bach precisava esclarecer aquilo. — O cara ficou completamente insano na primeira dose de Destiny *em toda a sua vida*? Tem certeza?

— Vamos repetir os testes — disse Elliot. — Já fizemos três exames, e até agora a resposta é: *sim*.

— Isso não é nada bom.

— Eu que o diga! — concordou Elliot, com ar igualmente sombrio. — Ah, tem mais uma coisa que você vai odiar saber. Isto é, se permitir que o ódio o atinja, Joseph. Puxa, estou enrolando para chegar ao ponto.

A notícia ia ser bem ruim e Bach inspirou fundo.

— Conte logo, Elliot.

— Você me promete que não vai me atingir com uma rajada de dor que fritará meu cérebro?

— Não teve graça — reagiu Bach.

— Até que teve sim — brincou Elliot. — A graça está justamente no fato de você esta noite, do nada, ter desencadeado suas trevas interiores até então insuspeitadas e...

— Você está me dizendo que eu *fritei* o cérebro de Hempford? — quis saber Bach. — Porque Mac também foi atingida pelo golpe.

— Não leve a coisa tão ao pé da letra, Bach — reagiu Elliot. — Nada disso, foi a droga que fritou o cérebro dele, mas você certamente acrescentou um belo tempero de pimenta jalapeño à mistura. Duvido que seja algo que Mac não consiga encarar. Embora fosse bom se ela *aparecesse* aqui para fazer exames e nos dar certezas.

Bach esperou alguns segundos, e Elliot finalmente disse:

— Nika Taylor, 13 anos. Você se lembra dos Potenciais com vinte por cento de integração neural que apareceram no topo da nossa lista de recrutáveis? Pois é... a irmã de Nika acabou de preencher um formulário de criança desaparecida em uma delegacia de Boston. A menina sumiu quando voltava da escola, hoje à tarde. — Ele foi até um monitor. — Se você quiser, eu posso...

Bach balançou a cabeça para os lados. Não precisava entrar no computador para acessar o arquivo. Sabia exatamente de que menina Elliot falava. Das dezenas de candidatos entre 13 e 15 anos recentemente identificados para o programa de treinamento no Instituto Obermeyer, Nika Taylor mostrava um talento incrivelmente natural. Era a melhor candidata ainda em estado bruto. A menina tinha aparecido na lista de Bach uma hora antes de a polícia fazer contato, pedindo apoio na captura de Nathan Hempford.

De todas as más notícias daquela noite, essa era a pior.

O sequestro de Nika Taylor — e Bach não duvidava nem por um instante de que se tratava de um sequestro — significava que as mesmas pessoas que fabricavam Destiny, a droga vendida e distribuída ilegalmente a sujeitos desafortunados como Hempford, tinham acesso às informações de Bach e do Instituto Obermeyer.

Não só isso, como, pelo visto, recebiam as informações horas antes do Setor de Análises do instituto.

Bach enfiou as mãos no casacão. Manter a enxaqueca longe seria difícil, ainda mais agora; resolveu sair novamente pela noite.

— Envie o endereço da menina para o GPS do meu carro.

— Já fiz isso — informou Elliot, elevando um pouco a voz quando Bach saiu pela porta. — Não deixe de comer nem de beber, Maestro! Faça um favor para o seu amigo e convoque Mac. Ela anda evitando minhas ligações, mas certamente falará com você. Quero a bundinha dela na minha mesa de exames o mais rápido possível!

— Oi, querido, che... — *cheguei*, Mac quase disse ao entrar em casa, mas percebeu que Justin não estava lá. Dessa vez ele não havia simplesmente saído com os amigos para tomar uns drinques. Tinha ido embora de vez. Aliás, isso já fazia vários dias. Certamente estava chateado com Mac no instante em que bateu a porta. Ela sentiu um restinho da frustração dele no ar assim que colocou o pé no apartamento... As emoções de Justin eram sempre muito fortes.

Entrou mancando e fechou a porta com as costas. Havia parado em uma drogaria a caminho de casa e jogou a bolsa com os remédios no sofá, ao mesmo tempo que pegava o celular para conferir as mensagens.

Bach, Diaz e Elliot haviam ligado nos últimos vinte minutos. Não era preciso ser muito esperta para descobrir o motivo de tanta insistência: eles sabiam que ela estava ferida.

Sua intenção era fazer uma parada rápida no apartamento para matar dois coelhos com uma cajadada — fazer com que Justin parasse de reclamar oferecendo-lhe um pouco de gratificação imediata *e também* tratar do tornozelo sozinha, para não ficar fora de ação durante dias, ou até semanas.

Observou a última mensagem de texto de Elliot — *Onde você ESTÁ?* — e começou a repassar as mensagens dos últimos dias, encontrando vários de seus colegas do IO até a quarta-feira, dia em que havia perdido três mensagens seguidas de Justin. Fizera um lembrete mental de lhe dar retorno naquele mesmo dia, mas estivera ocupada demais para ouvir os recados, muito menos para ligar de volta. Continuando a vasculhar cronologicamente as mensagens perdidas, viu que ele havia ligado duas vezes na terça, uma vez na segunda, no domingo, no sábado e na última sexta.

Mac tinha passado batida por todas essas ligações. Droga, era uma namorada de merda mesmo.

Talvez ele tivesse encontrado um emprego fora da cidade ou até mesmo entrado em turnê.

Justin era ator, mas, embora viesse fazendo testes o tempo todo, desde sua formatura na faculdade Emerson de artes dramáticas, no ano anterior, não recebera nenhum contato e andava pessimista. Mesmo assim, havia uma primeira vez para tudo.

Cruzando os dedos, Mac começou pelo recado mais recente, marcando-o no celular e colocando o aparelho no ouvido.

"Sou eu." Justin parecia irritadíssimo, mas normalmente suas mensagens eram assim, nada de novo. "Não queria fazer isso por mensagem de voz, mas já que você não retorna minhas ligações, nem se dá ao trabalho de dar uma passadinha em casa, eu não tive outra escolha, certo?" Ele respirou fundo. "Escute, conheci uma garota no trabalho. O nome dela é Sandi. Já lhe contei sobre ela, não contei? É aquela que trabalhava comigo no drive-through. No início éramos apenas amigos, mas depois... sabe como é, não planejei para que nada disso acontecesse, mas acabou rolando um clima e... Puxa, Mac, você sabe o quanto eu sou grato por tudo que você fez por mim. Nem posso acreditar que estou dizendo uma coisa dessas, mas... Sandi é o máximo e espera mais de mim do que apenas uma transa eventual, então..."

Isso era culpa de Mac. Totalmente. Ela havia colocado excessiva fé em seu poder de seduzir combinado à cobiça egoísta e oportunista de Justin, e deixara passar tempo demais entre um encontro e outro.

"O pai dela é gerente de um Big Box em Ohio, nas imediações de Columbus, e me prometeu um emprego", continuou o recado de Justin. "Sou uma bosta de ator mesmo, e frito batatas pior ainda, então... vou para Ohio com Sandi e... Sinto muito, Mac, sério mesmo. Não queria terminar com você desse jeito. Só espero que... bem, torço para que, um dia, você encontre o que tanto procura na vida."

Com isso, encerrou a mensagem.

A verdade é que ele *não teria* contado tudo isso a ela de algum outro modo, a não ser esse. E se Mac ligasse de volta e ele lhe pedisse para ir vê-lo...?

Tudo o que Mac precisava fazer era entrar pela porta; ele ficaria novamente fascinado por ela e deixaria de lado sua petulância infantil. Certamente, perguntaria: "*Sandi...? Que Sandi?*" Na verdade, na última vez em que Mac havia estado no apartamento ele puxou um assunto sobre essa outra garota. Só que logo pareceu intrigado, como se tivesse esquecido o que ia dizer.

Mac não deu atenção a isso na hora. Era tudo parte do que rolava quando ela aparecia. Justin contava o que havia feito desde o último encontro, geralmente pouca coisa, e ela... bem, ela despejava sobre ele um monte de desculpas, todas verdadeiras, sobre os motivos de não ter ligado de volta ou o porquê de ter passado tanto tempo desde a última vez. O trabalho estava uma loucura, ela fizera uma viagem e, uma vez, chegou a perder o celular. Apesar de ele nunca compreendê-la por completo, sempre a perdoava.

Sempre.

Depois disso, a parte do papo acabava e ele trepava com ela. Não havia muitas coisas em que Justin era competente, mas em se tratando de sexo ele era um amante perfeito.

Na última vez, a transa tinha acontecido bem ali, em cima da mesa da cozinha. Ele tinha jogado os talheres no chão enquanto ela ria muito, o beijava de volta e o colocava em órbita, como ela.

A mesa estava limpa e posta agora. Tudo estava impecavelmente arrumado. O lixo fora levado para fora e não havia nenhum item perecível na geladeira. Justin havia limpado tudo antes de partir, e isso era tão pouco típico dele que Mac sacou que a tal de Sandi tinha andado por ali.

Parte dela ainda não acreditava que Justin tinha realmente ido embora. Que ele tinha *sumido*. Mas o fato é que as roupas dele haviam desaparecido do closet e ele levara o edredom que a avó fez para ele. Também havia deixado o celular sobre a mesinha de cabeceira, certamente por ter sido um presente de Mac.

Também havia deixado a conta de luz do mês anterior, uma das despesas que sempre ficava por conta de Mac, além do aluguel.

Ela enfiou a conta e o celular nos bolsos da calça cargo que usava enquanto olhava a cama e imaginava se ele e Sandi tinham...

Deixa para lá, é melhor não pensar no assunto. Dava para perceber na atmosfera do apartamento a presença da garota. Mac praticamente sentia a felicidade total da vadia, mas isso tinha mais a ver com ela voltar para casa. Ou talvez não. *Ela finalmente ia voltar para casa e papai adoraria conhecer Justin, embora nem de perto tanto quanto ela adorava os momentos em que ele...*

Sim, Justin havia feito sexo com Sandi naquela cama. Mais de uma vez. Que maravilha!

Isso a fez pensar em Tim. Mac detestava pensar em Tim, ou em seu pai, ou na terceira esposa do seu pai, Janice, que também era mãe de Tim. Mac não tornara a ver algum deles; nem mesmo trocavam e-mails, havia mais de 12 anos.

Mac voltou para a sala mancando, notando que sempre se lembrava de Tim quando se encontrava com Justin. Era impossível evitar. Coisa lamentável, e ela certamente teria se mantido longe disso, se não tivesse tanta necessidade de usar o sexo para curar a si mesma. Sim, era *exatamente* por isso que ela havia voltado ali tantas vezes.

Certamente não tinha nada a ver com emoções verdadeiras, muito menos com algo tão ridículo quanto "amor".

Mac sabia que Justin não a amava. Ele nunca a amara, em nenhum momento. Em vez disso, foi ela quem, inadvertidamente, usara seus poderes mentais superfantásticos de Maioral para fazê-lo *imaginar* que a amava... para fazê-lo ter vontade de ficar com ela, de desejá-la. Mac o havia encantado, fascinado, hipnotizado. Então foi ela quem se entregou à tentação, detestando a si mesma por essa fraqueza, e o manteve como uma espécie de mascote ambulante que se alimentava sozinho e ficava no apartamento cujo aluguel ela pagava, enquanto tentava se convencer de que eles usavam um ao outro na mesma medida.

De vez em quando, Mac passava ali para transar e ser bajulada por um tipo de cara que dificilmente a adoraria e muito menos lhe seria fiel, se Mac não fosse uma Maioral cheia de poderes.

Houve um tempo, antes de Mac aprender a usar e controlar seus talentos, em que longe da vista significava longe do coração. Descobrira, ainda jovem, que quando estava com um homem — qualquer homem — tinha o poder de fazer com que ele a desejasse ardentemente. Assim que ela se afastava, porém, tais sentimentos desapareciam e eram imediatamente esquecidos. Ao longo dos anos, isso havia mudado. Ela havia aprendido não apenas a controlar seus poderes, como, na maior parte das vezes, fazia com que homens estranhos a seguissem na rua com a língua de fora. Mas também havia desenvolvido as habilidades a ponto de deixar um amante encantado por ela e absolutamente fiel durante várias semanas.

Justin a havia perseguido de forma incansável desde o dia em que Mac o conheceu. Ela tentou bloqueá-lo, mas ele não desistiu. Provavelmente, ela iria para o inferno — se é que isso existia — por não ter sido forte o bastante para cair fora. Por outro lado, pagara por todos os seus pecados ao deixá-lo morar ali de graça.

Agora, porém, ele se fora.

Mac saiu do apartamento, trancou a porta e desceu as escadas que levavam à rua. Seu tornozelo doeu tanto que seus olhos se encheram de lágrimas várias vezes, apesar da sua capacidade de bloquear dor física.

Sim, era *por isso* que chorava... A *porra* do seu pé estava doendo. Por Deus, ela era mesmo uma idiota patética, chorando por causa de um sujeito babaca.

Justin não significava tanto assim para ela, afinal. Se isso fosse verdade, ela o teria *largado* havia muito tempo.

Mac seguiu pela rua, calçando as luvas e enfiando as mãos nos bolsos, porque mesmo sendo primavera o vento frio da noite era cortante. Encolhendo os ombros, mancou até a Kenmore Square sem saber de planos para longo prazo — o que fazer com o apartamento agora que Justin tinha ido embora, ou como lidar com seu tornozelo torcido. Para a próxima meia hora, porém, seu objetivo era bem definido.

Iria entrar no bar mais próximo da Beacon Street, um buraco chamado Father's que funcionava ali havia séculos.

Sua noite fora um inferno total e ela precisava de um drinque.

Shane estava vencendo no instante em que ela entrou pela porta.

Seu plano também era simples: passar duas horas naquele bar decadente e ganhar alguma grana jogando sinuca, para depois pegar o metrô até a Copley Square, onde havia vários hotéis caríssimos. Ele iria direto até o bar de um desses hotéis, onde as mulheres não só tinham todos os dentes como desfrutavam de cartões de crédito corporativos e levavam na bolsa chaves de quartos confortáveis em um dos andares mais altos.

O problema é que os drinques em bares de hotéis de luxo eram muito caros. Shane gastara seus últimos 58 segundos na internet pública da Kenmore analisando cardápios, e sabia que iria precisar de pelo menos 20 dólares para se sentar ao balcão de um daqueles bares com uma cerveja na mão. Cinquenta, se quisesse pagar um drinque para alguma gata que pintasse. Com cartões corporativos ou não, era preciso colocar a bola em campo e pagar uma rodada.

Foi nesse instante que *ela* passou pela porta... ou melhor... entrou mancando. Era menor do que a média das mulheres e tinha um corpo esbelto. Tinha machucado a perna, provavelmente o tornozelo. Fora isso, porém, sua atitude era a de uma policial. Havia analisado o ambiente cuidadosamente antes de entrar, como se fosse tira.

Nesse momento, Shane recebeu uma conferida de Mac. Olhos claros, mas não dava para ver, daquela distância, se eram azuis, verdes ou cor de mel. Mas a cor não interessava; foi o olhar firme que ele recebeu da mulher que o fez se interessar nela... por dentro.

Mac o fitou por alguns segundos, fazendo contato direto e analisando-o de cima a baixo. Levou um décimo de segundo para apreciar o rosto bonito, o corpo em forma, para logo em seguida arquivá-lo no fundo da mente e descartá-lo.

É claro que ele *estava* bancando o mané recém-chegado à cidade grande, vindo da roça. Se fosse ela, Shane também o teria dispensado logo de cara.

Shane a observou com o canto dos olhos quando ela se sentou junto ao balcão, despiu lentamente a jaqueta, o boné, o cachecol, e exibiu uma camiseta regata muito justa. Não usava nenhuma tatuagem — pelo menos nos lugares que ele enxergava.

Seu cabelo claro e muito curto estava charmosamente despenteado. Mas foi a curva da sua nuca que acabou com ele. Esguia, frágil e pálida, ela era instigantemente feminina, quase como um desafio às roupas masculinas que usava, aos braços e ombros malhados e bem torneados; além da total ausência de maquiagem.

Shane sentiu-se instantaneamente intrigado. Viu-se montando uma nova estratégia para a noite e formando um sólido plano B antes mesmo de dar por isso.

O plano A era perder a próxima tacada, colocando a bola sete no canto e a quatro na outra ponta, o que levaria à vitória do seu oponente, um cara simpático chamado Pete. Depois disso, Shane proclamaria aquela como a noite de sorte de Pete e o desafiaria para mais uma partida, o dobro ou nada, como se estivesse cheio de grana.

Pete era um jogador muito melhor do que fingia ser. Na verdade, era Pete que estava tentando *se aproveitar* de Shane; todos os frequentadores regulares do bar sabiam disso, e nesse momento as apostas começariam a subir. Shane aceitaria todas, parecendo cada vez mais bêbado, mas jogaria a partida seguinte como um mestre, mostrando-se mais esperto e dando uma volta em Pete, que era muito gente boa, mas um completo amador. Em seguida, Shane pegaria toda a grana ganha com justiça e cairia fora dali.

Porque se havia uma coisa que Shane havia aprendido com o melhor jogador de sinuca na sua equipe de SEALs — um E-6 conhecido como Magic Kozinski — era que ninguém ganha um jogo desse jeito e fica na área tomando a cerveja da vitória, pois isso é muito perigoso para a saúde do vencedor. O ressentimento surge, cresce, e ressentimento misturado com álcool nunca é uma boa combinação.

O plano B, por outro lado, permitiria a Shane ficar mais um pouco por ali, e lhe daria opções.

Sendo assim, ele encaçapou a bola sete e a bola quatro, mas "perdeu" a dois, o que deixou as bolas remanescentes em uma configuração que não era impossível de desmanchar, mas certamente era ardilosa. Pete perdeu a jogada de propósito, pois acertar qualquer bola só serviria para mostrar a todos que o armador era *ele*.

Foi assim que eles terminaram o jogo, com Pete armando uma série de tacadas fáceis para deixar Shane ganhar. Isso colocou cinco dólares em seu bolso praticamente vazio.

Cinco dólares, em uma espelunca daquelas, era o suficiente para pagar um drinque para uma gata.

— Vejo que está empolgado — disse Pete, ao ver que Shane não fez a devida dança da vitória nem o humilhou. — Que tal uma revanche, meu irmão?

Bem que Shane queria deixar Pete sentadinho ali e lhe dar um curso rápido e completo sobre armações, pois a proposta de Pete foi um erro primário. O jogador esperto nunca, *nunca mesmo*, propunha uma revanche, a não ser que tivesse perdido a primeira partida intencionalmente. O mais fraco é que fazia isso. Pete, agindo assim, entregou que era um trapaceiro, pois o mais fraco é que devia achar que iria ferrar o outro a partir da primeira vitória merecida.

A sugestão tornou o oponente muito menos simpático e provou a Shane que Pete era o tipo de sujeito desprezível que merecia uma surra de verdade na partida seguinte.

— Não sei não, cara... — disse Shane, massageando os músculos na base do crânio, como se estivesse vindo de um dia pesado em alguma obra. — Você é muito bom nesse jogo. Vou pensar um pouco, pode ser?

Felizmente Pete não insistiu e ofereceu:

— Tudo bem, vou ficar por aqui a noite toda. Deixe que eu lhe pague uma cerveja por conta da vitória.

A coisa ficava cada vez melhor, desde que Pete não seguisse Shane até o bar.

— Obrigado — agradeceu Shane. — Vou dar um pulinho no banheiro e depois a gente vê...

Só que em vez de ir ao banheiro, que ficava nos fundos do salão, Shane foi para o bar e se sentou com agilidade em um banco próximo da mulher de belos olhos. Ela bebia uísque puro, já pedira mais duas doses. Os copos estavam cuidadosamente alinhados diante dela e diziam, em uma mensagem clara: *Não, babaca, você não pode me pagar um drinque.* Havia um banco vazio de cada lado, o que lhe garantia uma distância saudável dos outros clientes, e o olhar que lançou para Shane quando ele se sentou junto do balcão lhe disse que ela preferia deixar aquela zona desmilitarizada intacta.

Seus olhos eram castanho-claros, mas ela colocou neles uma expressão do tipo "Não se meta comigo, porque vou detonar quem chegar perto". Isso era prova de talento. O primeiro comandante com quem Shane havia trabalhado ao entrar para os SEALs — Andy Markos, que Deus o tenha — sabia exibir muito bem aquele ar de sujeito desalmado. Ser atingido por um olhar daquele tipo era de apavorar, mesmo para os que o conheciam bem, e até entre seus superiores hierárquicos.

Só que ali, naquele instante, Shane fez questão de mostrar à mulher que não estava intimidado, não dava a mínima para seu olhar matador e lançou um sorrisinho leve como réplica, deixando os olhos brilharem um pouco, como se os dois compartilhassem uma piada particular.

Ela desviou o olhar e balançou a cabeça para os lados, murmurando baixinho algo como "Por que eu faço isso comigo mesma?".

Qualquer abertura na conversa era uma vitória, e Shane tomou isso como o convite que, na verdade, não era.

— Faz o que com você mesma?

Outro menear de cabeça, mas desta vez ela revirou os olhos.

— Escute, não estou interessada.

— Para ser franco, eu só me aproximei porque percebi que você está mancando — mentiu Shane. — Percebi no instante em que entrou. Arrebentei o tornozelo faz um ano. Estão lhe aplicando esteroides para diminuir o inchaço?

— Escute, numa boa... — replicou ela. — Você está perdendo seu tempo.

Ela não era tão bela quanto parecia de longe. Mas não era exatamente uma mulher sem beleza. Mesmo assim, o rosto era quadrado demais, o nariz, muito pequeno, batatinha, e os lábios, exageradamente finos. Seu cabelo curto não era louro como lhe pareceu a princípio; tinha um tom comum e pouco inspirador de castanho-claro. Para piorar, tinha uma marcante compleição atlética, a ponto de quase não ter seios. O gângster com quem ele se atracara há poucas horas era dono de peitos muito maiores do que a mulher de camiseta regata bem ali ao lado.

Mas aqueles olhos...

Não eram apenas castanhos. Eram castanho-dourados, com toques de mel, tons de verde e alguns traços de marrom, para compor.

Incrivelmente lindos.

— Tome cuidado se eles fizerem isso — avisou Shane. — Sabe como é... aplicarem esteroides. Eu tomei um monte de doses que me fizeram sentir ótimo. As drogas ajudaram muito, mas dez meses depois da última injeção eu continuava dando positivo nos testes de doping. Isso me causou problemas quando eu tentei ganhar uma grana lutando no octógono.

— Só isso? — Ela se virou para olhar para ele. — Já terminou sua sessão de utilidade pública?

— Ainda não. — Ele sorriu. — Fiz algumas pesquisas on-line e descobri que a droga que eu tomei fica no organismo por um ano e meio. Ainda tenho de ficar seis meses por aí.

— Sei... antes de se tornar um lutador de MMA — disse ela, com um olhar de deboche do tipo "me engana que eu gosto". — Essa história geralmente impressiona as garotas?

— Na verdade eu nunca contei isso para alguém — admitiu Shane. — Não dá para espalhar que estou tão por baixo. Mas é *espantoso* o que um cara faz quando está duro, né? — Ele matou a cerveja com um gole só e levantou a garrafa vazia na direção do barman, pedindo outra. — Pete está pagando — avisou ao atendente, e se voltou para a mulher que estava novamente com o olhar fixo no uísque. — Meu nome é Shane Laughlin. De San Diego.

Ela suspirou, terminou o drinque que tomava, empurrou o copo vazio para a ponta do balcão, pegou o seguinte e tomou um gole curto.

— Então... o que faz em Boston, Shane? — perguntou ele mesmo, no lugar dela, como se Mac realmente se interessasse. — Uau, boa pergunta! — disse ele, respondendo a si mesmo. — Sou um ex-fuzileiro naval. Dei baixa há pouco tempo e estou tendo dificuldades para arrumar um emprego. Recebi uma dica sobre um trabalho temporário aqui em Boston e começo amanhã. E quanto a você? É daqui mesmo?

Quando ela se virou e olhou para ele, seus olhos finalmente adquiriram um brilho especial. Talvez um brilho baseado em raiva e repulsa, mas era melhor que o ar de desinteresse que exibira antes.

— Acha mesmo que eu não percebi que você está apenas visitando a ralé por diversão?

— O quê? — Shane riu, surpreso.

— Você ouviu direito e sabe o que eu quis dizer.

— Uau! Olha, se tem alguém curtindo a ralé aqui é você. Perdeu a parte em que eu me confessei um perdedor que não consegue arrumar emprego?

— Você e mais quantos milhões de americanos? — perguntou Mac. — Isso certamente não é nenhum choque, fuzileiro. Aposto que você *nunca* esteve sem emprego. Provavelmente foi para a academia militar assim que acabou o ensino médio e... possivelmente virou um oficial, acertei? Dá para sentir o cheiro. — Estreitou os olhos, como se o fato de ter uma patente elevada fosse algo terrível.

— Acertou na mosca! Eu era um oficial sim. — Shane lançou a informação mais bombástica: — Pertencia aos SEALs.

Ela olhou fixamente para ele e debochou:

— Grande merda, sr. Descartável. Agora não faz mais parte da elite. Seja bem-vindo ao mundo real, onde as coisas nem sempre correm do seu jeito.

Ele riu — porque o que ela disse realmente era engraçado.

— Você obviamente não faz ideia do que é ser um SEAL.

— Não faço mesmo — admitiu Mac. — Ninguém faz, desde que os militares entraram no "cone de silêncio" do governo.

— Eu me especializei em coisas que não saem do meu jeito — informou Shane.

— Então por que pediu baixa? — perguntou Mac, e quando ele não respondeu de imediato, ela ergueu o copo em um brinde e bebeu tudo de uma vez, completando: — Foi o que imaginei.

— Tenho orgulho do que eu fiz e do que eu era — replicou Shane, em voz quase inaudível. — Mesmo agora. *Especialmente* agora. Mas você tem razão, pelo menos em parte, quanto ao choque de realidade. Eu não fazia ideia de como podia ser ruim, ruim *de verdade*, até ser chutado de lá e colocado na lista negra. — Mac ergueu a cabeça ao ouvir isso. — Portanto, como vê, é *você* quem está curtindo um drinque em meio à ralé. Pode se colocar em encrenca só por falar comigo.

Ela agora o olhava com atenção.

— O que exatamente você fez?

Shane a encarou de volta fixamente e pensou na sua equipe, em Rick e Owen, em Slinger e Johnny, e também em Magic...

— Eu desobedeci a uma ordem direta... algo que fazia o tempo todo, ao redor do mundo, pois era comandante de uma equipe de SEALs. Só que dessa vez eu fiz algo pelo visto imperdoável. Quando isso se combinou com a necessidade de falar sempre a verdade até para meus superiores, e se somou à minha incapacidade de ser baba-ovo, a coisa ficou feia. No fim, alguém tinha de ser queimado, então... — Ele deu de ombros, ainda convencido, mesmo depois de tantos meses, de que fizera a coisa certa. — Fui rebaixado, retiraram o meu cargo de comando e fui expulso da corporação de forma desonrosa.

Ela ficou parada, olhando para ele. A explicação tinha sido vaga e ligeiramente enigmática, mas era mais do que Shane havia contado a qualquer pessoa, desde o ocorrido. Ele esperou, olhando de volta, até que Mac finalmente perguntou:

— O que você quer *de mim*?

Havia muitas respostas possíveis para aquela pergunta, mas Shane escolheu a mais honesta.

— Vi quando você entrou e pensei... pensei que talvez estivesse em busca da mesma coisa que eu. E como a achei incrivelmente atraente...

Ela sorriu ao ouvir isso, e embora fosse um sorriso pesaroso, seu rosto se transformou.

— Não, isso não é verdade. Isto é, você apenas *pensa* que eu sou atraente, mas... — Balançou a cabeça.

— Tenho certeza de que você não sabe no que estou pensando — disse Shane, inclinando-se na direção dela. Tentou fazer com que ela visse tudo nos olhos dele: como ele imaginava a língua dele em seus lábios quentes, as mãos dela nos cabelos dele, suas pernas firmemente coladas às dele enquanto ele se lançava com força dentro dela, como se voltasse para casa.

Ele esticou a mão para tocá-la. Nada agressivo nem invasivo, só a parte de trás de um dos dedos contra seu pulso graciosamente fino.

Só que, subitamente, a imagem enevoada em sua cabeça entrou em foco: ela movia o corpo contra o dele, nua em seus braços, e, por Deus, ele estava a ponto de gozar enquanto fitava aqueles olhos incríveis...

Shane se afastou tão depressa que derrubou a garrafa de cerveja. Tentou agarrá-la no ar e, como estava quase cheia, a espuma foi ejetada pelo gargalo, como em um vulcão. Ele cobriu a boca da garrafa com os lábios e tomou um gole comprido, grato pelo líquido gelado e percebendo que seu membro semiereto passara à ereção completa em duas batidas do coração.

Que diabo era aquilo?

Tudo bem que ele estava há muito tempo sem uma boa transa, mas... *caraca*!

Sua nova amiga sem nome se afastou um pouco do balcão — e um pouco dele. Franziu o cenho e analisou o pé ferido, girando o tornozelo no ar. De repente olhou para ele e o mundo pareceu se inclinar. Porque havia calor nos olhos dela também. Calor, surpresa, especulação e...

Absolutas possibilidades.

— Meu nome é Mac — informou ela, matando o finalzinho do último drinque. — Normalmente eu não faço isso, mas... meu apartamento fica logo na esquina.

Ela já se levantara e vestia a jaqueta, enrolava o cachecol e recolocava o boné.

Como se tivesse certeza de que ele iria atrás. Como se não houvesse a mínima possibilidade de ele rejeitá-la.

Shane pulou do banco e pegou a jaqueta no instante em que ela atravessava a porta. Mancava menos. Parece que as doses de uísque lhe haviam feito bem. Na verdade, ela andava rápido demais, e ele teve de correr para alcançá-la.

— Ei! — gritou ele ao sair na calçada, com a porta do bar batendo às suas costas. — Hum... Mac! Não seria melhor nós procurarmos alguém que venda...? Não estou com nenhuma... ahn... a não ser que você tenha... entende...? — Ele pigarreou para limpar a garganta.

Ela parou de caminhar e olhou para trás. Ali em pé, na calçada, ele percebeu que era muito maior e mais alto que ela. A jovem era minúscula e bem mais nova do que ele suspeitara. Tinha uns 22 anos, e não quase 30, como avaliara quando ela entrou no bar.

Ou quem sabe era o brilho da rua mal iluminada que a fazia parecer jovem e linda, o próprio desejo personificado?

— Por que vocês, homens, têm dificuldade de dizer *a pílula*? — quis saber.

Shane riu.

— Não se trata da palavra, e sim do conceito. Escute, e se eu entendi errado o que você disse e...

— Não entendeu errado não. E para sua informação, estamos no estado de Massachusetts. Isso ainda é legalizado por aqui, ninguém precisa procurar um beco para comprar.

— Que bom. Mesmo assim, nós precisamos...

Ela sorriu e... nossa, como era linda.

— Não se preocupe, fuzileiro, já cuidei de tudo. — Ela o olhou de cima a baixo de um jeito quase palpável, demorando-se um pouco mais na indisfarçável saliência que notou entre as pernas dele, a braguilha de botões em sua calça quase explodindo. Olhou novamente para ele. — Melhor dizendo: vou cuidar de tudo em breve.

Sem dúvida a sorte dele havia mudado.

— Por favor, me prometa que você não está me atraindo para seu apartamento com a intenção de me prender com algemas e me transformar em escravo sexual — pediu ele. — Espere... talvez na verdade eu esteja querendo que aconteça *exatamente isso*.

Ela riu.

—Você não é meu tipo de homem para aprisionamento de longo prazo — avisou. Mas ficou na ponta dos pés e puxou-lhe a borda da jaqueta, forçando-o a se inclinar na direção dela. Ia beijá-lo, ambos sabiam disso, mas levou algum tempo e ele a deixou à vontade; esperou que lhe percorresse o rosto com os olhos até erguer a boca e roçar suavemente os lábios nos dele.

Shane fechou os olhos. Por Deus, como aquilo era doce! Deixou-se ser beijado uma vez, outra e mais outra. Agora ela o saboreava atentamente, passando a língua em seus lábios. Ele abriu a boca, e então... nossa, já não havia mais doçura, só a fome desenfreada, abrasadora e incontrolável. Ele a agarrou com força pelos braços enquanto ela o enlaçava, tentando se colar nele.

O mundo poderia explodir naquele momento e ele não se importaria. Nem teria percebido, e nada o faria parar de beijá-la.

Através de todas aquelas camadas de roupa — as jaquetas, as calças, a cueca dele e o que havia por baixo da calça cargo que ela usava... por Deus, ele mal conseguia esperar para saber como era sua calcinha... Shane sentiu o estômago liso dela, quente e firme de encontro à ereção dele. Esse contato quase direto foi perigoso e ele se sentiu prestes a ejacular.

Quando ele percebeu isso e tentou formar algum pensamento coerente — puta merda, só o fato de beijar aquela mulher já o deixava louco de desejo — quase foi tarde demais.

Quase. Mas só porque ela se afastou dele. Ria muito e seus olhos dançavam quando ergueu a cabeça e olhou novamente para Shane, como se soubesse exatamente o que ele sentia.

Estendeu a mão enluvada para ele e então — dane-se a dor no tornozelo — puxou-o na direção dela.

No mesmo ritmo, ambos começaram a correr.

4

O celular de Anna tocou pouco antes da meia-noite. Ela o pescou no fundo da mochila para atender, mesmo sabendo que o toque não era o de Nika.

A palavra *privado* apareceu na pequena tela do aparelho, em vez dos típicos dez algarismos. Anna respirou fundo antes de atender, um pouco aterrorizada e, ao mesmo tempo, com a expectativa de que os sequestradores de Nika estivessem do outro lado da linha, com suas exigências para a libertação da menina.

— Anna Taylor falando — atendeu, torcendo para sua voz parecer menos exausta e mais controlada do que na verdade estava, especialmente depois de caminhar para cima e para baixo inúmeras vezes, refazendo o trajeto da Cambridge Academy até o minúsculo conjugado que ela e Nika dividiam.

Prendeu a respiração na noite fria e fechou os olhos, esperando e torcendo...

— Srta. Taylor, aqui fala o dr. Joseph Bach, do Instituto Obermeyer. Um dos meus colegas acaba de me informar que a senhorita preencheu um formulário para pessoas desaparecidas, em busca da sua irmã, Nika. Isso é verdade?

Quem falava tinha uma voz suave, com modulação agradável, sugerindo alguém com treinamento especializado em impostação de voz. Sua locução era perfeita. Anna se lembrou do professor de fonética de *Cantando na Chuva*, um clássico antigo sobre os primórdios do cinema falado, um dos filmes favoritos de Nika.

Talvez o dr. Bach fosse um senhor de idade gozando de boa saúde, com excelente controle de respiração.

Ele lhe fizera uma pergunta.

— Sim, é verdade — respondeu Anna, falando depressa depois da pausa longa e, provavelmente, estranha. — Minha irmã não voltou para casa hoje à tarde. Sei que não está desaparecida há tanto tempo assim, e também sei que tem 13 anos, uma idade em que os adolescentes quebram regras, mas ela não é... — *normal*, a palavra lhe chegou à ponta da língua, mas isso faria Nika parecer uma menina esquisitona, o que não era verdade. — Ela não costuma sumir sem avisar — consertou. — Nunca fez isso. É uma boa menina e sabe dos imensos sacrifícios que fizemos para ela entrar na Cambridge Academy. Ela ganhou uma bolsa para estudar lá; não somos ricas.

Enfatizou a última informação, para o caso de o dr. Bach ser um *detetive-cidadão*, daqueles que sequestravam pessoas.

— Sei disso — garantiu ele. — Estou na porta do seu prédio; sei que a senhorita não está aqui, pois provavelmente continua à procura de sua irmã, mas é importante que reserve alguns instantes para conversar comigo. Se me disser onde está, eu posso...

— O senhor sabe onde Nika está? — Anna chegava à esquina de sua rua e voltou a caminhar a passos rápidos.

Ele hesitou por alguns segundos.

— Não exatamente.

— Como assim? O que *isso* significa?

Outra pausa.

— Significa que tenho uma leve ideia de quem levou sua irmã e o porquê de fazerem isso, mas não sei exatamente onde fica seu cativeiro. Pelo menos por enquanto. Srta. Taylor, é urgente que...

— Quem a raptou? — quis saber ela, ao atravessar a rua. Seu prédio estava logo adiante, e ela viu um homem alto e magro usando um sobretudo escuro e muito comprido. Tinha o celular no ouvido e estava parado na calçada, bem diante do edifício onde Anna e a irmã moravam. Ela diminuiu o passo. Ele estava sozinho, ou pelo menos parecia estar. Mesmo assim...

Subitamente, Anna se deu conta de que estava desacompanhada em uma rua escura e deserta. Pelo menos uma das vizinhas que ela vira em seu prédio, naquela tarde, parecia estar drogada. Anfetamina, provavelmente, os dentes da mulher estavam em péssimo estado.

— Isso é... complicado — disse o dr. Bach, virando-se para olhar diretamente para Anna, embora ela se movesse em silêncio e ele não tivesse condições de ouvi-la chegar.

— Sou uma pessoa esperta — disse ela, fechando o celular e parando a uma distância segura, de pelo menos dez metros. Se precisasse correr, conseguiria fazê-lo, e era muito rápida. — Por que não experimenta me explicar?

Ele não era tão velho quanto ela supôs. Pelo contrário. Seu cabelo cortado na altura dos ombros era escuro e os olhos pareciam castanhos. A imagem de *irlandês moreno* veio à sua mente, embora para encaixar melhor na descrição eles devessem ser azuis. Apesar dos olhos castanhos, sua pele era muito pálida, adequadamente britânica, com rosto fino e feições fortes, mas aristocraticamente perfeitas.

Lábios cruéis.

Anna lera essa descrição uma vez, em um romance leve. O herói tinha *lábios elegantes e cruéis*. Sempre achou isso uma hipérbole ridícula. Pelo menos pensava assim até agora.

Nika certamente acharia o dr. Joseph Bach parecido com um vampiro, devido aos seus lábios elegantemente cruéis e a pele excessivamente pálida. Mas seria um vampiro do bem, daqueles que têm alma, como Angel ou Spike, de *Buffy, a caça-vampiros*, antiga série de TV.

Se Anna fosse alguns anos mais jovem e não estivesse sendo consumida pelo medo e pelas preocupações com a irmã caçula, talvez concordasse com Nika. O fato é que aquele homem *era* bonito de forma quase sobrenatural. Mas como vampiros com ou sem alma não existiam e Anne tinha os pés firmemente plantados em uma realidade que já era terrível demais sem precisar de demônios ou monstros, ela o percebeu exatamente do jeito que era: um homem de boa aparência, ligeiramente cansado, que certamente conhecia o incrível estresse provocado pelo desaparecimento de uma criança e, propositadamente, falava e desempenhava o papel de um príncipe encantado chegando para o resgate.

Um príncipe galante que passava tempo demais dentro de escritórios e nem de longe compartilhava a herança racial mista de Anna — o que também tinha a ver com o seu papel de príncipe. A impressão de raça pura inata fazia parte do pacote.

Ele a olhou com atenção ao ser inspecionado de cima a baixo. Anna sabia que ela não se parecia nem um pouco com a imagem que a maioria das pessoas faz de uma princesa em estilo Cinderela, pois tinha um aglomerado de cachos escuros, a pele cor de café e o nariz típico dos ancestrais maias.

Claro que não haveria nada de principesco naquele homem, caso ganhasse a vida raptando meninas para "encontrá-las" mais tarde e devolvê-las às famílias desesperadas.

Ele ainda não tentara explicar o que queria dizer com "isso é complicado", então Anna foi direta:

— Quanto vai ser? — quis saber.

— Como assim?

— Quanto vai me custar ter Nika de volta?

Ele não respondeu. Em vez disso, convidou:

— Vamos procurar um lugar mais quente e seguro para conversarmos.

— Sei!... — Anna riu e cruzou os braços. — Desculpe, dr. Bach, mas não pretendo convidá-lo a entrar.

— Não peço isso — retorquiu ele. — Na verdade, essa é a última coisa que eu gostaria de fazer. Não tenho dúvidas de que seu apartamento foi grampeado.

— Se os sequestradores instalaram escutas no nosso apartamento, certamente sabem que não tenho dinheiro para um resgate. — Também deviam saber que, aos 25 anos, Anna ainda dormia na cama de baixo de um beliche no quarto minúsculo que dividia com a irmãzinha de 13. Se estiveram no lugar, provavelmente também adivinharam que ela e Nika se achavam com muita sorte por terem uma cozinha e um banheiro em casa, em vez de compartilhar áreas comuns com bandos de estranhos.

Por outro lado, se Anna não conseguisse um emprego de verdade em breve, elas teriam de se mudar para um quarto alugado com banheiro coletivo. Supondo que ela conseguisse Nika de volta. Sua garganta apertou ao pensar nisso.

— Eles não querem resgate — informou Bach em um tom sombrio, com sua voz de galã da época áurea em Hollywood. — Se estou certo sobre a identidade dos raptores, em algumas horas eles decidirão que querem ficar com Nika, se é que isso já não aconteceu. E querem *muito* isso. Nesse ponto eles também perceberão que vão ter de se livrar de você.

— O quê? *Se livrar...*

— Matar você — explicou ele, confirmando com a cabeça. — Mas é possível que também tentem raptá-la antes, caso Nika seja tão talentosa quanto eu acho que é.

— Talentosa...? — Com isso ele a deixou apavorada *de verdade*. — Não faz sentido. Por que eles iriam querer me matar e mantê-la viva? — quis saber Anna. — O objetivo de um sequestro não é o dinheiro do resgate? Não me diga que *isso é complicado*.

Ele sorriu com ar pesaroso e pegou um molho de chaves no bolso.

— Receio que seja mesmo. — Apertou um botão e um carro pequeno estacionado no meio-fio piscou os faróis, destrancando as portas com um clique. — Por que não vem comigo até o Instituto Obermeyer? Prometo fazer o possível para lhe explicar tudo.

Anna recuou com ar decidido.

— Por que o senhor não faz *o possível* para me *explicar tudo* aqui e agora?

Ele suspirou, de forma quase imperceptível.

— Sei que a ideia de estar em perigo não é fácil de processar, e é claro que você não tem motivo algum para confiar em mim.

— E por que *deveria* confiar? Por que deveria acreditar em *tudo* que o senhor está me dizendo?

— Porque eu posso trazer Nika de volta — disse Bach, agora sem hesitação. — *Vou* trazê-la de volta. Sou um dos mocinhos dessa história, srta. Taylor.

O tempo pareceu parar enquanto ela fitava os olhos castanho-escuros do dr. Joseph Bach. Ele transmitia confiança absoluta, e Anna descobriu que *queria* acreditar nele. Seria mais fácil, na verdade, acreditar nele, se lançar nos braços daquele homem atraente, suplicar para que ele a salvasse e também sua irmãzinha, e deixar que ele tomasse conta das duas para sempre.

Em vez disso, porém, Anna recuou mais um passo, se afastou dele, inspirou fundo, soltou o ar com força e perguntou:

— Que tipo de médico o senhor é, exatamente...?

Ele demorou um pouco a responder.

— Sou cirurgião — disse, por fim.

Ela riu, sem acreditar naquilo.

— Sinto muito, mas isso é... O senhor já era cirurgião *antes* de começar a mentir? Devia pesquisar melhor. Minha mãe era médica e... quer que eu seja franca? O senhor é jovem demais. Da próxima vez tente *interno* ou *residente*. "Trabalho como interno no Hospital Geral de Massachusetts" talvez fosse mais convincente, no seu caso.

Ele sorriu.

— Não sou tão jovem quanto aparento. Geralmente *escondo* minha profissão, mas... não queria mentir para você. Na verdade, sou *neurocirurgião*, srta. Taylor, embora isso seja ainda mais difícil de engolir. Tenho vários outros diplomas também. Medicina interna. Psiquiatria.

— O quê? Nada da área de física quântica?

Seu sorriso se ampliou, revelando vincos charmosos nos dois lados da boca, elegantes demais para serem chamadas de *covinhas*.

— Na verdade eu também sou físico quântico, mas costumo deixar isso fora da lista, para ninguém me considerar pouco sério.

— Aposto que seu diploma na universidade dos palhaços também fica de fora.

— Esse curso eu *ainda* não fiz — admitiu ele. — Mas escrevi o livro sobre integração neural, a versão ocidental da obra.

Isso parecia loucura, porque uma parte de Anna *queria* acreditar em tudo, especialmente quando ele deixava aquele ar de divertimento brilhar em seus olhos.

— Isso nos traz de volta a sua irmã — disse ele, assumindo um ar sério na mesma hora. —Você sabia que a integração neural dela chega a vinte por cento? Ela se submeteu a algum treinamento externo ou... — Parou de falar ao perceber que Anna tinha se perdido por completo no assunto.

Vinte por cento *do quê*?

— O que isso tudo tem a ver com encontrar Nika? — quis saber ela.

— Tudo — afirmou ele. — Foi o motivo de sua irmã ter sido levada. Ela é uma menina especial e... — Ele franziu o cenho de leve e atendeu ao celular. Devia ter recebido uma mensagem de texto, porque, ao olhar para a tela, sua expressão de estranheza se intensificou. — Desculpe, mas precisamos cair fora daqui imediatamente. — Ele abriu a porta do carro, no lado do carona.

— Humm — reagiu Anna. —Ainda não estou certa quanto a entrar em um carro com um homem que acabei de conhecer.

— Entendo sua posição. — Ele olhou para ela por um instante e suspirou de leve. — Eu posso ajudá-la a... confiar em mim.

— De que modo? Exibindo sua identidade de *detetive-cidadão*? — perguntou Anna. — Ou quem sabe um bilhete de sua mãe dizendo: *Confie em meu filho*?

— Minha mãe morreu.

Ela recuou e disse:

— Foi mal. Peço desculpas, de verdade. Isso foi... não tive a intenção de... — Ela não conseguiu evitar uma súbita enxurrada de lágrimas. — Minha mãe também morreu e... nossa! Como eu gostaria de tê-la bem aqui neste momento.

Ele a fitou, mas, apesar da solidariedade e da empatia que Anna notou em seus olhos, ele não se moveu. Simplesmente ficou parado ali, sem dizer uma palavra, e nada aconteceu, exceto...

Anna foi subitamente invadida por uma sensação de calor, paz e uma certeza calma de que tudo ia dar certo.

Joe Bach vai encontrar Nika.

Joe Bach vai trazê-la para casa.

Joe Bach é confiável.

Tanto ela quanto Nika estarão completamente a salvo com ele. Sempre.

Mamãe teria gostado muito dele...

— Temos equipamentos no instituto — disse ele, baixinho — que podem rastrear o celular de Nika. Sei que isso é algo que você quer fazer o mais rápido possível. No entanto, vou ser sincero, Anna: os homens que levaram sua irmã não são amadores. Jogaram fora ou destruíram o celular dela logo depois de pegá-la. Não vamos conseguir encontrá-la desse jeito.

Anna fez que sim com a cabeça.

— Mesmo assim eu quero tentar encontrá-la. Vai sair muito caro?

— Não — prometeu ele, saindo da calçada e dando a volta no veículo para chegar à porta do motorista. — Vamos.

Está na hora de irmos.

Joe Bach é um amigo.

Anna concordou mais uma vez com a cabeça e entrou no carro.

Mac se atrapalhou na porta do apartamento ao colocar a chave na fechadura. Desejou, e não foi a primeira vez, ter as habilidades telecinéticas de Bach e Diaz. Embora tivesse excelente capacidade para mover objetos grandes — carros, ônibus, eventualmente um avião —, ainda precisava desenvolver as habilidades motoras necessárias para desvendar os segredos internos de uma fechadura. É claro que, comparada a Bach e Diaz, ela ainda era relativamente novata nessas coisas.

— Quer que eu ajude? — ofereceu Shane, mas ela balançou a cabeça para os lados, tirou as luvas de couro e usou os dedos para enfiar a chave no buraco certo.

— Pronto! — A porta finalmente se abriu; assim que deixou o ex-marinheiro entrar, Mac percebeu que, se estivesse raciocinando com clareza, teria ligado o termostato quando eles ainda estavam no bar, para que o calor, a essa altura, já estivesse circulando pelos radiadores velhos do apartamento. Como não fez isso, o lugar estava gelado.

Mas o fato é que ela não andava pensando com clareza. Pelo menos com relação aos aparelhos que faziam um ambiente doméstico se tornar quente e aconchegante.

Mac nunca fizera nada além de mobiliar seus cômodos com o básico. Não pendurava quadros nas paredes, não colocava cortinas nas janelas; não colecionava enfeites, bibelôs, nem mesmo DVDs antigos e livros em papel, como algumas pessoas faziam.

O apartamento de Stephen Diaz no Instituto Obermeyer tinha prateleiras em todas as paredes disponíveis. Além disso, havia almofadões, utensílios de cozinha caros e obras de arte.

Mac levava pouca bagagem pela vida e não guardava nada.

Um apartamento como aquele, na parte decadente da cidade, era só um lugar onde ela podia desabar, de vez em quando.

Ou manter um cara com quem, ocasionalmente, gostasse de transar.

Tirou o boné e o cachecol, mas ficou com a jaqueta ao ir até o termostato sobre a porta da cozinha, onde programou o aquecimento para 24 graus, quente o bastante para ela andar pelada pela casa. Só que levaria algum tempo para a temperatura chegar a esse ponto. Até lá eles teriam de criar o próprio calor.

Isso mesmo!

Ela despiu a jaqueta e, ao se virar, viu o marinheiro ainda parado na porta, observando-a.

Caraca, ele era atraente demais! Alto, esbelto, com ombros largos, quadris estreitos e pernas compridas. Também era quase absurdamente lindo de rosto, com cabelo pesado ruivo-alourado, nariz reto, queixo firme e uma boca em formato gracioso, quase elegante e rápida demais para formar sorrisos sedutores.

Mais ou menos o que fazia naquele momento.

Era um cara com bom nível de educação e boas maneiras, e sua inteligência cintilava nos olhos azuis cor de céu perfeito sem nuvens.

Apesar de ela zombar da velha imagem de "um belo militar e também cavalheiro", a verdade é que ele era um tesão.

Exatamente o oposto de Justin — um homem adulto em comparação ao menino petulante que Justin encarnava.

O sorriso dele se ampliou ao se sentir analisado, e Mac não duvidou nem por um segundo que um homem bonito como aquele sabia exatamente o quanto era um tremendo gato. Seria capaz de apostar um mês de salário como ele cintilava os olhos daquele jeito de propósito, só para fazer o coração de uma mulher descompassar.

Estava funcionando.

Mas ela também tinha seus truques em se tratando de charme, e não podia reclamar dele.

Shane manteve os olhos com aquele calor especial enquanto continuava ali em pé, e a boca de Mac ficou seca na mesma hora.

— Você tem outro nome? — sussurrou ele. Até mesmo sua voz era sexy; um tom de barítono forte, rouco no ponto certo para obter uma textura única. — Além de *Mac*?

— Tenho sim.

Ele esperou, mas, quando ficou claro que ela não pretendia lhe informar qual era, riu de leve. Seu riso era quase musical.

— Tudo bem, serve — conformou-se.

— Sério? — perguntou ela.

— Vai ter de servir, não é? — Ele despiu a jaqueta e a jogou sobre o sofá, mas não se aproximou nem um centímetro.

— Você poderia sair batendo a porta, irritado — lembrou ela.

Ele riu mais ainda ao ouvir isso, com ar genuinamente divertido.

— Suponho que, em um universo paralelo, eu poderia, de fato, sair bufando. Mas isso não vai acontecer aqui. — Olhou em torno nesse instante, notando a sala de estar pequena e mobiliada com parcimônia, bem como o cantinho para refeições, o balcão que o ligava à cozinha minúscula e o corredor curto que levava, em poucos passos, ao quarto. Nesse instante, olhou de volta para Mac, claramente à espera de uma sugestão.

Foi o que ela fez.

— Eu poderia lhe oferecer uma cerveja ou algo para comer — explicou, caminhando pelo corredor —, mas não venho aqui há algum tempo e tenho certeza de que os armários estão vazios.

— Por mim, tudo bem, mas... posso lhe fazer uma pergunta? — disse ele enquanto a seguia para o quarto, onde ela acendeu o abajur ao lado da cama. Ele não esperou autorização dela. — Estou aqui *por causa* ou *apesar de* estar na lista negra da Marinha?

— Nenhum dos dois — garantiu Mac. — Está aqui porque foi honesto. — Ela olhou para ele por sobre o ombro e se sentou no lado da cama que ficava mais distante da porta. Havia ironia em suas palavras, porque nem por todo o dinheiro do mundo ela seria honesta com ele a ponto de confessar: *Você também está aqui porque, quando me tocou de leve, conseguiu aumentar meus poderes mentais de autocura a níveis espantosos, e eu mal posso esperar para ver o que acontecerá com o meu tornozelo quando fizermos sexo.* — Por acaso eu gosto de caras honestos — completou.

— Vou anotar: devo ser mais honesto. — Ele ficou parado na entrada novamente, encostado de leve no portal enquanto a observava afrouxar os cadarços das botas.

— Não se esqueça de colocar um emoticon sorridente ao lado da nota — disse ela. A bota direita saiu com facilidade e bateu no chão com um baque surdo. Descalçar a esquerda seria um desafio, e ela hesitou.

— Acho que nunca coloquei um emoticon sorridente ao lado de nada que tenha escrito. — Ele riu.

— Nunca?

— Nunquinha. — Ele ressaltou a palavra.

— Já imaginava — disse Mac. Era melhor manter a bota calçada por enquanto. Embora isso fosse *esquisito* na hora de tirar a calça, o que iria acontecer logo. Pelo menos torcia por isso. — Estava brincando. É que você parece um escoteiro.

— Longe disso. — Ele tornou a rir ao ouvir isso, e afastou os olhos dela para analisar o quarto com atenção: cama simples em estilo plataforma, cômoda, espelho, armário, tudo de segunda mão. Mac percebeu pela mudança na pose dele que atingira um ponto fraco sem querer.

— Isso não é ruim — apressou-se em dizer. — Ainda mais *neste mundo* em que vivemos; eu não quis zoar você, foi mal.

— Tudo bem, não vou sair batendo a porta irritado — garantiu ele, fitando-a novamente.

— Mas dessa vez você pensou na possibilidade — brincou ela.

— Não pensei não, dona. — Shane riu. — Não pensei mesmo.

— Tudo bem, desculpe então. Só que você acabou de provar que é um bom menino e um bom escoteiro: quem mais chama alguém de "dona"?

— Não sou um menino.

— Pode acreditar que estou bem ciente disso.

Nesse instante, ao ver tanto calor em seus olhos, Mac teve a certeza de que ele faria o primeiro movimento: arrancaria fora a camiseta, se juntaria a ela na cama e a beijaria loucamente, como fizera na rua. Mas ele não fez nada disso. Continuou em pé, fitando-a e sorrindo de leve, o que funcionou muito bem com o fogo brando que havia em seus olhos lindos.

— O que você é nessa história? — perguntou ele por fim, cruzando os braços sobre o peito de um jeito que tornou seus bíceps imensos, obviamente de propósito. Também não foi por acaso que sua camiseta era tão agarrada no corpo. — Se eu sou um escoteiro, você é o quê?... A garota com um dragão tatuado?

Ela respondeu a essa pergunta em parte arrancando a camiseta regata sobre a cabeça.

— Nenhuma tatuagem — disse ela. — De dragões ou de qualquer outra coisa. Sinta-se à vontade para verificar mais de perto.

O calor aumentou ainda mais nos olhos dele, que era um homem observador e percebeu que ela ainda não descalçara a bota esquerda. Por fim, se aproximou calmamente e foi até o lado da cama onde ela estava.

— Precisa de alguma ajuda com isso?

— Estou um pouco receosa de arrancá-la — admitiu Mac.

Ele parou. Ficou claro que ele estava prestes a lhe fazer uma pergunta do tipo: *Quando, exatamente, você machucou o tornozelo?*

Mac não queria ser falsa com ele. No máximo não diria nada, ainda mais depois de ele ter sido tão honesto ainda há pouco. Pensando rápido, disse, sem mentir:

— Estou um pouco melhor da torção, mas acho que é porque a bota oferece apoio e protege bem. Não a tirei desde que torci o tornozelo. — Não mencionou que sentira uma melhora instantânea depois que ele a tocou no bar. Depois do beijo, então...!

— Vamos devagar — propôs ele. — O que o médico disse?

— Bem... — Mac fez uma careta.

Shane riu, e seu sorriso foi como um raio de sol vindo de Deus... Nossa, essa era a imagem mais banal que poderia aparecer em seu cérebro! Mac pensou em Justin, que diria algo exatamente assim, mas ela não precisava de um arco-íris após uma tempestade em uma ilha tropical, nem do silêncio perfeito depois de uma nevasca ao amanhecer, nem de um sol ou de um luar glorioso, nem de flores primaveris, nem de cãezinhos nem coelhinhos brancos peludos, recém-nascidos. No entanto...

Ele se agachou ao lado da bota ainda calçada e a fitou com olhos azul néon quando disse:

— Você *sabe* que existe um monte de ossos minúsculos nos pés e nos tornozelos, não sabe? Pode ser que você tenha uma fratura por estresse mecânico e nem perceba. Se quiser, eu a acompanho até um hospital.

Ele era tão lindo, sincero, cheio de bondade e... tudo bem, estava louco para trepar com ela. Afinal, era para isso que estava ali. Mas também parecia sincero em seu desejo de ajudar. Não havia nada de maligno nele, pelo menos nada que ela pudesse sentir. E não tinha problemas com sexo. Gostava de transar e se sentia bem por isso.

Certamente também queria tirar o sutiã dela naquele momento. Mac percebeu isso ao ver que ele não tirava os olhos dali, como se tentasse adivinhar onde ficava o fecho, para poder tirá-lo.

— Não tem fecho — informou ela, no instante em que ele se ajoelhou ao seu lado como um cavaleiro de armadura dourada que acabara de chegar para salvá-la. — Ele sai por cima da cabeça. Quanto a irmos a um hospital, essa não é uma boa ideia.

Ele entendeu as palavras dela de forma errada.

— Claro que não, eu compreendo. Não raciocinei direito...

— Mas não é por você estar na lista negra, marinheiro. Estou pouco me lixando para isso — garantiu. — O problema é que os registros médicos não são mais lacrados, algo que você vai descobrir assim que se ajustar à nova vida no mundo real. Temos um centro médico no lugar onde eu trabalho. Lá eu poderei ser atendida e manter *tudo* em nível confidencial.

Ele concordou e a fitou com aqueles olhos, aquele rosto!

— Se quiser, posso ajudá-la a ir até lá.

— Acho que meu pé já está melhor — disse ela, pigarreando para limpar a garganta. — Acho que eu só preciso de uma... ajudinha para tirar a bota e a calça. Pode ser?

— Mas se você está com dor...

— Estou com dor — concordou ela —, mas isso não tem nada a ver com o pé.

— Isso não é bom — murmurou Shane.

Ela levantou o sutiã e... tudo bem, que se dane, mas seus seios balançaram um pouco quando o arrancou pela cabeça. Mac nunca fora peituda, mas não havia mulher no mundo que não tivesse uma *gordurinha* extra em algum lugar. Diferentemente da maioria das mulheres, porém, Mac tinha habilidades que a permitiam movimentar a gordura a seu favor, quando queria.

Ainda mais com um homem assim olhando para ela daquele jeito, é claro que queria.

Ele gostou do que viu quando o sutiã subiu, isso ficou claro. Também demonstrou surpresa, embora tenha tentado disfarçar. Mas não se conteve e olhou para o sutiã que ela jogara sobre a cama, exclamando:

— Uau, esse troço realmente...

— Achata os peitos — completou ela. Isso não era mentira. Pelo menos não de todo.

Mac percebeu que ele gostaria de levar mais algum tempo contemplando-a, mas também queria a mesma coisa que *ela*, e isso não iria acontecer até ela tirar a calça, e se focou no problema imediato.

— Que tal se eu firmar a bota no lugar para que você mesma... — Ele fez exatamente isso, colocando a sola da bota sobre sua coxa como se fosse o vendedor de sapatos mais sexy do mundo, ao mesmo tempo que segurava as laterais do calçado com as mãos grandes, com muito cuidado para não lhe torcer o tornozelo. — Pronto! Agora você pode puxar depressa ou devagar, como preferir.

Mac respirava com dificuldade. E não era só por saber que ia doer, mas por conseguir sentir a energia dele através do couro espesso da bota. Sua coxa. Suas mãos. Que diabo de energia era aquela que, só por tocá-la, fazia seu poder ficar exponencialmente maior?

Tipo um mais um é igual a 485.

Tipo... se ele a tocasse novamente, pele com pele, ela iria entrar em combustão. E como ela não queria pular em cima daquele homem com uma bota calçada e a calça presa em torno da perna...

— Vou puxar de uma vez só — avisou ela. — Direto e rápido. Segure firme, OK?

— Pode deixar.

— Só para ficar registrado. Quero tudo direto e rápido nos outros departamentos também.

— Devidamente anotado. — Os olhos de ambos se encontraram. — Estou tão inspirado que talvez passe a usar emoticons sorridentes, portanto... — Abriu um sorriso imenso, feliz e cheio de dentes.

Ela sorria no instante em que puxou o pé para fora da bota.

— Oh, merda, *merda*! — Seus olhos se encheram de lágrimas e ela percebeu que tinha estourado feio o tornozelo naquela escada, já que ele continuava a doer com muita intensidade, apesar da capacidade de Mac para bloquear a dor. É claro que o fato de ela ficar circulando por aí sem cuidar da torção não ajudara muito.

Shane ficou parado um pouco acima dela, com medo de tocá-la e perguntando:

— Ei, você está bem? Deixe ver. Posso ver a torção?

Mac balançou a cabeça para os lados com força. Não! Ela não queria tirar a meia; se só de *pensar* em fazer sexo com aquele homem fez sua lesão melhorar a ponto de ela conseguir correr, imagine... É claro que a bota lhe dava o suporte que o pé precisava, mas *mesmo assim*...

Imagine só o que poderia acontecer quando ele se lançasse dentro dela. Meu bom Deus... Ela abriu a própria calça e a arriou até as coxas.

— Ajude-me — pediu.

— Mac, por favor, não quero machucar você...

— Estou numa boa. Por favor, Laughlin, simplesmente pegue as pernas da minha calça e puxe!

Ele era realmente um soldado obediente, pois atendeu prontamente ao comando dela, o que a deixou deitada de costas na cama, usando apenas a calcinha e a meia esquerda. Enquanto isso, Shane continuava completamente vestido.

Mas não por muito tempo. Ele jogou a calça dela no chão, deu *adiós* à própria camiseta, jogando-a sobre a calça caída, e revelou um torso digno de aparecer na capa de qualquer revista eletrônica de fitness. Ombros lindos, braços fortes, barriga de tanquinho. E aqueles músculos não eram apenas para exibição. Pareciam muito funcionais.

Diferentemente de Mac, ele tinha *muitas* tatuagens — uma coleção de arte que seria de esperar em um garoto idealista a ponto de se alistar na Marinha. Uma linha de arame farpado circundava seu bíceps; havia uma indispensável âncora no antebraço, e um sapo de desenho animado vestindo roupa de mergulho sorria junto do seu ombro. Também havia palavras e símbolos inesperados. Um verso da canção de John Lennon... *Imagine all the people living for today*; uma rosa singela, um símbolo de paz; alguns caracteres chineses representando verdade e honra tinham posição de destaque sobre o seu coração.

Enquanto ela o olhava, lendo e admirando tudo, ele já chutava as botas e arriava a calça. Arriou a cueca — branca e muito justa, nada de novo nisso — junto com o jeans. Tirou as meias e ficou mais nu do que ela, e Mac se surpreendeu com o equipamento exibido.

Mas não foi exatamente uma surpresa, considerando o peso dele, sua altura e calma autoconfiança. Ele oferecia, literalmente, um pacote completo e muito mais, e é claro que sabia disso.

Era também uma daquelas criaturas raras: um sujeito de cabelo claro que conseguia ficar bronzeado. Era óbvio que estivera recentemente em um lugar mais quente e mais ensolarado que a chuvosa Boston de três graus em plena primavera. Sim, era isso que ela admirava naquele momento: seu bronzeado forte e o cabelo claro nos braços e pernas musculosos.

Ela tirou a calcinha com muito cuidado para não piorar o tornozelo machucado, consciente de que ele a observava com atenção, oferecendo-lhe o espaço que ela precisava enquanto se inclinava na direção dela. Ele ainda se preocupava com o pé dela, mas quando disse: "Acho que você devia me deixar examinar isso", e ela esticou o braço para tocá-lo, teve certeza.

O contato pele com pele foi surreal — como uma explosão quente e cintilante —, e ela se ouviu rindo alto ao beijá-lo, enquanto ele quase a devorava por inteiro.

— Mas que diabo...? — Ela o ouviu ofegante entre um beijo e outro, mas, mesmo espantado, ele também riu muito. Quando ambos tentaram se movimentar ao mesmo tempo — Mac rolando-o para cima dela entre as pernas abertas e Shane tentando colocá-la por cima dele, para fazê-la cavalgá-lo —, ela precisou forçar pouco. Na mesma hora ele se rendeu, deixando por conta dela a escolha da posição, para não lhe machucar o pé.

Shane também deixou que Mac decidisse quanto do peso dele estava disposta a suportar, e quando ela o puxou mais para perto, ele não se segurou. Simplesmente continuou a beijá-la, com o peito sólido contra os seios dela, suas pernas poderosas enlaçadas às dela e sua ereção... Quando ela baixou a mão para enlaçar o membro dele com seus dedos ávidos, segurando-o com firmeza para colocá-lo na posição certa, encontrou a mão dele, que também a explorava lentamente. E percebeu que ele fazia algumas flexões com um braço só, até que parou de beijá-la por um instante, recuou e a fitou fixamente.

Pareceu um pouco atônito, e ela deve ter parecido igualmente chocada quando ele enfiou dois dedos dentro dela, a princípio devagar e depois mais fundo, tocando-a e explorando-a, enquanto ela o agarrava pelo membro e o acariciava. Nesse instante, a expressão dele não foi de surpresa, mas de puro êxtase paradisíaco.

Quando Shane sussurrou: "Puta merda!", e Mac sentiu que ele estava prestes a ejacular, ergueu os quadris ao mesmo tempo que ele tirava a mão do caminho. Ela o puxou com força e bem fundo para dentro de si.

Não foi tão bom quanto ela havia imaginado — foi melhor! — e ele assumiu o controle. Levou o pedido *direto e rápido* ao pé da letra e, mais uma vez, entendeu que ela não o deixaria machucá-la, pois não era uma flor delicada e frágil que poderia se despetalar ou ser esmagada.

Mac sentiu o prazer incomensurável e absoluto que o fazia estremecer por dentro, e se ela mesma já não estivesse a ponto de gozar, isso a teria incentivado. Do jeito que foi, o orgasmo lhe explodiu por dentro, e ela fechou os olhos com força porque a mesma luz intensa e ofuscante voltara, como se eles estivessem realizando uma entrada rápida de volta à Terra, vindos de algum ponto acima da estratosfera e queimando em contato com o ar. Ela se agarrou a ele, seu corpo se esforçando para recebê-lo por inteiro enquanto o calor, a urgência e a vibração continuavam a acelerar e girar loucamente como um foguete que corta o ar.

Aquilo estava totalmente fora de controle, assim como ela. Mac sabia disso, mas adorou cada segundo frenético dessa viagem louca.

Por Deus, quando foi a última vez em que ela se sentira daquele jeito?

Nunca.

Mac jamais havia sentido algo remotamente tão louco e prazeroso. Pena que, como tudo que é bom, o momento acabou. E ali ficaram eles, largados, sem fôlego e lutando em busca de ar, por cima dos lençóis e da colcha que ela havia comprado meses antes; os lençóis onde Justin tinha comido a nova namorada antes de sair da cidade para sempre, o que serviu de gatilho para o desenrolar de eventos que haviam levado Mac até o Father's Bar, onde ela conhecera o menino escoteiro que fora da Marinha e tinha acabado de fazê-la visitar o Paraíso.

Ela o ouviu arquejando com força, tentando retomar a respiração, e sentiu o martelar do coração dele, que continuava colado nela.

— Que trepada! — Shane conseguiu balbuciar, sem fôlego, e ela riu porque a expressão descrevia tudo por si só, não é?

Ele riu também, em um grunhido que ela mais sentiu do que ouviu.

Foi nesse instante que ele começou a beijá-la com os lábios mal roçando os dela. Aquilo foi um espantoso contraste em comparação ao sexo barra-pesada que tinham acabado de curtir. Era doce. Suave. O beijo de um amante, e não de um desconhecido que ela acabara de pegar em um bar.

Ele riu mais uma vez e perguntou:

— Fomos nós que fizemos isso?

Mac percebeu que seus olhos estavam abertos, mas o quarto — o apartamento inteiro, por sinal — estava às escuras. Todas as luzes haviam apagado.

— Brincadeira — disse ele ao beijá-la mais uma vez, não mais que uma sombra fracamente iluminada por trás pela luz do poste da esquina que penetrava no quarto coada pela cortina barata que ela havia comprado e instalado quando percebeu que as velhas persianas eram transparentes. — Deve ter sido um pico de energia. Onde fica a caixa de luz?

— Na cozinha — conseguiu dizer, enquanto a pergunta dele ecoava em sua cabeça. *Fomos nós que fizemos isso?*

Antes de ela perceber, ele se afastou, saindo de dentro dela — e todo o calor do contato corporal pleno desapareceu de súbito. Ela deve ter feito algum som de reclamação, porque ele voltou na mesma hora, beijando-a loucamente com lábios possessivos, mas não menos doces.

— Não vá a lugar algum, gata — cochichou ele. — Volto já. Prometo.

Mac não conseguiu se impedir de agarrá-lo pelo braço. E também não conseguiu evitar a pergunta:

— Quem *é* você?

Shane tornou a rir, espalhando um pouco mais de calor na escuridão com seu hálito doce e quente junto da bochecha dela.

— O engraçado é que eu ia lhe perguntar a *mesma coisa*. Logo depois da pergunta mais importante: podemos fazer tudo de novo?

— Estou pronta assim que você estiver — ela conseguiu dizer.

Ele se inclinou para beijá-la, desta vez mais devagar, em uma lentidão absoluta, e ela se sentiu derretendo contra ele.

— Hummm... — exclamou ele. Saiu da cama, mas não foi para a cozinha. Em vez disso, seguiu na direção da janela e abriu um pouco a cortina. O bastante para deixar apenas um raio de luz prateada penetrar no quarto, a fim de que Mac pudesse vê-lo e ele também tivesse chance de apreciá-la. — Assim está melhor — decretou ele ao se juntar a ela na cama, sorrindo para seus olhos dourados. Em seguida, passou a avaliar seu corpo demoradamente, centímetro a centímetro, de cima a baixo.

Mac riu quando ele a virou de lado para em seguida erguer-lhe um dos braços e depois o outro.

— O que você está faz... — tentou perguntar.

— Até agora nenhuma tatuagem — confirmou ele. — Mas talvez por baixo dessa meia...

O tornozelo doía pouquíssimo quando ela esticou o braço e tirou a meia. Agitou os dedos dos pés alegremente, girou o pé para a direita e depois para a esquerda. Mac sempre se curava mais depressa quando fazia sexo, e confirmou isso naquele momento. Só que dessa vez a transa fora muito além das expectativas.

— Olha só! Até que não parece tão mal — observou Shane.

— Sinto algumas fisgadas distantes — disse ela, o que não era mentira, mas também não chegava a ser verdade. — Viu só? Sem tatuagens.

— Humm... — observou ele. — Faltou revistar um ponto... — Gentil, mas com muita firmeza, ele abriu as pernas dela, e Mac riu novamente. — Definitivamente, nada de tatuagens. Mas talvez seja melhor eu analisar mais de perto...

Sorrindo, ela ergueu um pouco o corpo e se apoiou sobre os cotovelos para observá-lo beijando a parte interna de suas coxas.

Shane ergueu os olhos e sorriu de volta.

— Só para deixar registrado — informou —, se quiser mais, eu estou *sempre* pronto. E se não estiver, posso improvisar. — Ele olhou para baixo e depois seus olhares se encontraram mais uma vez antes de ele se inclinar para continuar a beijá-la entre as pernas. De novo. De novo. E...

Mac se ouviu gemer de prazer.

Só que desta vez...

Desta vez ela gozou em câmera lenta, com os dedos perdidos em meio aos cabelos maravilhosos de Shane Laughlin.

5

A linha entre ser um homem e um deus era muito fina. Um limite muito fácil de ser ultrapassado por um Maioral.

Bach não pôde deixar de pensar nisso enquanto dirigia o carro e levava Anna Taylor para o Instituto Obermeyer.

Ela não lhe dera consentimento.

É claro que quando eles chegassem ao Instituto, ela visse os guardas no portão e os procedimentos de segurança para o acesso, certamente ficaria mais descansada. Depois, notaria a atividade intensa do lugar, mesmo tão tarde da noite. E então conheceria Elliot, conversaria um pouco com ele e todas as dúvidas que ainda restassem desapareceriam. Elliot tinha esse efeito sobre as pessoas.

Ele também ajudaria Bach a explicar quem havia raptado Nika e por quê.

Até esse momento, porém, Bach precisava manter a confiança de Anna em nível constante, para que ela não entrasse em pânico — e isso significava que ele teria de passar os próximos vinte minutos dentro dela.

Tudo bem, a expressão foi *mal empregada*. Mesmo não passando de um pensamento fugaz que não fora compartilhado com alguém, isso não era apropriado.

Bach iria passar os próximos vinte minutos *dentro da cabeça dela*.

O que era provavelmente mil vezes mais íntimo do que qualquer ato sexual poderia ser.

Bach ergueu um escudo duplo para seus próprios pensamentos, pois permitir a si mesmo pensamentos sobre sexo, mesmo periféricos e distantes, enquanto estava *dentro da mente* de Anna, não seria nada bom.

Focou no aspecto positivo da situação. Ele *iria* encontrar Nika.

Mesmo assim, sentiu que o desconforto de Anna aumentou no instante em que entrou na Mass Pike, a principal autoestrada da cidade. Olhou de lado e viu que ela o observava com atenção, os olhos castanho-escuros muito arregalados e o rosto lindo iluminado unicamente pela luz do painel.

— Vamos encontrar sua irmã — garantiu ele, ecoando as mesmas palavras que plantara em sua mente, junto com *Joe Bach é confiável; você está a salvo com ele; tudo será explicado no Instituto Obermeyer.* Em seguida, continuou: — Será muito útil conhecer os detalhes do rapto, saber quem foi a última pessoa que a viu e quando isso aconteceu. Sabe informar se Nika chegou a assistir às aulas de hoje ou se foi pega antes de chegar à escola?

Anna fez que sim com a cabeça. Bach percebeu que ela acreditava em uma coisa: quanto mais depressa encontrassem sua irmã, melhor. O fato, porém, é que não fazia a *mínima* ideia do perigo que Nika corria, um perigo que ela também corria. Anna acreditava em ação e odiou o fato de — pelo menos nos próximos vinte minutos — ser forçada a esperar ali sentada.

Embora Bach estivesse dentro de sua mente, havia uma diferença grande entre lançar sensações de calma e tranquilidade e passear ali por dentro sem ter sido convidado, vasculhando as lembranças e os pensamentos de Anna. Também sabia que conversar a respeito do problema a faria sentir — pelo menos um pouco — que tomava *alguma providência* para trazer a irmã de volta.

— A última pessoa a ver Nika, que eu saiba — informou Anna —, foi a professora de literatura inglesa, Erika Hodgeman. Liguei para ela. Nika estava em sala durante a última aula do dia. Não havia nada estranho, ela não parecia preocupada, entregou o dever de casa normalmente e se saiu muito bem em um teste surpresa. Perguntei à sra. Hodgeman se ela sabia algo sobre Nika ter feito novas amizades recentemente, mas... — Anna balançou a cabeça — ... ela me disse que não sabia informar, mas garantiu que Nika entrou e saiu da escola sozinha, como sempre fazia.

— Quer dizer que ela assistiu a todas as aulas? — perguntou Bach, em meio à dor e à tristeza de Anna ao lembrar que sua irmã ainda estava se adaptando às novas rotinas. — A que *horas* foi isso?

— Duas e 27 da tarde — garantiu Anna, e sorriu com ar cansado diante do olhar questionador dele. — Sei disso com precisão porque ela me enviou um torpedo pelo celular. Geralmente eu vou até a escola para pegá-la, e faço questão de acompanhá-la de volta até nossa casa. Só que recebi uma ligação esta manhã, me chamando para uma entrevista de emprego. Mandei uma mensagem de texto para Nika avisando onde eu estaria. Ela me respondeu de volta na saída da escola, exatamente às 14h27, e me desejou *boa sorte*.

— Onde foi essa entrevista? — quis saber Bach.

— No centro da cidade — respondeu Anna, franzindo o cenho de leve. Algo sobre a entrevista a incomodou nesse instante.

— Era entrevista para quê? — insistiu ele.

— Isso importa?

— Talvez.

Ela suspirou.

— Era para um cargo de secretária na Montgomery & Lowden, um escritório de advocacia especializado em falências. Fica perto do prédio central do governo do estado. Assim que entrei, percebi que aquilo seria perda de tempo. Provavelmente estavam à procura de alguém mais velho. Houve certa confusão também a respeito da entrevista. Eu não estava na lista e eles nem sabiam onde estava meu currículo. Foi meio... esquisito.

— Mesmo assim, alguém ligou para marcar essa entrevista — assinalou Bach.

Ela olhou para ele e demonstrou medo e compreensão do que poderia ter acontecido. Virando-se de lado, Anna abriu a bolsa e ele percebeu que ela buscava o celular.

Bach observou Anna, com um olho na estrada, enquanto ela mexia na bolsa.

Era linda, com uma profusão de cachos escuros que lhe desciam em cascata sobre os ombros, e tinha olhos castanho-escuros que teriam revelado tudo o que sentia, mesmo que Bach não tivesse montado acampamento em sua mente. Seu rosto por si só já era lindíssimo, com a pele muito lisa em tom de café; não lançava nenhum navio ao mar, muito menos mil deles, como se dizia de Helena de Troia, mas só até o instante em que sorria.

E quando sorria...

Bach tentou dissecar o que vira até ali, para ver se fazia sentido, mas não conseguiu, nem poderia. A boca de Anna era, talvez, um pouco mais generosa do que a da maioria das pessoas, com lábios que o faziam pensar em demasia sobre o simples prazer de um beijo, a tal ponto que ele se obrigou a parar de olhá-la para focar a atenção apenas na estrada.

Era estranho o que ele sentia. Estranho e importuno.

Bach sempre se achou um homem de sorte. Apreciava mulheres lindas; gostava da sua companhia, da sua conversa, do seu companheirismo. Mas nunca havia se deixado desviar ou distrair por causa de atração sexual. Tivera sucesso em fechar essa porta de si mesmo.

Mesmo quando sentia um vislumbre de desejo tentando entrar, nunca era algo que não conseguisse controlar.

Isso tornava a sua vida muito menos complicada.

No tempo em que havia morado em um mosteiro, viu vários Maiorais com dificuldade para aceitar a ideia de celibato. Conforme Bach descobrira naquela noite, Stephen Diaz era um dos que, pelo visto, ainda lutava para aceitar sua vida monástica.

Bach nunca tivera problemas quanto a isso.

Sua teoria para esse fato era que ele conseguira, ainda jovem, ligar a sensação de atração sexual à ideia de amor romântico, e fizera isso de forma completa e irreversível. Não foi de propósito, na verdade; simplesmente acontecera desse jeito para ele. Se a guerra não tivesse interrompido sua trajetória, ele e a doce Annie Ryan teriam sido um daqueles casais que se casavam logo depois do ensino médio e passavam a vida toda em profundo contentamento e harmonia.

Só que a guerra *tinha* interrompido isso. A guerra e muitas outras coisas.

Agora, Annie se fora e Bach estava sozinho. E como "amor à primeira vista" era um conceito ridículo — uma ideia absurda, pois ninguém poderia amar alguém que não conhecia —, Bach viajava pela vida sabendo que, por não amar, não poderia sentir desejo.

Até que entrou em cena Anna Taylor. Em cuja mente ricamente complexa Bach havia entrado quase sem hesitação.

Uma pessoa que ele certamente conhecia muito melhor agora do que dez minutos atrás.

Ela encontrara o celular e deslizava a tela em busca da chamada que recebera mais cedo.

— Foi feita do código de área 781 — informou com ar triunfante. — Eles me chamaram para a entrevista de emprego pouco antes do meio-dia.

— Não use esse celular para ligar de volta para eles — avisou Bach, entregando-lhe o próprio celular. — Use o meu. Assim que digitar o número, desligue o seu aparelho.

Bach sentiu a confiança de Anna balançar. Quem era ele, o que ela fazia naquele carro e por que deveria confiar naquele homem?

Joe Bach encontrará Nika.

Joe Bach nunca machucará você.

Todas as suas perguntas serão respondidas...

Bach sentiu a nova rendição dela, que fez como ele a instruíra, teclando os números no celular dele e colocando-o no ouvido, os braços cruzados, o rosto com expressão intensa e os olhos vagamente desfocados.

— Está chamando... — murmurou, olhando para ele.

Bach fez que sim com a cabeça e ativou o telefone do painel, apertando os botões instalados no volante que serviam para contatá-lo ao Instituto Obermeyer.

— Se cair na caixa postal, não deixe recado — aconselhou Bach, e ela assentiu.

De repente, sentiu o desapontamento dela quando a ligação caiu.

— Simplesmente parou de tocar — relatou ela —, e logo depois houve um bipe.

No Instituto Obermeyer, Elliot atendeu.

—Vejo pelo GPS que você está voltando para cá.

— Isso mesmo — confirmou Bach. — Estou levando Anna Taylor. Você está no viva voz, Elliot. Temos um número de telefone que precisamos saber de onde é. Você poderia me ligar com o sistema de...

— Nada disso, Maestro, deixe que eu mesmo procuro — reagiu Elliot. — Vai ser moleza. Muito prazer, Anna, irmã de Nika Taylor! Qual é o número?

Bach olhou para ela, que informou em voz alta o número a ser pesquisado.

— Meu nome é Elliot, a propósito. Vamos nos conhecer pessoalmente quando vocês chegarem aqui e... opa... segundo o computador, esse número pertence a um celular descartável que ainda não foi ativado.

— Isso não faz sentido — reagiu Anna.

— Na verdade, faz — afirmou Bach. — Se um hacker teve acesso a esse número...

— Espere um *instantinho* — interrompeu Elliot —, estão chegando novas informações... Ele pertence à operadora Blacklight, que vende celulares e programas de comunicação em... — ele suspirou de forma dramática — ... em todas as megastores do país. Desculpem. Isso não ajuda nem um pouco, eu sei. Vocês receberam algum pedido de resgate feito desse número?

— Não — respondeu Bach —, mas alguém o usou para ligar para Anna, isto é, srta. Taylor. Queriam ter certeza de que ela estaria em outro lugar na hora em que geralmente pega Nika na escola; foi nesse momento que acreditamos que a menina tenha sido raptada.

Anna ficou irritada e angustiada consigo mesma.

— Eu devia ter ligado para a empresa a fim de confirmar a entrevista.

— Por que faria isso? — consolou-a Bach. — Era uma entrevista de emprego. Quem ligou sabia que você procurava emprego. E não deve ser só isso que eles sabem a seu respeito. Devemos ser gratos por não terem usado um método mais permanente para tirá-la de cena, desde o princípio.

A família da garotinha seguinte provavelmente não teria tanta sorte.

No painel, Elliot disse:

—Vejo que o tempo estimado para a chegada de vocês é de dez minutos. Estaremos prontos para recebê-los.

— Obrigado. E quanto ao estado de Hempford? — quis saber Bach, embora imaginasse que a resposta era óbvia, já que Elliot estava diante do monitor, atendera à ligação e rastreara o número pessoalmente, em vez de passar a tarefa para algum subordinado.

— Sinto muito, Joseph. Ele não conseguiu.

Merda.

— Quero saber o que esse homem tinha em comum com todos os outros usuários que coringaram logo na primeira dose — disse Bach. — Quero detalhes. Nada deve ser considerado insignificante ou sem relevância.

— Já estou pesquisando — disse Elliot. — O banheiro dele era azul; seu carro era um BMW; usava cuecas samba-canção azuis; estava no terceiro casamento, com uma mulher 31 anos mais nova; bebia Merlot comprado em Sonoma, Califórnia; formou-se pelo Boston College em 1985 e...

— Desligando... — avisou Bach, e cortou a ligação.

— Coringaram... — murmurou Anna Taylor, e olhou para Bach, repetindo a palavra. — *Todos os outros usuários que coringaram...?*

Bach fez que sim com a cabeça. Talvez aquele fosse um bom momento para dar início às explicações.

—Você já assistiu ao filme *Batman*?

— O antigo, com... não era George Clooney?

— Clooney fez o papel de Batman também, mas estou falando da versão com Christian Bale. Havia um personagem, um supervilão, que se chamava Coringa. Era especialmente assustador por ser completamente insano.

Anna o olhava e ouvia com atenção.

— Usuários que *coringaram...*

— São viciados que enlouqueceram, em nosso jargão — explicou ele. — Existe algo nessa droga em particular que faz com que parte significativa dos usuários perca a razão.

— Anfetamina cristalizada? — quis saber Anna, ansiosa. — Porque eu acho que uma das minhas vizinhas é usuária de anfetamina.

— Não se trata de anfetamina. — Bach balançou a cabeça ao pegar a saída para a rota 30. — É nesse ponto que a coisa fica meio estranha.

Shane acordou e se viu sozinho na cama, ainda no escuro.

Ou quase isso.

Um pouquinho de luz entrava pela fresta que ele deixara entre a ponta da cortina e o peitoril. Logo em seguida, percebeu uma luminosidade suave que parecia vir da sala do apartamento também.

Do lugar onde estava, parecia luz de velas.

Tirou o cobertor que alguém — Mac — colocara sobre ele e encontrou o jeans no chão, onde o havia deixado. Vestiu a calça e ainda a estava abotoando ao entrar na cozinha.

Mac tinha realmente acendido uma vela.

Usava a camiseta dele. Embora ele gostasse de pensar que Mac a usava apenas por pertencer a ele, o mais provável é que aquilo tivesse sido a primeira coisa que ela pegara no chão, ao se levantar da cama.

Mesmo assim, a peça ficava linda nela. Batia no meio de suas coxas, pois ela era muito baixa, e ele gostou da possibilidade de Mac não usar mais nada por baixo, além disso.

Puta merda, ele se viu excitado com ela. Novamente. Rapidinho.

Por outro lado, na contagem, ela gozara três vezes, contra duas dele. Isso significava que ele estava ganhando, certo?

— Oi! — cumprimentou ela, com sua voz meio rouca que parecia pertencer a uma mulher muito maior. — Como estava ficando frio demais, eu vim até aqui para... ahn...

Ela ligara o aquecedor novamente. Shane estendeu a mão na direção do aparelho vetusto, que parecia fazer jus à função.

— Realmente deve ter havido algum pico de energia — continuou ela. — Todos os circuitos da caixa de luz foram desligados.

Ela conseguira ligar o micro-ondas, mas a luz interna estava apagada. O aparelho zumbia e o mostrador de LED estava em contagem regressiva. Quarenta e sete... 46... 45...

— Consegui religar o termostato e alguns dos equipamentos da cozinha — relatou Mac —, mas a luz interna do troço deve ter queimado. — Balançou a cabeça.

— As lâmpadas do teto também. Sobrecargas elétricas fazem isso — informou Shane, e uma parte dele pareceu pular de lado e lhe dar um soco na cabeça pela idiotice do papo. Por que ele não estava de joelhos diante dela, demonstrando sua devoção e adoração eternas?

Por que ele não estava ao lado dela, beijando-a de cima a baixo e erguendo-a no colo para colocá-la sobre o balcão da cozinha, que tinha a altura perfeita para ele se lançar dentro dela mais uma vez?

Ela queria que ele fizesse isso. Deu para perceber pelo jeito como estava em pé, meio ofegante ao olhar para ele com os mamilos apontando por baixo da camiseta.

Mas o micro-ondas apitou e ela se virou para abrir a porta, o que fez a camiseta se erguer um pouco e...

Sim, ela não usava nada por baixo.

Ao colocar a caneca de chá sobre o balcão, ela ergueu a vista. Shane viu seu próprio reflexo e muito calor nos olhos dela. Mas ela suspirou e disse:

— Preciso ir. Surgiu um problema no... trabalho.

A hesitação dela antes da palavra *trabalho* o fez hesitar também.

Será que estava avaliando errado tanto a situação quanto ela? Será que era apreensão o brilho nos olhos dela que ele interpretava como tesão? Será que era apenas uma desculpa fácil para Shane ir embora?

Ele manteve a voz forte e descontraída.

— Tudo bem, eu acompanho você até o trabalho.

Mas ela já balançava a cabeça para os lados.

— Pelo menos até o metrô — tentou, torcendo para ela dizer: *Não vou demorar muito. Está meio óbvio que você acordou de pau duro, e como eu sei lidar com isso, por que não me espera aqui em casa, que daqui a pouco eu volto?*

O problema é que uma mulher que se recusara a dizer seu nome completo não iria se sentir confortável com um estranho circulando por ali, sozinho, em seu apartamento. Isto é, supondo que aquele era o lugar onde ela morava, pois tudo ali parecia temporário e impessoal.

Em vez disso, ela informou apenas:

— Tenho montaria.

Isso podia significar uma bicicleta da marca Trek, mas provavelmente era uma moto Harley. Ela passou por ele com a vela e a caneca de chá e seguiu pelo corredor até o quarto.

O fato de ela não ter oferecido a ele nem mesmo uma xícara de chá era outra pista de que o via apenas como um brinquedo, uma transa de uma noite só. Uma trepada rápida e depois um *até mais, seja feliz*.

Mas Shane já tinha aprendido que quem não pergunta nada recebe como resposta um "não" implícito. Então, seguindo-a pelo corredor, disse, em tom casual:

— Eu curtiria muito vê-la de novo.

Ela não respondeu de imediato e ele parou no portal do quarto, observando-a colocar a vela e a caneca sobre a mesinha de cabeceira para, em seguida, arrancar a camiseta dele pela cabeça.

Mac.

Nua à luz da vela.

Puta merda.

Ele sentiu-se atônito, mais uma vez, pelo fato de os seios dela serem muito mais cheios do que imaginara no bar. Também sabia, agora por experiência própria, que sua pele era lisa e macia. No corpo todo. E também — conforme ela anunciara — completamente sem tatuagens. O que era incomum para uma mulher daquela idade.

Por algum motivo, embora ele gostasse de mulheres com arte impressa na pele, a inexistência de uma única tatuagem em Mac o deixava excitado. Talvez fosse parte do seu mistério. Por que ela *não tinha nada* tatuado no corpo? Ao lhe perguntar isso, ela simplesmente encolhera os ombros. Mas devia haver uma causa, e ele estava intrigado.

Por falar nisso, qual a idade *dela*, afinal? Seu corpo respondia vinte e poucos, mas sua atitude era de uma mulher mais velha. Isso também era um tremendo tesão.

Sem falar no tamanho dela. O que era esquisito. Shane sempre se sentira mais atraído por mulheres altas, esbeltas, magras demais, enquanto Mac era do tipo mignon, uma mulher compacta. Apesar de ser miúda, porém, era muito forte. Seus braços e pernas bem definidos eram musculosos, o que fazia com que suas coxas parecessem grandes demais. Para os padrões do mundo atual, é claro, que era completamente despirocado, sempre em busca da perfeição; um lugar onde as mulheres lindas costumavam fazer uma plástica atrás da outra.

Seu cabelo também era muito curto, seguindo os atuais conceitos de beleza. Seu rosto, no entanto... ainda mais sob o efeito da luz da vela, era de tirar o fôlego, quase angelical. Em outro tipo de luz ela exibia o que alguns poderiam descrever como um rosto exótico, embora outros homens talvez usassem palavras menos generosas para descrevê-lo.

Mesmo assim, seria difícil para qualquer pessoa dizer que ela não tinha alguma coisa única ou atraente. Algo que Shane achava incrivelmente irresistível.

Ela olhou para ele ao se abaixar para pegar a calça no chão, onde a jogara. Ela o fitou com firmeza, e ele se forçou a não rastejar sobre a cama em sua direção, implorando para que não fosse embora.

Nesse instante ela sorriu com ar de pena, como se soubesse exatamente no que ele pensava enquanto ela vestia a calça. Então, pegou algo na mesinha de cabeceira e pronunciou as palavras que quase fizeram seu coração dar cambalhotas. De verdade. Seu músculo cardíaco parecia estar fazendo flexões dentro do peito.

— Você tem celular?

Ela queria o número dele. Estava em pé ali, segurando o aparelho, pronta para adicionar o número dele à sua lista de contatos.

Porra.

— Não tenho celular — admitiu Shane. Cristo Jesus, ele era mesmo um perdedor. Mas ela disse que gostava de honestidade, então... — Celulares são muito caros, então eu... ahn... — Pigarreou, porque ela estava ouvindo muito atenta, mas ele se distraiu um pouco, pois ela continuava com os seios nus. — Tenho e-mail, você pode me achar. Talvez eu leve algum tempo para responder, porque nem sempre consigo me conectar. Mas aposto que vou ter acesso à internet no lugar em que... meio que vou trabalhar.

— E então... você vai me dar ou não? — pressionou ela.

Shane a fitou e sorriu. Embora soubesse que ela não estava falando de sexo, não conseguiu deixar de imaginar as imagens que essas palavras lhe inspiravam.

Mac percebeu o que dissera e riu também.

— Estou falando do e-mail, marinheiro. Mas pode acreditar, se eu tivesse o poder de congelar o tempo, nós voltaríamos para aquela cama e eu deixaria você balançar meu mundo novamente.

Obrigado, Senhor Criador Todo-poderoso. Ele balançara o mundo dela. Shane já desconfiava disso, mas era fantástico ter certeza.

— Doberman7580@gmail.com — informou ele.

Ela soletrou a palavra "doberman", olhando para ele com ar questionador enquanto digitava o e-mail.

— A raça do cão — explicou ele, encolhendo os ombros. Não tinha nada a esconder dela. — A palavra e o número são aleatórios. Tive de mudar meu e-mail porque os homens da minha equipe estavam tentando entrar em contato, e isso não seria bom para eles.

Mac concordou ao acabar de vestir a calça e enfiou o celular em um dos muitos bolsos.

— Pensei que seu e-mail talvez fosse um apelido simpático do tempo do... como é mesmo o nome do treinamento que vocês fazem...?

— BUD/S — disse ele. — Treinamento básico de demolição subaquática para SEALs. — Não havia nada nas equipes dos SEALs ou no seu treinamento loucamente competitivo que fosse remotamente simpático, mas Shane não mencionou isso quando lançou na direção dela o sutiã, que ficara largado no chão ao lado da cama.

Ela o vestiu sobre a cabeça e passou por ele, voltando para a sala de estar. A princípio Shane achou que ela ia... pegar a jaqueta dele? Mas ela colocou a jaqueta de lado, agarrou um pequeno saco plástico com o nome de uma farmácia, abriu-o e...

Pegou uma caixa fechada de uma droga conhecida como *a pílula*. Funcionava como um inibidor de doenças sexualmente transmissíveis. A versão feminina também era um poderoso anticoncepcional. Não fazia diferença quando o usuário ingeria o comprimido — antes, durante ou depois do sexo. O efeito era de 24 horas antes e depois da dose. Ela quebrou o selo e jogou para ele um dos pacotinhos azul-bebê.

— Obrigado. — E, ahn... ele percebeu que a caixa que ela pegara só tinha envelopinhos azuis, o código universal para "uso masculino". A pílula feminina era cor-de-rosa. Normalmente eles eram vendidos em combo, um azul e outro rosa. Claro que também havia pacotes azul/azul e rosa/rosa, além de rosa sem anticoncepcional e azul com Viagra. Ele nunca prestara muita atenção a eles, e seu único cuidado era não pegar a caixa errada na prateleira da farmácia.

As pílulas contendo anticoncepcional tinham sido banidas em 48 dos cinquenta estados norte-americanos, e o 49º estava a caminho de proibi-las, mas o mercado negro para os comprimidos continuava a crescer.

Mac levou a caixinha azul e a sacola da farmácia de volta para o quarto, enquanto Shane abria a embalagem e engolia a pílula. Mac obviamente já tomara a dela; enquanto a seguia, Shane evitou pensar muito a respeito, pois as perguntas em sua cabeça não ajudariam em nada. Quando foi que ela tomara o comprimido? Há pouco tempo, depois de sair da cama? Ou 24 horas atrás, quando ainda estava com outro cara?

Sim, senhoras e senhores, aquilo era *ciúme*, e ele tentou obstruir o sentimento. Nem sequer sabia o nome verdadeiro daquela mulher, e era pouco provável que ela ficasse feliz com seu desejo de tê-la só para si.

Portanto, Shane ficou calado e observou, respirando fundo, enquanto ela guardava a caixa de pílulas e a sacola da farmácia na gaveta da mesinha de cabeceira. Quando ela se agachou para pegar uma das meias, e logo depois a outra, ele percebeu que ela caminhava pela casa descalça e sem mancar.

Nem um pouco.

— Parece que seu tornozelo está bem melhor — comentou ele, quando ela se sentou na cama.

— É... — concordou ela. — Está bem melhor mesmo. — Ela massageou o pé, girou-o lentamente e se mostrou levemente surpresa por sentir tão pouca dor. Olhou para ele e agradeceu: — Obrigada.

— Hummm — foi a reação dele. — Bem que eu gostaria de ter sido o responsável por isso, mas não sei, talvez... talvez eu tenha deixado você mais relaxada. Se foi esse o caso, não precisa agradecer.

Ela não riu. Ficou sentada ali, olhando para ele, quase como se tentasse entrar em sua mente para ler seus pensamentos.

Shane deixou-a olhar pelo tempo que quis e tentou transmitir calma total, sem desespero algum. Vamos lá, Mac. Peça para que ele fique...

Em vez disso, porém, ela exclamou:

— Merda!... — Quase um sussurro. Pegou a camiseta de Shane e a jogou para ele, antes de voltar a atenção para as botas.

A esperança que ele tinha sobre ficar de bobeira por ali até ela voltar do trabalho desapareceu instantaneamente. Porém, apesar da nefasta exclamação "merda", a batalha não estava completamente perdida. Na verdade, mal começara. Ele só precisava manter a calma. Afinal, sabia onde ela morava e o bar que frequentava.

Shane respirou fundo ao vestir a camiseta. Puxa, o cheiro dela era maravilhoso. Ele se sentou no outro lado da cama para colocar as meias e as botas.

— Posso lhe perguntar em que você trabalha? — arriscou ele.

— Pode sim — replicou Mac —, mas eu não posso responder.

Não posso era melhor do que *não quero*.

— Então me deixe adivinhar... serviço secreto? — perguntou, brincando, mas percebeu que ela ficou tensa, e acrescentou: — É uma antiga fantasia minha. Linda agente secreta, em plena missão, me leva para sua casa e permite que eu balance o seu mundo...

Ela riu com vontade.

— Pois sinto desapontá-lo, mas não sou agente secreta. Não sou *mesmo*.

— O que é exatamente o que você diria se *fosse*.

— No que me diz respeito — argumentou ela —, pode ser que *você* seja um agente secreto.

— Pois é... — aceitou Shane. — O serviço secreto é para onde os ex-SEALs costumam ir, mas essa porta foi batida na minha cara no instante em que fui expulso e entrei para a lista negra.

— Isso tudo ainda me parece surreal — disse Mac. —Você é tão... — procurou uma palavra adequada.

— Não diga *simpático* — pediu. — Nem algo que tenha a palavra *menino*.

Ela riu e rastejou sobre a cama na direção dele. Shane fez o mesmo e a beijou. Puxa vida, um beijo como aquele era melhor do que muitas transas completas que ele já experimentara em toda a sua vida não tão curta!

Mas ela afastou o rosto e, nesse instante, Shane percebeu que estava deitado de costas na cama com Mac montada nele, uma perna de cada lado; ficou ofegante, como se estivessem "transando a seco". Uma sensação agradável.

—Você é muito certinho — disse ela, com naturalidade, embora fizesse um grande esforço para acalmar a respiração. — Estou falando isso no bom sentido. É brilhante e... verdadeiro.

Ela estava sendo sincera. Dava para ver o respeito por ele em seus olhos. Respeito e admiração.

Ele queria... Droga, pensar nisso o deixava apavorado. Sendo assim, resolveu definir o sentimento apenas em termos de sexo.

— Sessenta segundos — sussurrou ele. —Vamos lá, gata, me dê só mais sessenta segundos.

Mac riu, olhando para ele de cima.

—Você é um tremendo romântico, hein...?

Se era romance que ela queria...

— Encontre comigo aqui amanhã à noite — sugeriu Shane. —Vou preparar o jantar e lhe fazer a melhor massagem que você já teve na vida. — Percebeu que aquela ideia a atraiu. — Por agora, tudo que eu quero são sessenta segundos do seu tempo, porque sei que consigo fazê-la gozar assim que estiver dentro de você. — Forçou o corpo contra o dela.

Por Deus, ela iria aceitar.

Shane conseguiu ver nos seus olhos que ela queria a mesma coisa. Acertou, pois Mac descalçou uma das botas e puxou uma das pernas para fora da calça na mesma rapidez com que ele empinou os quadris, desabotoou o jeans e o arriou, ainda deitado. Ela passou a perna liberta da calça por cima dele e desceu o corpo lentamente, cavalgando-o, no mesmo instante em que ele se lançou com força dentro dela...

— *Isso!* — Nossa, era inacreditável o quanto aquilo era gostoso.

— Ó Deus — arfou ela, empurrando o corpo mais para baixo enquanto ele se empinava com mais força para cima. — Por Deus!

Mac ria muito e Shane também. Era fantástico ela se remexer sentindo-o dentro de seu corpo, recebendo estocadas mais fortes a cada segundo, ao mesmo tempo que ele a olhava fixamente.

Ele já aprendera exatamente o que ela curtia e onde gostava de ser tocada. E tinha razão em uma coisa: bastou penetrá-la para ela gozar na mesma hora; ele também se deixou lançar sobre o abismo e se aliviou em jatos poderosos, como se explodisse por dentro dela, pulsante e sem parar, de novo e mais uma vez.

A intensidade daquilo fez com que os olhos dela girassem para cima, e Shane se forçou a permanecer presente nos instantes posteriores ao gozo, embora seu coração disparasse, sua respiração ficasse ofegante e seu cérebro quisesse se desconectar do mundo para se deixar flutuar naquele momento feliz.

Ele imaginou que ela fosse desmontá-lo de imediato — afinal, tinha muita pressa, mas ela não se moveu de onde desabara por cima dele, o rosto pressionando-lhe o peito e a cabeça encaixada sob seu queixo.

Ele deu a ela mais sessenta segundos, mas, quando viu que ela ainda respirava com dificuldade, perguntou:

— E então? Hoje à noite?

— Não sei se estarei liberada até lá — suspirou Mac, erguendo a cabeça e olhando para ele. — Meu trabalho é... importante. Já aprendi a não fazer promessas.

— Então não prometa — propôs Shane. — Simplesmente tente. Qual é o número do seu celular? Eu ligo para você às seis da tarde, para ver se você estará livre.

Ele viu um imenso "não" nos olhos dela. Em vez de balançar a cabeça para os lados, porém, ela perguntou:

— Que tal deixarmos isso marcado, temporariamente, para daqui a uma semana? Isso lhe dará chance de descobrir qual será o seu horário. Já que vai começar em um novo emprego, talvez precise de flexibilidade.

— É... — concordou ele, hesitante. — Mas não creio que isso vá ser problema. Esse emprego não é exatamente... não passa de uma bateria de testes médicos. Do tipo: *Oi, meu nome é Shane e vim aqui para bancar o seu porquinho-da-índia.*

Mac se remexeu, com ele ainda dentro dela.

— Essa merda é perigosa. Há um monte de drogas por aí que fodem o seu cérebro de verdade — alertou ela, balançando a cabeça com veemência feroz.

— Opa! — reagiu ele. — Não é nada de testes com drogas, não. Eu não aceitaria se fosse isso...

— Mas eles dizem que não, você embarca, assina o formulário e... — expirou com força. — Muitos desses programas têm regime de confinamento. Depois que você entra, já era!

— Não há prisão no mundo da qual eu não consiga escapar — garantiu ele, mas ela não se convenceu.

— Em alguns dos casos, eles prendem você à cama com correias. Se você não for o Houdini...

Puxa, *essa* era uma possibilidade desagradável.

— Eu me recuso a participar se eles fizerem algo desse tipo.

— E você acha mesmo que eles vão avisar antes? — perguntou Mac, e soltou o ar com mais força. — Qual foi o laboratório que contratou você?

— Não é um laboratório — contou Shane. — É algo na área de pesquisas e desenvolvimento de projetos. Um lugar chamado Instituto Obermeyer...

Ela congelou. Estava recostada ali, com o corpo ainda preso ao dele, e subitamente sua mente deu branco.

— Deixaram bem claro, quando me convocaram, que não haveria envolvimento com drogas — garantiu Shane, mas Mac não se moveu e ele tentou explicar: — Eles estudam algo chamado integração neural. É uma...

— Preciso ir — disse Mac, e saiu de cima dele de repente. Pegou a vela e a levou junto. Quando saiu do quarto, entrou no banheiro e fechou a porta. Shane se viu mergulhado em escuridão profunda.

Que diabo tinha sido isso...?

Esperou alguns segundos, tentando acostumar a vista à luz fraca que entrava pela janela — só que ela não estava mais lá. Vestiu a calça às escuras, foi até a persiana, ergueu-a e...

A luz do poste também havia queimado.

E não era a única luz que tinha sumido.

Ouviu a descarga do banheiro, a porta se abriu e a luz bruxuleante da vela voltou.

Mac, no entanto, já parecia ter ido embora do prédio, por assim dizer.

— Vamos nessa. — Virou as costas e voltou a ser a fria estranha que ele encontrara no bar. Vestiu o cachecol, o boné, a jaqueta, e devolveu o agasalho dele. Ergueu a vela no alto, destrancou a porta do apartamento e a manteve aberta com o pé, a impaciência mal disfarçada enquanto esperava que ele saísse.

Aquilo não fazia sentido algum.

— O que acabou de rolar aqui? — quis saber Shane ao passar por ela.

Ela desviou o olhar. Enfiou a chave na fechadura, apagou a vela com um sopro e a jogou para dentro. A falta de eletricidade também havia afetado as áreas comuns do prédio. O corredor estava escuro como breu.

Mas Shane conseguiu ouvir Mac quando ela trancou a porta e desceu, com muita pressa, os degraus que levavam à rua.

Ele a seguiu até a calçada, tentando senti-la.

— Mac!

Ela não parou, e ele a perseguiu. Não por muito tempo, pois sua "montaria" estava bem ali. Realmente *era* uma Harley. Ela se agachou para abrir a corrente. Em um bairro como aquele, era preciso vários métodos para manter uma moto como aquela a salvo.

— Que diabos eu disse de errado? — perguntou Shane. Ela não se virou, mas respondeu:

— Isso tudo foi um erro.

— O Instituto Obermeyer — percebeu ele. — Foi quando eu disse que...

— O que você conhece sobre integração neural? — perguntou Mac, finalmente olhando para ele com uma pesada corrente nas mãos.

— Não muito — admitiu Shane. — Isto é, todo mundo sabe que uma pessoa normal usa só dez por cento do seu cérebro e...

— Isso é um mito — reagiu ela.

— Então acho que não sei muita coisa — reconheceu ele, buscando alguma pista no rosto de Mac e em seus olhos, e encontrando apenas um ar de arrependimento. — Isso é o que a ciência diz? — quis saber, tentando alcançá-la e tocando em seus ombros, mas ela o repeliu de forma quase violenta, virou-se para guardar a corrente e montou na moto.

—Você é uma mulher do tipo... religiosa? — perguntou. Era difícil acreditar em algo assim, mas... — É por isso que não tem tatuagens e...

Ela ligou a moto e a acelerou com um estrondo.

— Escute, eu não preciso pegar esse trabalho! — gritou Shane, tentando fazer sua voz ficar mais alta que o motor. — Posso procurar outro emprego.

— Não! — reagiu ela, balançando a cabeça. —Você precisa ir. É importante que você vá. Você é um Potencial, certo?

— Sou — assentiu ele —, só que eu nem sei o que isso significa.

— Isso significa — disse ela, tentando vencer o motor da Harley — que eu não posso me encontrar com você de novo. Sinto muito.

Ela acelerou com força, a moto deu um pequeno salto ao sair e ele ficou ali em pé, completamente sem pistas, enquanto via as luzes traseiras da moto desaparecendo na noite.

6

Anna estava sentada à mesa da sala de conferências do complexo murado que um dia fora um campus universitário e agora abrigava o Instituto Obermeyer. Segurava uma caneca de café que o simpático médico que se apresentara como Elliot Zerkowski lhe oferecera. Estavam esperando os resultados da busca pelo celular de Nika através do GPS.

O Instituto Obermeyer tinha vários departamentos, incluindo um chamado de "Setor de Análises". Os muitos funcionários do turno da noite nesse setor também rastreavam fotos de satélites, em busca de imagens do rapto de Nika para, talvez, identificar seus raptores e o carro ou a van na qual, sem dúvida, fora jogada.

É nesse ponto, dissera o sombrio e misterioso dr. Bach no carro, quando iam para lá, *que a coisa fica meio esquisita.*

Você acha?...

Pelo visto, havia uma nova droga na praça, o oxiclepta diestrafeno, vendida com o nome de Destiny, que os usuários injetavam na veia.

Era ilegal, mas se tornara relativamente fácil de achar em quase todas as grandes cidades do mundo — desde que o interessado tivesse as ligações certas e pudesse pagar um preço exorbitante.

A droga permitia ao usuário acessar uma parte até então não aproveitada do cérebro: aquela que controlava o crescimento celular regenerativo.

Em linguagem simples, isso significava que essa droga conseguiria, ao menos teoricamente, que um paciente de 75 anos com câncer pudesse não apenas curar sua doença, mas também usar o poder do próprio cérebro para criar os hormônios e as enzimas necessários para transformá-lo num rapaz de 25 anos robusto e saudável, com muitas décadas de vida pela frente.

Com essa droga, seria concebível que um ser humano vivesse para sempre.

A pegadinha, além do preço elevadíssimo, era o fato de viciar de forma imediata. Uma picada e, BUM!, o usuário era fisgado. A desintoxicação era impossível. O viciado precisava continuar ingerindo a droga, senão morreria quase de imediato, sem exceção.

A ideia de viver para sempre era, inegavelmente, o maior atrativo da substância, apesar das desvantagens — em especial para aqueles que enfrentavam uma doença terminal. Desde que o usuário tivesse montanhas de dinheiro para continuar comprando a droga para todo o sempre, amém...

Entretanto, junto com o vício instantâneo apareciam os delírios de grandeza. Uma vez que quase todos os usuários de Destiny eram ricos, pode ser que seus sentimentos de superioridade e a crença de que estavam acima da lei aparecessem desde o princípio. Mas a droga também destruía os padrões morais do usuário, corrompendo sua consciência do que era certo ou errado.

Mas o *maior* problema com a Destiny é que só uma pequena parcela da população conseguia absorver a droga sem sofrer, finalmente, os sérios efeitos colaterais da insanidade violenta e, como se dizia no jargão dos pesquisadores da área, acabava *coringando*.

Joseph Bach e sua equipe de cientistas tinham sido chamados recentemente pela polícia de Boston para refrear um viciado que havia *coringado* depois de uma única dose de Destiny.

— Por que a polícia pediu a *vocês* para capturar esse homem? — perguntou Anna, olhando para Bach.

Ele tomou um lento gole de sua caneca — bebia chá de ervas, em vez de café — antes de responder. O dr. Zerkowski, que pediu para que Anna o tratasse por Elliot, observava Bach como se ele também estivesse curioso sobre a resposta do homem de cabelo preto.

— Porque a polícia muitas vezes se encontra em desvantagem. O problema é que os viciados em Destiny têm acesso a uma grande variedade de trilhas neurais — explicou Bach, e resolveu oferecer detalhes mais específicos: — A droga permite ao usuário curar suas doenças e reconstruir o corpo, tornando-o mais saudável, isso está provado; mas também lhe permite desenvolver poderes mentais. Ele pode obter, digamos, habilidades para promover telecinese e até telepatia.

— Capacidade de mover objetos com a mente ou ler os pensamentos alheios — explicou Elliot.

— Às vezes, eles desenvolvem a capacidade de manipular a eletricidade... — continuou Bach.

— E lançam raios pelo traseiro — completou Elliot.

Bach olhou para Elliot, erguendo uma sobrancelha de leve.

— Sério! — garantiu Elliot. — Tivemos um caso assim no mês passado. — Virou-se para Anna. — Isso é o que eu chamo de surpresa desagradável. O coringa de ontem à noite foi bem menos divertido. Conseguiu interromper a trajetória de uma bala com o poder da mente, girou-a e a enviou de volta para o atirador da SWAT que tentou abatê-lo.

— Por Deus! — sussurrou Anna.

— Ele também usava recursos de vocalização... palavras... para agredir as pessoas — explicou Elliot. — Sei que parece loucura, mas, quando ele falava, ao enfatizar uma palavra qualquer, a pessoa à sua frente sentia como se tivesse levado um soco na cara. Parece coisa daqueles supervilões de histórias em quadrinhos. Foi daí que surgiu o verbo *coringar.*

— Batman — disse Anna. — Isso eu já entendi.

— O ponto principal — afirmou Bach — é que quando alguém resolve experimentar Destiny, essa pessoa não faz ideia, nem nós fazemos, de quais são as trilhas neurais que ela será capaz de integrar.

— Isso significa que não sabemos se ela desenvolverá a habilidade de tocar piano e ler partituras em nível profissional, talvez derreter a cola de madeira que mantém inteira a sua escrivaninha — explicou Elliot. — *Ou* vai se tornar ainda mais perigoso, como esse refletor de balas. Também não conseguimos saber quanto tempo eles têm antes de coringar e se tornar um perigo para si mesmos e para todos à sua volta.

Anna se virou e percebeu que Bach a observava.

— E você? — perguntou. — Tem poderes semelhantes, mesmo sem ter tomado a droga?

— É comprovadamente possível, para as pessoas entre nós que têm esse potencial, formar uma rede de integração neural mais completa sem precisar ingerir a droga — disse Bach —, desde que essa pessoa se submeta a muitos anos de trabalho duro e disciplina.

Isso era loucura.

— E vocês não se arriscam a sofrer os efeitos colaterais maléficos? — quis saber Anna. — Nada de "coringar", nem...

— Até hoje nunca houve registro de um caso desse tipo.

— Quantos de vocês existem por aí? — quis saber ela. — Potenciais ou... sei lá como é o nome?

— Potenciais são as pessoas que acreditamos estar mais inclinadas a desenvolver poderes depois de participar de nossos programas de treinamento — respondeu Elliot, antes de Bach ter chance de falar. — As pessoas que aprendem a integrar sua rede neural de forma organizada e usam o cérebro de forma mais completa, como o dr. Bach... nós chamamos de Maiorais.

— Atualmente existem pouco mais de oitocentos Maiorais identificados e vivendo aqui nos Estados Unidos — disse Bach, olhando para Anna. — A maioria alcançou uma integração neural em torno de trinta por cento. Cerca de cem estão na faixa dos quarenta, e algumas dezenas chegaram aos cinquenta; só alguns deles chegaram além disso. Pelo menos que seja do nosso conhecimento.

— Pessoas comuns, como você e eu — cantarolou Elliot, ao perceber que Anna não entendeu direito —, são chamadas de *Minorais* ou *fragmentos*. Passamos a vida toda na faixa dos dez por cento de integração neural, talvez um pouco mais ou um pouco menos. Existe um mito segundo o qual só usamos dez por cento dos nossos cérebros, mas isso não é verdade. Não é o que "dez por cento" quer dizer. Você e eu, por exemplo, usamos *todo* o cérebro, mas nossa tendência é usar apenas dez por cento de nossa capacidade mental em um determinado momento. Mas não se trata simplesmente de ser capaz ou incapaz de usar muitas áreas diferentes do cérebro *simultaneamente*. Trata-se de ter potencial para aprender a usar essas partes relativamente pouco utilizadas e certamente pouco exercitadas da mente de forma *completa*.

Anna assentiu. Conseguia acompanhar tudo agora, ou, pelo menos achou que sim.

Elliot se inclinou um pouco.

— Deixe-me dar um exemplo, para tornar a compreensão mais fácil — continuou. — Parte do cérebro regula a forma como o sangue é bombeado do coração para todo o corpo. Isso é um fato. Você e eu estamos fazendo isso, sentados aqui. Mas não é uma ação consciente... Graças a Deus, certo? Mas o dr. Bach, aqui do nosso lado, é um Maioral. Alcança 72 por cento de integração neural.

Setenta *e dois*? Anna se virou para observar Bach enquanto Elliot continuava. O homem de cabelo preto continuava sentado ali, com as pernas cruzadas, bebendo lentamente o chá servido em uma caneca onde se via uma imagem de Godzilla em plena batalha com uma mariposa gigante. Mesmo segurando aquela caneca sem vestir o casacão com ar de realeza... Mesmo vestido de forma simples com um suéter feito em malha em um tom sem graça de azul e um jeans que se empilhava na bainha, sobre as botas pesadas, continuava parecendo um príncipe encantado.

Se bem que provavelmente pareceria um príncipe encantado mesmo que estivesse nu e acorrentado.

— Como todos os Maiorais, o dr. Bach estudou e treinou durante muitos anos, e conseguiu identificar que trilhas neurais levavam às áreas do cérebro que regulavam o fluxo sanguíneo — disse Elliot. — Não dá para perceber isso simplesmente olhando para ele, mas o coringa que enfrentamos esta noite lançou um golpe violento no rosto do nosso bom doutor. Olhe, eu lhe garanto que doeu muito! Pois bem... alguém como você ou eu, pessoas na faixa dos dez por cento, estariam com um tremendo olho roxo a essa altura. Mas o Maestro aqui recebeu o terrível golpe e, meio segundo depois, deu início ao processo de cura. Não apenas o seu cérebro instruiu o corpo a reparar os vasos estourados que teriam proporcionado uma forte coloração roxo pancada ao ferimento interno, mas também manipulou a circulação do rosto. Fez com que o sangue corresse mais depressa na área afetada e... olhe só para o dr. Bach! Não se vê marca alguma do ferimento. E esse é só um dos poderes aparentemente sobre-humanos que ele desenvolveu.

Anna tornou a olhar para Bach, mas desta vez ele estava olhando com muita atenção para o seu chá.

Meu Deus!

—Você consegue ler a minha mente? — perguntou a ele.

Ele ergueu a cabeça, mas levou algum tempo para responder.

— Sim. Mas não sem a sua permissão.

— Como *isso* funciona?

— Eu crio um escudo à minha volta — explicou ele —, para impedir a entrada dos pensamentos de qualquer um que esteja perto de mim. Quando quero... como direi... *compartilhar* meus pensamentos com alguém, eu me aproximo e peço permissão para... ahn... entrar na mente da pessoa.

— Então, não se trata de *não poder* fazer isso — esclareceu Anna. — Ou seja: não é que você *não possa* ler mentes sem pedir permissão. É uma questão de *não querer*. Pelo menos é o que *você* diz.

— Isso mesmo, é *não querer* — concordou ele, com um lampejo de algo nos olhos que ela não conseguiu identificar.

— Mas como saber que você diz isso só para não nos sentirmos estranhos? — argumentou Anna. — E se tivéssemos de ficar aqui, sentados, *sabendo* que você acompanha cada pensamento nosso?

— Não faço isso — garantiu Bach.

— Bem, só para o caso de você estar mentindo... — disse ela. — Desculpe. —Virou-se para Elliot e explicou: — Cometi o erro de pensar nele sem roupas antes de saber que conseguia ler a minha mente.

Elliot acompanhava a troca entre eles com um sorriso leve, mas ao ouvir isso gargalhou alto.

— Não foi nada de fundo sexual — avisou ela a Elliot, e a Bach também, só por precaução. — Foi mais um momento tipo "apreciação artística". Embora eu tenha de admitir que, quando a pessoa *sabe* que alguém pode ler sua mente, é difícil *não pensar* nessa pessoa pelada.

Joseph Bach estava enrubescido de verdade e Elliot continuava a rir.

— O que mais você consegue fazer? — perguntou-lhe Anna, diretamente. — Consegue parar uma bala com o poder da mente?

— Sim — afirmou ele. — E também criar um escudo energético para me proteger de qualquer coisa que seja atirada em mim. Mas essa é uma habilidade básica.

—Você consegue... — tentou ela mais uma vez — aparentar ser muito mais jovem do que realmente é?

— Sim, mas não se trata apenas de *parecer* jovem. Controlo o meu corpo e gerencio o crescimento de novas células. Na verdade, eu *tenho* a saúde de um homem de 25 anos.

Esse conceito deixou Anna sem ar. Uma coisa era ouvir teorias a respeito, mas era completamente diferente *constatar* os resultados desse tipo de poder mental.

— Qual a sua idade verdadeira? — quis saber.

— Não quero assustar você — afirmou Bach, balançando a cabeça.

— Tarde demais — reagiu ela, olhando-o fixamente.

— Sinto muito por isso. — Ele sorriu.

— Quer dizer que... você consegue rearrumar a mobília desta sala sem se levantar da cadeira? — quis saber Anna, olhando em torno da sala de conferências, com suas pesadas prateleiras para livros e balcões de madeira, sem falar na enorme mesa de reuniões.

— Sim. — Ele nem piscou.

— Derrubar um prédio...?

— E reconstruí-lo — sugeriu ele, tomando mais um gole de chá.

—Você consegue... abrir portas trancadas?

— Sim.

— Consegue fazer com que as pessoas entrem no seu carro, embora elas não queiram fazê-lo?

Ele não respondeu de imediato. Por fim, suspirou e reconheceu:

— Sim.

Desta vez ele não desviou o olhar. Quem fez isso foi ela, terminando de tomar o café, que já havia esfriado, e colocando a caneca de volta sobre a mesa.

— Quer dizer que existem *oitocentas* pessoas por aí exatamente como você, com poderes de super-heróis? — perguntou Anna, sentindo que tudo aquilo ainda lhe parecia surreal.

— Só algumas delas conseguem fazer as mesmas coisas que o dr. Bach — repetiu Elliot. — A maioria tem talentos e habilidades limitados.

— Mesmo assim... — disse ela. — Por que eu nunca soube nada a respeito disso?

Bach e Elliot trocaram olhares.

— É segredo? — quis saber, olhando para eles.

— Não exatamente — garantiu Bach. — Publicamos regularmente artigos sobre integração neural, mas...

— A mídia é controlada por corporações poderosas que zombam das nossas atividades, e também do trabalho de todos os outros centros de pesquisa nessa área, em todo o país — informou Elliot. — Existem quatro laboratórios que desenvolvem trabalho semelhante ao do Instituto Obermeyer, mas somos o único que goza de financiamento privado. Por causa disso, os outros vivem em perigo de serem fechados. Particularmente, quando a mídia insiste em dizer que os pesquisadores que trabalham com integração neural não passam de um bando de esquisitos que criam teorias malucas e usam chapéus feitos de papel de alumínio.

— Todo o problema provocado pela Destiny também foi varrido para debaixo do tapete — completou Bach. — Segundo eles, isso é para evitar que o público entre em pânico. Na verdade, porém, isso só serve para suprimir a verdade sobre os perigos da droga, pelo menos até que o lobby das empresas farmacêuticas consiga aprovação do FDA, a agência norte-americana que regula e fiscaliza a fabricação de remédios e comestíveis.

— Mas se as pessoas estão "coringando" de forma tão violenta assim... — tentou Anna.

— O preço de uma única dose de Destiny gira em torno dos cinco mil dólares — informou Elliot, e Anna se espantou, pois mesmo tendo ouvido que era cara, não imaginou que custasse *tanto*. — Isso mesmo. Quando o custo for racionalizado e a produção, otimizada, o preço vai baixar. Até então, o número de usuários e de "coringas" permanecerá relativamente baixo.

Relativamente. Em média, recebemos pedido da polícia para ajudar na captura de um viciado uma vez por mês.

— As famílias dos coringas também ajudam a encobrir o incidente — acrescentou Bach. — As histórias que eventualmente vazam são logo rotuladas de lendas urbanas.

Anna olhou de Bach para Elliot, e pousou os olhos novamente em Bach.

— Então... como posso saber se vocês são os mocinhos ou os vilões? — perguntou. — Já que conseguem fazer exatamente as mesmas coisas que os coringas?

— Os coringas são os sintomas, não o problema principal — disse-lhe Bach. — O problema começa com a Organização, que é como chamamos as pessoas inescrupulosas que fabricam e distribuem Destiny.

— Foram eles que capturaram Nika — cantarolou Elliot.

— E essa... Organização levou minha irmãzinha porque acham que ela pode ser uma pessoa... Potencial? — Anna ainda lutava para entender essa parte. Pelo visto sua irmã, mesmo sem treinamento, tinha alcançado vinte por cento de integração neural. Mas o que será que as pessoas que fabricavam Destiny poderiam querer dela?

— A questão não é eles *acharem* que Nika é uma Potencial — avisou Bach, olhando para Anna com ar sombrio. — Neste momento eles já têm certeza disso.

Nika gritou.

Tornou a gritar.

Só que o sujeito grotesco com um bisturi na mão continuou vindo em sua direção.

Seu rosto era cheio de cicatrizes, como se tivesse sobrevivido a um incêndio. Uma das orelhas e a maior parte do nariz simplesmente não existiam; o tecido cicatricial repuxado em um dos lados da boca o deixava com um sorriso constante, inquieto e falso.

Não havia nada a fazer — as correias eram muito fortes.

Nika acordara sem fazer ideia de como tinha ido parar ali naquele quarto escuro. Estava presa à cama, incapaz de se mover.

Logo depois de acordar, porém, a luz muito forte e cintilante do aposento tinha sido acesa, e Nika conseguiu ver que estava em uma cama de hospital, usando uma bata hospitalar em um quarto cheio de outras meninas igualmente presas a camas estreitas.

Havia mais de vinte delas, várias mais jovens e nenhuma muito mais velha que Nika. Algumas delas tinham começado a gritar e, em poucos segundos, todas gritavam ao mesmo tempo — inclusive Nika —, no instante em que se virou e viu o homem que havia entrado pela porta carregando o bisturi cintilante. Olhava para Nika e vinha em sua direção, cada vez mais perto.

De repente estava tão junto da cama que dava para sentir seu hálito, pesado e fedorento.

— Isso não vai doer — avisou ele, encostando a lâmina do bisturi na parte interna do seu braço esquerdo.

Só que doeu *muito* e Nika gritou quando ele a cortou e o sangue borrifou e respingou em vermelho vivo, contrastando com o branco do lençol, as paredes, o piso e o guarda-pó branco do sujeito. Os gritos das meninas em volta de Nika se acentuaram e ficaram mais frenéticos e mais aterrorizados diante da visão do que se passava com ela.

— O que você acha? — perguntou o homem de boca torta. — Devo deixar você sangrar até morrer?

— Não, por favor, não faça isso! — Nika balançou a cabeça para os lados, com determinação.

Ele riu. Pelo menos ela achou que aquilo era um riso, pelo som que ele emitia. Em seguida, ele pegou algo no bolso do guarda-pó, agora manchado de vermelho, e o apertou contra a ferida aberta no braço da menina.

A dor quase a fez desmaiar. Ela gritou um pouco mais e soluçou, acompanhada por um coral de gritos que ecoavam pelas paredes. O que ele espetara em seu braço beliscava, queimava e parecia uma ferroada; ela percebeu que ele estava dando pontos em seu braço, espetando e puxando uma agulha através da sua pele. O que ele enfiara em seu braço continuava lá dentro, com um pedaço espetado para fora.

Era azul e tinha um tubinho transparente preso a ele. Era uma espécie de acesso ou entrada; lembrou-se que sua mãe teve algo parecido enfiado por baixo da pele quando começou as sessões de quimioterapia.

O homem acabou de dar os pontos e cortou a linha; Deus, continuava doendo muito. Pelo menos Nika não estava morta; só deitada ali, presa e chorando, sem poder enxugar as lágrimas e o muco que lhe escorriam pelo rosto enquanto, à sua volta, as outras meninas continuavam a gritar, desesperadas.

Nika prendeu a respiração, observando tudo enquanto o homem recolhia a agulha, a linha, e saía mancando pelo quarto. Chegando à porta, ele a abriu com violência e saiu.

Seu braço ainda sangrava e o sangue gotejava através dos pontos malfeitos, em estilo Frankenstein, pois o sujeito não havia feito nada para limpar o resto da sujeira que deixara para trás.

Algumas garotas continuavam gritando ao ver aquilo, todo aquele sangue... A mancha vermelha havia ensopado o lençol e Nika sentia a umidade gosmenta e o frio contra a sua barriga.

— Está tudo bem — disse Nika, quando a porta finalmente se fechou com um estalo atrás do homem. — Estou bem. Está tudo bem.

Algumas das meninas continuaram a chorar, umas mais alto, e outras baixinho.

Uma delas, uma jovem que parecia ter mais ou menos a idade de Nika e jazia presa a uma cama em frente a ela, disse:

— Na semana passada ele matou Leesa. Simplesmente rasgou a garganta dela e a deixou sangrar até morrer. — Começou a chorar novamente, sem parar. — Ela ficava na mesma cama em que você está.

Nika tentava a todo custo não entrar em pânico, mas diante dessa notícia apavorante, seu coração disparou. Mesmo assim, respirou fundo para se acalmar, tornou a inspirar lentamente e, depois, fez isso mais uma vez. Quando percebeu que conseguiria falar sem chorar, perguntou:

— Onde *estamos*?

Ninguém sabia. Nenhuma das garotas fazia a menor ideia.

Elliot fazia papel duplo de acompanhante e intérprete para Joseph Bach e a incrivelmente linda e charmosa Anna Taylor — que acabara de dizer ao Maestro, na cara dele, que o imaginara nu, e então... bipe! — quando chegou uma mensagem de texto de Mac.

Horário estimado para chegada: *agora!*

Bach continuava profundamente focado nas explicações sobre por que Nika, a irmã de Anna, fora raptada. Em resumo, o motivo era o fato de a menina ter uma espantosa integração neural de vinte por cento, em estado bruto. Seria colocada sobre uma cama de hospital e mantida em um estado de terror constante, a fim de manter suas glândulas adrenais ativas, dando chance aos captores de "ordenhar" o complexo hormonal encontrado em altíssima concentração no sangue de meninas pré-adolescentes. Esses hormônios seriam então utilizados para fabricar Destiny.

Bach usava muito tato e tentava não ser alarmista ao explicar os fatos científicos de tudo aquilo para Anna. Com o tempo, teria de expressar o horror completo da situação, pois a verdade não poderia permanecer oculta. Nika fora raptada por rematados canalhas que pertenciam a um grupo chamado Organização. Eles iriam aterrorizar a menina, possivelmente surrá-la e até estuprá-la, a fim de mantê-la em um constante estado de medo que resultaria em um aumento da produção de uma droga que matava quase todas as pessoas que a usavam.

Uma droga que tornava seus fabricantes e traficantes multimilionários...

Elliot se colocou em pé. Bach parou de falar no meio de uma frase e olhou para ele com ar questionador. Havia uma leve expressão do tipo *não me deixe aqui sozinho com ela* em seus olhos. Tudo bem, talvez isso fosse fruto da criativa imaginação de Elliot. No fim das contas, Joseph Bach não tinha medo de nada.

Muito menos de jovens atraentes que o imaginavam pelado.

— Tenho de ir... — Elliot apontou para a porta. — Mackenzie finalmente deu as caras.

Bach olhou para o outro lado da mesa de conferências, onde Anna estava. Depois fitou Elliot, respirou fundo e assentiu de leve com a cabeça. Ora, ora... *aquilo* não era interessante? Talvez Elliot não estivesse imaginando a perturbação de Bach por se ver sozinho em uma sala com aquela jovem.

— Tudo bem — disse Bach, por fim. — Avise a Mac que eu quero vê-la antes que ela tome outro chá de sumiço.

— Pode deixar. — Elliot olhou de Bach para Anna. — Alguém já lhe mostrou seus aposentos?

Ela piscou uma vez, sem entender, e olhou para Bach em busca de confirmação.

— Aposentos?

— Queremos que você fique aqui conosco — confirmou Bach —, pelo menos até encontrarmos Nika.

Bach nem mesmo insinuou o que todos esperavam que iria acontecer *depois* de resgatarem Nika do pesadelo em que ela se achava. Torciam para que Nika aceitasse o treinamento ali no IO, e isso significava que ela e a irmã mais velha iriam se tornar residentes do complexo.

Naquele momento, porém, Anna simplesmente fez que sim com a cabeça.

— E se eu não aceitar ficar, você vai... usar seus poderes para se infiltrar na minha cabeça e me fazer *achar* que eu quero.

Muito esquisito.

Pelo visto, Anna não iria perdoar a pequena invasão não autorizada que Bach fizera em sua mente, a fim de levá-la até o instituto em segurança.

Elliot aproveitou essa deixa para sair de fininho. Amava Bach como se ele fosse seu irmão, mas ia deixá-lo por conta própria para resolver aquele rolo. Ao chegar ao corredor, ligou pelo celular para o balcão de recepção da enfermaria.

— Kyle, mande a dra. Mackenzie para a sala de exames número 1 assim que ela chegar.

— Sim, senhor.

— Mais uma coisa: ela sofreu uma torção feia no tornozelo durante a missão da noite passada. Force a barra e pergunte com determinação se ela precisa de ajuda específica com relação a isso.

— Sim, doutor — garantiu Kyle pelo celular.

Aquela fora uma noite comprida, terrível, absolutamente péssima, e ainda não acabara. Depois que Elliot cedesse à fadiga e desabasse na cama, certamente ficaria encarando o teto sem conseguir dormir, pensando em Nika. A noite da menina estava longe de terminar e o raiar do dia não a salvaria. Ela teria de aguentar todos os pesadelos que lhe estivessem sendo aplicados, até que eles conseguissem determinar com precisão o local do seu cativeiro e chegar lá arrombando as portas para resgatá-la.

Em momentos como esse, Elliot gostaria de fazer parte da equipe de resgate de Bach, em vez de ficar trabalhando apenas na área de pesquisa e suporte técnico. E, já que ele sonhava com coisas que jamais iriam acontecer, sonhou também com a possibilidade de poder aprender a se tornar mais integrado em termos neurais.

Mas seria impossível. Ele era — sem sombra de dúvida — apenas um *fragmento*. No início da carreira, achou que pudesse se tornar um dos talentosos, já que seus testes, às vezes, alcançavam a marca de 15 por cento de integração. Acima da média, portanto. Porém, por mais que ele tivesse esperança, não conseguia ir além disso.

Por fim, acabou aceitando que jamais aprenderia a soltar raios ofuscantes pelo traseiro. O destino o deixara à margem de tudo aquilo, e o melhor que ele podia fazer era prestar assistência e suporte aos Maiorais como Bach ou Mac. E Diaz.

Elliot suspirou ao abrir a porta da sala de exame número 1. Estava escuro ali dentro e os sensores de presença não fizeram o breu virar dia, o que era estranho. Ele ligou o interruptor manualmente e as lâmpadas fluorescentes ganharam vida.

Stephen Diaz, muito iluminado pelas lâmpadas, estava sentado no chão, em um canto da sala, com os joelhos encolhidos junto do peito e a cabeça entre as mãos.

— Oh, desculpe — disse Elliot. — Foi mal... eu não sabia que você estava aqui dentro.

Diaz se levantou tão rápido, em um movimento único e contínuo, que Elliot se espantou com a velocidade. Quase. Fechou a porta e seguiu até onde o homem estava e lhe bloqueou a passagem, perguntando a Diaz:

— Você está bem?

O outro homem não quis — ou não conseguiu — encarar Elliot de frente e balançou a cabeça para os lados com força, embora passasse as mãos pelo rosto e dissesse:

— Estou sim, eu só... preciso de um minuto. Foi uma noite barra-pesada e... — Fez um som vagamente parecido com uma risada e tornou a balançar a cabeça.

— Sim, foi uma noite difícil — concordou Elliot. — Vamos lá, vou lhe fazer um exame rápido. Tire a roupa e deite-se sobre a mesa. Computador, dar acesso a Elliot Zerkowski! Preparar varredura física completa para o dr. Stephen Diaz. Sei que você já fez exames completos quando voltou — explicou ele, olhando para Diaz —, mas vai levar só mais dois minutos, no máximo.

Diaz estava com a aparência de quem iria dar à luz um filhote de búfalo ali na sala de exames, a qualquer momento.

— Ahn! — exclamou. — Não, nada disso, eu preciso apenas... preciso só ficar sozinho por alguns minutos. Não posso... ahn...

Elliot fez uma careta.

— Stephen! Preciso passar o scanner em você, cara, sabe como são as regras. Não se pode brincar com a saúde e o bem-estar. Se estiver com algum problema...

— Estou *ótimo* — insistiu Diaz. — Apenas um pouco sobrecarregado. Por favor, dr. Z, preciso só que me dê algum tempo, sim? — Fechou os olhos. — *Por favor!*

Se quisesse, Diaz poderia simplesmente passar através de Elliot. Não só ele era maior e mais forte, como também, com uma integração neural de cinquenta por cento, conseguiria erguer Elliot sem precisar colocar as mãos nele, fazê-lo flutuar e tirá-lo da frente da porta.

Só que uma parte significativa do programa de treinamento ali no IO focava em escolher quando e onde colocar em ação os poderes de um Maioral. E também em lidar de forma respeitosa com todas as muitas pessoas que habitavam o planeta e eram conhecidas como "fragmentos". Entre Diaz e Mackenzie, era Mac quem tinha problemas nesse departamento.

Diaz, por sua vez, aceitava completamente a filosofia zen e o estilo monástico de viver, o que lhe permitia treinar com mais facilidade, pois lutava para conseguir uma integração neural cada vez maior.

Homem de poucas palavras, normalmente ele se movimentava calmamente pelos corredores no IO, fazendo seu trabalho e ficando na dele, o que não era pouca coisa, considerando a quantidade de atenção que gerava no lugar simplesmente por ter a aparência que tinha.

O Maioral era alto. Tinha quase dez centímetros mais de altura do que Elliot, devendo ser citado que Elliot passara de 1,80 metro antes de completar 15 anos. Diaz caminhava com pernas que pareciam troncos de árvores, e exibia braços e ombros que provavam sua excelente forma física. Se acrescentar o cabelo preto cortado à escovinha e os olhos verdes da cor de mar tempestuoso, o nariz perfeito e as feições que pareciam ter sido esculpidas...

Nem era preciso dizer que as visitas de Diaz à academia do IO tinham um fortíssimo apelo popular entre a equipe feminina de pesquisa e desenvolvimento.

Embora — pelo menos até onde Elliot sabia — Diaz mantivesse com firmeza e seriedade os votos de treinamento, que também exigiam celibato.

A verdade, porém, é que Elliot não tinha certeza sobre isso. Ele e Diaz não eram amigos, só colegas de trabalho que compartilhavam um respeito mútuo. Conheciam-se o suficiente para não se sentirem sem noção sobre o que comprar, caso sorteassem um ao outro na festa de amigo oculto, no Natal. Mas Elliot saía eventualmente com Mac para relaxar depois do trabalho, e de vez em quando batia altos papos com Bach, mas nunca se sentara para trocar ideias com Diaz.

Nem uma única vez.

Não que Elliot não tivesse tentado se enturmar mais. Durante os sete anos em que trabalhava ali — incluindo os três últimos, em que morava direto no campus —, Elliot sempre se mantivera aberto a qualquer chance de amizade com Diaz.

Era Diaz quem se mantinha cautelosamente distante.

Por algum tempo, Elliot achou que isso se devesse ao fato de ele ser gay; talvez Diaz se sentisse pouco à vontade com a orientação sexual de Elliot. À medida que o tempo passava, porém, percebeu que Diaz se mantinha distante de todos.

— Muito bem, pode ir — disse Elliot, sem sair da frente da porta quando Diaz abriu os olhos e o fitou demoradamente. Contato olho no olho. Finalmente. As pupilas de Diaz não estavam dilatadas e seu olhar não parecia vidrado. Bom sinal. — Quero um relatório mostrando que você foi examinado mais uma vez, e quero isso na próxima meia hora, OK? Não me obrigue a ir procurá-lo cobrando isso, pois é o que eu farei, *juro*.

Diaz cerrou os dentes; os músculos de seu maxilar pareceram latejar, mas ele ficou ali parado, olhando para Elliot.

— Entendeu o que eu disse? — insistiu Elliot.

Diaz fechou os olhos e assentiu com a cabeça. Riu de leve ao responder "entendi tudo", como se achasse engraçado o que Elliot dissera.

— Ótimo. — Elliot não entendeu a piada, mas saiu da frente.

Diaz seguiu com determinação para a porta, abriu-a subitamente e...

Colidiu de frente com Michelle Mackenzie, que estava do outro lado da porta, pronta para entrar de forma impetuosa.

Diaz estava tão apressado que não conseguiu parar, mesmo tentando; Mac tinha metade do seu tamanho e os dois caíram um por cima do outro, batendo com força no chão do corredor, revestido de lajotas.

— Puta merda! — exclamou Mac, completando com: — Desculpe, *foi mal*! — enquanto Elliot se misturava com os dois, para ajudá-los.

Mas Mac já estava novamente em pé e Elliot se virou para Diaz, que continuava esparramado no chão.

— Vocês estão bem? — perguntou o médico.

— Estou ótima — disse Mac —, mas acho que sem querer eu lhe dei uma tremenda joelhada no saco. Reagi no piloto automático e... desculpe, D!

Elliot sabia, pelos infindáveis testes e relatórios que aplicava e preparava, que esse tipo de dor era muito difícil de bloquear. Uma coisa era um Maioral como Bach e Diaz — e até mesmo um dos recrutas, como Charlie ou Brian — entrar em uma altercação qualquer com a capacidade de bloquear a dor já devidamente armada. Nesses casos, eles conseguiam aguentar até mesmo um choque elétrico nos testículos sem piscar. Mas a anatomia masculina era de um jeito tal que, quando eles não estavam prontos para bloquear a dor e eram atingidos sem esperar, isso era como lidar com uma pedra jogada na água. Talvez fosse possível parar a pedra no lugar, mas não dava para impedir as reverberações que o impacto inicial provocava.

— Estou numa boa — garantiu Diaz, embora não parecesse nem um pouco bem. — Foi mais o susto que a dor.

Elliot estendeu a mão para ajudá-lo a se levantar, mas Diaz olhou para a mão estendida e balançou a cabeça para os lados. Elliot insistiu em ajudar Diaz mesmo assim, agarrou o braço do homem muito maior que jazia no chão e...

Puta merda!

Foi sacudido por uma onda de calor e poder que veio acompanhada por uma imagem em cores vivas e brilhantes: *Stephen Diaz em um lugar que Elliot nunca vira antes — onde seria? —, recostado, meio sentado e meio deitado de costas, exatamente como agora há pouco, no chão da sala, só que ele estava sobre uma cama e completamente nu. Na cena, em vez de esticar o braço para ajudá-lo a se levantar, Elliot se juntava a ele, tocando Diaz de um modo totalmente diferente, enquanto ambos sorriam...*

A imagem mudou subitamente, antes mesmo de Elliot processá-la por completo, transformando-se em uma rápida sequência de fotos que relampejaram pelo seu cérebro, acompanhadas pelo som de algo que parecia um trovão a cada nova cena.

O contato da mão de Elliot envolvendo Diaz.

O gemido que Diaz emitiu, de puro prazer...

A intensidade de um beijo profundo, longo e quente...

Sexo... Elliot por cima, enquanto seus corpos se comprimiam...

Tudo aconteceu tão depressa e preencheu a mente de Elliot com uma força tal que não houve espaço para outros pensamentos. Na verdade, ele mal se lembrou de respirar.

As imagens poderiam ter continuado, mas a força de tudo aquilo o desequilibrou e Elliot acabou de bunda no chão. Quando largou o braço de Diaz, tudo parou, tanto as imagens quanto o incrível calor.

— Opa! — reagiu Mac, correndo para erguer Elliot do chão. — Você está bem, El?

Elliot não conseguia fazer nada, exceto olhar fixamente para Diaz, que também se levantava.

— Ele provocou um choque em você? — perguntou Mac. — D, você precisa ser mais cauteloso. Ontem à noite eu também provoquei, sem querer, um pico de energia elétrica. Não sei se isso tem a ver com o coringa que capturamos. Talvez seja um rebote. Os poderes que Bach lançou sobre o cara podem estar nos afetando até agora... Também aconteceram outras coisas estranhas comigo na noite passada.

— É, pode ser... — murmurou Diaz sem olhar para Elliot, que tentava se recompor com algum esforço. — Mas não creio que tenha sido um choque elétrico. — É melhor eu... — Diaz apontou para o corredor — dar o fora daqui.

— Agora *mesmo* é que eu quero que você se submeta a um exame completo nos próximos trinta minutos — avisou Elliot, enquanto Mac o ajudava a se levantar.

— Senão você vai atrás de mim para me cobrar isso — disse Diaz, repetindo as palavras do próprio Elliot, ainda há pouco. — Já entendi! — Nesse instante ele fitou Elliot por uma fração de segundo, antes de enfiar as mãos nos bolsos e seguir pelo corredor.

Elliot se sentiu paralisado, emudecido, enquanto o via se afastar. Puta merda. Aquilo definitivamente não fora um choque elétrico, e sim uma *projeção*. Elliot já tinha experimentado esse fenômeno antes, quando fazia testes com Joseph Bach. Quando estava a uma distância apropriada para isso, Bach conseguia projetar seus pensamentos com facilidade na mente de outra pessoa — mesmo um Minoral como Elliot.

Geralmente Bach usava essa habilidade para se comunicar com a equipe quando estavam capturando um coringa.

A projeção de Diaz fora similar, de certo modo, à de Bach: um calor estranho e a sensação de ter toda a mente preenchida com os pensamentos de outra pessoa.

Por outro lado, porém, fora *completamente* diferente. Elliot não recebera pensamentos estruturados e mensagens claras de Diaz. Foi algo do tipo embaralhado e caótico.

Na verdade, talvez Diaz nem tivesse percebido as imagens que compartilhara com Elliot.

— Que diabos aconteceu aqui, afinal? — quis saber Mac ao ver Elliot expirar com força pela boca, em um som que parecia quase uma gargalhada.

Ele olhou, viu que ela o observava com atenção e balançou a cabeça.

— Não foi nada — disse, enquanto a empurrava suavemente na direção da sala de exames. — Tenho um monte de perguntas para lhe fazer a respeito desse pico de energia que você relatou, mas, antes disso, preciso lhe passar o scanner dos pés à cabeça.

Ele olhou para trás uma última vez, na direção que Diaz havia tomado, mas ele já tinha virado a curva no fim do corredor.

Puta merda. *Puta merda!*

O que quer que Elliot tivesse acabado de vivenciar, algo tinha ficado muito claro.

Stephen Diaz era gay.

7

— E se eu não quiser ficar — dizia Anna Taylor —, você vai usar seus... poderes para chapinhar dentro da minha cabeça até me fazer achar que eu *quero muito* ficar aqui.

Bach concordava completamente com Elliot, que saíra da sala quase sem fazer barulho, deixando no ar apenas o suave estalar da maçaneta se fechando.

Aquilo *era* esquisito.

Porém, embora houvesse inúmeras maneiras de reagir ao que Anna disse, Bach preferiu a verdade:

— Para controlar seus pensamentos a esse ponto — explicou ele —, eu teria de fixar residência permanente no seu cérebro. Na sua cabeça.

Ela ficou calada, simplesmente olhando para ele, que limpou a garganta com um pigarro e continuou:

— Faço o melhor que posso — disse, baixinho. — O máximo que cobro de mim mesmo. Fiz aquilo esta noite porque era fundamental que você saísse daquele lugar de imediato. A polícia estava a caminho do seu apartamento com um mandado de prisão contra você pelo desaparecimento de Nika.

Anna reagiu a essa informação inclinando-se um pouco para a frente na cadeira, os olhos castanhos flamejantes.

— Isso é um absurdo! Fui eu quem informou sobre o desaparecimento de minha irmã e preencheu o formulário. Mesmo que eles tivessem motivos para crer que eu machucaria Nika, o que não é o caso, será que pensam que eu seria capaz de gastar 500 dólares, quantia que eu *nem tenho*, para cobrir meus rastros?

— Não importa o que eles pensem — disse-lhe Bach, com firmeza. — A questão é que eles a manteriam sob custódia. Nesse momento, quando você estivesse dentro do sistema, as pessoas que levaram Nika teriam acesso a você, e eu não. Não podíamos permitir que isso acontecesse. — Inclinando-se para a frente, como ela fizera, continuou: — Sei que não quer ouvir o que vou dizer, mas se você for embora *será* pega pela polícia. Não importa o motivo, nem se conseguirá responder a todas as perguntas que lhe farão, nem se fornecerá um álibi legítimo. Sei que conseguiria tudo isso. Enquanto confirmam o seu álibi, porém, você será mantida em uma cela onde há gente que já recebeu ordem para matá-la. Precisa acreditar em mim, Anna, quando eu lhe digo que as pessoas que administram a Organização têm um alcance *muito* grande.

Ele a estava apavorando. Mas sabia que Anna ainda não acreditava em tudo aquilo. Não por completo.

— Pensei que a polícia estivesse com falta de gente para trabalhar. Por que perderiam todo esse tempo só por causa de uma menina desaparecida?

— Porque receberam uma ordem vinda de cima — explicou Bach. — A Organização tem ligações em toda parte.

— Até mesmo aqui? — quis saber ela. — No Instituto Obermeyer?

— Não — garantiu Bach. — Aqui não. Todo mundo que entra no complexo é revistado e escaneado.

— Escaneado? — repetiu Anna. — Pelos outros Maiorais na faixa dos 72?

— Não existe mais ninguém com nível de 72 no IO — disse ele. — Temos duas pessoas com cinquenta. Um bom número de pessoas na faixa dos quarenta. Saiba que quarenta já é considerado um índice muito alto. Só que nem mesmo o pessoal da faixa dos cinquenta consegue escanear a mente de alguém como eu.

— Então você é *realmente* o príncipe por aqui — disse ela. — Ou talvez *rei* fosse mais adequado. Rei da Polícia dos Pensamentos. Nika deve ser muito importante para o instituto, para você se envolver diretamente. Suponho que tenha passado no teste, já que fui devidamente *escaneada*, certo?

— Sim — disse ele.

— Isso soa muito melhor do que, digamos, invasão mental ou aniquilação da privacidade.

— A maioria das pessoas que vêm até aqui entra de livre e espontânea vontade — disse Bach, com mais intensidade do que gostaria. — Quase todas dão boas-vindas a essa proteção.

Eles continuaram ali, olhando fixamente um para o outro, sobre a mesa da sala de conferências.

— Não sou nenhum tipo de rei — acrescentou Bach. — Aliás, estou longe de ser perfeito. Porém, como já expliquei, faço o melhor que posso. — Ele se levantou. — Por que não me deixa mostrar suas acomodações? Nossas instalações são muito confortáveis. Talvez visitar seu apartamento a ajude na decisão de ficar aqui.

— Eu já decidi — disse ela, erguendo a cabeça para fitá-lo. — Vou ficar.

A onda de alívio que Bach sentiu lhe tomou a voz. Finalmente, conseguiu dizer:

— Ótimo.

— Já que eu pouco me importo com *o local* onde vou ficar instalada — disse Anna, se levantando também —, e como o que *me interessa* é encontrar a minha irmã, talvez você possa me mostrar a parte do complexo onde seus analistas estão rastreando os sinais de GPS do celular de Nika e investigando as imagens de satélite que mostram seu percurso da escola para casa.

Bach fez que sim com a cabeça. Isso ele poderia fazer.

Elliot continuava aturdido e apavorado. E excitado.

Dava para Mac sentir tudo isso. As emoções continuavam vibrando a partir dele em ondas, enquanto caminhavam rumo à sala de estar do IO, deixando para trás a ala do centro médico, onde tudo parecia mais estéril e frio. Seguiam na direção mais opulenta e antiga do velho prédio de tijolinhos, conhecida como Old Main.

O médico não tinha nenhuma habilidade para bloquear suas emoções. Por outro lado, sendo um homossexual muito inteligente, que às vezes alcançava a casa dos 15 por cento de integração neural, também tinha uma empatia naturalmente aumentada. Sim, Mac acreditava em alguns estereótipos, porém, no caso de Elliot, tudo isso era verdade. Ele *exibia* mais empatia do que a maioria das pessoas, *e* era gay de forma assumida e aberta. Esse era um dos motivos de ele e Mac terem se tornado tão bons amigos. Como era gay, Elliot não era afetado pela habilidade de Mac para lançar uma espécie de encanto sexual aos homens à sua volta. Era por isso que Mac sabia que a amizade que compartilhavam era genuína.

Ela também adorava Elliot por sua incapacidade de mentir. O que tornava tudo ainda melhor era o fato de ele não ter a menor desconfiança de ser tão transparente para a maior parte dos Maiorais — o que o transformava na primeira opção quando era necessário alguém que não tentaria *sequer* enrolar Mac com abobrinhas ou papo-furado.

Era isso que tornava muito estranho o *silêncio completo* que ele mantivera do lado de fora da sala de exames.

O que estaria escondendo?

Se fosse outra pessoa que não Diaz a estar no corredor com eles, Mac desconfiaria que Elliot havia se recuperado da desilusão provocada pelo seu ex-marido babaca e finalmente resolvera se lançar em um pequeno flerte não autorizado — o que lhe traria mais poder.

Mas o problema é que *era* Diaz, e isso provava que não havia nada rolando entre eles. Pelo menos por parte de Diaz. Ele era totalmente bloqueado em questões de sexualidade.

Elliot abriu a porta do salão de estar e a segurou aberta, para que Mac pudesse entrar.

A sala totalmente revestida por lambris fora um salão para cavalheiros nos tempos pré-universidade. A essa hora da noite estava deserta. A maioria dos funcionários do instituto dormia profundamente e os Potenciais ainda estavam trancados em seus aposentos. O salão de estar, porém, estava aberto. Sempre. O bar privativo do IO funcionava no horário de Las Vegas, 24 horas por dia o ano todo. Não fechava nunca.

Mac se enfiou no compartimento favorito, no canto do salão, e Elliot se sentou do outro lado da mesa.

— Abra o bico... — exigiu ela do amigo. — Quando foi que *você* começou a sentir atração por Stephen Diaz?

Elliot girou os olhos, impaciente, mas não negou.

— Existe alguém aqui no IO que *não sinta* atração por Stephen Diaz?

— Além de mim? — perguntou Mac e, ao ver a sobrancelha de dúvida que ele ergueu, reagiu: — Qual é?! Eu já superei o tesão por ele há vários anos.

— Pois eu tenho um ocasional sonho erótico com Diaz; pode-se dizer que é um evento frequente — confessou Elliot, com sua característica honestidade. — Isso acontece sempre que eu passo por ele no corredor. Se você contar isso a alguém, eu nego de pés juntos, ouviu? A última coisa que quero é deixá-lo desconfortável.

Parou de falar no instante em que a atendente e cozinheira noturna — uma mulher de cabelo louro chamada Louise — apareceu com o pedido de sempre. Ela nem se dava ao trabalho de perguntar o que eles queriam.

Simplesmente trazia um cálice de vinho para Mac — pois ela nunca tomava nada mais forte quando estava no complexo — e um café para Elliot.

— Obrigada — agradeceu Mac, e Elliot assentiu com a cabeça, observando Louise voltar para o bar e obviamente esperando que ela se colocasse fora do alcance de sua voz.

O que aconteceu logo.

— Vamos lá, aqui estamos nós — disse ele. — No salão de estar. Abra o bico você, Mackenzie. Que diabos está rolando?

Ainda há pouco, na ala médica, Elliot fizera um exame completo em Mac, e usara o scanner por mais tempo na precisão máxima. Enquanto ela ainda estava deitada na mesa de exames, usando só a roupa de baixo, ele começou a franzir o cenho, estranhando os resultados. Pelo visto, a integração neural de Mac aumentara um pouco — estava na faixa dos 52, em vez dos usuais 49,5.

— *Qual foi mesmo* o tornozelo que você machucou...? — perguntara ele.

— O esquerdo — contara Mac. — Mas acho que não doeu tanto assim. Pelo menos curou bem depressa.

— Hum... Não creio... — murmurara Elliot, pegando uma espécie de varinha de condão, chamada DEET, que balançou suavemente ao longo do pé afetado, enquanto via a análise mais detalhada.

— Estou ótima agora — havia insistido Mac, ao ver que ele fazia a mesma cara de estranheza ao olhar para o monitor. — Estou andando normalmente, sem dor.

Foi nesse momento que ele soltou a bomba:

— Aqui está registrado que você sofreu uma fratura feia, que já foi curada — informou. — Você quebrou o pé, Mac, em mais de um lugar. Houve danos sérios nos ligamentos também, e vejo a cicatriz de uma ruptura na sua fáscia plantar... Tudo foi curado, e vejo tecidos cicatriciais que seriam esperados em ferimentos com, pelo menos, um ano de idade. No *mínimo*.

— Sério mesmo? — Mac o fitara longamente.

— Exato! — confirmara Elliot. — E para sua informação, se você tivesse me aparecido aqui com uma fratura tão extensa, eu certamente a teria mandado para cirurgia na mesma hora. Como, *diabos*, você conseguiu isso?

— Eu estava descendo por um lance de escadas — explicou ela. — De repente eu caí e...

— Não! — reagira Elliot. — Ei, qual é?!... Sei como *aconteceu* a lesão. Essa foi uma das poucas coisas que você colocou no relatório; ainda precisamos saber tudo que ficou de fora, mas deixaremos isso para mais tarde. O que eu quero saber agora é como foi que você conseguiu *se curar* dessa fratura. Nunca vi tanta *rapidez*! O que temos aqui é... — Ele tinha o semblante mais sério do que Mac jamais vira, quando ergueu os olhos do computador. — É impossível.

— Pelo visto, não — dissera Mac, e lhe contou que tinha uma teoria, mas queria deixar para conversar sobre isso no salão de estar do instituto.

Para surpresa de Mac, Elliot concordara com isso — o que talvez tivesse mais a ver com o que acontecera no corredor com Diaz do que com a vontade de agradá-la.

Mesmo assim ela se mostrou satisfeita, pois aquela não era uma conversa que estava disposta a enfrentar sentada em uma mesa de exames só com a roupa de baixo, enquanto ele a examinava profissionalmente. Era papo para compartilhar com o *amigo* El.

E agora ali estavam eles; Elliot lhe oferecia toda a atenção, à espera da teoria sobre como ela poderia ter curado um tornozelo quebrado em poucas horas.

Mac tomou um gole de vinho para encontrar coragem. Por fim, simplesmente disse:

— Descobri que consigo me curar muito mais depressa quando faço sexo.

Elliot riu. Só um pouco. Então, se inclinou para a frente e perguntou:

— Sério?

Mac fez que sim com a cabeça.

Ele inspirou fundo, expirou com um sopro e admitiu:

— Tenho tantas perguntas e comentários na cabeça que não sei nem por onde começar. — Esfregou o queixo, olhou para o café, depois para a mesa e para a parede, antes de encará-la. — Tudo bem, eu desisto. Não vou tentar organizar meu fluxo de pensamentos. Tudo que eu disser vai sair de forma aleatória, e não em ordem de importância, certo? Vou começar com: *Há quanto tempo você sabia isso?*, seguido por: *Pensei que fôssemos amigos; como é que você nunca me contou?* Em seguida, vou querer saber: *Então, afinal, exatamente com quem você anda dormindo?* E, por favor, não me responda: *Com estranhos que acabei de conhecer.*

— Sim, nos conhecemos há anos e eu deveria ter lhe contado muito tempo antes — admitiu ela. — Sinto muito, foi mal. É que é difícil separar o amigo do pesquisador, e eu não queria que você montasse um relatório completo sobre o assunto.

— Bem... — reagiu ele, recostando-se na cadeira. — *Muito obrigado* por sua confiança cega em mim.

— Eu *confio* em você — garantiu Mac. — Mas o trabalho representa toda a sua vida, El.

— Olha só a rota falando do esfarrapado!

— Você sabe muito bem que terá de preparar um relatório sobre isso — rebateu ela. — O que aconteceu com o meu tornozelo é muito importante. Pretende *realmente* esconder isso de Bach?

— Foi *você* que andou escondendo isso dele! — reagiu Elliot.

— Não exatamente — disse Mac. — Antes da noite passada, o impulso que eu obtinha na área de autocura não era tão drástico, e é aqui que chegamos à sua última pergunta: com quem eu ando dormindo. — Ela tomou mais um gole de vinho. — Até ontem à noite eu tinha uma espécie de... namorado. Justin. Você não o conhece. Morávamos em um apartamento em Back Bay. Ficamos juntos por dois anos.

— *Anos?* — repetiu Elliot, com ar de pasmo.

— Olhe, desculpe... — repetiu ela. — Era mais fácil eu esconder tudo. Não queria que você se visse na obrigação de mentir para Bach. — Como se Elliot fosse capaz de fazer isso...

Elliot sabia o que ela estava pensando.

— Que merda, hein? Esteve com um tal de Justin esse tempo todo e... — De repente, percebeu que falavam em Justin usando o tempo passado. — Você disse "até ontem à noite"? O que aconteceu?

— Ele me deu um pé na bunda — admitiu Mac. — Simplesmente se mudou de lá. Cheguei em casa e Justin tinha se mandado. Foi um choque, se você quer saber.

Elliot expirou com força e esticou o braço para pegar a mão dela.

— Sinto muito, sério — consolou ele. — Continuo achando uma merda, mas... sinto *de verdade*.

— Para ser franca, não é tão ruim quanto está parecendo — garantiu ela. — Ou talvez seja pior, porque eu não o amava de verdade, El. Pelo menos não o suficiente. Ele certamente sacava isso em algum nível, então...

— Mesmo assim, dar o fora do nada, sem aviso prévio? — continuou Elliot. — Isso é sacanagem! — Suspirou. — Gostaria que você tivesse me contado. Puxa, você com uma vida secreta ignorada pelo IO e... sinceramente, eu nem desconfiava disso.

— Ninguém sabia — afirmou Mac. — Bem, com exceção de Diaz, eu acho. Tenho quase certeza de que ele suspeitava.

Assim que Mac chegou ao instituto, no tempo em que ainda era apenas uma Potencial, tentou seduzir Joseph Bach, sem sucesso; depois, jogou a rede para pescar Stephen Diaz, mas também falhou. Aliás, Diaz não só a dispensara, como também a impediu de sair em busca de um namorado entre os recrutas e o pessoal em treinamento. Disse-lhe, de forma bem direta, que se ela pretendia ignorar o conselho de manter o celibato devia procurar namorados fora do instituto.

Mac olhou para Elliot.

— Você realmente achou, todo esse tempo, que eu fosse celibatária? *Logo eu?*

— Na verdade, achei... — Ele piscou. — Provavelmente não raciocinei direito. Analisando agora, foi meio ridículo da minha parte. De qualquer modo, você anda sempre muito ocupada, e gente ocupada demais nem sempre tem tempo para... quer dizer, esse é o meu caso. Há três anos que eu não transo. — Ele franziu o cenho. — Uau, isso é um tempão, né?

Mac concordou e completou:

— Há uma diferença imensa entre não fazer sexo demais e ser celibatário do jeito que eles aconselham aos recrutas. Puxa, qual é?!... Será que alguém acredita *realmente* que ganhamos alguma coisa por redirecionar a energia sexual? Obviamente eu não acredito, pois não faço nada disso. No caso de Diaz, ele segue o programa à risca. Nós dois alcançamos a integração neural de cinquenta por cento quase ao mesmo tempo, só que eu não me torturo para me manter nesse nível, como ele. Não coloquei nada a respeito no relatório da noite passada... Você sabe, o caso da captura de Hempford. Mas vou logo avisando, caso você ache que eu tenho algo a ver com Diaz eletrocutando você no corredor, ou algo assim, que...

— Ele não me eletrocutou — disse Elliot.

— Deixa pra lá, então. Mas aquela muralha de dor que ele ergueu para derrubar o coringa?... — disse Mac. — A contribuição de Diaz para a captura foi abrir o seu gigantesco saco de gatos de pura frustração sexual. Ele não só não faz sexo há muitos anos como não se permite *nenhum* tipo de válvula de escape sexual, portanto...

— Você não tem como saber isso. — Elliot riu, sem acreditar nela.

— Tenho sim — garantiu Mac, assentindo com a cabeça. — Eu *sei*. O cara nem mesmo se masturba; pode uma coisa assim? Quando ele abriu toda essa repressão e a jogou no ar, foi como ser atingido por uma bola de aço, dessas de demolir prédios. Na verdade, a expressão certa seria "duas bolas roxas de dor".

— Puta merda. — Elliot não entendeu a piada, pois fitava o café com os olhos meio fora de foco.

— Se você tivesse me perguntado, eu teria lhe contado — informou Mac. — Sobre Justin. Só que você nunca perguntou.

Elliot ergueu os olhos e pareceu aceitar a explicação.

— Tudo bem. Mas tem mais coisa na sua história, certo? O que aconteceu ontem à noite? Você chegou em casa e...

— Não é a minha casa — interrompeu ela. — É só uma merda de apartamento.

— A questão é: você chegou lá, viu que seu brinquedo tinha ido embora, e depois...?

— Fui para um bar — continuou Mac. — Devia estar emitindo o sinal sem querer. Você sabe... aquele carisma que eu lanço para fazer os carinhas acharem que sou uma gata quente... Enviando e recebendo feromônios, com os poderes no piloto automático, provavelmente muito puta por ter sido dispensada por Justin. Pelo menos foi o que achei a princípio. Só que então... é possível que o cara que eu peguei também estivesse ajustando os feromônios dele.

— Ah, não. — Elliot focou no detalhe errado do que ela contara. — O cara que você *pegou*? — repetiu ele, desanimado.

— Quer prestar atenção ao que estou falando? — pediu Mac, inclinando-se sobre a mesa. — Esse cara que eu conheci no bar...? Acho que *nunca* vi ninguém tão atraente. Nunca. Só pode haver poderes envolvidos no lance. Poderes muito carismáticos.

Enquanto Mac observava calada, Elliot passou alguns instantes raciocinando e, por fim, percebeu o que ela acabara de contar.

— Você passou a noite com outro Maioral?

— Acho que sim — confirmou. — Quer dizer... ele ainda não é Maioral. Não passou por nenhum treinamento. Juro que não saquei nada até depois de... bem, o fato é que ele me contou que é um Potencial. Vai se apresentar no programa hoje de manhã.

— Aqui no IO? — O queixo de Elliot caiu de espanto.

— Isso.

— Ai, merda — disse ele.

Mac concordou com a cabeça. Para seu horror, seus olhos se encheram de lágrimas, o que era uma idiotice. Afinal, estavam absolutamente secos quando ela contou a Elliot sobre Justin. Piscou depressa para secar as lágrimas antes que Elliot percebesse.

— Quando eu saquei tudo, falei que nunca mais poderia vê-lo — avisou ela.

— Quem é ele? Pelo menos perguntou o nome? — quis saber Elliot.

Mac olhou para ele com indignação no rosto, sem responder.

— Para mim, isso parece um caso de rebordosa sexual, não sei como você topa essas coisas, Mac. O que quero dizer é: se você enviou suas vibrações superquentes e ele também, a coisa deve ter sido muito intensa. Além do mais, pelo que você me contou até agora, seu pé pode ter sido curado no toalete masculino do bar.

— Puxa, muito obrigada.

— Olhe bem dentro dos meus olhos e diga que você *nunca* fez sexo no banheiro masculino de um bar — rebateu Elliot.

— Nunca — garantiu Mac.

— Tudo bem, então... foi no banheiro feminino? Banheiro unissex? Ah, você *entendeu* o que eu quis dizer. Se liga! Eu também já fui jovem e tolo um dia.

— Assim falou o sujeito idoso que tem, quantos? Dois anos mais de idade do que eu? E não transa com ninguém há três anos?

— *Touché*.

— Só para ficar registrado — continuou Mac —, a cura acelerada teve início enquanto ainda estávamos sentados no bar. Ele me tocou de leve e... foi um troço muito louco, El. Tudo bem, eu pensei... Justin se mandou, por que não experimentar? Quando saímos na calçada, eu o beijei. Depois disso, quase dava para correr sem sentir dor.

— Tá de sacanagem! — reagiu Elliot. — Com uma fratura como aquela...?

— Quando finalmente trepamos — relatou ela —, houve um pico de energia no apartamento e faltou luz. Acho que fomos nós que fizemos isso também. Inconscientemente, entende? Os disjuntores tiveram de ser religados, mas tenho certeza de que todas as lâmpadas do apartamento estouraram. Mais tarde eu acendi uma vela e... primeiro, achei que a vela fosse feita de cera vagabunda, mas andei refletindo e tenho quase certeza de que foi ele quem fez a vela queimar muito mais depressa do que o normal.

— Quer dizer que você acha que esse cara, de algum modo, curou seu pé? O tal Potencial misterioso que continua sem nome?

Mac riu de nervoso ao concordar.

— Sei que terei de lhe informar o nome. Ele é um ex-fuzileiro naval que fazia parte dos Navy SEALs. Tem tudo a ver com o nosso programa, exceto pela babaquice do celibato. Vamos ter sérias resistências nessa área.

Elliot riu alto.

— Voltando ao assunto — disse ele —, curar *outras* pessoas é algo que nunca vimos antes. Ainda não estou totalmente convencido de que não foi *você* quem efetuou a cura. Você mesma começou o papo contando que antes da noite passada já notara uma relação entre sexo e cura. — Tomou um gole de café. — Alguma vez você tentou... ahn... — pigarreou — ... curar a si mesma desse jeito?

— Já — confirmou ela, suspirando. — Só que não funciona quando estou sozinha. Nossa, os testes que você vai ter de realizar para testar essa teoria vão ser *esquisitaços*, né?

— E se descobrirmos que durante todos esses anos Bach estava errado? — animou-se Elliot. — E se o sexo *aumenta* a capacidade de integração neural das pessoas, em vez de prejudicá-la? Isso é algo que ele vai gostar de saber.

Mac não tinha tanta certeza. Terminou o resto do vinho em um gole só.

— O nome dele é Shane Laughlin.

— Eu sei — concordou Elliot. — Eu o achei entre os *Navy SEALs*. Para sua informação, no papel ele não tem nada de especial. Não passa de 17. Tudo bem, talvez ele seja *um pouco* especial, mas mesmo assim... Tem quase 30 anos, e não 13, e seus poderes não estão em fase de desenvolvimento, entende? Nem está chegando com trinta por cento de integração neural, como foi o seu caso.

— Faça testes completos nele — sugeriu Mac ao amigo. — Separe-o dos outros recrutas e force os exercícios.

— Farei isso — garantiu Elliot. — E você poderá me ajudar.

— Não. — Ela se levantou. — Vou sumir por alguns dias. — Ela não queria cruzar com esse cara no corredor, nem no laboratório. Por outro lado, se Shane fosse tão poderoso quanto ela supunha, ainda estaria ali quando ela voltasse. Caraca, a coisa ia ser tensa.

Elliot balançou a cabeça ao lembrar.

— Merda, você ainda não sabe! Não ouviu nada, é claro que não, só voltou depois que nós...

— Não soube do quê?

— Nika Taylor foi raptada.

— A menina de 13 anos? — espantou-se Mac. Dois minutos antes de eles serem chamados para ajudar a capturar o coringa Nathan Hempford, ela recebera um e-mail de Bach sobre a garota, pedindo que Mac o acompanhasse no momento em que fosse recrutá-la.

Elliot assentiu com a cabeça.

— Mas que diabos Bach estava esperando? — explodiu Mac. — Por Deus, *alguém* precisa proteger essas meninas!

— Ei, não se exalte, porque essa garota foi levada antes mesmo de sabermos de sua existência — defendeu-se Elliot. — O rapto aconteceu ontem, no início da tarde, mas não sabíamos da existência dela até o turno da noite. Fazemos o que está ao nosso alcance.

— Pois então, o que quer que estejamos fazendo — disse Mac, seguindo para a porta —, precisamos fazer melhor! — Girou o corpo e disse a Elliot: — Você sabe o que aqueles canalhas estão fazendo com aquela menina? Neste *exato momento*?

— Sei — respondeu Elliot, baixinho. — Mac, desculpe, eu não pretendia...

— Onde está Bach? — quis saber ela.

— Com a irmã mais velha de Nika. Está tentando tranquilizá-la e instalá-la em seus aposentos.

— Pois diga a ele que eu saí — informou Mac. — Vou perseguir os traficantes. Vou encontrar alguém que viu essa garotinha, alguém que saiba onde é o cativeiro dela. Depois vou invadir o local e trazê-la para casa.

Se aquele trabalho iria governar a sua vida daquela forma, a ponto de Mac ter de abrir mão de amantes promissores no meio da rua, ela faria com que pelo menos valesse a pena.

— Espere um instante! — Elliot correu atrás de Mac, mas ela não diminuiu o passo até ele avisar: — Está chegando uma mensagem de texto do Setor de Análises. Eles acharam algo que têm quase certeza de serem as imagens de satélite da captura de Nika. É melhor ver essas fotos antes de você ir a qualquer lugar.

8

— As imagens podem ser perturbadoras — avisou Bach, olhando para Anna quando eles entraram no elevador que os levaria ao andar do Old Main que era dedicado ao Setor de Análises do IO. — Você não precisa vê-las.

— Preciso sim — replicou Anna. — E se vocês estiverem enganados com relação à Organização? E se a pessoa que raptou Nika for alguém que eu consiga reconhecer? Mas, mesmo que não seja, quero saber exatamente o que aconteceu com ela, para ajudá-la a lidar com o trauma quando a resgatarmos.

Diferentemente de Joseph Bach, ela não conseguiria ler a mente de Nika.

— Parece-me justo — disse ele, na mesma hora. — Mas se a barra pesar demais para você...

— Tenho certeza de que vou ter pesadelos — disse Anna quando um tinido musical soou e o elevador parou —, independentemente do que vou ver.

Bach apontou para a saída, com um gesto cavalheiresco, e Anna viu que o elevador havia parado diante de um saguão com arquitetura elaborada e um corredor em uma das pontas. Aquela parte do lindo prédio antigo fora obviamente restaurada em todo o esplendor original; o revestimento das paredes, em madeira nobre e escura, brilhava muito. O piso era de mármore.

As portas do elevador eram de latão trabalhado e se abriram depois de alguns segundos, emitindo outro tinido melodioso. Anna passou, seguida por Bach.

— Olá! — Elliot surgiu acompanhado de uma mulher de baixa estatura que vestia calça cargo verde-oliva, botas pesadas em estilo militar e uma jaqueta de couro preto. Seu cabelo louro-escuro era muito curto e seu rosto, mimoso demais para ser chamado de lindo. No entanto, havia algo singular e terrivelmente atraente nela; se Anna tivesse de descrevê-la com uma única palavra, usaria *deslumbrante*. — Recebemos a mensagem sobre as imagens de satélite. Você já as viu?

— Não — respondeu Bach —, também acabamos de saber. — Analisou com atenção a mulher de tipo mignon. — Você está bem?

— Ótima, Maestro — garantiu Mac. — E você?

— Já tive noites melhores — brincou Bach e, por um instante, a mulher pareceu genuinamente surpresa com tanta sinceridade. Mas logo isso desapareceu, quando Bach apontou para Anna. — Esta é a irmã de Nika. Anna Taylor, apresento-lhe a dra. Michelle Mackenzie. Mac é uma das que alcançaram o nível cinquenta.

A dra. Mackenzie estendeu a mão e Anna a cumprimentou. A doutora com nível cinquenta podia ser miúda, mas seu aperto de mão era forte.

— Vamos achar sua irmã — prometeu Mac, e Anna se virou ao ver que Bach olhava para o elevador, cujo sino de chegada soara novamente.

— Tomara que as imagens do satélite nos ajudem — disse ele quando a porta do elevador se abriu e um homem absurdamente bonito saiu da cabine.

O homem quase parou ao ver todos reunidos ali, mas respirou fundo e se obrigou a sorrir enquanto se encaminhava na direção do grupo.

— Acho que todos receberam a mesma mensagem — disse o recém-chegado, com uma poderosa voz de barítono, belíssima como ele.

Era tão imenso quanto Mac era pequena. Era muito mais alto do que Elliot e do que Bach, que não ficava menos majestoso ao seu lado e parecia continuar no comando, talvez pela forma com que o gigante o cumprimentou: um leve aceno de cabeça e um "Olá, senhor" muito respeitoso. Em seguida, se virou para Anna e disse:

— Muito prazer, srta. Taylor.

— Este é o dr. Stephen Diaz — disse Bach. — Meu outro Cinquenta.

Anna estendeu a mão para cumprimentá-lo e se espantou ao ver Elliot dar um passo à frente e dizer "*Cuidado com...*", calando-se imediatamente quando Diaz cumprimentou Anna.

— Tenho certeza de que acharemos algo nas imagens que nos levará aos captores de Nika — disse Diaz, exibindo uma confiança de pedra ao baixar a cabeça e fitar Anna. Seus olhos tinham um belíssimo tom de cinza que parecia ainda mais claro em contraste com sua pele muito morena.

— Tomara que sim — respondeu ela, olhando para Elliot com ar inquisitivo: "Cuidado com o quê?..." Mas o médico louro forçou um sorriso e balançou a cabeça de leve para os lados.

— Ao trabalho! — sugeriu Mac.

— Sente-se pronta para isso? — perguntou Bach a Anna, que fez que sim com a cabeça. — Temos uma sala preparada para exibir as imagens. Estúdio 3 — informou aos colegas, seguindo na frente.

— Ainda não li o relatório — disse Mac. — A que horas exatamente a menina desapareceu?

Enquanto Bach a colocava a par dos detalhes sobre o rapto de Nika, Elliot conversava baixinho com Diaz.

— Vi o laudo dos seus exames — disse o médico. — Obrigado por enviar uma cópia para mim.

— Não foi nada, doutor — disse Diaz.

— Você me parece bem.

— Estou bem, sim — confirmou Diaz, pigarreando de leve. — Mas esta noite foi brava.

— E não acabou — lembrou Elliot. — Ainda são três horas da manhã... Ou eu devia dizer zero-três-zero-zero?

— Três da manhã é melhor. — Diaz riu. — Pode crer que estou bem consciente de que ainda faltam algumas horas para amanhecer. Desculpe, dr. Z, preciso verificar se temos cadeiras suficientes na sala. — Apressou o passo e seguiu na frente de todos.

Elliot suspirou baixinho e sorriu quando percebeu que Anna olhava para ele.

— É difícil não imaginá-lo pelado *também*, não acha? — disse a ela, com o canto da boca.

Anna riu, mas ao fazer isso sentiu lágrimas nos olhos e respirou fundo para que o riso não se transformasse num soluço audível.

Nesse instante, Bach olhou para trás, como se a tivesse ouvido suprimir o soluço. Talvez ele sentisse uma perturbação na Força. Puxa, aquilo era esquisito *demais*.

Elliot passou o braço sobre os ombros dela e a apertou com carinho.

— Ei! — disse ele, puxando-a com força. — Com esses três do seu lado, é líquida e certa a recuperação de Nika. Você precisa ter fé.

— É que tudo é tão estranho — admitiu Anna. Forçou um sorriso ao olhar para ele. — Ainda mais sabendo que, na melhor das hipóteses, vou estar em um mundo onde minha irmãzinha vai aprender a ler meus pensamentos.

— Eu sei. — Elliot riu. — É de apavorar, né? — Ele a encaminhou para uma sala pequena com uma tela plana que ocupava quase toda a parede. Havia muitas cadeiras. Quando Elliot a levou pela mão até uma das fileiras, Anna reparou que o dr. Diaz, lindo, alto e moreno, permaneceu parado em pé, ao lado da porta.

Bach pegou uma espécie de controle remoto em uma pequena prateleira e se sentou, deixando um lugar vago entre ele e Anna.

— Vamos resolver logo isso — propôs, com determinação. — Computador, acessar pasta JB-1. Diminuir as luzes da sala. Mostrar fotos.

As luzes diminuíram de intensidade e uma imagem surgiu no telão. Era um mapa de satélite da parte de Boston onde ficava a Cambridge Academy. A rota de Nika da escola até o apartamento aparecia marcada com uma linha azul.

Anna se forçou a respirar devagar quando Bach comandou:

— Computador, dar zoom na imagem!

A imagem na tela não era perpendicular à cena. O satélite devia estar posicionado mais ao sul, pois embora a vista aérea fosse perfeita, o ângulo permitia ver que havia uma menina — sim, era Nika! —, caminhando para casa depois da aula, com a mochila presa ao ombro por uma das alças e a jaqueta aberta.

Sua cabeça estava baixa, olhando para o celular, sem dúvida enviando o torpedo para Anna.

De fato, o relógio que contava os segundos no canto inferior direito da tela informava 14:26:43. Quando alcançou 14:27, Nika deve ter apertado o botão Enviar, pois nesse instante ergueu a cabeça.

— Nossa, essa é *realmente* sua irmã! — afirmou Mac.

— Ela se parece muito com você — concordou Elliot.

Anna balançou a cabeça, com o coração na boca, ao ver um carro preto com janelas de vidro fumê seguindo lentamente junto do meio-fio, logo atrás da menina.

Nika não reparou no veículo de imediato, mas percebeu, de rabo do olho, que estava sendo seguida. Prendeu a mochila nas costas, apressou o passo e ergueu o celular, mantendo-o junto da orelha.

— Garota esperta — disse Mac. — Está ligando para alguém, ou pelo menos fingindo.

— Fingindo — confirmou Bach. — Os registros do celular não mostram nenhuma ligação depois da mensagem de texto.

— Por que ela não correu? — sussurrou Anna.

Como se tivesse ouvido, Nika começou a correr — e mostrou ser uma menina inteligente de verdade, pois correu para trás, refazendo o caminho por onde viera da escola.

O tráfego pesado da rua tornou impossível o carro acompanhá-la de ré. Então, um homem imenso saltou do veículo e correu atrás dela.

Bach usou o controle remoto para ajustar a imagem.

Por um instante, pareceu que Nika iria conseguir escapar, pois se distanciava. Jogou a mochila na direção do homem que a perseguia e isso o atrasou, fazendo-o tropeçar e quase cair.

Nesse momento, porém, o tráfego aliviou e o carro preto voltou velozmente em ré até a esquina, onde parou abruptamente. O motorista saltou e Nika se viu presa entre os dois homens.

— Merda! — exclamou Mac. — Com esse capuz eu não consigo ver o rosto dele. Será que não dá para...

— Vamos assistir à cena toda, primeiro — murmurou Bach.

Não havia para onde Nika fugir, na calçada vazia. O prédio naquele lado da rua tinha uma cerca feita de malha de metal enferrujada.

A menina parou e focou a atenção no celular. Anna percebeu que ela buscou ajuda, digitando 9-1-1.

Mas o homem encapuzado que saltara do carro arrancou-lhe o celular da mão e a esbofeteou com força. Anna sufocou um grito ao ver a força do golpe, que fez sua irmãzinha recuar um passo e bater de costas na cerca.

Mesmo assim, Nika ainda tentou fugir, mas o homem encapuzado a cercou e tornou a bater nela. E de novo. E mais uma vez.

A fúria dos golpes a derrubou, e Anna não conseguiu mais ficar calada.

— *Ó Deus...!*

Mas Nika não se deu por vencida, e embora mal conseguisse se levantar do piso esburacado, tentou pegar novamente o celular.

Só que o homem maior que vinha atrás finalmente os alcançou. Viu o que a menina tentava fazer e pisou no celular com o salto da bota militar, despedaçando o aparelho e espalhando os pedaços com o pé, antes de se virar e chutar Nika no estômago. Por Deus, Anna sentiu um enjoo terrível. Não conseguiu se segurar e começou a chorar.

Mesmo assim, Nika tentava engatinhar pela calçada.

Os dois homens trocaram olhares zangados. O motorista correu para o carro, enquanto o grandão largou a mochila e procurou algo no bolso.

Ele se voltou e esticou o braço para pegar Nika pela jaqueta e pela blusa.

— O que ele está fazendo? — Anna não conseguia esconder seu horror.

— Está aplicando uma injeção nela. — A voz de Bach também estava tensa.

— Provavelmente algo para apagá-la — murmurou Elliot, esticando o braço para pegar a mão de Anna.

De fato, Nika logo se largou, inconsciente.

O grandão pegou Nika no colo com facilidade, e apanhou a mochila também, levando-as até o carro. Jogou a menina no banco de trás e entrou no veículo, que saiu na mesma hora.

Ao longo do vídeo, Bach apertou botões no controle remoto, e uma série de pequenas imagens apareceu na base da tela — inclusive algumas fotos dos dois raptores.

— Computador, pausar vídeo! — ordenou ele, usando o controle para ampliar as fotos, uma de cada vez.

A primeira era do carro, e ele deu um zoom para revelar a placa do veículo. Aquela tecnologia era boa. Anna soltou a mão de Elliot e usou a manga da blusa para enxugar os olhos. Chorar não ajudaria a trazer Nika de volta.

Diaz falou do seu lugar, junto à porta.

— O Setor de Análises já identificou o carro como um veículo do governo que foi roubado. Isso explica, pelo menos em parte, o porquê de ninguém impedi-los.

— Eu os teria impedido — replicou Mac, com ar sombrio.

— Para todos os efeitos, isso era uma operação oficial — afirmou Diaz.

— Dois homens? Espancando uma criança...?

— Não importa, o fato é que as pessoas não querem se envolver — rebateu Diaz.

Bach já tinha clicado na foto seguinte — a do grandão saindo do carro —, mas estava borrada e ele foi em frente.

— Vamos resolver isso o mais depressa possível — reafirmou, dando pausa em uma foto muito mais clara.

O homem era corpulento, tinha um rosto largo e redondo, com olhos claros que lançavam ondas de ódio e pareceram a Anna ligeiramente insanos. Seu cabelo era preto, muito ralo, e já havia uma parte calva no alto da cabeça.

Ela percebeu que Bach a olhava e balançou a cabeça para os lados, analisando a foto.

— Desculpe, nunca o vi — disse, tentando reprimir uma nova torrente de lágrimas.

— Já imaginávamos isso — disse Bach, baixinho. — Alguém aqui o reconhece?

— Não, senhor — murmurou Diaz; e Mac repetiu:

— Não.

— Analisar imagem, computador! — comandou Bach, e uma nova janela com informações surgiu no telão. Com 1,80 metro, o homem pesava 120 quilos e tinha, mais ou menos, 34 anos. O ícone do programa de reconhecimento facial piscava sem parar, analisando a face em milhões de arquivos, mas o resultado foi um desapontador *Rosto Desconhecido*.

— Ou ele não está registrado no sistema ou usou algum programa de escudo contra identificação visual — explicou Elliot, inclinando-se para Anna. — Foi lançado um novo aplicativo para celulares, no mercado negro, que interfere na tecnologia de digitalização de imagens. É ilegal e caríssimo, o que ajuda a explicar muita coisa. Quando criminosos de baixo nível usam tecnologia avançada, é quase certo que estão ligados a pessoas com muita grana, ou seja, a Organização.

— Podemos usar a foto dele para fazer uma busca manual — lembrou Mac.

— O Setor de Análises já está fazendo isso — informou Diaz —, só que levará muito tempo.

Bach já buscava as imagens congeladas na base da tela para chegar às fotos do homem encapuzado, e parou na única que exibia o seu rosto.

Suas feições estavam contorcidas, a boca era um rasgo medonho e Anna só conseguiu olhar para aquilo com os olhos semicerrados. A foto fora tirada logo depois de ele ter batido em Nika; a menina ainda estava em pleno ar, antes de cair na calçada. Anna não conseguiu falar. Simplesmente balançou a cabeça, lamentando tudo, até que Mac disse:

— Eu conheço esse cara! Seu nome é Rickie Littleton. É um traficantezinho chulé, mora no sul da cidade, mas vende suas drogas em Copley Square e no Chestnut Hill Mall. É muito violento... — Olhou para Anna enquanto os dados apareciam na tela. O homem era muito mais baixo que o colega, quase da altura de Anna. Mais uma vez, o programa de reconhecimento facial não apresentou resultados. — Olha, me deixe ser franca: ele tem fama de ser durão e implacável, mas não é muito inteligente, então... — Expirou com força. — Acho que a situação poderia ser bem pior.

— Parece que ele entrou agora na Organização — disse Elliot. — Talvez esteja tentando galgar alguns degraus na hierarquia.

— Não vejo muito jeito de conseguir isso — debochou Mac. — Nós o rastreamos há vários anos. Nunca o prendemos porque o cara é tão transparente que é mais útil deixá-lo em ação. Conseguimos muito mais dicas acompanhando seu trabalho.

— A questão principal é: será que ele sabe o que tem em seu poder? — lançou Bach, fazendo um ajuste com o controle. A tela voltou ao quadro pausado onde aparecia o veículo roubado saindo da cena do rapto. — Computador, destacar o carro! — ordenou, e o veículo assumiu um tom amarelo brilhante. — Vamos ver para onde eles a levaram. Computador, acelerar as imagens!

O filme acelerou e a imagem ficou mais distante, exibindo um mapa da área e tornando o movimento menos caótico. Anna conseguia ver o pontinho amarelo.

— Como saberemos se eles não pararam em algum lugar e tiraram Nika do carro? — quis saber.

— O programa vai rodar mais devagar e chegar mais perto da ação, caso o carro desacelere — explicou Bach, e foi exatamente o que aconteceu. O carro parou em um sinal fechado e esperou. Ninguém entrou nem saiu do veículo. — Mesmo assim, o pessoal do Setor de Análises vai assistir a tudo em tempo real, por precaução.

O ponto amarelo se movia mais depressa agora. Não tornou a parar, até chegar ao que parecia uma oficina de automóveis que ficava, de fato, no sul de Boston.

As portas duplas se abriram, o carro entrou e elas tornaram a se fechar.

— Vamos dar umas porradas por aí — propôs Mac, se levantando.

— Pode ser que a menina não esteja mais lá — avisou Bach, levantando-se também.

— Por outro lado, pode ser que Rickie realmente *não saiba* o quanto Nika é importante — disse Mac, reagindo às palavras de Bach. — Agora, falando sério, senhor... duvido muito que a Organização tenha delegado esse trabalho para Rickie. Isso me parece iniciativa particular dele, só pode ser. De algum modo a lista de pessoas buscadas pela Organização caiu nas mãos do bandidinho e ele pescou o primeiro nome que viu. Quanto você quer apostar que vamos achar um carregamento roubado de celulares Blacklight descartáveis em algum canto dessa oficina? — Ela se virou e olhou para Diaz. — Quem quer ir comigo até lá para descobrir?

Bach também olhou para o fundo da sala e Diaz se ofereceu:

— Estou pronto para ir.

— Então, vamos lá — decidiu Bach. — Vão na frente e fiquem de tocaia. Sigo logo atrás.

Os dois Cinquentas saíram da sala. Anna e Elliot também se levantaram.

— Mac tem razão — disse Bach a Anna, como se conseguisse sentir sua ansiedade, o que certamente acontecia. — Eles não são tão espertos quanto se julgam; são amadores. Assim que quebraram o celular de Nika, eles nos colocaram em sua pista.

Anna não entendeu.

— Como assim? Eles quebraram o celular para não poderem ser rastreados pelo GPS.

— Só que quebraram o aparelho no local exato do rapto. Ao fazerem isso, nos enviaram uma mensagem clara: *comecem a busca aqui*. Foi por isso que demos início à busca de latitude e longitude, pelo satélite, no local exato em que o sinal desapareceu. Sem essa informação básica, nossos analistas ainda estariam às cegas, lidando com milhares de imagens. Você se lembra de quando eu pedi para você desligar o celular na autoestrada?

Anna assentiu.

— É *isso* que se deve fazer para não ser rastreado. Havia muito tráfego na estrada àquela hora. Você poderia estar em qualquer um daqueles carros; ou talvez não estivesse em nenhum deles; ou talvez tivesse jogado o celular dentro do carro de outra pessoa. Como você desligou o aparelho naquela hora, a polícia não faz a mínima ideia de onde está agora.

— A não ser que me encontrem a partir das imagens de satélite — argumentou Anna, apontando para a tela. — Quando analisarem as imagens filmadas do lado de fora do meu prédio, vão saber que eu entrei no seu carro.

— Não, isso eu garanto — disse Bach, recolocando o controle remoto sobre a prateleira na parede. — Antes de chegar lá eu... ahn... fiz alguns ajustes no posicionamento do satélite. Não há fotos. *Nenhuma* foto. Todas as câmeras de segurança da região sofreram um pequeno blackout naquele período. Você está completamente a salvo aqui conosco, Anna. Mesmo que eles apareçam com um mandado para levá-la, temos meios para escondê-la.

Minha nossa! Anna observou os olhos de Bach, em busca não sabia bem do quê.

— Só espero que você *realmente seja* o mocinho dessa história — disse, por fim.

— Ele é — garantiu Elliot.

— Ora, mas você trabalha para ele — rebateu Anna. — É obrigado a dizer isso.

Bach sorriu e trocou um olhar com Elliot.

— Todos aqui trabalham *comigo*, e não *para mim*, Anna. — Ele se virou para sair da sala, mas Anna deteve-o colocando a mão em seu braço.

— O que eu posso fazer? — quis saber ela. — Por favor, eu quero ajudar.

Ele cobriu a mão dela com a dele, e Anna sentiu mais uma vez as surpreendentes camadas do mesmo calor envolvente que experimentara no carro. Só que dessa vez também havia um pouco de...

Confusão. Intensidade. Ferocidade.

Excitação.

— Você *pode* ajudar — explicou Bach. — Providenciei tudo e mandei trazer suas coisas para cá. Elas estão aqui, no complexo do IO.

— O quê? — Ela se desvencilhou dele.

— Por que não usa esse tempo livre para desfazer as malas? — continuou ele. — Se fizer isso, quando encontrarmos Nika poderemos trazê-la para um local que se pareça, pelo menos um pouco, com um lar. Isso irá ajudá-la mais do que você pode imaginar.

Ele saiu pela porta antes de Anna conseguir se recobrar da surpresa para falar alguma coisa. Mesmo assim, correu atrás dele e gritou:

— Quando eu aceitei ficar, não sabia que era *para sempre*.

Mas Bach já se fora, quase como se tivesse desaparecido em pleno ar.

— Odeio quando ele faz isso — disse Elliot. — Vamos lá, vou lhe mostrar seus aposentos.

Shane tentou entender o que acontecera.

Importante.

Mac usara essa palavra em dois momentos. A primeira vez para se referir ao trabalho dela. Depois tornou a pronunciá-la quando se referiu a ele como um Potencial para o Instituto Obermeyer. *Meu trabalho é importante*, e depois, *É importante que você vá.*

Sem falar na pergunta que o perturbava: quantas pessoas por aí conheciam a palavra *Potencial* usada nesse contexto? Isso o levou à conclusão perturbadora de que a mulher com quem ele fizera sexo várias vezes na noite anterior *trabalhava* no IO.

Possivelmente no mesmo departamento de segurança sobre o qual ele fantasiara tanto, imaginando que talvez pudesse ser contratado depois de acabar seu tempo como cobaia no setor de Pesquisas e Desenvolvimento.

O que não conseguia entender é por que o fato de Mac trabalhar ali a tornava tão arisca e determinada em nunca mais querer vê-lo.

Até ouvir o apito que liberou sua entrada na propriedade.

Ele havia recolhido a sacola de marinheiro no guarda-volumes onde a deixara, e então, como o metrô tinha parado de funcionar durante a madrugada, pegou carona e completou o caminho a pé até o complexo.

Era, em tudo, igual ao antigo campus universitário que fora originalmente. Maravilhosos prédios de tijolinhos construídos sobre uma colina gramada, cercados de jardins e árvores frondosas — tudo rodeado por uma cerca elétrica equipada com os mais avançados equipamentos de segurança, *além* de torres erguidas em intervalos regulares ao longo do perímetro, com guardas armados em cada uma delas.

Shane permaneceu do lado de fora dos portões mesmo depois de seu nome ter sido anotado, sua sacola, verificada, e seu corpo, cuidadosamente revistado. Sem dúvida também tinha passado por uma sonda de revista interna conhecida como "invasão". A tecnologia de escaneamento médico tinha avançado a saltos largos e uma varredura curta, também conhecida como superficial, poderia ser feita sem o conhecimento ou a permissão do alvo, pois ele continuava completamente vestido e nem precisava ficar parado. Isso era ilegal em locais públicos, daí o nome popular de "invasão". O procedimento violava as leis de privacidade a ponto de definir formas, tamanhos e características masculinas e femininas. Atualmente ocorria um acalorado debate no Congresso americano, onde os lobistas tentavam requalificar os locais de trabalho como "privados", para impedir as revistas íntimas. O fato, porém, é que os empregos eram tão escassos que, mesmo que a lei não passasse, ninguém que fosse sensato iria reclamar, mesmo que seu empregador o "invadisse" virtualmente com uma revista íntima eletrônica todos os dias.

Mesmo assim, aquilo era perturbador.

Mas quase todas as pessoas acreditavam que liberdade e privacidade não valeriam de nada se elas não pudessem alimentar os filhos.

Depois de quase vinte minutos de espera, os portões finalmente se abriram. O visitante foi encaminhado até um veículo de segurança dirigido por um guarda de poucas palavras, que o levou até o alto da colina, onde Shane se viu diante do resplandecente prédio antigo com janelas e portas em arco. O local devia ter sido construído em fins do século 19. O nome do lugar de onde se aproximavam era Old Main, conforme descobrira pelo site.

Um lugar realmente impressionante.

Havia uma área ao lado, onde vários veículos estavam estacionados — inclusive duas motos. Shane não conseguiu ver direito a distância, por causa da iluminação fraca, e não ficou sabendo se elas eram Harleys ou se uma delas pertencia a Mac.

Mesmo assim, isso foi o bastante para fazê-lo alimentar esperanças quando o guarda estacionou o pequeno veículo no meio-fio e acompanhou Shane até o interior do prédio.

Havia um balcão à direita da entrada, equipado com mais um detector de metais, o que deixou Shane realmente impressionado. Muitas organizações confiavam unicamente na segurança do espaço periférico, e quando um intruso conseguia entrar, ficava de rédeas soltas. Mas não ali.

Pelo visto, o Instituto Obermeyer era dirigido por gente dotada de cérebro.

Foi nesse momento, quando Shane estava de pernas afastadas e braços levantados para uma revista ainda mais invasiva de um dos guardas, que Mac apareceu em seu campo de visão, a caminho da porta.

O coração dele pulou. Na verdade, deu cambalhotas quando a viu.

O problema é que ela estava ao lado de um homem cuja imagem certamente apareceria no dicionário como ilustração, ao lado das palavras *alto*, *moreno* e *bonito*. Ele se movimentava no mesmo ritmo dela. Quem quer que fosse, também era um guerreiro. E aonde quer que estivessem indo, havia um motivo urgente para isso. O homem de cabelo escuro disse algo para Mac e ela riu. Quanto ao olhar de cumplicidade que eles trocaram...

Dizia tudo.

Um olhar cheio de intimidade e confiança. Aquele homem devia ser parceiro de Mac, provavelmente em todos os sentidos.

Foi nesse momento que Mac viu Shane. Fitou-o por um décimo de segundo a mais do que normalmente faria, e seus olhos se arregalaram de forma quase imperceptível, antes de ela colocar no rosto uma máscara sem expressão.

Não olhou para o seu amigo gigante, nem se voltou para trás na direção de Shane; simplesmente saiu do prédio, com o homem ao lado.

Uma rajada de vento externo gelado entrou pela porta aberta e atingiu Shane no instante em que o guarda que o revistava assentiu com a cabeça. Ele já podia calçar os sapatos e vestir a jaqueta. Havia um banco para se sentar e fazer isso. Foi o que ele fez, pois dali dava para ver o pátio externo do prédio, pelas janelas imensas. Dito e feito! Ele ouviu — antes mesmo de ver — o som dos motores das motos sendo ligados. Eles saíram do estacionamento e deu para observar com clareza as luzes traseiras gêmeas, vermelhas e muito brilhantes na escuridão total que se instala pouco antes do amanhecer. Logo desceram a colina e desapareceram.

Mac, seu namorado e suas motos. Não era lindo?

Shane teve o cuidado de manter a voz casual ao perguntar ao guarda que o escoltara:

— Quem são aquelas pessoas que saíram?

— Sinto muito, senhor — respondeu o guarda. — Não tenho autorização para lhe informar isso.

Claro que não tem, pensou Shane.

— Por favor, me acompanhe para o resto dos procedimentos. — O guarda apontou para um corredor, indo na direção oposta ao local por onde Mac havia aparecido.

Shane recolheu sua sacola, que fora revistada cuidadosamente mais uma vez, e seguiu o guarda, um pouco constrangido, levemente desapontado e com muito mais ciúmes do que se sentia no direito de ter.

Só não virou as costas e foi embora por saber que os empregos lá fora eram muito escassos.

Além do mais, Mac lhe dissera que era importante ele aparecer ali.

Só que, pelo visto, ela não esperava que ele fizesse isso *tão depressa*.

9

A oficina mecânica na zona sul de Boston estava deserta quando eles chegaram. O lugar parecia uma cidade fantasma. Rickie Littleton certamente fora avisado de que alguém iria atrás deles.

Mac ficou parada no centro do espaço vazio, baixou seus escudos mentais e fechou os olhos para ter uma sensação mais completa de...

O golpe de medo que sentiu era nítido, mas não muito intenso, e ela percebeu que eram resíduos do passado. Mesmo assim, aquilo foi o suficiente para fazê-la arfar de espanto e novamente erguer o escudo protetor. Uma jovem havia sido morta ali. Estuprada e depois morta.

Por Deus!

Mas isso não acontecera recentemente. Por conseguinte, não tinha sido Nika.

Mac não sentiu nada vindo da menina, o que poderia ser bom ou mau, dependendo de como encarar o fato. A parte boa foi que enquanto Nika estava ali ela não acordou e, portanto, não se viu diante de dois sujeitos asquerosos. A parte má é que talvez Nika não tivesse ficado ali por tempo suficiente para acordar do sedativo que lhe aplicaram na hora do rapto.

Por causa disso, seu rastro estava frio e a coisa piorava a cada minuto.

Diaz já falava com o IO ao celular, relatando o que haviam encontrado e solicitando imagens de satélite da garagem no período da noite e da madrugada. O Setor de Análises teria de rastrear todos os carros e caminhões que tivessem saído do local — embora houvesse espaço para vinte veículos, pelo menos. Mais ainda, caso estivessem estacionados em ordem. Iria levar muito tempo para rastrear cada um deles até o seu destino, e mesmo assim isso não era garantia de eles não terem deslocado Nika para outro lugar. E para mais outro, depois.

Mac respirou fundo e se preparou para o terror do estupro que iria rever ao baixar mais uma vez os escudos de proteção mental. Tinha de ignorar o medo e a dor da jovem morta, focar nas emoções que haviam impregnado o ambiente e torcer para sentir uma pista que os levasse a Rickie e seu comparsa.

O estuprador tinha mordido a vítima toda enquanto se lançava dentro dela e... por Deus, a jovem assassinada era pouco mais que uma criança, soluçando e implorando para que ele parasse. Sua voz ressoou com ecos de lembranças que Mac enterrara há muito tempo: *Não, papai, por favor, não!...*

A força do horror e da dor fez com que Mac caísse de quatro no chão. Lutou para bloquear as lembranças medonhas e sentir além delas, a fim de descobrir as emoções das pessoas que haviam estado ali naquele dia.

De repente, tudo surgiu — muita gente passara por aquele lugar havia pouco tempo. Dezenas de pessoas, talvez mais. Novamente, pressentiu que isso não era um bom sinal. Provavelmente eram motoristas contratados para levar muitos veículos para fora do local e tornar impossível rastrear qual deles levava Nika.

Mac escolheu entre as emoções mais fortes e descobriu em alguém uma sensação de triunfo e júbilo. Tinha chegado a sua vez, e agora ele ficaria rico...

Depois, de outra pessoa, vieram vestígios de um forte sentimento de necessidade urgente. Alguém tentava obter algo, não apenas drogas, mas...

A garota. Ele sabia que não poderia fazer isso, mas sentiu vontade de morder Nika como ele fizera com a outra menina quando...

Meu santo Cristo!

Mac vomitou bem ali, no chão de concreto. Diaz correu em sua direção e não apenas a amparou, com os braços em torno dela, mas também entrou em sua mente, ajudando a colocar as defesas no lugar, fazendo-a respirar devagar e incitando-a a parar de tremer.

— Você não devia fazer essas coisas — disse ele.

— E você devia chupar o meu pau — rebateu Mac, antes de vomitar mais uma vez.

Ela tentou afastá-lo com as mãos, pois Diaz não conseguiria acalmar seu estômago que precisava ser esvaziado por completo, e só havia um jeito de fazer isso. Além do mais, Diaz não tinha muito controle quando visitava a mente de outro Maioral, ao contrário de Bach. O Maestro conseguia se manter longe dos pensamentos pessoais, se quisesse. E ali, naquele instante, Mac sabia que era um livro aberto mostrando tudo sobre seu passado sórdido. Desde a infância, passando pela adolescência, até a transa da noite anterior com Shane...

Ela se viu presa à lembrança do jovem ex-SEAL, focou a mente no jeito como ele lhe sorrira antes de beijá-la e...

Nossa!

Percebeu que Diaz tentava se afastar daquelas lembranças explícitas demais, do mesmo jeito que uma pessoa educada faria ao ver, sem querer, alguém na privada com a porta do banheiro aberta. Mesmo assim, ele não a largou. Não desistiu de tentar absorver pelo menos um pouco da náusea que ela sentia.

Por fim, seu estômago se esvaziou por completo e tudo acabou. Ela vomitara os biscoitos e o chá, o uísque e o vinho, e tudo o mais que ainda estava em seu sistema digestivo, depois de um dia inteiro e de uma longa noite em que não comera quase nada.

Em seguida, Mac e Diaz simplesmente se sentaram no chão. Ela sabia que ele tivera um vislumbre de tudo o que ela sentira na atmosfera daquela oficina maldita, e não havia necessidade de discutir o assunto em detalhes.

Um dos raptores de Nika era estuprador de crianças e também serial killer. Como se a ameaça representada pela Organização já não fosse demais.

Diaz se sentiu compelido a dizer:

— Eles a pegaram pelo dinheiro. Duvido que o ganancioso tenha deixado o outro matá-la.

— Mas pode ser que ele o tenha deixado... — Mac não conseguiu terminar a frase.

Calma.

Mac sentiu Diaz ao seu lado e deixou que ele respirasse por ela durante alguns segundos.

— Sei o quanto isso é difícil para você — afirmou ele, baixinho.

— Pois é — confirmou ela. — Não deu para saber qual deles fez o quê. Portanto, quando eu encontrar Rickie Littleton e seu comparsa, vou matar os dois. — Depois de arrancar cada partícula de informação do cérebro deles, é claro.

Embora Diaz já não estivesse mais em sua mente, sabia o que ela estava pensando e concordou, dizendo:

— Parece que você já tem tudo planejado.

— Desculpe o... — Ela o fitou. Não precisava ser específica. Ele percebeu a que ela se referia e deu de ombros.

— Tudo bem, eu também tenho essas fantasias muito intensas.

Tudo bem, então. Ou ele achava sinceramente que as imagens dela em companhia de Shane tinham sido uma fantasia, em vez de fatos reais, ou fingia ser esse o caso, a fim de deixá-la menos embaraçada.

Mas então ele a surpreendeu ao dizer:

— O gato que vimos no saguão do instituto era mesmo um tesão, mas eu descobri que sou um homem de um cara só, mesmo em fantasias eróticas.

O olhar que ela lançou deve ter lhe parecido estranho, pois Diaz acrescentou:

— Que foi? Você conhece o meu segredo. — Quando a compreensão de suas palavras chegou aos olhos dela, *acrescentou*: — Tudo bem, talvez você não tivesse certeza *absoluta*. — Ele recuou na estratégia. — Na verdade, eu não tencionava manter nada em segredo, só não achei...

— Relevante? — Ela terminou a frase por ele, que assentiu com a cabeça. — O que eu sabia é que, para você, isso era muito duro de encarar. A história de celibato. Só para lembrar, você sabe tão bem quanto eu que essa regra de *nada de sexo* é conversa-fiada.

— Não tenho tanta certeza — afirmou ele, exalando o ar com força. Pelo menos *essa* parte da conversa eles já tinham tido várias vezes.

— Isso não é uma regra, só uma sugestão. Tive alguns namorados com quem fiz sexo durante vários anos — confessou Mac —, e continuo aqui, com o mesmo nível de cinquenta por cento de integração neural, tanto quanto você.

— Talvez tivesse alcançado a casa dos setenta, se seguisse a abstinência sexual.

— Duvido muito, mas só para seguir seu raciocínio, vamos dizer que você tenha razão. Talvez eu fosse uma Setenta, mas seria uma Setenta insuportavelmente chata, uma megera.

— É difícil imaginar você mais chata do que já é — brincou ele, e Mac deu uma gargalhada gostosa.

Foi esse o momento da conversa mais pessoal que eles tinham tido desde que se conheceram, mas terminou abruptamente porque Bach chegou.

— Não baixe seus escudos por completo — avisou Mac ao Maestro, que entrava e fazia um giro lento com o corpo, olhando em volta. Registrou tudo que viu: o vômito no chão da oficina; o jeito como Mac e Diaz estavam sentados ali perto no piso frio, com as costas contra a parede. Fechou os olhos por alguns segundos, enquanto Mac lhe contava tudo que ela e Diaz haviam descoberto ali.

Bem, não tudo... Deixou de fora a sessão de autoajuda mútua, o fato de Diaz ser gay e o desejo dela de continuar transando com um dos novos Potenciais.

— O Setor de Análises acabou de ligar — informou-lhes Bach. — Littleton e seu amigo estavam preparados para o rastreio que fizemos. As imagens de satélite mostram que 23 veículos saíram desta oficina depois de Nika e seus captores chegarem. Estamos seguindo a pista de cada um deles, mas... — Balançou a cabeça.

Não havia jeito de saber, com certeza, em qual dos carros e caminhões Nika estava quando foi removida dali.

Diaz se levantou e se virou para ajudar Mac a se colocar em pé. Porque, tanto quanto ela, sabia o que vinha pela frente.

— Vamos procurá-los... Littleton e seu comparsa — disse-lhes Bach. — Separem-se, mas mantenham contato. Mac, vá até o local do rapto e veja se consegue alguma leitura residual da rede emocional de Nika.

— Sim, senhor.

E também da rede emocional do estuprador — que Mac reconheceria de imediato, mesmo em uma multidão, desde que estivesse a uma distância razoável. Isso os ajudaria a encontrar a menina. É claro que Rickie seria ainda mais fácil de rastrear, porque o Setor de Análises do IO conhecia quase todos os lugares que frequentava, e também seus esconderijos. Supondo que ele já não tivesse saído da cidade.

— Por favor, lembrem-se de que precisamos dos dois canalhas com vida — acrescentou Bach.

Mac confirmou com a cabeça e, quando Bach saiu pela porta da oficina, antes de segui-lo, virou-se para Diaz e disse:

— Nada mudou... só para você ficar sabendo.

Ela não esperou por sua concordância, mas sentiu seu alívio e um afeto genuíno que quase a fez parar... mas ela seguiu em frente, saiu pela porta e foi embora.

O dr. Zerkowski tinha razão. As acomodações no IO eram fantásticas, as melhores possíveis.

Shane esperava por um ambiente de alojamento militar para os homens que fariam testes e eram solteiros. No máximo, já que o complexo se parecia tanto com um campus universitário, algo como um dormitório, sem privacidade, com quartos e banheiros compartilhados e áreas comuns. Além de beliches com colchões baratos, projetados para estudantes de 18 anos.

Em vez disso, recebeu uma suíte composta por dois aposentos, igual às exibidas no site do IO; uma delas tinha uma luxuosa cama do tipo king-size.

O espaço tinha piso em tábuas corridas que cintilavam; o banheiro e a cozinha eram azulejados. A mobília era funcional, agradável aos olhos e confortável. Tanto o sofá quanto a poltrona reclinável da sala de estar eram estofados com couro de alta qualidade. O resto da mobília era em madeira maciça.

A cozinha exibia um piso de granito em estilo antigo, com cintilantes armários de madeira e eletrodomésticos topo de linha. Além do mais — uau, que máximo! —, os armários e a geladeira estavam estocados com todo tipo de comida. Uma cesta com frutas frescas fora colocada sobre o balcão.

As toalhas eram macias e felpudas, os lençóis macios, os cobertores, de lã, e o piso do banheiro, *aquecido*.

Uma das paredes da sala de estar era revestida de vidro de ponta a ponta e do chão ao teto. Portas deslizantes em blindex davam para uma sacada; um jardim pouco abaixo escondia o que talvez fosse um estacionamento, mais adiante. Pelo menos parecia ser um jardim, mas só daria para confirmar isso quando o dia amanhecesse — o que não tardava. Um pouco de claridade já iluminava o céu a leste.

A vista dali, assim como as acomodações luxuosas, era fantástica.

Mesmo assim, Shane abriria mão de tudo aquilo, sem pestanejar, se pudesse voltar ao apartamento apertado perto da Kenmore Square onde Mac lhe dissera que ele balançara o seu mundo.

E não foi só o sexo.

Ele gostou dela.

Muito.

Shane ficou olhando para fora pela porta de vidro da sacada, comendo uma banana que estava madura no ponto certo, e refletiu sobre o material sobre integração neural que tinha acabado de ler. Uma mulher concisa e elegante, de cabelo grisalho, chamada Clara, lhe dera um e-reader no Setor de Registro. Ela, como todos os outros membros da equipe do IO que ele tinha conhecido, não demonstrou espanto pelo fato de ele chegar no meio da madrugada.

Não conseguiu dormir e já tinha vasculhado quase todos os arquivos de leitura que Clara lhe fornecera.

Mesmo assim, continuava sem entender quase nada.

Aparentemente, de acordo com os "cientistas" do Instituto Obermeyer, algumas pessoas nasciam com a capacidade de integrar de forma mais significativa a sua rede neural, também conhecida pelo nome de cérebro. Ao fazer isso, desenvolviam espantosos superpoderes. Só que controlar esses poderes exigia treinamento intenso, um conceito que Shane conhecia bem desde os tempos dos SEALs.

Mesmo assim...

Aquilo era o cúmulo da bizarrice. Provavelmente por ser um ex-SEAL, compreendia muito bem as limitações físicas de um ser humano. O corpo só conseguia fazer coisas extremas até certo ponto. A coisa era simples assim.

Porém, de acordo com o pessoal do IO, o corpo humano seria capaz de fazer praticamente *qualquer coisa* que um cérebro perfeitamente integrado mandasse.

O mais interessante é que, pelo visto, esses caras pareciam acreditar que Shane era um bom candidato para tal treinamento e se referiam a ele como "Potencial".

Certamente iriam ficar desapontados, porque aquela linha de pesquisa era uma baboseira completa. Não importa se o treinamento levaria dois minutos ou dois meses, eles estavam perdendo tempo se achavam que Shane conseguiria mover um lápis com a força da mente.

Esse tempo seria muito mais bem empregado de outras formas.

O que o levou a pensar em Mac.

Ele repassara várias vezes na cabeça tudo o que vira no saguão principal do IO, e chegou à conclusão de que não dava para ter respostas realísticas para nada.

Mac passara ao lado de um homem que lhe disse algo que a fez rir. Nada de mais! Shane já passara muito tempo ao lado de mulheres que nunca sequer tocara.

Ambos tinham motos, tanto Mac quanto seu amigo gigante. E daí? A Harley era a moto preferida dos especialistas em segurança, em todo o mundo.

Quando Shane abriu o pesado manto de ciúmes que o envolvia e olhou de forma objetiva para o que vira, presenciara apenas duas pessoas — uma das quais dormira com ele fazia poucas horas — saindo do prédio com ar decidido, em algum tipo de missão.

Apesar disso, ainda conseguia ouvir o eco da voz de Mac, pouco antes de deixá-lo plantado no meio da rua, na porta do seu prédio. *Isso significa que eu não posso me encontrar com você de novo.*

Havia várias razões pelas quais ela poderia ter dito isso — uma delas era o fato de já estar em um relacionamento com algum colega de trabalho.

Shane jogou a casca da banana no lixo, pegou o telefone sobre o balcão da cozinha e digitou zero.

Tocou só uma vez antes de alguém atender.

— Olá, tenente Laughlin — saudou uma voz alegre. — Aqui fala Robert, da hotelaria. O que deseja, senhor?

— Sim, ahn, olá! — disse Shane. — Gostaria de deixar uma mensagem para Mac. Eu a vi saindo quando cheguei, então sei que não está no instituto neste momento e... ahn... Como posso deixar essa mensagem, já que não sei o número do celular dela?

Houve um silêncio longo do outro lado da linha, antes de Robert pigarrear e informar, com um tom de voz bem menos cordial:

— Seu pedido é um pouco... incomum, senhor. Não tenho como... bem, *o fato* é que não posso informar o celular de ninguém. Desculpe, mas...

— Não, tudo bem, não estou lhe pedindo nada desse tipo — disse Shane, embora tivesse feito mais ou menos isso. Ele não sabia ao certo se Mac realmente trabalhava ali e continuava sem saber, porque Robert não ajudara muito. Ou talvez tivesse ajudado. Ao ser perguntado sobre Mac, ele não reagiu com um *Quem?* Mesmo assim, Shane queria mais. Fez a voz parecer tão jovial quanto a de Robert e riu, dizendo: — Se você me *informasse* algo proibido, eu poderia contar à segurança e você levaria um esporro, certo? Tudo bem, você não poderia ao menos... me conectar com a caixa de mensagens dela?

Outro longo silêncio. Vamos lá, Robert. Pelo menos uma dica. Mac tem uma caixa de mensagens aqui no complexo?

Ele limpou novamente a garganta e disse:

— Desculpe, senhor...

— Que tal *você* lhe passar a mensagem? — tentou Shane. — Peça para ela me ligar, pode ser? Quando ela voltar. É meio urgente.

— Se for algo urgente — ofereceu Robert. — Posso colocá-lo em contato com qualquer outro membro da equipe.

Rá! Ele estava certo. Mac fazia parte da equipe.

— Se preferir — continuou Robert —, posso mandar alguém acompanhá-lo até o centro de saúde...

Ela trabalhava no centro de saúde? Será que Mac era médica ou, talvez, paramédica?

— Ahn, não, pode deixar, tudo bem. Tenho certeza de que consigo me achar por aqui, se precisar de algo desse tipo — garantiu Shane.

— Na verdade, não pode fazer isso, senhor — avisou Robert. — O senhor não foi liberado para se movimentar livremente pelas nossas dependências. Além do mais, todos os Potenciais ficam confinados de meia-noite às sete da manhã.

Ao ouvir isso, Shane foi até a porta de vidro deslizante da sacada e tentou abri-la. Depois tentou a porta que dava no corredor. Nada... Ele estava realmente trancado ali dentro. Mais ou menos trancado. A porta deslizante poderia ser deslocada dos trilhos e as dobradiças da porta do apartamento ficavam para o lado de dentro; isso tornava o confinamento mais simbólico do que real — pelo menos no caso de alguém realmente precisar escapar dali. Embora talvez houvesse câmeras de segurança do lado de fora do prédio e nos corredores...

— Estou abrindo uma requisição para que alguém vá até o seu quarto — decidiu Robert, e quando Shane começou a falar, acrescentou: — *Também* vou repassar sua mensagem à dra. Mackenzie, embora não faça ideia de quando ela voltará.

Dra. Mackenzie. Puta merda! Mac era *médica.*

— Obrigado — tentou dizer —, mas...

— Alguém vai vê-lo em poucos instantes — garantiu Robert.

— Escute, isso não é realmente necessário — disse Shane, no instante em que a campainha da porta tocou. — Uau, isso é que é rapidez!

— Tenha uma manhã agradável, senhor — despediu-se Robert, desligando.

Shane colocou o fone no gancho e foi até a porta que não conseguiria abrir. Mas havia uma espécie de interfone ao lado do olho mágico, e ele apertou o botão.

— Estou trancado aqui dentro.

O olho mágico mostrou um sujeito alto vestindo guarda-pó que lhe pareceu... sim, era o dr. Zerkowski. Continuava despenteado, mas parecia muito mais cansado do que algumas horas atrás, quando eles haviam se falado via Vurp.

— Tenho uma chave mestra — explicou o médico. — Posso entrar?

— Fique à vontade — disse Shane, e o médico abriu a porta. — Desculpe o incômodo, doutor. Eu não preciso de nada urgente...

— Sim, eu sei — apressou-se a explicar. — Li a transcrição da sua ligação para a hotelaria, pelo menos a primeira parte. Conseguiu a informação que buscava?

Shane riu, muito surpreso, e isso acabou com seu plano de bancar o desentendido. Apesar disso, ele tentou:

— Do que está falando?

— Já vi que não conseguiu — disse Zerkowski. — Obrigado, tenente, vou aceitar seu convite e entrar por um minuto. E me chame de Elliot. Por favor. — Deu um passo à frente, forçando Shane a recuar, e a porta se fechou atrás dele. — Na verdade, eu estava no prédio quando soube da sua chegada. Como vi que ainda estava acordado, resolvi dar uma passada por aqui — sorriu para Shane — e lhe dar algumas dicas importantes sobre a sua tentativa frustrada de encontrar Mac, que, por acaso, é uma grande amiga minha. Não lhe ocorreu que poderia ser problemático, para um Potencial, começar logo de cara fazendo perguntas sobre Mac e deixando mensagens...? — Ele mesmo respondeu à pergunta enquanto caminhava pela sala. — Provavelmente não. Do mesmo modo que não ocorreu a ela que você somaria dois e dois e surgiria aqui com um monte de perguntas, à espera de respostas urgentes.

— Eu só queria falar com ela — defendeu-se Shane.

Elliot lançou-lhe um olhar firme do tipo "me engana que eu gosto" e se sentou no sofá. Mas mudou de assunto.

— Tem alguma pergunta sobre o programa? — Apontou para o e-reader. — Vejo que já teve uma visão geral sobre o nosso trabalho.

— É, inclusive minha maior dúvida — disse Shane, ainda em pé, encostado à parede que separava a sala de estar do quarto — é como lidar com a empolgação. Isto é, não dá para ficar sentado esperando para saber se o meu superpoder vai ser voar ou me tornar invisível.

— Um descrente. — O médico riu. — Isso está cada vez melhor. Só para constar, Mac acha que você pode se tornar alguém muito especial.

Shane precisou fazer um esforço sobre-humano para não exibir reações de nenhum tipo, e desta vez sabia ter conseguido.

— Desculpe o meu olhar incrédulo — continuou Elliot —, porque você é muito mais... *militar* na vida real do que me pareceu no bate-papo virtual, e olha que você me pareceu muito milico, mesmo pela internet. Acho que estou meio perdido porque você não tem nada a ver com o tipo de homem que, em minha opinião, Mac escolheria em um bar para ficar com ela.

Embora a descrição dele como um sujeito disponível em um bar fosse muito precisa, era possível que Elliot estivesse jogando verde para colher maduro, exatamente como Shane fizera antes. Sendo assim, ele se manteve sem expressão e de bico calado.

Depois de uns trinta segundos de silêncio total, Elliot assentiu com a cabeça e se levantou.

— Tudo bem, então. Gostei de você. Um cara que aprende rápido. Vai servir. — Ele foi para a porta, mas se virou de repente. — Alguma vez você sofreu alguma fratura?

Era uma pergunta estranha, vinda do nada. Mas Shane fez que sim com a cabeça.

— Já. Fraturei a clavícula aos 15 anos, jogando beisebol.

— Certo — disse Zerkowski. — *Essa* teoria, então, já era.

— Que teoria?

— Minha teoria é que seu *grande superpoder* é uma grande capacidade de se curar instantaneamente, e também de curar qualquer pessoa que tenha um contato, digamos, íntimo com você. E olhe que quando eu digo grande estou falando em *imenso*, pelos padrões de superpoderes já documentados aqui no IO. Nunca vimos nada desse tipo. A não ser em vagos relatos sobre um super-herói mítico que teria vivido há mais de dois mil anos.

— E qual a razão de vocês acharem que eu poderia...? — Shane balançou a cabeça.

— Eu devia deixar Mac lhe contar — disse Zerkowski. — Por outro lado, sei que ela está tentando seriamente se manter afastada de você, e pode ser que vocês dois não se encontrem por um bom tempo, então... vou contar logo. Mac quebrou o tornozelo ontem à noite. Foi uma fratura feia. Aconteceu algo especial entre o momento da fratura e a hora em que ela deu as caras por aqui, com o tornozelo completamente curado. Tenho certeza de que esse "algo" foi *você*.

Shane não teve culpa de exibir um olhar tão incrédulo.

— Não acredito nisso. Não tinha jeito de aquele tornozelo estar quebrado. — Ele a vira correr com o peso do corpo nele, mas se impediu de contar isso, porque já entregara muita coisa.

— Eu poderia lhe mostrar os exames médicos dela — ofereceu Elliot. — Os de ontem, sem nenhuma indicação de fratura; depois os de hoje, com a marca da forte fratura e os ossos e tecidos totalmente regenerados. O problema é que não seria ético fazer isso sem a permissão dela. Então, vamos ter de esperar pela volta de Mac, antes de deixá-lo completamente atônito. — Ele bateu palmas, com ar de urgência. — Nesse meio tempo, o que me diz de darmos início a alguns dos testes apresentados no material básico que você leu? Já que nenhum de nós parece muito disposto a dormir?

Shane encolheu os ombros.

— Topo qualquer parada. Mas vou logo avisando que vocês vão ficar desapontados. Seria melhor recalibrar seus tomógrafos.

— Já fizemos isso — contou Elliot. — Duas vezes.

— Quem sabe se eu colocar minhas "mãos de Jesus" neles? — brincou Shane.

Elliot riu ao destrancar a porta e mantê-la aberta, convidando Shane a sair na frente.

— Deboches e sarcasmos fazem parte da minha vida profissional, e *nunca* me canso deles.

— Conte-me só uma coisa... — pediu Shane, enquanto seguiam pelo corredor em direção aos elevadores. — Em todos esses anos de pesquisa, você alguma vez encontrou alguém que consiga *realmente* fazer as coisas descritas nos relatórios?

— Existem dezenas delas bem aqui, treinando no IO. — Elliot sorriu. — A maioria dessas pessoas não consegue mais de trinta por cento de integração neural. Elas acabam desenvolvendo habilidades de iniciante, no máximo. O treinamento é intenso e o progresso, lento, de forma que o desgaste é grande. Noventa e cinco por cento de cada turma desistem, mas isso certamente lhe é familiar.

Shane concordou. O treinamento dos SEAL BUD/S também exibia um nível notoriamente alto de desistências.

— Mesmo assim — assinalou Shane —, se cinco por cento permanecem no programa, isso prova que vocês têm gente andando aqui pelo instituto com poderes telepáticos e telecinéticos cientificamente comprovados.

— Exato! — confirmou Elliot, apertando o botão do elevador.

— Muito bem, então. Quero conhecer algum deles — pediu Shane. — Alguém que consiga fazer mais do que adivinhar o que eu comi no desjejum ou fazer um lápis se mover pela mesa sem usar as mãos nem a gravidade.

Elliot sorriu novamente quando a porta do elevador se abriu, e convidou Shane a entrar.

— Você já conheceu uma pessoa assim — garantiu —, dessas que pode erguê-lo no ar e atirá-lo longe, mesmo estando a seis metros de distância.

Shane sabia sobre quem ele falava, e não conseguiu evitar o riso.

— Mac?

— Ela mesma — confirmou o médico, com ar sereno. — Mac Mackenzie pode lhe dar um belo chute na bunda sem seu pé sequer chegar perto da sua parte posterior.

— Sei... — disse Shane, incrédulo. — Desculpe, mas só acredito nisso vendo.

— Podemos providenciar.

— Mal posso esperar — topou Shane.

No entanto, o que ele realmente mal podia esperar era pelo momento de rever Mac.

Embora Elliot não comentasse mais nada a respeito, Shane tinha certeza de que o médico também sabia disso.

Anna achou que não conseguiria dormir.

Mas logo soube — e bem depressa — que a oficina mecânica na zona sul de Boston estava deserta. Em algum momento da tarde ou da noite anterior Nika tinha sido removida para outro local, ainda não determinado.

Joseph Bach ligou pessoalmente para Anna, a fim de lhe dar as más notícias.

—Vamos encontrá-la — garantiu ele. A essa altura, porém, suas palavras soavam um pouco vazias.

— Não sei como — admitiu Anna, baixinho.

— Tenha fé — aconselhou Bach, e desligou.

A fadiga que substituiu seu fio de esperança foi arrasadora. Anna se encurvou no sofá da sala de estar do espaçoso apartamento no IO e fechou os olhos. Achou que seria impossível pegar no sono, mas deve ter dormido quase de imediato e não levou muito tempo para se aprofundar no sono, a ponto de sonhar.

Nika estava novamente no hospital, na ala de pacientes externos, submetendo-se a uma tomografia para pesquisa de uma sinusite crônica que a atormentava havia quase dois anos. Sua bolsa de estudos na Cambridge Academy incluía um bom plano de saúde e, com um acréscimo de apenas 100 dólares, elas finalmente poderiam fazer todos os testes necessários, antes que a situação piorasse.

Felizmente, não era nada grave. O médico dissera que a cavidade óssea e os seios nasais de Nika estavam apenas congestionados e prescreveu antibióticos pesados, de amplo espectro, que acabaram por funcionar contra as infecções recorrentes.

Quando acordou logo depois, Anna percebeu que o motivo do sonho era claro. Aquela não tinha sido uma visita comum e insignificante ao hospital.

Elliot Zerkowski lhe contara que os registros dessa tomografia, depois de hackeados, fizeram com que tanto o Instituto Obermeyer quanto a funesta Organização do submundo identificassem Nika como uma Potencial. Foi por meio desses exames que ambos os grupos haviam percebido que a garota tinha nível vinte de integração neural, o que era muito raro.

Pelo que ela entendeu, mesmo que um tomógrafo padrão não estivesse calibrado para relatar níveis de integração neural, ele certamente fornecia informações sobre atividades cerebrais. E certas atividades, combinadas com determinados níveis de hormônios e enzimas, eram muito mais possíveis de encontrar em Potenciais.

Se Anna não tivesse ficado farta e cansada das constantes crises de tosse e dor de garganta de Nika... Se não tivesse forçado a barra para que Nika finalmente fosse ao médico...

Em seu sonho, Nika olhava com ressentimento para ela, deitada na mesa onde o médico — alto, de cabelo preto e estranhamente familiar — a examinava cuidadosamente com a máquina; era como se a menina insinuasse que tudo aquilo era culpa de Anna.

Nesse momento o sonho mudou e subitamente Anna era a *própria* Nika; a mesa de exames onde estava se tornou uma cama de hospital com correias que prendiam seus braços e pernas. O lençol branco que a cobria estava manchado com respingos horríveis de sangue, e ver aquilo a deixou com muito medo e sem ar. Seu braço esquerdo ardia e latejava de dor, e ela notou que uma espécie de acesso venoso fora aplicado nele, com passagem direta para a circulação. Um tubo estava conectado ao acesso, e saía dali para uma embalagem plástica onde o sangue pingava lentamente, enquanto seu coração continuava disparado.

Em torno dela outras meninas, a maioria muito mais jovens, gritavam e choravam. Todas estavam presas às camas, como ela, e havia umas vinte delas na enfermaria.

Um homem com cicatrizes horríveis circulava pelo quarto, prendendo tubos aos acessos das meninas que ainda estavam livres do aparato. Vestia um guarda-pó branco todo manchado de sangue e segurava um bisturi. Não usava o instrumento apenas para assustar e ameaçar. De vez em quando, espetava e cortava as meninas; muito sangue espirrava e isso tornava suas ameaças às outras garotas muito mais potentes.

Mas nem todas as meninas gritavam. Uma delas, Zooey, algumas camas adiante, observava tudo em silêncio, com os olhos entorpecidos e sem expressão. O homem parou e olhou para ela. As meninas em volta gritaram mais alto, como se tentassem alertá-la, mas ela não se moveu e não desgrudou os olhos de um ponto vago na parede do fundo. Finalmente, o homem continuou a se movimentar.

Passeou pelo quarto mais duas vezes — uma para substituir as embalagens plásticas, e outra para recolher as que estavam cheias, desligando os tubos e religando os acessos.

Só que com Zooey ele não removeu o tubo nem reconectou o acesso. Deixou-o aberto e pingando; seu sangue logo empapou o lençol que lhe cobria as pernas.

Nika esperou que ele voltasse para a garotinha, especialmente quando ela saiu do transe e começou a chorar e gemer, mas ele não fez isso. Saiu do quarto sem olhar para trás, fechando a porta com um baque surdo.

— Ajudem-me, por favor, ajudem-me — soluçou Zooey, mas o homem se fora.

A essa altura, todas as garotas começaram a gritar ao mesmo tempo; Nika conseguiu berrar mais que as outras e disse:

— Aperte o tubo! Você pode alcançá-lo com a mesma mão de onde ele está vazando. Segure-o com força, dobre-o e o sangue vai parar de pingar. Vamos lá, Zooey, *faça isso*!

Zooey pareceu finalmente ouvi-la, só que, como Nika, estava zonza devido à falta de sono, causada pelas constantes interrupções e visitas do homem cheio de cicatrizes. Certamente também estava tonta por perder tanto sangue sem receber alimentos sólidos.

Era terrível ficar deitada ali, presa por correias e indefesa; à medida que as forças da menininha foram acabando, ela finalmente adormeceu, exausta. Nika ainda tentou acordá-la com clamores e gritos, mas logo Zooey ficou inconsciente e não havia mais jeito de salvá-la; nada mais podia ser feito, a não ser observar o sangue pingando, pingando sem parar no chão enquanto as meninas à sua volta choravam.

Nika deve ter cochilado, porque acordou assustada com os gritos das outras meninas e viu que o homem com cicatrizes finalmente voltara à enfermaria.

Um raio de esperança surgiu quando ele se dirigiu para a cama de Zooey, mas não removeu o acesso nem prendeu o tubo. Em vez disso, desamarrou as correias e, quando a pegou no colo, a cabeça dela tombou para trás. Nika teve uma visão rápida do rosto pequeno e pálido da menina, com os olhos muito arregalados, olhando para o vazio, até que o sujeito cruel jogou seu corpo sem vida em um latão de lixo.

Pegando o bisturi como se fosse uma navalha, perguntou:

— Mais alguém aí quer ir para o lixo? — E varreu o quarto lentamente com os olhos, parando por alguns instantes em cada um dos rostos.

Apontou para Nika, talvez pelo fato de ela não ter gritado, ou talvez por ela tê-lo encarado com ódio flamejando nos olhos. Ele disse:

— Você! Você é uma fonte. Devon Caine vai ser recompensado por trazê-la para nós. Vou deixar você escolher uma das suas novas amiguinhas. Ela será dada a ele como presente.

— Vá se foder! — reagiu Nika, apesar do coração que começou a lhe martelar o peito. Devon era o nome do sujeito que a raptara... o grandão. O mesmo que a mordera no ombro; o homem que lhe provocara aquele medo terrível; o medo de que ele fizesse coisas horrorosas com ela, antes de o outro sujeito mais baixo berrar, fazendo-o recuar.

O sujeito com as cicatrizes sorriu — pelo menos ela achou que aquela careta horrenda fosse um sorriso. Ele fez seu rosto se contorcer, tornando-o ainda mais assustador. E as meninas à sua volta gritaram, gritaram e gritaram *sem parar...*

10

Bach acordou com um grito abafado na garganta.

Tinha parado para tirar um rápido cochilo do tipo "intervalo de combate" no estacionamento do Star Market, em Newton. Agora, porém, desperto do pesadelo enlouquecedor sobre Nika e o homem com cicatrizes — se isso foi realmente o que aconteceu —, colocou o carro em movimento. Saiu rapidamente do estacionamento, voltando às pressas para o IO, pegando a interestadual oeste, com os primeiros raios da alvorada cintilando nos céus atrás de si.

Desligou o aquecimento do carro e abriu a janela alguns dedos, enquanto dirigia. Deixou o ar da manhã lhe bater no rosto e ligou para o Setor de Análises, pedindo-lhes para levantar todos os dados que conseguissem sobre Devon Caine.

Descobrir o paradeiro de Rickie Littleton e seu comparsa não identificado tinha sido a mais alta prioridade de Bach, até então. Rastreá-los continuava, é claro, no alto da lista de coisas a fazer. Só que, agora, sua mais nova prioridade era verificar o estado de Anna Taylor.

E realizar testes mais específicos nela, para verificar a possibilidade de Anna...

Bach ainda não conseguira aquietar a mente em relação ao que acontecera enquanto dormira, mas era experiente o bastante para saber que, só porque não tinha imaginado que algo pudesse existir, isso não significava que não existisse.

Um coringa lançando golpes físicos com o som da sua voz era a prova mais recente disso.

É claro que *era* possível que Bach simplesmente tivesse tido um pesadelo com a irmãzinha de Anna, e talvez sua mente tivesse conjurado aquele nome — Devon Caine — de alguma lembrança antiga, algo que lera, ouvira... talvez uma foto que vira no passado.

Mas também havia outras possibilidades.

Uma delas era que Anna — e ele passara parte considerável da noite dentro de sua mente — tivesse, como sua irmãzinha, algum nível significativo de poder que não havia aparecido na tomografia e nos exames que fizera assim que chegou ao IO. E se o poder de Anna *mais* o poder de Nika, *mais* o poder de *Bach* pudessem ter se combinado para...

O quê? Criar a habilidade telepática de projetar pensamentos a distância até agora sem precedentes?

Lembrando que, no mundo de Bach, algo *sem precedentes* não era nada que provocasse choque.

Outra possibilidade era Bach ter passado por um súbito pico de atividade neural, indo de 72 para 73. Aumentos tremendos de poder aconteciam, à medida que a integração neural dos Maiorais se intensificava. Apesar de a diferença entre um dez e um 12 não ser muito significativa, a diferença entre um 72 e um 73 era vastíssima.

Bach já treinava e trabalhava havia muitos anos sem o mínimo aumento em sua integração. Já era de esperar um impulso importante. Talvez a capacidade de receber algum tipo de projeção de pensamento de Nika fosse um dos seus novos poderes.

É claro que *havia* a possibilidade de ele ter recebido essa projeção do pensamento da menina pelo fato de ela estar em algum lugar nas proximidades daquele estacionamento de supermercado — um fato que seria importante confirmar.

Bach esperou com o máximo de paciência que conseguiu, enquanto seu carro era vistoriado na entrada do IO. Quando os portões finalmente se abriram, lançou-se a uma velocidade muito acima da permitida no campus, subindo a colina e seguindo até o prédio principal do complexo.

Anna Taylor recebera o apartamento 605. Andar alto, bela vista. Era um apartamento de três quartos — um para ela, um para a irmã e um para enfatizar as vantagens que teria quando permitisse a participação de Nika no programa de treinamento do instituto.

Quando, e não *se*.

Não havia possibilidade de Anna conseguir alugar ou manter um apartamento de três quartos lá fora, no mundo real. Não havia *mesmo*.

Bach estacionou o carro, ligou o sistema de alarme e correu até o prédio de arquitetura mais moderna em todo o complexo, conhecido pelo adorável apelido de "quartel". Esse apelido certamente fora inventado por alguém que, obviamente, nunca em sua vida havia morado em um quartel de verdade. Mesmo assim, o nome tinha pegado.

A sentinela que cuidava da porta passou o bastão de segurança por todo o corpo de Bach; a equipe de segurança tinha aprendido havia muito tempo que mandá-lo passar sem revista pessoal era o caminho mais seguro para o desemprego.

A sentinela fez um trabalho minucioso. Bach aproveitou o tempo extra para alongar as costas e trocar algumas mensagens de texto com o Setor de Análises — que havia descoberto informações sobre Devon Caine e tentava achar uma foto atualizada dele. Ao fim de algum tempo de revista, Bach já estava batendo o pé de impaciência. Quando a jovem que o revistara o liberou, ele agradeceu sua meticulosidade e correu para os elevadores.

Um deles se abriu de imediato e ele apertou o botão do sexto andar. Levou uma eternidade para chegar e, quando as portas finalmente se abriram, saiu como uma bala pelo saguão.

O apartamento 605 ficava no fim do corredor — Bach sabia disso porque morava no apartamento que ficava exatamente em cima dele, no último andar. Sentiu a presença de Anna — ela estava acordada —, e tocou o interfone.

Ela atendeu de imediato.

— Encontrou Nika? — quis saber, depois de tê-lo identificado pelo olho mágico, e completou: — Não posso abrir a porta. Acho que estou trancada aqui dentro.

Estava mesmo. Mas Bach usou a mente para destrancar a fechadura e ali estava ela, com o cabelo levemente em desalinho, olhando para ele com esperança no rosto lindo.

— Não, ainda não a encontramos — informou ele —, mas temos uma nova pista. Posso entrar?

— Claro! — Ela deu um passo atrás para recebê-lo. Bach percebeu que ela seguira suas instruções de desencaixotar suas coisas. Empilhara as caixas desmontadas que continham seus poucos pertences e as colocara ao lado do balcão que separava a cozinha grande da sala de estar. — Que tipo de pista? Descobriu para onde a levaram?

— Olhe, isso vai parecer meio louco — avisou Bach, despindo o sobretudo e jogando-o sobre um dos bancos altos diante do balcão —, mas eu acabo de ter um sonho estranhamente... vívido.

— Um sonho? — perguntou ela, demonstrando estranheza.

— Sim, sei que isso parece *muito* louco, certo? Pelo menos no mundo que você conhecia. — Uma foto emoldurada estava na mesinha de centro diante do sofá e ele a pegou, depois de se sentar.

Na foto, Nika era pouco mais que um bebê, e Anna devia ter cerca de 13 anos. Uma mulher, talvez a mãe delas, com a pele um pouco mais morena e o mesmo sorriso aberto, segurava o bebê no colo. Anna abraçava ambas.

As duas irmãs se pareciam muito, mas havia um ar de melancolia e seriedade nos olhos castanhos de Anna que não existia nas fotos de satélite de Nika.

Bach ergueu os olhos e fitou a Anna que estava diante de si, com os braços cruzados contra o peito, e olhava para ele com visível desalento.

— Sinto muito — disse ela —, mas você está falando sério ao dizer que sua *pista* veio de um *sonho* que teve...?

— Poderes telepáticos incluem algo chamado *projeção de pensamentos* — explicou Bach. — É uma habilidade muito avançada, da qual só temos registro de casos em que a pessoa que emite e a que recebe estão muito próximas, a poucos metros uma da outra. As imagens emitidas são de um realismo fabuloso, com muitos detalhes. Acredito ter recebido, há menos de meia hora, uma projeção de Nika.

Ele notou pela expressão de Anna que ela não queria ou não conseguia compreender.

Com muita calma, contou-lhe sobre o pesadelo que tivera no estacionamento do supermercado; descreveu o homem com cicatrizes e o quarto cheio de meninas gritando.

Anna afundou lentamente na poltrona de couro diante do sofá enquanto ele descrevia o acesso venoso malfeito, com pontos esgarçados, no braço de Nika.

Quando chegou à parte em que o homem de rosto marcado por cicatrizes havia descartado com a maior naturalidade o corpo de Zooey, e sua menção a um sujeito chamado Devon Caine, Anna pronunciou baixinho o nome dele, junto com Bach.

Ele se espantou e ficou na ponta do sofá.

— *Você* também recebeu essa projeção? — perguntou, intrigado.

— Pensei que fosse um pesadelo — confirmou Anna, balançando a cabeça.

— É possível que Nika tenha, de forma subconsciente, projetado as imagens para você, e você as tenha remetido para mim, só que... — Bach parou de falar. A ideia de uma menina de 13 anos ter o poder de projetar imagens não só para uma, mas para duas pessoas, e a grandes distâncias, era fascinante; *como* aquilo havia acontecido era um mistério a ser resolvido mais tarde. Por enquanto... — Será que posso? — perguntou, lançando a mente e penetrando na cabeça de Anna. Seu silêncio foi mais específico. *Posso verificar para ter certeza de que não houve outros detalhes nessa projeção que nós dois perdemos, ou aos quais não prestamos atenção? Ajudaria muito comparar as duas lembranças.*

Ela concordou, com os olhos arregalados.

Era perturbador e muito íntimo fitar diretamente a pessoa em cuja mente ele entrava. Geralmente Bach desviava o rosto ou fechava os olhos, para evitar a intimidade forçada.

Dessa vez, porém, não fez isso. Virar o rosto seria como abandoná-la, e ele não faria isso. Não poderia.

Quando Bach penetrou na mente de Anna, sentiu toda a sua trepidação, a perplexidade, a descrença e a atração que sentia por ele. Sim, ele realmente a atraía, mas ela também tinha medo dele, medo de confiar e de acreditar nele. Mesmo assim, se mostrava disposta a deixá-lo penetrar em sua cabeça, já que isso poderia ajudar a achar sua irmã.

Ele se moveu por entre os centros de memória dela e encontrou novamente aquele nome — Devon Caine. Viu também, de relance, o outro lado do corredor muito iluminado onde ficava o quarto onde Nika estava presa. Viu alguns números na lateral do latão de lixo que o homem com o rosto marcado levava pelo corredor — um "dois" e um "um", mas o resto estava obscuro. Viu ainda uma imagem tão nítida do rosto deformado do sujeito que conseguiria reproduzi-la, e certamente *faria* isso, com a ajuda de Elliot. O médico tinha uma habilidade artística nata que faltava a Bach, apesar dos muitos anos gastos tentando aprimorá-la. Música sempre fora a principal habilidade artística de Bach, mas isso tinha pouca aplicação em sua área de trabalho. Não conseguia imaginar uma situação em que, executando *Rhapsody in Blue* ou um concerto para piano de Mozart, ele subjugaria algum coringa prestes a se lançar em um abismo mental.

Talvez esse homem com as cicatrizes não seja real. Isso era Anna questionando tudo e trazendo-o de volta aos trilhos para seguir seus pensamentos. Bach se sentia mais cansado do que supunha, e foi bom não ter vagado em pensamentos de...

Ele se interrompeu de forma abrupta, mas Anna estava muito focada e não percebeu.

Talvez ele represente apenas um símbolo da situação de perigo em que Nika se encontra, pensava Anna. *Se as projeções de Nika são subconscientes — e é muito difícil acreditar que ela saiba como emiti-las de forma deliberada —, isso não pode ser, sei lá, apenas um pesadelo dela? Não poderia ser tudo uma fantasia?*

— Não creio que isso seja um sonho — respondeu Bach, em voz alta, saindo da mente dela. Anna soltou uma exclamação de espanto ao sentir a saída de Bach, e ele rapidamente se desculpou: — Sinto muito, eu devia tê-la avisado que ia sair.

— Tudo bem — apressou-se ela em dizer. — Foi só esquisito. Vou levar algum tempo para me acostumar.

— Não é algo que eu vá fazer toda hora — explicou ele, tentando tranquilizá-la. — Além disso, você poderá ver que... agora que sabe a sensação, isso não vai acontecer sem o seu conhecimento. Como eu fiz ontem — completou ele, meio sem graça, já que não apenas havia invadido a mente dela, como também colocado seus próprios pensamentos lá dentro sem ela saber nem permitir, simplesmente para fazê-la entrar no carro. — Não creio que Nika estivesse sonhando. Foi tudo muito linear, Anna. Muito real. Organizado demais... Os sonhos costumam ser caóticos, com guinadas de percepção. — Ele tentava explicar tudo do modo mais claro possível. — Acho que Nika projetou o que viu e sentiu de verdade.

— E quanto ao nome. Devon Caine...? — Um raio de esperança voltou aos seus olhos.

— Já solicitei uma pesquisa completa ao Setor de Análises — assegurou Bach. — Estamos trabalhando neste exato momento para rastreá-lo. Vamos trazê-lo para cá e descobrir tudo o que sabe. — Bach não lhe contou sua suspeita de que Devon Caine era também o homem responsável por estuprar e assassinar uma garotinha na oficina na zona sul de Boston. Essa informação poderia esperar até que o sujeito fosse devidamente agarrado.

— Ele disse que Nika era uma fonte — acrescentou Anna, recordando a visão. — O homem com cicatrizes. O que quis dizer com isso?

— Eles colheram sangue da sua irmã — explicou Bach. — Sem dúvida o testaram e descobriram que ela é uma fonte abundante do ingrediente crucial para a fabricação de oxiclepta diestrafeno. A boa notícia é que eles, certamente, a manterão viva. A má notícia é que também tentarão mantê-la em constante estado de terror, o que é péssimo para as outras meninas que estão com ela no quarto.

— Por Deus! — sussurrou Anna. Mas respirou fundo e se sentou reta na poltrona. — E agora... o que vem em seguida?

— Nós dois vamos realizar alguns testes — disse Bach. — Quero saber se você tem alguns poderes que possam ter passado despercebidos, já que é muito incomum para um não Maioral receber projeções mentais de qualquer tipo. Ao mesmo tempo vamos descobrir se sou eu que tive algum aumento na integração neural, ou tudo isso vem de Nika. Vamos reunir todos os fatos que conseguirmos. Sei que é muito cedo e você quase não dormiu, mas se estiver disposta a colaborar, podemos ir para o laboratório agora mesmo e...

— Estou disposta sim — assegurou Anna, levantando-se. — Vou só calçar os tênis.

Rickie Littleton estava no restaurante Oásis, na rota 9, logo depois do Chestnut Hill Mall. Desfrutava um café da manhã que custava apenas 14,99 e era conhecido como Recessão Especial. Fazia sempre isso quando se sentia agitado.

Não reconheceu Mac quando ela entrou; nem poderia. Ao longo dos anos, ela fizera de tudo para nunca ser vista por ele. Até aquele momento, o IO usara Littleton apenas como uma espécie de informante, seguindo-o e recolhendo informações importantes.

Até agora.

Ela poderia ter mantido distância e o esperado acabar o desjejum, para depois segui-lo por toda a cidade durante alguns dias, para ver onde ia e com quem conversava. Só que alguns dias seriam uma eternidade para a menininha raptada. Pegando Littleton e levando-o para o instituto, eles descobririam tudo o que ele sabia em questão de minutos. Esse era o tempo necessário para Bach passear pela mente do traficante.

Então, Mac se sentou ao balcão perto dele, com o charme ajustado para lhe provocar impressão profunda.

Mesmo assim, ele nem ergueu os olhos do prato, até ela dizer:

— É horrível quando eles deixam o bacon quase cru, não acha?

Ele olhou para ela ligeiramente surpreso, pois nenhuma mulher em pleno comando de suas faculdades mentais iria puxar assunto com alguém com aquela aparência. Para piorar, Rickie fedia. Mas ela balançou o Rolex e o bracelete de ouro e diamantes que pegara emprestados do cofre do IO, especificamente para momentos como aquele. Quando puxou a manga da jaqueta para baixo, o segundo olhar de Littleton para a mulher foi de compreensão. Ela estava ali para conseguir um pouco de Destiny.

— Mandei avaliar esses dois itens, mas consegui 50 dólares menos do que preciso — contou ela, mordendo o lábio inferior de um jeito que sabia que o deixaria hipnotizado. Não fez esforço para parecer desesperada; bastou pensar na criança que tinha morrido na oficina que pertencia àquele sujeito. Ou Littleton era um assassino e estuprador ou deixara seu amigo estuprador e assassino usar aquele lugar para suas proezas diabólicas. — Pensei que talvez pudéssemos... — Ela baixou a voz mais ainda: — ... negociar?

O *sim* lhe surgiu nos olhos de forma clara, ele voltou a atenção para as batatas fritas, que espetou com o garfo e enfiou na boca.

— Acabo em cinco minutos — avisou ele.

— Meu carro está lá atrás, no estacionamento — informou ela, escorrendo do banco de forma sensual e saindo pela porta dos fundos.

É claro que ele iria segui-la. Só para ter certeza, porém, fez um sinal com a cabeça para Diaz, encostado ao latão de lixo, ao sair do restaurante. Quando ele acenou de volta com a cabeça, Mac percebeu que ele iria usar seus poderes para trancar a porta da frente do restaurante, impedindo que qualquer um entrasse ou saísse sem ser pelos fundos.

Mac se sentou diante do volante do carro que Diaz havia levado no lugar da moto quando ela o chamou para sair, depois de supor, corretamente, que Littleton levara com ele, em droga, pelo menos parte do seu pagamento pela captura de Nika.

Ao chegar ao Chestnut Hill, ela reconhecera a trilha da sua rede emocional quase de imediato.

Ficou feliz por estar certa, pois não havia conseguido rastrear nenhuma leitura empática de Nika no local do rapto, embora procurasse por toda a calçada onde a menina tinha sido pega.

Às vezes, depois de um trauma, os restos da rede emocional da pessoa ficavam tão altos que Mac conseguiria procurar por essa pessoa e encontrá-la ainda que estivesse em uma multidão, mesmo sem nunca tê-la visto antes.

Mas era difícil fazer isso em um caso que ocorrera ao ar livre, e quando ela se colocou no ponto onde Nika tinha sido atacada, não sentiu quase nada além de um eco de medo.

Encontrara o celular de Nika quebrado na rua, mas conseguira descobrir pouco mais além do que todos já sabiam, e também não sentiu nada ao tocar na carcaça de plástico.

Mac baixou o vidro da janela, coberta por um filme escuro, e levou o carro até perto da porta traseira do restaurante.

Nesse instante surgiu Rickie Littleton, com a cabeça encapuzada e as mãos nos bolsos. Avistou Mac de imediato e, quando ela sorriu para o monte de estrume ambulante, ele não desviou o olhar.

Por não olhar para o lado, não percebeu Diaz vindo por trás.

Uma das mãos no ombro de Littleton foi suficiente para Diaz colocá-lo em submissão completa.

Mac já estava fora do carro. Abriu a porta de trás e ajudou a jogar o saco de lixo, inconsciente, com cuidado, no banco traseiro. Parte dela sentia-se revoltada pelo fato de, apesar de todas as suas habilidades, poderes e talentos, ter uma vagina foi o que facilitara a captura de Littleton.

Incomodava-a o fato de ainda lutar para controlar suas poderosas habilidades telecinéticas, mesmo depois de anos de treinamento. Enquanto Bach e Diaz conseguiam usar a mente para abrir uma janela ou uma porta trancada, Mac se limitava a movimentos maiores e menos precisos. É claro que conseguia provocar um rombo na parede de um prédio só de pensar nisso; e era fácil atirar um adversário do outro lado da rua. Também conseguia manipular um regulador de temperatura e aquecer rapidamente um ambiente.

Mas não conseguia colocar a temperatura de um lugar exatamente em 22 graus, do jeito que Bach e Diaz faziam. Quase sempre ela aumentava o calor ao máximo que conseguia, e depois fazia o ajuste final usando a mão.

O pior era quando tentava prender os braços de um homem nas costas, criando um campo de força semelhante a algemas para subjugá-lo; o mais provável é que ela deslocasse os dois ombros do sujeito durante o processo.

Suas habilidades motoras telecinéticas eram lamentáveis. Ainda passava horas lutando para controlá-las. Seu projeto atual era um quebra-cabeça de mil peças, que ela montava unicamente movendo as pecinhas com a mente. Trabalhava nisso havia várias semanas, mas já fizera tudo se desfazer cinco vezes; as peças flutuaram pelo ar, destruindo inclusive a parte já montada. Um saco!

Bach lhe dissera que isso também era um excelente exercício de paciência.

Não brinca, Sherlock!

Ali, no estacionamento do restaurante, Mac já prendera as mãos de Littleton nas costas, usando uma das algemas de plástico que sempre carregava com ela. Deu um passo atrás ao fechar a porta, olhando para o saco de lixo, e disse:

— Nos veremos mais tarde.

Diaz concordou com a cabeça e se posicionou atrás do volante. Ao sair dali, Mac deu uma última olhada em torno, verificando tudo para ter certeza de que ninguém testemunhara o pequeno rapto que ocorrera ali.

Havia gente entrando e saindo da farmácia ao lado do restaurante, enquanto outros entravam no estacionamento, mas ninguém pareceu ansioso ou incomodado — ou não queriam demonstrar ter algo a ver com Rickie Littleton.

Havia uma mulher desesperada com a doença devastadora de sua filhinha de quatro anos, e um idoso desanimado com uma artrite terrível. Ele perdera a esposa fazia um mês, e não conseguia ligar o motor do carro. Ambos não comiam nada havia vários dias. Seus problemas eram tão maiores que os de Mac que ela manteve os escudos emocionais abaixados por mais tempo do que normalmente deixaria, só para se lembrar disso.

Ainda havia o fato de que ela conhecera, de forma aleatória, um cara com sorriso lindo; um cara com quem não poderia mais dormir porque ambos iriam trabalhar em um lugar que desaconselhava amizades pessoais e incentivava a abstinência sexual radical. Tudo bem, isso era só uma desculpa conveniente para Mac não tornar a ver Shane. Na verdade, a coisa era muito mais complicada: ela não queria usá-lo como mais um brinquedo para sua diversão.

Não importa o motivo, porém; a questão principal é que a ligação dela com Shane já era.

Isso era irritante. Ela teria de sacrificar pequenas gratificações imediatas e muitos momentos quentes de sexo.

E isso era um gigantesco *zero* na escala cósmica que incluía fome, dor, esposas mortas e crianças agonizantes.

Mas a vida seguiria em frente.

Ela conseguiria lidar com aquilo.

Como sempre fazia.

Além do mais, mesmo que ela forçasse a barra e se encontrasse com Shane na semana seguinte para um jantar, uma massagem e mais um pouco daquele sexo fabuloso, sejamos honestos... o sentimento de culpa iria bater na porta com força total. Shane Laughlin não era Justin. Mesmo que Mac fingisse achar que deixá-lo morar em seu apartamento era um ato de generosidade e gentileza — já que o cara estava na lista negra e não conseguiria arrumar emprego —, no fim teria feito a coisa certa e o deixaria ir embora.

Essa era apenas a versão acelerada do mesmo enredo.

Portanto, Mac respirou fundo, fez seu cabelo crescer e ficar volumoso; tornou seus lábios carnudos e sensuais; depois, deu a si mesma seios volumosos que fariam Shane gemer de prazer. Isso seria o bastante para disfarçá-la. O corpo de uma mulher ainda era, muitas vezes, a única coisa que as pessoas se davam ao trabalho de notar.

Mac pegou os peitos turbinados, entrou na farmácia e foi até o caixa eletrônico, mas a porcaria da máquina tinha um limite de saque para cada 24 horas. Embora ela nunca tivesse feito isso, conseguiu manipular o equipamento e o fez despejar pilhas de dinheiro em sua mão — quase 16 mil dólares nas recém-lançadas notas de 500 dólares. Aquilo representava quase toda a sua poupança. Saiu da farmácia com a grana e a dividiu em dois montes. Um deles ela entregou na mão da mãe desesperada, e virou as costas sem dizer uma única palavra.

Levou um pouco mais de tempo para encontrar o velho e, ao vê-lo, bateu na janela do carro, pedindo para ele baixar o vidro. O homem chorava copiosamente, e a onda de perda e de dor que a atingiu foi muito parecida com a emoção que sentira na noite anterior, vinda de Bach. Por causa disso, ficou parada e muda, olhando para o velho como uma idiota.

Será que o aparentemente inabalável Joseph Bach tinha perdido alguém que amava tanto quanto o homem do carro amava a esposa falecida...?

A ironia de tudo aquilo — a verdade dura e agressiva dessa história — é que sentiu inveja de ambos. Queria ter o que eles um dia tinham vivenciado. Sim, eles haviam perdido alguém, mas não dá para perder algo que a pessoa nunca teve. Mac pensou novamente em Shane e no que ele jamais poderia representar para ela; refletiu sobre o que ele jamais poderia significar em sua vida, mesmo que ela mandasse sua consciência às favas e passasse os próximos dois anos com ele na cama, todas as noites.

O velho enxugou o rosto e colocou parte da cabeça para fora da janela, com os olhos azuis ainda úmidos ampliados por óculos com armação em estilo antigo. Perguntou com a voz trêmula:

— Posso ajudá-la, minha filha?

Ele queria ajudá-la — esse homem que tinha menos que nada.

Morava naquele carro. Mac percebeu que o banco de trás estava cheio de objetos que lhe pertenciam — inclusive um bule com rosas pintadas à mão e um cardigã rosa comprado provavelmente nos anos 1980. Percebeu então que mesmo que lhe desse *20* mil dólares, isso não seria o bastante para ajudá-lo de verdade.

Mesmo assim, estendeu-lhe o dinheiro.

— Tome, vá mandar consertar o seu carro.

Os olhos dele se arregalaram ao ver aquilo, mas logo ele a fitou e balançou a cabeça para os lados.

— Não posso aceitar — disse. — Você fará melhor uso desse dinheiro do que eu. Eu já liguei para alguns amigos. Eles ficaram de passar aqui pra me pegar daqui a uma hora.

Mas Mac viu o folheto do laboratório de testes de drogas Johnston, Lively e Grace, largado no banco do carona, ao lado do velho, e percebeu que ele mentia. Ele não tinha amigos de verdade — pelo menos não no JLG.

— O senhor não precisa fazer isso — disse. — Ir ao JLG? Vão tratá-lo como um rato de laboratório. Quando eles dizem *confinamento*, a coisa é pra valer. — Ela esticou o corpo e colocou o dinheiro ao lado dele, no banco do carona, em cima do folheto. — Desse jeito o senhor terá alternativas.

Foi nesse momento, quando ela se virou para ir embora, que ele disse:

— Isso já não importa mais. Não para mim. Mas *você* ainda tem tempo para fazer a escolha certa.

Mac se voltou para olhá-lo mais uma vez. O velho estava com o dinheiro na mão e o estendia para fora da janela.

— Minha filha — disse ele, como se respondesse a uma pergunta que ela tivesse feito. — A única escolha verdadeira é o *amor*. Ele vale qualquer risco e compensa as dores que traz. Eu a tive durante 63 anos. Mais de 23 mil dias. Consegue imaginar isso?

Ela olhou para o velho e balançou a cabeça, pensando na única noite que passara com Shane; uma noite que, comparada à vida do velho, nem mesmo contava, porque o amor não entrou na história.

E se viu pensando em seu pai, em seu irmãozinho Billy e em Tim...

— Meus pêsames pela sua perda — disse Mac, virando-se e afastando-se dali. Em seguida, montou na moto e saiu o mais depressa que pôde daquele lugar.

Elliot ainda estava na sala de exames, terminando uma série de testes preliminares em Shane Laughlin, quando recebeu uma mensagem informando-o de que Mac e Diaz estavam voltando para lá. Diaz, segundo o texto, trazia Rickie Littleton com ele.

Bach também enviou um texto rápido:

"Estou chegando. Fui acompanhar a srta. Taylor de volta ao seu quarto."

Isso era ótimo, pois Elliot precisava de assistência visual. Todos os testes feitos no ex-tenente dos SEALs tinham dado resultados espantosamente comuns. Elliot tinha certeza de que o recruta havia erguido à sua volta uma imensa muralha de descrença, que certamente inibia ou anulava os talentos naturais que pudesse ter.

O cérebro funcionava de formas misteriosas.

Assim, Elliot foi até o corredor, na esperança de se encontrar com Joseph Bach antes que o casal de Cinquentas chegasse, pois desapareceriam atrás de portas fechadas com o suspeito.

Ele precisava do Maestro apenas para uma demonstração do tipo "ver para crer". Talvez erguer Shane e movê-lo até o outro lado da sala, junto com uma exibição curta do que Elliot — que obviamente passara muitas horas assistindo aos DVDs antigos de *Star Trek* da coleção do pai — ainda chamava de *elo mental*. Era assombroso para qualquer um — e também fantástico e ligeiramente assustador — experimentar a sensação de Bach entrando suavemente na própria mente. Levaria alguns segundos para isso provocar um rápido giro de 180 graus na descrença de Shane.

Pensar nesse tipo de poder mental trouxe Elliot de volta ao painel de imagens que vira algumas horas antes, quando tentara ajudar Stephen Diaz a se levantar do chão. Tinha quase certeza de que Diaz não fazia ideia de estar projetando aqueles pensamentos. Para ser franco, era difícil para Elliot acreditar que Diaz *tivesse* pensamentos como aqueles, para início de conversa. E não era o fato de ele ser gay que era tão difícil de engolir. Muito menos seria um problema a ideia de ele sentir atração por Elliot. Tudo bem, talvez isso fosse meio desconcertante, meio... *caraca*! Ou talvez a expressão mais adequada fosse... *puta merda*!

Mesmo assim, o mais chocante era a possibilidade de Diaz estar pensando em outra coisa que não fosse uma pétala de rosa serenamente suspensa no ar, ou uma simples gota de chuva que cai em um rio e provoca uma poderosa ondulação que se estende até o outro lado do oceano Atlântico.

Quando Elliot abriu a porta e saiu no corredor, Stephen Diaz passava, a passos largos, bem diante da sala de exames. Embora Elliot tivesse se submetido a testes extensos, variados e repetitivos, tendo se convencido por completo de sua condição de "fragmento mental baixo", foi quase como se tivesse feito Diaz "aparecer" ali só de pensar nele.

— Oi! Nossa... — espantou-se Elliot. — Pensei que você ainda estivesse a caminho do instituto. — Verificou a mensagem enviada para o celular e... — Opa, aconteceu novamente aquele maldito atraso no envio de mensagens. Dessa vez levou quase vinte minutos para seu recado aparecer. Por pouco você chegava antes.

Diaz parou de andar e olhou com certa ansiedade para o fim do corredor, na direção que seguia.

— Nossa infraestrutura está em declínio — comentou Diaz, balançando a cabeça para os lados, indignado. — A coisa piora a cada dia, eu já percebi. — Pigarreou para limpar a garganta. — Precisamos de um satélite de uso privado, apenas para nós. — Não conseguiu encarar Elliot e olhou novamente para o corredor, apontando para algum ponto adiante. — Foi uma longa noite. Eu ia procurar algo para comer.

— Mas temos empregados que podem fazer isso para você, não temos? — perguntou Elliot.

Diaz lançou um sorriso curto, com ar pesaroso, e o coração de Elliot disparou.

— Agora você me pegou — admitiu Diaz. — O cara que eu trouxe para cá... não quis removê-lo do carro e levá-lo até a cela. A tentação de quebrar seu pescoço era forte demais. Foi por isso que resolvi dar um tempo a mim mesmo.

Elliot não pôde evitar a lembrança de como encontrara Diaz sentado no chão, no canto da sala de exames completamente às escuras. Será que também estava *dando um tempo* a si mesmo?

No corredor, a linguagem corporal de Diaz se mostrou mais tensa. Ele tinha percepção ampliada demais e percebeu onde os pensamentos de Elliot tinham ido parar, mesmo sem ajuda telepática.

Elliot, por sua vez, não precisava ser um Maioral para perceber que, se tivesse mencionado o incidente, Diaz sairia correndo. Em vez disso, informou:

— Estou realizando alguns exames preliminares em um novo Potencial muito promissor, mas ele deve estar com um bloqueio significativo, provocado por incredulidade crônica. Pensei em pedir ao dr. Bach uma pequena demonstração, mas já que você apareceu por aqui e quer uma distração, que tal...? — apontou para a sala de exames.

— Oh... — reagiu Diaz, olhando mais uma vez para o corredor, como se desejasse o poder de ser rude e simplesmente cair fora dali. — Sim, claro.

— Vai levar só dois minutos — tranquilizou-o Elliot, conduzindo-o até a sala onde Shane Laughlin fingiu não estar mexendo no painel de comando instalado na parede.

— Ora, é você — disse Diaz, apertando a mão de Shane enquanto Elliot os apresentava formalmente.

Elliot prestou atenção e viu que Shane não tinha voado longe como acontecera com ele mais cedo, ao tocar no Cinquenta.

Talvez o poder estivesse em Elliot, afinal. Não, essa teoria era *ridícula*, já que ele era um homem absolutamente comum.

— Eu... ahn... vi quando o tenente Laughlin chegou — disse Diaz, olhando para Elliot com ar constrangido.

Sim, é claro que Diaz teria reparado em Shane Laughlin. Era difícil não fazê-lo. Elliot se considerava um homem bonito, mas perto de Diaz e Shane, sentiu-se insignificante e quase invisível. *E*, ao mesmo tempo, flácido e magrelo, o que o levou a pensar que era hora de frequentar a academia ou aceitar o fato de que nunca o faria, pois de nada adiantaria o esforço. Então, por que se dar a esse trabalho?

Shane assentiu com frieza ao cumprimentar Diaz.

—Você estava saindo apressado em companhia de sua... amiga.

— Shane é um ex-militar e tem muita desconfiança sobre nosso trabalho — explicou Elliot, olhando para Diaz e deixando Mac fora da conversa, já que Shane fizera o mesmo. De qualquer modo, o uso da palavra *amiga* foi interessante.

Apertou o botão que ligava o tomógrafo e usou o teclado para acessar o perfil de Diaz, mas não havia razão para mencionar isso. Embora não fosse um procedimento padrão escanear Maiorais que participavam de uma experiência, Diaz ainda parecia cansado, como se sofresse de algum estresse físico. *Noite longa* era uma atenuação fraca para descrever as últimas horas.

Embora os dois homens estivessem em movimento e completamente vestidos, Elliot conseguiria programar o computador para fazer uma varredura parcial neles, o que, ali no IO, incluía uma leitura de seus níveis de integração neural.

— Está pronto para uma demonstração? — ofereceu Diaz a Shane, sorrindo.

— Mas que diabos...?! — exclamou o Potencial, dando um passo à frente e parando abruptamente. — Que é isso? — Disse mais alguma coisa, mas suas palavras saíram abafadas e ininteligíveis, como se tentasse falar com os lábios fechados.

— Imobilizei seus braços — informou Diaz, com naturalidade —, depois suas pernas, e por fim lhe dei uma leve obstrução mental. Vou liberá-lo agora. Relaxe, pare de lutar contra mim e tente readquirir o equilíbrio, senão você vai cair no chão. Está pronto?

Shane fez que sim com a cabeça, os olhos arregalados com um misto de incredulidade, frustração e algo que, em outro homem, poderia ser descrito como medo. Talvez *fosse* medo. Elliot já tinha sido usado como boneco de treinamento umas duzentas vezes. Ser amarrado e amordaçado por poderes telecinéticos não era aconselhável para claustrofóbicos, nem pessoas com coração fraco.

—Vou soltá-lo no um — avisou Diaz. —Três... dois... um.

— Puta merda! — Shane se lançou para a frente e teria caído de joelhos se Diaz não o tivesse segurado. Em seguida, o recruta se virou para Elliot. — Que porra foi essa que você fez comigo?

— Reação típica! — disse Elliot, olhando para Diaz com desapontamento fingido. — A culpa é sempre do cara que mexe no equipamento sofisticado. — Ergueu as duas mãos ao se voltar para Shane. — Eu não fiz nada. Não toquei no painel, nem emiti nenhum comando de voz. Quem fez tudo foi ele. — Apontou com a cabeça para Diaz.

Nesse momento, enquanto Elliot ainda mantinha as mãos erguidas, Diaz usou seus poderes para erguer Shane do chão e levá-lo pelo ar até o outro lado da sala. Aquilo não era tão impressionante quanto transportá-lo até uma das salas de reunião, mas mesmo assim foi assombroso para o ex-SEAL.

— Eu amarrei você novamente antes de erguê-lo — explicou Diaz ao Potencial —, porque a reação inicial de qualquer pessoa ao ser movimentada desse jeito é se debater, e eu não queria que você caísse de bunda no chão. Esteja pronto para relaxar novamente, porque vou soltá-lo no três... dois... um.

Desta vez Shane se balançou levemente. Ele aprendia depressa, mas ainda não estava totalmente convencido. Abriu a porta da sala e disse:

— Quero ver você fazer isso novamente no corredor! — desafiou Diaz, que o seguiu e repetiu a façanha, enquanto Elliot analisava as informações dos exames feitos nos dois homens e...

Nossa, isso era *muito* esquisito. Shane não aumentara sua integração neural. Continuava no 17, que era exatamente o que tinha no início. Sua leitura não aumentara mais do que três décimos.

Em compensação, *Diaz* alcançou as alturas. Geralmente sua leitura ficava entre 48 e cinquenta por cento. Seu exame anterior, feito naquela mesma noite, mostrara que ele estava pouco acima do 50,925. Mas agora ele mostrava um *surpreendente* 58. Cinquenta e oito vírgula quatro três nove, para ser exato.

Resolveu chamar Diaz de volta à sala. Tinha recalibrado os instrumentos e pretendia fazer outra varredura no cérebro do Maioral, e dessa vez seria um exame completo. De repente, porém, ouviu-se um sinal de alarme nos alto-falantes de todo o complexo.

Como havia simulações todos os meses, logo identificou o padrão de três apitos. Sua reação do tipo "que diabo é isso agora...?" foi uma pergunta desnecessária.

Diaz reagiu como se aquilo fosse pra valer e respondeu ao olhar questionador de Shane.

— Alerta de intruso no complexo. Todas as portas serão trancadas.

Foi até o computador que Elliot usava, o empurrou de lado com o quadril e mexeu pessoalmente nos controles, apagando o arquivo médico e colocando na tela o relatório da segurança.

— Foi o prisioneiro que acabamos de trazer — anunciou Diaz, avaliando os registros na tela. — Ele coringou. Está saindo no braço com Mac, no andar de baixo. Ela precisa de ajuda.

A maioria dos recém-chegados não teria compreendido nem metade do que ele disse, mas Shane, apesar de ainda se sentir como Alice no País das Maravilhas, entendeu tudo. Assumiu uma postura de macho alfa, fuzileiro naval em estado de alerta e perguntou:

— Onde ela está? Também vou até lá.

— Nada disso! — disse Diaz, lançando para Elliot um olhar do tipo "mantenha-o aqui" ao se dirigir para a porta.

Elliot estendeu a mão e tocou no braço do homem maior, e o mundo ficou estranho. Subitamente se sentiu banhado em calor e sua visão se tornou mais apurada. As cores se tornaram mais vivas, embora cercadas de uma aura amarelada, como se enxergasse tudo através dos óculos especiais que os pilotos usam de vez em quando.

Diaz congelou. Elliot também, o que era idiotice. Ele parara o Cinquenta com a mão porque precisava avisá-lo. Diaz precisava saber que sua integração neural quase havia atingido a marca dos sessenta e seus poderes estavam absurdamente amplificados. Precisava ser informado disso. Se usasse a habilidade de manipular a eletricidade para controlar o coringa, poderia matar o prisioneiro, devido ao aumento súbito dos seus talentos.

Sério? Estou com sessenta por cento?

Caraca, isso foi...?

Foi sim, estou lendo seus pensamentos também. Com muita clareza. Caraca, clareza total! Isso, sem dúvida, era Diaz dentro de sua cabeça. *Não sou sessenta, sou cinquenta e oito vírgula quatro três nove.*

Chegou perto.

Não, nada disso. Dois pontos percentuais é... Tudo bem, não vou conseguir... Você realmente acha que... Shane *está fazendo isso comigo?*

Elliot achava. Sua teoria era a de que Shane tinha o poder para, de algum modo, aprimorar ou aumentar os poderes dos Maiorais, como fizera com Mac ao ajudá-la a se curar quando...

Mac realmente fizera sexo com ele? Tudo bem, não quero saber de nada. Merda, ele está indo para os elevadores.

Diaz puxou o braço e, sem o contato direto com Elliot, tudo se foi — o calor, o tom amarelado e a poderosa presença de Diaz na mente de Elliot. O choque da saída rápida obrigou Elliot a se agarrar com força no teclado da estação do painel para não cair. Segurou-se por alguns segundos ali, enquanto Diaz usava seus poderes para trazer Shane de volta à sala de testes, colocá-lo sobre a mesa de exames e fechar as correias físicas com firmeza nas pernas e nos braços do ex-SEAL.

— Não faça isso, porra! — reclamou Shane. — Eu posso ajudar! Pelo amor de Deus, deixe-me *ajudar*!

Diaz olhou para Elliot ao se encaminhar para a saída.

— Tranque a porta assim que eu sair — ordenou, e se foi.

— Que merda! — Shane estava quase espumando de raiva e, quando Elliot se virou para o ex-SEAL, percebeu que ele fazia de tudo para se acalmar. — Tudo bem... tudo bem. Dr. Zerkowski... Elliot. Sejamos razoáveis. Eu *posso* ajudar. O que quer que esteja rolando, posso ser um bônus, por causa do meu treinamento. Escute aqui, podemos fazer um trato. Solte-me daqui e me deixe ir até lá e eu prometo que farei todos os testes adicionais que você quer que eu faça e...

Ele continuava falando, mas Elliot já se afastara do painel de comando, porque lhe ocorreu subitamente que a *presença física* de Shane talvez fosse necessária para ele amplificar os poderes dos dois Cinquentas.

Rapidamente o médico digitou alguns comandos no computador para achar Diaz e escaneá-lo a distância. O resultado não seria muito apurado, mas certamente era melhor do que tentar adivinhar e...

Merda! Segundo o computador, a integração neural de Diaz já despencara para 53 e continuava baixando.

Se a teoria de Elliot estivesse correta, a presença de Shane no andar de baixo, no setor de segurança, poderia não apenas aumentar os poderes de Diaz, mas também os de Mac e os de Bach.

Já que aquele era um cenário totalmente novo — eles nunca tiveram de lidar com um viciado que tivesse coringado dentro do IO —, Elliot quis dar a Diaz mais do que apenas o mando de campo no confronto. E fazer isso por Mac e por Bach também, é claro. Virou-se para a mesa de exames e desafivelou as correias de Shane.

— Pronto! — disse para o ex-SEAL. — Vamos resolver isso.

Ambos dispararam na direção dos elevadores.

11

— As instalações estão isoladas! — gritou um dos guardas de um grupo de dez, assim que Shane virou a curva do corredor, com Elliot nos calcanhares. A equipe de segurança estava posicionada diante do que parecia uma pesada porta de aço. — Os escudos de contenção foram ativados!

Segundo Elliot, que passava as informações com voz ofegante enquanto eles corriam pelos túneis muito iluminados que uniam os prédios do complexo, o Instituto Obermeyer nunca passara por um problema como aquele até então. Todos os coringas que enfrentaram já estavam em emergência médica antes de chegar à ala de tratamento do instituto.

Apesar de o IO manter celas em uma área designada em um prédio próximo, separado do Old Main, elas eram raramente usadas.

O IO era, principalmente, um centro de pesquisas e treinamento.

Isso significava que mesmo com todo o treinamento do pessoal da segurança, eles eram inexperientes.

O intruso que enfrentavam, por sua vez, era perigosíssimo e fatal.

Ele se libertara da área de contenção no prédio principal, mas ficara encurralado em um dos andares mais altos.

Aquele prédio, conforme Elliot explicou a Shane, era a estrutura mais antiga, que também abrigava o anfiteatro do IO, além de um espaço do tamanho de um salão de baile, que estava sendo preparado para o almoço de boas-vindas e confraternização entre os Potenciais recém-chegados.

— Senhores! — berrou uma das guardas ao ver que nenhum dos homens reduzia a velocidade. — Isto não é uma simulação! Voltem imediatamente! Busquem abrigo e...

— Pesquisas chegando e assumindo o controle! — berrou Elliot, encobrindo a voz dela. — Computador, permitir acesso a EZ! Escanear e verificar por identificador vocal!

A voz do computador, masculina e calma, surgiu nos alto-falantes no instante em que Shane e Elliot pararam de correr, dizendo:

Dr. Elliot Zerkowski e recém-registrado Shane Laughlin, Potencial. Alertamos que...

— Alertas recebidos e compreendidos — disse Elliot, olhando para Shane e acenando com a cabeça.

— Alertas recebidos e compreendidos — repetiu Shane, acrescentando: — Abra a porra da porta. *Agora!*

— Obedeça! — ordenou Elliot para a jovem estressada que, pelo visto, era a comandante da operação. Ela obedeceu, a contragosto. — Computador, executar escaneamentos contínuos em mim mesmo, em Shane Laughlin, em Joseph Bach, em Stephen Diaz, em Michelle Mackenzie e em qualquer outro Maioral que se encontre nas imediações da altercação com o intruso.

— *Michelle* Mackenzie? — repetiu Shane, com estranheza na voz, enquanto passavam pela porta. Ao fazê-lo, viu-se em uma espécie de cabine pressurizada, mas havia outra pesada porta de aço um pouco além.

— Você não sabia disso? — perguntou Elliot, olhando de lado para ele enquanto esperavam, impacientes, a primeira porta se trancar e a outra se abrir.

— Não — disse Shane, com rispidez. — Ela me disse que seu nome era *Mac*, apenas. Como fazemos para conseguir um *sit-rep*... ahn... um relatório da situação?

— Eu sei o que é *sit-rep*, em linguagem militar — disse Elliot, seguindo na direção de um painel de controle instalado na parede. — Nosso sistema não está configurado para fornecer esse tipo de informação. — Ele ergueu a voz: — Computador, fornecer imagem de Mackenzie! Até onde eu sei, só Stephen Diaz a chama de Michelle.

Isso fazia sentido, confirmando a hipótese anterior de Shane. Por outro lado, se Mac tinha um namorado ou — merda — um *marido* que era o próprio Capitão América, por que andava corneando o cara? Tudo bem, haveria muito tempo para analisar essas questões depois. Tomara que ele tivesse chance de perguntar isso na cara dela.

Na tela do computador, Shane conseguiu ver uma imagem granulada, sem dúvida retratando o tal salão de baile onde...

— Que *porra* é essa? — perguntou, subitamente.

— Bosta, esse coringa é um voador — disse Elliot. — O pior é que... merda!... Parece que já colocou Mac fora de combate.

— O quê?

Antes de Shane descobrir o que Elliot queria dizer com "fora de combate", o médico já digitava velozmente no teclado do painel de controle. Seus dedos voavam e a tela exibia o que pareciam ser múltiplos relatórios médicos.

— Defina "fora de combate" — exigiu Shane, com o coração na garganta.

Antes de Elliot responder, a segunda porta finalmente se abriu e Shane passou por ela com muita determinação.

— Mac está viva — relatou Elliot, seguindo-o. — Ficou só inconsciente devido a um golpe na cabeça.

— Porra! — A porta que se abriu dava para outro corredor vazio que se dividia em duas direções. Como em muitos dos corredores ornamentados por todo o IO, havia painéis de controle instalados nas paredes, a cada 25 metros. Era como se estivessem ali para o caso de algum dos cientistas do Departamento de Pesquisa ter uma ideia brilhante a caminho do jantar. — E agora, para que lado?

— Por aqui — apontou Elliot, seguindo pela esquerda. — Isso vai dar no salão de banquetes.

Shane disparou pelo corredor, virou a curva e viu outra equipe de guardas de segurança agachados atrás de uma porta parcialmente aberta. O que quer que estivesse dentro do salão fazia um barulho infernal. Era como se a mobília do lugar estivesse sendo atirada contra as paredes e se despedaçando. Havia um rugido peculiar também, e um som ainda mais estranho de fogo crepitando.

Nada disso deteve Shane. Afinal, Mac estava ali dentro, inconsciente e vulnerável.

Outro homem — esse tinha cabelo escuro, rosto sério, compleição mais leve e pele mais clara do que Stephen Diaz — corria na direção deles, vindo da direção oposta.

Elliot o conhecia e gritou, por entre o barulho:

— Mac está fora de combate, dr. Bach!

— Eu sei! — gritou ele de volta. — Diaz precisa de ajuda para tirá-la de lá. Uma equipe de Trintas e Quarentas está a caminho daqui, mas eu ordenei que se mantivessem a distância. Laughlin, você *não pode* entrar lá dentro.

De algum modo, aquele sujeito o conhecia pelo nome.

— Uma ova que eu não posso! — reagiu Shane, mas, antes de conseguir abrir a porta um pouco mais para poder entrar, foi subjugado por uma daquelas terríveis paralisias corporais promovidas pela mente. — Que merda é essa?... — tentou dizer, mas logo foi mentalmente amordaçado.

— Se você entrar lá dentro — avisou Bach, enquanto se aproximava —, vai se tornar mais uma vítima que teremos de atender antes de chegar a Mac.

Tudo bem, aquela talvez fosse a única frase que impediria Shane de entrar porta adentro. Supondo que ele conseguisse se mexer. Logo, porém, foi liberado e conseguiu seus movimentos de volta, como se Bach soubesse exatamente o que ele havia pensado. E talvez o sujeito soubesse mesmo. Obviamente era um dos Maiorais esquisitos.

Nesse instante, Elliot falou, analisando tudo de um painel de controle ali perto:

— Estou escaneando o senhor, dr. Bach — reportou ele, e havia uma certa urgência em sua voz, como se a informação que estava prestes a transmitir fosse algo vital, em vez da baboseira que parecia. — Seu nível de integração neural continua em 72, senhor, o que derruba minha teoria. A não ser que... — Ele se virou e olhou fixamente para Bach, que já seguia rumo à porta. — Espere! Antes de entrar, cumprimente o recruta.

Bach pareceu tão perplexo quanto Shane.

— Esse não é o momento para...

— Simplesmente *faça* isso — insistiu Elliot. — Embora o registro de Shane esteja na faixa dos 17, ele tem o poder de... não sei exatamente o que ele fez, mas, de algum modo, conseguiu aumentar os níveis de integração neural, tanto de Diaz quanto de Mac. Diaz alcançou 58 só de apertar a mão do cara, e tenho certeza de que Mac chegou ainda mais alto por ter, ahn... — Olhou para Shane. — Desculpe pela fofoca, mas essa informação me parece vital. — Olhou novamente para Bach. — Parece que Mac fez sexo com ele ontem à noite.

Bach piscou uma vez. Ele e Shane falaram quase ao mesmo tempo:

— Você acha que isso *elevou* a integração neural dela? — perguntou Bach, enquanto a reação de Shane foi:

— Você acredita *realmente* que fui *eu* quem fez isso?

— Acho — disse Elliot, olhando para Bach, que na mesma hora estendeu a mão para cumprimentar Shane. — Ele e Mac se conectaram fisicamente. A habilidade de Mac para autocura subiu às alturas e... droga, senhor, seus níveis não sofreram nenhuma alteração. Acho que é o fim da teoria de que Shane amplia os poderes de todos os Maiorais. — O médico se virou para Shane. — Mesmo assim, o que você fez com Diaz foi...

— Não sei de nada — reagiu Shane, farto de experiências científicas. — Mas se eu *dei* essa força toda a Diaz, é melhor entrar nesse salão para tornar a fazer isso — anunciou ele, e foi o que fez em seguida. Bach não tentou impedi-lo. Na verdade, entrou logo atrás.

Assim que Shane passou pela porta e liberou a passagem, parou de repente. Não teria acreditado naquilo se não estivesse vendo com os dois olhos. Mesmo assim, era difícil acreditar plenamente naquela loucura.

O prisioneiro — baixinho, magro e vestindo um casaco com capuz que parecia ter sido arrastado pelas ruas depois de um temporal — *voava* de um lado para outro, perto do teto, na parte dos fundos do que parecia um salão de baile formal, em estilo antigo; seu casaco encapuzado drapejava como uma bandeira quando ele mergulhava e se curvava de leve, como se fosse um dragão comandado por controle remoto. Essa impressão era aumentada por uma habilidade desenvolvida recentemente: lançar chamas pela boca.

Todas as mesas e cadeiras do salão, que certamente estavam espalhadas em ordem pelo belo espaço, eram lançadas para a frente e para trás, ceifadas em largos movimentos de destruição ao voar de um lado para outro do salão. Isso criava uma perigosa barreira de pernas e braços de mobília quebrados, com pontas agudas à mostra, bem como placas de madeira gigantescas que se amontoavam entre o coringa e a entrada principal do salão, tornando impossível o avanço de quem entrava.

Diaz permanecia vários metros afastado dos pedaços de mobília que voavam por toda parte, mas se mantinha em constante batalha com o coringa, trabalhando seus poderes mentais e certamente tentando imobilizar os braços e pernas do louco com um dos seus truques. Isso tornava os movimentos do coringa cada vez mais erráticos. Às vezes, Diaz conseguia agarrar o bandido, mas este logo efetuava um mergulho arrojado quase até o chão, do outro lado da pilha de peças de mobília, quando então se libertava e alçava voo novamente rumo ao teto.

Era espantoso ver o quanto o coringa devia ser poderoso, para conseguir se desembaraçar dos grilhões mentais de Diaz.

— Os poderes dele parecem estar aumentando! — gritou Diaz, quando Bach chegou ao seu lado. — Estou trabalhando para conter a mobília também. Já tentei transformá-la em serragem, para eliminar o perigo, mas ele está me impedindo de fazer isso!

De vez em quando, uma peça quebrada do mobiliário voava de forma ameaçadora na direção de Diaz, e ele precisava abaixar a cabeça ou desviar o bloco de madeira.

Quatro pessoas — certamente ajudantes de cozinha e garçons — estavam agachadas junto à parede dos fundos, quase debaixo do coringa e sem saber para onde fugir.

Ah — merda! —, lá estava Mac, caída ao lado de outra pilha formada pela mobília em movimento; certamente fora lançada contra a parede e caíra no chão, sem sentidos. Largada ali, completamente imóvel, parecia ainda menor do que na realidade, e quase frágil. O coração de Shane bateu novamente na garganta. Por favor, Senhor, não permita que ela morra...

— Por que não podemos simplesmente atirar nesse babaca, para acabar com o problema e tirar Mac dali? — gritou Shane, chegando mais perto para ver melhor a pilha de mobília que aumentava, enquanto Elliot acessava um painel dentro do salão, atrás da porta. Observando com mais atenção, reparou que havia um espaço pequeno por baixo da pilha de madeira, pouco mais de 15 centímetros, que talvez fosse o suficiente para ele passar se arrastando, e chegar até Mac. Pelo menos estava disposto a tentar.

— O pessoal da segurança já o atingiu mais de dez vezes com tranquilizantes — contou Diaz. — Ele é hiper-resistente. — De repente, reparou na presença de Shane. — O que *você* está fazendo aqui? — Olhou para Elliot e seus olhos se arregalaram ainda mais. —Vocês não deviam estar aqui!

— Eu também não consigo movimentar essa muralha de mobília! — gritou Bach. —Vamos nos focar em trazê-lo para baixo juntos; talvez consigamos enfraquecê-lo desse jeito!

Diaz estava obviamente distraído pela presença de Shane e Elliot, mas se juntou ao outro Maioral em sua luta contra o coringa. Por um instante, Shane achou que haviam conseguido domá-lo, porque o sujeito despencou rapidamente e bateu no chão duro com uma violência capaz de quebrar os ossos de qualquer ser humano normal ou pelo menos deixá-lo inconsciente.

Mas o louco esperneava, chutava e gritava, lançando chamas de um metro pela boca. Embora Diaz e Bach continuassem imóveis, obviamente trabalhavam com a mente; o esforço aparecia em suas feições e na rigidez dos seus corpos.

Enquanto isso, a mobília quebrada se tornou ainda mais errática, formando pequenos tornados que faziam sulcos profundos no piso.

Era melhor esquecer a ideia de passar pelo espaço de 15 centímetros. Shane não conseguiria salvar Mac desse jeito.

—Vamos derrubá-lo com uma arma de verdade — propôs novamente, olhando para Elliot desta vez, pois não queria distrair os dois Maiorais. — *Existem* armas por aqui, certo?

— Para ser franco — respondeu Elliot, concentrado na tela —, não temos nenhuma arma.

O queixo de Shane caiu.

— Está me dizendo que a equipe de segurança só tem *pistolas com tranquilizantes*? — insistiu.

— Exato.

O tampo de uma mesa veio voando na direção deles, e Shane pulou para tirar Elliot da trajetória do objeto. Só que vinha outro logo atrás e... merda!... esse certamente iria acertá-los em cheio.

Subitamente, porém, Diaz surgiu do nada, movendo-se a uma velocidade inacreditável, e os jogou no chão.

— Já disse para *saírem* daqui! — rugiu, enquanto todos caíam em uma confusão de braços e pernas embolados.

Shane se desembaraçou rapidamente, pois aquilo afastara Diaz de sua missão principal naquele momento. Agora, não só o coringa havia escapado como atirava uma enorme bola de fogo na direção deles. Desta vez não havia escapatória; Shane tentou proteger Diaz e Elliot da bola flamejante com o próprio corpo, torcendo para as chamas se dispersarem assim que atingissem suas costas. Só Deus poderia ajudá-los se o coringa soubesse fabricar uma substância do tipo napalm.

Mas a massa de fogo não chegou a atingi-los porque Bach — que Deus o abençoe — interceptou-a e a rebateu para o coringa, que voltara a sobrevoar o salão junto do teto. O fogo atingiu o vilão em cheio — boa pontaria —, que gritou ao ver as próprias roupas se incendiando. Mergulhou abanando os braços, tentando usar as mãos para apagar as chamas.

Bach certamente continuava a enviar todo tipo de tormentos para o bandido, enquanto Diaz olhava para Shane e o imobilizava mentalmente, dizendo:

— Quero você *longe daqui. Agora!*

Usou a força física tradicional para erguer Elliot do chão e completou:

— Você também! Dê o *fora* daqui!

Porém, algo no painel de controle chamou a atenção de Elliot, que se desvencilhou de Diaz, dizendo:

— Nossa, você aumentou sua integração *de repente*! Santo Cristo, ela está em mais de sessenta dessa vez!

Mas Diaz não queria saber de nada; agarrou Elliot por trás, como se pretendesse atirá-lo à força para fora dali, mas o médico exclamou:

— É Shane! Ele está lhe dando essa força extra, Diaz. Nossa, isso está... — Parou de falar subitamente, e Diaz o largou depressa, como se tivesse queimado os dedos.

— *Use* essa força! — incentivou Elliot, com os olhos flamejando ao olhar para Diaz. — Pelo amor de Deus, cara, não tente lutar contra, *use* essa força!

O coringa tinha conseguido lançar mais uma bola de fogo na direção deles, mas Diaz se virou de frente para as chamas, rugiu forte e tudo se transformou em uma chuva de fagulhas inofensivas.

— Os sinais vitais de Mac estão caindo — relatou Elliot, voltando ao computador no instante em que Shane era libertado por Diaz. — Precisamos acordá-la agora mesmo!

Bach e Diaz deviam estar trocando alguns sinais mentais secretos, pois se viraram ao mesmo tempo quando o coringa deu um novo mergulho de cabeça e caiu no chão. Ele ainda se agitava, talvez porque os dois Maiorais usaram uma parte dos seus poderes combinados para empurrar a muralha de móveis para os lados, como se abrissem uma passagem, liberando o caminho até Mac.

Shane não sabia ao certo o que acontecera nem o que mudara; não fazia ideia de onde Bach e Diaz haviam conseguido o poder extra para superar o coringa voador. Mas haveria tempo de sobra, mais tarde, para questionamentos do tipo: *Que diabo foi isso?* No momento, só pensou em usar a oportunidade que eles lhe deram e, com Elliot logo atrás, correu para acudir Mac.

—Vão embora, vocês! Agora! — gritou Shane para o pessoal da cozinha. Os quatro civis se apressaram em passar pelo coringa, pela mobília que ainda voava, e saíram correndo pela porta.

E ali estava Mac.

Shane hesitou, receoso de pegá-la nos braços e piorar uma possível lesão no pescoço ou na coluna.

Mas Elliot não se preocupou com isso. Agarrou a parte superior do corpo de Mac e pediu que Shane a pegasse pelas pernas. Juntos, carregaram-na até o painel de controle junto da porta. Shane pretendia tirá-la do salão e tentou levá-la até o corredor, onde havia mais proteção, mas Elliot já a colocara no chão. Por Deus! Com os olhos fechados e a cabeça pendendo para trás, ela parecia sem vida, vulnerável e quebrada como uma boneca lançada longe e esquecida.

— Temos de levá-la até o centro médico! — Shane estava quase em desespero, de um jeito que nunca sentira em toda a sua vida. Já começava a movê-la novamente, mas o outro homem o impediu:

— Não há tempo para isso. — Elliot deslizou o bastão médico ao longo do corpo de Mac. — Ela tem uma hemorragia e uma lesão extensa no crânio.

Como assim? Ele ia executar uma cirurgia de emergência bem ali, no chão.

— Devíamos ao menos tentar levá-la para o corredor!

— Preciso ficar aqui. — Elliot abriu o kit médico que carregava no bolso de sua calça cargo e pegou uma seringa. — Não é nada que ela não possa curar sozinha, mas precisa estar consciente para fazer isso. Relaxe.

Relaxar? Será que ele estava brincando?

Mas Elliot parecia concentrado em selecionar a dosagem correta.

— Você se lembra do tornozelo dela? — perguntou a Shane, enquanto aplicava a injeção. — Vai ser mais fácil. Desta vez, ela provavelmente conseguirá se curar mesmo sem a sua ajuda.

Shane entendeu o conceito. Mac, supostamente, tinha poderes de autocura, ali e agora. Supostamente.

Olhou para a mobília que continuava a girar e se deslocar para a frente e para trás, tentando quebrar os limites impostos pela força mental de Diaz e Bach. O coringa fazia o mesmo no chão — enviando eventuais bolas de fogo malformadas, que subiam até o teto, enquanto os dois Maiorais lutavam para imobilizá-lo a distância. Era só uma questão de tempo antes que ele conseguisse se libertar mais uma vez. Quando eles chegaram, Diaz avisara que seu poder aumentava a cada instante.

— É melhor tirarmos Mac e Elliot daqui — disse Shane, erguendo a voz o bastante para ser ouvido por Diaz e Bach. — Depois, seria bom arrumar uma arma de verdade... um M-16 ou, sei lá, uma granada, para eu mandar esse filho da puta para o inferno enquanto temos chance!

— Queremos que ele fique vivo — disse Bach, com rispidez.

— *Precisamos* dele vivo — completou uma voz feminina.

Puta merda, era Mac. Shane se virou e viu quando Elliot a ajudou a sentar-se no chão. A injeção a tinha despertado.

— O que *ele* está fazendo aqui? — quis saber Mac, e falava de Shane. Seu rosto estava pálido e contorcido de dor, mas seus olhos pareciam focados, muito alertas, e eram tão bonitos quanto ele lembrava. Só que agora ela assumira o tom gélido da estranha que o abandonara sozinho no meio da rua, e não era mais a mulher passional e risonha com quem Shane fizera amor no calor da sua cama. — Leve-o para fora daqui, Elliot. *Agora.*

— Use-o — disse Elliot, com a voz baixa —, para você se curar mais depressa. Você estava certa, Mac, ele é especial. Só por estar aqui, seus poderes já estão aumentando. — Olhou para Shane. — Toque nela.

— O quê? — Shane não tinha certeza do que o médico queria dizer e isso, combinado com a frieza dos olhos de Mac, o fez hesitar. A linguagem corporal dela parecia gritar: *Fique longe de mim.*

— Escute, não estou pedindo para vocês transarem aqui no chão — explicou Elliot. — Simplesmente toque nela. Pelo amor de Deus, você é idiota? Ela precisa da sua ajuda. Pegue... a... mão... dela!

Foi Mac quem estendeu o braço antes, com um turbilhão nos olhos. Shane se lançou para a frente, encontrou-a no meio do caminho e eles entrelaçaram os dedos. Foi como estar novamente no bar no instante em que tocou o pulso dela. Só que dessa vez as imagens que lhe invadiram a mente eram lembranças. *Mac beijando-o, devorando-o, enquanto ele se lançava bem fundo dentro dela...*

Dessa vez, porém, em vez de se afastar, ela apertou a mão dele com mais força. E Shane percebeu que ela sofria uma dor imensa. O que estavam fazendo ali, fosse o que fosse, machucava-a muito — mais até do que ela já sofria. Ele tentou afastar a mão, mas ela não deixou. Na verdade, pediu:

— Mais!

Nossa, isso era como atravessar para o outro lado de um espelho. Mas ali estava ele, e era nesse mundo louco que aquela mulher incrível vivia. A verdade surgiu, absoluta: se ela vivia ali, ele também queria isso. E se ela realmente acreditava que poderia ser ajudada apenas pelo contato físico com ele...

Com as mãos ainda unidas fortemente, Shane a pegou nos braços. De repente, ela estava aconchegada com o rosto em seu peito e com o corpo em seu colo.

O traseiro dela pressionava seu membro, que começou a se colocar em estado de ereção, pulsando e aumentando de volume por dentro da calça. Sentiu-se um canalha tarado. Ela estava ferida, sofrendo muita dor enquanto, a poucos metros, o namorado dela, marido, sei lá, travava uma batalha de vida ou morte contra um supervilão insano, enquanto Shane... só queria transar com ela.

Que maravilha!

Do outro lado da sala, o coringa começou a berrar, como se estivesse sendo torturado. O som era de arrepiar o cabelo e de acelerar o sangue, e tão subitamente como começou, parou.

Com isso, o bandido parou de se debater. Despencou no chão e formou um monte pequeno, pouco ameaçador e ligeiramente fumegante, enquanto a mobília desapareceu no ar, transformada instantaneamente em imensas nuvens de serragem.

Mac se agarrou a Shane por uma fração de segundo a mais, antes de se desvencilhar dos seus braços e colocar os pés no chão, ainda cambaleando, para ir até Bach, que também vinha em direção a ela.

Diaz, entretanto, seguiu na direção do coringa, anunciando:

— Ele apagou! Equipe médica, precisamos de vocês aqui, *agora*!

— Você está bem? — perguntou Bach ao chegar junto de Mac.

Ela olhou para trás e seus olhos se encontraram, mas sua expressão era ilegível, até que, por fim, assentiu com a cabeça.

— Agora sim. Que diabo aconteceu aqui? Littleton não estava drogado quando o pegamos. Se estivesse, teríamos percebido.

— Pessoal da equipe médica, pode esquecer! — anunciou Diaz, em voz alta. Estava agachado, apoiado em um dos joelhos, ao lado do coringa. — Ele não está apenas apagado, perdeu todos os sinais vitais.

— *O quê?* — Mac correu na direção do homem caído, obviamente aterrorizada.

— Perdeu os sinais vitais? — repetiu Shane, enquanto Elliot também corria até o coringa com o bastão médico na mão. — Ele está...?

— O pescoço dele está quebrado — relatou Elliot, enquanto Diaz se erguia e se afastava alguns passos. — Se *isso* não o tivesse matado, a hemorragia intracraniana maciça teria feito o serviço. Puxa, o cérebro dele praticamente implodiu.

— Ah, merda — exclamou Mac. — *Merda!*

— O que você fez com ele? — perguntou-lhe Bach.

— Nada intencional — reagiu ela com ar defensivo, empinando o queixo.

— Sei disso — afirmou Bach com toda a calma. — Estou apenas recolhendo informações.

Ela não pareceu convencida.

— Isso dói — defendeu-se. — O processo de cura dói muito. — Olhou novamente para Shane. — Quando a cura é acelerada, a dor é muito maior. Então eu... eu não a bloqueei e a remeti de volta para o coringa, do mesmo jeito que fizemos com o outro usuário, ontem à noite. Achei que talvez... — Balançou a cabeça para os lados, claramente aborrecida consigo mesma. — *Merda.*

— O que você fez funcionou — concordou Bach.

— Pode ser, mas eu o intoxiquei duplamente — disse Mac. — A droga o deixou paranoico, eu descobri seus medos, peguei-os e, de algum modo... amplifiquei-os antes de devolvê-los. Isso, combinado com a dor que eu também enviava... — Balançou a cabeça novamente. — Na verdade eu não tenho certeza do que fiz, Maestro. Nunca alcancei algo desse tipo na minha vida. Certamente nada com essa dimensão.

— Sua integração neural aumentou em cerca de dez por cento — informou Elliot.

Mac se virou e olhou primeiro para ele, e em seguida para Shane. Tinha uma expressão de surpresa total que tentava esconder. Como também estava claramente exausta, encobriu a emoção com a raiva e a frustração por ter matado o coringa.

—Você está com mais de 59 — continuou Elliot, voltando ao painel de controle. — Diaz continua na faixa dos sessenta — pigarreou de leve.

— D também teve aumento na integração neural? — Mac olhou para Diaz nesse momento e Shane percebeu que, apesar do desenrolar do drama quase fatal, essa era a primeira vez que um trocava olhares com o outro.

O que viu — ou imaginou ter visto no saguão no instante em que chegara ao instituto... Nada disso estava ali agora. Amizade sim, certamente. Eles se conheciam bem. Eram colegas de equipe, e Shane reconheceria essa ligação em qualquer lugar, depois de ter vivido como um SEAL durante anos. O motivo de ele não ter reparado em nada disso é que...

Provavelmente o ciúme que sentia o tornou louco e também burro.

—Você acredita que *Shane* foi o responsável por esse aumento súbito nos poderes deles? — perguntou Bach ao médico.

Elliot foi evasivo.

— Em parte, sim, Maestro. Tenho uma teoria que ainda precisa de ajustes e mais pesquisas. Vamos todos fazer uma pausa. — Olhou em torno. — Proponho nos encontrarmos no gabinete do dr. Bach às... 14 horas. Que tal?

— Pode ser que eu não tenha voltado da rua antes dessa hora — disse Mac, com a voz sem expressão, braços cruzados sobre o peito. — Agora que Littleton morreu, precisamos encontrar...

— Olhe, na verdade você vai estar aqui sim — cortou Elliot, virando-se para ela —, porque não vai a lugar algum. Pelo menos até conseguir controlar seus poderes amplificados. — Balançou a cabeça com decisão. —Você não vai sair das nossas instalações, combinado?

Ela tentou retorquir, mas ele a cortou novamente:

— Isso não vai acontecer, Mac. Além do mais, pelos resultados mais recentes dos seus exames, você não dorme há quase sessenta horas. — Elliot olhou para Diaz —Você também poderia dar uma descansada, D.

Mas Mac não estava disposta a se desligar da tomada pelo resto da noite, que na verdade já virara manhã.

— Temos uma garota desaparecida — lembrou a todos, com um forte tom de reprovação na voz —, e eu acabei de matar um dos dois únicos sujeitos que poderiam nos contar onde ela está. E tem mais: não fazemos ideia de quem é o outro, nem de onde está.

— Temos o nome do segundo homem — informou Bach a ela e a todos, embora Shane estivesse por fora do assunto. *Garota desaparecida? Que garota desaparecida?* — O nome dele é Devon Caine. O Setor de Análises já está trabalhando para localizá-lo.

— Mesmo assim... — insistiu ela. — Eu deveria estar lá fora, na rua. Obviamente o aumento da minha integração neural só acontece quando estou em contato com Laughlin. Meus níveis estavam pouco elevados quando eu passei pelo tomógrafo mais cedo, o que significa, também obviamente, que esse aumento desaparece rapidamente sem o contato direto. Se eu for para a rua sem ele, não haverá perigo de...

— Não tem nada de *óbvio* nisso — rebateu Elliot. — Pelo menos não para mim. Além do mais, devemos levar em consideração que o corpo humano precisa de repouso. Isso vale para todos vocês.

— Quatorze horas no meu gabinete — decidiu Bach. — Quero todos plenamente descansados.

Por um instante, Mac pensou em reclamar, mas ficou sabiamente calada, embora seu balançar de cabeça e seu ar sombrio exibissem insatisfação.

— Queremos que você também participe da reunião — disse Bach, e Shane levou um segundo para perceber que o sujeito de cabelo preto falava com ele. — Até lá, não podemos deixar que ele circule livremente pelo complexo. Mac irá acompanhá-lo até seus aposentos.

— Senhor... — Ela começou a falar, desta vez pronta para discordar.

Mas Bach a cortou:

— Pelo visto, você e o tenente Laughlin têm alguns assuntos a discutir.

— Não temos não, senhor — insistiu Mac.

— Temos sim — disse Shane, com voz baixa, mas determinada.

Mac olhou para ele. Por fim, fez que sim com a cabeça.

— Tudo bem. Vamos resolver logo isso, então. Agora mesmo. Vamos nessa. — Ela se virou e caminhou a passos largos para a porta. Shane correu para acompanhá-la enquanto ela erguia a voz para que os outros pudessem ouvi-la bem: — Quero um relatório sobre tudo o que aconteceu; preciso saber como Littleton se transformou de traficante fodido e fracassado em Puff, o Dragão Mágico. Quero saber quem pisou na bola hoje à noite quando não recolheu o produto que obviamente ainda estava em seu poder na hora em que ele entrou na carceragem. Quero todos os detalhes na minha mão o mais rápido possível.

Não esperou por respostas. Simplesmente empurrou a porta com a mão e deixou Shane passar na sua frente, saindo no corredor e seguindo por entre os guardas da segurança, perfazendo o caminho de volta até o hall dos elevadores.

Só quando apertou o botão foi que se virou e olhou para Shane.

— É isso, então... — disse ela, quase mordendo as palavras. — Meu nome é Dorothy. Bem-vindo ao louco mundo de Oz.

12

Aquilo ia ser um porre de aturar.

Shane continuou parado diante dela, simplesmente encarando-a quando as portas do elevador se abriram com um *ding*.

Durante as horas desde que deixara Shane parado no meio da rua, em frente à porta do seu prédio, Mac tinha quase conseguido se convencer de que ele não poderia ser tão fabuloso quanto ela lembrava. Seus olhos não tinham aquele tom inesquecível de azul, nem o seu sorriso era tão lindo. Só que tudo isso era real.

Mesmo obviamente esgotado, em termos físicos, depois de testemunhar Rickie Littleton coringando de forma tão horrorosa, Shane conseguia emitir uma sensação de calma fria e controlada.

Mac também percebeu que ele continuava preocupado com ela. Sem dúvida, isso era o resultado de tê-la encontrado derrubada no chão de forma estúpida pelo maluco que soltava fogo pela boca.

— Tem certeza de que não devíamos ir até o centro médico para você fazer um checkup? — perguntou Shane, com sua voz de veludo negro, enquanto a seguia rumo ao elevador. — O dr. Zerkowski disse que você estava com hemorragia. E uma pancada na cabeça também não deve ser negligenciada.

— Estou bem agora. — Ela apertou o botão do andar de baixo, pois pretendia acompanhá-lo até o "quartel", conforme lhe fora ordenado, através dos túneis que ligavam todos os prédios do instituto. Por ali eles chegariam mais depressa. — Você realmente acha que ele me deixaria ir embora se eu não estivesse absolutamente bem? A propósito, ele *prefere* ser chamado de Elliot.

— Mas me parece que você está com a cara meio... — Shane franziu a testa de leve quando olhou para ela.

Mac se olhou de relance no espelho do elevador e... que beleza! Eles iam começar a velha *dança*. Maravilha!

— Caída? — Mac terminou a frase por ele. Tinha parado no CoffeeBoy da rota 9, a caminho dali, e usara uma tesoura de plástico que sempre carregava consigo para cortar o cabelo bem curto. O trabalho, obviamente, não fora bem nos quesitos habilidade e delicadeza. Mas não era para o cabelo que ele olhava. — Essa cara não é porque eu me feri. Na verdade eu normalmente pareço assim, com a cara meio caída. Meu rosto é desse jeito mesmo. É assim que eu sou quando não estou tentando transar com ninguém.

— Pálida era a palavra que eu ia empregar — confessou ele. — E cansada. Você não me parece...

— Bem, cansada com certeza — interrompeu-o. No fim das contas, Shane queria escapar do termo "caída", por mais exato que fosse. — Ainda não aprendi a controlar meus ciclos de sono. Bach consegue se manter com seis horas de sono uma vez por semana. Estou muito longe disso. Mas não é por causa desse detalhe que estou com essa cara hoje.

O elevador se abriu no subsolo e ela saiu na frente, mostrando o caminho até o principal saguão de onde saíam os túneis. Felizmente o lugar estava deserto.

— Os túneis seguem códigos específicos de cor. — Mac interrompeu a sessão de confissão, graças a Deus, para dar a Shane as explicações completas e padronizadas sobre as instalações subterrâneas, mas ele a interrompeu:

— Já sei de tudo. O dr. Zer... *Elliot* me deu todas as informações ontem à noite. O túnel azul me levará aos apartamentos. O amarelo vai até as salas de aula e treinamento para os Potenciais. O vermelho leva ao centro médico. — Ele riu, descontraído, e pequenas rugas, charmosas, lhe apareceram ao lado dos olhos. — Já decorei, para o caso de esquecer como ler os letreiros.

— Nem todas as pessoas que vêm para cá *sabem* ler — contou Mac, com um tom meio filosófico, enquanto seguiam pelo túnel iluminado com paredes revestidas por azulejos azuis. Manter a conversa em um tema inócuo era melhor do que lhe contar a verdade. Se continuasse a falar sem parar, talvez conseguisse usar o tempo exato para não ser preciso lhe contar tudo antes de chegar ao apartamento. Quando chegasse lá, ela soltaria a bomba e iria embora. Depressa. — Alguns Potenciais são crianças muito pequenas. E alguns deles não sabem ler inglês. Não são muitos, mas vários dos nossos recrutas vêm de outros países.

Shane aceitou o papo-furado e deu continuidade à conversa, notando que seus passos eram abafados pelo piso do túnel, à prova de som.

— Ainda não entendi exatamente como foi que eu fui parar na lista de recrutas do IO. Recebi um e-mail inesperado me convidando para me juntar ao programa, mas...

Mac o fitou com atenção, e o pegou olhando de lado. Sem dúvida ainda não tinha percebido o que havia de diferente na aparência dela. Provavelmente achava que aquilo era apenas o velho efeito da manhã seguinte, mostrando sua cara feia. Literalmente. Só que ela não estava absorvendo nenhuma revolta nos sentimentos dele — apenas perplexidade. Junto com... droga!... um tom genuíno de desejo e... Merda! — Um leve traço de afeição. Maravilha!

Obviamente a sessão de sexo que eles haviam compartilhado tinha sido tão boa que ele queria uma reprise, não importava a aparência dela naquele momento.

É claro que também era possível — muito provável, na verdade — que o encanto que ela lançara sobre ele, usando seus poderes de carisma, ainda não tivesse se dissipado por completo.

— Há quanto tempo você largou a vida militar? — quis saber ela, forçando-se a manter o foco da conversa no recrutamento dele e em como o IO o encontrara.

— Menos de um ano — disse ele.

— Bem, então não foi isso — garantiu Mac. — Pensei que você tivesse acabado de pedir baixa, pois seus registros médicos teriam se tornado públicos há pouco tempo, mas... você esteve em algum hospital nos últimos meses?

— Não — afirmou Shane —, mas fiz uma tomografia completa há dois meses. Testes para uso de drogas, entende? Aquele lance dos testes para lutar no octógono.

Mac olhou para ele com mais interesse.

— Que foi? — perguntou ele, assumindo o rumo da conversa sem parar de fitá-la. — Você achou que eu estava mentindo a respeito disso, certo? Eu fui expulso e realmente entrei para a lista negra, *Michelle*. Não sou eu quem tem segredos a esconder, lembrando o fato de que você estava com o tornozelo quebrado quando nos conhecemos. Por Deus! Também doeu *muito* quando sua fratura estava sendo curada?

— Não — garantiu ela, surpresa e perturbada pelo jeito direto e franco de ele tocar no assunto. Afinal, era nesse ponto da conversa que eles deveriam estar sem graça, fingindo que a noite anterior nunca tinha acontecido; não era para estarem discutindo detalhes ou aspectos interessantes do fato. O pior é que ele continuava a encarando, aparentemente sem conseguir acreditar no golpe de sorte que tinha sido o reencontro com ela. Enquanto isso, Mac vivenciava um momento absolutamente surreal. Na noite anterior, enquanto ela permitia que ele balançasse o seu mundo, nunca, nem em um milhão de anos, imaginou que poderia estar conversando com ele daquele jeito, nos túneis do IO. — É que... Não sei exatamente o que aconteceu, mas fazer sexo é meio... ahn... — Pigarreou para limpar a garganta. — Para mim, transar acelera o processo de cura e... não chega a doer exatamente, não dói mesmo. Quando eu alcanço... isto é, ahn... acho que o prazer suga toda a dor do processo, de modo que... não, não doeu. — Como ele não disse nada, ela continuou: — Além do mais, você precisa entender que agora de manhã eu estava me *apoiando* na dor com o intuito específico de projetá-la... Tentava usá-la de forma ativa para derrubar Rickie Littleton, o coringa.

E foi o que fizera: derrubara Littleton a ponto de matá-lo, colocando-os de volta à estaca zero quanto ao paradeiro de Nika Taylor.

Droga!

— Ah! — reagiu Shane. — Quer dizer que... não sou *eu*, necessariamente. É o *sexo* que sempre faz você se curar mais depressa...?

— Sim, é o sexo — confirmou Mac, mas em seguida admitiu: — ... E você também. — Pigarreou mais uma vez e mudou de assunto: — Provavelmente você foi encontrado pela tomografia que fez quando quis lutar no octógono para ganhar alguma grana. Aposto que foi desse jeito que eles o encontraram. Esses registros vão para um banco de dados médicos de âmbito internacional e... nós *hackeamos* esses dados regularmente. Sua integração neural chega a 17 por cento, o que é bem mais alta do que a média da população, que não passa de dez por cento. Foi por isso que você recebeu o e-mail do instituto. Além do mais, passou por treinamento militar. É muito disciplinado, e isso o torna um Potencial perfeito. Além do fato de pertencer ao sexo masculino e ser, digamos, velho demais.

Ele olhou para ela sem comentar nada, e Mac continuou:

— Nossos recrutas, na maioria dos casos, são meninas. O estrogênio amplia naturalmente os níveis de integração neural. A melhor idade para convocarmos alguém como Potencial é em torno dos 10 ou 11 anos. Pré-puberdade. Obviamente são os hormônios da adolescência que criam um pico de atividade neural na maioria das garotas, e muitas vezes não as reconhecemos como Potenciais até ser tarde demais. Digo tarde demais no sentido de que a maioria das jovens que são recrutadas quando estão mais velhas não permanece no programa. Não sei se isso acontece por elas se sentirem diferentes. Ironicamente, os raros meninos com potencialidade alta geralmente se sobressaem muito mais que as meninas, não importa a idade em que sejam recrutados. É por isso que continuamos a recrutar homens da sua idade para trabalhar conosco.

As sobrancelhas de Shane se uniram, em uma tentativa de interpretar aquela tagarelice.

— Quer dizer que... o Instituto Obermeyer *hackeia* registros médicos das pessoas, a maioria crianças e especialmente meninas, do mundo todo? — quis saber.

— Existem países cujos registros médicos ainda não estão on-line — explicou Mac. — Conseguimos alguns dos nossos melhores Potenciais nesses países, mas o modo de chegarmos a eles é pouco convencional. Mantemos um serviço de vigilância constante em busca de relatos de distúrbios, casos curiosos de atividade paranormal, acusações de bruxaria e até *stigmata*, outras mutilações físicas inexplicáveis ou doenças que indiquem um tipo de fervor induzido for uma crença forte. No fundo, procuramos qualquer evento inexplicável que possa ser devido à ação de algum Maioral não treinado e fora de controle. Os fenômenos do tipo *poltergeist* são os mais comuns.

— *Poltergeist* — repetiu Shane. — Não sei se estou entendendo. Você está dizendo que *poltergeists* como os que aparecem naquele filme clássico de terror são... reais?

— Sim, só que é diferente — afirmou Mac, balançando a cabeça. — Não é exatamente como no filme, nem como o velho e esquisito Tio Moe, que era um serial killer que agora aterroriza os novos moradores da casa onde ele retalhava e esquartejava suas vítimas. Nossa busca não tem nada a ver com o mundo dos espíritos, nada desse tipo. Estou falando de eventos inexplicáveis: portas que se abrem e se fecham sozinhas, mobília que passeia pela sala, xícaras que dançam sem haver nenhum animador da Disney por perto. Até mesmo estátuas que choram lágrimas de sangue, tudo isso relacionado a alguém vivo, geralmente uma adolescente que tem poderes telecinéticos incontroláveis. A maioria dos distúrbios do tipo *poltergeist* acontece em uma casa onde mora uma menina entre 8 e 16 anos. Às vezes é um menino, mas isso é muito raro. De qualquer modo, na maioria dos casos, a atividade telecinética acontece de forma inconsciente, geralmente porque a criança está sob algum tipo de estresse. Abuso sexual é o maior desses estresses.

— Santo Cristo! — exclamou Shane. Eles haviam chegado ao fim do túnel, onde havia um hall com elevadores que os levariam para o "quartel".

— Pois é — concordou Mac, apertando um botão. Estavam quase lá, e que Deus a ajudasse. — Alguns anos atrás, pegamos uma menina no Iraque que basicamente queimara a sua aldeia até sobrarem apenas cinzas. Tinha

13 anos na época. Vivera a vida toda em Londres, mas não tinha residência legal no Reino Unido e nunca consultara um médico. Portanto, não havia tomografias nem registros médicos dela, entende? Quando foi identificada como uma não cidadã britânica e enviada de volta para o avô, pois seus pais haviam morrido, sua família a ofereceu na mesma hora em matrimônio. Seu futuro marido era um curdo com um milhão de anos de idade, e insistiu que ela fosse circuncidada. No Ocidente nós chamamos esse procedimento de mutilação genital feminina. A cicatriz que essa operação cria funciona como um cinto de castidade. Mas só para as meninas que conseguem sobreviver à operação sangrenta, é claro.

— Eu conheço o costume da mutilação genital feminina — disse Shane, baixinho.

— Para o procedimento, eles vestem a futura mutilada com lindas roupas cerimoniais — continuou Mac —, só que essa menina não quis aceitar nada disso. Invocou poderes muito loucos quando o sacerdote mais velho da aldeia tentou cortá-la. Ainda não temos certeza se ela realmente deu início ao incêndio de forma espontânea ou se usou poderes de telecinese para jogar algum líquido inflamável em uma chama já acesa. De um jeito ou de outro, as chamas se alastraram com muita rapidez e o velho com quem a menina iria se casar morreu. Ela conseguiu escapar e estava sendo caçada quando nossa equipe de pesquisas de campo ouviu histórias sobre a *noiva diabólica.* Nosso esquadrão de resgate entrou em ação e nós a encontramos antes dos seus inimigos. Ela tem poderes fantásticos, mas está com a cabeça em péssimo estado.

— Imagino — murmurou Shane. O elevador se abriu e eles entraram. Shane ficou calado ao apertar o botão do seu andar, mas Mac pareceu calma e continuou a falar.

— Temos uma equipe de três pessoas no Setor de Análises dedicadas única e exclusivamente a pesquisar esses tipos de histórias — contou ela. — Fazem buscas em redes sociais, salas de bate-papo, no YouTube e em blogs do mundo inteiro. É claro que prestamos atenção às superaberrações que existem aqui nos Estados Unidos também, já que muitas pessoas não têm acesso à assistência médica. Você sabia que existem mais de trinta milhões de crianças neste país que nunca se consultaram com um médico, nunca fizeram testes de nenhum tipo e não sabem o que é uma tomografia?

— Nunca pensei que o número fosse tão elevado — lamentou Shane.

— É alto — confirmou ela. — E está aumentando.

— Quer dizer que essa menina que você mencionou, a que está desaparecida...

— Seu nome é Nika Taylor. Estava na nossa lista de Potenciais. Devia haver outra categoria para meninas como ela, e também para a menina que colocou fogo na aldeia. Devíamos chamá-las de Maiorais Confirmadas. Mas Nika foi raptada pela escória que fabrica Destiny, a droga que transformou Littleton em coringa. Eles fazem o mesmo que nós: buscam meninas que consideram Potenciais. Só que eles não as treinam, simplesmente as usam. Eles as sangram literalmente, para recolher os hormônios que produzem a droga.

— Por Deus!

— Isso mesmo.

Eles completaram o caminho em silêncio, e só quando as portas do terceiro andar se abriram foi que Mac limpou a garganta mais uma vez e perguntou:

— E então...? Onde fica a sua suíte?

— É a 314 — informou ele, seguindo na frente pelo corredor.

Ela percebeu a surpresa nos olhos dele ao vê-la pegar a chave mestra.

— Achei que você não precisasse de chaves — comentou ele. — No material que me foi entregue, li que destrancar portas era uma habilidade básica.

— Telecinese não é um dos meus pontos fortes — admitiu Mac. Olhou para trás e notou que ele olhava novamente para ela com intensidade. Manteve a porta aberta e fez um gesto para que ele entrasse antes. — O que foi que... — Ela olhou para ele, sentindo-se imperfeita. — Elliot não lhe contou nada a meu respeito?

Shane encolheu os ombros enquanto olhava para ela, que continuava parada no portal.

— Não muito — admitiu. — Disse apenas que você era uma das Maiorais e... para ser franco, eu não acreditei em nada disso, de verdade, até que... fui convencido.

Coçou a parte de trás da cabeça, e desceu com a mão até a base da nuca. Foi difícil não pensar no jeito como ele tentara convencê-la a vê-lo novamente, com uma oferta de um jantar e uma boa massagem. Mac conhecia a sensação maravilhosa das mãos dele nos seus ombros, no seu pescoço, nas suas costas...

Suspirou, pois aquela parte do relacionamento deles havia se encerrado. Tinha de ser assim. De qualquer modo, tudo *acabaria* depois que ela lhe contasse a verdade. Uma coisa era criar atração instantânea em um estranho para conseguir uma transa casual, outra coisa completamente diferente era seduzir um colega de trabalho.

— Pois é, tem gente que precisa ver para crer. E muitas pessoas não aceitam nem assim. Existe até um grupo de malucos formado por cerca de vinte fundamentalistas cristãos do Kansas que acreditam que somos reais, mas nos consideram partidários do demônio. Soldados de Satanás, é como nos chamam. Fazem piquete na porta do instituto a cada dois meses, em média. A maioria das pessoas, porém, nem sabe que estamos aqui.

— Eu, com certeza, nem desconfiava — confessou Shane.

— Quer dizer que Elliot não lhe contou a respeito do meu conjunto de habilidades especiais? — quis saber Mac.

— Além da sua capacidade de promover a aceleração da cura, não — garantiu ele. — Seu amigo Diaz, ahn, conseguiu me colocar preso em uma espécie de chave de braço mesmo estando do outro lado da sala. Fiquei completamente imobilizado. Bach também fez isso comigo. Acho que imaginei que você seria capaz de conseguir o mesmo.

— Pois é — disse Mac, balançando a cabeça para os lados. — Não, eu não consigo. Com relação à telecinese, sou boa só para coisas grandes. Consigo derrubar uma parede ou destruir um telhado. Eu provavelmente conseguiria jogar uma pessoa do outro lado da sala, mais longe até do que Diaz sonharia em fazer, mas a aterrissagem seria meio caótica e a pessoa provavelmente morreria. Portanto, não é uma boa ideia tentar fazer isso, a não ser em um laboratório de testes com paredes acolchoadas. Uma das habilidades mais básicas que a maioria dos Maiorais deve ser capaz de dominar é a de criar um escudo de proteção à sua volta, para se proteger de qualquer tipo de violência ou se tornar à prova de balas, por exemplo. Mas isso é uma espécie de telecinese também... são coisas relacionadas. Ainda estou no nível de segunda série quando se trata disso, a ponto de me tornar virtualmente inútil quando se trata de utilizar qualquer dos meus outros poderes.

Ela continuou:

— Também sou péssima em telepatia. O dr. Bach consegue ler seus pensamentos numa boa, mas eu não. Neste instante, por exemplo, não faço a menor ideia do que você está pensando... mas *sei* o que está sentindo. Minha especialidade é empatia. Consigo ler as emoções das pessoas com muita clareza. Consigo até mesmo vivenciar sentimentos emocionais do passado só por estar no lugar onde as coisas aconteceram.

Ele ficou calado, em pé do lado de dentro, junto à porta do apartamento recém-entregue, simplesmente ouvindo com atenção. E ela foi em frente:

— Também sou altamente capacitada em promover autocura, mas isso você já sabe. Além disso, seguindo uma trilha neural semelhante, consigo modificar minha aparência ao meu bel-prazer. Até certo ponto, é claro. Isto é... não consigo me transformar em um morcego, nem em uma pantera, nem mesmo em um homem, apesar de essa ser uma habilidade que me seria muito útil. Estou presa aos meus poderes básicos.

Mac parou de falar de repente, porque a partir dali a conversa iria se tornar difícil, e se viu procurando as palavras certas.

Mas Shane interpretou seu silêncio como sinal de que ela havia terminado o que tinha a dizer e perguntou:

— Quer entrar?

Antes de ela ter chance de responder, acrescentou:

— Ou os apartamentos são monitorados do mesmo jeito que todos os corredores, elevadores e túneis?

— Não — garantiu ela. — Não existem câmeras nos espaços pessoais. Sinta-se à vontade para se masturbar debaixo do chuveiro. — Puxa, dizer isso foi burrice, pensou na mesma hora. Era idiotice completa falar de sexo sob qualquer forma, jeito ou modo.

Shane sorriu, mas só por alguns segundos.

— Só perguntei porque imaginei que você gostaria de privacidade para ouvir algumas das coisas que eu tenho para lhe dizer.

Eles não teriam privacidade com a porta aberta.

Mac entrou no apartamento e deixou a porta se fechar atrás de si com uma pancada.

Por algum motivo, vê-la entrar em seu apartamento o deixou feliz. *Mais* feliz, para ser exato.

— Quer beber alguma coisa? — perguntou ele, encaminhando-se para a cozinha, como se aquela fosse realmente uma visita social. — Café ou...

— Não — agradeceu ela, evitando, propositadamente, o "obrigada". — Não pretendo ficar. Não vou além desse ponto. Mas você tem razão: privacidade também é melhor para o que eu ainda tenho a lhe dizer, então...

— Entendi a razão de você não poder me contar do lugar onde trabalhava. — Shane voltou da cozinha só para dizer isso. — Entendi mesmo. E também saquei o motivo de você achar que era preciso que nunca mais nos víssemos. Você é um desses superpoderosos Maiorais, enquanto eu... não sou. Compreendo perfeitamente os obstáculos à confraternização íntima que rolam dentro de uma organização, entendo de verdade. Porém, para nos desviarmos disso tudo, basta mantermos a discrição e a bola baixa. Você tem aquele apartamento na Kenmore Square. Proponho que nos encontremos somente lá.

Droga, ela certamente ainda estava, de algum modo, exercendo seu poder sobre ele. Usando o seu charme especial. Ela achou que não estivesse, no entanto... Puxa, ela havia aprendido a controlar suas habilidades depois que Tim se fora, graças a Deus. No entanto, era possível que a atração que sentia por Shane ainda estivesse em ação sem ela perceber, apesar do seu empenho em reprimi-la.

— Você não sabe o que está dizendo. — Ela riu.

— Uma ova que eu não sei! — Ele riu também, mas logo seu sorriso apagou. — Escute, existe algo entre nós que eu queria explorar para descobrir o que é, e garanto que é mais do que sexo.

— Não, não é!

— É sim. Nunca na vida estive tão certo de algo quanto agora, com relação ao fato de que nós... simplesmente *combinamos* um com o outro. Mac, eu sei que você também sente a mesma coisa. — Ele se lançou na direção dela com a intenção de puxá-la para dentro dos seus braços e beijá-la, e isso estava estampado em todo o seu rosto.

Mac recuou, erguendo as mãos, e bateu com a cabeça na porta.

— Merda! Pare!

Isso interrompeu o avanço dele, mas só fisicamente.

— Podemos fazer com que tudo dê certo — insistiu ele. — Você e eu, Mac... Foi algo mágico. Você não pode negar isso.

— Não — assentiu ela. — Não posso. Mesmo assim, estou inclinada a usar uma expressão um pouco mais científica para o que aconteceu conosco ontem à noite. Teve a ver com biologia e psicologia, mas na maior parte foi algo biológico. — Ela se forçou a fitá-lo fixamente e simplesmente disse: — Um dos meus maiores dons é minha habilidade biológica para atrair homens. — Ela se corrigiu na mesma hora: — Outras pessoas. Também funciona com lésbicas e mulheres bissexuais.

Era óbvio que Shane não compreendeu por completo o que ela quis dizer. Simplesmente parecia não entender o motivo por que deveria se preocupar com isso. Sua reação foi balançar a cabeça e dar de ombros enquanto soltava uma boa risada.

— Você diz que isso é uma espécie de talento especial. Sei que isso não vai virar manchete, mas a verdade é que ontem à noite eu estava em busca de um pouco de ação. Não estava exatamente a caminho do mosteiro quando você me atacou e me levou para a cama.

Ela não riu, mas isso não o impediu de continuar:

— Acho que seria até melhor acreditar em você, se fosse o caso.

— Você foi ao *Father's* especificamente para trepar com alguém? — perguntou Mac, desconfiada. — Aquilo é uma espelunca!

— Fui lá para disputar algumas partidas de sinuca valendo alguns trocados — contou Shane, de forma franca. — Precisava de uma grana para ir ao bar de algum hotel sofisticado, no centro da cidade. Foi nessa hora que você entrou.

— E foi *tesão* à primeira vista. — Ela destacou a palavra "tesão" para não deixar ambos sem graça usando a palavra "amor". — É exatamente isso que estou explicando. Eu tenho esse dom. Nesse caso foi sem intenção, mas simplesmente aconteceu.

Shane continuava sem se convencer.

— Eu não fui o único homem do lugar que reparou na sua chegada.

— Viu só? Isso prova o que estou dizendo.

— Você já pisou em um bar, *qualquer bar*, onde um homem não levante a cabeça quando uma mulher, *qualquer mulher*, entra? — Shane riu. — Detesto jogar água fria na sua teoria, mas a habilidade biológica de atrair homens se aplica a todas as mulheres, em qualquer lugar. Tudo o que você precisa é ser mulher para pelo menos algum homem olhar e pensar: "Essa aí eu toparia comer." Isso é um fato. É o mesmo que dizer que eu tenho um talento especial quando se trata de saborear um bom jantar. Meu corpo tem a habilidade espantosa de transformar comida em energia. E claro que o metabolismo está envolvido. O meu é melhor que o da maioria dos caras que conheço. Do mesmo jeito, você atrai mais olhares quando entra em um bar.

— A coisa vai além disso — insistiu Mac. — Você sabe como foi que eu atraí Littleton na manhã de hoje, antes de ele coringar? Eu o encontrei no balcão de um bar gosmento, e tudo que precisei fazer foi me sentar ao seu lado. Eu me ofereci para trocar sexo por drogas e...

— Minha nossa — ofegou ele. — Então você trabalha na linha de frente, certo?

— Ele teria me seguido a qualquer lugar — afirmou Mac.

Shane tornou a rir, mas obviamente com um ar de enfado.

— Você fala disso como se fosse uma espécie de milagre. Alguma vez você se *olha* no espelho, Michelle? Você não faz ideia do quanto é...

— Ora, por favor! — debochou ela. — Não estou aqui tentando bancar a tímida nem a bonitinha, e não quero...

— Beleza é um conceito que vai além das especificações estéticas de uma supermodelo, sabia? — argumentou ele. — Qualquer mulher com muita grana pode contratar um cirurgião plástico e comprar um rosto bonito, junto com um belo par de seios e uma bunda maravilhosa.

— O que eu estou tentando explicar — retorquiu ela —, é que beleza não é, no fim das contas, o que atrai alguém de verdade. Embora ajude. Sou auxiliada pela minha capacidade de alterar minha aparência, o que foi exatamente o que fiz ontem à noite, para a sua informação, antes de tirar o sutiã. Aquela não era eu... isto é... era eu, mas *modificada* para o seu desfrute.

Shane continuava sem entender. Mac sentiu no ar a perplexidade dele, acompanhada de algum divertimento.

— Quer dizer que eu tenho de lhe pedir desculpa por achar você um tesão? — quis saber ele. — Só porque você fez algo que eu não tinha ideia de que estava acontecendo...?

Muito bem, analisando desse modo, ela reconheceu que aquilo parecia maluquice.

— Claro que não — disse ela. —Você não está me deixando explicar!

— Então, por favor, explique.

— Não são apenas os ajustes na minha aparência que me tornam atraente — explicou ela. — Eu também libero feromônios, minhas pupilas se dilatam e eu me ajusto à química individual do homem que está ao meu lado. Quando você se sentou junto de mim, consegui exalar um aroma gostoso, especificamente *para você*. Consigo ler a linguagem de corpo das pessoas...Vejo coisas sutis das quais elas nem se dão conta, e envio mensagens que informam ao subconsciente delas que, sim, nós combinamos. Consigo fazer isso de imediato e, aparentemente, de forma subconsciente. Em suma: consigo aumentar meu carisma aonde quer que eu vá. Essa é a melhor forma de explicar. É isso que me torna irresistível para os homens... para a maioria dos homens. Devo ter feito isso sem perceber quando entrei no Father's ontem à noite. Se não fosse assim, você nem teria se aproximado de mim.

Shane esperou alguns segundos, sem dúvida para ter certeza de que ela havia realmente terminado de falar. Só então disse:

—Você não pode saber o que eu iria fazer ou não.

— Pelo contrário — reagiu Mac. — Posso sim. Você não disse que foi até lá a fim de descolar uma transa? Pois eu também. No momento eu não estava pensando especificamente nisso, mas, analisando agora, em retrospecto... Por que outra razão eu iria lá? Entrei no lugar e assim que vi você...

— Me dispensou — retorquiu ele.

— No sentido de não me sentir ameaçada — argumentou ela. — Mas como companheiro de transa? Pelo visto, percebi seu potencial para isso na mesma hora. Às vezes, basta um contato visual.

Shane tornou a rir.

— Quer dizer que só pelo fato de você ter *olhado* para mim eu caí de quatro? Meu livre-arbítrio saiu de cena? Fui *obrigado* a ir até onde você estava e me sentar ao seu lado, porque não tive outra escolha?

— Você usou a palavra magia antes — admitiu ela. — De certa forma estava certíssimo, só que fui eu quem lançou um encanto em você.

— Não acredito nisso — teimou ele, balançando a cabeça.

— Provavelmente também não acreditava que Diaz fosse capaz de erguer você no alto e jogá-lo no outro lado da sala sem tocar em nada — lembrou ela.

E aconteceu — Mac finalmente sentiu. A dúvida havia rachado de leve a certeza dele, e seus olhos estremeceram um pouco ao fitá-la de volta.

— Provavelmente o efeito ainda não se desfez por completo — explicou ela, baixinho —, seja lá o que eu fiz com você. Mas esse momento vai chegar. Sempre chega. E então você vai acreditar em mim.

Ela conseguiu silenciá-lo. Virou-se para a porta, sabendo que só restara uma coisa a dizer. Forçou-se a girar o corpo e encarar os olhos dele, que se tornaram frios como aço.

— *Sinto* muito...

— Pois eu não! — cortou-a. — Seja lá o que aconteceu entre nós, não acredito que eu não estivesse no controle da minha vontade. Mas mesmo não sendo o caso, não me arrependo nem um pouco do que aconteceu. Foi uma transa fantástica, Michelle.

Ó Deus.

— Por favor, não me chame assim — pediu ela.

— Foi uma transa fantástica... — repetiu ele — Mac.

Ela esperava um pouco de raiva ou indignação. Ficou sem saber o que dizer, ainda mais agora que sentia nos olhos a ardência de lágrimas prestes a escorrer.

Por favor, Senhor, não permita que ela chore, pensou ele.

— Duvido muito que você ainda se sinta desse jeito amanhã, Shane.

— E se eu me sentir?

— Isso não vai acontecer. — Ela precisava dar o fora dali. Abriu a porta.

Shane não a impediu, simplesmente disse:

— Elliot acha que fui eu que ajudei a curar seu tornozelo. E também acredita que eu ajudei a curar você agora há pouco. Como esse detalhe maluco se encaixa na história?

— Não sei — admitiu Mac, olhando para ele por sobre o ombro. Ela não fazia ideia de como o fato de simplesmente tocar aquele homem fizera subir seu nível de integração neural à casa dos sessenta por cento, e como isso entrava nas teorias. O que *sabia*, com certeza, é que não pretendia continuar a decepcioná-lo e disse apenas: — Muito obrigada por isso.

Ele continuava olhando para ela fixamente. Apesar da dúvida recém-instilada nele, Mac tornou a sentir o tinir distinto do desejo vindo dele. Mesmo depois de ouvir tudo o que ela havia lhe contado, ele ainda queria que ela ficasse ali.

Nossa, isso não seria bom? Ser capaz de usar o sexo como válvula de escape para sua raiva e seu pesar por ter matado Rickie Littleton? Sua dor por ter falhado na missão de encontrar Nika Taylor? Não seria bom festejar a pura e casual sorte de ter encontrado aquele homem incrível, para início de conversa?

E depois da transa, talvez ela conseguisse pegar no sono sem ajuda, junto da solidez e do calor dele...

— Sinto muito, sinto de verdade — disse Mac, mais uma vez, ao fechar a porta atrás dela, sem ruídos, fazendo a tranca se armar e deixando-o preso lá dentro, pois Bach não queria que ele vagasse pelo complexo enquanto todas as pessoas que trabalhavam como “babysitters” dos Potenciais tinham recebido ordens para descansar.

Ele não reclamou da reclusão. Mas encontrou o interfone. O alto-falante estalou e a voz dele a seguiu enquanto ela se afastava.

— Eu não me arrependo — disse ele, mais uma vez. — Não me arrependo mesmo.

— Dê a si mesmo um pouco de tempo — disse Mac, embora talvez ele já não conseguisse ouvi-la —, e você vai se arrepender.

13

Stephen Diaz morava no mesmo andar de Elliot, na parte do complexo do Instituto Obermeyer conhecida como "quartel".

Elliot estava do lado de fora do apartamento do Maioral, receoso de tocar a campainha e acordá-lo, mas sabendo que tinha de fazê-lo. Precisava conversar com Diaz antes da reunião no gabinete de Bach. Era por isso que aquela conversa teria de acontecer agora mesmo.

Não importava o quanto ele estivesse cansado.

Não importava o fato de que Diaz talvez estivesse dormindo.

Ele ergueu a mão para tocar a campainha, mas a porta se abriu antes mesmo de seu dedo tocar o botão.

Diaz não estava dormindo. Na verdade, era óbvio que tinha acabado de sair do chuveiro. Literalmente. Seu rosto esculpido de forma perfeita acabara de ser barbeado, e seu cabelo curto muito escuro estava despenteado de forma quase artística. Estava vestido casualmente, com uma camisa de tecido macio e confortável em um forte tom de azul, com as mangas arregaçadas até os cotovelos e o colarinho aberto.

Talvez aquela fosse a roupa que ele usasse para ficar sozinho em casa. Jeans desbotado que ele certamente sabia que o fazia parecer um supermodelo de um milhão de dólares a apresentação, e sandálias de couro que exibiam seus dedos perfeitos...

Contrastando com Diaz, Elliot se sentiu amarrotado e desleixado. Por outro lado, mesmo quando tentava se arrumar direito, continuava a parecer amarrotado, e isso já não devia incomodá-lo.

Mas incomodava.

— Oi! — disse Elliot, porque um dos dois precisava dizer alguma coisa, em vez de ficarem parados como estátuas, olhando um para o outro em silêncio. — Ahn, desculpe por aparecer tão tarde. Quer dizer... já amanheceu, é claro, mas... sei que você ficou acordado a noite toda, e eu também fiquei. Embora, agora que estou pensando nisso, provavelmente esta não seja sua noite de dormir. De qualquer modo, o dr. Bach *ordenou* a todos que fossem descansar, e parece, pelo menos para mim, que você precisava de um bom cochilo, então....

Tudo bem.

Ele parecia um idiota, tagarelando sem parar, mas a proximidade física de Diaz geralmente o deixava assim, de blá-blá-blá, e seu QI parecia despencar de repente. Os eventos recentes haviam tornado ainda pior esse fenômeno.

Diaz estava obviamente sem graça pela missão de certa forma óbvia de Elliot, pois mal conseguia olhá-lo de frente. Mesmo assim, abriu um pouco mais a porta e recuou para deixar o médico entrar.

— Tinha certeza de que você iria aparecer — murmurou Diaz. — E então...?

E então...

Era difícil não pensar no que havia acontecido lá embaixo, no salão para recepções, depois que Rickie Littleton tinha coringado e Diaz tentara empurrar Elliot para longe do corredor. Com seus poderes de telecinese ocupados em manter Shane Laughlin preso, Diaz precisara usar a força física. Agarrara Elliot por trás, envolvendo o peito dele com os braços e puxando-o para junto dele.

Então, exatamente como havia acontecido um pouco mais cedo, na sala de exames, Diaz se viu na mesma hora, e de forma súbita, dentro da mente de Elliot.

Os pensamentos do Maioral voaram em sucessão rápida, misturando palavras e imagens:

Elliot estava em perigo simplesmente por estar ali. Shane também, mas Elliot...

Foi quando Elliot teve um clarão de memória — uma lembrança de alguns meses antes —, quando ele riu do teste de poderes feito em um dos recrutas em treinamento, que tinha dado ridiculamente errado.

Diaz tinha descoberto nesse dia que Elliot podia ler seus pensamentos. Parado ali, junto da porta, resolveu se dirigir diretamente a ele, de forma veemente:

Você deveria ter mantido Shane na sala de exames, onde era mais seguro!

Mas era exatamente por eles estarem ali que Diaz tinha conseguido aumentar sua integração neural até mais de sessenta por cento, e Elliot tentou transmitir isso mentalmente ao Maioral:

Como é que eu posso me concentrar em resgatar Mac? Droga, eu quero que você esteja a salvo! Quero...

— É Shane! — gritara Elliot, falando mais alto que os pensamentos de Diaz. — É ele quem está lhe dando esse aumento de poder e... puta merda, é...

Você. Por Deus, eu *quero* você.

E o fluxo violento de imagens eróticas voltara, e tudo lhe pareceu tão vívido e esmagador que, por um segundo, Elliot já não sabia exatamente onde estava. Só não caiu no chão porque Diaz continuava segurando-o com força. E foi *isto*, por fim, que o trouxe de volta ao presente e à realidade: o fato de estar colado de forma tão íntima a Diaz que a atração física que percebeu vindo do outro homem foi tão certa quanto inevitável.

Diaz obviamente não pôde deixar de perceber isso também, tanto que largou Elliot na mesma hora, quebrando a intimidade de sua conexão mental.

Então, com a mesma rapidez com que a teoria sobre Shane se desfez, uma nova teoria floresceu. E se *ele*, Elliot, é que fosse o responsável pelo aumento do poder de Diaz? Não por ser alguém especial, mas devido à atração que Diaz sentia por ele?

E se Mac tivesse razão e o sexo não atrapalhasse o progresso de um Maioral e, ao contrário disso, servisse de *estímulo*?

— *Use* seu poder — incentivara Elliot, olhando para Diaz. — Pelo amor de Deus, cara, não lute contra isso, *use* esse poder!

A essa altura ele já não fazia a menor ideia do que Diaz sentia ou pensava, porque a ligação entre eles não estava mais ativa. O que soube é que Diaz combinou seu poder amplificado com o de Bach e, juntos, conseguiram conter tanto o coringa quanto a mobília descontrolada, permitindo que Elliot e Shane alcançassem Mac.

Depois que a batalha terminara, não houve oportunidade para Elliot conversar em particular com Diaz.

Até agora.

Elliot entrou pela porta aberta, plenamente consciente da presença marcante do homem maior, e também do fato de que nunca tinha estado no apartamento de Diaz antes. O Maioral obviamente levara para o espaço pessoal seus pertences ecléticos — incluindo inúmeras prateleiras — e adornara as paredes com quadros em cores fortes e estilo que parecia claramente mexicano. Também havia reformado o lugar, ampliando o espaço. Em vez de ter dois cômodos separados, desfrutava de um único aposento, formado por uma sala de estar muito maior, uma cama quase escondida no recesso de uma das paredes e...

Puxa, essa era *exatamente* a mesma cama que Elliot vira mais cedo, em pensamentos, quando tentara erguer Diaz do chão no corredor e as imagens íntimas e chocantes de ambos haviam invadido sua mente; tornara a ver novamente a mesma cama no salão para recepções, havia poucas horas. E a cama lhe parecera tão familiar, percebeu naquele instante com um sobressalto, porque já a vira antes, em sonhos.

Ele já estivera naquele apartamento antes — *em sonhos.*

Puta merda!

— Quer que eu lhe traga um pouco de café? — A voz de Diaz veio de trás dele, e Elliot se virou rapidamente.

— Sim — aceitou. — Obrigado. Mas espere... Você não toma café.

Disse isso, mas percebeu o aroma de café sendo preparado, forte e aromático. De fato, havia uma pequena cafeteira sobre o balcão da cozinha, chiando e apitando suavemente.

Diaz foi até a cozinha, atrás do balcão para café da manhã que a separava do restante da sala de estar. Havia duas canecas em cores fortes do lado de fora, à espera. Uma estava cheia de água quente com um saquinho de chá dentro, e lançava suaves vapores no ar.

Enquanto Elliot observava, Diaz pegou o bule que estava sobre a placa quente e serviu o café na caneca azul, enchendo-a quase até a borda. Depois empurrou-a sobre o balcão e a ofereceu a Elliot. Obviamente sabia que Elliot só bebia café puro, sem açúcar.

Talvez do mesmo modo que Elliot sabia que Diaz apreciava chá de baunilha, uma espécie de chá preparado com especiarias, acompanhado de leite e uma pitada de açúcar...?

Puta merda. Em todos aqueles anos trabalhando juntos, como é que Elliot nunca havia percebido que Diaz era...?

Quando Elliot pegou a caneca, Diaz olhou fixamente para ele, com olhos sombrios. Desta vez foi Elliot quem desviou o olhar depressa, incerto sobre como dar início à conversa.

Quer dizer que, apesar de insistir durante tantos anos em se manter celibatário, você, pelo visto, de algum modo, parecia desejar desesperadamente fazer sexo comigo... E, ah, claro, também poderíamos aproveitar para discutir o fato de que agora eu sou, provavelmente, a única pessoa no IO que sabe que você é gay — e estamos prestes a participar de uma reunião onde é extremamente provável que eu vá dedurar você, em pensamentos, para todo mundo. E já que estamos aqui, discutindo mentalmente sobre tópicos do tipo "que porra foi essa?", você faz ideia do porquê de eu ter tido sonhos tão fortes e vívidos cuja ação se passava em seu apartamento, embora nunca, antes de hoje, tenha colocado os pés aqui dentro?

Elliot provou um gole de café e elogiou:

— Puxa, está ótimo. Você sabe preparar um tremendo café, para quem só bebe chá.

Diaz mexeu um pouco o chá, fazendo a colher bater de forma suave nas paredes da caneca enquanto se apoiava de costas no balcão, com as pernas casualmente cruzadas na altura dos tornozelos.

— Fui viciado em café durante muitos anos.

— Existem vícios piores — comentou Elliot. Puxa, será que eles realmente iriam entrar nessa? Começar um papo *nada a ver*, como aquele? A qualquer momento começariam a conversar sobre o clima. *Que dia bonito! Até que enfim o tempo está começando a ficar mais quente...*

Subitamente, porém, tudo o que vinha à cabeça de Elliot era a certeza absoluta com que Mac o informara de que Diaz nem mesmo se masturbava. Puxa vida! Se era concebível que aquele homem conseguia ler seus pensamentos e a simples presença de Elliot aumentava drasticamente os níveis de integração neural de Diaz, ele... Que beleza, agora ele estava executando um *blá-blá-blá mental* consigo mesmo. Não pense em sexo, não pense em sexo, não pense em sexo...

Só que, especialmente depois das surpresas do dia anterior, era impossível olhar para Diaz e *não pensar* em sexo. Ainda mais porque já fazia três anos desde que Elliot transara pela última vez.

Mas, tudo bem, era melhor esquecer sua situação *pessoal*. Três anos era um segundo comparado ao tempo que fazia desde que Diaz fizera sexo pela última vez. E ali estava ele, com os ombros ridiculamente largos e os olhos maravilhosos observando Elliot enquanto bebia o seu chá com toda a calma do mundo.

Elliot virou-se abruptamente para a janela, perto da qual um sofá e algumas poltronas confortáveis estavam posicionadas. Apontou para elas com a caneca e perguntou:

— Podemos nos sentar? Acho que devíamos, sabe como é, nos sentar por alguns instantes. Fiz algumas pesquisas sobre as flutuações verificadas nos seus níveis de integração neural e... ahn... acho que você gostaria de saber o que eu descobri.

— Claro! — concordou Diaz. Desencostou o corpo do balcão, mas Elliot não esperou por ele e foi na frente, rumo ao sofá.

— Em primeiro lugar, revisei alguns dos exames rápidos que tinha feito um pouco mais cedo. Você estava com integração em um nível máximo de 60,7 por cento lá no salão de recepções — disse, enquanto se aproximava do sofá estofado em couro com tom bege-amanteigado, e se sentou antes de perceber que não havia TV de tela plana em nenhuma das paredes. É claro que não. Era óbvio, pelas prateleiras entulhadas de livros, que Diaz era um leitor compulsivo. Um amante de livros de verdade, à moda antiga. O mais provável era que passasse suas raras noites livres perdido, tranquilamente, em uma boa história, em vez de, como acontecia com Elliot, ficar grudado na telinha, assistindo à trigésima temporada de *Você acha que sabe dançar?*.

— Eu também dei uma olhada nos resultados dessas tomografias — comentou Diaz, enquanto seguia em direção a uma das poltronas. — Estava tentando entender o que aconteceu e...

— Desculpe — interrompeu Elliot. — Eu não trouxe meu computador, porque não sabia que você não tinha uma TV que eu pudesse ligar na rede do instituto. Por acaso você tem um... ahn...

— Ah — disse Diaz. — Claro, eu tenho um laptop. Claro que sim. Deixe que eu vou pegá-lo. — Colocou a caneca no canto da mesinha de centro e foi até a parte do aposento que abrigava a cama com a colcha estendida perfeitamente.

Ele se movimentava com leveza e graça, de forma eficiente, sem demonstrar pressa.

Durante todos os anos em que Elliot havia trabalhado ali, sempre curtira o jeito de andar de Diaz, o que talvez soasse patético ou sinistro, mas não era. O que foi mesmo que Anna Taylor dissera mais cedo? Era realmente uma forma de *apreciação artística*.

Mas havia arte comum e *arte pura*, e Elliot teve de desviar os olhos quando Diaz apoiou um dos joelhos na cama e se inclinou para pegar o computador em uma prateleira acima da curva da cabeceira, feita de madeira e com forma de trenó.

Exatamente no local em que Elliot sabia que... Pensar nisso o deixou atônito.

— Talvez fosse melhor irmos até a minha sala para ver isso — propôs, atropelando as palavras.

Diaz já havia trazido o laptop até o sofá e hesitou, segurando-o, em vez de colocá-lo sobre a mesinha de centro, diante de Elliot.

— Se isso o deixar mais confortável... — concordou Diaz.

Elliot o interrompeu:

— Não, estou *ótimo*. Tudo bem, isso é mentira. Estou me sentindo superesquisito. Mas não vou ficar mais desconfortável nem menos, seja aqui, em minha sala ou na porra da Lua. É só que... Stephen, na verdade quero que *você* se sinta à vontade.

— À vontade? — Diaz riu ao colocar o laptop sobre a mesinha, e um ar de diversão genuína surgiu em seu rosto. Mas isso logo desapareceu e foi substituído por algo que parecia autodesprezo ou até mesmo repugnância. — Tenho uma integração neural de *cinquenta por cento*, doutor. Não se espera que eu me sinta à vontade. Espera-se que eu esteja sempre em treinamento. Espera-se que eu foque toda a minha energia e os meus esforços na busca de me tornar um Sessenta e depois, talvez um dia, um Setenta ou mais. Minha zona de conforto não é o problema. Nunca foi. O que não é justo é *você* ter de...

— Estou ótimo — repetiu Elliot. — Só não quero que...

— Mas você acabou de dizer que se sente superesquisito. — Diaz se levantou e começou a andar de um lado para outro, com movimentos rápidos e precisos. — Confessou que eu o deixo assim.

— Não quero que *você* se sinta desconfortável — insistiu Elliot — por estarmos sozinhos aqui em seu apartamento. — Tentou tornar as coisas mais leves. — Lugar que, pelo visto, é o cenário de algumas das nossas fantasias...

Diaz o fitou longamente, e desta vez não tinha um ar nem um pouco divertido.

— Essas fantasias são *minhas*. Vi as lembranças que você tem delas quando estive em sua mente pela segunda vez, no salão de recepções. Elas eram as minhas fantasias e eu as forcei para dentro da sua cabeça. Você sabe disso.

— Forçou? — Elliot teve de rir. — Você realmente acha que eu não tenho um monte de fantasias próprias desse tipo? Tenho um sonho recorrente que acontece com a precisão de um relógio, duas vezes por semana. Eu me vejo em uma casa maravilhosa, em um lugar onde nunca estive... talvez na Itália. Eu e você estamos no meio de um vinhedo e... que foi?

Diaz ficou pálido como um lençol e deixou-se escorregar lentamente para a poltrona diante de Elliot.

— Quartas e domingos — sussurrou.

— Como assim? — Elliot balançou a cabeça. — Desculpe, não entendi.

— É nesses dias que seus sonhos acontecem? — perguntou Diaz. — Porque quartas e domingos são os dias em que eu durmo. Estou na fase de dormir só duas vezes por semana.

— Espere um segundo... o quê? — Puta merda! Será que era possível?

— Mas... você não está nessa fase — disse Elliot, puxando o laptop para perto dele, a fim de alcançar o teclado. —Você ainda está no esquema de três noites de sono por semana. — Acessou o arquivo de Diaz. — Quarta, sexta e domingo. — Ergueu os olhos, subitamente incerto. — Não é isso?

— Às sextas eu estou tirando apenas um cochilo de combate — explicou Diaz. — Na verdade, a sesta é um pouco mais comprida, chega a uma hora e meia, no início da tarde, quando você provavelmente está acordado.

Era verdade, a informação estava bem ali — uma mudança no esquema de sono de Diaz anotado em uma observação à margem do arquivo. Isso queria dizer que, de fato, ele já estava no ciclo de quartas e domingos. Elliot tentou se lembrar dos dias em que havia tido aqueles sonhos, mas não conseguiu.

— Posso começar a dormir durante o dia — ofereceu Diaz, realmente preocupado. — Puxa, sinto muito...

— Do que está falando? — perguntou Elliot, balançando a cabeça e olhando novamente para a cama sobre a qual ele havia sonhado tantas vezes e começou do zero. — Desculpe, mas o que dizia mesmo?

— Estou dizendo que... — Diaz forçou-se, com visível dificuldade, a manter os olhos grudados nos de Elliot enquanto expirava com força. — Sabe esses sonhos que você anda tendo? São meus também.

Elliot se inclinou para a frente. Ainda não acreditava de verdade... Pensou que poderia ter visto alguma foto do apartamento de Diaz, talvez por meio de Mac ou...

— Você realmente consegue fazer *isso*? Projetar seus sonhos? Mesmo estando em estado de inconsciência?

— Não sei — garantiu Diaz. — Não sabia que estava fazendo isso, mas...

— Talvez eu esteja simplesmente sonhando com você por conta própria — sugeriu Elliot. — Não sei com que frequência ou em quais noites isso aconteceu...

— Então você acha que pode ser coincidência? — perguntou Diaz, com um forte tom de ceticismo na voz. — Vamos lá... o último sonho, você se lembra dele? Aconteceu... — fez que sim com a cabeça — onde você disse? Era um vinhedo?

Elliot se lembrava. Tinha acordado com o coração martelando e uma ereção matinal de proporções épicas. Já notara, algum tempo antes, que sempre que tinha um sonho que envolvesse sexo com Stephen Diaz sempre... *todas as vezes!*... acordava antes de um dos dois chegar ao clímax.

E lamentava ter acordado. Dessa vez, em especial, permanecera ali, rolando na cama, xingando-se e tentando reviver o sonho com o máximo de detalhes que conseguisse. Portanto, lembrava-se bem, sim.

— Estávamos em uma casa linda, sobre uma colina coberta de fileiras intermináveis de videiras. — Diaz soltou o ar dos pulmões com força. — Não é a Itália; esse lugar fica na Califórnia. É a casa da minha avó, perto de Sonoma. Você se lembra da foto pendurada sobre a cama? Da última vez em que tive esse sonho, entrei no quarto e você estava em pé, olhando para ela.

— Puta merda! — sussurrou Elliot. Ele se lembrava disso com clareza. — Era uma velha fotografia da casa, tirada nos anos 1920, ou algo assim. — Ele observava a imagem em silêncio; havia várias pessoas posando diante da varanda principal, e nesse momento Diaz entrou no quarto, saindo do banho. É claro que Elliot se distraiu e sua atenção mudou de foco na mesma hora.

— A foto é de 1914 — corrigiu Diaz, olhando para Elliot, com a voz firme. — Minha avó admirava essa foto. Seu irmão aparecia nela, e ele morreu na guerra. Depois que *minha avó* faleceu, meu pai doou a foto para um museu local. — Pegou o laptop, virou a tela, entrou na internet e navegou por alguns links até...

— Puta *merda*! — repetiu Elliot quando Diaz tornou a virar a tela e ele viu exatamente a mesma imagem que tinha aparecido em seu sonho.

Também se lembrava — até com mais clareza — do jeito como Diaz sorrira para ele, antes de beijá-lo e empurrá-lo sobre a cama imensa.

— Você vestia uma camiseta azul e jeans — descreveu Diaz, com a voz baixa. — Eu estava apenas com uma toalha presa à cintura.

Uma toalha que não ficara ali por muito tempo. Elliot se lembrava de tudo.

— Pu-ta... mer-da — sussurrou Elliot, lentamente desta vez. Aquilo tinha virado o seu refrão. — Vamos lá... então está confirmado que tivemos o mesmo sonho. Você realmente não tem ideia de como fez isso? Como transmitiu essas imagens para o meu subconsciente?

Diaz fechou os olhos. Balançou a cabeça para os lados e mostrou-se claramente mortificado com a situação.

— Talvez *transmitir* não seja a palavra certa — completou Elliot. — Embora esse tipo de projeção não seja tão incomum. Bach consegue fazê-la. Mas não sei se conseguiria de uma distância de vários aposentos, com um corredor entre eles e durante o sono. Essa é uma habilidade nova e impressionante.

— E como! — confirmou Diaz, rindo de descrença e repulsa. — Que beleza, estou empolgado. — Esfregou a testa como se tivesse uma terrível dor de cabeça.

— Escute, estou apenas fazendo suposições — corrigiu-se Elliot. — Quando você entrou na minha mente hoje mesmo, mais cedo, parecíamos estar mantendo uma espécie de conversa. Você falava e ouvia, por assim dizer. Eu também. É bem possível que o sonho não tenha sido só seu. Talvez você tenha escolhido o cenário, e eu escolhi a ação.

— Não. — Diaz virou o corpo e ficou de frente para ele. — O sonho foi todo *meu*.

— Não há como sabermos disso com certeza — argumentou Elliot. — Estamos em território inexplorado.

— Mas eu tenho certeza — afirmou Diaz. — O sexo foi uma fantasia *minha*. Há algum tempo venho conseguindo fazer algo que chamo de sonho controlado. É uma forma amplificada de sonho lúcido, induzido antes de eu pegar no sono. Comecei a deixar que meu subconsciente trabalhasse em certos problemas através desse método e descobri que existe um apelo recreativo nessa atividade. Não contei a ninguém da equipe de pesquisas por motivos óbvios. — Neste momento, pareceu pedir desculpas com o olhar e se mostrou ligeiramente sem graça. Por um segundo, era como se estivesse prestes a chorar. Mas logo se levantou e começou a andar de um lado para outro, passando as mãos no rosto. — Por Deus, me desculpe, dr. Z. Isso é totalmente inadequado.

— Você devia começar a me chamar de Elliot, Stephen. Tenho certeza de que já nos tratamos pelo nome de batismo, pelo menos nos seus sonhos. Desculpe... estou tentando ser engraçado e isso não ajuda em nada. Por que não se acalma e respira fundo? — Elliot também se levantou. — Qual é, Stephen, não fiquei ofendido. Na verdade, me senti lisonjeado. Mais que isso até, estou...

— Apavorado — disse Diaz, completando a frase por ele.

— Com certeza! — confirmou Elliot. — Mas quero deixar claro que não me apavora o fato de você, pelo visto, alimentar fantasias sobre me pegar a cada chance que aparece. Com relação a *isso*, estou mentalmente dando voltas olímpicas em torno da sala, acompanhadas de saltos de alegria e os punhos erguidos em sinal de vitória. Só me senti apavorado porque sei o quanto você leva o treinamento a sério, respeito isso e também sua postura, embora nunca tenha encontrado nenhuma prova científica da sua crença em que o celibato fortalece os poderes mentais. — Diaz tentou retrucar, mas Elliot ergueu a mão, impedindo-o. — Por favor, não quero discutir isso agora. Podemos manter o foco na elevação dos seus níveis de integração neural? Vamos começar pelos fatos científicos, o que já sabemos com certeza e o que podemos ou não comprovar.

Diaz não disse nada, não moveu um músculo, mas parecia respirar normalmente. Elliot tornou a se sentar no sofá, diante do computador, e abriu a pesquisa que vinha fazendo nas últimas horas. Também tentava manter a respiração estável. Haveria muito tempo, mais tarde, para ele perder o fôlego pensando no fato de Stephen Diaz ter *escolhido* fazer sexo com ele. Com *ele*. Puta merda!

— Recuei até aqui e analisei as flutuações dos seus níveis de integração neural — mostrou Elliot, conseguindo se manter calmo e controlado. — Existe, comprovadamente, uma correlação entre esse leve aumento nos seus níveis de integração e a minha presença na sala. Parece que eu lhe provoco uma espécie de ereção mental. — Olhou novamente para Diaz, que fechou os olhos. — Desculpe, isso não teve graça, mas lembre-se de uma coisa: não é *você* o inadequado aqui. *Sou eu*, entendeu? Voltemos aos fatos. Existe uma diferença relativamente insignificante aqui: você chega a 48 quando eu *não estou* na sala, e bate em 49 ou cinquenta quando eu apareço. Só que hoje, subitamente, você disparou até 58 e chegou a sessenta. Esse dois números surgiram depois do... — pigarreou — ... contato físico entre nós. — Resistiu ao instinto de limpar a garganta novamente e continuou: — Isso é fácil de testar, para comprovarmos se torna a acontecer. No entanto, eu não me lembro de alguma vez ter tocado em você, antes de hoje. Nem mesmo casualmente, como um aperto de mãos no dia em que nos conhecemos, por exemplo.

— Isso foi intencional — assentiu Diaz. — Quando você veio trabalhar no IO, eu estava dando os primeiros passos na tentativa de controlar minha habilidade de emitir correntes elétricas. O fato de *não tocar* em você foi para a sua proteção.

— Ah... — disse Elliot. — Claro!

— Você sempre achou que eu tinha algum problema ou desconforto pelo fato de você ser gay.

— Sim, realmente achei — admitiu Elliot.

— Nunca tive.

Elliot ergueu a cabeça da tela ao ouvir isso, e escolheu a pergunta seguinte com cuidado.

— E sente algum problema ou desconforto por *você* ser gay?

— Não. — Diaz balançou a cabeça para os lados.

— Escute, sei que acabei de dizer que não queria discutir o valor real do seu celibato, mas... será que você não escolheu a abstinência sexual de forma tão ardorosa por sentir algum desconforto com...

— Não.

— Quer dizer que não se importa com a ideia de participar dessa reunião com o dr. Bach daqui a algumas horas e tornar pública sua orientação sexual?

Talvez Diaz não estivesse respirando com tanta tranquilidade, afinal, porque expeliu o ar com força, quase gargalhando. Quase. Voltou a caminhar pela sala novamente e perguntou:

— Você realmente acha que eu me incomodo com *isso*?

— Não se incomoda? — insistiu Elliot.

— Descobri que era gay quando tinha 5 anos de idade, entende? — afirmou Diaz, virando-se para Elliot. — Sempre fui gay e não tenho problema algum com isso. O que me incomoda é colocar *você* nessa posição tremendamente esquisita. E olha que isso já rolava *antes* de eu saber que estava *invadindo* seus sonhos com as minhas transmissões, projeções de pensamento ou sei lá que *porra* de nome tem isso que ando fazendo quando *durmo*.

— Opa! — disse Elliot. — Tudo bem, então... vamos conversar sobre esse lance de invasão de sonhos, como você chama. Antes de qualquer coisa, quero dizer que esses momentos têm sido o ponto alto da minha vida sexual, e estou falando no passado, no presente e no futuro. Você precisa entender que eu *não faço* objeção alguma a essa sua habilidade. Na verdade, já que estamos discutindo abertamente o assunto, gostaria de lhe fazer um pedido. Já que você consegue controlar o que acontece, dá para, pelo menos, *me deixar* gozar? Está bem claro que você interrompe o sonho de forma consciente antes de eu conseguir...

— Não... — pediu Diaz, baixinho. — Por favor, não zombe de mim.

— O quê? — reagiu Elliot. — Espere um instante, eu não estou...

— Sei que isso não representa muita coisa para você — continuou Diaz, com a voz ríspida —, mas é *imensamente* importante para mim.

— Desculpe — pediu Elliot. — Não quis parecer desrespeitoso.

— Você acha, *honestamente*, que o celibato não tem nada a ver com meus níveis de integração neural? — Diaz se obrigou a sentar na poltrona, mas já estava na beira do assento e olhava para Elliot com intensidade. — Acha que eu devia simplesmente desistir dessa abstinência?

— Olhe, *agora* acho que estamos entrando em terreno radicalmente impróprio — disse Elliot. — Como é que eu poderia responder a essa pergunta?

— De forma franca.

— Na qualidade de cientista — perguntou Elliot —, ou no papel de um homem que está louco para reencenar o sonho que aconteceu na casa da sua avó?

Diaz ficou calado, mas os músculos do seu maxilar pareciam pulsar.

— Para mim, é difícil separar as duas coisas — continuou Elliot. — É claro que o meu lado científico tem certeza de que sua subida repentina até sessenta por cento não foi *apenas* resultado de você me envolver com os braços hoje de manhã, e sim da ideia de um contato, digamos, mais *íntimo*, e você sabe exatamente a que estou me referindo. Só que eu sou humano, Stephen, e, portanto, influenciável. Existem formas de driblar essas influências? Claro que sim. Eu quero driblá-las? Essa é uma boa pergunta.

Diaz continuava calado, mas ouvia atentamente, e Elliot continuou:

— Deixando *isso* de lado, existe um problema em testarmos se a abstinência sexual aumenta ou não seus níveis de integração neural. Não dá para saber o impacto que a sua integração sofre por você não fazer nada. Quanto tempo faz que você não realiza alguma atividade desse tipo?

Diaz expirou novamente com força, bufando ligeiramente.

— Quinze longos anos.

Puxa, sério? Os anos de Elliot como pesquisador permitiram que ele escondesse bem a surpresa. Voltou a atenção para o computador porque não conseguiu encarar o outro homem, e teve ímpetos de dizer que, para ser exato, aqueles tinham sido 15 anos de *inatividade* sexual. Em vez disso, analisou os dados de Diaz, descobriu o que queria e afirmou:

— Esse é exatamente o número de anos em que você está aqui no IO.

— Precisamente.

Pelo canto dos olhos, Elliot viu Diaz pegar a caneca de chá e tomar um gole para se fortalecer.

— Você chegou aqui como Trinta — verificou Elliot, avaliando o arquivo. Clicou algumas vezes e o programa organizou os dados, formando um gráfico simples que mostrava a melhora evidente e rápida de Diaz no primeiro ano que passou no IO. Poucos dias depois de chegar, já estava nos 35; oito meses depois, chegara aos 42. A partir daí, seu aumento na integração neural foi lento, mas constante, até chegar aos quase cinquenta atuais.

Esses dados provavam que o pulo súbito daquele dia, que o levara quase aos sessenta, era um acontecimento fabuloso.

— Eu estava treinando na Califórnia — informou Diaz —, mas não chegava a lugar algum. Vim ao IO para participar de uma oficina com o dr. Bach. Foi uma redenção. Tive um progresso extraordinário e resolvi ficar.

— Dá pra ver. — Elliot virou o laptop para Diaz poder enxergar melhor o gráfico. — Como pesquisador, eu analisaria isso e não seria capaz de chegar a alguma conclusão absoluta sobre a causa do seu aumento súbito de integração em tão pouco tempo. Suponho que, tendo participado da oficina do dr. Bach, você aceitou a sugestão de abstinência sexual. *Isso* deve ter sido novidade para você. Mas sua dieta enquanto esteve aqui também foi diferente, certo?

— Na verdade, não — garantiu Diaz.

— Só usamos frutas e vegetais produzidos aqui mesmo — corrigiu Elliot, com gentileza. — Sua dieta *foi* diferente. Seu centro de treinamento na Califórnia não comprava os produtos aqui em Massachusetts, disso temos quase *certeza*. De qualquer modo, é fácil confirmar. Outros motivos em potencial: nossa água é diferente. Mesmo que você bebesse apenas água engarrafada, ainda tomaria banho e escovaria os dentes com a água que vem dos nossos reservatórios. Além disso, passou a morar em um lugar com diferente latitude e longitude, o que fez o sol banhar seu corpo em um ângulo ligeiramente diferente. O amanhecer e o pôr do sol acontecem em outros momentos do dia, em relação ao que você estava acostumado na Califórnia. Provavelmente sofreu algum *jet lag* ao chegar, e isso pode ter dado início a algum processo incomum. Mais uma coisa: você começou a trabalhar sob um novo professor. Essa pode ser a Navalha de Ockham para o seu desenvolvimento súbito. Navalha de Ockham é o conceito que determina que a melhor explicação para um fenômeno geralmente é a mais simples. Abster-se de sexo o ajudou no trabalho com o novo professor? Provavelmente sim, por deixá-lo mais focado na superação das primeiras dificuldades, mas... durante a maior parte desse tempo, Stephen, seus ganhos não foram excepcionais. Até agora.

Elliot tornou a virar o laptop para si mesmo.

— Se estiver tudo bem para você, vou requisitar uma varredura a partir do sistema central do IO — continuou —, para verificar seus níveis de integração atuais. Quero saber em que ponto você está neste exato momento.

Diaz concordou, expirando fundo e colocando a caneca de volta sobre o balcão.

— Aqui — pediu Elliot. — Venha até aqui, por favor, porque estamos no seu apartamento e você mantém as telas de privacidade ligadas... — Nem todos no IO optavam por isso. Elliot sabia que Mac não dava a mínima para a privacidade, e até preferia que as tomografias tradicionais acontecessem enquanto dormia. Mas Stephen instalara as telas de privacidade. — Você precisa chegar bem perto do computador para eu ter acesso ao teclado e à tela para... — Com Diaz junto dele, o sensor do laptop poderia escaneá-lo enquanto Elliot controlava tudo pelo teclado.

É claro que, para isso, Diaz precisava se sentar colado a ele, no sofá.

Fez isso devagar, enquanto Elliot lhe informava tudo o que já sabia.

— É claro que esse exame, via laptop, não será tão preciso. Depois, iremos até o laboratório para uma avaliação mais exata, em nível de centésimos, da sua integração neural. No entanto, isso aqui já nos dará uma noção aproximada de onde estamos e do que acontece quando aumentamos um pouco os... ahn... parâmetros.

— Aumentar os parâmetros? — repetiu Diaz no instante em que o teste terminou, e Elliot apertou os olhos para analisar a tela.

— Opa, olhe só, você já chegou aos 55 — relatou Elliot. — Mais ou menos como expliquei. Mas já é um aumento marcante no seu nível normal... — Virou-se para olhar para Diaz. — Como está se sentindo? Alguma nova habilidade? Consegue soprar fogo ou eliminar os ácaros ocultos nos cantos da sala? Brincadeira, você não tem um único ácaro nos cantos da sala. — De fato, aquele era, provavelmente, o apartamento mais limpo que Elliot vira em toda a sua vida.

Diaz conseguiu dar uma risada curta e balançou a cabeça.

— Nada que eu tenha identificado. Quer dizer, as coisas me parecem um pouco mais focadas, as cores estão mais brilhantes e os sons, mais nítidos.

— Aumento na acuidade visual e auditiva. Certo. Isso é interessante. — Elliot programou o laptop para escanear Diaz de forma contínua. — E quanto a habilidades telepáticas? Em que pé você está com relação a isso?

— Não sei.

— Por que não tenta ler meus pensamentos?

Diaz fez que sim com a cabeça, inspirou fundo e fechou os olhos.

Elliot sentiu a presença do Maioral nos limites da sua consciência. Depois percebeu uma leve cutucada mental, que logo se desfez. Mais uma, que desapareceu em seguida. No monitor, o nível de integração neural de Diaz despencou como uma pedra e parou nos 54. Isso era *realmente* interessante. Seria algum medo de falhar?

— Não — disse Diaz, franzindo a testa em sinal de estranheza enquanto balançava a cabeça. — Desculpe, não consegui...

— Não se preocupe — tranquilizou-o Elliot. — Continue respirando devagar, você está indo bem. Vamos lá... é agora que eu vou elevar os limites. Até agora o seu poder de telepatia sobre mim dependia de contato físico. Não foi a primeira vez que eu percebi isso. Lembra do que aconteceu no corredor, depois que Mac caiu por cima de você? Fiquei com o cérebro lotado quando tentei ajudar vocês a se levantarem.

Diaz tornou a fechar os olhos e murmurou:

— Você deve estar achando que eu passo o dia todo pensando em...

Elliot manteve os olhos grudados na tela e observou quando o nível de integração neural de Diaz subiu novamente, até alcançar 55. Isso não era *curioso*? Mas não foi só o seu lado cientista que quis levar Diaz para fora de sua zona de conforto. Foi seu lado humano que completou mentalmente a frase incompleta de Diaz, dita em tom de brincadeira.

— ... Pensando em *me pegar*?

E foi esse lado humano que o fez se virar e fitar Stephen com o olhar tão quente que mostrou que a possibilidade de isso acontecer seria bem-vinda, se dependesse dele.

Porque era a pura verdade.

Na mesma hora, Elliot olhou para o monitor e Diaz alcançou 56. Fascinante! E eles nem mesmo tinham se tocado.

Mas Diaz não parecia feliz. Na verdade o seu olhar se tornou mais e mais sombrio.

— *É* isso que você pensa, não é? — perguntou, baixinho. — Acha que se trata apenas de sexo, mas não é. Estou apaixonado por você, Elliot, há mais de sete anos.

14

Mac despencou ao nível de cinquenta bem depressa, depois de deixar Shane em sua suíte do terceiro andar do "quartel".

Foi para seu apartamento, um andar acima do dele, só que do outro lado do prédio. Tomou uma ducha, deitou-se e, com ajuda de auto-hipnose de alto nível, deixou-se deslizar em um restaurador sono do tipo REM.

Pelo menos nisto Elliot estava coberto de razão: ela precisava descansar.

Só que quarenta minutos era um tempo mais que suficiente em condições de emergência, e ela acordou com facilidade, antes do alarme que deixara acionado. O computador dos seus aposentos estava programado em modo de reconhecimento de voz. Mac detestava usar teclados, não convidava ninguém para visitá-la em seu espaço pessoal e programara a máquina para reconhecer o toque do celular, de modo a não atrapalhá-la quando estivesse ao telefone. Com exceção dessas raras conversas ao celular, tudo o que ela dizia em voz alta era direcionado ao computador. Portanto, antes mesmo de abrir os olhos e se levantar da cama, ordenou:

— Efetuar tomografia corporal completa. Enviar cópia do exame para Elliot Zerkowski. Confirmar quando o procedimento estiver completo e informar qualquer anormalidade, com exceção do nível de integração. Corrigindo... informar isso também.

Esperou, imóvel, até o computador informar "Exame completo", com sua voz impessoal. Levantou-se da cama e vasculhou a gaveta de roupas íntimas em busca de... droga, só havia calcinhas minúsculas. Bem feito, para ela aprender a não se esquecer de cuidar das roupas para lavar.

Vestiu uma delas com um sutiã esportivo e descobriu — é claro! — que não havia nenhuma calça cargo limpa no closet. Só lhe restava as opções de vestir calças de couro para moto ou tentar pescar no cesto de roupa uma calça de lona que não estivesse muito suja. E como couro não serviria para o que tinha em mente...

— Nível de integração neural em cinquenta vírgula vinte e quatro por cento — informou o computador.

— Arrá! — reagiu ela. — Viu só?

— Comando desconhecido — reclamou a máquina, com voz serena. — Poderia repetir, por favor?

— Enviar cópia do exame para o dr. Joseph Bach também — ordenou Mac, pegando, no fundo do cesto, uma calça verde-oliva que não fedia. Vestiu-a na mesma hora. — Anexar ao exame um e-mail para Bach apenas com o seguinte teor: *A não ser que surja algum imprevisto, nos veremos na reunião das 14 horas.*

Em seguida, calçou tênis em vez de botas.

A camiseta regata preta ficou perfeita, mas ela iria precisar de algum tipo de agasalho, suéter ou...

Pegou no fundo do closet uma blusa colante vermelha de tecido fino e quase transparente que geralmente não usaria nem morta. Havia comprado aquela peça horrível para usar em uma situação como essa, e certamente serviria para o plano. Pendurou a blusa no espaldar da cadeira da cozinha, onde havia deixado a jaqueta mais cedo.

— Alguma resposta de Zerkowski ou Bach? — perguntou ao computador quando entrou no banheiro.

— Negativo.

Ótimo. Embora o exame e o e-mail tivessem sido enviados havia poucos minutos, era provável que se Bach ou Elliot estivessem acordados, em estado de alerta ou perto do telefone ou computador, ela já teria recebido uma resposta do tipo "que porra é essa?".

Olhou-se no espelho enquanto jogava água no rosto e escovava os dentes, e, ao fazer isso, ajustou o corpo, tornando seus seios ainda menores do que eram normalmente. Não dava para fazê-los desaparecer por completo, mas ela certamente iria convencer qualquer pessoa de que era uma adolescente de 13 anos.

Realocou o excesso de gordura nos braços e ombros, tirando por completo a definição dos músculos.

Em seguida modificou o rosto, tornando-o mais redondo e mais liso; também colocou mais gordura infantil nas bochechas, em torno dos olhos e debaixo do queixo. Depois mudou a parte de baixo dos braços, alisando e retesando a pele. Esse era um dos pontos que entregavam a idade exata das mulheres, que geralmente falhavam ao tentar disfarçá-los. A não ser, é claro, que tivessem a ajuda de um cirurgião plástico competente ou os talentos especiais de Mac.

Ou se fossem viciadas em Destiny.

Quando colocou a escova de dentes dentro da caneca sobre a pia, ajustou o corpo mais uma vez, voltando às suas formas e feições verdadeiras. Era mais fácil fazer isso, pois aquela era sua aparência básica e seu padrão. Virou-se de costas para o espelho e tentou formar um corpo de adolescente mais uma vez, agora trabalhando de cor.

Quando se virou para o reflexo, viu novamente uma adolescente de ar petulante olhando para ela.

Por um segundo, aquilo lhe pareceu muito esquisito. Foi como se tivesse viajado de volta no tempo, até a época em que tinha 14 anos, seu irmão Billy e sua mãe haviam morrido e ela se mudara para o apartamento de merda onde Janice e seu filho, Tim, moravam com William, pai de Mac. Desde o primeiro instante, Janice odiara Mac, por motivos que ela nunca chegou a descobrir.

Observando seu olhar adolescente emburrado e abertamente antipático, sentiu, pela primeira vez, uma ponta de simpatia pela terceira mulher do seu pai, que lidava com problemas financeiros havia muitos anos e cujo filho, Tim, não era flor que se cheirasse. O relacionamento de Janice com William Mackenzie já ia para o brejo quando Mac aterrissou na vida deles, cheia de marra e atitude.

Deve ter sido terrível para Janice.

Mac tornou a ajustar sua imagem, retomou a aparência real, espalhou um pouco de spray para desembaraçar o cabelo e tirar o aspecto de "secou enquanto eu dormia". Depois, simplesmente se despenteou para ficar com o jeito de sempre.

Transferiu as tesouras e algemas de plástico para um dos bolsos da calça, o conjunto de ferramentas para abrir fechaduras e as chaves. Dobrou a blusa vermelha de qualquer jeito e a enfiou no bolso largo, junto do joelho esquerdo. Estava pronta para sair.

Pegou a jaqueta e foi para a porta sem olhar para trás.

Bach saltou do elevador no sexto andar.

Sentiu que Anna estava dormindo quando se aproximou da porta trancada do apartamento dela.

Percebeu sua fadiga total por trás de uma ansiedade tão sólida e profunda que nem precisou das habilidades de empatia de Mac para senti-la.

Foi por isso que não tocou a campainha. Ficou parado na porta por um instante, sem decidir o que fazer, até se lembrar do quanto Anna estava louca para achar Nika a qualquer custo.

Foi por isso que destrancou a porta e entrou. Anna havia fechado as cortinas da sala de estar, o que bloqueara a iluminação quase por completo, com exceção de uma pequena réstia de sol.

Continuou parado ali por mais um momento, e percebeu que Anna deixara a porta do quarto aberta. Conseguiu ouvir sua respiração calma e constante.

Havia papel sobre a escrivaninha, na bandeja da impressora. Ligou o equipamento, porque sua caligrafia era péssima, mas mudou de ideia. Em vez de usar o teclado para escrever o bilhete, algo que poderia acordá-la, pegou um pedaço de papel na bandeja e usou uma caneta.

Anna, escreveu, desenhando as letras com cuidado para torná-las mais legíveis. *Estou na sala de estar. Não quis acordá-la. Embora continue sem saber como foi que Nika conseguiu projetar as imagens que você e eu compartilhamos, achei que seria uma boa ideia recriar as condições em que isso aconteceu para, talvez, facilitar o próximo contato dela. Percebi que se tirar um cochilo, dessa vez mais próximo de você, enquanto você dorme, talvez...*

Não estou muito certo sobre isso, pois estamos em território inexplorado, mas vale a pena tentar.

Por favor, me acorde caso você se levante antes de mim. Se houver tempo, poderemos voltar ao laboratório para testes adicionais. Tenho uma reunião às 14 horas com Elliot e os meus Cinquenta. Se você quiser, poderá participar do final do encontro, quando discutiremos os próximos passos para achar Nika.

Eles só tocariam nesse assunto *depois* de discutir o fato de a integração de Mac ter subido a mais de sessenta após os momentos de intimidade com um dos novos Potenciais.

Aquilo ia ser divertido.

Assinou o bilhete como *Joseph*, e logo acrescentou *Bach*, o que pareceu idiotice. Quantos Josephs Anna conhecia ali no IO, afinal? Não conseguiu se lembrar da última vez em que assinara algo como Joseph ou Joe, e não *Bach*, simplesmente. Também não se lembrava da última vez em que escrevera um bilhete à mão, em vez de simplesmente enviar um texto digitado.

Minha adorada Annie,

Não consegui acordar você, mas precisei voltar para casa antes de meu pai descobrir que eu saí de casa...

Sim, já fazia muito tempo.

Em pé ali, sentiu uma fisgada nas costas — um lembrete de que fazia muito tempo que não alongava os músculos. Empurrou para longe os vagos resíduos de desconforto e levou o bilhete para o quarto.

Estava mais escuro ali, e ele parou por um segundo para se acostumar com o breu.

Ali estava ela, com os cachos pretos espalhados sobre a fronha, os olhos fechados e os cílios escuros muito compridos contrastando com as bochechas.

Algo naquela imagem o deixou excitado, mas ele se controlou, porque era o que sempre acontecia, e sem muito esforço. Quase de forma inconsciente. Só que desta vez teve uma percepção plena do que fazia. Uma parte dele se deteve ali, olhando e perguntando a si mesmo o que aconteceria, caso se permitisse levar de verdade pelo desejo.

Aquela mulher se sentia atraída por ele também. Bach teria percebido isso mesmo que não tivesse passado algum tempo em sua mente. Depois que eles achassem Nika ela iria se mudar de vez para o IO. Ficaria ali por vários anos, provavelmente, durante todo o treinamento de Nika. Eles lhe conseguiriam um emprego, caso Anna desejasse isso — e Bach seria capaz de apostar que ela iria querer.

Anna era linda, inteligente e divertida.

Mas não era Annie, apesar de terem nomes parecidos.

Dormia profundamente, toda encolhida em cima da colcha, como se tivesse deitado ali apenas para descansar por alguns minutos.

Bach sabia que havia uma manta nas costas do sofá da sala de estar. Ergueu a mão para trazê-la pelo ar sem esforço, apenas usando seus poderes, até onde ele estava. Levou a manta pelo ar até o quarto, colocou o bilhete sobre a mesinha de cabeceira, onde Anna o veria assim que acordasse. Usou seus poderes telecinéticos para desdobrar a manta e a fez flutuar e descer de forma suave, até cobrir Anna sem acordá-la.

Depois, voltou para a sala e fez alongamentos por alguns instantes, antes de se sentar no sofá e fechar os olhos.

E abriu a mente para todas as possibilidades — pelo menos em termos de receber contato de Nika.

Não levou muito tempo e também mergulhou no sono.

Shane cochilava ao sol na espreguiçadeira instalada em sua varanda, antes inacessível.

Poucos minutos depois da saída de Michelle Mackenzie, conseguiu abrir as portas deslizantes trancadas e se sentiu aconchegado ali, em seus aposentos temporários, mas lamentou as restrições à sua liberdade. Seu bad boy interior precisava fazer um gesto obsceno para aquele povo do IO, que queria mantê-lo confinado.

Ou talvez tivesse esperanças de que Mac voltasse correndo quando os alarmes disparassem. Abriu as trancas, mas nada aconteceu. Nenhum sino, nenhuma sirene, nem luzes vermelhas — pelo menos que ele pudesse ver. Saiu e se sentou na espreguiçadeira, disposto a aproveitar o sol da manhã de primavera.

Por ele, aquilo estava ótimo, pois não pretendia ir a lugar algum.

Só queria deixar claro que se eles realmente queriam prendê-lo, teriam de acorrentá-lo, literalmente, à parede de uma cela.

Assumindo que existissem celas de verdade naquelas instalações, pelo menos no prédio da segurança. Por outro lado, seria de imaginar que a equipe de segurança tivesse armas de verdade, e não apenas pistolas com tranquilizantes, então era bem capaz de não terem.

Comeu uma tigela de cereais, com uma daquelas bananas perfeitas, sentou-se e repassou mentalmente tudo que Mac lhe contara: que usara superpoderes para ele se sentir atraído, e que ele nunca a teria olhado duas vezes se ela não tivesse acionado o seu vodu. Talvez isso fosse possível. Naquele mundo novo, onde viciados em drogas podiam voar e profissionais com títulos de doutorado conseguiam imobilizar um Navy SEAL com um simples pensamento...

Mas não acreditava muito nisso.

Em seguida, tirou o assunto da cabeça, mas não parou de pensar em Mac. Uma mulher muito mais agradável de ter como tema de reflexões do que as preocupações com Johnny, Owen e todos os bons rapazes que tinham servido sob o seu comando na Equipe 13 dos SEALs.

Os 13 Sortudos...

Em vez disso, Shane focou a mente nas recordações da noite anterior ao recostar a cabeça para trás, fechar os olhos e botar os pés para cima.

Seu nível de exaustão estava alto e ele caiu na mesma hora em sono profundo, convencido de que alguém — de preferência a própria Mac — viria buscá-lo dentro de poucas horas para a reunião misteriosa no gabinete de Bach, que Shane nem sabia onde ficava.

Dormiu por não muito tempo e acordou subitamente. Seu corpo se colocou em estado de alerta na mesma hora, o que não foi uma grande surpresa. Afinal, ele havia treinado de forma intensa como SEAL, e aprendera a estar com as sinapses a todo o vapor antes mesmo de acordar. Desta vez, ao abrir os olhos, viu que já estava em pé.

Percebeu imediatamente onde estava e por que havia acordado de repente. Mac estava em seu apartamento. Ele conseguia praticamente senti-la fisicamente. Virou-se para as portas de correr que o separavam da sala de estar, esperando vê-la na sala, fitando-o com a cara séria. Mas o apartamento estava vazio.

Foi nesse momento que ouviu som de passos na trilha que atravessava o jardim até o estacionamento.

E ali estava ela, no térreo, três andares abaixo dele.

Mais uma vez, só por vê-la, o coração de Shane pareceu dar uma cambalhota no peito. E ele se pegou sorrindo.

— Ei! — chamou ele, com a voz ainda rouca de sono. Pigarreou para limpar a garganta e completou: — Mackenzie!

Os ombros de Mac se retesaram e ela se virou para a entrada do prédio, olhando para a porta pela qual saíra. Mas não levou muito tempo para localizar a origem do som e olhou para a varanda de Shane.

— Aonde vai, Michelle? — quis saber ele, apoiando os cotovelos na grade.

— O que está fazendo aí fora? — foi a reação dela.

— Pegando um pouco de ar. Achei que Elliot tinha colocado você de castigo.

— Meus níveis de integração baixaram e estão no nível normal — explicou Mac. — Fui liberada para sair. Mas volto a tempo para a reunião. Leve sua bunda para dentro do quarto.

— Humm... não caio nessa — disse Shane, lançando as pernas para cima e se colocando do lado de fora da grade. Foi moleza pular da varanda para o andar de baixo e depois deixar o corpo pendendo, balançando até se largar e se deixar cair. Pousou com suavidade e firmeza e sorriu para ela. — Prefiro ir com você.

Mac emitiu um som de raiva e aversão. Por fim, sentenciou:

— Nem pensar! — Mas como não pegou o celular para chamar a segurança ou seu amiguinho Elliot, Shane percebeu que ela estava "esticando a verdade" com aquele papo-furado de *ter sido liberada para sair.*

— Aonde vai? — perguntou ele, mais uma vez. — Sei que isso tem a ver com encontrar aquela menina, Nika Taylor. Talvez eu possa ajudar.

— Escute, marinheiro — disse ela —, já saquei que você não gosta de seguir regras, é um encrenqueiro enfezado, foi expulso da Marinha, colocado na lista negra e é um tremendo rebelde que gosta de se exibir no octógono. Não preciso dizer mais nada. Você não pode ajudar...

— Qual é? Se fizermos a coisa direitinho, ninguém vai saber que eu saí — insistiu Shane. Sabia que as palavras dela tinham o único intuito de irritá-lo, e as ignorou. Imagine, chamá-lo de rebelde e encrenqueiro enfezado quando ele sabia muito bem que ela o considerava um escoteiro certinho demais. — Olhei no sistema de segurança do portão principal. Você teve permissão para entrar, não para sair. Mas podemos passar tranquilamente pelos guardas se...

Mac balançou a cabeça para os lados com força.

— Não, não. Nada disso!

— É claro que você tem a alternativa de me deixar para trás — aceitou ele. — Mas possivelmente seria barrada antes de chegar ao portão. Puxa, isso seria péssimo.

— Sim, possivelmente — repetiu ela, assumindo um ar de censura com seus olhos loucamente maravilhosos.

Shane concordou com a cabeça, virando-se e apertando os olhos para ver melhor as lindas árvores que floresciam no jardim. O dia estava *lindo*.

— Pois é... eu diria que essa possibilidade é alta.

— Você vai me dedurar para a segurança? — perguntou Mac, mas é claro que não acreditava que ele fosse capaz disso. Para impressionar, enfiou a mão no fundo do bolso, pegou o celular e o entregou para ele. — Vamos lá, vá em frente, me entregue. Vá fazer sua fofoca. Pode me dedurar.

Do mesmo jeito que ele blefou, ela o acompanhou.

— Eu não faria isso — admitiu ele.

Ela guardou o celular e se virou para ir embora, aconselhando:

— Volte para o seu quarto.

— Nada disso, *vou* com você — insistiu Shane. — Pode me deixar do lado de fora do carro; por mim, tudo bem. Eu subo na capota. Só que isso certamente vai causar muita estranheza quando nos aproximarmos do portão de saída.

Mac se virou, tornou a olhar para ele e percebeu que falava sério. Ele faria *exatamente* isso. Com certeza.

— Sei que você vai de carro, em vez de moto, porque não está usando botas — disse ele, apontando para os tênis.

— Quer dizer que o lance aqui é chantagem? — perguntou ela, continuando a olhar fixamente para Shane. — Você está me chantageando? Sou obrigada a levar você comigo, senão você me entrega? Isso é golpe baixo, Laughlin.

— Sinto muito — riu ele —, mas quem era mesmo a mulher que recentemente confessou ter me enfeitiçado para eu fazer sexo com ela?

Aquilo magoou. Shane não tinha talento algum em termos de empatia, mas *até ele* percebeu que a golpeara abaixo da cintura. Pediu desculpas na mesma hora.

— Puxa, fui grosso, desculpe. Tentei ser engraçado ou fazer um comentário inteligente, mas...

— Não preciso de ajuda de alguém para o que vou fazer — contou Mac, sem alterar a voz. — Estou indo para o setor de emergência do hospital, entendeu? O mesmo que atendeu Nika Taylor. Quando chegar lá, vou dar entrada com aspecto de criança. Pagarei em dinheiro e eles vão fazer uma tomografia em mim. Isso me fará aparecer no radar da Organização.

— Você está se fazendo de cobaia para ser raptada, como aconteceu com Nika? — entendeu Shane, atônito. — Gata, sinto lhe informar, mas ninguém neste planeta confundiria você com uma menina de 16 anos. Isso simplesmente não vai acontecer!

Só que... Nossa!... de repente, ela se transformou em criança bem ali, diante dele. Seu peito afundou e seu rosto ganhou feições de menina, não de mulher.

Shane recuou espantado, sem perceber. Mac caiu na risada e voltou à sua aparência normal.

— Tudo bem, reconheço que estava errado — disse ele, falando depressa. — Mas... será que eles vão deixar você entrar na emergência sem estar acompanhada por um adulto? Não existem regras?

— Também vou ser minha mãe — explicou Mac. — Tenho outra blusa para vestir. Já fiz isso antes. As pessoas estão ocupadas demais nesses lugares para prestar atenção. Mamãe foi estacionar o carro, está no banheiro ou foi dar um telefonema...

— Mas não seria mais fácil — perguntou Shane — se você aparecesse lá com o... sei lá, namorado da sua mãe ou o velho tio Shane?

— Qual é o seu lance? — perguntou Mac, de forma ríspida. — Você está cansado. Dá para notar que ainda está exausto. Por que é tão importante ir até lá comigo?

— Porque sei que posso ajudar. Porque *quero* ajudar.

Ela riu, mas Shane sabia que não era por achar algo engraçado.

— Você quer vir — confessou Mac — só porque o encanto que coloquei em você ainda não perdeu o efeito.

Shane também riu, realmente achando graça.

— Hummm, não creio. Mesmo que o encanto ainda estivesse funcionando, esse lance de você virar uma garota de 13 anos, tão de repente, iria destruir o efeito.

— Não iria não. Você continuaria me querendo, só que se odiaria por isso. — Os lábios de Mac se apertaram. — Que tal nós dois voltarmos ao seu apartamento? Eu lhe dou o que você quer e você me deixa ir embora.

— Hummm — refletiu ele, e pela primeira vez conseguiu realmente sentir o encanto, ou seja lá o que ela fazia para se tornar mais atraente. Que loucura! Percebeu seus hormônios respondendo ao convite; ajeitou o corpo meio de lado, sentiu a pulsação acelerar, os músculos se retesando pela súbita aceleração da corrente sanguínea. Forçou-se a recuar um passo para longe dela. — Isso é tentador, mas... não. Prefiro o trabalho de campo. Além do mais, se eu tocar em você, sua integração neural, ou sei-lá-como-se-chama, vai disparar pelo telhado acima, estou certo disso. E você vai precisar esperar um tempão depois, até ela tornar a baixar.

Percebeu pela cara dela que tinha acertado na mosca.

— Fazendo as coisas do meu jeito, desde que não toquemos um no outro — continuou Shane —, você poderá fingir não perceber que só por *estar* ao meu lado os seus níveis desse troço já se elevam, certo? *Além do mais*, gostaria de lembrar a você que hospitais têm câmeras de segurança e detectores de metal nas portas. Se alguém desconfiar, vai sacar que na verdade só existe uma pessoa, e o tiro pode sair pela culatra. Vamos fazer a coisa pelo jeito mais fácil. Eu entro com você, resolvemos tudo, você faz o exame e depois saímos juntos do local.

Mac se virou de repente e seguiu na direção do estacionamento.

— Tudo bem, mas se você se atrasar vou deixar você para trás.

— Eu nem sonharia com isso — disse Shane, mantendo o sorriso interior enquanto corria para alcançá-la.

Stephen Diaz fechou os olhos.

Acabara de dar o maior salto de fé de toda a sua vida ao contar ao homem que adorava que, de fato, o amava.

É isso que você pensa, não é? Acha que se trata apenas de sexo, mas não é. Estou apaixonado por você, Elliot, há mais de sete anos.

Só que Elliot ficou subitamente em silêncio, o que não era do seu feitio. Sem dúvida estava se lembrando da ação contínua que Stephen havia colocado em seus sonhos, algo que o fazia achar que, apesar do que Stephen acabara de dizer, *tudo* se resumiria a sexo.

Depois de longos instantes, Elliot disse:

— Você algum dia vai tornar a olhar para mim?

Stephen abriu os olhos.

Elliot continuava sentado ali, ao lado dele, no sofá. Por trás dos óculos, seus olhos azuis pareciam calmos.

— Assim é melhor — disse Elliot, baixinho.

O calor que estava em seus olhos há poucos instantes se fora, e o que havia agora era... ternura?

Por Deus, Elliot estava prestes a dizer a Stephen que sua confissão era lisonjeira, mas totalmente louca, e que não havia espaço em sua vida para insanidades; é claro que diria isso de forma gentil, com simpatia e humor — do jeito que sempre fazia tudo, e...

— Não sei o que dizer — admitiu Elliot. — Isto é... puxa, você é um modelo de perfeição. Todo mundo sempre se apaixona por você de forma automática. Inclusive eu. Mas a verdade é que ter uma ligação desse tipo com você nunca representou uma possibilidade real para mim, por você ser quem é. Nunca! Eu *nunca* imaginei... nem mesmo alimentei a *esperança* de... nem sei direito se conheço você de verdade, o Stephen real. Aliás, nem imaginava que você pudesse ser gay.

Pronto, então seria assim. O papo de *deveríamos ser apenas amigos*. O coração de Stephen pulara de alegria ao ouvir aquele *inclusive eu*. Mas o *nunca* que Elliot expressou de forma tão enfática erguera sua guarda. Ele se preparou para o desapontamento. Apesar de se forçar a manter os olhos abertos, não conseguiu encarar Elliot por muito tempo mais. Teve de olhar para o chão.

— Gostaria muito de conhecer você, é claro, Stephen — continuou Elliot, baixinho. — Depois disso podemos... sei lá... ver aonde isso nos leva?

Stephen ergueu os olhos e olhou para Elliot com um ar de surpresa indisfarçável no rosto, o que fez o outro homem rir e completar:

— Que foi? Realmente achou que eu fosse descartar você com toda a frieza? Você sabe quem é, não sabe, Stephen? Esse lance de a integração neural ter subido tanto não criou nenhuma amnésia súbita, espero. Quer tirar um minuto para ir se olhar no espelho do banheiro?

Stephen riu junto e se permitiu encarar Elliot fixamente.

— Pelo jeito como você estava direcionando o papo eu já estava esperando... temendo, na verdade, que você fosse me aceitar apenas como *amigo*. — Seu coração havia disparado e ele se perguntou, de forma insensata, se Elliot poderia descobrir isso pelo monitoramento de suas funções na tela, que continuava a aparecer. É claro que poderia. Só que o pesquisador não havia olhado para o monitor uma única vez sequer, desde que Stephen lançara sua bomba A.

Os olhos de Elliot desceram e pousaram na boca de Stephen, mas só por um momento. O bastante para Stephen perceber que Elliot pensara em beijá-lo, e isso fez sua pulsação acelerar e subir como um foguete.

— Mas eu quero que sejamos amigos — disse Elliot, tornando a assumir o tom sério. — Realmente gostaria que fôssemos amigos. Só que isso vai depender de você, por causa desse lance de celibato-como-parte-do-treinamento, independentemente de irmos ou não além da amizade. Só que preciso lhe confessar que não sou tão romântico a ponto de me tornar *mais* que amigo de alguém com quem não possa ter intimidade.

— Eu nunca lhe pediria uma coisa dessas — garantiu Stephen.

— Quem diz isso é o cara que acabou de confessar que me amava há vários anos, mas ficou só chupando o dedo esse tempo todo — ressaltou Elliot. — Pelo menos que eu saiba.

— Você era casado.

— Só no início.

Stephen realmente sabia que Elliot havia se divorciado três anos antes e balançou a cabeça para os lados.

— Sei disso — admitiu. — Mas pensei que...

Quando ele parou, sem dizer mais nada, Elliot ergueu uma sobrancelha de forma eloquente, para incentivá-lo a continuar. E quando Stephen olhou mais uma vez para ele, com firmeza, entendeu que, no caso daquele homem, a verdade era sempre o melhor caminho.

Assim, em vez de se focar na necessidade de Elliot por um pouco de tempo e espaço depois do rompimento do seu casamento — o que *era* verdade, mas só até certo ponto —, Stephen admitiu:

— Achei que não poderia me permitir manter um relacionamento como o que gostaria de ter com você. Decidi que precisava te privar disso e me abster dessa parte da vida para conseguir aumentar minha integração neural. E confesso que, sim, *estava disposto* a fazer esse sacrifício.

— Mas agora...?

Stephen manteve os olhos grudados nos de Elliot, sem estremecer.

— Estou aqui ao seu lado e alcancei o nível 56. Parece que estava errado. O fato de me aproximar de você na verdade ajuda a *aumentar* minha integração. — Mais que depressa, acrescentou: — Quando digo isso, não quero dar a impressão de que minimizo a importância que esse relacionamento teria para mim, em todos os níveis. Porque ele *seria* importante, tremendamente importante. Quase tão importante quanto o meu treinamento, e você sabe o quanto ele significa para mim, Elliot, pois também vive e respira trabalho tanto quanto eu.

— Sim, eu realmente compreendo — disse Elliot, baixinho.

— Vejo isso como, potencialmente, a maior chance de ganhar pelos dois lados, em toda a minha vida — disse Stephen, e depois acrescentou outra informação: — Esse lance de abstinência sexual estava me desgastando. Não é muito romântico dizer isso, eu sei. Mas é a pura verdade.

— Aprecio sua sinceridade. — Elliot sorriu ao ouvir isso. — E sua honestidade a respeito de tudo. Mais do que você conseguiria imaginar.

— Eu *poderia* imaginar — disse Stephen, e estendeu a mão em um convite silencioso.

Elliot analisou longamente a mão estendida, e só então ergueu a cabeça e olhou para Stephen, com uma expressão indecifrável.

— Caminho sem volta. Você sabe o que acontece quando me toca. — Fez o som de uma explosão.

Stephen não recolheu a mão.

— Caminho sem volta — concordou, atropelando com as palavras o próprio coração, que se alojara em sua garganta.

Elliot tornou a sorrir, de forma quente e impetuosa. Um calor extremo voltara aos seus olhos quando, não mais hesitante, aceitou o que Stephen lhe oferecia e apertou-lhe a mão, deixando que seus dedos se entrelaçassem.

A conexão foi imediata — e intensa. De repente, Stephen estava bem no fundo da mente incrivelmente complexa de Elliot, o que lhe pareceu, a princípio, desorientador e estonteante, mas ao mesmo tempo, de algum modo, familiar e maravilhoso. Enfrentou um bombardeio em fogo rápido de vários pensamentos, alguns conscientes e outros ainda não formados de todo; emoções, reações, instintos e um bom-senso maravilhoso.

O sexo estava ali.

Elliot pensava em sexo. Stephen sabia que teria sido difícil não pensar nisso, devido às circunstâncias. Havia resquícios de lembranças do seu sonho fantástico na casa de sua avó, e essas recordações voavam em torno dele, acompanhadas de outras imagens — nem todas derivadas dos sonhos de Stephen, o que foi, ao mesmo tempo, tranquilizador e aterrorizante.

Basicamente, a maioria dos pensamentos de Elliot pulavam do primeiro momento em que eles haviam se visto — ele se lembrava com toda a clareza desse instante e, sem dúvida, a atração fora imediata e mútua —, até o momento em que havia tropeçado em Stephen na sala de exames, na véspera. *Não permita que eu chegue e descubra você...* Stephen conseguiu ver que Elliot compreendia agora o porquê de Stephen ter sorrido para ele daquele jeito. Naquele momento, porém, francamente não tinha tido a mínima ideia.

Nesse momento, Elliot sorriu também, olhando fixamente para Stephen.

Então aí está você. Muito prazer. Dessa vez foi bem mais fácil.

Acho que é necessário contato físico para nossa telepatia funcionar direito foi a hipótese que Stephen lançou. *Qual o nível da minha integração neural?*

Elliot se virou para olhar o computador.

Sessenta. Caraca! Subiu muito rápido!

Stephen moveu a perna devagar, só um pouco, e sua coxa ficou pressionada à de Elliot.

— Quer descobrir o que acontecerá se eu beijar você? — perguntou.

Sua intenção era liberar a mão de Elliot para poder tirar seus óculos, mas Elliot foi mais rápido e os colocou pessoalmente sobre a mesa, ao mesmo tempo que virava e tornava a sorrir para Stephen.

— Quero sim, e muito — murmurou Elliot, pousando o olhar sobre a boca de Stephen. Mas quando Stephen se inclinou, ele recuou.

Por favor, apenas... me garanta que isso é mais do que uma experiência para você. Quer dizer... claro *que é uma experiência. Em nome da ciência, eu apoio isso, como você sabe muito bem. Só quero que saiba que, para mim, isso também representa muito mais. Sei que vivo brincando e bancando o engraçado com essas coisas, mas... não sou de fazer isso com qualquer um.*

Você não consegue ler meus sentimentos?, perguntou-lhe Stephen mentalmente, com o coração novamente na boca. *Não consegue perceber o que estou sentindo?* Por Deus, ele também sentia muita coisa ao mesmo tempo: júbilo; euforia; terror — de um jeito bom. E calor.

Elliot balançou a cabeça.

Consigo sentir você dentro da minha mente, o que é muito agradável; também consigo ver os pensamentos e imagens que você colocou em mim, mas... não é como aconteceu da outra vez, quando você pareceu estar projetando tudo de forma inconsciente. Dessa vez, tudo me parece mais organizado e controlado. Como se você estivesse... você está se reprimindo?

— Não de forma intencional — respondeu Stephen em voz alta, enquanto fechava os olhos novamente e se focava em descobrir e desativar seus escudos mentais. Não havia mais motivos para se esconder, nem ocultar nada do que sentia. Muito menos de Elliot. Lentamente, de forma desajeitada, sentiu como se estivesse se desembaraçando aos poucos, e então, de um jeito súbito e apressado, como dominós caindo em sequência, baixou a guarda por completo.

— Puta merda! — Elliot agarrou as mãos do companheiro com mais força, e Stephen viu o amigo rindo muito quando abriu os olhos. *Sim, assim é bem melhor. Puxa, isso aqui é... nossa, funciona! Você... você estava... Uau! Você falava sério!*

Stephen não tentou organizar nada do que pensava ou sentia. Simplesmente deixou a porteira aberta, e percebeu que Elliot fez o mesmo.

A alegria de Elliot foi quase palpável, e ele tentava descobrir o que viria em seguida. Devia ir em frente e beijar Stephen, e ver onde isso ia dar, ou era melhor recuar e dar um tempo, para que ambos se ajustassem àquela ideia louca?

Stephen tirou a decisão de suas mãos.

Só que dessa vez, quando se inclinou para beijar Elliot, o cientista também se lançou na direção dele.

Seu sabor era de café e puro regozijo, e Stephen invadiu a boca de Elliot com a língua, enquanto ele o puxava com força, as mãos acariciando as costas de Stephen, a nuca, até penetrarem o cabelo dele com seus dedos longos e graciosos de artista.

Era melhor do que qualquer sonho, muito além do que havia imaginado, e ele quis... *Precisava...*

Deixou que Elliot o empurrasse contra o sofá, com a coxa enfiada entre suas pernas, corpos pressionados um contra o outro. E teve uma sensação fantástica, experimentando não apenas o que ele próprio sentia, mas também o que se passava com Elliot. Notou não apenas as mãos de Elliot entre seu cabelo, no pescoço, na nuca e no peito, mas também percebeu todas as emoções que Elliot experimentava, e seus corações acelerados começaram a pulsar em sintonia.

As implicações disso o deixaram sem fôlego.

Nesse instante, Elliot afastou a boca da dele e o olhou atentamente, respirando com dificuldade. Por fim, disse, em voz alta:

— Por Deus, tenho medo de estragar tudo. Temos uma reunião muito importante com o dr. Bach daqui a algumas horas, e uma parte de mim está dizendo...

— Para ir em frente! — completou Stephen. Sentiu a ereção indisfarçável de Elliot em sua perna, e sentiu sua própria excitação pulsar contra a perna do companheiro. *Que tesão!* — Sei que é isso. Por outro lado...

— Quero que isso seja perfeito. Acho que devia, sei lá, preparar um jantar para você antes? — Ele tocava o cabelo de Stephen novamente, e... nossa, a sensação era incrível!

— Não sabia que você gosta de cozinhar — disse Stephen, fechando os olhos. Não encontrou nada relacionado a culinária nas lembranças de Elliot, mas sabia que o amigo gostava *muito* de boa comida e bons restaurantes. Seu favorito era um lugar no South End e... Que se dane tudo isso. *Beije-me de novo!*

Elliot riu e fez exatamente isso.

Não gosto de cozinhar. Na verdade, odeio. Uma parte de mim acha que o que está rolando aqui não tinha de ser tão fácil. Eu devia sofrer e... sei lá, conquistar esse momento. Conquistar você. Por sinal, você é incrivelmente delicioso.

Stephen riu e beijou Elliot devagar. Foi mais fundo, com uma das mãos subindo por baixo das costas da camiseta dele, a palma sentindo o calor liso e suave da pele do outro. Ele sentiu e seu companheiro *sentiu ao mesmo tempo.* Por Deus... *Você também é uma delícia.*

Sim, isso aqui está além do fantástico... Ser capaz de sentir o que você está sentindo...

Stephen pressionou o corpo com mais força contra Elliot e ambos gemeram. Elliot riu.

Ó Deus. Que se dane o mundo.

Começou a desabotoar a camisa de Stephen, enquanto este arrancava a camiseta de Elliot. Stephen chutou as sandálias para longe e tentou se sentar mais reto, a fim de ajudar Elliot, que já lhe despia as mangas da camisa.

Viu o que Elliot viu: os músculos bem definidos do seu peito e abdômen. Sabia que era um homem atraente, mas, aos olhos dele, se sentiu um deus. Foi quase embaraçoso.

Isso é realmente *embaraçoso.*

Elliot também se via pelo filtro dos olhos de Stephen, que resolveu tornar a beijá-lo e puxava sua cabeça para baixo, na direção da sua boca, com uma das mãos, enquanto a outra tateava em busca do cinto.

Não sou tão atraente assim!, refletiu Elliot.

É muito atraente, sim, pensou Stephen, em resposta, enquanto continuava a beijá-lo ardentemente e desafivelava seu cinto.

Não sou não, sério...

Stephen não usava cinto, mas notou que Elliot abria o botão de pressão do jeans, e sentiu seus dedos forçando o fecho para baixo, com força — tarefa difícil, pois sua ereção impressionante pressionava a calça e impedia o zíper de abrir. Acabou afastando as mãos de Elliot por alguns segundos, a fim de ajudá-lo a abrir o zíper, arriar a calça e a cueca pelo menos até as coxas, a fim de libertar seu membro ereto da prisão. Parou de beijar o amigo apenas o tempo suficiente para dizer:

— É esse o efeito que você produz em mim.Você... só você. — Pegou a mão de Elliot e envolveu seu membro duro com aqueles dedos elegantes.

A sensação quase o colocou em órbita. Fazia *muito* tempo desde a última vez em que havia sido tocado assim por alguém, muito menos uma pessoa por quem nutrisse sentimentos tão profundos. Ao longo dos últimos anos Stephen se perguntara, de vez em quando, se seu corpo iria lembrar de como fazer aquilo, caso ele decidisse retomar um estilo de vida em que aceitasse sua sexualidade de volta, em vez de excluí-la.

Mas o toque extremamente hábil de Elliot — que acariciava seu membro de cima a baixo de um jeito que não era gentil, e sim vigoroso na medida certa — o fez gemer, e então, por Deus, desejou...

Elliot sabia exatamente o que Stephen desejava porque estava dentro da sua cabeça, do mesmo jeito que ele estava em sua mente. Igualmente, Stephen sabia perfeitamente o que Elliot queria: fazê-lo gozar de forma rápida e furiosa, quase sem *finesse* e sem reciprocidade.

Pode gozar...

Elliot começou a bombeá-lo mais depressa e com mais força, enquanto Stephen esticava as mãos, tentando tocar o companheiro, desejando ao menos lhe dar alguns momentos tão bons quanto os que experimentava. Só que Elliot se desviou de suas mãos, escorregou pelas suas pernas para fora do sofá, ficou de joelhos e puxou a calça de Stephen mais para baixo. Stephen tentou se endireitar para lhe dizer que *não era isso* que queria, mas de repente era exatamente o que *mais desejava*, conforme descobriu ao sentir o outro homem tomá-lo por inteiro na boca.

E foi o suficiente. O impasse fora decidido. Stephen se rendeu, deitado de costas contra os almofadões do sofá, os dedos entre o cabelo de Elliot, permitindo-se, pela primeira vez em muitos e muitos anos, simplesmente *sentir*.

Mas não foi apenas a sensação de calor e a boca molhada de Elliot, nem a suavidade dos seus lábios, nem a pressão insistente de sua língua que o fizeram ir em frente. Foi o prazer que Elliot também sentia. A felicidade. O otimismo. A alegria...

O amor.

Stephen não era o único ali que tinha acabado de ver o mundo se modificar para sempre em um segundo. Elliot também vivenciara isso.

E, pela ótica de Elliot, as promessas do futuro estavam diante deles para serem agarradas por ambos, brilhantes, lindas e ofuscantes.

Vamos lá, Stephen, simplesmente goze!...

E Stephen ejaculou em jatos fortes, de forma tão intensa que a sensação o fez gritar de prazer. O orgasmo fez seu sangue rugir, viajou pelo seu corpo e pareceu despedaçá-lo. Apesar da sensação de se sentir explodindo em milhões de pedaços, Elliot continuava diante dele; conectado, sempre conectado.

Estou aqui, bem aqui. Segurei você. Respire fundo e devagar... Você está ótimo.

Stephen sentiu Elliot se mover, acariciando-o cuidadosamente o tempo todo, como se não quisesse desfazer os laços recém-nascidos. Sentiu a pressão do sofá aumentar na parte de trás do corpo, quando Elliot se sentou ao seu lado. Ao abrir os olhos, Elliot *continuava* bem ali, sorrindo para ele.

E perguntou:

—Você está bem?

Não estou escondendo nada de você, disse-lhe Stephen em pensamento. *Nunca esconderei nada de você.*

— Sim, estou me sentindo ótimo — afirmou, em voz alta.

Elliot puxou o laptop para a ponta da mesinha e informou:

—Você está em... sessenta e um, apenas. Engraçado... Achei que conseguiríamos levar você até o cem depois dessa.

Sessenta e um não é apenas.

— Não, sei que não — disse Elliot. Não chegou a formar o pensamento por completo, mas obviamente aquilo era interessante. Talvez não tivesse sido só o sexo que elevara a integração neural de Stephen, e sim a ligação íntima, e isso havia tido início muito antes de começarem a arrancar as roupas um do outro. Sentiu que Stephen acompanhava sua linha de raciocínio e acrescentou: — Não estou querendo insinuar que não foi *só* o sexo. — Olhou para Stephen. — Devo assinalar que, a fim de obter uma análise cientificamente correta do que aconteceu e comparar de forma inequívoca os novos dados com seu histórico de abstinência, precisamos repetir a experiência, sem interrupções, durante os próximos 15 anos.

Stephen deu uma gargalhada. Forçou-se a se levantar do sofá, chutou o jeans e a cueca, depois de arrancá-los de onde estavam, junto de seus tornozelos. Embora a ligação tivesse se quebrado, percebeu a excitação no rosto de Elliot quando ele o olhou de cima a baixo.

— Então, o que estamos esperando? — perguntou Stephen.

Embora pudesse levantar Elliot do chão só com a força de sua mente, Stephen pegou o outro homem por sobre o ombro, como os bombeiros fazem, e, rindo muito, carregou-o até a cama.

15

ika acordou ofegante e percebeu na mesma hora que não estava mais amarrada.

Viu-se em pé, ao lado da cama, antes de perceber que aquela não tinha sido a única mudança. Sua cama não era mais um leito de hospital, e o local não era mais a enfermaria de uma casa de correção que ela compartilhava com várias outras garotas.

Na verdade, reparou que o quarto mais parecia um aposento de hotel sofisticado, e estava sozinha.

Ouviu a própria respiração, ainda ofegante e falha, como se tivesse chorado, quando correu até a saída.

Mas a porta estava fortemente trancada e as dobradiças ficavam do lado de fora.

Não esperava simplesmente fugir dali com toda a facilidade do mundo, mas talvez tivesse tido essa esperança por um momento, porque agora chorava *de verdade* e, por Deus, como gostaria de voltar para casa!

Tudo bem, tudo bem, pense!

Por que eles a tinham trocado de lugar? O que fariam com ela agora?

Nika não fazia a mínima ideia de como tinha ido parar ali. Lembrava-se de ter, finalmente, caído no sono e...

Tentando enxugar as lágrimas, olhou para o braço e viu que o acesso venoso que o homem das cicatrizes havia colocado fora substituído por algo muito mais moderno. Havia alguma droga ligada à porta de entrada da veia. Aquilo se parecia com a bomba de insulina que a mãe de sua amiga Misha usara por algum tempo. Teve receio de tocar naquilo, pois talvez o aparelho lhe injetasse algum tipo de sedativo, e pretendia ficar consciente pelo máximo de tempo que conseguisse.

A pele de seu braço, em volta do novo acesso, tinha sido fechada de forma cuidadosa por pontos cirúrgicos.

Estava, conforme percebeu ao se analisar, completamente limpa. Até mesmo seu cabelo havia sido lavado. O roupão imundo de hospital fora trocado por uma camisola comprida feita com algodão macio e de boa qualidade. Quando ela urinou no vaso sanitário do banheiro imaculadamente limpo, percebeu que sua calcinha havia desaparecido, e sentiu um friozinho de medo. Não quis imaginar o homem das cicatrizes vendo-a nua, muito menos o outro homem, Devon Caine, que ajudara a raptá-la.

Mas era pouco provável que qualquer um deles fosse o responsável por sua nova condição de menina limpa e arrumada. Olhou mais uma vez para os pontos quando deu a descarga e lavou as mãos. Sim, aquilo mais parecia trabalho de uma enfermeira de verdade, ou de um médico.

Não havia interfone no banheiro, nem no quarto principal, nem sobre a mesinha de cabeceira. Nika correu até a janela e abriu as cortinas, o que fez surgir diante de seus olhos uma janela de vidro laminado completamente lacrada. Não havia como abri-la, e ela duvidava muito que conseguisse quebrá-la.

Mesmo que conseguisse fazer isso, estava em um andar muito alto. Nossa, as ruas eram minúsculas lá embaixo, os carros pareciam de brinquedo e as pessoas que caminhavam pelas calçadas eram como formigas.

Ergueu os olhos na direção do horizonte e... onde quer que fosse o local, a janela dava para uma parte da cidade que ela não reconheceu. Pelo que podia ver, talvez nem estivesse mais em Boston.

Encostou a testa no vidro e tentou não chorar de novo. Em vez disso, procurou ter uma noção do tipo de prédio em que estava. Era feito de aço e vidro — nada que reconhecesse.

Havia uma loja da rede CoffeeBoy em uma rua próxima, bem na esquina, mas isso não significava nada. Ela poderia estar em *qualquer* arranha-céu de *qualquer* cidade dos Estados Unidos e certamente haveria uma CoffeeBoy em uma esquina próxima. Uma lanchonete da rede Burger Deelite ficava ao lado da CoffeeBoy na rua minúscula, e seu estômago roncou até ela perceber que havia uma bandeja com comida — ainda quentinha e com cheiro delicioso — na mesa que ficava perto da janela.

Ergueu a tampa de metal da bandeja e descobriu uma tigela de sopa de peixe cremosa típica da Nova Inglaterra, a região onde Boston ficava; também havia uma salada em tons desbotados de verde, um belo bife acompanhado de batatas fritas e um conjunto composto por uma garrafa de ketchup, um saleiro e um pimenteiro.

Como não tinha ideia de quanto tempo a mordomia iria durar, ou se tornaria a se ver diante de alimentos de verdade, avançou na comida, erguendo a cabeça apenas para olhar novamente a vista lá fora. Observou os outros arranha-céus, distantes de onde estava, e se perguntou se alguém iria se importar, ou ver e se dar ao trabalho de tentar ler, caso ela escrevesse um imenso S.O.S. no vidro.

Provavelmente não.

Mesmo assim, abriu a garrafa de ketchup e se pôs a trabalhar.

— Então... que idade *você* tinha quando foi recrutada? — perguntou Shane, virando-se para Mac.

Mac olhou de relance para ele, enquanto dirigia. Já haviam saído do IO, passaram sem problemas pelos portões e já estavam a meio caminho do hospital antes mesmo de Shane ter tempo de pigarrear.

— Acho que era esperar demais chegar ao destino sem precisar conversar abobrinhas — disse ela, fitando-o por alguns segundos, antes de voltar a atenção para o tráfego à frente.

Shane ocupava muito espaço no carro compacto, com seus ombros largos e a camiseta agarrada ao corpo; os olhos azuis e o rosto muito bonito; o nariz reto perfeito; o cabelo cortado em estilo escoteiro; a boca que conseguia ser sexy mesmo quando não armava um sorriso e até mesmo, como agora, quando exibia lábios apertados de firmeza e determinação.

Se alguém parece um herói e se comporta como tal...

Até mesmo a barba por fazer que apontava no queixo de Shane cintilava em tons muito heroicos de ouro-avermelhado.

— Não são abobrinhas — retrucou ele. — Eu estava, e estou realmente interessado em descobrir de onde você veio.

Mac sabia disso. Dava para sentir seu interesse, acompanhado de um desejo genuíno que ela certamente reacendera ao sugerir que eles subissem de volta ao quarto dele.

Isso tinha sido burrice dela. Seu efeito sobre Shane nunca desapareceria se ela continuasse usando aquilo para manipulá-lo. É claro que talvez isso fosse exatamente o que seu subconsciente torto e egoísta gostaria que acontecesse.

— Instituição de reforma juvenil — contou ela, sem alterar a voz. — Eu estava na solitária por causa de uma briga; um belo dia, a porta finalmente se abriu, fui levada para uma das salas de terapia e o dr. Bach estava lá.

Foi como naquele velho ditado sentimental: "Este é o primeiro dia do resto da sua vida." Mas é claro que ela não contaria isso a Shane, de jeito nenhum, ainda mais quando havia dias em que nem ela acreditava nessa história.

— Eu tinha 15 anos — continuou Mac. — Estava presa por homicídio culposo. Aqui vão as respostas às perguntas que você gostaria de fazer: o nome do garoto morto era Tyler Cooper. Ele e alguns amigos com merda na cabeça, entre eles Tim, meu adorável "meio-irmão", filho da nova mulher do meu pai, me drogaram. Meu metabolismo sempre foi acelerado demais, e a droga foi absorvida mais depressa do que eles imaginavam. Quando acordei, me vi completamente nua com dois deles brigando na minha frente sobre quem seria o primeiro a me estuprar. Não gostei nem um pouco da ideia. Naquele momento de pânico, desorientada, descobri meus poderes de telecinese, que até então nunca haviam se manifestado. Os idiotas voaram para todos os lados, e Ty, infelizmente, caiu torto e quebrou o pescoço. Seus pais eram ricos, contrataram um advogado bambambã e eu fui a falsa vítima no julgamento, mesmo vestida com saia comprida e casaquinho de lã. Não encontraram nenhum traço da droga no meu organismo, e eu ainda não tinha sido estuprada. Pelo menos não naquela noite. Além do mais, Tim testemunhou contra mim e apareceu com a porra de um vídeo falso que, de algum modo, serviu como prova de que eu era uma vadia. Fui considerada culpada e me jogaram na prisão juvenil.

Shane permaneceu mudo.

Ótimo. Ela queria mesmo calar a boca dele.

Mas logo em seguida ele sugeriu:

— Você devia me deixar dirigir, antes de chegarmos ao estacionamento do hospital. Caso existam câmeras por lá, entende? Certamente haverá. Existem câmeras em toda parte hoje em dia. Porque não para aqui na Pharma-City? Eu pego a direção e você pode fazer... aquilo que faz para se transformar em criança. Assim, nada disso aparecerá no vídeo.

Era uma boa ideia, mas Mac não disse nada. Simplesmente ligou a seta e entrou no estacionamento da drogaria, parando algumas vagas longe da porta.

Só quando os dois saíam do carro para trocar de lugar foi que ela perguntou, por sobre o capô:

— Você *tem* carteira de motorista e está em dia?

— Tenho. — Ele riu. — Eles não tiram isso de quem entra na lista negra. Bem que gostariam, não é?

Os dois circundaram o carro pela frente, e Shane continuava sorrindo para ela, o que era quase tão desconcertante quanto o fato de ele não ter perguntado mais nada sobre Ty e Tim, nem ter questionado os horrores em sua vida que a fizeram ficar sob a guarda do dr. Joseph Bach.

Foi muito reconfortante ele não ter insistido no assunto. Também não fez cara de pavor ao ouvir a história, nem ofereceu palavras de solidariedade nem de pena, o que seria ainda pior.

Só quando ambos já estavam devidamente acomodados em seus lugares, com os cintos de segurança presos, foi que ele disse:

— Não estou com medo, Mac. — Ajustou o espelho retrovisor. — Você se acha uma espécie de... qual foi a expressão que usou comigo? Encrenqueira enfezada. Enquanto eu sou um escoteiro certinho. Você já deixou tudo isso bem claro. Só que, além do fato de estar "sempre alerta", eu não me apavoro com facilidade. — Olhou para ela fixamente. — Mas me sinto um pouco insultado por pensar que pode me contar essas coisas, achando que eu julgaria *você* de forma severa.

— A maioria das pessoas faz isso.

— Não sou igual à maioria das pessoas — garantiu ele, baixinho. — É péssimo que isso tenha acontecido com você. Desconfio que existam outras histórias barra-pesada em sua vida, muito piores do que as que me contou. Reparei que você fez questão de não mencionar seus pais...

— Meu pai e a mulher dele acreditaram na história de Tim, a versão em que eu tinha seduzido tanto ele quanto Ty.

— E sua mãe? — quis saber Shane.

— Já tinha morrido — informou Mac. — Simplesmente dirija — acrescentou, transformando-se rapidamente em uma menina de 13 anos, sem parar de olhar para ele.

— Não gosta de falar nela, certo? Você é que sabe — disse Shane. — Mas isso tudo *é muito* bizarro. — Por fim, desviou os olhos dela. Ligou o carro e saiu do estacionamento. — E pode parar! Percebi que você aumentou o seu poder de sex appeal, ou sei lá como se chama, só para me provar que... Bem, não sei o que você está tentando me provar, só sei que você está no Instituto Obermeyer há 12 anos, e isso significa que sua idade é... 27? Muito além da maioridade, independentemente de sua aparência. Além do mais, é o que está dentro de você que me atrai; seu cérebro, sua mente; seu coração e sua alma.

— Isso quer dizer o quê? — zombou Mac, quando ele voltou à rua principal. — Que depois de uma noite de sexo de boa qualidade você acha que está *apaixonado* por mim?

Assim que a palavra lhe escapou dos lábios, percebeu que fora um erro usá-la. Quando sentiu isso, soube o motivo.

Queria lembrar a si mesma que apesar da sensibilidade que Shane havia demonstrado ao falar sobre a infância fodida dela, por mais simpático, inteligente e divertido que ele fosse, a atração imensa que sentia por ela não era muito diferente da que Ty ou Tim haviam sentido. Ou seu próprio pai desgraçado.

Mas Shane não mordeu a isca, nem lhe declarou amor eterno. Em vez disso, simplesmente olhou para ela e corrigiu:

— Sexo *fodástico*, não apenas "de boa qualidade".

— É *só* esse trocadilho que lhe ocorre? — perguntou ela, apontando para a direita, onde ele deveria entrar, seguindo a placa com um H azul desbotado que indicava a saída para o hospital. — Depois de tudo o que eu acabei de contar...?

— *Foi* fodástico — insistiu ele. — Quanto ao amor? Bem, isso é difícil de reconhecer, certo? Um conceito certamente subjetivo, então... só *posso* lhe garantir uma coisa: fiquei noivo uma vez, e não foi uma decisão que tomei de forma impensada. Mas nunca desejei Ashley, nem de longe, o quanto desejo você. E não estou falando apenas de sexo. Quero entrar na sua cabeça também.

O que era quase igual a sexo.

— *Hello!!* — gritou Mac. — Alerta de papo insano! Você está se ouvindo falar? Consegue ouvir o que está dizendo?

— Consigo — replicou ele —, mas não sei se *você* consegue. Qual o risco de vermos até onde a coisa vai? Que dano poderá acontecer se levarmos algum tempo para explorar...

— O *dano* — rebateu ela — é que nada disso é real. Tudo o que você está sentindo, simplesmente *acha* que está sentindo. Ei, se liga, Laughlin! Hora de acionar o cérebro! As pessoas não se apaixonam por uma estranha com quem tiveram uma única noite de sexo ardente depois de terem se conhecido em um bar. E quando os homens ouvem a expressão "condenada por homicídio culposo", tiram o time de campo, não falam em explorar os sentimentos nem...

— *Sexo ardente* é uma imagem que aprovo.

— O lance — ressaltou Mac — é que qualquer coisa que você *acha* que pensa sobre *meu cérebro, minha mente, meu coração e minha alma* — acentuou as palavras, rebatendo-as para ele — é puramente resultado do meu vodu. Exatamente como a ereção que eu acabo de lhe proporcionar.

Shane sorriu ao ouvir isso, mas manteve os olhos cuidadosamente grudados na rua, seguindo os cartazes que indicavam a Emergência.

— Pau duro — disse ele. — Prefiro a expressão *pau duro*. É *muito* interessante a rapidez com que você faz isso acontecer. Todos os homens à sua volta sentem o mesmo efeito ou tem a ver com a proximidade da pessoa? — Ele apontou para o para-brisa, na direção de um homem idoso que passava pela calçada. — Ele, por exemplo, está sentindo esse súbito efeito fisiológico? Isso pode ser frustrante, caso ele sofra de disfunção erétil. Provavelmente está ligando para a esposa neste exato momento. *Mildred, depressa, vista aquela camisola transparente, porque estou chegando em casa. Finalmente consegui levantar o bicho!* Mas de repente... opa, ele saiu do raio de alcance do seu encanto e diz para a mulher, desanimado: *Ah, droga, deixa pra lá!*

Mac não conseguiu prender o riso no instante exato em que Shane entrava no estacionamento e seguia para o espaço de desembarque, desacelerando diante das portas onde se lia Emergência. Mas foi bom. Talvez os detalhes científicos pudessem fazê-lo compreender melhor as coisas.

— Isso depende da sensibilidade do velho da calçada. Quando eu lanço o encanto, ele tem direção certa — admitiu ela, no instante em que o carro parou. — Mas sempre transborda um pouco, e alguns homens são mais suscetíveis a isso que outros. Isto é, quando eu entrei naquele bar, devo ter ligado o encanto, pelo menos um pouco, embora tenha sido inconsciente. Mas você pegou a coisa no ar. Existem graus de sensibilidade. Eu posso aumentar a dose ou diminuí-la. E posso fechar em definitivo. Como agora. Pronto, acabou o encanto!

— Mesmo assim, um efeito residual permanece — murmurou.

— Tudo bem, porque você está a fim de *explorar* até onde *isso* poderá nos levar — zombou ela, novamente. Era aquilo ou uma crise de choro. Ela destravou a porta do carro. — Vou entrar no saguão de atendimento enquanto você estaciona. A história é que eu estava subindo em uma árvore no quintal e caí. Bati com a parte de trás da cabeça e desmaiei por algum tempo. Disse que estava bem, ao acordar, mas você se apavorou. Minha mãe está no trabalho, você insistiu em me trazer aqui para eu fazer uma tomografia, e isso me deixou revoltada. — Ela saiu e avisou, em voz alta: — Esse carro pode ser rastreado, por falar nisso.

Shane se inclinou e olhou para Mac pela porta aberta.

— Não vou roubar seu carro.

— Claro que não — afirmou ela —, por causa do sistema de rastreamento.

— Não é por isso. Vou entrar logo atrás de você.

— Você é que sabe — disse Mac, batendo a porta com força e ar de desprezo, como faria uma menina de 13 anos. Isso fez o guarda de segurança observar a cena dela e esquecê-la na mesma hora.

Afastando-se do carro, entrou com um ar de desafio pela porta do hospital, sabendo que Shane ainda a observava. Sentiu os olhos dele acompanhando-a, percebeu um pouco da preocupação dele e o velho afeto irreal.

Era uma sensação quase tão palpável quanto seu desejo, que continuava no ar.

Foi difícil evitar que a mente vagasse para longe — ainda mais agora que o momento de paixão havia passado e Elliot se viu deitado na cama que frequentara tantas vezes, nos sonhos mais selvagens.

Em especial, era difícil não pensar em Mark, seu ex-marido.

Ele havia chifrado Elliot. Mais de uma vez.

Quantas vezes isso havia acontecido? Elliot não sabia nem queria saber. Aquilo ainda machucava, mesmo depois de três anos.

— Eu não soube disso — murmurou Stephen, ao lado dele na cama imensa.

Eles ainda estavam se tocando, as costas de Elliot aconchegadas, de conchinha, contra o peito largo de Stephen; seus braços musculosos estavam à sua volta, sua presença ainda forte e maravilhosamente quente continuava na mente de Elliot. Que percebeu, só nesse momento, que o Maioral não teve conhecimento dos detalhes do seu divórcio, na época em que tudo acontecera.

Naquela ocasião, Elliot vivia se escondendo e limpando os óculos, enquanto murmurava algo sobre Mark ter conseguido um emprego em Atlanta, e Stephen não o pressionara. Entretanto, Stephen *se sentira* consternado e empolgado, ao mesmo tempo, quando soube que Elliot iria se mudar de vez para o IO. Duas portas depois dos aposentos dele no "quartel", e no mesmo andar...

Muitas vezes, ao longo dos últimos três anos, Stephen havia passado diante da porta de Elliot e sentiu a tentação de parar e bater...

Para um celibatário relutante, um homem bem-casado e feliz era o interesse amoroso perfeito. Stephen havia idolatrado Elliot de longe, sabendo que seu próprio código de ética nunca permitiria que eles se tornassem mais chegados, e foi então que...

— Idolatrado? — perguntou Elliot, remexendo-se de leve e se virando para olhar para Stephen de frente.

Stephen sorriu para ele com seus olhos verdes acesos e divertidos.

Tudo isso é meio louco, não acha? Comecei a seguir seus pensamentos e, de repente, nós dois estávamos dentro da minha *cabeça. Puxa, cara, ele magoou você pra caramba, não foi?* Ele se inclinou e beijou Elliot. *Eu nunca magoaria você.*

Elliot fechou os olhos, deixando-se perder na suavidade perfeita da boca daquele homem. Só que... merda! Isso fora exatamente o que Mark também lhe havia prometido, e...

NÃO SOU MARK.

Puta merda. Elliot se afastou tanto de Stephen que a ligação entre eles se perdeu.

— *Isso* é que é inflexibilidade.

Stephen olhou para Elliot tão surpreso quanto ele mesmo, e também se sentou.

— Desculpe — pediu. — É que eu... *não sou* Mark. Não planejo mentir para você.

— Nem conseguiria — lembrou Elliot. Todas as vezes que eles se tocassem... *Já era* essa história de guardar segredos.

Os olhos de Stephen pareciam quase sombrios em seu rosto bonito demais. Passou a mão pelo cabelo escuro.

— O fato de você não acreditar em mim torna tudo duas vezes mais frustrante — desabafou.

— As pessoas mudam com o tempo — disse Elliot, tentando explicar. — Talvez elas *achem* que conhecem você, e só quando é tarde demais descobrem que estão apaixonados por uma versão fantasiosa que não é alcançável.

Stephen sorriu ao ouvir isso e retrucou:

— Sei que acha que eu não conheço você direito, mas *conheço* perfeitamente.

— Ah, é mesmo? Então responda rápido: qual é minha cor favorita?

— Azul.

— Certo — concordou Elliot. — Mas talvez você tenha lido a minha mente enquanto estávamos, você sabe...

— Fazendo amor? — completou Stephen por ele, e riu. — Minha primeira vez depois de 15 anos e eu começo a refletir: *Tudo bem, não estou muito ligado nesse lance. É melhor navegar pela cabeça de Elliot e procurar algo mais interessante para me distrair. Já sei! Vamos descobrir qual é a cor favorita dele. Ah, veja só, é azul!*

Elliot teve de rir também, foi difícil ficar sério. O jeito divertido de Stephen era contagiante.

— Tudo bem, você venceu esse round, mas eu não sei da sua. Qual a sua cor favorita?

Stephen estendeu o braço e sua mão pousou sobre o rosto de Elliot. A ligação, como sempre, foi imediata e quente.

Minha cor favorita é você.

Antes de Elliot conseguir responder ou reagir a uma frase que era, inegavelmente, a coisa mais romântica que alguém já tinha dito para ele em toda a sua vida, Stephen o puxou para dentro da sua mente, através de um redemoinho que deviam ser lembranças. Sete anos de recordações.

Todas as imagens se focavam em Elliot. Seu cabelo louro-escuro um pouco despenteado, seus óculos tortos, suas roupas desarrumadas, o guarda-pó branco aberto na frente, com as pontas voando. No entanto, através dos olhos de Stephen, ele conseguia ser absurdamente atraente.

Elliot viu flashes de si mesmo sorrindo, gargalhando, conversando — não só em reuniões com toda a equipe, mas sozinho com Bach, com Mac, com um dos Quarenta, ou com os recrutas em treinamento, enquanto Stephen ficava quietinho, em algum canto...

E ouviu tudo novamente.

Aquilo foi espantoso, ainda mais porque Elliot em nenhum momento tinha imaginado que Stephen Diaz prestava tanta atenção às coisas que ele fazia ou dizia.

Apareceu então a lembrança de um evento que acontecera fazia poucas semanas, e Stephen desacelerou as imagens para que ambos pudessem relembrar com calma aquele momento. Assim, ambos curtiriam a cena juntos, mais uma vez.

Elliot, Bach, Mac e Stephen estavam em uma das salas de aula, trabalhando com uma das mais promissoras recrutas dos Trinta — uma menina muito séria chamada Ahlam.

A menina tinha notáveis poderes de telecinese, porém, como acontecia com Mac, tinha dificuldade para controlá-los. Naquele dia, ela estava fazendo um delicado exercício, envolvendo algumas dúzias de ovos. Começara de forma promissora, movimentando um ovo de cada vez, com todo o cuidado, de um lado a outro da sala, tirando-o de uma embalagem, levando-o pelo ar e colocando-o suavemente dentro de outra.

Foi então que, subitamente, um dos ovos que estavam no ar explodiu, como se tivesse sido esmagado por uma mão invisível. O conteúdo viscoso se espalhou em todas as direções e, a partir daí, a coisa só piorou. Todos os ovos voaram das embalagens e começaram a girar pela sala, explodindo loucamente, como fogos de artifício amarelos em miniatura.

Tudo aconteceu tão rápido que mal houve tempo para os Maiorais se protegerem. É claro que Elliot, o único pesquisador com "fragmento mental baixo" presente na sala, não tinha essa habilidade.

Quando tudo acabou, porém, Elliot e Stephen eram as únicas pessoas na sala cobertas de ovo da cabeça aos pés. Elliot usou os dedos para tentar limpar a gosma amarela das lentes de seus óculos, enquanto Stephen passava as mãos no cabelo e no rosto lambuzados. Ahlam se virou para eles com lágrimas nos olhos castanhos imensos.

— Não consegui montar um escudo protetor em todos — desculpou-se ela, com seu sotaque musical característico. Olhou para Stephen e explicou: — Você é grande demais. — Olhando para Elliot, completou: — E quanto a você? Provavelmente você... — hesitou, para não ofendê-lo — já está acostumado com esses acidentes.

— Eu estou bem, e você acertou nas duas coisas — disse Elliot, para tranquilizá-la, tentando manter o rosto sério e fazendo de tudo para prender o riso. Havia casos em que cair na risada diante de problemas desse tipo ajudava a manter a atmosfera leve para alguns dos recrutas em treinamento, mas para outros isso era prejudicial. Com aquela menina em particular, as barreiras do idioma combinadas com o medo que tinha de homens em geral lhe diziam que rir na cara dela seria um grande *erro*.

Mas Elliot não estava mais aguentando segurar o riso. Começou a tossir para disfarçar, enquanto Bach e Mac pulavam de alegria pelo que Ahlam dissera. Ela *havia criado* um escudo para protegê-la e o estendera a duas das pessoas presentes? Criar escudos múltiplos era um talento que nem mesmo o Maestro dominava.

Stephen, por sua vez, salvou o dia usando a mente para abrir a porta do laboratório e apontou a saída para Elliot, que aceitou de imediato a rota de fuga. Disparou na direção do corredor, com Stephen logo atrás.

Só quando Stephen fechou a porta com força atrás deles foi que Elliot soltou uma explosão de gargalhadas.

— *Você está acostumado a isso!* — repetiu, quase se desmanchando de rir. — Ela não faz ideia do *quanto* está certa. Mesmo assim, quando a coisa acontece, sempre sou pego de surpresa.

Stephen riu muito também, fitando Elliot fixamente enquanto fazia isso.

— Vamos em frente — disse. — Precisamos tomar um banho antes de voltar lá.

No quarto, Elliot curtiu muito essa lembrança, mas empinou o corpo e seu riso desapareceu de repente ao olhar para Stephen, e disse:

— Espere um instante. Não foi assim que aconteceu. Quer dizer, você *disse* isso, mas não *desse* jeito. Não estava rindo, e nem mesmo olhou para mim.

— Bem que eu quis — admitiu Stephen, dando continuidade à lembrança no instante em que os dois seguiram pelo corredor até o vestiário. Pegou a mão de Elliot e entrelaçou os dedos gosmentos de ambos, que seguiram juntos como os amantes que agora eram. — Na hora eu não consegui. — Abriu a porta fechada em sua mente e entrou na frente, puxando Elliot pela mão.

Usou seus poderes de telecinese para tirar o próprio celular do bolso sem precisar tocá-lo com a mão suja de ovo e o colocou com suavidade sobre a prateleira de metal acima das pias.

Se o celular fosse um ovo, certamente não teria quebrado.

Como Elliot não tinha a opção de usar a mente, largou a mão de Stephen e foi até a pia se lavar, do mesmo jeito que fizera no dia em que o fato ocorrera. Olhou para o Maioral com ar de curiosidade, ao abrir a torneira.

— Você também não fez nada *disso* — ressaltou, enquanto secava as mãos e colocava o celular e o scanner portátil ao lado do celular de Stephen. — Simplesmente abriu a porta para mim, me largou, foi embora e usou o outro vestiário — apontou para os múltiplos chuveiros — como se este aqui não fosse grande o bastante para nós dois.

— Sei muito bem o que fiz e o que não fiz — disse-lhe Stephen, baixinho. — Essa não é a lembrança exata do que ocorreu. É um devaneio que tive, uma versão fantasiosa. É o que eu gostaria de ter feito. Ficar por ali e conversar com você, entende? Simplesmente ser seu amigo. O problema é que você me matava de desejo toda vez que ria. É tão lindo, jovial e... eu queria ter você de todas as formas possíveis, Elliot, e precisava sair pela tangente todas as vezes. Nunca mais isso acontecerá. — Ele pegou a mão de Elliot mais uma vez, e então, simples assim, os dois estavam de volta na cama do Maioral, de onde não tinham saído.

Tenho todo o tempo do mundo, disse-lhe Stephen mentalmente. *Pode levar o tempo que precisar para aprender a confiar em mim*. Beijou Elliot mais uma vez.

— Precisamos comer alguma coisa e tomar um banho — disse.

A grande reunião aconteceria dali a menos de uma hora.

— Talvez fosse melhor chegarmos mais cedo para conversar com o dr. Bach — sugeriu Elliot. — Uma conversa em particular, para...

— Não preciso fazer isso — afirmou Stephen. — Sabe o que realmente devíamos fazer antes dessa reunião? — Sorriu ao captar o que Elliot pensou. *Além disso?*

Elliot sabia e disse:

— Devíamos analisar seus níveis de integração neural e ver quanto tempo levará até que eles baixem, sem contato físico entre nós.

Deixou que Stephen o puxasse para fora da cama e, juntos, foram até o sofá.

Stephen se posicionou de frente para o sensor do laptop, enquanto Elliot pegava os óculos onde os havia deixado, sobre a mesinha, e se inclinava para olhar a tela. O programa continuara a escanear Stephen mesmo de longe, e permanecera estável em 61 ao longo da movimentada hora que havia passado, sem picos nem decréscimos.

O programa também havia escaneado Elliot, que permanecera de forma consistente no nível 15, como sempre. Resultado decepcionante, mas não surpreendente.

Stephen olhou para ele com ar de surpresa.

Eu nunca percebi...

Que eu morro de inveja de você, de Mac e do dr. Bach; de Ahlam e de todos os outros?

— Pois morro de inveja, mesmo — disse, em voz alta, quebrando a ligação entre eles e se afastando do calor de Stephen. — Ao mesmo tempo sou grato, porque, apesar da minha falta de aptidão, sou capaz de contribuir do meu jeito. Muito bem, você continua firme no saudável nível de 61, mesmo sem contato físico comigo. Mas haverá uma queda, conforme sabemos por experiência. Eu o examinei com o scanner logo depois que você me deixou, junto com Shane, na sala de exames, e não levou muito tempo para... — Franziu o cenho para a tela ao notar que os números de Stephen não baixavam. — Talvez a minha proximidade possa estar provocando isso. Acho que vou... — Ele se levantou e apontou para o banheiro. — Fique aqui de olho no sensor e observe o...

— Certo — disse Stephen, observando Elliot, que pegou a caneca de café vazia e a colocou sobre o balcão da cozinha, seguindo então para o único espaço em todo o apartamento que era separado do resto por uma porta.

Elliot acendeu a luz, iluminando o banheiro impecavelmente limpo, e fechou a porta cuidadosamente atrás de si.

Uma das paredes era totalmente revestida de espelho, igual ao seu próprio apartamento, e ele olhou para a imagem refletida ao se colocar em pé diante da privada. Viu que estava com o cabelo todo emaranhado e sentiu um momento de surrealite aguda diante da ideia de estar completamente nu, dando uma mijada no banheiro de Stephen Diaz depois de passar a manhã toda em sua cama.

— Estou despencando — avisou Stephen, da sala.

— Já? Tão depressa? — perguntou Elliot, gritando para poder ser ouvido através da porta.

— Estou em sessenta.

— É uma imprecisão do aparelho — lembrou Elliot. — Em um exame rápido, sessenta significa que você está entre sessenta e sessenta vírgula nove, nove, nove. Aguente um pouco que já estou saindo... achei que iria ficar aqui mais um pouco.

— Leve o tempo que quiser.

Elliot abriu a torneira, lavou as mãos e as secou em uma das toalhas felpudas de Stephen. Não adiantava tentar arrumar o cabelo. Precisaria tomar uma ducha para isso e...

Puxa, bem que ele gostaria de tomar uma ducha ali, *só para ajeitar o cabelo*. Certo. Até parece que ele não estava, na verdade, pensando em Stephen debaixo do chuveiro com ele e... ah, que ótimo. Agora ele teria de sair dali de dentro exibindo uma ereção gigantesca. Ainda bem que havia um roupão branco pendurado em um gancho atrás da porta. Ele o pegou e o vestiu.

O roupão tinha o cheiro de Stephen, o que só serviu para deixá-lo ainda mais excitado. A sorte é que ele era grosso e pesado o suficiente para...

— Opa, veja só! — gritou Stephen, da sala de estar. — Voltei ao 61!

Elliot abriu a porta e saiu do banheiro.

— Você despencou e tornou a subir enquanto eu estava no banheiro? Isso não faz sentido. — Foi até a mesinha e olhou para o computador. Não foi fácil fazer isso enquanto Stephen continuava sentado ali com ar distraído, muito alto, moreno e completamente pelado. Mas era verdade: o gráfico havia subido e logo depois descido. — Merda, gostaria que essa medição fosse mais precisa. Você fez alguma coisa diferente?

— Não, só fiquei sentado aqui — disse Stephen, estendendo as mãos.

— Certo, então... no que estava pensando?

— Em você — confessou Stephen, erguendo os olhos.

— Em mim, tipo assim... trepando com você loucamente?

— Tão romântico *e* poético! — Stephen riu ao estender a mão e puxar Elliot pelo braço. Os dois ficaram sentados lado a lado, tão juntos que suas pernas roçavam uma na outra. Como havia acontecido o tempo todo, sua ligação foi restabelecida.

O Maioral reviveu mentalmente todas as coisas que lhe passaram pela cabeça, começando pelo momento em que Elliot caminhou sem roupa pelo apartamento.

Nossa, como ele é gostoso! Isso está acontecendo de verdade? Por Deus, estou feliz pra caramba. Talvez tenhamos tempo antes da reunião para... Puxa, depois de tudo o que curtimos, eu ainda quero mais... Só que não dá para esperar que ele simplesmente tope passar a noite aqui comigo... Vamos lá, meus níveis de integração estão despencando, preciso contar a Elliot. É, bem pensado, pode ser só uma imprecisão do sensor. Olhe só meu reflexo na parte escura do monitor... Estou sentado aqui, sorrindo como um tolo. Caraca, estou sentindo ondas de calor só por estar batendo papo com ele através de uma porta fechada. Tudo bem, talvez não seja tolice. Afinal, morar sozinho por mais de 15 anos, isolado, me fez... Só que agora...

Stephen deixou-se levar por uma fantasia sem freios nesse momento. Imaginou Elliot saindo do banheiro e se servindo de mais café, completamente à vontade na cozinha de Stephen — que se transformou na imagem que teve de Elliot no mesmo lugar, mais cedo. Ele usava o roupão de Stephen, estava com o cabelo em desalinho, e Stephen se despedia dele com um beijo ao sair para uma missão bem cedo, no início da manhã. Foi até a porta, mas logo voltou para beijar Elliot de forma mais ardente, antes de sair de vez.

Nossa! Em se tratando de fantasias, aquela era muito "censura livre", mas o coração de Elliot bateu com força em sua garganta.

Stephen ficou um pouco sem graça.

— Desculpe por parecer que estou querendo que as coisas corram depressa demais — murmurou. — Na verdade, foi só uma fantasia do tipo "*algum dia*, quem sabe...?".

Elliot assentiu com a cabeça e usou o roupão para limpar os óculos.

— De qualquer modo, é compreensível você supor que eu também... queira mais. O que não precisa imaginar é se... Na verdade, posso lhe assegurar, com certeza, que também sonho em ter muitas outras conversas desse tipo através da porta do banheiro. Droga, da próxima vez vou deixar a porta aberta.

— Ótimo! — Stephen sorriu.

— Ótimo. — Elliot colocou os óculos novamente e focou o computador e os números apresentados ali.

Tudo bem, não me parece que foi só o sexo ou a atração sexual que criou seus picos de integração. De qualquer modo, deveríamos testar isso mais vezes, para ver o que rola quando a distância entre nós aumenta. Eu devia ir embora agora, para testar se você consegue ou não manter seus níveis de integração elevados simplesmente pensando em... como foi que você chamou? Ondas de calor.

Talvez estivéssemos certos mais cedo, e seja realmente *a intimidade*, sugeriu Stephen, entrelaçando os dedos com os de Elliot mais uma vez. *Sexo é apenas parte de uma ligação íntima mais profunda. Para algumas pessoas, a parte mais fácil.*

Como no caso de Mac, pensou Elliot.

Isso mesmo, mais ou menos como Mac, confirmou Stephen.

Ambos sabiam que, logo depois da reunião com o dr. Bach, Mac ficaria louca para ir para a rua, em busca de Nika Taylor. Desde que Shane Laughlin não estivesse por perto para aumentar de forma perigosa seus níveis de integração, Mac poderia ir para as ruas com os seus cinquenta por cento, numa boa.

Ela vai querer sair logo, concluiu Elliot, mentalmente. *E você certamente vai com ela.*

— Você sabe o que eles estão fazendo com essa menina — lembrou-lhe Stephen.

— Sei sim. — Elliot respirou fundo e se levantou, cortando a ligação deles. Virou-se de frente para Stephen. — Mas temos um problema: se os seus níveis de integração também não voltarem aos cinquenta, vamos ter de fazer mais testes antes de eu poder liberá-lo. Precisamos determinar quantos volts você consegue criar, e se tem controle sobre eles. Também gostaria muito de saber quais outros novos talentos, além dessa interessante ligação telepática entre nós, você acrescentou à sua lista de poderes. Deveríamos testar isso também... a telepatia. — Voltou ao banheiro. — Precisamos saber se é algo que você vai conseguir com qualquer pessoa a partir de agora, ou se é só comigo. Vamos nessa, devíamos tomar uma ducha, comer alguma coisa e ir para um dos laboratórios, a fim de dar início a algumas dessas tarefas.

— Ô-ô...! — exclamou Stephen, e Elliot se virou para ele.

— Você acaba de receber um alerta — avisou Stephen, com os olhos no monitor. — Aqui diz que chegou mensagem com o resultado de um exame de Michelle Mackenzie. — Olhou para Elliot. — O aviso acaba de aparecer, mas devido às lentidões do sistema... diz aqui que foi enviado há mais ou menos uma hora.

— Abra-o — disse Elliot, e Stephen clicou o ícone da mensagem.

— Ela voltou a menos de cinquenta por cento — informou Stephen. — Isso significa...

Eles não estavam se tocando, mas não precisavam dizer em voz alta. Ambos sabiam exatamente o que aquilo significava.

Mac havia saído do complexo.

16

Aquele era o mesmo hospital onde Nika Taylor, a menina desaparecida, tinha passado por uma tomografia, antes de ser raptada.

Era difícil para Shane não pensar nisso — ainda mais quando foi para o balcão principal do setor de emergência, onde um atendente com cara de estressado fazia a triagem financeira das pessoas feridas ou doentes que haviam entrado pela porta, cambaleantes. Perguntava que tipo de plano de saúde tinham, se é que tinham, e que tipo de tratamento poderia ou não ser coberto pelo plano, se ele fosse conveniado com o hospital.

Mac não estava sentada na sala de espera com o restante do povo, o que lhe pareceu estranho. Talvez uma paciente com um ferimento na cabeça fosse uma emergência em potencial. Nesse caso ela já fora atendida, na frente de outra pessoa com tornozelo torcido, gripe ou até mesmo um corte com a faca de cozinha.

Mas quando Shane finalmente conseguiu chegar ao balcão e informou: "Estou com Michelle, a menina de 13 anos que acabou de dar entrada", recebeu apenas um olhar sem expressão.

— Ela caiu de uma árvore — tentou.

O atendente — *Bob* era o nome no seu crachá — balançou a cabeça para os lados.

— Desculpe, senhor, mas não temos...

— Eu acabei de deixá-la na porta — explicou Shane. — Entrou enquanto eu fui estacionar. Tem cabelo curto, olhos bonitos, um jeito marrento...?

Nada. Nenhuma luzinha acendeu na expressão dele. Reconhecimento zero.

O primeiro pensamento de Shane foi que as pessoas que haviam raptado Nika também haviam levado Mac de algum modo. Mas isso era loucura. Ela ainda nem passara pelo exame. Quem quer que fossem os caras que faziam parte dessa misteriosa "Organização", e que poderiam ter sido alertados de uma vítima em potencial, não tinham motivos para acreditar que Mac fosse uma adolescente especial que valia a pena ser levada.

O segundo pensamento de Shane fez mais sentido: Mac nunca tivera a intenção de ir até ali fazer tomografia. Isso foi só o que ela disse, e ele caiu como um patinho, permitindo que ela se livrasse dele para fazer o que realmente pretendia ao sair furtivamente das instalações do Instituto Obermeyer.

Algo provavelmente muito mais perigoso.

Filha da mãe!

— Talvez ela esteja no toalete — sugeriu Bob, apontando para uma porta no corredor, dedicando atenção para a pessoa atrás de Shane.

A pulsação de Shane acelerou, em um misto de raiva justificada e preocupação. Voltou à entrada, no círculo onde havia deixado Mac. Tinha plena consciência de que, com sua habilidade de trocar de aparência, mais o fato de comentar que levava no bolso uma blusa diferente, era bem provável que tivesse passado por ela ao entrar pela porta, sem perceber. Ainda mais por ser um idiota e nem cogitar essa possibilidade. Merda. *Merda.*

A única pessoa ali fora era o guarda, que já o olhava com desconfiança.

Shane fechou os olhos e... ele estacionara o carro rapidamente, louco para se mostrar indispensável, e, ao chegar à emergência, passara por um grupo de três mulheres que saíam do hospital.

Elas claramente estavam juntas: duas mulheres de meia-idade ajudavam uma senhora de idade avançada. Shane sabia que Mac conseguia se transformar em uma pessoa mais jovem, mas será que também conseguiria se passar por alguém mais velho? Ele não fazia a menor ideia. Tinha certeza de que nenhuma das três mulheres usava calça cargo cáqui, nem tênis. Na verdade, porém, ele mal olhara para elas, pois estava ansioso para encontrar Mac.

Virou-se de repente e tornou a entrar na sala de espera da emergência pelas portas deslizantes. Só que, antes mesmo de começar a procurar o modelo de tênis de Mac entre os pés da multidão, percebeu que ela não estava ali. Não conseguiu sentir sua presença, como acontecera no jardim do IO, quando estava na varanda do seu quarto.

A não ser que ela tivesse desligado o *encanto*.

Em se tratando de Mac, conforme Shane percebeu subitamente, tudo era possível.

Era bem provável que tudo que ela lhe contara não passasse de mentira. *Tudo* — inclusive a comovente história de ela ter descoberto que tinha poderes ao acordar, drogada e nua... *Eu ainda não tinha sido estuprada. Pelo menos não naquela noite.*

Só que... ele tinha acreditado nela.

Shane não era telepata, nem tinha os poderes de empatia semelhantes aos de Mac, mas...

Ela lhe contara a verdade.

Tudo o que ele podia fazer era não reagir de forma exagerada quando ouviu o que acontecera com ela nos tempos de menina. E ele realmente achava, conforme tinha dito, que ela deixara de fora as piores partes.

Mesmo assim, seu instinto o aconselhara a ouvir tudo com naturalidade, em vez de tomá-la nos braços e dizer coisas sentimentais e inúteis.

Shane sabia que Mac teria considerado isso uma manifestação de pena ou um ato possessivo, o que seria ainda pior. No entanto, a tragédia pela qual passara — incluindo a morte acidental do menino, além do trauma do abuso em si —, aliada à percepção de que ela rejeitara qualquer ligação emocional com Shane depois da noite que passaram juntos, machucava o coração dele.

Ele queria... nem ele mesmo sabia ao certo o que queria. De qualquer modo, sabia, com certeza, que não iria desistir.

Então ficou ali, firme. Olhou fixamente para todas as pessoas na sala de espera, enviando uma mensagem clara: *vou achar você*. Só que ninguém saiu correndo em direção à porta nem se remexeu na cadeira, com jeito culpado.

Foi até a porta do toalete feminino e, mantendo um olho nas pessoas que continuavam na sala de espera, abriu a porta e berrou: "Michelle, você está aí dentro?"

Não estava. Não havia ninguém no banheiro.

Shane resolveu procurar individualmente — olhando com determinação para cada uma das mulheres e jovens sentadas ou recostadas nos bancos pouco confortáveis. Não olhou para a calça e os tênis delas, porque ela também poderia tê-los trocado a essa altura do campeonato.

É claro que Shane também percebeu, atônito, que *ela* fora a única que lhe contara detalhes sobre sua capacidade de mudar de aparência. Quem sabe fosse mentira a sua alegada incapacidade de parecer homem — pelo menos nos traços gerais?

Quanto à história de trocar de tênis e de calça, ela talvez tivesse a habilidade de exibir, pelo menos para os outros, uma roupa completamente diferente.

Só lhe sobrava a possibilidade de ser rude e passar pela sala de espera tocando em todas as pessoas, porque de uma coisa tinha certeza: reconheceria Mac no instante em que tocasse nela.

Uma pilha de revistas estava quase desabando de uma mesinha lateral, junto com um pedaço de papel no qual uma criança desenhara o que parecia ser um cão. Talvez fosse um cavalo ou... não... era um cão. Shane se inclinou para pegar o desenho, virou-se e tocou o ombro de um sujeito negro, grandalhão, e perguntou:

— Desculpe, o senhor deixou cair isto aqui?

Percebeu na mesma hora que não. Mac não tinha se transformado em um sujeito quarenta centímetros mais alto que ela e quase quarenta quilos mais pesado. Homem, ainda por cima. E afro-americano. Tudo isso, refletiu, realmente parecia impossível, até mesmo no mundo maluco no qual ele agora se encontrava.

Por falar em impossível, a ideia de passar diante de uma fileira de pessoas, tocando cada uma delas para perguntar se aquele desenho lhes pertencia... Isso *certamente* causaria estranheza ou lhe garantiria um soco na cara. Era melhor dar uma de maluco e correr pelas cadeiras dando um tapinha na cabeça de cada um e cantando: "Uni-duni-tê, salamê-minguê, um sorvete..."

— Shane!

Colorê.

Sim, aquela *era* a voz de Mac, mas vinha de trás dele, das portas duplas que levavam à sala de emergência propriamente dita, e ele se virou, dizendo:

— Meu docinho, aí está você! Estou bem aqui, meu amor!

Mac realmente estava ali, acenando com determinação, e Shane a sentiu de forma vívida quando a viu. Também sentiu uma onda de alívio e o tesão já familiar.

Ela voltara à aparência de adulta, mas parecia um pouco diferente. Seu cabelo estava mais longo — era uma loucura a forma como ela podia fazê-lo crescer em minutos. Prendera-o na nuca em uma espécie de coque, que a tornava mais velha — ou talvez tivesse ajustado seu rosto para criar esse efeito. Também trocara de roupa. Vestia uma blusa vermelha por cima do corpo bem diferente do de uma menina de 13 anos, e segurava a jaqueta de couro em um dos braços.

De qualquer modo ele a teria reconhecido com facilidade, mesmo sem tocá-la. Ela modificara o rosto e o cabelo, mas aqueles ainda eram os olhos de Mac.

As palavras que disse em seguida é que o deixaram atônito:

— Eu o encontrei — informou, com ar alegre, quando ele foi na direção dela. — Achei o vovô!

Que diabos...? Será que ele ouvira direito?

— *Vovô?*

— Sim, ele está aqui. Meu avozinho desaparecido. Deve ter tido outra crise quando estava no shopping — explicou, acrescentando baixinho, quando ele chegou junto dela: — Entre na minha pilha.

Ele voou sobre ela, abraçando-a com força.

— Graças a Deus, vovô está aqui! Vovó e tia Betty estavam tão preocupadas!

— O que está fazendo? — silvou Mac, com o rosto contra o peito dele, enquanto tentava parecer que não o tocava e, ao mesmo tempo, que respondia ao seu abraço. Estava mais magra em alguns lugares, com um ar mais frágil. Menos músculos. Aquilo era estranho. Shane gostava mais quando Mac era ela mesma. Só que talvez *esse* fosse seu jeito verdadeiro.

De qualquer modo, foi atingido por algumas imagens censuradas para menores assim que a tocou, e teve certeza de que ela sentiu o mesmo. Seriam lembranças dele ou dela?

Não vinha muito ao caso.

— Entrei na sua pilha — sussurrou ele de volta, acrescentando, em um tom mais alto: — Puxa, *meu docinho*, essa notícia é *fantástica*. — Ergueu o queixo dela para beijá-la, porque, droga, talvez não tivesse outra chance de fazer isso tão cedo, mas ela pisou no pé dele com força. Doeu tanto que ele a largou. — Ai! Vovô está bem? Como ele está?

Mac lhe lançou um olhar irritado e sombrio, e fez sinal para que ele a seguisse. Ele a acompanhou, enquanto ela entrava no setor de Emergência, desviando-se de várias enfermeiras e de um ou dois médicos.

— Vovô não está nada bem. Preciso ligar para... ahn... tia Betty, e pedir uma ambulância particular. Só assim conseguiremos levá-lo para onde ele receberá o tratamento que precisa. — Ela puxou o braço dele mais para perto, e sussurrou: — Realmente achou que eu tentei escapar de você?

Ela o largou, um pouco depressa demais.

Obviamente Mac sabia o que ele imaginara, ou, mais provavelmente, o que sentira, já que empatia era seu ponto forte. Assim, não tentou enrolá-la com desculpas enquanto passavam rapidamente por umas 12 baias fechadas com cortinas. Quase todas as camas estavam ocupadas com pessoas que necessitavam de atendimento médico.

— Achei sim. Você sumiu! Pensei que...

— Enquanto você estacionava o carro — disse-lhe Mac, ainda com a voz baixa —, uma ambulância trouxe um senhor de idade avançada que eu encontrei em um estacionamento esta madrugada. Ele... — Parou de falar. — Não interessa onde nem quando eu o encontrei. Simplesmente o vi. Ele estava morando em seu carro, totalmente sem dinheiro, e ia trabalhar para o JLG, um laboratório que faz testes com novas drogas. Eu lhe disse para não ir lá e lhe dei alguma grana, mas acho que ele acabou indo do mesmo jeito. Merda, *sei* que ele foi, e *sei* que testaram Destiny nele, porque o velho teve acesso a alguns poderes que não tinha antes.

— Ele coringou? — perguntou Shane, parando de andar.

— Acho que não, mas não tenho certeza. — Mac balançou a cabeça para os lados com o rosto sombrio, sem querer parar ali no corredor, com vontade de pegá-lo pela manga da camisa e arrastá-lo com ela. Apesar de sua aparência frágil, continuava muito forte. — Ele está inconsciente. Os paramédicos me disseram que atenderam ao alerta de que havia um homem caído na rua. Os filhos da puta do laboratório devem tê-lo descartado, geralmente fazem isso. Seus exames mostram que ele sofreu um infarto agudo do miocárdio. Tenho quase certeza de que a maioria dos poderes que adquiriu foi interrompida pelo cérebro, que focou as energias em tentar curá-lo.

— A *maioria* dos poderes? — repetiu Shane.

— Pois é, ele ainda consegue enviar uma espécie de bofetada mental fraca — contou ela —, mas até isso está sumindo. Assim que entrou aqui, senti como se a minha testa tivesse sido furada por um picador de gelo. Caraca, doeu muito! Na mesma hora vi que o atendente do balcão sentiu o mesmo, porque comentou: *Epa, que bizarro, senti uma daquelas fisgadas no cérebro, de quando a gente come um sorvete gelado demais... De onde veio isso?* Quando olhei, eles estavam entrando com o velho na maca, e eu o reconheci. Foi quando eu saquei o que acontecera e entrei no banheiro para trocar de roupa. — Disse isso com toda a naturalidade, mas Shane sabia que ela fizera muito mais do que trocar de roupa. — Voltei para bancar a neta preocupada, mas se queremos uma chance mínima de salvá-lo, precisamos levá-lo para o instituto imediatamente.

Ela puxou Shane para dentro de uma das baias fechadas com cortina, onde um homem muito velho fora preso a uma cama, recebia soro e tinha um tubo de oxigênio por baixo do nariz. Seus olhos estavam fechados. Não parecia perigoso, mas Rickie Littleton também não tinha aspecto nem um pouco ameaçador quando não estava voando pelo salão de recepção soltando fogo pela boca.

Mesmo assim, Shane se virou para Mac e perguntou:

— O que posso fazer para ajudar a levá-lo?

Ela soltou o ar com força pela boca, como se estivesse prendendo a respiração, e pediu:

— Fique aqui junto com ele. Certifique-se de que ninguém vai lhe aplicar nada... nenhum medicamento, nada! Não permita que o removam daqui e não deixe ninguém chegar muito perto. Eu não quis prender suas mãos. — Ela entregou a Shane várias algemas de plástico que, pelo visto, trazia no bolso. — Se você descobrir um jeito de fazer isso sem matá-lo, fique à vontade. Para ser franca, não sei se ele coringou ou simplesmente ainda está sob a influência da droga. Não posso usar meu celular aqui, então vou até o saguão ligar para Elliot e pedir que um helicóptero venha pegá-lo. Volto já.

— Pode deixar que eu fico aqui — assegurou-lhe Shane.

— Obrigada — acrescentou Mac. — Se ele acordar e você perceber que realmente coringou, por favor, não espere que ele comece a voar pelo recinto, entendeu? Mate-o.

E dizendo isso, desapareceu.

Bach estava deitado na sala de estar de Anna, conforme escrevera no bilhete.

Pegara no sono e se deixara largado, meio torto, de um jeito que sua cabeça estava recostada do encosto do sofá, mas seus pés estavam firmemente plantados no chão.

Dormia como fazia quase tudo na vida — com suavidade, com muito cuidado, de um jeito formal. Da mesma forma que assinara o bilhete, usando o nome completo. *Joseph Bach.*

Pedira a Anna que o acordasse, mas ainda faltavam vinte minutos antes de começar a reunião que citara na mensagem.

Além do mais, Anna percebeu, do outro lado da sala, que a estação de trabalho com computador, junto da janela, estava ligada. Caminhou pé ante pé até lá. Bach nem se mexeu e, quando Anna se sentou diante do monitor, olhou para trás, vigiando-o.

Ele continuava apagado.

Anna digitou o nome *Devon Caine* no mecanismo de busca.

O primeiro link que apareceu a levou — ó meu bom Deus! — para o banco de dados de criminosos sexuais da comunidade de Massachusetts, com uma foto exibindo uma versão jovem do mais alto dos dois sujeitos que tinham raptado sua irmã. O endereço de Caine também aparecia, e ela se inclinou para ler as letras minúsculas.

— Ele não mora mais lá.

Anna levou um susto ao ver que Bach acordara e a observava do sofá.

— Já verificamos — continuou ele, espreguiçando-se e ajeitando o cabelo, embora não estivesse em desalinho. Pelo menos nada que se comparasse aos cachos indomáveis dela. — Também descobrimos que a carteira de motorista dele foi renovada há cinco anos, mas ele também não está no novo endereço informado. Tem uma longa lista de antecedentes, incluindo registros por dirigir sob a influência de drogas, mas também não foi encontrado no endereço que informou ao seu agente de liberdade condicional — a quem não visita há quase dois anos. Também há um mandado de prisão contra ele, expedido há 18 meses. Tudo isso não significa, necessariamente, que ele será difícil de encontrar, e sim que a prioridade da polícia não é encontrá-lo. Mas a nossa é.

A mensagem de Bach era clara. A equipe do IO não levaria um ano e meio para encontrar Caine — ou Nika.

Pelo menos era o que esperavam.

— Não pretendia incomodá-lo — desculpou-se ela.

— Já estava mesmo na hora de eu levantar.

Apesar do cochilo que havia tirado, Bach continuava com ar de muito cansaço. Na verdade, havia novos sinais de estresse em seu rosto. Em algum momento da noite ou do início da manhã ele havia mudado de roupa, trocando o suéter azul por outro idêntico, só que verde. Cor que também lhe caía muito bem.

— Algum progresso com as projeções de Nika? — perguntou Anna, não ousando alimentar esperança. Não tinha tido sonhos de nenhum tipo, nem sobre Nika, nem sobre nada, e não esperava novidades.

Ele fechou os olhos por um instante, como se vasculhasse a própria memória, mas logo em seguida balançou a cabeça.

— Não.

Anna percebeu que prendia a respiração. Apesar de negar, no fundo tinha esperanças. Sentiu-se mais desapontada e frustrada do que supunha.

— Desculpe — disse Bach.

— Valeu a pena tentar — disse Anna. — E valerá a pena tentarmos mais uma vez. Você não quer dormir aqui no meu apartamento de novo? — Ela sentiu-se enrubescer de leve ao pensar nas próprias palavras. Um convite desse tipo era *ambíguo*, e Anna não queria que ele pensasse que ela sugeria algo mais.

Mas Bach nem reparou nisso. Simplesmente concordou.

— Vou conversar com Elliot... o dr. Zerkowski... para ver se descobrimos *exatamente* o que aconteceu da outra vez. Se você estiver disposta a se submeter a novos testes...

— Estou — afirmou ela, sem pestanejar. Mais cedo, tinha havido um curto espaço de tempo, apenas para testes preliminares, pois logo Bach foi chamado. — Estou disposta a tudo.

Ele concordou com a cabeça novamente e se levantou.

— Preciso ir. Vou mandar alguém pegá-la e acompanhá-la até o meu gabinete. É onde vai ocorrer a reunião. Mas ainda vai levar algum tempo. Temos outros assuntos a discutir, antes de chegarmos a Nika.

— Eu queria lhe perguntar uma coisa: que barulho de sirenes foi aquele, durante a madrugada. — Anna também se levantou. — Foi algum alarme?

— Tivemos um problema. — A resposta dele foi vaga, como ela esperava. Mas logo ele a surpreendeu, acrescentando: — Um evento infeliz. O homem que Mac identificou nas imagens de satélite...

— Rickie Littleton — completou Anna a informação. Olhou para o computador. Esse era o próximo nome que ela iria pesquisar no mecanismo de busca.

— Ele é um traficante do baixo escalão — confirmou Bach, assentindo com a cabeça. — Especializado em Destiny. Mac e Diaz o encontraram e o trouxeram para que eu desse um passeio por dentro da sua mente, a fim de descobrir o que fez com a sua irmã. Mas a equipe de segurança não sabia... na verdade, nenhum de nós... que Destiny agora está sendo embalada e vendida sob a forma de algo inofensivo: um Epi Pen.

— Um o quê?

— Pessoas com alergias severas a picadas de abelhas ou creme de amendoim, por exemplo, carregam esse aparelhinho no bolso. É um dispositivo que administra uma injeção subcutânea. Você aplica na coxa, geralmente. — Ele sorriu, com ar sombrio. — Sim, nosso trabalho acaba de ficar muito mais difícil. A maioria das pessoas rejeita a ideia de usar uma droga recreativa que precise ser injetada na veia por meio de uma agulha e uma seringa. Mas usando um aparelhinho desse tipo, o problema é bem menor.

— Littleton tinha um desses e aplicou a droga em si mesmo aqui dentro? — perguntou Anna.

— Ele era uma farmácia ambulante — disse Bach, confirmando. — Todo o seu suprimento foi devidamente confiscado. Um dos guardas que o revistaram teve alergia a crustáceos quando era criança, e achou que os Epi Pens que ele trazia, eram dois, serviam para garantir a saúde do prisioneiro. Os dispositivos ficaram em seu bolso e ele usou os dois ao mesmo tempo. Certamente esperava conseguir os poderes necessários para escapar daqui. Em vez disso, coringou.

Por Deus!

— Alguém ficou ferido? — quis saber Anna.

— *Ele* ficou — assentiu Bach. — Foi morto quando tentamos subjugá-lo.

— Então, só nos sobrou Devon Caine — murmurou ela, com o estômago se contorcendo.

— Só — concordou Bach.

Anna olhou para a tela do monitor e viu a ficha corrida de Caine, com registros de violência sexual. Certamente Bach pretendia que ela encontrasse aquilo. Não era homem de deixar um computador ligado por descuido.

— O que posso fazer para ajudar? — perguntou. — Em vez de simplesmente ficar aqui parada, será que não poderia usar o computador para tentar identificar o homem que apareceu na projeção de Nika, aquele com as cicatrizes imensas no rosto?

Bach sorriu, e ela teve a impressão de que era exatamente isso que ele esperava dela.

— Por favor, seria ótimo — concordou ele. — O Setor de Análises está sobrecarregado e... você viu detalhes que eles não viram.

Ela já havia se sentado diante do computador e teclava as palavras "vítimas com rosto desfigurado por acidente" no mecanismo de busca.

—Vejo você daqui a pouco — disse Bach, e Anna só ouviu a fechadura da porta estalar suavemente quando ele saiu.

Elliot atendeu no primeiro toque.

— Que *porra* é essa, Mac? Onde é que você está?

— No St. Elizabeth's Medical Center — disse ela, da sala de espera, afastando-se depressa de uma mãe que segurava uma criança com terríveis acessos de tosse. — *Que porra* estou fazendo aqui é irrelevante e...

— Para *você*, talvez — interrompeu ele. — Mas não creio que o dr. Bach e...

Bach iria ficar novamente desapontado com ela, blá-blá-blá. Mac adorava Elliot, de verdade, mas *que merda*! Falou mais alto que ele:

— Deram entrada a um senhor de 80 anos aqui na Emergência, e eu tenho mais de noventa por cento de certeza de que ele trabalhou como voluntário de testes dos laboratórios JLG. E 99 por cento de certeza de que o teste que fizeram com ele esta madrugada foi usando Destiny. Não confirmei se ele coringou ou não, mas sei de uma coisa: se quisermos que ele tenha alguma chance, é melhor você parar com a lenga-lenga e mandar um helicóptero pegá-lo aqui. Precisamos levá-lo para o IO, onde os médicos saberão como tratá-lo.

— Nome do paciente? — perguntou Elliot, voltando ao normal.

— Edward O'Keefe — disse-lhe Mac. — Está no leito 34 na ala vermelha da Emergência. — Isso significava que os médicos esperavam a sua morte em poucas horas e tentavam apenas deixá-lo mais confortável. Isso também era a garantia de que ficariam *pulando de alegria* em mandá-lo para outro hospital, o mais rápido possível.

Lá, ele se tornaria o problema de outra instituição, e alguém teria de se livrar do corpo.

— Prepare-o. O helicóptero está a caminho — disse Elliot, e desligou na cara dela.

Mac guardou o celular no bolso e voltou para a Emergência o mais depressa que conseguiu, mas sem levantar suspeitas.

Shane estava diante da cortina da baia, à espera dela, e Mac sentiu o alívio que o invadiu assim que a viu.

Sentiu seu desejo também, mas isso era culpa só dela, por aumentar seus poderes quando eles estavam no carro.

Mesmo assim, ele se mostrou focado e respeitoso — um perfeito cavalheiro. Quando a viu se aproximando, informou como estava a situação:

— Não houve nenhuma mudança. Ele não se mexeu e ninguém apareceu para vê-lo.

Mac fez que sim com a cabeça e se manteve focada no que devia ser feito. O gancho que prendia o soro ligado à circulação do velho estava preso à cama, e o tubo de oxigênio também.

— Ajude-me a descobrir como soltar a trava desta cama — ordenou a Shane, que pulou para ajudá-la.

— Vou contar toda a verdade a eles — avisou Shane, agachando-se para soltar a trava. — Quando voltarmos ao IO, vou relatar que fui eu quem obrigou você a me trazer e...

— Você não me *obrigou* a nada — reagiu Mac. Ah, *era assim* que a trava soltava, reparou, imitando o que Shane fizera. — Não seja melodramático, marinheiro. E não se preocupe que eles não vão dispensar você do programa. Não fizeram isso *comigo* até hoje.

— A cama foi projetada para se mover com o paciente voltado para a cabeceira. A cabeça deve sair antes — explicou Shane. Pelo visto, descobriu isso só de olhar para as rodas. — Precisamos apenas tirá-lo aqui do compartimento...

— Entendi — disse Mac. — O heliporto fica no sétimo andar desta ala. Vou procurar uma enfermeira ou um médico para liberá-lo, senão seremos barrados no elevador. Aguente firme.

Mac teve sorte e um médico com vinte e poucos anos, transbordando de fadiga e irritação, apareceu no corredor. Foi uma sorte dupla, porque Mac sabia que Shane ainda não acreditava por completo nos poderes de sedução dela. Portanto, ele teria a chance de vê-los funcionar em outro homem. Shane continuava logo atrás dela, junto da cortina.

— Desculpe, doutor — chamou Mac. O homem se virou, foi pego em cheio pelas habilidades dela e sua linguagem corporal mudou de forma tão súbita que foi quase engraçado.

— Uau! — murmurou Shane quando viu o médico quase se lançar sobre ela.

É claro que Shane não sabia que o estresse e a fadiga transformavam os homens em alvos relativamente fáceis para essa habilidade de Mac. E era fato conhecido que médicos em setores de emergência passavam, às vezes, 48 horas sem dormir direito, o que os tornava ainda mais maleáveis aos poderes de sedução.

E não foi só atração sexual que Mac usou. Ela pescou os elementos mais básicos da psique do seu alvo. Nesse caso, a parte da sua personalidade que o fizera querer ser médico: seu desejo de ajudar pessoas, salvar vidas e fazer a diferença.

Era comum que os médicos, presos aos intrincados mecanismos de um sistema de saúde ineficiente, *não conseguissem* ajudar as pessoas. Mas a mensagem que Mac enviou naquele momento para o homem de jaleco à sua frente estava cheia de sugestões do tipo *você é o meu herói*. E ele, certamente, adorou isso.

— Dr. Samuels — disse ela, lendo o nome dele no crachá. — Sei que o senhor poderá me ajudar. — Explicou sobre o helicóptero que viria do IO e perguntou se ele não poderia contornar um pouco as regras para ajudar o avô dela, que estava morrendo.

Ele poderia, e fez.

Shane permaneceu calado, só observando, enquanto o médico os acompanhou durante todo o trajeto até o sétimo andar, batendo papo com Mac o tempo todo. E não apenas sobre o programa fictício da casa de repouso para onde vovô seria levado, mas também assuntos pessoais, como o fato de que ele fora estudar medicina no Arizona, mas agora tinha voltado a Boston, onde nascera, e trabalhava a poucos quarteirões de onde fora criado. Isso não era interessante?

Mac manteve contato olho no olho com o médico e sorriu o tempo todo. Talvez tenha exagerado um pouco na dose, enviando só Deus sabe que tipo de feromônios, porque quando eles estavam empurrando a cama com o velho para a porta que levava ao heliporto, o dr. Samuels disse:

— Sei que acabamos de nos conhecer, e eu geralmente não faço uma coisa absurda dessas, mas...

Pronto, chegara o momento. Ele provavelmente iria pedir o número do celular dela. Mac olhou de lado para Shane, para ter certeza de que ele estava prestando toda a atenção — e viu que estava.

— Quer se casar comigo?

— Desculpe... o que foi que disse? — Mac se virou para olhar o médico de frente.

— Eu sei. — O homem estava rindo, mas ao mesmo tempo pareceu incrivelmente sério. — É loucura, mas... acho que nunca tive essa afinidade imediata com alguém em toda a minha vida. É como se... não sei explicar... é como se você tivesse sido criada especificamente para mim. Receio que, se você for embora agora, vou perder a chance de uma vida inteira.

Esse cara tinha muita coragem, Mac teve de reconhecer. Ao ver algo que achou que desejava, partiu pra cima.

Como acontecia com Shane.

Que continuava acompanhando tudo de perto, olhando para Mac, depois para o médico e novamente para ela, esperando para ver o que ela diria ou faria.

O que Mac fez foi diminuir o encanto. Diminuiu *muito*. Mesmo assim, sabia que o efeito no pobre sujeito iria levar muitas horas para se dissipar. Pensando nisso, ela disse, da forma mais gentil que conseguiu:

— Eu lhe agradeço muitíssimo, doutor. Estou lisonjeada. De verdade. Uma mulher não recebe um elogio assim todos os dias, mas... o problema é que já estou comprometida. É um relacionamento sério, mas, se não der certo, prometo ligar para você.

Agora ela enviava vibrações do tipo *acredite em mim*, apesar da mentira que havia contado, e sentiu a aceitação surgir nos olhos dele. Graças a Deus. Seus alvos nem sempre aceitavam a rejeição de forma tão simples.

Mas ele ficou muito sem graça, e irradiava isso. Na mesma hora ofereceu mil desculpas e os deixou ali, junto ao balcão da enfermagem, à espera do helicóptero.

Só depois que as portas do elevador se fecharam atrás do médico foi que Shane se manifestou.

— Isso foi realmente... intenso!

— É assim que funciona — explicou Mac. — Distante de mim, em poucas horas ele não vai se lembrar do motivo de ter vivenciado essa atração tão forte. Vai se esquecer por completo do que sentiu. E vai pensar: *Puxa, aquilo foi estranho. Ainda bem que ela não aceitou a minha proposta de casamento.*

— Eu não me esqueci do sentimento — ressaltou Shane, no instante em que o celular dela tocou e apareceu uma mensagem de texto enviada por Elliot: *Tempo estimado para a chegada do helicóptero: dez minutos.*

Ao confirmar o recebimento, viu que Elliot mandara a mensagem fazia dez minutos. De fato, através das vidraças, viu o helicóptero da IO que se aproximava, fazendo um barulho muito forte e cada vez mais alto. Soltou as travas da cama, fitou o velho e depois ergueu os olhos para Shane.

— Você não se esqueceu do sentimento porque eu dormi com você — explicou Mac.

— Sim, disso eu também me lembro muito bem — disse ele, com um sorriso capaz de derreter as entranhas dela, se Mac permitisse. — Com todos os detalhes.

— Acho que precisamos pedir ao dr. Bach que entre em sua mente e bloqueie essas lembranças — disse ela.

Shane ficou atônito.

— Ele pode fazer isso? — perguntou, e quis saber, logo em seguida: — E se eu não quiser que ele faça?

Mac não respondeu. Simplesmente apertou o botão que abria as portas. E embora não tivesse reagido dizendo algo do tipo: *Que cara insistente!*, como planejara, Shane não teria ouvido nada por causa do vento e do barulho das hélices, enquanto corriam contra o relógio para levar Edward O'Keefe a salvo até o Instituto Obermeyer.

Nika acabara de pintar o O do S.O.S. no vidro da janela, com ketchup, quando ouviu o som da porta do quarto sendo destrancada.

Mais que depressa, fechou as cortinas e limpou com a língua a ponta do dedo suja de ketchup, ao mesmo tempo que se preparava para se defender de quem pudesse estar chegando.

Era uma mulher que, à primeira vista, se parecia tanto com Anna que o coração de Nika voou de esperança. Mas não era sua irmã. Quem quer que fosse essa mulher, era muito mais gorda que Anna. Seu rosto era redondo e mais cheio. Foi então que Nika percebeu que ela não era uma mulher feita, era ainda uma menina. Uma adolescente. E não estava gorda, estava grávida. Embora sua pele tivesse cor de café, como a de Anna e de Nika, seu cabelo era mais escuro e cacheado, e seus olhos tinham um forte tom de verde, em vez de castanho.

Também eram duros e frios. Com os lábios muito apertados, parecia um pouco perigosa, apesar do corpo inchado e do vestido desbotado e largo.

Parou a três metros de Nika e anunciou:

— Este é o seu abrigo. Aprenda a usá-lo para recuperar as forças, se reanimar e se alimentar, e assim conseguirá sobreviver. Se perder seu tempo aqui com coisas que não pode controlar, não resistirá.

— Onde estou? — quis saber Nika.

A jovem balançou a cabeça para os lados e apertou os lábios novamente.

— Escute o que estou lhe dizendo. Já estive em seu lugar. Estou tentando ajudá-la, garota.

— Então *me ajude* — implorou Nika. — Preciso dar o fora daqui...

— Não há como sair.

— Tem de haver — argumentou Nika. — Se você já esteve em meu lugar e agora caminha por aí, livremente...

A jovem riu, mas o som foi forçado.

— Não estou livre — disse ela.

— Mas você pode abrir a porta — indicou Nika. — Vamos dar o fora daqui. Se sairmos juntas, quem sabe...?

— Como assim? — O olhar da jovem agora era de desdém. — Você acha que pode *me* salvar?

— Acho que devíamos tentar!

— Olhe, isso não vai acontecer.

— Pelo menos ligue para a minha irmã e conte a ela onde estou...

— Para ela também ser pega? É claro que se ela não for como você, eles irão matá-la. Vão fazê-la sangrar, vão usá-la e fazer coisas terríveis com ela, até que esteja morta, como aconteceu com Zooey e as outras. Elas não têm um abrigo como este. Só as garotas especiais conseguem isso. Mas se você deixar de ser especial, e é exatamente o que vai acontecer se não se fortalecer, não voltará mais para este quarto. E eles vão usá-la até o fim.

— Vão me usar para quê? — perguntou Nika, tentando não chorar. — Não compreendo...

— Tente... — disse a jovem, envolvendo a barriga com os braços, de forma protetora. — Tente entender uma coisa: *tudo* que você precisa saber é que, quando está neste quarto, deve dormir muito e se alimentar bem. Precisa manter o foco na sua saúde. — Apontou para a cama. — Vá se deitar!

Nika ergueu o queixo com ar desafiador e se recusou a ficar longe das cortinas fechadas, que bloqueavam as duas letras do S.O.S. que escrevera no vidro.

Mesmo assim, sua voz pareceu definitivamente trêmula quando balbuciou:

— Não estou cansada.

— Você realmente acha que eles não estão observando e ouvindo tudo que acontece aqui? Acha que não sabem o que está tentando fazer? *Deite-se* na cama, garota, para eu limpar a janela. Se tiver sorte, pode ser que eles não lhe injetem um sedativo forte, e você não vai se recuperar como deve se estiver drogada.

Mas Nika fez que não com a cabeça.

A voz da outra jovem ficou mais urgente:

— Seu tempo aqui está se esgotando. Eles precisam de você na linha de frente em menos de oito horas. Alimente-se com o que eles lhe trouxerem, tome um bom banho de banheira, faça exercícios e alongue seus músculos. Ah, e durma o máximo que conseguir. Entendeu tudo o que eu disse?

Nika ouviu um chiado leve vindo do aparelho instalado em seu braço esquerdo e olhou para ele, enquanto a jovem grávida continuava:

— Não quer dormir? Isso é péssimo, porque eles obrigarão você a dormir de qualquer jeito, só que não vai funcionar tão bem como deveria. É melhor se deitar logo, garota, antes que caia de cara no chão.

Mas foi tarde demais. Tudo ficou borrado e a voz da jovem foi desaparecendo aos poucos, enquanto as luzes apagavam. Nika sentiu as pernas cedendo e caiu no chão.

A última coisa que viu antes de o mundo ficar completamente preto foi a jovem grávida olhando para ela, com uma das mãos apertando a própria barriga enquanto balançava a cabeça para os lados com ar desolado e dizia, como alguém que falasse de um lugar distante:

— Você pensa que é especial, mas não é. Nem um pouco. Sempre existirão outras garotas. Isso é algo que esta porcaria de mundo *nunca* deixará de ter.

17

— Essa porra é uma loucura total! — reagiu Mac, quebrando o silêncio que caíra como um manto sobre o gabinete do dr. Bach depois que o dr. Elliot Zerkowski acabou de apresentar seu relatório.

Shane também estava sentado ali, tentando absorver tudo o que acabara de ouvir, e embora não tivesse expressado o que sentia de forma tão direta por estar em uma sala cheia de pessoas que não conhecia direito, aquilo tudo era *realmente* enlouquecedor.

Aparentemente, não era *ele* o responsável pelo aumento súbito dos poderes de Stephen Diaz.

Pelo visto, *Elliot* era.

Os dois homens estavam sentados lado a lado, e ambos pareciam muito à vontade, considerando o fato de que tinham acabado de confessar que haviam transado a manhã toda e anunciado aos presentes que estavam apaixonados. É claro que haviam dito tudo isso em termos muito mais científicos. Coisas como *contato físico íntimo* e *intensa conexão emocional.*

Mesmo assim, Shane não conseguia se imaginar sendo tão impassível, ou abrir mão por completo da *sua* privacidade.

Sem falar que continuava apavorado pela ilustração muito gráfica dos poderes de Mac no hospital. Não tinha acreditado na sua capacidade de lançar um encanto tão forte sobre um estranho até ver isso acontecer. Agora, revisava tudo que havia dito a ela, cada conversa, cada momento de contato. Perguntava a si mesmo se, no fundo, não era tão irritantemente ingênuo e manipulável quanto o dr. Case Comigo.

Também compreendia a relutância de Mac em aceitar a teoria de Elliot, segundo a qual os hormônios e proteínas criados pelo desejo sexual e pela intensa ligação emocional eram os responsáveis pelo aumento significativo na integração neural dos Maiorais.

Se Mac aceitasse isso e *também* fosse verdade que Shane era o responsável pelo aumento dos poderes de Mac tanto quanto Elliot aumentara os poderes de Diaz... *isso* significava que Mac dependia de Shane, e mais do que apenas para uma diversão casual na cama.

Isso deixou Shane tremendamente feliz. Se muito dessa felicidade era resíduo do vodu que ela usara para atingi-lo repetidas vezes nos últimos dias, ele não tinha certeza.

Mas que se dane *isso*. Felicidade era felicidade, e Shane não se sentia assim, nem de perto, fazia muito tempo.

Mac, entretanto, não parecia *nem um pouco* feliz.

— Concordo com parte da teoria — disse ela, depois de refletir. — Venho usando sexo há vários anos para acelerar minhas habilidades de cura — relatou. — Sei que o que vou dizer vai deixar os mais sensíveis horrorizados, mas na maior parte das vezes a conexão emocional era absolutamente zero.

Ela não olhou para Shane de propósito, embora ele não desgrudasse os olhos dela. Assim, ele simplesmente murmurou:

— Ai, essa doeu!... — Isso fez com que ela olhasse para ele.

A expressão de Mac não era de quem pedia desculpas. Simplesmente deu de ombros.

— Desculpe — pediu, sem parecer sincera. — Foi sexo de qualidade. Intenso, verdadeiro, mas...

Ela mentia, e ambos sabiam disso.

— Fizemos planos para nos reencontrar na semana que vem — lembrou Shane.

— Só se eu estivesse na cidade — retorquiu Mac, olhando para os outros homens da sala, obviamente desconfortável com a natureza pessoal da conversa. — Talvez eu aparecesse... talvez não.

A linguagem corporal dela parecia dispensá-lo, mas ele não estava pronto para aceitar isso.

—Você teria aparecido sim — garantiu. Havia poucas coisas na vida das quais tinha absoluta certeza, e essa era uma delas.

— Se eu aparecesse, isso provaria exatamente o oposto: que eu não dou *a mínima* para você. Supere isso, Laughlin...

— É muito possível — interrompeu Elliot —, como acontece com todos os poderes e talentos encontrados nos Maiorais, que isso possa variar de um indivíduo para outro. Obviamente eu ainda não realizei nenhum teste com você e com Shane, Mac, mas posso garantir que Stephen vem se mantendo no nível 61 ao longo das últimas horas, incluindo o tempo de trinta minutos em que estive com Edward O'Keefe e ele permaneceu no centro de segurança. O computador continuou escaneando os níveis de Stephen sem parar, e ele não subiu nem desceu um décimo sequer. Pelo menos desde que tivemos uma conversa particular em que... ahn... — pigarreou e olhou para Stephen antes de continuar — resolvemos algumas questões. Ele se mantém estável em 61 desde então, apesar de continuarmos longe um do outro e sem contato físico adicional.

— Diga logo a palavra *sexo* — reagiu Mac. — Todos aqui sabem que você está se referindo a sexo, então acabe com os melindres.

— Essa conversa não está sendo fácil para nenhum de nós — afirmou Bach, falando pela primeira vez depois de algum tempo. — Não creio que seja demais aceitar que Elliot use a terminologia que preferir.

— Tudo bem — aceitou Mac, mantendo a atitude incisiva. — Mas só porque Diaz pulou para 61, isso *não quer dizer* que o motivo tenha sido apenas o *contato físico íntimo*. Talvez, para ele, seja o bastante saber que vai conseguir mais um pouco à noite. Já fazia 15 anos que ele não trepava, certo? Eu estaria cheia de tesão acumulado.

— Não se trata apenas de sexo — garantiu Diaz, baixinho.

Elliot olhou para ele, e o sorriso que ambos trocaram mostrou que o sentimento era mútuo.

Shane percebeu que Mac viu a mesma coisa e pareceu ainda menos feliz. Na verdade, a musculatura do seu maxilar ficou tensa e ela rangeu os dentes.

Elliot foi até o computador e acessou o sistema.

— Mac, você está variando entre cinquenta e 55 desde que voltou ao IO. Por acaso andou...

— Você anda me sondando eletronicamente? — ela interrompeu o médico com a voz cheia de indignação.

— Não — rebateu Elliot, no mesmo tom. — Estou apenas escaneando seus níveis de integração.

— O nome é *sondagem*, quando é feita sem conhecimento nem permissão da vítima.

— Você abriu mão de seus direitos no instante em que desobedeceu a ordens diretas e abandonou o instituto rebocando Shane Laughlin. Pare de perder tempo com esse teatro de afronta e responda à minha pergunta: você esteve em companhia de Shane o tempo todo, desde que voltaram ao complexo?

— Sim — disse Mac, ao mesmo tempo que Shane respondeu "Não".

Ela olhou para ele, que lembrou a ela:

— Nós dois usamos o banheiro e ficamos afastados durante esse tempo. Você também bateu papo com Elliot sobre o sr. O'Keefe, na Emergência.

— Mas não fiquei *tão* longe de você nesses momentos — retorquiu ela. — Até os banheiros ficavam perto um do outro.

— Talvez, no *seu* caso — insistiu Shane, que gostava da teoria de que cada Maioral respondia de forma diferente e única à intimidade —, a separação tenha sido grande.

— Esperem um instante. — Elliot entrou na conversa mais uma vez, com os olhos no monitor, avaliando vários dados. — Vejo um aumento súbito que levou você aos 57. Aconteceu mais ou menos dez minutos depois de vocês terem chegado de helicóptero com O'Keefe.

— Você me agarrou pelo braço — lembrou Shane —, para me manter fora do setor de Emergência.

— Agora você está em 55 — informou Elliot, olhando para Mac. — Vamos ver o que acontece quando você o toca.

Shane olhou para Mac, que olhou para ele. Por uma fração de segundo, apareceu um ar de sofrimento nos olhos dela. Mas tudo aconteceu tão depressa que logo desapareceu, e ela estendeu a mão para ele.

Ele a pegou e, como sempre acontecia, um calor súbito surgiu entre eles — instantâneo e poderoso.

— Bang! — relatou Elliot, rindo. — Cinquenta e sete em menos de um segundo.

Mac puxou a mão depressa e, quando falou, sua voz parecia irritada.

— E agora você vai querer saber o que acontece quando ele me alisa? — Estava obviamente zangada, e Shane não precisava de poderes de empatia para perceber isso. Ela se voltou para Bach e avisou:

— *Não vou* trepar com ele em um laboratório!

— Ninguém está lhe pedindo para fazer isso — disse Bach com toda a calma, balançando a cabeça.

— Bem, na verdade, eu ia pedir mais ou menos isso — admitiu Elliot, esfregando a nuca e fazendo uma careta pesarosa. — É claro que a experiência não aconteceria *dentro* do laboratório. Posso programar um escaneamento contínuo, e vocês continuarão as atividades normais do dia, como sempre. Anotarão suas... ahn... atividades em uma agenda e...

— Não. — Bach foi categórico. — Uma coisa é se apresentar como voluntário para compartilhar informações pessoais, mas outra coisa muito diferente é exigir isso de um Maioral e, muito pior, de um Potencial. — Balançou a cabeça para os lados e repetiu: — Não.

— Só para ficar registrado... — disse Shane, com um jeito musical na voz, alfinetando Mac com um pouco de suspense. Se ela podia brincar de "tudo não passa de sexo", ele também faria isso. Pelo menos por enquanto. — Por mim está tudo ótimo. Ficarei feliz em participar da *experiência*.

— Que beleza, doutor! — reagiu Mac. — Depois, vamos analisar o que acontece quando *você* fode Diaz.

Shane riu, pois não esperava aquilo, mas Elliot disse, simplesmente:

— Isso *não vai* acontecer e você sabe disso, Mackenzie. Está fazendo papel de babaca!

— *Você* é que é um babaca! — rebateu ela. — Ah, e obrigada por ter sido um *amigo* tão bom durante tanto tempo.

— *Eu sou* um bom amigo — retorquiu Elliot, furioso. — Estou tentando tirar você desse mar de babaquice! Se o sexo não passa de uma função biológica para você, sem emoções envolvidas, não há motivos para você rejeitar esse teste.

— Tudo bem, tá legal! — desistiu Mac, levantando-se da cadeira e olhando para Shane. — Vamos fazer o teste, porque o problema de envolvimento emocional *não é* comigo.

Shane olhou para Bach, que, como era de esperar, apenas suspirou profundamente.

— Escute, Mac, você não é obrigada a...

— Não, Elliot tem toda a razão — disse ela, cobrindo a voz dele. — Não significa nada para mim. — Olhou para Shane. — Entretanto, *você* vai ter de assinar um documento afirmando que foi informado de que não estará funcionando sob livre e espontânea vontade e que, apesar de ter sido informado do fato, está disposto a participar da... *experiência* — acrescentou, fazendo aspas no ar com os dedos.

— Assino o que você quiser que eu assine — concordou Shane, levantando-se.

— Sério? — E isso não acende nenhuma luz vermelha de alerta na sua cabecinha? — perguntou Mac, revoltada. — Não acha tudo problemático ou, no mínimo, esquisito? Estar aí em pé, na frente de um monte de estranhos, negociando a chance de me pegar mais uma vez?

— Querida, há muito tempo eu já me resignei com o fato de que desde que conheci você submergi por completo em um mundo de esquisitices. Por tudo o que vi até agora, hoje é apenas mais um dia como outro qualquer no Instituto Obermeyer.

— Vocês dois, sentem-se! — Embora Bach falasse com suavidade, não parecia satisfeito. Aquilo foi certamente uma ordem, não um pedido ou sugestão.

Apesar de Shane já estar acostumado a trabalhar sob uma cadeia de comando que incluía oficiais mais graduados e muito menos intimidadores, fisicamente, do que ele, não esperava que Mac enfiasse o rabo entre as pernas tão depressa.

Mas ela se sentou sem pensar duas vezes e calou a boca, e isso provou a liderança de Bach. Vendo isso, Shane sentou a bunda na cadeira também, sem dizer mais nada.

Todos ficaram imóveis, esperando Bach se manifestar. Como todo bom líder, ele sabia o tempo certo de estender o silêncio para transmitir desaprovação e autoridade.

— Isso está muito além da minha zona de conforto — declarou por fim, olhando para todos com sua afirmação, inclusive Diaz e Elliot. — Concordo que mais testes deverão ser feitos. Mas só... *unicamente* se todas as partes envolvidas concordarem com isso sem restrições. — Olhou especificamente para Mac. — O que funciona para o dr. Diaz não funcionará necessariamente para mim. Ou para você. Tenha isso sempre em mente, dra. Mackenzie.

— Sim, senhor — murmurou Mac.

— Apesar do aumento impressionante de Diaz até os 61, supondo que isso se mantenha — continuou Bach —, temos outros assuntos importantes a tratar hoje. Nika Taylor continua desaparecida. Entretanto, estamos avançando lentamente. Conseguimos identificar o homem que estava com Rickie Littleton...

— Conseguimos? — Mac se levantou. — Quem é ele? Posso ir buscá-lo agora mesmo e...

— Você não vai a parte alguma.

Bach disse isso em uníssono com Elliot, e Mac não soube a quem direcionar o desapontamento.

— Por quê? — perguntou, olhando de um para o outro. Logo, porém, respondeu à própria pergunta: — Já sei! Por causa da flutuação nos meus níveis de integração. — Virou-se para Bach. — Mas isso não é problema, senhor. É só manter Shane Laughlin longe de mim e ficarei ótima.

— Discordo — opinou Elliot. — Você ainda precisa voltar aos níveis normais. Devo registrar que não deixaria você sair das instalações do IO mesmo que voltasse aos cinquenta.

— A alternativa — reagiu Mac, com raiva — é deixar os homens que raptaram Nika Taylor sangrá-la até a morte.

Foi a vez de Stephen Diaz falar.

— Michelle, com todo o respeito, você transformou o cérebro de Rickie Littleton em pudim.

Isso a fez calar a boca.

— O que Elliot está argumentando — continuou Diaz — é que ainda precisa testar você a fundo, até descobrir em que nível seus poderes estão. — Vou fazer o mesmo para testar meus novos níveis de integração antes de sair daqui, para não colocar ninguém em risco.

— Já mandamos uma equipe de vários Quarenta para as ruas, em busca de Devon Caine, o parceiro de Littleton — informou Bach.

— Senhor, eu tenho a percepção exata da rede emocional desse tal de Devon Caine — disse Mac. — Poderei encontrá-lo mais depressa.

— Você sabe quem ele é? — quis saber Shane. — Conhece Caine?

— Não — confessou Mac. — Mas sei do que ele é capaz.

Diaz notou que Shane não entendeu e acrescentou:

— Temos quase certeza de que Devon Caine estuprou e assassinou uma menina na mesma garagem ao sul de Boston para onde Nika foi levada logo após o rapto. Mac conseguiu sentir o distúrbio emocional do que aconteceu no local, tanto com a menina quanto com o assassino. Que acreditamos ter sido Caine.

— Por Deus! — sussurrou Shane, olhando fixamente para Mac.

Ela mal olhou para ele e confirmou:

— Pois é... foi terrível. Mas pelo menos posso usar essa percepção para ajudar a localizá-lo.

— Como é que isso *funciona*? — quis saber ele. — Você simplesmente anda de carro pelas ruas esperando sentir a presença do cara? Ou dá para saber onde ele está daqui mesmo, por exemplo?

— Preciso estar em um raio de alcance específico — explicou Mac. — Vagar pelas ruas dirigindo não é eficiente. — Balançou a cabeça. — Por outro lado, se não tivesse surgido essa pista, era exatamente o que eu faria. Agora, porém, que sabemos seu nome, podemos futucar os arquivos e descobrir o bairro onde mora, os lugares que frequenta... Então eu saio dirigindo por esse bairro e tento sentir a presença dele. — Olhou para Bach, que concordava com tudo e disse:

— Vamos tratar de estabilizar Mac e testá-la, antes de mandá-la para as ruas. Essa será nossa prioridade.

— E se ela não se estabilizar? — questionou Elliot, virando-se para Mac e continuando: — Sei que não quer ouvir isso, mas... e se você tentar usar essa ligação com Shane para elevar sua integração e mantê-la em um nível que *consiga* controlar? E se algum dos novos poderes que ele abre para você seja uma habilidade definida para encontrar Devon Caine? E se, com a ajuda de Shane, você puder simplesmente fechar os olhos e nos informar onde o canalha está?

— Isso é esperar demais, dr. Zerkowski — ressaltou Bach, com um certo ar de severidade —, especialmente sem sabermos ao certo se uma coisa tem ligação com a outra.

— *Tem ligação* sim — insistiu Elliot, enquanto Shane olhava para Mac, que ainda refletia sobre a proposta de Elliot. — *E se...?*

— Entendo sua *esperança* de haver uma ligação — disse Bach.

— O que não significa que ela seja falsa, senhor — rebateu Elliot no instante em que Mac se virou para Shane, e o olhar que lançou para ele foi tão parecido com o que lançara no bar em Kenmore Square, antes de se levantar e levá-lo para o seu apartamento, que ele, por um instante, parou de respirar. Será que ela realmente considerava a possibilidade de...

Puxa, *considerava sim*!

— Você tem razão — concedeu Bach. — Mas é muito importante termos cautela. — Ele também percebera o jeito como Mac olhara para Shane e repetiu: — Dra. Mackenzie, tenha cautela!

Mac olhou para Bach e assentiu, mas Shane sabia que aquela era uma mulher que raramente era cautelosa.

— Se a reunião acabou — anunciou ela —, vou acompanhar Laughlin até os seus aposentos.

Bach suspirou e balançou a cabeça mais uma vez, enquanto Shane se levantava avidamente, à espera de ser dispensado. Só tinha uma pergunta a fazer, antes de sair:

— Qual o estado de Edward O'Keefe... o velho?

— Continua na UTI — informou Elliot. — Sofreu um bloqueio coronariano maciço e deveria estar morto neste momento, mas não está. A equipe médica está fazendo todo o possível para mantê-lo vivo.

— Esta reunião ainda não acabou. Há mais pontos a discutir — disse Bach, e esperou que Shane voltasse a se sentar. — É possível que Nika Taylor seja a Potencial mais talentosa que já encontramos em todos os tempos. — Ao ver que captara a atenção de todos com essa afirmação, acrescentou: — Embora nunca tenhamos lidado com algo semelhante, estou virtualmente certo de que ela está se comunicando com a irmã. Nika está fazendo projeções nos sonhos de Anna.

Por mais ridículo que esse absurdo parecesse a Shane, nenhum dos Maiorais nem Elliot fizeram menção de rir. Na verdade, Diaz e Elliot trocaram olhares significativos.

Mac também pareceu intrigada.

— Anna está *sonhando* com Nika?

— Sim. Sonhos vívidos — completou Bach.

— Tem certeza de que não são apenas pesadelos? — perguntou Elliot. — Ela está sob muito estresse.

— Sei disso — concordou Bach, assentindo com a cabeça. — Mas o que ela vivenciou envolve projeções de imagens. Embora Anna tenha recebido as imagens enquanto dormia, não foi um sonho. Os acontecimentos foram cronológicos demais, e extremamente lineares. Estou pendendo para a teoria de que essas projeções são inconscientes, e Nika não sabe que as está emitindo. Não sei se estou errado, mas o fato é que Anna estava dormindo quando recebeu essas projeções. Acho que as duas irmãs compartilham uma ligação que é mais facilmente acessível quando Anna está em sono profundo, do tipo REM. Para informação de todos, foi assim que conseguimos chegar ao nome de Devon Caine. E acertamos na mosca: Devon Caine *era* o homem mais alto, dos dois que raptaram Nika.

— Sério? — perguntou Mac, com óbvio ar de ceticismo. — Anna teve um *sonho* e de repente nos cai no colo o nome do raptor de Nika? Isso me parece meio suspeito, chefe. O senhor acreditou na palavra dela, simplesmente, ou...

Bach a interrompeu:

— Está mais do que provado que Anna não trabalha para a Organização. Você esteve com ela.

— A outra opção é ela ter um nível de 89 ou noventa por cento de integração, e pode ter enganado todo mundo aqui — insistiu Mac.

— Não. — Bach foi categórico. — Fiz testes adicionais nela. Sua integração neural não passa de dez por cento. Anna é exatamente o que diz ser. Tem mais uma coisa a respeito da projeção de Nika. — Ele pigarreou. — Não foi só Anna que experimentou isso. Eu tive exatamente o mesmo sonho; tudo aconteceu antes de encontrarmos Littleton. Eu estava em Newton, completamente exausto, e parei em um estacionamento para tirar um cochilo.

— Enquanto Anna estava aqui no instituto? — perguntou Elliot, e Bach confirmou.

— Meu melhor palpite — disse Bach — é que Nika, de forma subconsciente, aproveitou minha ligação telepática com sua irmã e, de algum modo, conseguiu enviar as imagens e o pedido de socorro para mim.

— *Droga!* — disse Mac. — Uma dupla projeção, mesmo estando a dezenas de quilômetros de distância? *Quem é* essa garota?

Do outro lado da sala, Diaz e Elliot trocaram mais um longo olhar, e Diaz assentiu com a cabeça.

— Senhor — disse Elliot a Bach. — É possível que Stephen possa ajudar. Ainda não tivemos tempo de programar os testes e deixei isso de fora do relatório, mas... acabamos de descobrir que Stephen anda... ahn... compartilhando seus sonhos comigo; isso já faz alguns meses. Ele consegue projetar imagens a partir de seus sonhos pessoais, do apartamento dele para o meu. É verdade que a distância não é tão grande quanto a de Newton para o Instituto Obermeyer, mas... ele também aprendeu a praticar uma forma de sonho lúcido que tem início antes de dormir. E deu um nome ao fenômeno: *sonho controlado*.

— Consigo decidir o que vou sonhar antes de pegar no sono — explicou Diaz. — Estou desenvolvendo algum controle sobre a minha mente inconsciente.

Bach concordou com a cabeça e Elliot continuou:

— Se Nika é realmente tão poderosa quanto parece e sua ligação com a irmã é extremamente forte, talvez, com a ajuda de Stephen e usando esse tipo de sonho projetado e controlado...

— Possamos usar a mente inconsciente de Anna para se projetar e entrar em contato com Nika — completou Bach, e se levantou. Dessa vez a reunião terminara *de verdade*. — Vamos tentar isso — propôs. — Então, como se só naquele momento tivesse reparado na hora, foi até o computador da sua mesa e teclou uma mensagem curta. — Anna vinha aqui para acompanhar o fim da reunião. Em vez disso, vou pedir a Ahlam que a leve para o laboratório de sono. — Enviou a mensagem e olhou fixamente para Mac ao se encaminhar para a porta. — Talvez não precisemos que você localize Devon Caine.

Mac assentiu e olhou para Shane.

— Ter um plano B é sempre útil, senhor. Até encontrarmos essa garota, farei todo o possível para estar pronta.

Bach parou e olhou para ela com atenção, enquanto a porta se abria como se tivesse vontade própria.

— Pelo menos seja honesta consigo mesma — disse-lhe, baixinho. — Essa foi a única coisa que eu sempre pedi a você.

— Sou sempre honesta. — O queixo de Mac se ergueu.

Bach não pareceu convencido ao sair pela porta, com Elliot e Diaz logo atrás.

Mac e Shane se viram sozinhos no gabinete de Bach.

Ela olhou para ele e propôs:

— Vamos lá, Laughlin. Vou com você até seu quarto.

Anna seguiu sua acompanhante, uma adolescente com cabelo preto que se apresentou como Ahlam, até uma sala do prédio de pesquisa e desenvolvimento que exibia um cartaz onde se lia "Laboratório 7".

O lugar mais parecia um quarto de hospital do que um laboratório. Uma porta dava para um pequeno banheiro à esquerda, e havia um painel com vários equipamentos em uma parede ao lado da cama. No entanto, essa cama não era um modelo hospitalar, e sim um móvel largo com aspecto confortável, feito de madeira e coberto por um edredom azul e almofadas grandes e fofas. Uma saleta de espera ao lado reforçava o objetivo de tornar o local aconchegante.

Uma cortina poderia ser puxada em volta da cama para envolver a saleta de espera e a cama, em mais uma tentativa de formar uma espécie de casulo, longe dos aparelhos, dos tubos de soro e dos muitos fios.

Anna duvidava que aquilo servisse de conforto. Reparou, então, que havia um vidro espelhado apenas do lado de dentro, e colocado em uma parede que não podia ser coberta pela cortina.

— Por favor, espere aqui, srta. Anna — disse-lhe Ahlam, com um charmoso sotaque britânico. — O dr. Bach já está vindo para cá.

A jovem fechou a porta com muito cuidado ao sair, deixando Anna sozinha no quarto.

Não tinha muita certeza do motivo de ter sido levada para lá, em vez de ir para o gabinete de Bach, onde ele e os seus Cinquenta estavam reunidos. Só que durante o caminho, desde os seus aposentos no "quartel", Ahlam não se mostrara muito falante.

O computador do quarto estava desligado, e Anna não conseguiu dar continuidade à pesquisa enquanto esperava. De qualquer modo, ainda não lograra êxito. Mas talvez tivesse encontrado algo. Compilara os nomes de 13 homens com mais ou menos a mesma idade do sujeito com a faca que vira em sonho. Todos haviam sofrido acidentes que os deixaram desfigurados em algum momento dos últimos trinta anos, e não tinham dinheiro para uma cirurgia plástica. Mesmo assim, só pegara os primeiros itens que tinham aparecido na busca do Google. Havia muitos outros artigos para pesquisar.

Sem falar no fato de que ela focara a busca nos ferimentos relacionados a eventos ocorridos na região de Boston. Era bem possível que aquele homem tivesse conseguido a cicatriz em Miami. Ou até Bagdá ou Mumbai — um pensamento que a fez revirar os registros de ex-militares lotados na região de Boston e que tinham sofrido ferimentos em algumas das várias guerras das últimas décadas. O atual governo não se preocupava muito em promover cuidados médicos de ponta para veteranos de guerra. Cirurgia plástica não era considerada um tratamento essencial.

Nem terapia para problemas mentais, e era óbvio que o sujeito da cicatriz também precisava *disso*.

Anna pensava em redirecionar sua pesquisa quando Ahlam bateu na porta.

Agora ela estava sentada na cama e pensou em dar umas palmadinhas no vidro espelhado. Queria falar com quem estivesse do outro lado, ligar para Bach e pedir permissão para usar o computador.

Mas logo ouviu vozes no corredor e, assim que se levantou, a porta se abriu.

— ... nosso maior problema — o Maioral musculoso de beleza misteriosa que se chamava Stephen Diaz falava com muita intensidade no instante em que ele, Bach e Elliot entraram no quarto — é minha limitação em questões de telepatia. É verdade que consegui uma boa conexão com Elliot, mas tudo é muito novo e ainda não tentei estabelecer uma ligação semelhante com nenhum dos outros não Maiorais. — Ele percebeu que Anna estava ali e a cumprimentou: — Olá, srta. Taylor.

Bach sorriu ao olhar para ela.

— Espero que não a tenhamos feito esperar muito tempo.

Ela balançou a cabeça e murmurou, simplesmente:

— Não.

Bach olhou para Diaz e disse:

— Todos nós faremos o melhor possível. — Olhou para Anna e apontou para as poltronas, indicando para onde seus acompanhantes deveriam ir. — Por favor, Anna... podemos nos sentar?

Assim que ela se sentou, sentiu a leve pressão já familiar em algum canto da mente e concordou, enquanto ele acrescentava:

— Será mais rápido e mais fácil explicar o que pretendemos fazer se eu lhe contar mentalmente a história completa.

Em um segundo, o jeito caloroso de Bach estava de volta, e Anna compreendeu quase de imediato que Stephen Diaz vinha fazendo experiências com algo denominado *sonho controlado*, e tentaria entrar na mente de Anna para usar essas técnicas novas e estabelecer uma ligação telepática de longa distância com Nika.

Diaz nunca tentara algo desse tipo, mas a habilidade de Nika em projetar o que via e sentia nos sonhos de Bach e de Anna também era território novo para todos ali.

Embora Anna fosse o que o dr. Bach havia chamado de Minoral, ele acreditava que seus laços com a irmã eram muito fortes, quase extraordinários. Também achava que os poderes ainda não desenvolvidos de Nika eram gigantescos.

Portanto, Diaz usaria o recurso do *sonho controlado* para implantar na mente de Anna um sonho no qual ela explicaria a Nika tudo o que aprendera nos últimos dias sobre os Maiorais e o Instituto Obermeyer. A ideia era deixar esse sonho pronto para ser usado, caso Nika entrasse em contato com Anna novamente, durante o sono.

Também nesse sonho, Anna tranquilizaria Nika e lhe diria que a ajuda estava a caminho.

Talvez, na melhor das hipóteses e através de Anna, Diaz e Bach pudessem ajudar Nika a controlar e desenvolver seus poderes, a fim de ajudá-los a localizá-la e resgatá-la.

Era um tiro no escuro, mas Anna aceitou na mesma hora.

Vamos fazer isso logo. Quero tentar.

Mas as explicações de Bach ainda não tinham terminado.

A fim de obtermos sucesso, você precisará dormir, porque a mente inconsciente é muito mais... Bach pausou, em busca da imagem mental precisa... *adaptável.*

Mais maleável também?, quis saber Anna, em pensamento.

Exatamente.

Puxa, mas que *divertido*! Ela ficaria completamente vulnerável durante o procedimento. Stephen Diaz teria acesso irrestrito à sua mente inconsciente. Todas as suas fantasias, cada pensamento mesquinho, cada medo, esperança e desejo... seus piores pesadelos e suas mais terríveis recordações... Um estranho teria acesso a tudo isso.

Estarei aqui no quarto junto de você, tranquilizou-a Bach, usando a mente. *Elliot também acompanhará tudo.*

Anna assentiu. Por mais difícil que fosse, aceitaria fazer isso. Se era para ajudar Nika, estava disposta a qualquer coisa. Só que...

Não sei se serei capaz de pegar no sono diante de uma multidão.

Nós lhe daremos um medicamento para ajudá-la a dormir, se necessário.

A primeira coisa que precisavam determinar, porém, era se Diaz possuía ou não capacidade para entrar na mente de Anna. Pelo visto, conseguia manter uma conexão telepática com um colega Maioral. Há poucas horas havia descoberto que também era capaz de estabelecer uma ligação mental com Elliot, mas os dois homens eram amantes — informação que surpreendeu Anna, que jamais suspeitaria disso.

Do outro lado da sala, enquanto Elliot ativava o computador, disse baixo para Diaz:

— Pode me chamar de "fragmento" que eu não me incomodo.

— Tudo bem, mas não quero me referir a você usando essa palavra — reagiu Diaz, mantendo a discrição.

— Mas é verdade. Um fato.

— É uma palavra pejorativa. Além do mais, o fato é que *todos nós* somos fragmentos. Ninguém tem integração neural de cem por cento.

— Mesmo assim — insistiu Elliot —, eu prefiro "fragmento", em vez de "Minoral".

— Tudo bem, mas você também não é exatamente um *Minoral* — disse Diaz, chegando mais perto e pousando a mão no ombro de Elliot.

Anna não percebera antes, mas agora a ligação entre os homens era evidente. Elliot ergueu os olhos e Diaz sorriu, olhando-o fixamente, e ambos pareceram compartilhar uma piada pessoal.

Ela se virou para Bach, que se afastara discretamente de seus pensamentos.

Isso foi bom, pois Anna se viu desejando que *ele* fosse o homem que teria acesso completo à sua cabeça. Respirando fundo, virou-se para Diaz e Elliot, perguntando:

— O que eu preciso fazer?

Diaz endireitou as costas e foi até ela.

— A questão é o que *eu* preciso fazer — explicou. — Nem de perto eu tenho as habilidades telepáticas do dr. Bach, então lhe peço desculpas por antecipação. É bem possível, na verdade provável, que eu necessite de algum contato físico para fortificar a conexão telepática, portanto...

Estendeu a mão quando se sentou ao lado dela, enquanto Elliot se acomodou na cadeira e se virou para o monitor, a fim de acompanhar tudo.

Anna olhou para Bach, que assentiu com a cabeça para tranquilizá-la. Mais uma vez ela se viu desejando que...

Mas Stephen Diaz já fechara os olhos e não tornou a abri-los até ela colocar a mão sobre a dele. A mão de Diaz era imensa, quente e lhe pareceu úmida... ele devia estar nervoso.

— Tudo bem — anunciou Anna, baixinho, preparando-se para... não sabia exatamente o que esperar, mas desconfiava que o sentimento de vazio que sentia não estava certo.

Mesmo assim, esperou.

E esperou.

— Stephen, não force a barra — disse Elliot baixinho, do outro lado da sala. — Seus níveis de integração estão despencando. Tente relaxar.

Diaz abriu os olhos novamente, e eles estavam cheios de angústia e nostalgia no instante em que fitou Anna. Depois de alguns instantes, disse:

— Juro que quero encontrar Nika, mas sinto muito. Acho que não sou capaz de fazer isso.

— Vamos ver se você consegue aumentar a integração neural dele — sugeriu Bach, falando com Elliot, que rapidamente chegou deslizando na cadeira de rodinhas e colocou a mão de leve sobre a nuca de Diaz.

O Maioral fechou os olhos ao sentir o contato de Elliot e...

Anna sentiu um movimento longínquo no cérebro, como se uma presença estivesse circulando ao largo dela, sem tocá-la diretamente, mas fazendo estremecer o ar em volta. Sem se mexer, ela informou:

— Estou sentindo sua presença ao longe, Stephen. — Torcia para que aquela informação servisse de ajuda.

— Continue respirando devagar — murmurou Elliot, chegando mais perto, enlaçando Diaz com os dois braços e pousando a testa sobre a nuca do homem maior. — Você pode fazer isso, sei que você consegue!

A sensação da presença de alguém aumentou na mente de Anna. Só que, embora Elliot estivesse, de algum modo, amplificando o poder de Stephen, aquilo ainda não era suficiente.

Anna se virou para Bach.

— Você não poderia ajudar? Será que não existe um modo de você combinar seus poderes com os de Stephen?

— Nunca tentamos isso.

— Mas não estamos fazendo experiências? — lembrou ela. — Pois então... vamos experimentar!

Bach olhou para Elliot. Os olhos de Diaz continuavam fechados.

— Já conseguimos uma espécie de teleconferência mental em um grupo de Maiorais, lembra? — assinalou Elliot. — O maior problema é que Anna não tem a habilidade de montar um escudo para seus pensamentos mais íntimos. Sua privacidade ficará comprometida com vocês dois dentro da cabeça dela. Mas se ela estiver disposta a aceitar...

— Estou. — Ela foi incisiva, mas seu coração pareceu encolher.

Diaz continuava de olhos fechados.

— Stephen, isso está bem para você? — perguntou Bach, estendendo a mão para tocar o braço do amigo.

Então, tudo aconteceu. Foi uma espécie de... Bum!

De repente, Bach estava dentro de Anna, sem pedir permissão, sem preliminares, sem cumprimentos nem normas de etiqueta. Simplesmente a penetrou, como se a derrubasse mentalmente e se deitasse em cima dela, cobrindo-a por completo com sua presença telepática.

Bach também se sentiu atônito.

Que diabo é isso...?

Na mesma velocidade em que ele entrou, sumiu. Anna percebeu que seu corpo foi lançado para trás, e o movimento súbito a fez largar a mão de Diaz.

Stephen abriu os olhos e o contato foi quebrado, mas ficou claro que nem ele nem Elliot haviam percebido o que acabara de acontecer.

Com Bach, no entanto, a coisa era diferente.

— Que... porra foi essa? — perguntou, em voz alta. — Usou uma expressão diferente na cabeça de Anna e percebeu isso, pois pareceu envergonhado e pediu: — Mil perdões! — Talvez estivesse se desculpando, na verdade, pela explosão desenfreada de sentimentos que libertara na mente dela. Era a primeira vez que isso acontecia, apesar das várias oportunidades em que vagara pelo seu cérebro.

Joseph Bach parecia em chamas e exibira o compromisso absoluto de encontrar Nika. Anna também sentiu isso, sem sombra de dúvida.

E gostava muito dela — Anna também percebera o sentimento. Bach a achava corajosa, inteligente e belíssima. Isso a fez se sentir um pouco embaraçada, mas feliz, apesar de considerar tudo aquilo insignificante diante da necessidade de resgatar sua irmã.

— Do que está falando? — quis saber Stephen, olhando de Anna para Bach. — O que aconteceu?

— Elliot, afaste-se um pouco — ordenou Bach. O médico largou Stephen e recuou com a cadeira mais ou menos um metro. —Vamos tentar novamente.

Anna sabia o que Bach pretendia e estendeu a mão para Stephen, que a pegou com força, olhando com ar perplexo para o Maestro. O qual, por sua vez, olhou fixamente para Anna antes de estender a mão novamente, desta vez pousando-a com firmeza sobre o ombro de Stephen.

Com a mesma velocidade — só que desta vez de um jeito menos caótico — Bach estava novamente na cabeça de Anna. Entretanto, como estava mais preparado, tudo o que pensava e sentia voltara ao normal, de forma calma e totalmente sob controle.

Stephen?, ela ouviu Bach chamar, mentalmente.

Acho que ele não está aqui conosco. Anna fechou os olhos, mas... *Nada.* Ela não conseguiu sentir o outro Maioral.

De fato, Stephen perguntou:

— O que está acontecendo?

— Aparentemente, você está apenas servindo de condutor — explicou Bach. — Consegui estabelecer uma ligação telepática com Anna apenas por tocar em seu ombro.

— Sério? — espantou-se Stephen. Olhou para Bach, depois para Anna. — Será que isso tem a ver com minha habilidade de lançar correntes elétricas? Pode ser algo fisiológico? Você tem alguma ligação telepática com Anna quando a toca?

— Não — admitiu Bach. — Nunca experimentei telepatia desencadeada por contato físico. Com ninguém.

Na verdade, disse-lhe Anna, em pensamento, *algo acontece quando nos tocamos. Eu consigo sentir você. Não é a mesma coisa de quando você está em minha mente, como agora, mas...*

— Uau! — exclamou Elliot, sem perceber que falava no mesmo instante em que os pensamentos de Anna aconteciam. — Essa habilidade de Stephen é nova.

— Mas totalmente inútil — ressaltou Stephen, com óbvia frustração. — O dr. Bach não precisa de mim para estabelecer ligação com alguém.

— Quem sabe vamos descobrir que você serve de condutor para outros poderes também...? — sugeriu Elliot. — Só depois de fazer alguns testes é que conseguiremos...

— De qualquer forma, isso continua me parecendo inútil.

Bach testou a teoria da condução tátil, afastando a mão do ombro de Stephen, e, de fato, saiu na mesma hora da mente de Anna. Fitando-a, estendeu a mão e a colocou sobre o joelho dela. Ali estava! Foi a mesma sensação de formigamento que ela havia sentido antes — uma sensação da presença dele, do seu poder, da sua paixão. Mas era completamente diferente de uma ligação telepática. Puxa, talvez ela se sentisse instável simplesmente por fixar a atenção naqueles olhos absurdamente maravilhosos.

— Percebo as ondas de preocupação com a sua irmã — murmurou Bach —, mas isso eu já sinto sem precisar de contato físico.

Ele levou a mão para o ombro de Stephen, e então...

Uau, pensou Anna, porque — mais uma vez — o surgimento súbito de Bach em sua mente foi diferente da sua entrada, que era normalmente gentil e gradual.

Desculpe.

Eu já estava preparada, só que é muito diferente.

Tenho menos controle desse jeito, transmitiu Bach. *É uma sensação semelhante a estar em queda livre e se sentir atraído pela força da gravidade. Depois que a conexão se completar, sei que estarei dentro da sua mente, querendo ou não.*

— Não sinto nada — informou Stephen. — Bem que estou tentando, mas... — Balançou a cabeça.

— Aumente a integração dele — ordenou Bach, olhando para Elliot e lançando um olhar firme para Anna, enquanto pensava: *Prepare-se!*

Estou pronta, garantiu ela.

Mas quando Elliot colocou a mão sobre o outro ombro de Stephen...

Nada mudou.

— Consegui uma ligação telepática com Elliot — relatou Stephen —, mas só isso.

— E eu continuo apenas na mente de Anna — confirmou Bach.

Stephen balançou a cabeça para os lados, decepcionado, mas Elliot comentou:

— Habilidades passivas podem ser muito úteis.

— Não nesse caso — reagiu Stephen, com a frustração transbordando pela voz. — Se pretendemos usar sonhos controlados para encontrar Nika, eu preciso entrar na cabeça de Anna.

— Mesmo assim, esse é um talento que nunca encontramos em ninguém. — Elliot conseguia ver um lado positivo em qualquer coisa. — É muito legal!

— Não consigo estabelecer uma ligação telepática com mais de uma pessoa de cada vez — disse Bach —, nem mesmo se todos os envolvidos forem Maiorais. Vamos ver o que acontece... — interrompeu a ligação com Anna ao afastar a mão de Stephen — ... se eu tentar primeiro uma ligação telepática com o dr. Diaz e depois usá-lo como condutor para me levar a Anna. Talvez, desse jeito, ele também consiga entrar.

— Pode ser que funcione — concordou Elliot, e sorriu para Stephen. — Viu só? Talvez isso não seja tão inútil, no fim das contas. Preciso apenas de um minuto para voltar ao computador. — Ele fez a cadeira rolar até a mesa e se colocou diante da tela.

— Pronto? — perguntou Bach a Stephen, que fechou os olhos e fez que sim com a cabeça, apesar do músculo que parecia pulsar em seu maxilar. Devem ter se conectado com rapidez, pois logo em seguida Bach anunciou: — Agora!

Stephen estendeu a mão para Anna, com os olhos fechados, muito apertados, e os dentes igualmente cerrados.

Anna olhou para Bach, que a fitou com firmeza a assentiu com a cabeça quando ela estendeu a mão para o outro homem.

E então...

— Ei, esperem um segundo! — gritou Elliot, do computador, e isso foi a última palavra que Anna ouviu antes de o mundo rachar ao meio.

A dor foi incrível e ela se sentiu envolvida por uma luz forte, muito ofuscante, e por um guincho agudíssimo e tão alto que lhe pareceu senti-lo no estômago e na coluna; sua cabeça ia explodir a qualquer momento.

Ouviu o grito de alguém — puxa, era a voz *dela*! — e sentiu o corpo ser lançado para trás com tanta violência que sua cabeça bateu na parede. Nem isso, porém, a incomodou tanto quanto a explosão inicial de dor profunda e cortante dentro da cabeça; o baque surdo foi um problema menor, agora que a dor passava aos poucos, graças a Deus. Sua vista também começou a voltar da escuridão completa em que entrara depois que os fogos de artifício pipocaram em seu cérebro.

Mesmo assim, tudo ainda parecia enevoado, e ela se sentiu sendo erguida e movida pelo ar. Em seguida, notou a maciez do que só podia ser a cama do aposento por baixo do corpo. Só nesse momento sua visão clareou o bastante para ver Joseph Bach olhando para ela, com um ar de muita preocupação estampado no rosto lindo.

Bach já estava em sua mente, e Anna teve a percepção súbita de sua presença e do calor dele dentro dela.

— Ela está bem — dizia ele, falando para outra pessoa, o que a deixou um pouco confusa, até as nuvens de sua mente se afastarem por completo e ela lembrar que tanto Stephen quanto Elliot também estavam no quarto.

Tentou se sentar na cama, mas Bach a manteve deitada, balançou a cabeça e falou em voz alta, embora, mentalmente, lhe dissesse a mesma coisa:

— Não se mova. Espere mais um pouco. Elliot está escaneando você dos pés à cabeça.

Ela permaneceu imóvel, mas teve de perguntar:

— Stephen está bem?

— Estou ótimo. — O Maioral deu um passo à frente e também entrou em seu campo de visão.

Você foi a única que teve uma reação negativa, informou-lhe Bach. Em seguida, disse em voz alta, tentando incluir os outros dois na conversa:

— Devíamos ter feito mais testes antes de tentar isso.

— A culpa é minha — disse Anna. — Talvez eu devesse estar mais preparada.

— Seja qual for o caso, ou o que tenha acontecido — informou Elliot, aproximando-se para examinar Anna —, sua pressão arterial despencou e depois subiu de forma dramática. — Bach olhou para o médico e Anna percebeu desalento e preocupação quando Elliot confirmou: — Foi muito perigoso. Agora voltou ao normal. Ela está bem, mas...

— Não vamos tentar mais nada hoje — afirmou Bach, balançando a cabeça para os lados.

Anna fez um esforço e se sentou na cama.

— Talvez se eu me preparar psicologicamente para o que pode acontecer...

— Não — cortou Bach.

— Mas se esse é o meio mais rápido de encontrar Nika...

— *Não!*

Joe, por favor...

Suavemente, ele se retirou da mente dela e disse:

— Eu também quero encontrá-la, e fazer isso com rapidez é importante, mas não a ponto de arriscar sua vida.

— Mas estou bem agora — garantiu ela, apesar de ele continuar fazendo não com a cabeça. — Talvez tenha sido apenas um evento inesperado.

Stephen pigarreou para limpar a garganta e disse:

— Talvez eu possa mostrar ao dr. Bach exatamente como a coisa funciona. — Olhou para Elliot, como se pedisse apoio. — Esse sonho controlado. Quem sabe eu posso lhe dar uma explicação detalhada, uma espécie de receita ou...?

— Vale a pena tentar, Maestro — concordou Elliot. — Mas concordo com Bach... Anna, tivemos sorte de você não ter sofrido um AVC. — Olhando para Stephen, completou: — Seus níveis de integração tornaram-se instáveis de uma hora para outra. Você estava em toda parte, no quarto inteiro. Foi por isso que eu gritei, pedindo para vocês pararem.

Bach não gostou daquela notícia — nem Stephen.

— Desculpe — pediu ele. — Eu não ouvi você.

— Quero uma tomografia completa e constante no dr. Diaz — ordenou Bach, olhando para Elliot. — Em tempo integral, 24 horas por dia.

— Ele está novamente estável — relatou Elliot. — Voltou aos 61 por cento e permaneceu nesse ponto.

— Mas os níveis de integração dele *não estão* estáveis, apesar do que você acreditava antes.

— Estou *monitorando* Stephen o tempo todo — replicou Elliot. — Essa foi a primeira mudança desde que seus níveis subiram para o novo patamar.

— Mas aconteceu justamente quando não devia ter acontecido — argumentou Bach. — Anna poderia ter sido muito prejudicada. É por isso que defendemos avanços lentos e constantes, aumentos controlados na integração neural.

— Mas eu não fiquei prejudicada — disse Anna, enquanto Elliot se enfurecia com as palavras de Bach.

— Todo mundo tem um pique de atividade neural em algum momento — disse Elliot. — Depois de uma elevação de 11 pontos percentuais, é claro que haverá um período de ajuste.

— Ao contrário do que você disse mais cedo — ressaltou Bach.

— Stephen está firme nos 61, senhor — disse Elliot. — *Quase o tempo todo*. Apesar de o senhor, provavelmente, preferir que ele continuasse celibatário...

— Dr. Zerkowski, eu nunca disse isso — afirmou Bach.

— Nem precisava dizer — reagiu Elliot.

— Elliot, pare! — interrompeu Stephen. — O dr. Bach tem razão. Pensamos que eu estivesse plenamente estabilizado, mas obviamente não estou, e isso significa que devemos ser mais cautelosos.

— Mais cautelosos? — perguntou Elliot.

— Quanto às minhas habilidades amplificadas — confirmou Stephen. Estendeu a mão e tocou em Elliot. Foi um gesto muito discreto, quase imperceptível, os dedos colocados de leve sobre as costas do outro homem. O que disse por vias telepáticas, porém, fez Elliot expirar com força, como se estivesse prendendo a respiração havia muito tempo. Em seguida, ele concordou.

E pediu desculpas. Tanto a Stephen quanto a Bach.

— Desculpe, Stephen. Desculpe, senhor. Lamento muito e me sinto culpado por qualquer falha que vocês tenham percebido em mim. O fato é que todos nós estamos mais envolvidos emocionalmente nessa situação do que o normal. E isso já é *muita coisa*, considerando que Mac nem está aqui no quarto.

Bach balançou a cabeça para os lados e riu, mas não como se achasse algo engraçado. Respirou fundo e se virou para Stephen, pedindo:

— Vamos ver se você consegue me mostrar como funciona esse sonho controlado, mas vamos ao meu gabinete para isso. — Olhou para Elliot. — Quero exames médicos completos na srta. Taylor, incluindo outra tomografia detalhada.

— Certo — disse Elliot, indo para o computador e dizendo no microfone: — Preciso de uma enfermeira no laboratório de sono número 7.

— Desculpe-me, dr. Bach — disse Stephen, depois de alguns segundos. — O senhor se incomodaria de me dar um minuto a sós com Elliot?

— Claro que não — afirmou Bach. Os dois homens saíram e foram para o corredor.

Anna ficou sozinha com Bach.

— Quer dizer que o plano agora é você aprender com Stephen a controlar sonhos e projeções? — quis saber ela. — Isso significa que você vai estar dentro da minha mente enquanto eu estiver dormindo e...?

— Isso mesmo — confirmou ele, dirigindo-se para o monitor, a fim de conferir alguns dados que apareceram na tela.

— Sinto-me aliviada — confessou ela. — Quer dizer, o dr. Diaz me parece ótimo, mas...

Bach ergueu a cabeça e fitou-a longamente, como se soubesse que Anna tinha algo importante a dizer.

— A ideia de ele ter acesso a todos os meus pensamentos foi desconcertante — admitiu ela, e completou, falando mais depressa: — Fiz algumas coisas no passado das quais não me orgulho. São fatos que Nika desconhece. Percebi, enquanto estávamos tentando entrar em ligação direta com ela, que Nika não chegará a descobrir essas coisas, mas... e se isso acontecer? Quero muito que tudo permaneça oculto. Quero protegê-la de ter conhecimento desses eventos do meu passado. Acho que tenho mais chance de conseguir isso através de você.

— Farei o melhor que puder — garantiu ele.

— Obrigada.

— Só para deixar registrado — disse Bach, baixinho. — Não vou julgar você. Também sou humano, entende? Fiz muitas coisas na vida das quais não me orgulho. Dito isso, prometo tentar, tanto quanto puder, respeitar sua privacidade. Mesmo que não consiga fazer isso, guardarei seus segredos.

— Apenas me ajude a ter minha irmã de volta — pediu Anna.

— Isso eu lhe prometo que conseguirei fazer.

18

Shane permaneceu calado. Simplesmente saiu do gabinete do dr. Bach e seguiu até o saguão dos elevadores que os levariam aos túneis que ligavam os prédios.

Embora fosse um dia agradável, caminhar pela parte externa os levaria a uma cancela de segurança antes de chegar aos "quartéis". Já que Mac resolvera fazer isso, queria se ver logo livre da incumbência.

Sim. Isso mesmo.

Era *esse* o motivo de ela estar com tanta pressa para chegar aos aposentos de Shane.

Mac apertou o botão do elevador e olhou para ele, que a fitou rapidamente, antes de voltar a atenção aos números luminosos sobre a porta, que mostravam os andares. O elevador finalmente chegou e abriu as portas com seu *ding* musical. Ele esperou, cavalheiro como sempre, e a deixou entrar na frente.

Mac sabia que Shane tinha algo na cabeça, querendo colocar para fora — quando é que isso *não acontecia*? —, e certamente aguardava a semiprivacidade do elevador para expressar o que pensava. Mac não lhe deu chance de falar. Em vez disso, enquanto desciam, foi até o painel computadorizado na parede da cabine.

— Computador, acessar MM-1. Dar início a uma tomografia voltada para verificação da integração neural de mim mesma e de Shane Laughlin, Potencial recém-recrutado. Continuar o processo em ambos de forma constante e por tempo indeterminado, até segunda ordem. — Seu estômago roncou de fome, e bem alto; ela ignorou o fato. — Ativar o computador e a impressora nos aposentos do recruta Potencial Shane Laughlin.

Shane acrescentou:

— Computador, acessar SL-5. Enviar dois dos pratos normalmente solicitados pela dra. Mackenzie para os aposentos do recém-recrutado Shane Laughlin. — Olhou para Mac, mostrando que percebera o jeito como ela deixara claro que *ele* era o estranho ali. — Mandar também um serviço de quarto completo para dois.

— O quê? — Mac deu uma risada de descrença e deboche quando o elevador abriu as portas que davam para o túnel, com um *ding*. — Computador, cancelar a última solicitação — determinou, esticando o braço para desligar o painel.

Antes de conseguir fazer isso, Shane completou:

— Computador, ignorar a última ordem e manter a solicitação anterior.

Ela teria de impedir o cancelamento de Shane, e isso significava permanecer ali, mantendo as portas abertas e atrapalhando um grupo de garotas de 12 anos que iam para as aulas. Mac resolveu saltar do elevador e balançou a cabeça para os lados, enquanto seguia na frente de Shane, rumo ao "quartel".

— Isso não é um hotel quatro estrelas, sabia? — disse a ele, exibindo um pouco de irritação na voz. — Com serviço de quarto e outras mordomias.

— Fui informado de que poderia usar o computador para pedir comida no quarto, portanto...

— Isso porque você estava isolado, marinheiro — explicou Mac. — A situação é mais do tipo "servir refeição aos prisioneiros". Mas pode chamar de serviço de quarto, se isso o fizer se sentir melhor.

Shane riu e se adiantou para acompanhar o passo apressado dela através do túnel.

— Você ficou puta comigo só porque eu percebi que você também estava com fome e queria comer algo?

— Isso não é um encontro, Laughlin — disse ela com tom ríspido, grata ao ver o túnel vazio, pois assim poderia ser mais direta, sem medir as palavras. — Trata-se de uma experiência científica.

— Até os cientistas precisam comer — lembrou ele. — Pensei em pedir algo que você gostasse.

— Sei... pois saiba que o que eu gosto é de comer *sozinha*.

— Tá bom, mas eu *estou* com fome, então...

— *Então* devia ter pedido algo que *você* goste de comer — disse ela. — Confie em mim, Laughlin, não precisa se esforçar muito. Tudo que precisa fazer é ficar calado e caminhar.

— Por acaso lhe ocorreu que eu fiz esse pedido de comida porque é o único jeito de descobrir um pouco mais sobre você?

—Você já sabe tudo o que precisa saber. — Haviam chegado aos elevadores que os levariam ao "quartel", e Mac apertou o botão com força.

— Discordo.

O elevador se abriu e mais garotas de 12 anos saltaram. Shane segurou a porta com a mão sobre o sensor e esperou que Mac entrasse antes dele.

Ela apertou o botão do andar de Shane — terceiro — e, quando as portas se fecharam, virou-se de frente para ele.

Ele a olhava com seus olhos lindos e uma expressão do tipo "pode continuar me batendo", obviamente esperando que ela continuasse a discussão e, sem dúvida, planejando como contradizê-la. Sendo assim, ficou calada.

Simplesmente deu um passo na direção de Shane, diminuindo o espaço entre eles. Em seguida o empurrou para trás com tanta força que ele bateu com as costas na parede do elevador. Então, puxou a cabeça dele para baixo, a fim de poder beijá-lo.

Sentiu sua surpresa total, embora ele não tenha hesitado em corresponder ao beijo. Só vacilou quando ela esticou o braço, agarrou com força o volume entre as pernas dele e começou a acariciá-lo por fora da calça. Ele já estava ficando "de pau duro", sua expressão preferida, mas é claro que ela já percebera que aquilo havia começado quando eles ainda estavam no gabinete de Bach.

Mac praticamente sentira o cheiro do desejo dele por ela durante toda a reunião.

Ali, no elevador, ele se sentiu incrivelmente excitado e horrorizado por tal demonstração pública de afeto, mas não o bastante para recuar. Na verdade, tomou posse da bunda de Mac, espalmando as duas mãos sobre suas nádegas, apertando-as com determinação enquanto a puxava com força para junto dele, a encorajava a quase lamber suas amígdalas e tentava fazer o mesmo com as dela.

Ele sentiu vontade de rir e de chorar ao mesmo tempo ao ter certeza de que se arriasse sua calça e, ao mesmo tempo, se livrasse magicamente da calça de sua parceira, ele a teria comido ali mesmo, apesar das câmeras de segurança que *certamente* enviavam todas as imagens para o setor de segurança.

Estava no limite.

Quando as portas do elevador tornaram a se abrir, ela se desvencilhou depressa dele e saiu pelo corredor, dizendo:

— *Isso* é tudo o que você precisa saber.

Essa teria sido a frase rude perfeita, lançada por sobre o ombro, só que a voz dela estremeceu. Mas talvez ele não tivesse percebido.

— Uau! — reagiu Shane, cambaleando atrás de Mac pelo corredor, com os olhos meio desfocados. Respirava como se tivesse acabado de correr cinco quilômetros, e ela teria sorrido se tudo aquilo fosse tesão verdadeiro. — Desculpe, mas... hello, Mac? E as câmeras?

— Ei, se liga no lance, escoteiro — disse ela, seguindo em linha reta na direção do quarto dele. — Não existe uma única pessoa no IO que não sabe o que viemos fazer aqui, ainda mais depois do relatório que Elliot divulgou sobre minha capacidade aumentada de curar através do sexo. Eles não precisam de vídeos no Setor de Análises. Provavelmente estão fazendo pipoca e se preparando para ficar debruçados sobre os sinais vitais que nossas sondagens constantes vão lhes enviar. Tomara que você não sofra de ansiedade e exiba uma boa atuação.

Ela destrancou o apartamento dele com sua chave mestra e foi direto até o monitor.

— Computador, acessar MM-1. Baixar e imprimir o documento legal que o recruta Laughlin deverá assinar — ordenou —, declarando que recebeu uma explicação completa sobre meus poderes e habilidades relacionadas a ele e que, apesar de minhas recomendações em contrário, aceitou participar da experiência de hoje. Use todo o jargão legal necessário a um documento desse tipo, para torná-lo válido assim que for assinado.

— Computador, acessar SL-5. Ajustar a linguagem do contrato, incluindo a expressão "toda e qualquer experiência" — ordenou Shane, com voz firme —, a começar de hoje e continuando por tempo indeterminado, *conforme for necessário*.

Mac olhou para ele.

— *Conforme for necessário?*

— Ora, talvez precisemos de várias sessões. — Ele deu de ombros. — Tudo em nome da ciência. Prefiro não perder tempo assinando um monte de documentos adicionais. Supondo, é claro, que os *testes* de hoje — fez aspas no ar com os dedos — não me matem. Hummm... Talvez seja melhor eu acrescentar um anexo declarando que, caso eu não sobreviva, tudo bem, porque se o que vamos fazer for cinquenta por cento tão bom quanto o que acabou de acontecer no elevador, vou morrer com um sorriso nos lábios.

Mac olhou para a impressora que se ligara sozinha e cuspia o documento que havia pedido.

— Opa... — reagiu ele. — Nem um risinho. Nem mesmo uma irritada virada de olhos. — Atravessou a sala e pegou o documento na bandeja. Olhou para o texto e depois para Mac. — Posso assinar com caneta mesmo ou tem de ser com sangue? — Não esperou resposta. Foi até o balcão da cozinha, pegou a caneta que ficava ao lado do telefone. A esferográfica arranhou o papel com rapidez. Em segundos, recolocou a tampa na caneta e colocou o documento com força sobre a mesa, com um baque surdo. Virando-se para Mac, anunciou: — Agora é oficial. Sou todo seu.

O mais idiota daquilo é que ele estava sendo sincero. Pelo menos achava que sim. Continuou parado ali, com a excitação faiscando nos olhos lindos, no rosto bonito demais, no corpo esguio e musculoso com atitude de oficial da Marinha. Mac sentiu vontade de chorar ou de bater em alguém, porque não desejava mais uma transa totalmente impessoal com aquele homem.

Na verdade, queria algo que jamais conseguiria ter.

Só que Shane era exatamente igual a Justin, Robby e todos os outros homens que ela havia usado, e que também a tinham usado, desde o primeiro parceiro que teve na vida...

Tim.

O garoto que lhe pareceu tão bonito, divertido, inteligente e doce quando ela foi morar na casa dele, junto com o pai e Janice, a mãe de Tim, logo depois que a mãe de Mac e seu irmãozinho haviam morrido.

Ele fora o único a lhe oferecer um pouco de conforto — se é que se pode chamar aquilo de conforto.

Quanto a Shane...? Ele estava fazendo a mesma coisa, e reagindo a ela do mesmo jeito.

Não a ela, na verdade, mas ao seu poder de atrair os homens.

Por Deus, como Mac odiava esse poder.

Gostaria de ter poderes de telepatia, em vez de empatia. Poderes telepáticos seriam muito mais fáceis de administrar. Mais objetivos e práticos do que suas habilidades atuais, e isso não era justo.

É claro que justiça não tinha nada a ver com a história.

Poderes e talentos não eram justos. E os Maiorais não eram iguais uns aos outros.

Cada um era um indivíduo. Suas forças eram pessoais e intransferíveis. A pessoa nascia com elas — do mesmo modo que Shane havia nascido com lindas mechas ruivas no cabelo louro.

Só restava a Mac torcer para que aquela mesma individualidade se mantivesse quando seus poderes aumentassem. E torcer para que, mesmo sabendo que o crescimento significativo dos poderes de Diaz tivesse acontecido a partir de uma ligação emocional íntima com Elliot, alguém conseguisse provar que o incremento dos poderes de Mac derivaria, unicamente, do sexo quente e selvagem.

Porque a ideia de que seu nível de integração subira como um foguete ao nível dos sessenta por cento por causa dos *sentimentos* que nutria por Shane...

Era uma possibilidade insuportável até em pensamento.

Foi nesse momento, enquanto Shane olhava fixamente para ela, obviamente observando-a e esperando o que ela iria fazer, agora que ele era *todo dela*, foi que os olhos dele se estreitaram e ele exclamou:

— Merda!

E a excitação foi substituída por outra coisa. Seus olhos continuavam calorosos, mas exibiam menos tesão e mais... *ternura*?

— Por Deus! — reagiu ele. — Não acredito que vou dizer um absurdo desses, mas... — Expirou com força e balançou a cabeça para os lados. — É melhor não fazermos isso, Michelle. Não desse jeito.

Ela também não acreditava no que ouvira. Na verdade, ficou tão surpresa que não sabia o que dizer, e mostrou-se indignada por ele ter usado seu nome de batismo.

— É Mac — avisou, de forma ríspida. — Ou dra. Mackenzie. Ou só Mackenzie!

— Eu gosto mais de Michelle — rebateu ele. — Combina com você.

— Vá se foder!

— Sim, por favor, façamos isso — concordou Shane. — Como nos meus sonhos mais loucos. Mas nesse momento, não. Sinceramente, não acho que seja a coisa mais adequada. Não creio que... Escute, não sei por que eu deixo você tão apavorada, mas...

— *Vá se foder!*

— Não desse jeito, assim, tipo "grrrr..." — disse ele, formando garras com os dedos. — Não é disso que estou falando, não adianta ficar na defensiva. Não foi nesse sentido que usei a palavra "apavorada". Aliás, acho que há uma grande chance de você conseguir me derrubar de bunda no chão, caso desejasse fazer isso.

— Não é uma *grande chance* — reagiu ela. — Eu poderia fazer *exatamente isso*, se quisesse.

Mac percebeu que Shane tinha dúvidas sobre os poderes dela serem tão absolutos, mas deixou que ele ganhasse.

— Já atuei em campos de batalha — explicou ele. — Estudei todos os aspectos psicológicos sobre o que o medo consegue fazer, e sei que tudo isso surge a partir da raiva. Desde que saímos do gabinete do dr. Bach você está revoltadíssima comigo e...

— Se você realmente acha... — explodiu ela, atropelando as palavras.

— Quer me deixar terminar a frase? — pediu ele, erguendo as mãos.

— Não! — retrucou ela. — Porque você *já está* acabado. Não me conhece. Não sabe a diferença de quando estou revoltada e de quando estou simplesmente... *entediada.*

Ele riu muito ao ouvir isso, e o ar divertido parecia genuíno.

—Você quer me fazer acreditar que eu deixo você *entediada*?

Ela deu de ombros de forma ostensiva.

—Você realmente não me conhece — repetiu ela. —Algumas horas de sexo, umas duas conversas e...?Você *não faz ideia* de quem eu sou.

— *Vá se foder* é uma reação de tédio? Porque, lá na minha terra, *vá se foder* é uma demonstração de raiva. É perturbação total. É tipo... vá se foder! Eu não deixo você entediada, *Michelle.* Na verdade, eu deixo você com o cu na mão de tanto medo!

— Desculpe, mas você não está com essa bola toda. — Mac lançou uma forte carga de sinceridade na direção dele que deveria tê-lo feito acreditar nela e recuar.

Em vez disso, porém, Shane ergueu a voz.

— Computador, confirmar o monitoramento constante da dra. Michelle Mackenzie.

"Monitoramento constante confirmado", respondeu a máquina.

— Computador, fornecer em áudio a taxa de batimentos cardíacos da dra. Mackenzie — ordenou Shane.

— O quê? — reagiu Mac, sentindo um som grave e fortemente ritmado sair dos alto-falantes embutidos. — Quem lhe deu o direito de...

— Humm... a mim, parece um pouco acelerado — analisou Shane. — Claro que não sou médico. Computador, comparar os batimentos cardíacos atuais da dra. Mackenzie com sua média normal, em estado de repouso.

O computador cumpriu a ordem e relatou que a dra. Mackenzie tinha uma taxa de batimentos cardíacos, quando em repouso, equivalente à de uma atleta, e informou que sua taxa naquele momento estava muito mais alta do que o normal.

Mac balançou a cabeça para os lados.

— Humm... — fez Shane. — Talvez o coração de todos os Maiorais se acelere quando eles ficam *entediados.*

— Computador, encerrar a transmissão! — ordenou Mac, e o som desapareceu.

— Eu a deixo apavorada porque você gosta de mim — insistiu Shane. — Sei que acha que a única razão de eu estar sempre a fim de você é o seu encanto mágico, mas isso não é verdade.

— Ah, não é verdade? — perguntou Mac. E lançou uma carga do mesmo encanto que ele negava, o que o fez dar um passo na direção dela. E depois mais um.

— Eu lhe contei coisas que nunca tinha contado a alguém — confessou Shane, claramente determinado a manter a conversa rolando, mesmo quando a linguagem corporal dela lhe dizia, de forma insistente, *cale a boca e me beije*.

— A respeito de lutar no octógono? — perguntou Mac, tentando parecer casual e irreverente.

Ele deu mais um passo na direção dela, embora claramente estivesse tentando se impedir de fazer isso.

— Não, sobre entrar para a lista negra. Sei que você provavelmente acha que é papo-furado, mas a vergonha que sinto ao me lembrar disso é... caraca, sou um Navy SEAL, Mac. Estou acostumado a vencer sempre, a ser tratado com respeito, um respeito conquistado a duras penas. Ter sido colocado na lista negra das Forças Armadas me deixa doente!

Mac sentiu vontade de lhe perguntar como tudo acontecera — o que ele fizera de tão terrivelmente errado —, mas não ousou fazê-lo, por medo de ele perceber que ela se importava.

Porque, no fundo, realmente se importava. Apesar de tudo o que aprendera da vida com Tim e com todos os outros homens que tinham vindo depois dele, Mac *se importava* com Shane. Demais até.

— Recebemos a missão de eliminar um dos terroristas mais procurados do mundo — contou Shane, baixinho, mesmo sem ela ter perguntado. — Eu liderava uma equipe de oito homens. Eles eram os meus melhores. Os riscos eram elevadíssimos, mas todos se ofereceram como voluntários para a missão.

"Atravessamos a fronteira de um país onde nossos militares não deveriam estar, sabendo que se fôssemos pegos por nossos supostos 'aliados' estaríamos por nossa conta e risco." Ele suspirou com força. "Só que não fomos descobertos. A operação correu muito bem, dentro do cronograma. Encontramos nosso alvo com facilidade e foi apenas questão de segundos até transmitirmos as coordenadas do local para uma aeronave não tripulada, invisível ao radar. Foi nesse momento que um dos meus homens, que não vou dizer o nome, e também não vem ao caso... Pois bem, ele descobriu que a mulher que era nosso alvo não se tratava de terrorista coisa nenhuma. Era, na verdade, a única testemunha que havia sobrevivido a um assassinato de motivação política que o diretor-geral de uma das nossas agências governamentais passara vários meses negando que tivesse ordenado. De repente ali estávamos nós, a ponto de eliminar a única testemunha..."

— Que merda! — reagiu Mac.

— Bota merda nisso! — concordou Shane. — Eu não quis que meus homens se defrontassem com um dilema moral desse tipo. Ordenei que saíssem da fronteira e informei à aeronave as coordenadas de uma fazenda abandonada. Enquanto tudo explodia um pouco adiante, na estrada, ajudei a testemunha a desaparecer para sempre, mas de um jeito muito mais suave: ela continua viva. — Ele parou de falar por um segundo e respirou fundo. — O problema é que haviam mandado uma segunda equipe para eliminá-la, um bando de mercenários de cuja existência eu não tinha conhecimento. Eles efetuaram um ataque de morteiros muito mais preciso e a coisa ficou extremamente... perigosa. Mesmo assim, eu consegui salvá-la. Ela nunca será encontrada, a não ser que queira, e é lógico que não quer. Está muito determinada a ver seus filhos adultos.

—Você fez tudo isso sozinho? — Mac teve de perguntar.

—Tive ajuda de alguns... moradores do local — disse Shane.

Ora, ora... Não era interessante o jeito como ele informou isso? Não disse um simples sim ou não, e Mac insistiu:

— Quer dizer que você enviou sua equipe de oito Navy SEALs...

— Sete — corrigiu ele. — Eu era o oitavo.

— Eles não o ajudaram. Em nenhum momento.

— Em momento algum — confirmou Shane, reforçando o *algum*, e mais uma vez ela recebeu uma onda de honestidade e verdade vinda dele.

Foi então que Mac percebeu tudo... Pegou um pedaço de papel e escreveu alguma coisa, para que o computador não pudesse ouvir. Sua caligrafia era péssima, mas, quando Shane se aproximou por trás do ombro dela, não teve dificuldades para ler.

Você enganou os detectores de mentira por causa da linguagem que usou. Ordenou que seus homens ultrapassassem a fronteira, mas eles não fizeram isso. E também não o ajudaram, foi você que os ajudou a esconder a testemunha. Porque estava ferido. Seu tornozelo, lembra? A história que você me contou quando nos conhecemos no bar???

Ela olhou para os olhos sombrios dele, que simplesmente fez que sim com a cabeça ao fitá-la de volta.

Ele levou a culpa de tudo, de forma intencional, para proteger seus homens. E isso, certamente, tinha deixado um monte de gente muito pau da vida nos altos escalões do governo.

Mac não disse nem escreveu nada disso, mas era óbvio que ele sabia direitinho tudo o que ela estava pensando.

— Fiz o que tinha de fazer — disse ele, baixinho. — E por mais que eu queira lhe contar outros detalhes a respeito... — Na verdade, ele já contara muita coisa.

Não vou contar nada disso a ninguém, prometeu Mac, escrevendo no papel. Depois que ele leu, ela rasgou tudo em mil pedacinhos, jogou na pia, fez uma pasta disforme com água e atirou no reciclador.

— Obrigado — disse ele, quando ela desligou o aparelho.

— Você é um tremendo idiota.

— Fiz a coisa certa. — Ele sorriu, olhando para ela.

Mais uma vez, Mac sentiu a intensidade das convicções dele. Era algo que irradiava como ondas de honra e sinceridade que ela sentia na boca do estômago. Era algo que praticamente o fazia cintilar.

Mesmo ao falar do seu maior equívoco ele era puro, dourado e verdadeiro.

E completamente errado para ela, uma mulher que vivia e respirava truques, fraudes e ilusões.

Mesmo assim, ela o desejava mais do que jamais desejara alguém na vida...

Ele afastou os olhos dela, virando-se e apontando para a porta.

— Escute... por mais que eu queira que você fique, acho que deveria ir embora. Pode ficar e almoçar comigo, se quiser, mas...

— Não — afirmou ela, forçando-se a passar longe dele. — Tem razão, eu devo ir embora. Existem outras formas de testar essa teoria. Não devia fazer isso com você.

Mas, antes de ela abrir a porta, ele a pegou pelo braço e a puxou de volta.

— Outras formas? Que outras formas?

Mac estava tão perto dele que dava para sentir o calor do seu corpo. Teve de virar a cabeça para trás para olhá-lo fixamente e ver que ele franzia o cenho.

Aquilo deveria deixá-la revoltada — uma atitude de quem era proprietário dela, misturado com um jeito grosseiro, só que ele não estava sendo exatamente grosseiro. Segurava o pulso dela com força, mas tinha cuidado para não machucá-la. Mac ficou feliz por ter mandado o computador desligar o som de seus batimentos cardíacos, porque agora seu coração realmente havia disparado.

Balançou a cabeça para os lados.

— Simplesmente... outras formas que não envolvam você.

— Quer dizer outros caras? — perguntou. Estava com ciúmes, ela podia sentir. —Voluntários para testes... Outros *homens*?

— Ou mulheres — disse Mac. — Afinal, sexo é sexo, não é verdade?

Ele piscou duas vezes.

—Você na verdade é... bissexual?

— Não — disse ela. — Só uma sacana que gosta de zoar você.

Ele riu ao ouvir isso — uma risada grave. Mas o calor do seu hálito soprou no rosto dela, que ergueu a cabeça e ficou olhando para a sua boca. Foi um instante, apenas, e ela desviou o olhar logo em seguida, mas ele percebeu e a puxou para mais perto, bem junto dele. Suas pernas se tocaram e os seios dela roçaram o peito dele.

— Nem pensar... — murmurou Shane. — Não vou deixar você fazer *experiências* desse tipo com mais ninguém. Isso não vai rolar.

— Não vai *deixar*? — perguntou ela. — Não creio que você tenha o poder de *deixar ou não* que eu faça o que bem entender.

—Ah, é mesmo? — brincou ele. — Pois saiba que neste exato momento eu vou deixar que você me beije. — Olhou fixamente para a boca de Mac, que esperou ardentemente que ele baixasse a cabeça alguns centímetros, mas ele não fez isso.

E continuou sem fazer.

Porque esperava que *ela* o beijasse.

— Leve o tempo que quiser — murmurou Shane. — Tenho o dia todo.

Apesar do fato de, teoricamente, Mac ter todo o poder, ele conseguia resistir a ela de algum modo. Foi ela que se rendeu, pois não aguentava mais. Colocou-se na ponta dos pés, ao mesmo tempo que puxou a cabeça dele para baixo, a fim de beijá-lo. Sabia que aquilo era um grande erro, mas não conseguiu se segurar.

A coisa certa a fazer era sair porta afora e procurar outro recruta entre os Potenciais; alguém disposto a assinar a permissão e participar do teste de expansão dos seus níveis de integração. Porque sexo era *apenas* isso. Era muito mais seguro manter a relação em nível puramente físico e deixar as emoções de fora porque, por mais que ela fingisse, certamente não haveria envolvimento emocional com o homem que ela encontrasse. Não poderia haver.

Todos a desejavam. Com certeza. Esse era o seu poder. Todos a desejavam, e isso era o mesmo que dizer que *ninguém* a queria de *verdade*. Ninguém queria a pessoa que ela era.

Quem ela era por dentro não tinha nada a ver com o processo. Tudo não passava de manipulação, controle e reações biológicas.

O mais cruel de tudo é que as emoções que suas vítimas experimentavam como reais também pareciam, para ela, amor verdadeiro. Só que não era real — não passava de uma reação. Como alguém alérgico a morangos ficar com urticária depois de comê-los.

Mesmo assim, Mac se ouviu gemendo quando Shane virou a cabeça para beijá-la com mais força, mais fundo, enquanto lhe massageava um dos seios e enfiava a outra mão por baixo da sua blusa.

— Eu sei que deveria fazer você ir embora daqui, mas... Droga! — resfolegou Shane, antes de beijá-la novamente.

E Mac entendeu que também não iria interromper aquilo. Desejava demais viver aquele momento. Mesmo sabendo que a rebordosa seria insuportável.

Queria...

Nossa, Mac queria se sentir bem, apagar toda a feiura que o mundo lançara sobre ela nas últimas horas, que tinham sido infernais.

E também queria que seus níveis de integração pulassem para sessenta. Puxa, 55 já estaria ótimo! Mas preferia que isso acontecesse através de sexo, sem nenhuma ligação emocional. Queria uma prova de que não era só Shane que ampliava a integração neural dela. Queria a certeza de que poderia fazer sexo com qualquer um e obter os mesmos resultados.

Acima de tudo, não queria especular sobre se Shane gostava dela de verdade ou não. Não queria perder tempo questionando se a vontade que ele mostrava de transar com ela era apenas uma resposta natural derivada de atração genuína. No fim das contas, pode ser que ele tivesse uma quedinha verdadeira por mulheres baixas com rosto redondo, cabelo horroroso e seios pequenos. Talvez ele a achasse divertida, inteligente ou interessante, e sua vontade de trepar com ela em várias posições não tivesse relação com o seu poder de fazer todo mundo ter vontade de trepar com ela em todas as posições.

Como não queria especular sobre nada disso, tirou a encucação da cabeça e lançou sobre ele uma nova carga do seu poder, desta vez com força nuclear.

— Puta merda! — balbuciou ele, ofegante, sem conseguir resistir àquele poder. Tentou abrir a calça dela com uma das mãos enquanto desafivelava seu cinto com a outra. — Preciso...

Mac sabia exatamente do que ele precisava e o ajudou chutando longe os tênis e arriando a própria calça até os joelhos, enquanto ele abria o zíper da calça, beijando-a sem parar.

Finalmente a calça dela saiu e ele conseguiu arriar a própria calça um pouco, ainda beijando-a, e enlaçou as pernas dela em torno da sua cintura.

Em um segundo estava dentro dela por inteiro, o que foi tremendamente gostoso, mas não havia resistência suficiente, embora ele tentasse desesperadamente penetrá-la mais fundo, puxando-a para junto dele. Nesse momento, ela achou que ele iria carregá-la até a cama, porque foi naquela direção que ele seguiu, mas estava enganada, ele preferiu pressioná-la contra a parede.

Mac sentiu as costas baterem na parede, e então, por Deus, ambos conseguiram o que desejavam, e que era exatamente o que ela tanto queria desde a última vez em que tinham feito aquilo. Ambos gritaram ao mesmo tempo, porque a sensação era boa demais! Shane riu com vontade enquanto rebolava e se mexia dentro dela, apertando-a mais e deixando de beijá-la para observar fixamente os olhos dela.

— Você é incrível, sabia? — disse ele, com a respiração entrecortada. — Você vai me matar por ser tão fodasticamente boa!

Mac puxou a boca de Shane para junto da sua com um gesto brusco, tornou a beijá-lo com vontade e não quis saber de mais nada.

Aquilo não iria ser divertido.

As costas de Bach doíam de forma lancinante, como sempre acontecia quando ele forçava demais a barra ou funcionava durante muito tempo sem repousar de forma adequada.

Isso também acontecia quando ele passava por algum momento de muito estresse.

Certamente a sessão com Stephen Diaz, em que ele aprendera tudo a respeito de sonhos controlados, tinha sido muito estressante. Além do mais, Bach fora exposto a informações em demasia sobre a incipiente relação pessoal do outro Maioral com Elliot Zerkowski.

Diaz se mostrara muito embaraçado pelo conteúdo erótico dos sonhos que ele se programara para ter... Sonhos que conseguira projetar, enquanto dormia, na mente do Minoral.

Uma façanha admirável, diga-se de passagem.

Porém, apesar de Diaz ter obtido sucesso ao mostrar a Bach exatamente o que acreditava ter feito, tanto para controlar quanto para projetar sonhos, não havia garantia de que Bach conseguiria acessar as mesmas trilhas neurais e abrir uma conexão com Nika através de Anna.

Mesmo assim, ele estava disposto a tentar.

Suas costas voltaram a incomodar, mas isso não era nada comparado à dor que sentira no acidente, ou a horrível sensação de paralisia que se seguira durante muito tempo, tantos anos atrás.

Portanto, ignorou o desconforto ao olhar para Anna, que tirara os sapatos e se posicionara com o corpo rígido e imóvel sobre o edredom. Com o tubo de soro no braço, a substância para fazê-la dormir que entrava lentamente em sua corrente sanguínea logo fez efeito.

O desconforto de Bach não era nada comparado aos sacrifícios que Anna estava disposta a fazer para encontrar sua irmãzinha.

A técnica do laboratório, uma mulher idosa chamada Haley, estava diante do computador e monitorava todos os sinais vitais de Anna e de Bach, cuidando para que nada de impróprio acontecesse — pelo menos no lado de fora da mente de Anna. Suas sobrancelhas se ergueram com um pouco de interesse quando Bach pegou um cobertor de lã no armário, abriu-o e colocou-o sobre Anna, embora ela tivesse recusado a proteção quando ainda estava acordada.

— Vai ficar mais frio aqui — explicou ele à técnica, sem querer admitir que o abandono relaxado em que Anna dormia parecia privado demais para que ambos o testemunhassem.

— Vai precisar de um cobertor também, senhor? — perguntou Haley.

— Estou ótimo — disse Bach, lacônico, puxando uma cadeira e pondo-se a trabalhar.

Embora tivesse permissão irrestrita para entrar na mente de Anna, ainda se sentia estranho ao fazer isso. A mente inconsciente realmente *era* mais maleável. Ele poderia, com facilidade, plantar ideias e sugestões na cabeça dela. *O céu é verde*, por exemplo.

Depois disso, Anna acordaria e ficaria convencida de que isso era verdade — até sair na rua e ver o céu por si mesma. No entanto, apesar da constatação visual, talvez *não acreditasse* em seus próprios olhos. Algumas pessoas simplesmente eram programadas de forma natural para rejeitar, com facilidade, verdades que desafiavam ideias e crenças plantadas no fundo da sua psique. Se Anna estivesse nesse subconjunto neuronal, Bach teria de voltar à sua cabeça mais tarde, a fim de corrigir o fato "absoluto" que tivesse colocado lá dentro.

Utilizando uma técnica relacionada a essa e com um pouco mais de tempo, ele seria capaz de lhe ensinar parse, o idioma usado na antiga Pérsia. Ou cálculo avançado.

Ou também — se ele fosse imoral e pervertido —, em vez de lhe dizer que o céu era verde, poderia implantar na mente de Anna a crença de que, a fim de encontrar Nika com mais facilidade, ela deveria fazer sexo com ele com tanta frequência quanto fosse possível.

O fato é que Anna não tinha como saber que Bach nunca, sob nenhuma circunstância, faria algo tão abominável.

Aquilo era sério, espantoso, e o abalava um pouco, embora ajudasse a manter sua fé na raça humana.

É claro que ainda estava abalado com o verdadeiro ataque à mente de Diaz, mas isso não tinha nada a ver com a atração sexual desenfreada de Diaz por outro homem, e sim com a força absoluta e a enormidade dos sentimentos do Maioral por Elliot.

Amor.

Bach se abalara ao se sentir cercado pela certeza da convicção apaixonada e verdadeira.

Isso o fez recordar...

Tudo o que ele próprio sentiu, como tinha sido, o que ele fora uma vez e já não poderia ser...

Bach respirou fundo, expirou devagar e entrou na mente de Anna de forma lenta e cuidadosa, consciente de que a droga no sistema dela poderia lhe causar alguma incoerência ou caos mental extra. Mas ele já penetrara em mentes muito convulsionadas antes. O segredo era se manter alerta e voltar ao próprio cérebro com regularidade, como alguém que nada dentro d'água e sobe à superfície para respirar.

Fechou os olhos ao mergulhar no calor que pertencia unicamente a Anna Taylor, e se obrigou a focar na busca de trilhas ou vestígios de pensamentos de contemplação não completamente formados que pudessem levá-lo a recordações de Nika.

Essa era a primeira coisa que precisava fazer: encontrar e reconhecer a irmãzinha de Anna, antes de tentar criar uma mensagem onírica que Anna pudesse enviar à irmã.

Imediatamente encontrou uma lembrança poderosa, ainda fortemente ligada ao núcleo emocional de Anna: Nika precisando de conforto logo depois do falecimento da mãe de ambas. Anna permanecera forte, enquanto a menina soluçava em seus braços, apesar de ela mesma estar quase devastada, não apenas pela dor da perda, mas pelo medo da nova e quase impossível responsabilidade de cuidar da irmãzinha.

Vamos ficar bem, disse ela a Nika. *Tudo vai dar certo...*

Foi nesse momento que os pensamentos dela se sacudiram e saltaram para outro momento — como um antigo LP cuja agulha tivesse pulado para uma faixa diferente. Apareceu um homem alto, de cabelo preto, muito imponente, vestindo um terno bem cortado, com uma poderosa gravata vermelha e o rosto bonito inflexível tomado de raiva. Girou o braço e aplicou uma bofetada violenta que derrubou Bach no chão.

Que diabos...?

Logo, porém, Bach percebeu que via e sentia tudo isso a partir da perspectiva de Anna. Entrara profundamente nessa nova lembrança — ou talvez fosse um sonho.

O que lhe deu o direito de roubar *de mim?*, gritava o sujeito para ele... para Anna. *Você me deve isso, sua vadia! Volte aqui!*

Mas Anna fugiu correndo, soluçando e muito assustada. Conseguiu chegar ao corredor, mas o homem estava logo atrás dela. Pegou-a pelo pulso, e os dedos dele se enterraram fundo em sua pele, obrigando-a a parar quando ele lhe torceu o braço. Em seguida, arrastou-a até outro cômodo com o piso revestido de carpete marrom e a atirou sobre uma cama imensa. Ela tentou escapar dele, mas não conseguiu, porque de repente ele estava em cima dela, sufocando-a de forma opressiva, esmagando-a contra o colchão, apesar de ela lutar, chutar, bater nele e gritar — *Não! Não! Não faça isso! Não faça!* Mas o homem de cabelo preto a esbofeteou mais uma vez e com tanta força que seu cérebro pareceu chocalhar. Ao mesmo tempo arrancou-lhe as roupas e — *Não!* — lançou-se de forma rude e dolorosa dentro dela...

Jesus!

Bach lançou-se para cima e para fora do assento, abrindo os olhos com força e engolindo ar quando quase caiu da cadeira.

Haley veio do outro lado do quarto com os olhos arregalados.

— O senhor está bem, doutor?

— Sim — ofegou ele. — Shh! — Fechou os olhos enquanto quase se dobrava ao meio com as costas da mão amparando a testa, e ergueu um dedo, torcendo para que a técnica entendesse que ele precisava de silêncio e tinha de voltar porque, por mais terrível e violento que o pesadelo tivesse sido, havia algo importante ali, algo que ele reconhecera, algo que vira antes ou talvez algo que Anna conhecesse...

Só que — *maldição!* — era tudo muito vago e esquivo, terrível demais, e desaparecera.

Ainda respirando com dificuldade, Bach se sentou com o corpo reto na cadeira. Suas costas o incomodaram mais uma vez, só que desta vez ele ignorou a sensação, pois isso não doía nem mesmo a décima parte do que saber que precisava voltar lá dentro, para a trama compacta do pesadelo de Anna.

Ou recordação... Não conseguiu descobrir o que era, na verdade: um pesadelo, uma lembrança ou um pesadelo baseado em uma lembrança?

Não tinha ideia do motivo de achar tudo aquilo tão importante. O que será que não percebera e precisava descobrir? Só sabia, de forma inequívoca, que precisava voltar.

Foi o que fez, não sem antes respirar fundo várias vezes, obrigando o coração a diminuir os batimentos. Só então, de forma tão suave quanto conseguiu, refez o trajeto.

Anna com Nika. *Vamos ficar bem. Tudo vai dar certo...*

O homem zangado, de cabelo preto. *Você me deve isso, sua vadia! Volte aqui!*

Desta vez, quando Anna fugiu para o corredor, Bach estava preparado. Manteve-se afastado e se movia logo atrás, de modo a não reviver o momento como se fosse Anna.

Mas ela não o viu. Nem o homem zangado e violento percebeu a presença de Bach quando empurrou Anna sobre a cama e se jogou em cima dela, ao mesmo tempo que se livrava da calça.

E isso significava...

Que era uma recordação.

Se fosse um sonho, Bach conseguiria tê-lo interrompido e modificado. Só que nem ele era tão poderoso a ponto de mudar o passado.

Sentindo-se enjoado, desviou os olhos.

E ali, em pé ao seu lado, por entre as sombras e brumas às bordas daquela recordação, viu outra versão de Anna. Ela o viu testemunhando seu estupro e seus olhos lhe pareceram tristes. O cabelo estava espalhado sobre os ombros, em uma massa de cachos, libertos do rabo de cavalo que usava no laboratório de sono. Também se vestia de forma diferente. Usava uma túnica branca simples que esvoaçava em torno dela, contrastando de forma impecável com sua pele perfeita, cor de chocolate. A roupa era diáfana e revelava vislumbres rápidos das suaves curvas dos seus seios e as pernas esbeltas por baixo do tecido.

Era lindíssima, de tirar o fôlego.

Qual dos dois havia escolhido aquela roupa para usar dentro da mente dela?, especulou Bach. Mas logo olhou para baixo e percebeu que ele também usava roupas que não reconheceu, e que mais pareciam fantasias de outra época. Calça cor de caramelo que ia só até os joelhos e tinha uma braguilha quadrada e larga, fechada por botões, em vez de zíper. Sua camisa era tão branca quanto o vestido dela, e tinha mangas compridas muito largas. Era completamente aberta na frente, revelando seu peito nu e musculoso. Bach tentou fechar a camisa, mas não havia como fazer isso. Nada de botões, nem zíper, nem velcro.

Deixou como estava. Anna não pareceu se importar e disse:

— Há muito tempo que eu não me lembrava disso.

— Desculpe por ter trazido tudo de volta — disse Bach. — Mas eu preciso lhe perguntar... quem é ele? Talvez isso seja importante.

— Você não vai encontrar Nika aqui — disse Anna, balançando a cabeça para os lados. — Ela nunca soube o que ele fez.

— Mas ela o conhecia?

— Sim. — Olhou por cima do ombro de Bach, para o homem na cama. — No passado ele foi um... amigo nosso.

— Mas Nika sabe que você tinha pesadelos com esse homem? — quis saber Bach.

— Por que suas costas doem tanto? Você comentou que os Maiorais tinham saúde perfeita — especulou Anna, com preocupação nos olhos. Então, abruptamente, desapareceu.

Em seu lugar surgiu novamente o homem zangado de cabelo preto, como se Bach estivesse novamente preso dentro da lembrança dela.

Merda... De fato, ele era Anna novamente, estava combinado com ela, embebido dela. Agora, o homem agarrava os pulsos de ambos e os jogava contra a cama, penetrando entre as pernas de ambos.

Por mais que tentasse, desta vez Bach não conseguiu sair. Será que a droga no organismo dela o deixara, de algum modo, aprisionado? Sentiu toda a angústia de Anna, somada à sua dor física.

Eu amava você! Como é que eu pude amar você um dia?

— Pare, David, por favor, *pare*! — Havia parado de lutar e de tentar escapar. Em vez disso, segurou o homem zangado com força e o puxou mais para perto. — Por favor, David, se *alguma vez* você me amou...

Mas as palavras não o impediram de se lançar dentro dela sem parar, sem parar, sem parar. E embora ela tivesse parado de lutar, ele continuava puxando seu cabelo com tanta força que sua cabeça foi para trás e ela gritou de dor quando ele, finalmente, gozou com o corpo trêmulo, gritando muito.

Foi então que ela começou a chorar, sem ruídos, as lágrimas simplesmente lhe escorrendo dos olhos sobre as bochechas. O homem — David — continuava largado em cima dela com o hálito quente e asqueroso bufando em seu rosto; Anna tentou afastar a cabeça dele e empurrá-lo, tentando sair debaixo dele.

Desta vez ele a soltou, largando-lhe o cabelo, rolando de lado e se sentando na beira da cama enquanto ela engatinhava para fora do colchão e caía no chão com um baque surdo. Perdera um dos sapatos, mas não se importou com isso. Levantou-se com um pulo e correu para a porta.

Enquanto disparava pelo corredor e tentava alcançar as escadas que davam no saguão e na porta da frente da casa dele, ouviu David dizer, aos gritos:

— Eu nunca amei você! Mas agora estamos quites, não acha?

Só então, depois que Anna conseguiu abrir a porta que dava para a rua, foi que Bach conseguiu se desvincular dela, tanto da sua lembrança quanto da sua mente.

Mas, antes de a deixar, percebeu, com desalento, que, em vez de sair para a liberdade da rua, ela foi sugada mais uma vez para a mesma lembrança terrível na qual, novamente, David batia nela e tudo tornaria a acontecer várias vezes, *sem parar*.

Desta vez Bach não conseguiu se segurar e caiu da cadeira. Bateu no chão com muita força, mas nem isso o fez identificar onde estava, e nem mesmo *quem* era.

Foi então que alguém, uma mulher, veio em seu socorro.

— Dr. Bach, o senhor está bem?

Ele tentou se desvencilhar dela, afastando-se de costas, ainda deitado de barriga para cima no chão, apoiado nos cotovelos. Mais ou menos como Anna fizera para sair debaixo de David naquela cama.

Bach conseguira escapar do sonho, conforme percebeu, muito ofegante. Estava livre.

Mas por Deus!... *Ela* continuava revivendo tudo sem parar.

— Precisamos de ajuda — afirmou a técnica, e ordenou, em voz alta: — Convocar as equipes de assistência ao sono para o Laboratório 7, imediatamente!

Bach estava de volta mais ou menos bem — pelo menos bem o suficiente para identificar a técnica de laboratório que havia pedido ajuda. Seu nome era Haley. Também percebeu que, por algum motivo, a droga que circulava no sangue de Anna para ajudá-la a dormir ainda parecia influenciá-lo. Sentia-se um pouco desorientado, muito enjoado, e suas pernas não funcionavam direito.

De qualquer modo, estava bem melhor que Anna. Ela continuava encolhida em posição fetal sobre a cama, tremendo muito debaixo do cobertor que ele usara para cobri-la.

— Isso *não está* certo — tentou dizer a Haley, apontando para Anna.

— Senhor, juro que foi ela quem se colocou nessa posição, assim que o senhor caiu no chão! Acho que ela está tendo algum tipo de reação negativa à droga ou à sua intervenção.

Como ele estava mais perto de Anna, engatinhou até o tubo de soro que a jovem tinha espetado no braço e rapidamente o tirou.

Alguns minutos iriam se passar para a droga sair do seu organismo e ela acordar, e, quando isso acontecesse, Bach percebeu que ele seria a última pessoa que Anna iria querer ver.

Tudo bem, talvez não exatamente a *última*. Aquele tal de David, não importa o papel que tivesse representado na vida dela, provavelmente mantinha essa honra duvidosa.

Mesmo assim, Bach sabia que Anna não ficaria exatamente empolgada ao vê-lo.

Isso era péssimo porque ele se recusava a deixá-la ali, sozinha daquele jeito.

— O sistema está analisando o dr. Bach e a jovem em teste — anunciou Haley ao médico que irrompeu no laboratório enquanto Bach se arrastava até a cama para ficar ao lado de Anna.

Quando mais um médico entrou, e depois outro, Bach pegou os braços ainda fortemente enganchados de Anna e tentou envolvê-la em um abraço. Ainda estava tão tonto que não aguentou permanecer sentado; recostou-se para trás, deixando-se cair, mas não antes de conseguir abraçá-la.

— A paciente teve uma reação negativa à droga — relatou Haley.

Um dos médicos — era Elliot, graças a Deus — falou:

— Joseph, vai levar pelo menos dez minutos para que Anna consiga sair desse estado. Devo lhe recomendar que...

— *Não interfira!* — ordenou Bach, fazendo muita força para emitir as palavras com clareza. — Pelo que o tomógrafo mostra, estou dentro dos limites da normalidade. Portanto, *afastem-se.*

Todos começaram a falar ao mesmo tempo — Haley, Elliot e todos os outros médicos —, mas Bach não queria ouvir o que tinham a dizer. Fechou os olhos e voltou para dentro da mente de Anna.

Porque cada minuto daquele terror era tempo demais para Anna enfrentar e reviver por conta própria.

19

Mac estava usando seus poderes mágicos em Shane.

Era estranhamente maravilhoso, porque o encanto aumentava e amplificava tudo que Shane sentia, tornando esse momento, sem dúvida, um dos melhores de toda a sua vida.

Ele tentou se lembrar da noite de sexo que eles haviam curtido no apartamento de Mac em Kenmore Square, algo incrível. De repente, porém, se viu pensando unicamente em Mac movendo seu corpo contra o dele, que se esfregava no dela.

Tinha parado de beijá-la e a ergueu um pouco, colocando-a em um ângulo melhor para recebê-lo por inteiro dentro dela. Os olhos de Mac se fecharam e seus lábios se entreabriram. Cada inspiração que dava era entrecortada, e cada expiração, um gemido ou um suspiro de prazer. Ele queria ficar ali dentro para sempre, só olhando para o rosto dela. A mulher em seus braços era mestra em esconder os sentimentos, exceto quando fazia sexo. Seu prazer puro e irrestrito a tornava um livro aberto e... nossa, como Shane adorava isso!

— Ei — murmurou ele, mas só quando diminuiu o ritmo das estocadas, até quase parar, foi que ela abriu os olhos iluminados de desejo e o fitou longamente.

— Não...! — sussurrou ela de volta, tornando a fechar os olhos. Quando mordeu o próprio lábio inferior e engoliu um gemido, ele se enterrou mais fundo e se sentiu voltando para casa.

Shane a beijou de forma delirante — como não fazê-lo? — antes de gemer também e perguntar, com os lábios colados àquela boca ardente:

— Não o quê?

— Não pare! — ofegou ela.

— Eu não parei — assinalou Shane, embora estivesse redefinindo a palavra *lentamente* enquanto tirava e tornava a colocar o membro bem devagar, sentindo o calor e a suavidade que vinham do corpo dela.

— Não seja sacana — brincou ela, tentando acompanhar-lhe os movimentos para impedi-lo de sair, flexionando os músculos da vagina em torno dele e apertando as pernas com mais força em volta da sua cintura. Mas ele a tirou da parede e a ergueu subitamente, deixando-a sem ter para onde ir. Mac enterrou os dedos nas costas dele e reclamou: —Vamos lá, marinheiro, você sabe do que eu gosto!

Se tivesse usado seu nome verdadeiro, talvez ele lhe desse exatamente o que ela pedia.

—Tenho quase certeza, *dra. Mackenzie* — murmurou Shane, penetrando-a lentamente de novo, tornando a encostá-la na parede enquanto ela tentava mais uma vez, sem sucesso, evitar um novo gemido —, que você gosta *desse jeito* também.

— Ó Deus! — ofegou ela, quase sem ar, enquanto ele se preparava lentamente para sair mais uma vez e ela tentava impedi-lo. — Por favor, Shane, oh, por favor, *não*!

Ela tornou a abrir os olhos e desta vez eles cintilavam com lágrimas. Ele congelou. Logo o instante passou e ele pensou que talvez tivesse imaginado tudo, mas percebeu que não, pois ela se mostrou zangada e disse:

— Não tente tornar isto algo que não é! E, *droga*, não olhe para mim desse jeito!

— De que jeito? Estou só... olhando!

— Com esses olhos!

— Claro! Uso meus olhos para olhar, sabia?

— Mas não desse jeito — insistiu ela. — Eu só quero... — Puxou a cabeça dele mais para perto e o beijou com tamanha intensidade que foi quase como se desejasse sugar-lhe a alma do corpo.

Ela o empurrou e Shane sentiu os ombros dela batendo na parede com mais força do que o desejado, mas não conseguiu impedi-la. Por Deus, ela colocara o encanto no nível máximo, e quando começou a se mexer, roçando o corpo nele depressa e com mais força, como havia feito no início, ele se excitou ainda mais e a acompanhou.

O que ela fazia o deixava louco e, literalmente, sem controle. Ele já não tinha mais poder de parar ou tornar mais lento o que acontecia. Estava acabado, sem volta. Simplesmente gozou em jatos longos e quentes que quase a fizeram se desatar dele.

Por Deus, ele não foi o único a explodir. À volta deles as lâmpadas cintilavam e explodiam, e a tomada da parede junto das pernas de Shane zumbia e soltava fagulhas.

A impressora do computador, sobre a mesa, devia ter sofrido uma sobrecarga elétrica, porque começou a chiar com estrondo. Sacudiu e celebrou o evento vomitando folhas que pareciam testes para alinhamento dos cabeçotes de impressão. Não disse *que superfoda*, nem *iu-huhh!...*, mas era o que parecia.

Porque naquele instante o alinhamento corporal de Shane parecia perfeito.

— Computador, relate meu nível de integração — ordenou Mac, com o rosto ainda pressionado contra o pescoço de Shane e as pernas ainda presas às dele. Por um instante lhe pareceu que Mac falava em outro idioma, pois Shane não entendeu o que ela dizia em meio ao troar que ainda soava em seus ouvidos.

Mas quando o computador respondeu: "Sessenta e três por cento de integração", em meio a muitos ruídos de estática, ele finalmente entendeu.

O sexo com ele havia aumentado *muito* o nível de integração de Mac, tornando-o mais alto até do que o de Diaz, o que era inacreditável.

— Computador, relatar qualquer mudança — exigiu Mac. — A mínima que seja. Responder por áudio, de forma contínua.

"Sessenta e dois vírgula nove, nove, oito...", respondeu a máquina, de imediato, com um pouco menos de estática.

— *Merda!*

"Sessenta e dois vírgula cinco, nove, sete."

— Computador, relatar apenas números inteiros! — ordenou Mac.

Shane ergueu a cabeça. Estava com a testa grudada na parede, as mãos ainda presas às nádegas incríveis de Mac, os braços cansados do esforço e as pernas decididamente bambas devido à fadiga muscular, mas certamente felizes.

Mexeu-se um pouco, tentando dar a ela a chance de desmontar dele com a maior elegância possível, considerando que estava seminua e a calça dele ainda estava amontoada junto dos tornozelos, impedindo-o de caminhar. Mas ela o apertou com mais força e repetiu:

— Não!

Ele permaneceu imóvel. Não moveu um músculo. Também não falou, mas ela sabia que ele iria se pronunciar a qualquer momento e acrescentou:

— Shh! Calado, *shh*!

Tudo bem. Pelo visto, ela tentava algo importante. Ele não sabia exatamente o que, mas certamente era vital.

"Sessenta", relatou o computador, e logo em seguida: "Cinquenta e oito, cinquenta e sete."

— Que *porra* é essa...? — Mac ergueu a cabeça e abriu os olhos. De repente os dois estavam com os narizes colados um no outro. — Por que meus níveis estão despencando tão depressa?

Antes de Shane ter tempo de dar algum palpite, ela acrescentou:

— Computador, explicar o que está acontecendo!

A máquina disse:

"Resposta desconhecida. Cinquenta e cinco."

— O que posso fazer para ajudar? — quis saber Shane, embora o esforço de mantê-la daquele jeito começava a fazê-lo suar.

— Pensei que eu tivesse mais tempo de integração elevada — lamentou ela, olhando fixamente para Shane, e o desespero em seu rosto era tão honesto e puro que só de olhar para ela o coração dele pulou novamente para a garganta.

— Não sei o que está tentando conseguir — disse-lhe Shane, com os olhos grudados em Mac, querendo que ela acreditasse no que dizia, enquanto firmava os músculos do braço para parar de tremer —, mas se houver algo que eu possa fazer...

Ela não disse nada, simplesmente olhou para ele.

Shane insistiu:

— Pelo menos me conte o que está tentando fazer. É a rede emocional? Você está à procura daquele homem, Caine?

Mac fechou os olhos com força e concordou com a cabeça.

— Por um instante me pareceu que eu estava... pensei ter sentido a presença dele...

— Mas isso é *ótimo*! — entusiasmou-se Shane. — Mac, isso é surpreendente! Vamos lá, não faça essa cara de desapontamento. Conseguimos levar você até os 63, não foi? Estou certo de que conseguiremos repetir a dose. Puxa, tenho certeza! Jogue um pouco mais do seu encanto especial em mim e estarei pronto para outra, agora mesmo. E se não conseguir fazer isso, por algum motivo, o serviço de quarto pode me trazer um Viagra junto com o almoço. Espere um pouco, desculpe... o nome do serviço de quarto é *guarda da prisão* — corrigiu ele. — Apesar disso, diante da perspectiva de um repeteco dessa transa fabulosa no futuro imediato, já não me sinto tão mal por estar trancado.

Mac abriu os olhos e o fitou longamente, mas o ar de desespero não saíra de seu rosto. Na verdade, havia piorado. Shane sentiu o coração cambalear e sabia que pedir: *Por favor, por favor, não me deixe de fora*, só serviria para que ela fizesse exatamente isso. Portanto, resolveu dizer:

— Cadê o emoticon de carinha feliz? — E fez uma careta que era parte ansiedade, parte sorriso. Isso teve exatamente o efeito planejado.

Ela rolou os olhos para cima e soltou uma gargalhada.

Ele forçou um pouco a barra e, brincadeiras à parte, disse, baixinho:

— Sei que está acostumada a resolver seus problemas sem precisar de alguém. Também sei que, às vezes, a pior coisa do mundo é aceitar ajuda, mas... deixe-me ajudar.

"Cinquenta e sete", anunciou o computador. "Cinquenta e oito."

— Uau! — reagiu Shane. Os níveis de integração de Mac estavam... subindo novamente?

Mas ela não estava feliz. Na verdade, parecia atônita e então aterrorizada quando o computador continuou:

"Sessenta; 61; 62."

— Ah, *merda*! — sussurrou ela, com os olhos novamente rasos d'água. Desta vez Shane sabia que não imaginava coisas, porque duas lágrimas imensas transbordaram e lhe escorreram pelo rosto, seguidas por outras, e... Santo Cristo! Mac começou a chorar!

Anna não estava sozinha.

Ficara presa naquele pesadelo — e apesar de tudo parecer mais real do que qualquer sonho que tivera na vida, sabia que *só podia* ser um pesadelo, porque se repetia infinitamente.

Além do mais, havia algo ainda pior acontecendo ali, alguma coisa a ver com Nika, mas o foco exato permanecia longe da sua compreensão e cada vez que David a esbofeteava, ela caía e tentava escapar.

Falhara, como já havia falhado antes disso.

Só que dessa vez, enquanto David enfiava os dedos por entre os cachos de Anna e os puxava com violência, enquanto ela gritava de dor, sem acreditar, enquanto o sentia lançando-se dentro dela com tanta força que a machucava e feria, ouviu uma voz que não estava lá antes.

Baixa e calma, com a dicção e a pronúncia de um astro de cinema dos anos 1940, a voz dizia:

Vamos parar de repetir essa cena agora, combinado? Não se mova. David quase acabou e eu sei que você vai tentar se mexer e fazer o mesmo que antes, ou fugir, mas não podemos fazer isso, ou todo o ciclo tornará a se repetir. É como areia movediça. Sei que nunca esteve presa em um lugar assim, mas já viu muitos filmes e ouviu histórias... Lutar e se debater faz a pessoa afundar mais depressa. Ela precisa flutuar, abrir os braços e permanecer imóvel. Isso vai contra todos os seus instintos, eu sei, mas se fizermos desse jeito, David vai sumir e poderemos ir para... Em que lugar desejaria estar?

Foi simples assim. A voz tinha razão: David se fora e agora apenas Anna *estava* aprisionada em um poço de areia movediça gosmenta, amarelada e fedendo a podre. Nesse primeiro momento, seu peso a puxou para o fundo e seus pés se agitaram tentando encontrar um ponto de apoio, mas não havia nada, só a lama que lhe cobriu a cabeça e a fez sentir uma fisgada de pânico.

Peguei você. Está salva!

Ela se sentiu sendo erguida para fora do poço por uma força poderosa. Tossiu, cuspiu e limpou a lama do rosto e dos olhos.

E ali estava Joseph Bach, em solo firme, vestido como um príncipe da Disney. Anna entendeu que a voz que ouvira era *dele*; percebeu que era ele quem estivera junto dela o tempo todo. Não a abandonara sozinha lá, no fim das contas. Não sabia se devia se sentir grata ou mortificada, enquanto flutuava pelo ar em torno dele como uma versão suja da fada Sininho. Quando seus pés tocaram o solo, percebeu que, claro, estava nua. Mas Joseph, como era de esperar, já estava com um cobertor aberto para cobrir sua nudez enquanto ela se agachava no chão com as pernas puxadas com força contra o corpo. Deixou que ele a cobrisse e segurasse o cobertor com força, para impedi-la de tremer.

— O que isso diz de mim...? — perguntou ela. — Preferi continuar presa na areia movediça em vez de tentar...

Por Deus, o ar enevoado que os envolvia pareceu estremecer e se transformou nas paredes da casa de David.

Joseph a apertou com força.

Não pense nisso!

Para sua surpresa total, ele a beijou, mas logo ela percebeu que ele não a beijava *realmente*. Simplesmente a levara como companhia a um local que ela não reconheceu; um lugar onde nunca estivera na vida. Percebeu que Joseph estava dentro da cabeça dela, e soube que aquela era alguma lembrança *dele*.

Ele a beijava, afinal, mas ela *não era* Anna Taylor, era outra pessoa. Alguém de pele muito mais clara que a dela e cabelo ruivo um pouco alourado. Alguém um pouco mais velha que Nika e bem mais nova que ela.

Então ela estava rindo baixinho junto dele, debaixo do cobertor, deitada no que Anna sabia que era a cama do quarto de Joseph. Obviamente aquela era uma recordação do passado, quando ele era pouco mais velho que a jovem ao seu lado.

— Annie, meu Deus, o que está fazendo? — A voz dele parecia mais forte.

— O que quero fazer antes de você ir embora — disse-lhe a jovem. — E o que você quer fazer também — riu —, ou não teria deixado a janela aberta para eu subir aqui e entrar por ela.

— Ah, Deus — balbuciou ele, quando a jovem arrancou a camiseta e o jeans que vestira depressa para atravessar os campos no escuro e pressionar o corpo nu contra o calor dele.

— Devíamos estar casados a esta hora — sussurrou ela. — Esta devia estar sendo nossa noite de núpcias, e eu garanto que *já estamos* casados aos olhos de Deus. Para o inferno o que meus pais dizem.

— Eles apenas querem o melhor para você.

— *Você* é o melhor para mim — garantiu ela, beijando-o.

Este é o lugar para onde escapo sempre que sinto necessidade de um refúgio, ou quando quero me perder. Faço isso para me salvar. Ou para me punir. É uma recordação que me dá a chance de fazer as duas coisas. Não é tão terrível quanto a sua, e os motivos também são diferentes.

Anna se virou, afastada e fora da cama, diante dos dois jovens amantes, percebendo, subitamente, que observava toda a cena do canto do quarto. Joseph estava ao lado dela no escuro, e Anna sentiu sua nostalgia, sua dor, seu arrependimento e pesar. E entendeu que aquela jovem, quem quer que fosse, estava morta.

Sinto muito, disse-lhe, mentalmente.

Eu também lamento.

Ele abriu a porta para ela, de forma cavalheiresca, como sempre. Anna saiu do quarto e se viu em um corredor estreito e escuro. Suspeitou que eles poderiam ter passado através das paredes, se desejassem.

Foi neste instante que Anna percebeu que ambos se vestiam como antes. Ele em seu traje de príncipe e ela apenas com o cobertor bem apertado em volta do corpo. Ainda tinha lama da areia movediça presa no corpo, empastando-lhe o cabelo e por baixo das unhas. Soube que Joseph a tinha salvo mais uma vez colocando-a em uma lembrança que era dele, e que certamente ainda era cedo demais para reviver.

Ele olhou para trás uma última vez, observando a garota de cabelo de ouro na cama, antes de sair para o corredor. Fechou a porta sem nenhum ruído e mostrou o caminho ao longo da passagem estreita e escura, até um lance de escada que dava no andar de baixo.

— Esta é a casa onde eu cresci — explicou ele, olhando para Anna. — Não volto aqui há muito tempo.

— O que aconteceu com ela? — perguntou Anna, seguindo ao lado dele por uma sala de estar incomum, cheia de antiguidades. Estava escuro ali, todas as luzes permaneciam apagadas, mas, de algum modo, ela conseguia ver tudo. — O que houve com Annie?

— Tirou a própria vida — disse Joseph.

— Ó Deus! — Ela parou, atônita. — Você não deveria ter me trazido aqui...

— Não tive muito tempo para escolher um destino melhor. — Ele se sentou em um sofá que parecia duro, de encosto reto, almofadado.

— Mas poderia ter escolhido, sei lá, uma festa da fraternidade da sua faculdade, ou...

— Eu não frequentava festas na época da faculdade — retrucou ele. — Por favor, sente-se aqui ao meu lado. Ou fique em pé, se preferir. Mas me ouça com atenção, por favor. Temos apenas alguns minutos, ou poucos segundos, antes de você acordar, e é muito importante que saiba que não há motivo para medo. Você me verá na cama junto com você, abraçando-a, mas não existe... — Parou de falar e refez a frase: — Não *significa* nada de fundo sexual. Você estava tremendo e... ajuda muito eu estar o mais próximo possível enquanto mantenho contato telepático. Em resumo, eu não queria que você se sentisse sozinha, especialmente depois que entendi o que estava acontecendo.

— O sonho que se repetia em círculos.

Ele confirmou, mas logo suspirou e disse:

— Se você quiser falar sobre o assunto, uma hora dessas...

— Não quero. — Balançou a cabeça. — Isso não tem nada a ver comigo. Estávamos tentando encontrar Nika. Você se ligou a ela?

Ele fez que não com a cabeça e contou:

— Você teve uma reação negativa à substância indutora de sono.

— Merda.

Ele sorriu ao ouvir a palavra, mas por um segundo apenas.

— Escute, Anna, se você mudar de ideia a respeito de...

— Obrigada — agradeceu ela —, mas não. Já fiz terapia. Superei tudo aquilo.

Joseph não insistiu, mas ela percebeu que ele não acreditou.

Em vez de contrariá-la, avisou:

— O tempo acabou. Seus olhos vão se abrir agora, mas você não vai achar nada estranho. Para nenhum de nós. Vamos simplesmente... acordar. No três... dois...

Um.

Anna abriu os olhos e se viu com o rosto colado no de Joseph, os braços dele abraçando-a com firmeza, ambos deitados sobre a cama do laboratório de sono número 7. Bem de perto, dava para ver que os olhos dele eram castanhos e seus cílios, absurdamente espessos e compridos.

O cabelo dela havia se soltado do rabo de cavalo e alguns fios estavam colados no rosto dele. Anna ficou feliz ao perceber que a lama da areia movediça ficara nas cavernas da mente de ambos.

E mesmo tendo de tirar alguns fios de cabelo que haviam ficado grudados na boca de Joseph, o fato de ele estar ali colado nela não lhe pareceu *esquisito* — apesar de tudo o que haviam acabado de compartilhar. Anna sabia que ele provavelmente fizera algum tipo de hipnose ao levá-la para visitar o quarto onde passara a infância. Foi parecido com o jeito como ele a fizera entrar no carro, na porta do apartamento dela.

Mas Nika continuava desaparecida. Ela não quis perder tempo com amenidades inconsequentes e foi direto ao assunto:

— Podemos tentar novamente? — perguntou. — *Sem* as drogas?

Só nesse momento, quando Bach a liberou e se sentou na cama, tirando do rosto um pouco do próprio cabelo, foi que ela percebeu que as mãos dele tremiam de leve. Mesmo assim, ele concordou sem hesitar.

— Podemos tentar, sim — disse. — Mas, antes, vamos pedir a Elliot para fazer um check-up em nós dois.

"Sessenta", relatou o computador no apartamento de Shane. "Sessenta e dois; 57; 61; 56; 62."

Os níveis de integração neural de Mac estavam erráticos. Pareceu-lhe que ela quicava pelas paredes, como um peixe recém-pescado se debate sobre um convés.

Também se sentiu totalmente ferrada.

Sentiu Tim em toda parte, mais uma vez. Só que Shane não era Tim, em absoluto. Era mil vezes melhor que Tim. Era *um milhão* de vezes melhor do que Tim poderia esperar ser um dia.

E Mac? Não podia jogar a culpa em ninguém, a não ser em si mesma. Era tola por ter brincado com fogo. Agora que fora tão longe, não havia volta. Pelo menos enquanto a possibilidade real de achar Devon Caine estivesse no ar, quase ao alcance da mão.

O pior é que ela não conseguia fazer com que as lágrimas parassem de escorrer. Chorava como uma menina que tivesse perdido o cãozinho. Pelo menos Shane não despencou da atual posição de cara mais legal do planeta dizendo coisas idiotas, como: *Ei, tudo vai dar certo*, ou *Não chore, gata, não é tão ruim assim*, ou então *Sinto muito por isso*, quando, na verdade, não fazia a mínima ideia do motivo de ela estar chorando.

Em vez dessas abobrinhas, ele forneceu uma desculpa aceitável para sua explosão emocional ao fitá-la longamente com aqueles olhos maravilhosos e dizer:

— Também quero encontrar Nika.

"Sessenta e um; 62; 61..."

Neste momento, Shane se inclinou e a beijou de forma tão doce que se Mac já não estivesse chorando, certamente começaria ali.

Enquanto fechava os olhos e o beijava de volta, Mac descobriu o que devia fazer. Tinha de se livrar dos medos e aceitar o que sentia.

Queria almoçar com aquele homem.

E jantar também. E tomar o café da manhã.

Pelos próximos sessenta anos.

Queria que o calor que sentia nos olhos dele fosse verdadeiro. Queria que os momentos de sexo que haviam compartilhado tivessem um significado além da gratificação imediata. Queria que aquele beijo...

Durasse para sempre.

Deus, ó Deus, que Ele a ajudasse...

"Sessenta e dois", anunciou o computador, e depois permaneceu em silêncio por um bom tempo.

Com os olhos ainda fechados, bem apertados, em meio à doçura daquele beijo, Mac havia feito algo que jurou nunca fazer.

Deu àquele homem — um homem que nunca poderia amá-la de verdade — o seu coração.

—Você não pode me fazer dormir simplesmente me sugerindo isso? — quis saber Anna.

— Poderíamos tentar — concordou Bach. — Mas nem sempre é fácil. Antes disso, porém, gostaria de tirar vantagem da sua mente consciente. — Sorriu para tentar aliviar o peso disso. Anna estava sentada do outro lado da mesa dele, em seu gabinete, e lhe pareceu muito séria, com ar sombrio e jeito desanimado. — Gostaria de lhe fazer algumas perguntas, se estiver tudo bem para você.

Anna fez que sim com a cabeça, mas logo seus olhos pareceram desconfiados, como se soubesse o que viria em seguida e não gostasse disso. Não fazia ideia do que aquilo poderia ter a ver com entrar em contato com Nika.

— Antes, quero lhe mostrar algo que descobri totalmente por acaso — comentou Bach e, em vez de lhe dar um empurrão mental, sua forma usual de pedir para entrar na mente de alguém, fez o equivalente a colocar a mão com cuidado sobre a cabeça dela, esperando que assim tudo parecesse menos agressivo. Tentou fazer com que aquilo parecesse mais um pedido que uma ordem.

Anna fechou os olhos e suspirou de desagrado, mas liberou sua entrada.

— Tudo bem, mal posso *esperar* para ver o que você...

Mas parou de falar, pois Bach não perdeu tempo. Levou-a diretamente ao ponto, a parte do sonho que ela vivenciava antes de Nika sequestrá-lo com as imagens violentas que eles supunham serem projeções do local onde a menina estava presa.

O hospital. Nika sobre a mesa, sentando-se depois de ter feito a tomografia para tratar da sinusite e lançando para Anna aquele olhar agourento. O médico com o jaleco branco em pé, de costas para elas, olhando os filmes com os resultados dos exames.

Bach invadiu o sonho dela e, com suavidade, pegou Anna pelo braço e a levou em torno do homem, para que ela pudesse enxergar o rosto dele...

Os olhos de Anna se arregalaram. Ela abafou um grito e Bach deixou que ela o tirasse da cabeça.

— Esse era David! — exclamou ela. — De jaleco. No meu sonho.

Bach concordou com a cabeça.

— Mas ele não é médico — afirmou ela.

— No entanto, o seu subconsciente lhe designou esse papel e o fez ficar de costas para vocês duas.

— Por quê? O que isso significa? — quis saber Anna.

— O que *você* acha que significa?

Anna balançou a cabeça, parecendo perdida, mas Bach manteve o olhar fixo, até que ela finalmente disse:

— Que eu ainda não... superei por completo tudo que ele fez? Que apesar de nos mudarmos para centenas de quilômetros de onde morávamos, ainda penso nele como uma ameaça? Ou talvez culpe o hospital e os médicos por terem permitido que a Organização invadisse o banco de dados deles e, por causa disso, aqueles homens tenham raptado Nika? Tudo bem, aqueles médicos não prestam, e *David* realmente não presta, então ele aparece como médico no meu sonho para...? Mas isso pode significar qualquer coisa. Talvez o médico se parecesse com David, de algum modo, e eu simplesmente não reparei naquela hora. Mas espere... tenho certeza de que a pessoa que atendeu Nika era uma mulher... Sei lá, desisto! O que *você* acha que isso significa?

— Acho que a presença de David dentro do seu sonho tem um significado importante — declarou Bach. — Provavelmente você sonha mais vezes com ele do que se lembra. Vem trabalhando, com muito sucesso, para superar o trauma de ele tê-la atacado, e acho que isso está simbolizado pelo fato de ele aparecer no sonho olhando para o outro lado. Se eu fosse seu terapeuta, minha recomendação seria a de que você aprenda a reconhecer a presença dele em seus pensamentos, tanto conscientes quanto inconscientes, e tente diminuí-lo sempre que isso acontecer. Basta torná-lo minúsculo ou afastá-lo pouco a pouco de você, até fazê-lo desaparecer ao longe. O que ele fez nunca será apagado da sua vida, é parte de sua experiência existencial, mas isso não precisa definir você. Já não define, diga-se de passagem. Saiba que você fez um bom trabalho.

Anna sorriu de leve ao ouvir isso, antes de, como sempre, trazer a conversa para sua ideia fixa:

— O que tudo isso tem a ver com Nika?

— Na verdade, não sei — admitiu Bach, com honestidade. — Pelo menos não sei com certeza, só em teoria.

— Você me perguntou se Nika sabia de meus pesadelos com David. A resposta é sim. Tenho certeza de que ela sabia.

— Essa é uma das minhas teorias — disse Bach. — Se eu tivesse de arriscar um palpite, diria que Nika sabe de algo traumático capaz de provocar pesadelos; algo que aconteceu entre você e David. É possível que, de forma inconsciente, ela o esteja usando como ligação para tentar entrar em sua mente. — Ele sorriu. — É claro que tudo pode ser coincidência. Talvez estejamos escavando fundo demais e a ligação seja apenas você ter um pesadelo e Nika estar vivenciando um. De qualquer modo, meu instinto diz que David não surgiu no seu sonho por acaso.

Anna concordou, com ar sombrio.

— Então... o que fazemos agora? Será que você pode me fazer uma lavagem cerebral para eu dormir? — perguntou, e fez uma careta na mesma hora por ter usado a expressão *lavagem cerebral*. — Quem sabe se você usar as técnicas de controle de sonho do dr. Diaz para se certificar de que vou sonhar com David... puxa, que alegria!... talvez consigamos ativar a mesma ligação e alcançar Nika?

Anna era surpreendente e brilhante.

— É uma teoria incerta — disse ele —, mas... sim, é isso que eu acho.

Anna suspirou alto.

— Muito bem, então, vamos tentar.

Ela também era surpreendentemente corajosa.

— Posso lhe fazer algumas perguntas antes? — tentou Bach, limpando a garganta.

— Sobre David. — Anna tornou a suspirar, mais forte dessa vez. Aquilo não era uma pergunta, e sim uma constatação.

Mesmo assim, ele respondeu:

— Exatamente.

— O que você ainda não sabe, mesmo depois de passar tanto tempo na minha mente? — quis saber ela, inclinando-se para a frente.

— Não sei muito — admitiu. — Meu foco imediato foi libertar você do sonho cíclico.

Ela tornou a se recostar na poltrona e simplesmente olhou para ele, que esperou com paciência.

— Você me perguntou, ainda há pouco, se eu queria falar do assunto — disse Anna. — Eu poderia lhe perguntar a mesma coisa. Consegui sentir sua presença ao meu lado e dentro de mim. Isso tornou tudo pior no início, pois senti que era a primeira vez que algo desse tipo aconteceu com você. Essa percepção me fez reviver o evento de forma ainda mais intensa. O que você sentia. Sua incredulidade e impotência diante da situação.

A ideia de que ele pudesse ter tornado a experiência ainda pior para ela o deixou enjoado.

— Por Deus, sinto muitíssimo.

— *Você* está *me pedindo* desculpas? Só pode estar brincando! Você *voltou* lá. Não precisava, mas fez isso. Mesmo que não tenha acontecido com você, de certa forma aconteceu, e você não teve dois anos para superar a dor. Eu deveria tê-lo avisado...

— E eu deveria ter sido capaz de tirar você daquele ciclo terrível — interrompeu-a Bach. — Na mesma hora, mas não consegui. Eu *quero* falar do assunto sim, porque... — Fez uma pausa e respirou fundo — Isso *teve* um grande impacto sobre mim. Mas vamos deixar para resolver isso depois de resgatarmos Nika, combinado?

Anna fez que sim com a cabeça e olhou para as mãos sobre o colo, com os dedos enganchados de tensão.

— Vamos começar pelas informações básicas — pediu Bach, baixinho. — David. Quem era ele?

— Meu chefe, pelo menos no princípio — contou Anna. — A coisa foi um pouco... complicada. — Ergueu os olhos para Bach. — Na verdade não foi assim tão complicada, mas eu me convenci de que era. Talvez fosse, afinal. Ou talvez fosse muito simples. Ele era casado. Eu sabia disso e... deixei que ele chegasse perto demais. — Fechou os olhos. — Nossa, como fui burra! Não sei o que achei na hora, mas ele era tão...

Forçou-se a olhar para Bach, e ele percebeu a expressão de vergonha no rosto dela.

— Ele era persuasivo — continuou Anna —, e eu era... — Balançou a cabeça. — Foi uma coisa errada. Muito errada, mas fui em frente, do mesmo jeito. Até que um dia acordei e finalmente fiz o que devia ter feito desde o início: apresentei um pedido de transferência. A essa altura, porém, era tarde demais. O dano estava feito e ele ficou meio enlouquecido. Veio à minha casa, me implorou para voltarmos. Deixou mensagens declarando o quanto me amava. Armou um barraco no refeitório da empresa... É claro que Jessica, sua esposa, descobriu sobre o nosso caso. Mesmo que tudo já tivesse acabado, mesmo que o fato já estivesse consumado... Deve ter sido ela. O fato é que alguém armou uma situação para fazer parecer que eu roubava informações dele, David, para vendê-las a um concorrente. David era o chefe do setor de pesquisas e desenvolvimento de uma empresa que... bem, nada disso importa agora. Ou talvez sim, porque eu fui muito burra. Um dos projetos nos quais trabalhávamos era uma forma de desenvolver condimentos do tipo ketchup e mostarda, que não faziam mal nenhum à saúde, mas não tinham calorias, nem valor nutricional. Era como se fosse, sei lá... anilina com sabor. A ideia era tão idiota quanto parece e, quando o produto foi testado com os consumidores, o fiasco foi completo... *Ninguém* gostou do troço. O projeto ia ser desativado, todos sabiam disso. Eu deveria ter me afastado dele depois que terminamos, mas ele ligou e disse que tinha achado um brinco que eu perdera alguns meses antes, uma joia que era da minha mãe, e eu quis pegá-la de volta. Não tinha ouvido nada sobre os documentos desaparecidos e fui à casa dele para pegar o brinco de volta e, sei lá, pedir desculpas por tudo, mais uma vez. Só que ele não achara brinco algum ou, se tinha achado, não me devolveu. Era uma emboscada. Ele me acusou de espionagem corporativa. Disse que eu o tinha usado desde o início para conseguir as avaliações químicas negativas e vendê-las. Então, me agrediu. Tentei escapar dele e... você sabe o resto da história.

Bach sabia.

— Por quanto tempo vocês dois ficaram juntos?

— Duas semanas — disse Anna. Lágrimas lhe surgiram subitamente nos olhos e ela se sentiu envergonhada de forma quase insuportável. — Tudo começou durante uma viagem de negócios a Phoenix. Continuou depois que voltamos e... — Balançou a cabeça, tentando conter as lágrimas.

— Duas semanas é pouco tempo.

— Sim, mas foram duas semanas *muito* longas — explicou ela.

— Você disse que ele foi até o seu apartamento — incentivou-a Bach. — Depois que vocês terminaram...

Anna percebeu a direção da conversa, mas concordou:

— Foi sim. Uma vez só. E durante aquelas duas semanas em que estávamos... — pausou e limpou a garganta — dormindo juntos, ele também passou lá uma vez. Na verdade, foi quando eu o vi com Nika que pensei... *Por Deus, não posso deixar que ela também se apaixone por ele.* No dia seguinte, terminei tudo e apresentei meu pedido de transferência. Eu fazia parte da panelinha das secretárias. Isso não é um clichê? A secretária e o chefe...? Enfim, saí de licença no mesmo dia. Nika e eu passamos alguns dias em outra cidade. Quando voltei, fui lotada em outro departamento. Mas isso não o impediu de continuar me ligando dia e noite.

— Conte-me sobre a noite em que ele apareceu em sua casa, depois de vocês terminarem — pediu Bach.

— Estava bêbado — disse Anna. — Começou a chorar, a xingar e se descontrolou. Nika ficou apavorada. Eu também. Mandei que ela fosse para o quarto e ela obedeceu. Consegui levar David embora dali. Chamei um táxi para ele e... quando voltei, Nika não queria conversar sobre o assunto, então... fingimos que nada havia acontecido.

— Depois do estupro, o que você fez? Voltou para casa?

Anna assentiu com a cabeça.

— Tomei um banho e... preparei o jantar para Nika. Na manhã seguinte, recebi uma mensagem do departamento de pessoal da empresa me dizendo que eu não precisava aparecer porque tinha sido demitida. Não briguei pelo meu emprego. Não o queria mais.

— Você não prestou queixa dele?

Ela simplesmente olhou para Bach.

— Tem certeza de que ele só foi ao seu apartamento uma vez? Será que não voltou depois do estupro? Talvez em um dia em que Nika estivesse sozinha?

— Se ele fez isso, Nika nunca me contou. — Anna balançou a cabeça. — E eu nunca pensei em perguntar.

— Claro que não — tranquilizou-a Bach. — Isso não era algo que você perguntaria. *O que aconteceu hoje que você não quer me contar?*

— Hoje em dia eu *pergunto* — comentou Anna, com um sorriso curto. — Mas isso aconteceu há muito tempo. Nika tinha 11 anos e ainda contava tudo sobre seu dia sem eu precisar perguntar.

— Mas se David a confrontou de algum modo — assinalou Bach —, talvez Nika não quisesse lhe contar. Mesmo que não tenha se aproximado dela, Nika ainda sabia que ele representava um perigo ou uma ameaça. O que quero fazer para testar nossa teoria é trazê-lo para o foco dos seus sonhos; usá-lo como uma espécie de para-raios; ver se conseguimos ligar você a Nika, pesadelo com pesadelo.

— Que fantástico! — disse Anna com ironia, porque aquilo era tudo, menos isso. Mesmo assim, era óbvio que estava disposta a colocar os próprios medos e desconfortos de lado para ajudar a irmã. — Vamos tentar. — Fez uma pausa. — A não ser que você prefira fazer um intervalo...

— Eu? Nada disso. — Ele se levantou. — Vamos direto para o laboratório do sono.

— Tem certeza? Suas costas não estão doendo?

— Elas estão ótimas — garantiu Bach, e é claro que, neste exato momento, sentiu uma fisgada. Apesar disso, uma dorzinha de vez em quando não era nada.

— Por que não fazemos isso aqui mesmo? — Anna apontou para o sofá onde Bach tinha tirado centenas de cochilos ao longo dos anos. — Eu me sentiria mais à vontade sem um monte de gente nos observando, se estiver bem para você.

Ele concordou. Sem o uso de drogas indutoras de sono, não havia necessidade de monitoramento médico. O que faria não era muito diferente de quando convencera Anna a entrar no carro. Então...

— Tudo aquilo foi para sua segurança — explicou ele. — É por isso que os técnicos do laboratório do sono acompanham o processo. Para garantir que você não será explorada e ninguém tirará vantagem da situação.

— Você jamais tiraria vantagem de mim. Quer que Nika frequente a escola aqui no instituto e não vai estragar tudo. — Anna se deitou no sofá com o cabelo aberto em leque sobre os almofadões, enquanto olhava para Bach com ar de expectativa. — Estou fazendo papel de idiota dizendo isso. É óbvio que confio em você, Joseph. Vamos encontrar Nika.

Bach sorriu e a alcançou com a mente. Desta vez, porém, ela já estava pronta, à espera dele.

Obrigado, disse a ela, mentalmente. *Fico feliz por isso. Agora durma.*

20

— E aí, gato, como o paciente está?

Elliot ergueu a cabeça, interrompeu a conversa que tinha com a equipe de enfermagem e viu Stephen parado na porta do quarto de Edward O'Keefe, na UTI da ala médica do instituto.

— Oi, Kyle... Bom dia, Lynda — acrescentou Stephen, falando depressa demais. — Desculpem, não reparei que vocês estavam aí. — O olhar que lançou para Elliot era um imenso pedido de desculpas, e suas bochechas ficaram vermelhas de vergonha.

— Ted é um guerreiro — disse Elliot, respondendo à pergunta de Stephen, apesar de o velho estar à beira da morte. Elliot acreditava com firmeza no poder da mente sobre o corpo. Enquanto O'Keefe estivesse disposto a continuar lutando, ele não iria sugerir ao paciente, nem mesmo de forma subconsciente, que tudo estava perdido.

— Hã... podemos conversar aqui fora por um instante, dr. Zerkowski? — pediu Stephen, olhando para os funcionários e fazendo um gesto com a cabeça para Elliot vir para o corredor.

Elliot se mexeu, disse algo sem sentido para as enfermeiras espantadas, que retrucaram algo sem importância, e fechou a porta ao sair.

— Foi mal! — reagiu Stephen, fazendo uma careta. — Desculpe, mesmo! Eu não vi o pessoal da enfermagem dentro do quarto. Acho que fiquei completamente ofuscado ao ver você.

Isso seria maravilhoso de ouvir, se não fosse por um detalhe...

— Vamos esconder o jogo da nossa equipe de Minorais? — quis saber Elliot, que acabara de redigir um relatório apresentando a teoria de que a intimidade emocional poderia aumentar a integração neural, mas não usara nomes no estudo. Citara os participantes da pesquisa como A, B, C e D. — Acho que não fui informado disso.

Stephen balançou a cabeça para os lados.

— É que eu simplesmente não sei como você quer proceder, já que trabalhamos juntos. Há coisas do tipo... como eu devo tratar você quando houver outras pessoas por perto... não de *gato*, obviamente. É que... — Riu, com o mesmo ar de embaraço e pesar. — Preciso de uma referência fixa, para não sentir vontade de agarrar você por aí e lhe dar um monte de beijos de língua.

Puta merda.

— Por mim tudo bem, isso me faria muito feliz, desde que o lance role dentro do meu consultório e com a porta fechada — disse Elliot. — Por falar nisso, vou logo avisando que você será muito bem-vindo por lá, sempre que quiser aparecer.

— É bom saber disso. — O sorriso de Stephen era menos sem graça e mais genuíno agora.

— Quanto ao território fora do consultório — acrescentou Elliot —, acho que podemos achar um meio-termo entre *gato* e *dr. Zerkowski*. Que tal me chamar apenas de "Elliot"? Parece bom. Devo acrescentar que, embora não seja muito fã de nomes íntimos, acho *gato* estranhamente excitante.

Os dois ficaram ali, rindo um para o outro de forma tola.

Mas logo Stephen retomou o ar sério e perguntou:

— Como correram as coisas com o dr. Bach e Anna? Passei no Laboratório 7, mas eles já tinham ido embora.

— Não deu certo — informou Elliot.

Stephen não usava a expressão "que foda!" com frequência, mas usou-a neste instante, baixinho. Por fim, completou:

— Eles precisam que eu tente mais uma vez? Eu poderia tentar, só que... por Deus, não gostaria de fazer aquilo novamente.

— Anna teve uma reação negativa à droga indutora de sono — explicou Elliot. — Mas Joseph não desistiu. Pareceu-me muito confiante para usar o que aprendeu com você sobre sonhos controlados. Anna ficou bem. Ambos pareciam um pouco abalados e fizeram um intervalo.

— Ótimo — assentiu Stephen. — Isto é, não acho ótimo que tenham ficado abalados, mas... o que quero dizer é que não vou tentar aquilo. Prefiro não fazer mais isso.

— Sei, já percebi — disse Elliot, olhando-o fixamente. — Por que não se abre comigo? Você me disse que não foi doloroso tentar se ligar a Anna. Garantiu que, quando a pressão dela despencou, você não sentiu nada.

— Não senti mesmo — confirmou Stephen. — Talvez o motivo disso, em parte, é que eu não estava a fim de *conseguir* essa conexão. Andei refletindo sobre esse assunto, e sobre o fato de meus níveis de integração terem se descontrolado subitamente.

Elliot continuou calado, esperando o fim da explicação.

— Telepatia é uma coisa completamente nova para mim — confessou Stephen, depois de alguns segundos. — Sei que já tive experiências desse tipo entrando na cabeça de outros Maiorais. Às vezes, como no caso de Mac, ainda mais inexperiente do que eu nessa área, as coisas ficam muito confusas. Na maioria das vezes, porém, pelo menos com o dr. Bach, é ele quem se mantém no controle o tempo todo. Ergue escudos para proteger os próprios pensamentos e se mantém longe dos meus escudos, embora eu saiba que ele poderia derrubá-los, se quisesse. Mas confio nele e sei que vai se manter do lado de fora.

Parou de falar, mas como Elliot sabia aonde ele queria chegar, continuou a conversa por Stephen:

— O problema de entrar na mente de alguém que chamamos de "fragmento"...

— Um não Maioral — brincou Stephen, com ar gentil, mas logo suspirou. — Você está certo, o problema é exatamente esse. Confesso que entrei em pânico e meus níveis de integração começaram a quicar, completamente descontrolados. Eu sabia que não teria a capacidade de erguer escudos, nem de me manter fora dos pensamentos mais íntimos e pessoais de Anna. E *ela* certamente não tem a habilidade de criar um bloqueio para me deixar de fora. Sei que concordou com tudo e disse que, por ela, estava tudo bem. Afinal, está louca para encontrar a irmã. Só que entrar na mente de Anna me pareceu uma coisa muito particular. Pessoal *demais*, entende? Sei disso porque, quando entrei na *sua* mente e... percebi sua incapacidade de bloquear os próprios pensamentos... — Stephen balançou a cabeça para os lados. — É uma experiência íntima demais, El. Uma coisa tão íntima quanto transar. Tudo bem, eu desisto, vou confessar de peito aberto: não quero fazer isso com outra pessoa, só com você.

Elliot não soube o que dizer diante disso, o que foi bom, pois mesmo que tivesse a contestação perfeita, não conseguiria fazer com que sua boca e suas cordas vocais a expressassem.

Stephen percebeu, pela expressão de Elliot, que era preciso mudar rapidamente de assunto, e foi o que fez, olhando para a porta do quarto de Edward O'Keefe e perguntando:

— Qual o estado *verdadeiro* do paciente?

Elliot aceitou a deixa. Sobre *isso* era fácil conversar.

— Algumas horas atrás, todos os seus órgãos estavam entrando em falência — informou Stephen. — Avaliei que lhe restava pouquíssimo tempo de vida. Só que agora... — Balançou a cabeça, como se não compreendesse. — Ele não está melhor, mas o fato é que parou de piorar. Nós o ligamos ao massageador cerebral porque o Setor de Análises nos passou um alerta...

— Sim, eu também vi — disse Stephen.

A equipe do Setor de Análises tinha acabado de examinar uma tomografia cerebral altamente complexa que fora feita no idoso, e havia descoberto que parte do seu cérebro continuava ativa.

Era uma área localizada perto da região que se iluminava nos Maiorais com poderes de autocura, como era o caso de Mac. Foi por isso que Elliot ligara O'Keefe ao dispositivo apelidado, de forma carinhosa, de massageador cerebral, e o programara para estimular aquela região específica do cérebro do paciente.

— Ainda acha que ele coringou? — quis saber Stephen, incapaz de lançar mais do que olhares curtos para Elliot e sentindo-se novamente desconfortável, desta vez, sem dúvida, por suspeitar que se entregara demais com a proclamação *não quero fazer isso com outra pessoa, só com você.*

— Não estou bem certo — admitiu Elliot. — Encontramos traços de oxiclepta diestrafeno no sangue dele. O que falta descobrir é a quantidade de Destiny que lhe foi aplicada e quando isso aconteceu. Estamos hackeando o sistema dos laboratórios JLG neste exato momento.

— Mantenha-me informado — pediu Stephen, olhando para Elliot exatamente como teria feito no passado, a ponto de o médico quase esperar que o Maioral terminasse de falar chamando-o de *dr. Z.*

Elliot estendeu o braço para Stephen sem pensar direito. Sua intenção certamente era tocar o braço dele e desencadear a conexão instantânea entre ambos, a fim de levar a conversa novamente para o tópico *não quero fazer isso com outra pessoa, só com você.* Só que, antes de conseguir tocar Stephen, lembrou-se das palavras dele sobre essa conexão ser tão íntima quanto sexo. De repente a ficha caiu e Elliot entendeu que talvez Stephen não quisesse vivenciar toda essa intimidade no corredor da unidade de terapia intensiva do instituto, e suas mãos pararam subitamente poucos centímetros antes de tocá-lo. É claro que, como Stephen era inteligente, compreendeu exatamente o que Elliot pensara e se aproximou mais, o bastante para eles se encostarem e a conexão acontecer.

Está tudo bem. Esta é uma experiência particular por natureza, disse a Elliot, mentalmente, sabendo sobre o que o médico queria conversar. *Desculpe se deixei você apavorado.*

Não deixou não. Adoro essa história de você não querer foder mentalmente com mais ninguém.

Não é exatamente foder... Stephen riu.

Eu sei, estou só zoando, garantiu Elliot. *Mas peço desculpas por ter uma mente tão bagunçada e ser incapaz de controlá-la quando...*

Não é bagunçada, cortou Stephen. *É linda! Tão linda quanto a confiança que você tem em mim, ao me deixar penetrar nela. Adoro sentir tudo o que você está sentindo. E quando esse círculo se fecha... quando eu sinto o que você sente e percebo que é o mesmo que estou sentindo... tudo acontece em uma escala de intimidade que eu nunca conheci na vida. Provavelmente nem conseguiria fazer isso com mais ninguém, mas a verdade é que eu não quero sequer tentar.*

Elliot fez que sim com a cabeça e percebeu que Stephen conseguiu sentir sua súbita explosão de felicidade absoluta.

Devíamos conversar com Bach e montar pontos de referência para as suas novas habilidades telepáticas, para que você se sinta confortável. Ele é o rei na arte de determinar parâmetros e limites. E vai compreender toda a situação.

Stephen concordou com a cabeça, mas não pareceu convencido. Não colocou os pensamentos em palavras, simplesmente os deixou soltos. Elliot os absorveu de imediato e entendeu que Stephen sentia-se culpado em determinar restrições. Se entrar na mente de Anna poderia ser útil na busca por Nika, ele deveria ter a coragem de enfrentar isso.

Captei tudo, mas você não se sentiria compelido a fazer sexo com Anna, a fim de encontrar Nika, assinalou Elliot, com a mente. *Estou certo?*

Mac está disposta a tudo, disse Stephen. *Não a fazer sexo com Anna, mas...*

Mac está entrando no que supõe ser uma relação com Shane Laughlin em que só dá para ganhar, disse Elliot a Stephen. *Finge que seu foco é unicamente achar Devon Caine para, por meio dele, encontrar Nika, mas não se trata disso.*

Stephen concordou. Ele sabia.

Gosto muito dela, de verdade, mas nunca tomaria nenhuma decisão pessoal com base no que Mac faria ou não, garantiu Elliot, e quebrou a ligação telepática entre eles porque soltou Stephen para atender o celular que tocava em sua calça e completou, em voz alta:

—Vamos dar a Bach a chance de aplicar sua magia em Anna. Levo fé no Maestro. — Olhou para o celular. — Opa, acabo de receber uma mensagem do Setor de Análises. Eles hackearam os registros do JLG e conseguiram muitas informações sobre o sr. O'Keefe. *Sim*. Estou indo para minha sala, a fim de analisá-las.

Olhou para Stephen e, antes de ter chance de perguntar: *Quer ir comigo?*, Stephen respondeu:

— Quero. — E acrescentou: — Para isso não precisamos de telepatia.

Elliot riu e Stephen disse:

— Só para deixar registrado, minha resposta é um *sim* muito abrangente.

— É bom saber disso — ecoou Elliot, repetindo o que Stephen dissera um pouco antes.

Algo acontecera.

Shane não fazia ideia do quê. Tudo o que sabia é que, depois de declarar que Mac atingira um nível de integração de 62 o computador tinha parado de recitar números.

E Mac havia parado de chorar.

Shane estava pronto e disposto a simplesmente ficar ali, segurando-a no colo contra a parede até cair duro de exaustão, mas ela rompeu a ligação, interrompendo o beijo longuíssimo.

Seu rosto pareceu sombrio e pálido, mas ela abriu os olhos, encontrou os dele e anunciou, baixinho:

— Preciso ligar para Diaz e Bach. Descobri onde Devon Caine está.

— Funcionou?! — Shane não conseguiu evitar o sorriso de triunfo, apesar de ela continuar com um ar preocupado. — Como você conseguiu...

— Não sei — cortou Mac, claramente frustrada consigo mesma, apesar do sucesso. — Não preciso fazer nada. Basta pensar nele e consigo *senti-lo*. Ele está lá fora, e sei como achá-lo. Isto é, não saberia apontar o local com precisão, em um mapa, mas conseguirei levar uma equipe até lá, tenho certeza. — Parou de falar. — Desculpe, mas você também vai ter de ir. Não posso arriscar que meus níveis de integração baixem.

— Estou pronto — disse Shane. — Vamos nessa, é só mostrar o caminho.

O ar de *não seja idiota* que ela lançou ao ouvir isso era mais parecido com o jeito da Mac que ele conhecia e amava.

— Acho que você já pode me colocar de volta no chão — avisou ela.

— Isso não provocaria uma queda dos seus níveis de integração? — Ele balançou a cabeça. — Humm, não sei se seria sábio arriscarmos isso.

— E por acaso é *sábio* sair andando pelas ruas de Boston enganchados um no outro com as bundas ao vento? — retrucou ela, com um pouco mais de cor nas bochechas.

— Tem razão — concordou Shane. — É mais seguro ir de carro. Uma van, talvez. Desse jeito, não incomodaremos Diaz com detalhes, e podemos pular no banco de trás para uma trepada rapidinha, em busca de mais integração para você. Chica-chica-bum-bum...!

Ela girou os olhos com impaciência.

— Coloque-me no chão, Laughlin!

— Tá legaaal! — obedeceu Shane, arrastando a frase, insatisfeito. — Só que meus músculos travaram 15 minutos atrás. — Não era verdade, mas estava perto, e ele realmente não queria largá-la.

— Puxa, que merda — reagiu ela, com pesar genuíno. — Foi mal, sinto muito!

— Não precisa sentir — garantiu ele. Suas pernas estavam ótimas. Descontando uma leve oscilação, aguentariam mantê-la naquela posição durante vários dias, se necessário. Conseguiu dobrar os joelhos para pousá-la no chão devagar, enquanto deslizava para fora dela. Isso libertou-lhe os dois braços. Shane fez alongamentos leves e girou os ombros e esticou as costas. — Eu é que sinto muito.

Mac já se virava para o lado, em busca da calcinha, enquanto ele subia a própria calça de volta. Ela encontrou suas roupas todas, entrou no banheiro e fechou a porta.

Foi nesse momento que Shane notou que a parede havia afundado. O reboco cedera um pouco e deixara impressas as formas da parte de trás do corpo de Mac. A tinta havia descascado nas bordas do molde e, quando ele tocou o local, um pouco de tinta ressecada se desfez entre seus dedos e caiu no chão.

— Ei, você está numa boa? — gritou ele, mas suas palavras foram abafadas pela descarga do vaso sanitário e pela água que escorria da pia.

A porta se abriu segundos depois e Mac saiu, enxugando as mãos nas pernas da calça cargo que tornara a vestir.

— Suas costas estão doendo? — quis saber Shane.

— Por quê? — Quando ele apontou para a parede afundada, ela se aproximou para ver melhor. — Uau!

— Desta vez não derrubamos só o sistema elétrico — informou ele.

Mac soltou um palavrão.

— Eu não sabia que estava... — Olhou para ele fixamente. — Eu machuquei você?

— Ora, mas não fui eu que bati contra a parede com tanta força que fiz isso. Deixe-me examinar suas costas.

— Estou ótima — garantiu ela, descartando a ideia.

— Atenda o meu pedido.

Ele devia estar irradiando determinação, porque ela girou os olhos para cima e tirou a camiseta, virando-se para que ele a examinasse, expressando impaciência com cada parte do corpo.

Usava um sutiã esportivo com costas em estilo nadador, desta vez em azul, uma cor que lhe ficava bem. Seus ombros estavam intactos. Mesmo assim, Shane levou algum tempo se certificando com cuidado e passando os dedos por baixo da malha apertada. A pele dela era suave e lisa e, como sempre, tocar em Mac fez o coração de Shane disparar.

Mais uma vez, sentiu espanto pela absoluta falta de tatuagens na pele de Mac. Não conseguia se lembrar de nenhuma outra mulher que não tivesse pelo menos uma rosa tatuada no tornozelo.

— Mesmo quando ganho alguma marca roxa ou me arranho, não dá para ver. Eu me curo rápido demais — lembrou ela. — Coisas pequenas como essa — apontou para a parede — não me preocupam.

De repente, tudo fez sentido.

— É por isso que você não tem nenhuma tatuagem! — descobriu Shane.

— Nota dez! — confirmou Mac, afastando-se dele para tornar a vestir a camiseta. — Meu corpo reconhece uma tatuagem como uma espécie de ferida e cura a pele. O organismo absorve a tinta e a tatuagem some em menos de 24 horas. Já tentei, mas é jogar dinheiro fora. Espero aprender a controlar esse processo para que meu sistema *não faça* isso. Talvez 62 de integração seja o número mágico.

Foi até a poltrona onde jogara a jaqueta, enquanto Shane olhava para o computador. Apesar do pico de energia, o sistema continuava ativo, mas não tinha informado mais nada. Isso significava...

— Você se manteve estável no nível dos 62 — comentou Shane.

— É. — Olhou para ele enquanto procurava algo no bolso da jaqueta.

— Como foi que você descobriu o paradeiro...

— Não sei ao certo — cortou Mac, pegando o celular no fundo do bolso. — Acho que fiquei mais focada. Não sei direito o que foi, mas funcionou.

— Bem isso é... ótimo — tentou Shane.

— É bom — disse ela, sem demonstrar algum tipo de emoção, positiva ou negativa. Sua expressão também era neutra enquanto ela rolava a lista de contatos no celular, até que encontrou um número e ligou para alguém, provavelmente Diaz. — Muito bom.

— Como faremos? — perguntou Shane. — Devon Caine. É só localizá-lo e prendê-lo? Do mesmo jeito que você fez com Rickie Littleton?

— *Nós* não vamos fazer nada. — Ela colocou o celular junto do ouvido. — Você vai ficar dentro da van.

Shane sentiu uma onda de frustração, mas ficou calado quando Mac se virou de costas para ele e falou ao celular:

— Sim, D, sou eu. Funcionou. Estou captando a rede emocional de Devon Caine. Não sei como estou fazendo isso, mas vocês precisam confiar em mim. Mais um detalhe: não sei quanto tempo isso vai durar, então precisamos nos movimentar depressa. — Parou de falar e balançou a cabeça afirmativamente enquanto ouvia, e logo terminou a conversa: — Obrigada. Vamos nos encontrar no saguão.

Ao se virar para Shane, havia um óbvio ar de desafio em seus olhos. Uma das sobrancelhas estava levemente erguida, como se ela sentisse a irritação dele e quisesse vê-lo ousar argumentar algo.

Apesar de acreditar piamente que, apesar de ser um "fragmento", como eles chamavam, qualquer equipe se beneficiaria da experiência de um ex-SEAL para agarrar e fazer sumir um serial killer sociopata de 120 quilos em plena luz do dia, Shane também sabia que aquele não era o momento certo para discutir. Tinham pressa e a vida de uma garotinha dependia do seu sucesso.

— Vamos nessa! — propôs a Mac.

— Não sei como vai ser — disse Mac, destrancando a porta e saindo no corredor —, porque, quando estivermos andando de carro pelas ruas de Boston, Diaz vai começar a me encher o saco com papos do tipo *blá-blá-blá, não quero correr o risco de você transformar o cérebro de Devon Caine em pudim.* Vai me obrigar a ficar dentro da van, junto com você. Ou pior... pode ser que, assim que localizarmos Caine, ele nos obrigue a ir embora para deixar o caminho livre, enquanto o restante da equipe trabalha. E pode se preparar, porque vou reclamar muito e ficar puta com tudo.

— Sei disso — resumiu Shane, apertando o passo para acompanhá-la até os elevadores. — E certamente você tem outra coisa muito importante a fazer. Acaba de me ocorrer que se você conseguiu achar Caine desse jeito, talvez encontre Nika do mesmo modo. Ela foi raptada na calçada quando voltava da escola, certo? Depois de descobrirmos a localização de Caine, poderemos voltar lá para tentar...

— Já pensei nisso — reagiu Mac, balançando a cabeça. — É mais difícil quando a ação acontece ao ar livre. Tudo se dissipa, ou algo do tipo. As emoções se dissolvem. Já refleti muito sobre essa possibilidade; Nika deve ter ficado apavorada durante o rapto, e eles bateram muito nela, mas... — Tornou a balançar a cabeça. — Não consegui senti-la no local. Fiquei por lá durante mais de uma hora tentando.

E falhou... e sofreu por causa disso... e culpou seus pontos fracos, embora tentasse algo virtualmente impossível. Shane já conhecia Mac o bastante para perceber tudo isso.

— Sessenta e dois — lembrou ele, quando chegara ao saguão dos elevadores. — Talvez você consiga senti-la agora. Poderíamos passar lá. Quer dizer, depois... só para tentar novamente.

Mac pareceu gostar da ideia e concordou:

— É... pode dar certo.

— Boa! — celebrou Shane. Apertou o botão para descer antes de ela conseguir fazê-lo e se encostou à parede. — Estou provando ser mais que um brinquedinho sexual com formação universitária.

Bingo! Mac finalmente riu. Na verdade, foi mais uma expressão de desespero ou nojo do que um ar de diversão genuína. De qualquer modo, ela se preparou para responder à altura quando ouviu-se um *ding* e as portas se abriram.

O elevador não estava vazio. Robert, da hotelaria, estava atrás de um carrinho lotado com pratos de comida quentinha, cobertos por tampas de metal. Era o almoço que Shane pedira ao computador. Só podia ser.

— Caraca! — exclamou Shane. — Você é uma mulher esfomeada, viu?

Mac tornou a rir, puxando-o de lado, mas manteve as portas abertas com a bota, para que Robert pudesse sair da cabine com o carrinho.

— Essa comida é para o andar inteiro — avisou ela.

— Obrigado, dra. Mackenzie. Ah, não se esqueça do seu almoço — disse Robert, abaixando-se para pegar algo na parte de baixo do carrinho. Era um saco pardo e uma embalagem de papelão com dois cafés pequenos firmemente tampados.

Shane pegou o saco pardo e Mac segurou a embalagem.

— Obrigada, Bob — agradeceu, e entrou no elevador com Shane.

Quando as portas se fecharam, Shane abriu o saco para olhar dentro, embora já tivesse desconfiado do que havia ali, pelo peso e pelo formato.

— Foi você que pediu isso — lembrou Mac. — Duas barras energéticas e um copo de café. Em dobro.

— Sempre para viagem. — Foi uma constatação, e não uma pergunta. O café era tão pequeno que ela provavelmente acabaria de tomá-lo antes mesmo de chegar onde deixara a moto estacionada. As barras energéticas, mais nutritivas e mais rápidas de consumir que um sanduíche, certamente iriam parar dentro dos bolsos da calça cargo.

Mesmo assim, Mac respondeu à pergunta que não fora feita:

— Nika não é a única menina desaparecida na cidade — declarou, baixinho. — Há muitas outras por aí sendo sangradas sem dó nem piedade, todo santo dia. Vou me alimentar de forma adequada quando for velha, e deixar para dormir depois de estar morta.

Shane assentiu. Pensou que fosse aprender mais sobre os hábitos alimentares de Mac, e descobrir se ela nutria um amor secreto por junk food ou era uma vegetariana convicta.

Em vez disso, teve um novo vislumbre de como funcionava sua cabeça.

Anna sonhou que estava de volta à casa de David, no saguão sofisticado.

Não ficou surpresa ao se ver ali. Na verdade, quase esperava por isso.

O que não esperava era ver Joseph ao seu lado. Vestido com a mesma roupa que usara quando ela estava sob o efeito do indutor de sono: um príncipe da Disney.

— É você que continua a me vestir deste jeito — avisou ele, apontando para a própria roupa.

— Desculpe — pediu Anna. Ela vestia jeans, camiseta e botas pesadas. — Não sei por que faço isso.

— Vou sobreviver — disse ele. — Puxa, isso aqui *precisa* começar como um pesadelo. Desculpe.

Anna sabia. Assentiu com a cabeça, virou-se e lá estava ele — David — no alto das escadas, no segundo andar. Só de vê-lo ali, assomando ao alto com ar enfurecido, fez o coração dela disparar.

— Calma — murmurou Joseph, e ela sentiu o calor da mão dele sobre o seu ombro. — Isso está ótimo, mas não acorde. Nika está lá fora, em algum lugar, eu a sinto.

Anna piscou depressa e David se aproximou — já estava nos degraus do meio da escada. Foi então que Anna, além de sentir a presença da irmã, *viu* a imagem dela. Não passou de um clarão de movimento no canto dos olhos, quase saindo do seu campo de visão, que desapareceu quando Anna se virou para olhar melhor. Obviamente, ela teve de se virar novamente para David, que já descera o último degrau. Estava ali diante dela, simplesmente encarando-a com os olhos acesos de ódio, do mesmo jeito que a fitara naquele dia pavoroso.

Só que aquilo não era uma recordação, apenas um sonho — apesar de péssimo. Desta vez, porém, Joseph estava ao lado dela.

— Não acorde — alertou-a mais uma vez.

Por Deus, Anna não conseguia evitar a lembrança do peso de David em cima dela, tentando impedir que escapasse enquanto ela lutava, gritava, chutava e o agredia.

E ali estava sua irmãzinha novamente, em mais um flash rápido, talvez apenas fumaça, chegando mais perto, como um eco fantasmagórico da voz de Nika gritando "*Annaaaah!*", vindo de um lugar distante.

— Neek! — gritou Anna de volta, virando-se na direção da aparição etérea que *sabia* que era sua irmã, onde quer que estivesse...

Você acha que tem o direito de roubar *coisas de mim?* Anna se virou a tempo de ver David erguendo o braço para esbofeteá-la com força. Não foi exatamente um soco, mas lhe pareceu que seria muito pior que um simples tapa. Preparou-se para o golpe e para o sabor de sangue na boca quando seus dentes lhe cortassem a bochecha; ouviria tinidos e sentiria o cérebro chocalhar dentro do crânio.

Só que quando tudo aconteceu, antes de David fazer contato com sua pele, ela ergueu o braço para bloquear o golpe e girou o corpo como uma bailarina... Na verdade, mais parecia uma lutadora de caratê enviando um chute em arco para o alto e acertando a cara dele com a bota.

David caiu no chão com força e Anna permaneceu em pé, atônita. Olhou em volta, em busca de Joseph. Era ele quem estava à frente daquele sonho, não era? Só que ele havia sumido.

O primeiro pensamento de Anna foi de terror absoluto. Como poderia tê-la deixado ali sozinha? Ao olhar para baixo, reparou que vestia novamente a saia e a blusa que usou no dia terrível. E também usava os sapatos idiotas, com os quais era impossível correr.

David já se esforçava para se levantar do chão, limpando o sangue da boca com as costas da mão. Anna percebeu que ele vinha em sua direção e se ouviu gritando.

Nesse instante, porém, quando David deu um passo e depois outro na direção dela, ocorreu a Anna que o que quer que acontecesse naquele pesadelo, nada daquilo era importante. O imprescindível era Joseph encontrar Nika, e se ele não estava ao lado de Anna, será que isso não queria dizer — por favor, Senhor — que ele a encontrara?

Anna chutou os sapatos do pé para longe e, em vez de fugir, correu *na direção* de David. Usou as mãos com os dedos juntos como o bico de um pássaro e atingiu os olhos dele, ao mesmo tempo que dava um passo adiante e chutava o saco do seu oponente com toda a força.

Não tinha ideia de como aprendera a fazer isso. Não sabia de que forma, mas conseguiu atingi-lo mais uma vez com o cotovelo quando ele continuou vindo. E o chutou novamente — as botas subitamente estavam de volta em seus pés. Isso o impediu de se aproximar mais, e ele não conseguiu agarrá-la nem derrubá-la.

Mesmo que ele tivesse conseguido alcançá-la, ela sentiu que continuaria lutando, pois sabia como fazê-lo; sabia como se proteger de uma pessoa que poderia tentar machucá-la. Era como se alguém estivesse colocando todo esse conhecimento diretamente na sua mente e...

Alguém tinha feito isso: Joseph.

Continue dormindo...

Anna riu quando David se aproximou mais.

Porque agora tudo aquilo era o pesadelo *dele*.

Nikaaahhh...

Nika ouviu seu nome em meio ao barulho de vinte garotas comendo desesperadas e famintas, enfiando porções de arroz sem gosto na boca de forma ávida, usando as mãos.

Estava mais uma vez *na linha de frente*, que foi como a garota grávida chamara o hospital-dormitório-orfanato onde ela e as outras meninas ficavam atadas às camas por correntes e algemas.

Nika havia acordado ali. A última imagem da qual se lembrava era a da garota grávida olhando para ela no local que parecia um quarto de hotel, quando o aparelho instalado no braço de Nika emitira um silvo agudo e injetara um sedativo em seu organismo.

O dia já começara como um pesadelo.

Nika tinha acordado de manhã com o som terrível de guinchos de dor, e testemunhara o ataque brutal a uma das meninas menores — uma garota cujo nome ainda não tinha aprendido.

Os piores gritos vinham das outras meninas à sua volta. Assim como Nika, elas não conseguiram se libertar e foram forçadas a ver o homem das cicatrizes socando o rosto da menina até deixá-la sem sentidos.

Pelo menos ele não usou o bisturi, mas o medo que se infiltrou na circulação de Nika ao pensar no que ele poderia lhe fazer levou seu coração a martelar com tanta força dentro do peito que quase lhe encobriu os gritos.

Quando tudo acabou e a menina ficou ali, desmaiada, o sujeito com as cicatrizes parou nos pés da cama de Nika, enquanto ela balançava a cabeça para os lados, com medo e raiva.

— Podemos entregar esta aqui a Devon? — perguntou ele. A princípio, Nika não entendeu as palavras.

De repente a ficha *caiu*. Ele perguntava a ela — *a Nika!* — se devia entregar a menina que quase matara ao homem medonho que a raptara na calçada. Não conseguiu responder a isso. Nem quis.

Foi então que ele avisou:

— Quem cala consente.

Isso significava que, se ela não se manifestasse, seria o mesmo que autorizar aquilo, e disse então, depressa e alto:

— *Não!*

Se não estivesse menos apavorada, teria cuspido nele. Mas não o fez.

Ele soltou uma gargalhada terrível e avisou:

— Em breve você vai ter de escolher uma delas. — Inclinou-se para o chão, pegou a garota desmaiada, jogou-a na cama vazia e a prendeu com as algemas, antes de sair.

Mas a garota não acordou. Passou mais algum tempo e ela continuou desmaiada. O homem voltou, fez uma sangria no seu braço e, *mesmo assim*, a menina continuou desacordada.

Quando as portas tornaram a se abrir, um pouco mais tarde, Nika esperou pelo pior. Imaginou que seria o homem das cicatrizes voltando para sangrar a menininha mais uma vez. Em vez disso, porém, foi uma mulher que entrou. Era mais velha, pálida e corpulenta, com cabelo desbotado e sem cor definida. Vestia um uniforme coberto de sangue. Não disse nada. Não pronunciou uma única palavra, nem mesmo quando Nika implorou que as ajudasse.

Simplesmente empurrou um carrinho de comida e manteve os olhos baixos, enquanto entregava a cada uma das meninas um prato de papelão onde se via um montinho branco e pastoso de comida. Nika não identificou o que era a princípio, até que a mulher colocou o prato em seu colo e ela viu que eram grãos grudentos de arroz.

— Se eles soltarem nossos braços, coma depressa — aconselhou uma das meninas, chamada Leah. — Às vezes eles trazem comida, mas logo levam tudo de volta. Outras vezes trazem os pratos, mas nos mantêm presas e não podemos comer. — A voz dela fraquejou: — Oh, por favor, Senhor, faça com que eles nos soltem — repetiu para si mesma várias vezes, sem parar.

Enquanto ela sussurrava isso, a mulher serviu o último prato, virou-se lentamente e seguiu a caminho da porta.

Com um clique, a algema que mantinha o braço esquerdo de Nika no lugar foi liberada. Todas as algemas foram abertas. Sem dizer nada, todas as meninas avançaram na comida, comendo como animais, com as mãos, reunindo com os dedos o máximo de comida que conseguissem e jogando tudo na boca, com sofreguidão.

Todas, com exceção da menininha agredida. Ela continuava imóvel e muda.

Nika também fingiu juntar os grãos de arroz com as pontas dos dedos para enfiar tudo na boca. Estava novamente com fome, então não foi muito difícil fingir. Na verdade, porém, observava atentamente a mulher que saía da enfermaria. Esperou que a porta se fechasse atrás dela. Assim que isso aconteceu, atacou as algemas dos pés, tentando abri-las.

Nikaaahhh...

Tentava e falhava.

Não conseguiu se soltar. É claro que não. As pessoas que a mantinham ali não liberariam seus braços se houvesse a mínima chance de ela abrir as algemas dos pés.

Mesmo assim, o desapontamento foi forte demais para aguentar, e ela começou a chorar.

Nikaaahhh, seja forte. Tenha esperança.

— Não consigo — balbuciou, soluçando. — Não aguento mais, não aguento!

Nikaaahhh, sou amigo da sua irmã Annaaahhh e estamos indo buscá-la. Vamos tirar você daí.

Que maravilha! Agora ela enlouquecera.

Ouvia vozes dentro da cabeça.

Esquizofrenia. Tinha lido em algum lugar que pessoas que sofrem estresse exagerado muitas vezes sucumbem a doenças mentais das quais poderiam ter se livrado com facilidade, em circunstâncias normais.

Não é esquizofrenia! Meu nome é Joseph Bach, sou um amigo de Annaaahhh...

Um caso de múltipla personalidade, quem sabe? Também tinha lido a respeito disso. Por outro lado, talvez aquilo fosse algo bom. Uma parte do seu cérebro achava que ela era alguém chamado Joseph Bach, um sujeito que iria abrir suas algemas, lutar contra a mulher velha, derrotar o cara das cicatrizes e libertar todas as meninas do dormitório.

Mas espere um pouco... Ela/ele também teria de derrotar Devon Caine. Provavelmente ele estava em algum lugar do prédio, esperando que ela tentasse escapar.

Devon Caine está aí?, quis saber a voz. *Você tem certeza disso?*

— Não tenho certeza — admitiu. — Apenas suponho que sim.

Ah, entendo, voltou a voz. *O homem das cicatrizes mencionou Caine novamente, depois de...*

— Eu devia ter dito "sim" para ele — lamentou Nika, começando a chorar de novo, abertamente. — De qualquer jeito ela vai morrer, e eu deveria ter dito que sim.

Nika... voltou a voz, e lhe pareceu falar mais de perto e com menos eco agora, o que talvez fosse melhor, mas era mais esquisito. *Você fez a coisa certa. Ninguém deveria ser obrigado a fazer esse tipo de escolha.*

— Mas ela está morrendo, talvez até já esteja morta! Agora, ele vai me obrigar a escolher outra das meninas, e ela também vai morrer!

Todas as outras meninas, a essa altura, olhavam para Nika com ar desconfiado enquanto acabavam de comer. A voz em sua mente disse:

Respire fundo e devagar. Preciso que você respire lentamente, Neek. Imagine o oceano azul e calmo. Sei que parece melodramático, mas funciona. Acalme sua mente e afaste todos os pensamentos, a não ser o do oceano calmo e azul. E respire fundo...

Talvez fosse a doce serenidade da voz que ouvia, ou o fato de Anna ser a única pessoa que a chamava pelo apelido carinhoso de *Neek*. Além do mais, a voz informara que era um amigo de Anna... De qualquer modo, Nika inspirou e expirou bem devagar.

Muito bem, continuou a voz. *Continue respirando, não diga nada. Se conseguir, tente se alimentar. Não quero que alguém saiba que estou aqui, e não quero que as outras meninas sintam medo de você. Portanto, é muito importante que você não converse comigo em voz alta. Se tiver de me dizer alguma coisa, basta pensar, que eu saberei.*

Quem quer que a voz fosse não queria que Nika parecesse maluca — o que era meio irônico.

E também muito esquisito, pois quem quer que fosse o dono daquela voz, Nika conseguiu sentir que ele sorria.

Sei que isso parece maluquice, mas eu sou uma pessoa de verdade, Nika. Meu nome é Joseph. Estou trabalhando com sua irmã para encontrar você e trazê-la de volta para casa.

Anna está bem?, pensou Nika, com um refulgir de ansiedade. A garota grávida tinha lhe dito que as pessoas que a mantinham cativa tentariam achar e capturar sua irmã também.

Que garota grávida?, quis saber Joseph.

Não a conheço. Não sei o seu nome.

Shhh, disse ele, baixinho. *Respire fundo. Está tudo bem, Nika. Preciso que você permaneça tão calma quanto conseguir ficar. Dá para tentar permanecer calma, por mim? Sei que continua apavorada, mas não está mais sozinha.*

Eles chegam e as matam, contou Nika a Bach, mentalmente. *As garotas morrem, eles simplesmente as matam. Sei que eles não vão acabar comigo, pelo menos por enquanto, mas tenho medo de que possam acabar matando todas elas.*

Sabe o motivo de eles terem raptado você?, quis saber Joseph.

Disseram que eu sou especial, contou ela, mentalmente. *Disseram que eu sou uma* fonte. *Existe algo no meu sangue... acho que é no sangue. Mas não sei o que é, e também não sei o porquê de tudo isso. Só quero que eles parem.* Não conseguiu se segurar e começou a chorar de novo.

— Desculpe — pediu, em voz alta. — Sinto muito!

Simplesmente respire fundo, pediu Bach, mais uma vez. *Você está se saindo muito bem, Neek. Está fazendo tudo de forma fantástica. Simplesmente relaxe e respire devagar. Sei que não é fácil, mas tente relaxar o mais que puder. Isso é tudo que dá para fazer por enquanto. Faça o melhor que puder, certo? Sei que você vai dar o melhor de si, e isso é ótimo. Já está indo muito bem.*

Ele continuou repetindo isso várias vezes, sem parar, até que ela acabou acreditando nele. As lágrimas pararam aos poucos de lhe descer pelo rosto, e sua respiração começou a ficar menos entrecortada. Nika percebeu que ele estava lhe dizendo algo mais também:

Você é especial — muito mais especial do que eles possam imaginar. Não fazem ideia de quem você realmente é. E não têm a mínima noção do erro que cometeram ao raptá-la. Isso mesmo... mantenha os olhos fechados e respire fundo. Você está indo muito bem. Está ótimo! Se puder, relaxe mais um pouco, só mais um pouquinho. Respire e inspire devagar, porque eu vou lhe contar o que aconteceu e o motivo de ter acontecido. O modo como vamos salvá-la eu ainda estou tentando descobrir, mas acredite nisso, Nika. Respire essa verdade, Nika. Respire fundo. Seja *tudo o que você é. Porque juntos, você e eu, vamos impedi-los de continuar fazendo o que fazem.*

E então, com a voz quente e calma de Joseph Bach na intimidade de sua mente, Nika conseguiu acreditar nele.

21

quilo era incrivelmente difícil.

Mac conseguia sentir a presença de Devon Caine lá fora, mas o motivo não era ter feito sexo louco e selvagem com Shane pouco antes. Nada disso. Seus níveis de integração neural estavam altos o bastante para ela localizar Caine porque Shane estava ao lado dela, segurando sua mão.

Ela inspirava no ar toda a dedicação suave dele, sua determinação constante, seu respeito calmo e, claro, a adoração que sentia por ela. Mac não precisava arrastá-lo para os fundos da van para uma transa rapidinha. Bastava fitar os lindos olhos dele e deixar seu sorriso aquecê-la.

Bastava fechar os próprios olhos e sentir a verdade.

Shane não amava Mac mais do que as putas da Boylston Street amavam os manés com quem se deitavam.

De qualquer modo, precisava se deixar levar por ele, pelo bem da menina desaparecida.

Porém, assim que encontrassem Caine, que os levaria até Nika, Mac decidiu que acabaria com aquele jogo.

Porque não era justo com Shane. E certamente era ainda menos justo com *ela*.

Na verdade, se o problema fosse apenas o que era justo ou injusto para ela, Mac conseguiria levar a farsa em frente.

Mas odiava — *odiava de verdade* — o fato de estar enganando Shane.

— Você está numa boa? — murmurou ele. Mac mentiu e fez que sim com a cabeça.

— Vire à esquerda aqui — ordenou ela ao Trinta que dirigia a van, um homem com ar honesto e vinte e tantos anos, chamado Charlie Nguyen. O rapaz recebera a tarefa inglória de se certificar de que — assim que Mac conduzisse Diaz até Devon Caine — ela e Shane seriam levados de volta, em segurança, ao Instituto Obermeyer.

Sua iminente missão secundária de ir até a calçada onde Nika fora raptada tinha sido aprovada por Diaz, já que o dr. Bach colocara um dos seus avisos de "favor não incomodar" pendurado na porta do gabinete. Só que Charlie simplesmente passaria pelo local e depois os levaria de volta ao IO.

— À esquerda de novo... desculpe eu avisar em cima da hora — disse Mac a Charlie, e eles seguiram cada vez mais fundo pelo bairro de Charlestown. Diaz e uma equipe de alguns Trinta seguiam na van que vinha logo atrás deles, e quase encostaram os para-choques quando o veículo da frente fez a curva súbita.

Diaz e Elliot tinham se beijado ao se despedir, e o médico ficou em sua sala de trabalho tentando decifrar o mistério do idoso Edward O'Keefe. Mac só percebera aquela demonstração pública de afeto porque a porta estava apenas encostada, e quase enfiou a cabeça pela fresta para descobrir o que atrasava Diaz.

Na verdade, a demonstração de afeto não foi pública, pois acontecera dentro da sala do médico.

— Tenha cuidado — foi o conselho que Mac ouvira Elliot dizer baixinho, e Diaz havia sorrido.

— Pode deixar — tinha sido a resposta do Maioral, e o amor e a confiança mútua sincera que os dois homens compartilhavam atingiu-a em uma onda tão poderosa que Mac quase perdeu o equilíbrio.

É claro que Shane estava bem ao seu lado para impedi-la de cair.

Droga!

— Diminua a velocidade — ordenou Mac a Charlie naquele momento, observando um prédio velho de três andares com tinta marrom descascada ao lado de um terreno baldio. Conforme se aproximavam, foi sentindo uma cutucada mental inconfundível, e teve certeza de que Caine estava lá dentro. — Pare a van. Vou saltar um instantinho para confirmar...

— *Isso* não vai ser possível — disse Charlie.

— Sei, mas eu precisava tentar — aceitou Mac. — O prédio marrom. Caine esta lá dentro. — Fechou os olhos novamente e tentou pegar a mão de Shane, que a ofereceu prontamente.

Ele a queria novamente. Ela sentiu isso misturado com a esperança de que, com sua ajuda, Mac conseguisse captar o padrão emocional de Nika a partir da calçada onde fora agarrada. Quando isso acontecesse, descobrir Devon Caine seria irrelevante, pois com Mac a 62 de integração, ela certamente acharia Nika com a mesma facilidade com que encontrara Caine.

Shane olhava pela janela da van e analisava o prédio de três andares. Mac sabia que ele maquinava qual seria a melhor estratégia para invadir o local e capturar Caine. Sentiu sua descarga de adrenalina e um pouco de inveja. Soube também, mesmo sem análises mais profundas, que seus instintos estavam alinhados com os dela. Eles tinham usado os Trinta para vigiar todas as entradas e saídas do prédio, inclusive as janelas, enquanto colocavam a porta abaixo.

É claro que, antes disso, haviam vasculhado o local com o equipamento de alta tecnologia que Diaz trazia na van, para ter certeza de que Caine não usava o prédio como depósito de munições, nem tinha um exército inteiro lá dentro para protegê-lo. Se estivesse sozinho, sua captura seria relativamente fácil e rápida.

— Terceiro andar — relatou Mac, novamente sem entender como sabia disso, mas exibindo certeza absoluta. — Nos fundos do apartamento.

Charlie repassou a informação a Diaz e se afastou rapidamente com a van da calçada, do prédio e da ação.

Sacanagem.

Shane apertou a mão de Mac, que ergueu a cabeça e encontrou um olhar de solidariedade.

— Não se afaste demais — ordenou Shane a Charlie. — Se Caine escapulir, Diaz vai precisar de Mac para rastreá-lo novamente.

— Sim, senhor — respondeu Charlie.

De vez em quando, apesar de todos os cuidados em vigiar as saídas do prédio, o alvo escapava por uma passagem secreta. Era pouco provável isso acontecer em um buraco como aquele, num bairro de merda. Porém, Mac sabia, por meio das pesquisas extensas do Setor de Análise, que os membros da alta hierarquia da Organização dispunham de elaboradas rotas de fuga — túneis e até heliportos.

Se o posto de Caine lhe oferecesse acesso a uma casa equipada com túneis ou um helicóptero corporativo, isso seria péssimo.

— Só uma precaução — explicou Shane, olhando para Mac. — Pelo que sabemos sobre Caine, duvido muito que ele escape.

— Sempre alerta — brincou Mac, e quando viu que o sorriso dele sumiu, acrescentou, depressa: — Disse isso numa boa. Você acha que foi uma zoação com os escoteiros? É muito *sensível* com relação a isso, marinheiro.

Ele olhou para as mãos de ambos, ainda apertadas, antes de fitá-la novamente.

— Gostaria muito que você me levasse a sério.

— Acha que não levo?

— Minhas habilidades de empatia são as de uma pessoa comum. — Olhou para Charlie, que havia parado no estacionamento de um CoffeeBoy e verificava mensagens de texto no celular. Colocara fones nos ouvidos para não perturbá-los ouvindo as mensagens. Mesmo assim, Shane baixou a voz ainda mais: — Apesar disso, consigo praticamente sentir o cheiro do seu medo.

— Ah, qual é? — reagiu ela, soltando a mão. — Não me venha com esse papo de novo.

— Ei! — insistiu ele. — Não sou eu que estou voltando ao assunto, *é você*. Qual o problema de deixar o lance entre nós simplesmente rolar? Não pode relaxar e ver até onde isso nos leva...?

— Não tenho tempo de relaxar — fez questão de lembrar a ele.

— Pois deveria arrumar um tempo para isso. Qual foi a última vez que saiu de férias?

Ela olhou para ele, calada.

— Essa cara significa "há muito tempo"? — perguntou ele. — Ou é uma porra de um "absolutamente nunca"?

Ela se recusou a rir.

—Você não faz ideia do quanto...

— Faço sim, Mac — cortou ele —, porque eu era igualzinho a você quando atuava no grupamento especial. Era tudo uma questão de vida ou morte, agora ou nunca, lutar ou lutar mais. Isso me deixou esgotado. Sabe de uma coisa? Eu deveria ter percebido a situação em que entrei, de perder ou perder. Aquela sobre a qual lhe contei. Deveria ter feito mais pesquisas, fingir que tinha perdido meus homens nas montanhas. Ou poderia ter simulado um defeito nas comunicações devido ao frio extremo. Isso acontece o tempo todo e ninguém iria questionar. Em vez disso, me vi encurralado em uma sinuca que poderia ter evitado se não tivesse forçado a barra e me estafado tanto ao longo de muitos anos. Puxa, eu estava fazendo um belo trabalho, derrubando um monte de gente corrupta de altos cargos. Só que despenquei de ser um agente exemplar como você para o nível de um... zé-ninguém. Expulso e colocado na lista negra.

— Pois é... bem, eu não pertenço a nenhuma equipe que vá me dar um chute na bunda — retrucou ela. — Se um dia fizerem isso, eles que se fodam. Vou trabalhar por conta própria.

— Até se acabar de exaustão e cometer um erro fatal. Se pretende manter essas meninas vivas, também precisa se manter viva, Michelle.

— Vá se foder você também! — disseram Mac e Shane, exatamente ao mesmo tempo. Obviamente ele já esperava essa reação dela.

— Por que você odeia tanto o seu nome? — quis saber ele.

Mac emitiu um grunhido de raiva ao erguer os olhos.

— Você devia estar ajudando a manter meus níveis de integração elevados, em vez de me deixar puta e fazê-los ficar descacetados, quicando por toda parte.

— Só sei que não vou alcançar o que quero sentado quietinho aqui no banco de trás — ele passou por cima dela para o outro lado —, esperando que você precise dos meus serviços. Em vez disso, prefiro usar o que tenho de melhor. Grande parte disso depende de conseguir identificar os problemas que vejo.

— E a escolha de não usar o nome que um babaca me deu quando eu nasci é um *problema*?

— É. Porque você acha que não é mais a Michelle.

— Não sou mesmo — concordou. — Deixei essa pessoa para trás há muito tempo.

— Mas não é assim que as coisas funcionam — explicou Shane. — Arrastamos conosco pela vida, para sempre, tudo o que fizemos no passado. Michelle não se foi, está apenas escondida atrás da cortina gigantesca que você finge não ver. Talvez seja melhor trazê-la para o centro do palco e fazer amizade, porque ela *sempre* vai estar em sua vida. Se parar de fugir dela, talvez você encontre um pouco de paz interior. Veja bem, não estou dizendo isso porque quero mudar você. Por falar nisso, adoro você exatamente do jeito que é. Mas também acredito piamente que alcançar o equilíbrio interior vai lhe dar mais força e ajudá-la a crescer. *Sei* o quanto você leva a sério o que faz, e honestamente acho que isso poderá levar você a um nível mais alto, como guerreira.

Ele continuou sentado ali, convicto, a admiração que sentia por ela entrelaçada com o desejo e o afeto que ela se recusava a batizar de amor. E tinha acabado de chamá-la de...

Guerreira.

E falava sério.

Mac não resistiu. Agarrou Shane pela camiseta e o beijou.

É claro que foi neste exato momento que Charlie tirou os fones dos ouvidos e se virou para trás.

— Escute, dra. M., mas é que Brian acabou de me enviar uma mensagem de texto e... opa, desculpem!

Eles se afastaram na mesma hora e Mac ficou vermelha, mas Shane, como sempre, manteve a calma e assumiu um suave tom de comando:

— Brian é o motorista da van do dr. Diaz?

— Sim, senhor — confirmou Charlie, olhando pelo espelho retrovisor com ar de cautela. — Informou que Devon Caine foi preso, dominado e já está sendo levado para o IO.

— Ótimo — conseguiu dizer Mac, depois de alguns segundos, no instante em que o seu celular tocou. Era Diaz. — Oi, acabei de saber. Bom trabalho!

Ele não disse alô nem agradeceu o elogio. Com voz tensa e entrecortada, perguntou:

—Você tornou a falar com Elliot depois que saímos do IO?

— Não. Por quê?

— É que eu não consegui... — começou ele, mas logo se conteve. — Por favor, se conseguir notícias, peça para ele me ligar.

— D, o que está acontecendo? — Mac se colocou reta no banco. — Você quer que eu volte para o instituto? — Olhou para Charlie, que observava tudo pelo espelho retrovisor. Assentiu para o motorista com a cabeça e fez mímica com a boca, dizendo: *Dirija!* Ele colocou o carro em movimento na mesma hora. Shane também se colocou em estado de alerta total, olhando fixamente para ela.

— Não — garantiu Diaz. — É que aconteceu um lance, Michelle. Tive uma... não sei bem o que foi, talvez uma visão. Algo... terrível. Não consigo achar Elliot para avisá-lo do perigo. — Ficou um pouco ofegante. — Isso é bem típico dele, né? Quando está concentrado em alguma coisa, sempre desliga o celular. Sei que está a salvo, no IO. Tem de estar a salvo. Faça o que planejamos e tente localizar a rede emocional de Nika. Ligo para você, se precisar — disse isso e desligou.

Mac fechou o celular, mais abalada com isso do que estava disposta a deixar transparecer para Shane e Charlie.

— Diaz teve uma visão maluca e assustadora — contou —, mas quer que passemos no local do rapto, conforme planejado.

Charlie concordou com a cabeça, fez uma curva em U e voltou na direção de Cambridge.

Shane olhava para Mac, que tornou a abrir o celular, procurou o número de Elliot e ligou para ele. Caiu na caixa postal e ela deixou uma mensagem:

— El, D quer convidar você para um baile. Levante a bunda dessa cadeira e ligue para ele, seu babaca.

Fechou o celular com força e o colocou no bolso. Ao erguer os olhos, viu que Shane a fitava com atenção redobrada.

— Diaz não dá chilique à toa — contou ela, tentando aliviar a tensão. — Por outro lado, nunca esteve apaixonado antes.

Shane fez que sim com a cabeça. O que quer que tenha pensado, guardou para si mesmo.

Mac passou o resto do caminho, enquanto o carro seguia pela pista da esquerda, perguntando a si mesma por que não se incomodava nem um pouco quando Diaz a chamava de *Michelle*.

Elliot acordou cercado por uma equipe do setor de segurança.

— Nós o encontramos, chefe — disse no rádio uma jovem oficial do setor de segurança, Patricia Gilbert. — Estamos no salão de espera. O dr. Zerkowski estava dormindo em um sofá na parte sudoeste.

Louise tinha servido a sopa e o sanduíche de Elliot, e a refeição estava na mesinha diante dele. Sentando-se, ele enfiou o dedo na sopa e viu que estava fria. Ou seja, o cochilo de cinco minutos que ele planejara tinha durado bem mais tempo. Olhou para a multidão reunida à sua volta. Puxa, devia ter dormido *muito* tempo.

— O que aconteceu? — quis saber.

— O senhor estava desaparecido, doutor. A equipe e o dr. Diaz estavam muito preocupados.

— Merda! — Elliot tentou se levantar, mas logo tornou a se sentar. Estava curtindo uma viagem fantástica, um sonho pessoal desta vez, mas não menos erótico que aquele induzido por Stephen. — Ele já voltou?

Stephen *estava* de volta. Na verdade, apareceu segundos depois, vindo a passos largos pelo salão com um jeito de "vou chutar a porta", exibindo muita tensão, com os ombros rígidos e um ar de preocupação no rosto absurdamente atraente.

— Computador, aqui fala Stephen Diaz. Efetuar uma tomografia imediata no dr. Zerkowski — ordenou. — Enviar os resultados para meu celular, com urgência.

— Estou bem — tranquilizou-o Elliot. — Peguei no sono.

— Fique parado — comandou Stephen, e acenou com a cabeça para a jovem que acordara Elliot. — Obrigado, srta. Gilbert.

— De nada, senhor. Estamos aqui para isso. — Reuniu a equipe e seguiu rumo à saída.

Stephen ficou ali sozinho, olhando para Elliot com os dentes cerrados e o coração quase saltando pelos olhos.

— Isso me deixou apavorado — admitiu.

— Desculpe — pediu Elliot, notando que Stephen tivera o cuidado de dizer *isso*, e não *você*.

Seu celular tocou ao mesmo tempo que o de Stephen. Era o resultado da tomografia. Elliot programara o sistema para avisá-lo sempre que ele fosse escaneado, e recebeu uma cópia dos resultados.

Como se esperava, estava em excelente estado. Seus batimentos cardíacos pareciam um pouco altos e a pressão arterial estava acima da sua média, mas isso era esperado. O motivo era óbvio: acordara excitado. E a postura máscula e atraente de Stephen, aliada à sua atitude firme, não estavam ajudando em nada.

Ou melhor: estavam ajudando a aumentar o tesão.

Antes de guardar o celular no bolso, notou a lista de ligações perdidas, não só de Stephen, mas também de Mac. Viu também a mensagem de texto informando que Devon Caine tinha sido pego.

O único raptor ainda vivo de Nika Taylor estava fortemente vigiado na cela de segurança naquele exato momento, vestindo um macacão em tom forte de laranja, depois de terem sido retiradas todas as suas posses. Esse não conseguiria escapar.

Quando Stephen se largou pesadamente ao lado de Elliot — bem distante do médico, para não tocá-lo sem querer —, reparou que Elliot lia a mensagem e assentiu com a cabeça.

— Assim que o dr. Bach puder, vai dar uma volta pela mente de Devon Caine. Já lhe enviamos a mensagem informando que Caine está aqui no instituto, mas ele deixou implícito que ainda vai levar pelo menos uma hora tentando encontrar Nika.

— Você não vai me contar o que está acontecendo? — perguntou Elliot, olhando para Stephen.

Os músculos no maxilar do Maioral ainda pareciam latejar de tensão, mas ele assentiu com a cabeça.

— A captura aconteceu dentro dos planos, tudo conforme o cronograma. Demos uma olhada no apartamento de Caine e confirmamos que não havia mais ninguém lá. Ele estava tomando um banho, o que facilitou as coisas.

Elliot compreendeu a mensagem. Tudo o que Stephen precisou fazer para levar o suspeito ao estado de inconsciência foi enviar uma carga de energia através dos canos de água.

— Eu o nocauteei. Quando ele caiu, nós o enchemos de sedativos, por segurança, e o jogamos na van. Toda a operação levou três minutos. Foi só entrar e sair. Ou quase — explicou Stephen. — Voltei para pegar o celular dele, sua carteira, mais alguma coisa que pudesse ser importante, e dei uma última olhada no local... e foi quando aconteceu. — Lágrimas encheram os olhos dele, forçando-o a fechá-los. Ele respirou fundo e exalou com força.

Elliot poderia ter estendido o braço para pegar a mão dele ou tocar sua perna, mas a distância que Stephen colocara entre os dois não era acidental, e o médico não quis ultrapassar esse limite. Em vez disso, entrelaçou as mãos no colo e esperou.

Stephen respirou fundo mais uma vez, exalou com mais força e, por fim, abriu os olhos.

— Desculpe — pediu ele.

— Estou meio apavorado — admitiu Elliot.

— Eu também — admitiu Stephen —, e olha que eu *sei* o que vou contar. Acho que as notícias não são boas, El.

— Por favor, conte logo! — Elliot estava mais incomodado que nunca com o fato de que Stephen não o tocara. Precisava manter distância entre eles, mas estendeu a mão. — Ou então me mostre o que está pensando, se achar mais fácil.

Stephen balançou a cabeça em um *não* veemente.

— Não quero apavorar você.

— Tarde demais.

— Tive uma visão quando ainda estava no apartamento de Devon Caine — contou Stephen. — Aquele lugar era pavoroso, gato. Imundo de verdade! Tive certeza, só de sentir a atmosfera do local, que Caine tinha levado algumas das vítimas para lá. Por Deus! De repente, me bateu uma vontade forte de ir embora dali na mesma hora. O lugar era opressivo e eu não conseguia respirar direito. Então, tudo ficou muito pior, como se eu estivesse sendo sufocado. Senti um calor e um frio intensos, quase ao mesmo tempo. Tive de me sentar no chão, porque uma visão estava se abrindo. Foi então que... *bang*, eu me vi do lado de fora da casa, só que, na verdade, não estava lá. Consegui ver o céu azul, apesar de continuar sentado sobre aquele tapete nojento na sala asquerosa. Dava para sentir o chulé de Caine, sua roupa suja e o fedor generalizado.

— Mas você via o céu — confirmou Elliot.

— Como se estivesse do lado de fora da casa — assentiu Stephen. — Estava muito azul, com algumas nuvens imensas, lindas e fofas. Observei um pássaro voando: um falcão negro muito grande. Devia ser um momento belo, pois ele voava em círculos largos bem no alto. Só que, à medida que continuei olhando, senti medo. Aquela imagem me fez ter uma espécie de... presságio. Foi então que eu reparei que Anna e Mac também estavam lá. Anna tinha poderes incríveis e começou a voar também. Não estava tão alto quanto o falcão, a princípio, mas eu sabia que ela conseguiria chegar até lá. Anna carregava Mac com ela. No início, Mac ficou irritada e tentou se desvencilhar dela, mas logo gritou e apontou para um ponto atrás de mim. Eu me virei para olhar e... — Sua voz ficou embargada. — Você estava deitado no gramado, um gramado muito verde, e estava sangrando. Tinha levado um tiro no peito e outro na garganta. Eu não consegui salvar você, de jeito nenhum. O pior é que toda essa porra me pareceu *real demais*.

Danem-se os limites! Elliot estendeu a mão e tocou em Stephen. Ao fazer isso os dois entraram em contato direto e, por Deus, ele também viu tudo... a visão de Stephen, seu sonho, ou seja lá o que tinha sido aquilo. Sentiu a imensidão da dor de Stephen, que se ajoelhou ao lado do seu corpo sobre a relva. E reparou que havia sangue demais no gramado absurdamente verde. O choque da imagem foi tão forte que, por um momento, ele não conseguiu respirar.

Sentiu o medo de Stephen também. Estava bem ali, fora da visão.

E se eu for vidente?, perguntou Stephen, em pensamento. *E se um dos meus novos poderes, como Sessenta e Um, for esse, de prever o futuro?*

Puta merda, é mesmo. *E se...*

Elliot já havia trabalhado com uma poderosa vidente, uma vez — uma jovem chamada Tilda que esteve no IO durante um tempo relativamente curto. Ela parecia caminhar através das paredes com seus olhos assombrados. Abandonou o instituto logo depois de ter previsto, com espantosa precisão, a morte de sua irmã mais nova.

Vou procurar em meus arquivos e localizar que partes do cérebro de Tilda ela costumava acessar a fim de..., tentou dizer Elliot.

Não quero saber de que modo isso vai me afetar, interrompeu Stephen. *O que me preocupa é ter me tornado vidente e você estar prestes a morrer.*

Eu ainda estou vivo, lembrou Elliot. *Videntes não enxergam o futuro entalhado em pedra, Stephen, eles veem* uma possibilidade *de futuro. Teremos de aprender a usar seu novo talento como um sistema de alerta, pois ele é o que é. E tomaremos um caminho diferente.*

Stephen assentiu com a cabeça, exibindo um ar de alívio quase palpável. Enxugou o rosto com as mãos e respirou fundo várias vezes.

Uma exceção a essa conduta, obviamente, acrescentou Elliot, *é se você tiver uma visão de nós dois ganhando na loteria. Nesse caso, seguiremos tudo o que estiver traçado.*

Stephen riu, virou-se de frente e beijou Elliot na boca, bem ali, no salão de espera. E fez Elliot se esquecer por completo que estavam se beijando em um local público quando pensou:

Amo você loucamente. Case-se comigo.

Elliot se afastou do companheiro, rindo com ar de surpresa.

— O quê?

— Cedo demais? — perguntou Stephen.

— Acho que sim — disse Elliot, mas se deixou perder nos olhos maravilhosos de Stephen. — Puta merda, você não está me zoando, está? — Esticou o braço para tocar a mão do outro homem. Como sempre, a conexão foi instantânea e...

Stephen estava realmente falando sério.

Você acha que sim, é cedo demais *ou sim*, quero me casar com você*?*, quis saber o Maioral.

Era um *é cedo demais*, mas também era o outro. Elliot não precisou colocar o sentimento em palavras. Sabia que Stephen conseguia sentir o seu *sim*.

O Maioral sorriu, mas a alegria desapareceu do seu rosto rápido demais.

A vida é muito curta, disse a Elliot, ainda em pensamento. *Não quero desperdiçar nem mesmo um único minuto do tempo que poderia gastar ao seu lado.*

— Eu também amo você. — Elliot disse isso em voz alta. Eram palavras que, depois do fracasso com Mark, achou que nunca mais repetiria na vida, pelo menos não tão depressa. Mas não hesitou nem por um segundo. Na verdade, a frase lhe saiu com tanta facilidade que ele repetiu: — Amo você completamente. — Em seguida, prometeu: — Acabo de tomar uma decisão. Durante os próximos dias, semanas, o tempo que você achar necessário, até mesmo para sempre, se você quiser... não vou pisar em nenhum gramado.

— Obrigado — disse Stephen, e tornou a beijar Elliot.

David desaparecera.

Depois de tê-lo colocado para correr, Anna se viu vagando sozinha pela casa do seu ex-chefe, que era quase um palácio.

Era impressionante se ver ali sem sentir medo nem repulsa.

Bem, talvez um pouco de repulsa residual ainda estivesse no ar. A decoração da casa de David era em um típico estilo "homem das cavernas", com muita madeira escura, fosca e com manchas; a falta quase absoluta de cores; a decoração do banheiro da suíte, em estilo "Rei das Selvas"; tudo aquilo lhe revirava um pouco o estômago. Mas ela, certamente, não estava com medo.

Graças a Joseph Bach. Ele havia implantado na mente de Anna algumas habilidades de autodefesa muito poderosas. Aquilo lhe pareceu estranho, mas não muito.

Anna gostava de saber que era capaz de se defender.

Foi até a cozinha, toda em preto, branco e vermelho, decorada com fotos emolduradas de mulheres jovens e muito sexy, vestidas com roupas do tempo da Segunda Guerra Mundial. Só nesse momento, ao olhar para a geladeira, cheia de comida que não podia comer porque estava dormindo, e também porque nem a geladeira nem a comida eram reais, foi que ela percebeu que, já que aquele era o sonho dela, poderia ir aonde bem quisesse. Qualquer lugar do mundo...

Foi embora da casa de David sem saber exatamente para onde queria ir, e acabou na sala de estar da casa onde Joseph passara a infância.

Era interessante e significativo o fato de seu subconsciente querer voltar àquele local.

Anna gostava de Joseph Bach. Gostava *muito*.

Não conseguia negar isso.

Era noite na sala de estar, do mesmo jeito que da outra vez. Também como da outra vez, não precisou acender as luzes para ver, e isso era bom, pois não conseguiria ligar os interruptores.

A mobília era linda. Toda composta de antiguidades que lhe pareceram muito bem conservadas. Os pais de Joseph eram muito ricos, disso teve certeza. Deu uma olhada rápida nas lombadas dos livros expostos na estante embutida e descobriu que também eram antigos, muitos em primeira edição. Na verdade, tudo ali — do telefone às elaboradas mesinhas laterais, luminárias, interruptores das paredes, tomadas de eletricidade e até as revistas colocadas sobre a mesa — era antigo. Havia um exemplar da revista *Life* absolutamente novo, de fevereiro de 1942.

Não conseguiu pegar a revista para folheá-la — não dava para mexer nem alterar nada —, mas *conseguiu* ver a correspondência na mesa baixa. Era endereçada ao doutor e à sra. Frederick Bach...

— Olá.

Anna se virou e viu Joseph sentado no sofá, do mesmo jeito que fizera quando eles haviam estado ali na outra vez. Vestia o que ela chamava de roupas de "príncipe da Disney", a blusa aberta no peito, revelando os seus músculos bem definidos do tórax.

— Você voltou — disse ela, de forma tola.

— Encontrei Nika — contou ele, com um sorriso maravilhoso e triunfante. O alívio que encheu a alma de Anna foi tão súbito e arrebatador que ela se sentiu tonta.

Joseph se ergueu na mesma hora e a impediu de cair. Em seguida, conduziu-a até o sofá.

— Ó meu Deus! — reagiu ela, começando a chorar. — Obrigada, Senhor. Nika está viva! Minha irmãzinha está bem?

— Está ótima — garantiu Joseph, enlaçando-a com um dos braços, enquanto usava a outra mão para afastar o cabelo do rosto e enxugar as lágrimas que escorriam livremente pelo rosto de Anna. — Está a salvo.

— A salvo? — quis saber Anna, mal ousando acreditar naquela maravilha.

— Ela fugiu — contou Bach. — Mostrei a ela o caminho até uma das nossas casas protegidas, no centro da cidade. Uma equipe de Maiorais já está a caminho para pegá-la. Vão levá-la para o IO.

Anna não conseguia acreditar em tudo o que ouvia.

— Ó graças a Deus! — repetiu. — Devíamos ir lá também. Devíamos estar lá na hora...

Ele balançou a cabeça para os lados.

— Não é seguro fazer isso. Quando eles perceberem que ela escapou, começarão a procurar por você.

— Por que eu? — Anna não compreendia.

— Porque você também é especial — contou ele. *Por Deus, Anna, você é tão linda!...*

Ele estava dentro da mente dela — é claro que estava. Toda essa conversa acontecia apenas na cabeça dela. Ou talvez ambos estivessem na mente *dele* — Anna não tinha bem certeza.

E também não se importou muito com isso quando se encostou nele de leve e deixou que seus lábios deslizassem suavemente sobre os dela.

Anna já o beijara antes, mas tinha outro corpo. Era uma parte das suas lembranças da namorada morta há muito tempo.

Mas ali, naquele momento, ele a beijava lentamente. Especificamente. Intencionalmente. Durante muito tempo. Nem por isso a sensação foi menos doce. Ela fechou os olhos, se preencheu de felicidade e deixou se perder por completo no êxtase de ser deliciosamente beijada.

Nika estava voltando para casa e aquele homem incrível e cheio de magia considerava Anna uma mulher especial. E quando a beijava daquele jeito, ela acreditava que realmente era assim.

Era forte, inteligente e já não estava sozinha. O alívio de tudo isso era poderoso.

— Vamos lá... — sussurrou Joseph. Anna abriu os olhos quando ele a pegou no colo, tirando-a do sofá, para em seguida subir as escadas e...

Não usaram a porta dessa vez. Anna deve ter piscado no instante em que atravessaram a parede, e de repente se viu no quarto do tempo em que ele era menino.

Ele deve ter percebido a hesitação dela, porque disse:

— Está tudo bem, certo?

E estava bem, realmente. Muito bem e muito certo. Só que...

— Já faz algum tempo desde a última vez que eu... — admitiu ela.

— Para mim também — confessou ele. — Muito tempo. Você é a primeira mulher que eu trago aqui para este quarto do passado. A única mulher que eu desejei desse jeito...

Colocou os braços em torno dela, empurrando seu cabelo para trás, de leve, e beijando-lhe o pescoço, a garganta. Ela sentiu a ereção dele, mas isso *também estava* certo. Tão adequado que ela pressionou o próprio corpo contra o membro dele.

Ele ergueu a camiseta dela por cima de sua cabeça e ela riu, mas nesse momento sentiu um lampejo de estranheza novamente — a sensação de que o tempo se esgotava. Ou talvez simplesmente tenha piscado outra vez, e agora se viu nua, e ele também estava completamente nu. Por Deus, como ele era lindo! Alto, esbelto, musculoso, mas com a pele lisa e suave... O corpo dele era belíssimo, e ele sorriu para ela com a mesma admiração nos olhos; de repente, ela engatinhava sobre a cama para beijá-lo.

Mais uma vez o tempo pareceu acelerar com a rapidez de uma batida do coração ou uma piscada — e Anna estava por cima dele, como se o cavalgasse, o membro dele enterrado bem fundo dentro dela. Foi nesse instante que se ouviu gritando de prazer. Por Deus, aquilo era bom demais! Apesar do gozo, se viu querendo parar, voltar atrás para reviver a cena com toda a calma. Sentia falta do primeiro instante de união, do momento da penetração, da confiança definitiva, da paixão imensa, insuportável e irreversível, quando ele a penetrara pela primeira vez, sentindo-se em casa; o instante em que ela o recebera pela primeira vez dentro dela. Quis sentir isso de novo, para se lembrar da emoção para sempre, mas o momento passara e ela o havia perdido.

Mas logo se esqueceu disso, quando ele se sentou na cama e a enlaçou com os braços, beijou-a com ternura e se balançou suavemente, girando o corpo bem devagar dentro dela. Ela se ouviu gritar, sentiu que iria gozar a qualquer momento e ele a acompanhava.

— Por Deus! — exclamou ele, recostando-se e puxando-a de volta por cima dele sobre a cama, corcoveando com força dentro dela e cobrindo-lhe a boca com os próprios lábios, beijando-a longamente.

Só que quando ele repetiu "Por Deus!", em meio à explosão de prazer e da neblina do próprio orgasmo, Anna percebeu que ele certamente não poderia ter pronunciado aquelas palavras, pois tinha a língua entrelaçada à dela. Ao sentir o quase desfalecer que se seguiu à ejaculação dele, virou a cabeça para o lado e...

Joseph Bach, completamente vestido com o mesmo jeans e o suéter que usara no gabinete, estava em pé no canto do quarto.

Seus olhos estavam arregalados, e seu olhar de descrença horrorizada, poderia até ser engraçado, mas não era.

E foi por isso que Anna acordou.

Um segundo antes estava nua em um quarto com dois Joseph Bach, um completamente vestido e o outro tão nu quanto ela, sorrindo feliz, acabando de sair de dentro dela, deixando-a com as coxas trêmulas.

No segundo seguinte, estava deitada no sofá do gabinete dele. Bach estava sentado tão longe dela quanto possível, em uma poltrona além, olhando para ela com a mesma expressão de horror que o Bach completamente vestido exibira no rosto lindo.

Ela piscou, desorientada, sem ter certeza do que acabara de acontecer.

— Ahn... — disse ele, afastando-se um pouco mais e erguendo o braço para coçar a parte de trás da própria cabeça. — Isso não foi exatamente um pesadelo. Mas é um bom sinal, pelo menos.

— Ah, merda — reagiu ela. — Foi só um *sonho*? Eu estava sonhando?

— Sim — confirmou ele. — Foi apenas um... isso mesmo.

— *Tudo?* — quis saber ela, se sentando.

Ele fez que sim com a cabeça.

— Quer dizer que você *não encontrou* Nika? — O desapontamento de perceber essa realidade a deixou engasgada.

— Não, eu a encontrei sim — retrucou ele, ainda com ar de choque no rosto.

— Você me disse que a tinha encontrado, que ela havia conseguido escapar e... Nika não fugiu, afinal — concluiu Anna. — Merda. *Merda!* Tudo aquilo, *na verdade*, foi só um sonho?

Bach confirmou com a cabeça.

— Mas ela está viva — apressou-se em dizer, sabendo que essa notícia seria muito melhor se, no sonho de Anna, ele não tivesse lhe contado que Nika havia *escapado*. — Nós estamos cada vez mais perto de resgatá-la, mas não vai ser fácil. Nika é incrivelmente poderosa, disso não restam dúvidas. Esse detalhe, de certo modo, é excelente. Por outro lado, ela ainda é muito inexperiente, absolutamente destreinada. Tem muitos escudos erguidos à sua volta, e quando estou em sua cabeça eu não consigo simplesmente ler suas lembranças.

Como podia fazer com Anna. Do jeito que acontecera com as lembranças do *sonho em que ela fazia sexo com ele*. Por Deus...

— Sinto muito, de verdade — desculpou-se ela. — Tudo me pareceu tão real. Nossa, o que há de errado comigo?

— Nada — respondeu ele, depressa. — Você é humana e sonha a respeito de todo tipo de coisa.

— Obviamente eu quero transar com você — reconheceu ela. — Só para ficar registrado, saiba que você não foi o único a se surpreender com essa pequena revelação. Estou igualmente atônita. Por falar nisso, foi você que me seduziu no sonho. Foi ideia *sua* subir as escadas.

— Desculpe — pediu ele.

— Não. *Merda!* — repetiu ela. — Não estou pondo a culpa em você. Estou só tentando entender o que está rolando na minha cabeça a ponto de, obviamente, eu querer fazer isso. Puxa vida, você tem sido fantástico, é um homem surpreendente, e estou sendo sincera. Gosto de você de verdade. Muito. Pelo visto, mais do que supunha.

— Os sonhos não são, necessariamente, reflexos de coisas que desejamos — ressaltou ele.

— Bela tentativa de salvar a situação — reagiu Anna. — Se quiser, podemos encarar tudo desse jeito.

Ele riu ao ouvir isso, mas dava para notar que estava completamente constrangido.

— Só para deixar bem claro e devidamente registrado — disse ele —, sob essas circunstâncias...

— Ó Deus — reagiu ela, fechando os olhos lentamente. — Por favor, não diga nada.

— É que considerando as atuais circunstâncias eu não posso ser mais que um amigo seu, mesmo que quisesse.

Ah, que maravilha! Agora a humilhação dela estava completa.

— Agora eu... ahn... preciso ir embora — avisou ele. — Stephen Diaz acabou de chegar trazendo Devon Caine. Preciso encontrá-lo no Setor de Segurança para tentar entrar na mente do prisioneiro e ver se conseguimos localizar Nika. Só para você se sentir mais tranquila, saiba que eu me certifiquei de que ela estava dormindo, antes de deixá-la. Ela se agarrou em mim muito depressa, como se eu fosse sua tábua de salvação. Quero entrar em contato com ela de novo, o mais rápido que puder. Isso vai ajudá-la a não se sentir sozinha.

Anna concordou, desolada.

— Isso quer dizer que eu vou ter de dormir novamente?

— Sim, mas só quando eu voltar — disse ele. — Sinto muito.

— Não, tudo bem — garantiu Anna. — Dessa vez pode ser que eu sonhe que estamos em uma relação de sadomasoquismo, ou quem sabe dominação e submissão, com chicotes, correntes e coisas do tipo. Não se preocupe, estou brincando.

Ele riu, mas parecia nervoso.

— Fico satisfeito por ver que você percebeu o humor que existe em nossa situação.

— É um festival de gargalhadas — concordou Anna.

— Assim que eu conseguir que Nika abaixe seus escudos — disse Bach, tentando tranquilizá-la —, poderei lhe ensinar algumas coisas que... com um pouco de sorte e o talento natural de sua irmã, conseguiremos estabelecer contato direto em pensamento e manter essa porta aberta 24 horas por dia, sete dias por semana. A partir desse momento, não vou mais precisar da sua intermediação.

Por algum motivo, receber essa notícia — que devia lhe parecer ótimo — deixou Anna desapontada. Qual o *problema* dela? Sem pensar mais nisso, simplesmente assentiu com a cabeça e perguntou:

— Posso descer com você até o Setor de Segurança?

Um grande e gigantesco *não* surgiu nos olhos dele, mas sua resposta foi:

— Se você quiser...

— Desculpe — pediu ela. — A última coisa que você deve estar querendo no momento é que uma ninfomaníaca o siga por toda parte...

— Eu *não acho isso* — rebateu ele. — E você também não deveria pensar assim. As pessoas sonham com sexo o tempo todo; creio que esse é o sonho mais comum, logo depois de voar ou sentir os dentes caindo das gengivas. Além do mais, existem motivos definitivos, vários, por sinal, para fazê-la criar e nutrir alguns... laços comigo. Não é surpresa, Anna. E não tem tanta importância.

— Então tá — concordou ela. — Eu gostaria de ir.

22

ac estava em pé, com os olhos fechados, na calçada onde Nika Taylor fora raptada.

A coisa não ia bem — Shane conseguia perceber isso só de olhar para ela e observar sua postura.

Ombros curvados, como se para se proteger de um vento frio. Embora o início da tarde estivesse bem quente, ela cerrava os dentes e parecia apertar todas as células do corpo.

Shane chegou mais perto e perguntou baixinho:

— De que modo eu posso ajudar?

Mac abriu os olhos e olhou para ele, mas nem se deu ao trabalho de tentar esconder o desapontamento.

— Você não pode ajudar — disse, voltando até onde o carro estava e vendo Charlie encostado ao veículo, parado junto da rua movimentada. — Não consegui nada.

— Você disse que isso poderia acontecer — lembrou ele, seguindo-a. — E que esses tipos de distúrbio emocional são mais fáceis de se dissiparem ao ar livre.

— Por favor, não tente fazer com que eu me sinta melhor — pediu Mac. — Estou profundamente revoltada. Achei que isso fosse funcionar, agora que estou em 62, e não preciso desse otimismo do tipo "puxa, ó céus!", no momento. Se quer entrar nessa, vá ajudar alguma velhinha a atravessar a rua.

— Uau! — reagiu Shane. — *Quanto* mau humor!

— Vá se acostumando — disse ela, cortando-o e entrando no banco de trás da van. — Mais uma coisa: pare de encher o meu saco!

Ele entrou logo atrás dela, dizendo:

— Escute, sei que você ficou realmente puta, mas...

— Vamos dar o fora e voltar para o instituto — anunciou Mac, olhando para Charlie.

— Sim, senhora. — O rapaz fitou Shane rapidamente pelo retrovisor, com ar de solidariedade, antes de sair com o carro.

— Mac — chamou Shane, e ela se virou para ele.

— Por favor, tenho de fechar um pouco os olhos. Só uns minutinhos. Preciso de... silêncio.

Shane concordou. Era justo.

Seguiram em silêncio completo, através das ruas muito movimentadas da cidade, finalmente entrando na Mass Pike, onde Charlie conseguiu colocar a van em alta velocidade.

Já tinham percorrido mais da metade do caminho de volta ao instituto quando Mac tornou a falar.

— Se o plano tivesse funcionado... — informou, ainda com os olhos fechados. — Se eu tivesse encontrado Nika com tanta facilidade, toparia levar isso adiante. Tinha resolvido sacrificar nós dois pelo bem maior da humanidade. Só que isso não aconteceu, portanto, meus parabéns. Acabou! Estou dispensando você.

— O quê? — espantou-se Shane.

— Você me ouviu. — Ela abriu os olhos e olhou fixamente para ele. A estranha gélida e distante estava de volta.

Mas Shane havia conhecido Mac muito bem nos últimos dias, e sabia que aquele gelo não passava de uma fachada para esconder sua onda de terror interno.

— A parte um da experiência está oficialmente encerrada — avisou Mac. — Muito obrigada. Vamos para a parte dois.

— Parte dois? — repetiu ele, desconfiado.

Mac ergueu um pouco a voz e convidou:

— Charlie, quer trepar comigo, ser meu parceiro de pesquisas? Quem sabe você consegue elevar meus níveis de integração neural ainda mais, através da troca de nossos fluidos corporais?

— Qual é, Mac? — reagiu Shane. — Não deixe o garoto sem graça. Charlie, ignore o que ouviu, ela não está falando sério.

— Sim, senhor. — Charlie ligou o rádio e acelerou o veículo ainda mais para alcançar a saída. Estavam quase em casa.

Em casa... Engraçado como Shane passara a considerar o IO como sua *casa* em um tempo tão curto.

— Estou falando muito sério — continuou Mac, e se virou para Shane. — Como é que eu posso saber que você é o único homem que consegue elevar meus níveis de integração sem tentar alcançar isso transando com outra pessoa?

— Tenho certeza de que não fui o único homem com quem você transou na vida — lembrou Shane, tentando manter a voz calma.

— Mas foi o único com quem transei ao mesmo tempo que analisava meus níveis de integração — argumentou ela. — Se quero ser meticulosa em minha pesquisa, no papel de cientista, preciso...

— Como fica seu papel como ser humano? — insistiu Shane, pois estava começando a achar que ela não estava apenas sendo babaca. Acreditava que talvez ela realmente fizesse isso. Talvez seu medo a levasse além dos limites e ela tentasse de fato dispensá-lo. E essa era a melhor desculpa para fazer isso. — Como fica o seu papel como mulher?

— Sou uma Maioral — afirmou ela, como se isso fosse um contra-argumento. — Não se preocupe, Charlie. Um dos novos Potenciais ficará feliz em poder participar.

— Quer dizer que você simplesmente vai trepar com um sujeito que nunca viu mais gordo? — perguntou Shane, no instante em que entravam pelos portões do IO.

— Você era um sujeito que eu nunca tinha visto mais gordo quando trepamos pela primeira vez — lembrou ela. No banco da frente, Charlie parecia desesperado, e começou a cantarolar baixinho, acompanhando a música que tocava no rádio.

— Mas agora não sou mais um estranho — afirmou Shane.

— Ah, é verdade, eu já conheço você há um tempão, deixe-me ver... Dois dias! Sabe de uma coisa... acho que vou fazer como nos *speed datings*, aqueles encontros rápidos que as agências de namoro marcam. Vou colocar os Potenciais que se interessarem sentados em uma fileira de cadeiras na parede. Posso me sentar no colo deles, um de cada vez, e bater um papo rápido para descobrir quem consegue elevar meus níveis de integração só com contato físico...

— Chega, agora você está sendo cruel gratuitamente! — exclamou Shane, no instante em que os portões finalmente se abriram e Charlie seguiu a toda a velocidade, subindo a alameda. — Pare com essa babaquice!

— Foi só uma experiência — lembrou-lhe Mac. — Estou lhe informando que essa parte do processo acabou. Se isso significa que meus níveis de integração voltaram à faixa dos cinquenta, tudo bem.

— Eu sei que assinei aquele documento e talvez você pense que para mim foi só pelo sexo, mas não foi.

— Qual é? — retorquiu ela, abusando do sarcasmo e da atitude marrenta. —Vai tentar me fazer acreditar que você me *ama*?

— Por que não? — insistiu Shane. —Você está tentando fazer com que *eu* acredite que *não amo*.

Mac riu alto, mas o som pareceu mais o de um soluço.

— Não se trata de mim, cara, o foco aqui é você. Está me dizendo que isso não importa, mas *é claro* que importa.

— O que exatamente não importa? Quando foi que eu disse isso?

— Meu talento — cortou ela. — Você não está sentado neste carro porque *quer*.

Pronto! Tinham voltado à estaca zero.

Que beleza!

Pelo menos Shane sabia qual era a fonte do medo dela.

— Já levamos esse papo antes e eu discordo de você, com todo o respeito.

— E eu, *com todo o respeito*, devo ressaltar que estou aqui tratando você como se fosse um monte de *merda*, e você continua sem a mínima vontade de se afastar de mim.

Enquanto isso, Charlie fez exatamente isso. Estacionou a van, desceu do veículo, bateu a porta e saiu quase correndo.

— Nossa história já era! — garantiu Mac.

— Não, nada disso — insistiu Shane, observando Charlie, que corria na direção da entrada do instituto como se estivesse salvando a própria pele. — Por acaso, eu acho que você é uma mulher por quem vale a pena lutar. Sei que não sente o que está dizendo. Conheço você.

— Não, não conhece!

— Conheço sim! — afirmou ele.

— Ah é? — disse ela, com a voz tão alta que Charlie deu uma última olhada para trás, antes de entrar às pressas. — Porra, seu idiota! Você não cai fora por mais que eu trate você como lixo só porque eu *manipulo* você com meus poderes superfodões!

— Não caio fora porque gosto *muito* do que você faz comigo — insistiu Shane.

— Ah, é? — gritou ela, mais alto. — Gosta mesmo, né? O motivo é você pensar com a cabeça de baixo. — Esticou a mão e agarrou com força o volume que Shane tinha entre as pernas. Puxa, ele já estava com uma bela ereção. Não conseguia nem andar de carro ao lado daquela mulher sem ficar excitado. Tudo bem, não se importaria de ser processado por isso.

Por Deus, como amava o toque dela! Mesmo assim, agarrou-a pelo pulso e afastou sua mão.

— Desculpe, moça, mas você não tem permissão de tocar em mim desse jeito, já que pretende me dar um chute na bunda.

— Mas é exatamente *isso* que estou dizendo! — argumentou ela, tirando a mão. — Eu não preciso *tocar*. Sabe o que posso fazer sem precisar *encostar* em você...?

Mac lançou uma carga do seu encanto mágico em cima de Shane, e foi tão incrivelmente forte que ele mal conseguiu se segurar para não agarrá-la à força. Por Deus, ele se lembrava de ter tido ereções gigantescas ao longo da vida, mas aquela era a maior de todas: seu pênis parecia uma rocha e ele teve de abrir a calça.

— Tá bom — grunhiu ele, com os dentes cerrados. — Entendo o que quer dizer.

— Não, não entende — disse Mac. Embora Shane não acreditasse que ela pudesse fazer mais, ela aumentou o encanto para níveis elevadíssimos.

— Oh, *merda*! — exclamou Shane, gozando subitamente bem ali, dentro da van, ejaculando por cima da calça sem que ela precisasse olhar para ele, nem tocá-lo. — *Caraaalho! Puta merda!...*

A sensação foi tão boa que ele ficou fora do ar durante alguns segundos. Em duração e intensidade, aquele tinha sido, sem sombra de dúvida, o maior orgasmo que ele experimentara em toda a sua vida. Sentiu-se ofegante e exausto.

— Tudo bem — aceitou ele, quando finalmente conseguiu falar. Puxa, agora ele estava todo esporrado. Que maravilha! Para entrar no prédio, teria de passar pela segurança, tirar a jaqueta e ser examinado com um detector manual de cima a baixo, e entre as pernas. Seria um momento esquisito, para dizer o mínimo. — Tudo bem — repetiu. — Agora, tenho certeza absoluta de que eu amo você.

— Ah, vá se foder! — disse Mac, abrindo a porta do carro com a intenção de sair dali como um raio.

— Ainda não acabei — disse ele, agarrando-a pelo braço.

— Já acabou sim — retorquiu ela, lutando para se desvencilhar dele. — Se você tem a profundidade de um pires...

— Sei que amo você — repetiu Shane, falando ainda mais alto —, porque mesmo que isso tenha sido fantástico, com a sua magia alcançando a marca dos 11, a sensação não chegou *nem perto* do que eu sinto quando estamos juntos e fazemos amor. Sério mesmo, *Michelle*, foi muito abaixo do que eu sinto comparado aos momentos em que você se livra da cara de bunda e me lança um sorriso.

Os olhos de Mac se encheram de lágrimas e seu rosto foi invadido por uma onda de angústia e dor que ela não tentou esconder.

— Isso... não... é... real.

— Já disse antes, mas vou repetir: eu... não... ligo!

— Você não compreende? — perguntou ela, finalmente conseguindo se soltar. — Você pode *achar* que não liga. Talvez não ligue mesmo. Pode pensar, honestamente, que gosta disso, mas... *eu não gosto! Odeio* essa merda, tá ligado? Odeio muito tudo isso, porque queria amar você. Realmente gostaria. Mas na realidade não posso. Não posso fazer isso. Simplesmente não posso, não posso mesmo!

— Espere! — pediu Shane quando ela saiu do carro, e foi correndo atrás dela, meio desengonçado. — Mac, espere. Por quê? Você tem razão... Eu *não compreendo*.

Ela parou, mas não olhou para ele.

— Você não me ama, Shane, *não pode* me amar. Talvez possa dizer as palavras, e pode repeti-las o tempo todo, se quiser, mas isso não vai torná-las reais.

— Mas se é o que eu sinto...

Mac se virou de frente para ele e a tristeza nos olhos dela quase o derrubou.

— Eu tinha 10 anos quando meus poderes causaram o primeiro impacto na minha vida — contou ela. — Meu pai, que era um babaca perdedor e bêbado, me encheu de porrada uma noite, e depois contou a minha mãe que *precisou* fazer aquilo para... impedir a si mesmo de fazer sexo comigo. Pelo visto eu já era irresistível.

— Santo Cristo! — foi a reação de Shane.

— Pois é — disse Mac. — Nunca contei a ninguém a respeito disso, porque era terrível demais. Ela se separou dele, mas não o denunciamos porque precisávamos da pensão para nos sustentar. Meu irmão Billy tinha necessidades especiais. Passei os quatro anos seguintes tentando me desviar de velhos esquisitos que me seguiam na quermesse da igreja ou no shopping. Chegou a um ponto em que eu não saía mais de casa, porque a situação piorou quando eu atingi a puberdade. Aos 14 anos, Billy e minha mãe morreram quando o freio do carro em que viajavam não funcionou. Houve um processo, e nossa advogada nos garantiu que iríamos ganhar o caso. Tinha razão, mas isso fez com que meu pai apresentasse uma petição exigindo a minha custódia. Ele ganhou e eu fui viver com o babaca, em vez de ir morar com minha tia.

— Que merda! — comentou Shane.

— Não vou deixá-lo em suspense — disse Mac. — Meu pai nunca me tocou. Entretanto, o que *aconteceu* foi ainda pior. Eu teria preferido... — Não terminou a frase e voltou à história: — *Papai* estava na terceira esposa, a essa altura. Janice era uma figuraça! Ele se casou com ela por dinheiro, mas os dois torraram toda a grana rapidinho.

"Quando fui morar com eles, o dinheiro tinha acabado e só havia sobrado um apartamento minúsculo de dois quartos. Tão pequeno que eu era obrigada a dormir debaixo da mesa da sala. Usava lençóis como parede para manter a privacidade, mas sabia que isso não era garantia nenhuma de segurança. Você e eu sabemos, agora, que meu pai não me atacou. Na época, porém, eu não fazia a mínima ideia do que poderia acontecer. Nem preciso dizer que dormia muito pouco. Pelo menos até ele arrumar um emprego no exterior. O fato é que Janice não gostava nem um pouco do jeito como meu pai olhava para mim, e ele foi trabalhar como empreiteiro na Líbia. O salário era bom, mas isso fez com que ela me odiasse ainda mais.

"O único que parecia perceber que eu sofria muito e vivia em choque era Tim, o filho de Janice."

Fez uma pausa e encontrou os olhos de Shane.

— Eu me apaixonei por ele — contou. — Tim tinha quase 18 anos, e eu 14, mas ele era muito legal, bonito e... gentil. De verdade. Naquele primeiro verão, nós éramos novos na cidade, não conhecíamos quase ninguém, passávamos os dias juntos... Ele disse que me amava, e eu acreditei. Dei tudo o que tinha para ele. Fizemos um monte de planos para o futuro. Ele iria se formar e tentar uma bolsa de estudos para a faculdade. Eu iria com ele, estudaria e trabalharia muito para ajudar a pagar as contas. Quando eu ficasse adulta e também fosse para a faculdade, nos casaríamos. — Ela interrompeu a história mais uma vez. — Sempre usávamos preservativos. Acho que devo ser grata por isso.

Shane finalmente conseguiu encontrar a voz, mas as palavras saíram roucas quando perguntou:

— Você ainda o ama?

Mac lançou-lhe o famoso olhar *ei, se liga!*

— Tim e um amigo tentaram me currar.

— Quer dizer que ele enganou você.

— Não! — disse ela, desesperada, e a convicção surgiu com força em sua voz. — Essa é a parte péssima. Ele *sentia* tudo o que dizia, de verdade, desde que eu estivesse no mesmo quarto que ele, ou desde que ele estivesse comigo. Meu poder, naquela época, era ainda mais errático do que hoje. Sinceramente, eu nem sabia que tinha esse efeito sobre ele. Sem querer, eu o fazia *achar* que me amava. Eu me via como uma menor de idade muito atraente. Ele arriscou muita coisa para ficar comigo. Tivemos de esconder nosso namoro da megera da mãe dele e tudo o mais. Naquele tempo eu não sabia, mas já o manipulava o tempo todo com meu talento. Do mesmo jeito que manipulei você.

— Mac... — tentou dizer, mas ela o fez parar.

— Deixe-me acabar a história. Talvez você me compreenda, pelo menos o máximo que conseguir. — Respirou fundo. — O ano letivo finalmente começou. Tim foi para uma escola particular e eu fui matriculada em uma péssima escola pública. Mesmo assim nós nos víamos dia sim, dia não. Na verdade, eu dormia com ele. Todas as noites.

"Um dia, não me lembro muito bem o que aconteceu, mas tive a brilhante ideia de me encontrar com ele na escola, em vez de esperar que voltasse para casa depois do treino de basquete. Foi então que o vi acompanhado de uma garota. Ela era linda. Parecia ter tudo a ver com um garoto como o Tim. Então, os dois se beijaram."

Mac fez mais uma pausa e, nesse momento, sua fadiga e tristeza venceram a atitude agressiva e a raiva que sempre estavam à espreita sob a superfície.

— Os dois meses que se seguiram foram um inferno. Tivemos um monte de brigas, ele vivia implorando que eu o perdoasse, me mandava e-mails, mensagens de texto, ligava para meu celular e dizia que, se era assim, o melhor era terminar. Mas quando voltava para casa e me via ele chorava e... fazíamos muito sexo para compensar o atraso. Depois terminávamos de novo, ele ia embora, mas, no dia seguinte, começava tudo novamente, com as mensagens e ligações.

"A verdade é que quando não estava ao meu lado ele simplesmente não me amava. E sabia muito bem, nessas horas, que não deveria estar trepando com sua irmã de criação de 14 anos. Sua cabeça ficava uma zona. Para piorar tudo, ele se apaixonou de verdade por Heather, a outra garota. Só muitos anos mais tarde, quando descobri mais coisas sobre meus poderes, foi que eu compreendi de verdade. Não era culpa dele. Ele não mentia para mim. Sempre que estava comigo, ele achava que me amava."

Shane sentiu um enjoo terrível — não pelo que acontecera com Mac, mas porque agora a compreendia de verdade.

— Não sou um garoto de 17 anos — disse ele.

Mas Mac o ignorou, simplesmente continuou caminhando. Havia mais naquela história. Pelo visto, o sufoco ainda não terminara.

— Depois de algum tempo, eu me enchi e terminei de vez com *ele*. Tim ficou meio enlouquecido. Estar perto de mim a noite inteira, todas as noites, foi... Meus poderes faziam com que ele me desejasse muito, entende? Desejasse *de verdade*. Como eu não sabia o que fazia, sabia ainda menos como interromper ou fazer o efeito diminuir.

"Uma noite, Ty, um amigo de Tim, apareceu lá em casa e Janice tinha saído. — Mac parou de falar por um segundo. — Foi quando a merda toda aconteceu. Durante o julgamento ao qual eu fui submetida depois, Tim apresentou um vídeo em que eu aparecia no quarto dele, durante a noite. De livre e espontânea vontade. Ávida para estar com ele. Eu não fazia ideia de que ele tinha nos gravado juntos, provavelmente usando a webcam. Só que o advogado usou essa gravação no julgamento como prova de que eu estava dando mole."

— Prova de estupro presumido, que pode ou não ser consensual — descreveu Shane, sem conseguir ficar calado.

Mac sorriu, mas foi um sorriso triste.

— Somos tão diferentes um do outro, marinheiro. Você vive num mundo em que tudo é certo ou errado, branco ou preto. O mundo que eu habito não é assim. Tim não teve culpa do que fez comigo. Se alguém teve culpa, esse alguém fui eu.

— Não! — exclamou Shane. — Nada disso. Você não pode se culpar. Ele devia ter se mantido distante. Uma menina de *14* anos! Além do mais, você não sabia que...

— Mas agora eu sei — interrompeu Mac. — Agora eu sei com precisão o quanto os meus poderes afetam os homens. Quando eu foco em alguém e lanço meu encanto, sei exatamente o que estou fazendo. Sabia muito bem no bar, quando você se sentou ao meu lado. E deveria ter mantido distância.

— Não — repetiu Shane.

— Sim — teimou Mac. — Do mesmo modo que Tim, você não me ama, Shane. Porque, exatamente como aconteceu com ele, o seu sentimento não é real.

— Sinto muito que tudo isso tenha acontecido com você — disse ele, falando mais depressa porque eles já se aproximavam do Old Main e ele sabia que os dois se separariam no saguão. — Sinto muito por Tim ter sido um babaca...

— Acontece que ele não era — garantiu Mac. — Quer dizer, claro que era, mas não no início.

— Era sim, desde o início — insistiu Shane. — Se não conseguiu enxergar o quanto você é incrivelmente especial...

— Por favor, não entre nessa — pediu Mac, fechando os olhos. — Por Deus, Shane, se ao menos você soubesse a quantidade imensa de homens que já me disseram o quanto eu sou *especial*...

— Não sou igual a eles — afirmou Shane, e no instante em que as palavras saíram dos seus lábios, percebeu que provavelmente Mac também já ouvira *isso* muitas vezes. Lágrimas de frustração, raiva e desespero lhe invadiram os olhos, e ele piscou para se livrar delas, pois ainda não estava derrotado. — Mac, sinceramente eu estou pouco ligando se...

— Mas eu ligo — reafirmou ela. — Por favor, Shane, ouça o que está dizendo, reflita um pouco e me diga como é que eu me sentirei se continuar a manipular você. O que isso diria de mim, se eu topasse continuar a agir desse jeito?

Ele não teve argumento contra isso, e ela assentiu com a cabeça.

— Pois é — disse, olhando para ele. — Tente, se puder, se colocar no meu lugar. Tente compreender a forma como eu me sinto. O quanto seria ruim, o quanto seria péssimo, na verdade, me permitir amar você. — Agora foi a vez de ela chorar. — Não vou fazer isso. Não quero isso para a minha vida. Não quero *você*.

Não havia mais nada que ele pudesse dizer diante disso.

— Mantenha-se longe de mim — pediu ela, enxugando os olhos e o rosto na manga da jaqueta. — Vá para os seus aposentos no "quartel" e me deixe em paz.

Dizendo isso, foi embora.

O mundo cuidadosamente ordenado de Bach estava se esfarelando aos poucos.

Stephen Diaz parecia demonstrar sinais de que tinha habilidade de precognição. Além disso, o homem que Bach considerava como o mais estável e ponderado membro da sua equipe tinha anunciado, no mesmo dia, que era gay e estava apaixonado pelo chefe de pesquisas e apoio do instituto. Ah, e para piorar...? Depois de uma troca de galanteios de sete minutos, Stephen e Elliot haviam resolvido se casar.

Aliás, por falar em poderes de precognição ou, no caso, na falta deles, o fato é que *por essa* Bach não esperava.

E ainda havia Anna Taylor. Com sua confiança e força de vontade infinitas, fizera tudo o que Bach lhe havia pedido, a fim de ajudá-lo a entrar em contato com Nika.

Absolutamente tudo o que ele pedira — inclusive o sonho que o seu eu interior mais queria, que era o de fazer sexo com ela.

Bach tinha acabado de retornar do esforço sobre-humano e da dificuldade em navegar pela mente incrivelmente complexa e cheia de barreiras de Nika, na expectativa do conforto calmo e do calor que sentira em Anna. Foi um instante parecido com o jeito como ele imaginava uma tigela quente de canja e uma cama macia, ao fim de um dia difícil.

No entanto, a princípio não descobriu onde Anna estava.

E então?

Conseguira encontrá-la.

O fato de ela estar tendo um sonho de cunho sexual com ele não deveria tê-lo surpreendido tanto. Afinal, sentira a atração dela. Sabia que ela o admirava.

Mas o fato é que ficou surpreso, e *muito*.

E a surpresa maior foi sua própria reação. Tinha várias possibilidades de ação diferentes da que escolhera: ficar ali assistindo, de boca aberta e queixo caído.

Deveria ter se retirado na mesma hora da mente dela. Poderia ter recuado no ato e, mais tarde, enevoar as lembranças de Anna, para que, quando ela acordasse, se lembrasse apenas de ter tido um sonho vago e agradável.

Em vez disso, ficou ali no canto, apreciando tudo por muito mais tempo do que deveria, não só porque ela era linda — embora esse fator tivesse pesado, é claro —, mas também por saber que ela estava prestes a ter um orgasmo.

E ele quis que ela gozasse.

A verdade, porém, é que vê-la gozando e observar o seu gêmeo peladão no sonho transbordando de prazer foi assustadoramente esquisito.

Era daquele jeito que ela o via? Será que ele realmente sorria para ela com tanta ternura? É claro que o fato de ter Anna completamente nua em seus braços faria qualquer homem exibir um sorriso da mesma magnitude.

Mas... *por Deus!*

Ele ficara tão atônito com a experiência e com sua falta de discernimento que cometeu o erro de se expressar em voz alta, o que a fez se virar e vê-lo parado ali.

Mesmo nesse momento, se estivesse raciocinando com clareza, ele *poderia* ter recuado e enevoado as lembranças dela.

Em vez disso, lançou-se para fora da mente de Anna, o que os colocou frente a frente em sua sala.

Isso tinha sido *ainda mais* esquisito.

Anna estava sentada agora — completamente vestida — ao lado dele, no saguão do setor de segurança. Ela e Bach esperavam que Mac aparecesse a qualquer momento.

A visita inicial de Bach à mente suja e asquerosa de Devon Caine tivera menos sucesso que sua incursão à mente de Nika. Bach sentia como se estivesse quicando pelas paredes naquele dia, e precisava da ajuda de Mac para manter o foco.

Precisava das habilidades de empatia de Mac para navegar através das profundezas lodosas da mente do serial killer. Precisava que ela o ajudasse a trilhar um caminho em meio às ilusões e fantasias do assassino, até chegar às suas lembranças verdadeiras.

Acabara de ser informado de que Mac, finalmente, tinha voltado ao complexo. Sem dúvida dera uma passada no toalete feminino para se lavar e se recompor.

A porta se abriu, mas era Elliot.

— Tem um segundo, Maestro? — pediu.

— Claro — disse Bach. — Mas só até Mac chegar.

— Stephen achou importante eu vir informá-lo do que está acontecendo com Edward O'Keefe — explicou Elliot. — Concordei em fazê-lo. Continuamos com grandes problemas, mas estamos conseguindo mantê-lo vivo.

— Uma boa notícia — disse Bach. Bem que ele precisava de notícias encorajadoras, naquele dia.

Mas Elliot temperou suas palavras positivas.

— Antes de ficarmos empolgados *em demasia*, devo lembrar que ainda podemos perdê-lo. Ele chegou aqui num estado deplorável. O fato mais importante a relatar é que não há mais nenhum traço de oxiclepta diestrafeno em seu organismo.

— Por Deus, isso é fantástico! — exclamou Anna, e Bach percebeu que ela prestava atenção a toda a conversa.

— *Nenhum* traço da droga? — perguntou Bach, olhando para Elliot.

— Nada detectável — confirmou Elliot. — Mas tem uma detalhe: para ser franco, não temos certeza se ele chegou a coringar ou não. Suspeito que não. Sabemos *com absoluta certeza*, pelos dados do JLG, o laboratório de testes, que o paciente recebeu doses elevadas de Destiny mais ou menos uma hora antes de sofrer uma parada cardíaca. Então ele estava com a droga no organismo, certo? Isso o tornou um viciado na mesma hora. Foi nesse instante que teve um infarto do miocárdio, um evento muito extenso, a ponto de seu coração parar de bater. Os palhaços do JLG usaram um desfibrilador para forçar o músculo cardíaco a bater de novo. De algum modo, ainda não compreendemos exatamente de que forma esses dois eventos, a parada cardíaca e a desfibrilação executada sob a influência da droga, estimularam os centros de autocura do cérebro dele. No momento, o paciente está em coma, e a maior parte dos seus órgãos está numa espécie de imobilismo fisiológico. Mas uma pequena parte ativa do seu cérebro está, até onde podemos afirmar, não apenas trabalhando incessantemente para reparar o coração, como também metabolizou todos os traços da droga, desintoxicando-o e colocando-o em um ponto onde o cérebro já não precisa de mais Destiny para permanecer vivo.

— Então ele basicamente se curou do vício, pelo menos fisicamente — afirmou Bach. Anna estava certa, isso *era* fantástico. Desde que funcionasse em outra pessoa, além de Edward O'Keefe; desde que O'Keefe conseguisse sair do estado de coma; desde que seu coração não sofresse danos irreversíveis; desde que ele tivesse capacidade de fazer os outros órgãos retomarem suas funções; desde que não houvesse nenhuma necessidade psicológica residual que o fizesse precisar de mais doses da droga.

— O problema — explicou Elliot — é que suas habilidades de autocura estão diminuindo e seu coração ainda não está completamente reparado, pelo menos não a ponto de funcionar sem a ajuda de uma cirurgia de alto porte, com peito aberto, o que certamente o mataria nas condições atuais. Gostaria de obter sua permissão, Maestro, para aplicar no paciente pequenas doses de Destiny, enquanto continuamos a estimular seus centros cerebrais de cura, na esperança de que essas doses também sejam metabolizadas enquanto seu organismo continua a se curar.

— E se isso não acontecer? — perguntou Bach.

— Então nós paramos os procedimentos, ativamos seu coração mais uma vez, limpamos e repetimos tudo, se for necessário.

Bach ficou calado.

— Não sei, doutor — disse por fim.

Anna não se aguentou e tornou a se manifestar.

— Se eu estivesse morrendo, gostaria que tentassem isso. E se fosse Nika, autorizaria o procedimento.

— Então, vamos em frente.

Bach ergueu a cabeça e viu Mac parada na porta, já dentro da sala. Foi estranho não ter sentido sua chegada. Não tinha, nem de perto, os poderes de empatia de Mac, mas normalmente conseguia sentir a presença dela em qualquer lugar do complexo, pois ela usava a raiva como combustível. Ela o fazia lembrar o personagem Pig Pen, das tirinhas do Charlie Brown. Tudo o que precisava fazer era buscar a nuvem negra de raiva e ela estaria bem debaixo.

No momento, porém, Mac erguera muitos escudos emocionais e tudo o que Bach sentia nela era...

Pesar.

— Por favor — disse Mac, olhando para Bach. — Eu gostava de O'Keefe. Ele amava de verdade sua esposa falecida. Acho que você também gostaria dele, pois vocês têm muito em comum, certo?

Ela tentava ser irreverente, como de costume, mas a observação parecia forçada.

Bach se virou para Elliot e autorizou o procedimento:

— Tente tudo.

— Obrigado, senhor — agradeceu Elliot, e se virou para sair, mas parou subitamente e olhou firme para Mac. — Você está bem?

— Estou *ótima* — garantiu ela, com sarcasmo. — Louca para explorar as cavernas lotadas de horrores da mente de um psicopata, já que tive um dia em que poucas merdas aconteceram.

— Você não precisa fazer isso — avisou Bach.

— Preciso sim — retorquiu Mac. — Preciso muito. Vamos encontrar essa garota. — Ela se virou para Elliot e o cumprimentou: — Acho que devo parabenizá-lo por ter conseguido fisgar Diaz... Desculpe, foi mal, minha intenção não foi ser desagradável. Falo sério: foi bom para vocês *isso* ter acontecido porque, porra, a vida é curta demais, certo? — Olhou de Elliot para Bach, depois para Anna, então voltou para Bach, de volta para Anna e, por fim, fixou o olhar em Bach.

O Maestro percebeu que Mac sentira no ar a vibração emocional intensa que continuava conectando-o à irmã mais velha de Nika.

Foi só um sonho com elementos sexuais, foi o que Bach teve o impulso de dizer. Felizmente, era um homem que conseguia controlar seus impulsos. Pelo menos a maioria deles.

Agindo de forma sensata, Mac não comentou nada. Disse apenas:

— Vamos resolver logo essa parada? — Só que nesse momento olhou para Anna e avisou: — Eu o trago de volta rapidinho.

— Puxa... — Mac olhou para Bach diante da porta que levava à cela de Devon Caine, que estava destrancada. — Vejo que você andou muito ocupado.

Bach não desconversou e disse, com simplicidade:

— Gosto dela. — Claro que falava da adorável Anna Taylor. — Ela se tornou uma boa amiga em pouco tempo.

— Sua *amiga* quer trepar loucamente com você.

Não comece!

Opa, ela tocara num ponto fraco, pois Bach só fazia esse tipo de proclamação mental quando se comunicava com viciados que haviam coringado.

Foi mal, desculpou-se ela, mentalmente.

Bach não respondeu. Olhou para Caine, preso por correias à cama de hospital, ainda inconsciente devido à ação das drogas que a equipe de Diaz lhe havia injetado.

Se fosse possível, Mac teria entrado com Bach diretamente na cabeça de Caine. Só que nem mesmo Bach era capaz disso, naquela situação. O que poderia fazer era se infiltrar na mente odiosa de Caine e puxar algumas imagens lá de dentro. Ele as manteria em sua cabeça e só então chamaria Mac. A partir daí ela conseguiria, com um pouco de sorte, analisá-las para identificar se eram fantasias ou recordações de fatos reais.

Puxa, aquilo ia ser barra-pesada.

— Mais do que você imagina — murmurou Bach, concordando com o pensamento dela e fitando-a. *Vou manter você aqui perto, mas não quero que entre.*

Mac concordou:

Obrigada, Maestro. Sinto muito. Não só pelo que eu disse agora há pouco, mas também... pelo monte de merdas e besteiras dentro da minha cabeça, que você provavelmente vai encontrar.

Bach sorriu e pensou:

Quando foi que sua cabeça não esteve assim?

— Rá — disse ela, em voz alta. — Rá, rá, rá...

Bach olhou para ela e lhe estendeu a mão. Isso foi uma dica gigantesca de o quanto aquilo ali seria pior do que ela conseguiria imaginar, pois a relação de Mac e Bach normalmente envolvia o mínimo de contato físico possível.

Mac segurou a mão de Bach com força e sentiu quando ele disse, mentalmente: *Prepare-se!*

E foi assim; em menos de um segundo, Mac entrou no pesadelo horrível e violento que era a mente de Devon Caine, sabendo que, por pior que fosse o que ela sentisse, Bach sentiria tudo em uma dimensão muito mais ampla... e dezenas de vezes pior.

23

ac estava sentada sozinha no bar totalmente deserto da imensa sala de estar do instituto.

Stephen veio se sentar ao seu lado, mas ela não ergueu a cabeça. Tinha enfileirado um monte de copos de bebida diante dela, provavelmente uísque. Bebia uma dose atrás da outra, com a intenção óbvia de se anestesiar.

Ela mesma se servira das bebidas. Louise não estava atrás do balcão. Na verdade, nem estava no local, o que era ótimo, pois os dois Maiorais poderiam conversar à vontade.

— Encontraremos Nika de algum outro jeito — disse Stephen, e só nesse momento Mac olhou para ele.

— Eu deveria ter conseguido — lamentou —, mas não consegui.

— Não se trata de você — garantiu Stephen. — O problema é o próprio Caine. O cara é completamente insano. Se ele, sinceramente, não consegue distinguir entre fantasia e realidade, seus devaneios sempre parecerão lembranças. A culpa não é sua, Michelle.

Mac fez que sim com a cabeça, mas Diaz sabia que ela não aceitava isso.

— O dr. Bach também não conseguiu — assinalou ele.

Ela assentiu novamente, brincando com o copo.

— Deve ter sido duas vezes pior para ele — disse Stephen, com ar gentil. — Saber que você enfrentou aquele circo dos horrores sem obter um resultado positivo. Como se você precisasse de mais pesadelos que os que já tem.

— Eles usaram Caine — contou Mac, olhando fixamente para Stephen. — Ele trabalhava para a Organização, e não apenas para movimentar seus produtos.

Stephen concordou. Em se tratando de *aquisições*, o eufemismo que a Organização usava para o rapto e a exploração de menininhas, Caine certamente era um trunfo.

— Caine tem os talentos que eles precisam: sabe selecionar e atrair as vítimas.

— Não fazia apenas isso. — A voz de Mac era dura. — Eles pagavam a ele... Porra, eles *pagavam* para que ele fosse à enfermaria onde as meninas ficavam, a fim de bancar o bicho-papão.

— Por Deus. — Ele fechou os olhos. A Organização aprisionava em quartos as meninas que *adquiriam*, onde eram mantidas sob um estado de terror constante. Ele nem quis imaginar o que um homem como Caine seria capaz de fazer em uma situação dessas. Mas não precisou imaginar, porque Mac lhe contou:

— Ele só poderia agarrar uma delas, apenas uma. Bastava isso. Para ele, também não era preciso mais, pois sabia que poderia voltar lá, provavelmente no dia seguinte. Era o mesmo que estar em um shopping sem limite para compras. Para Caine, era como ser uma criança em uma loja de doces com um cartão-presente de 100 dólares. Ele levava algum tempo, mas acabava escolhendo. — A voz de Mac ficou ainda mais dura: — E estuprava a menina. Na frente das outras.

O medo das garotas servia de gatilho para uma descarga violenta de adrenalina, com a consequente produção de hormônios e proteínas que tornavam seu sangue mais potente. A Organização usava esse sangue para produzir a droga.

— Lamento você ter sido obrigada a presenciar essas cenas — murmurou Stephen.

— Sabe o que acontecia quando os canalhas que dirigem aquele lugar queriam acelerar o processo *de verdade*? — perguntou Mac, com a voz entrecortada. — Eles deixavam que ele matasse a garota que tinha acabado de estuprar. Ali mesmo, na frente das outras. A coisa toda acontecia em vários estágios. Primeiro, a menina que acabara de chegar era aterrorizada, para começar a montar o clima para as colegas de cativeiro. O cara com o rosto cheio de cicatrizes entrava na enfermaria e todas gritavam, porque ele era realmente pavoroso. Depois, esse mesmo cara voltava com um bisturi e começava a cortá-las de forma aleatória. Mais tarde, quando elas ficavam imunes a esse horror, ele matava uma delas. A coisa continuava assim durante um tempo. Talvez assassinasse uma das meninas naquele dia, talvez não. Só que chegava um momento em que elas ficavam muito enfraquecidas depois de terem perdido tanto sangue, e sua energia despencava. Algumas provavelmente começavam a achar que a morte não seria tão ruim assim. Um golpe de bisturi e tudo acabaria de forma simples e rápida. Devido a esses fatores, o nível de medo das pobrezinhas nem sempre era o mesmo. Era nesse momento que a gerência convocava Caine. Ele aparecia e mostrava a elas o quanto a coisa ainda podia piorar, porque não matava suas vítimas com rapidez. Gostava de ouvi-las gritar de desespero.

Meu bom Deus...

O rosto de Mac se contorceu novamente.

— Se Bach não estivesse ali, bem do meu lado — afirmou ela —, eu o teria matado.

— Devon Caine nunca mais vai ferir alguém — prometeu Stephen.

— Mas eles vão encontrar outra pessoa para maltratá-las. D, nós *temos* de salvar as meninas desse pesadelo.

— Estamos trabalhando muito, você sabe disso.

Mac assentiu com a cabeça, lutando para controlar as emoções. Bebeu mais uma dose e puxou o último copo para junto de si, expirando com força.

—Veja só o que estou fazendo, me lamentando e reclamando com você, que já tem os próprios pesadelos.

— É... — disse Stephen, esticando a palavra. — E como!

Ela olhou para ele.

— Não foi você que me disse uma vez que a última habilidade que queria ter, a última das últimas, era a capacidade de enxergar o futuro?

— Fui eu sim. — Exibiu um sorriso tenso.

— Talvez você perca esse talento — avisou Mac. — Eu despenquei para a faixa dos 51.

Mac disse isso com a maior naturalidade possível, mas Stephen não se deixou enganar. Sabia exatamente o que aquilo queria dizer: o relacionamento de Mac e Shane já era.

— Sinto muito ouvir isso.

Mac deu de ombros, entornou o último gole, e a fileira de copos vazios diante dela fez mais sentido.

— Isso não incomoda você? — perguntou a Stephen. — Saber que você está usando Elliot desse jeito? Seja sincero, D...Vocês estariam juntos se ele não elevasse os seus níveis de integração?

— Pode ser que sim — disse Stephen. — Eu tinha intenções de chegar nele há muito tempo.

Mac riu.

— Sim, me engana que eu gosto. O plano era deixar o lance rolar até quando vocês tivessem, tipo, 80 anos?

— Provavelmente antes disso.

— Sabe de uma coisa? Eu senti a *vibe* de vocês dois juntos — confessou Mac. — Quando você e Elliot estavam na mesma sala, sempre havia tanto amor no ar que me dava vontade de vomitar.

— Inveja provoca reações desse tipo — brincou ele.

Mac se recostou no banquinho do bar.

— Não entendo como foi que você, de uma hora para outra, passou a encarar tudo isso *numa boa*. Conta aí... simplesmente aceitou o fato de que Elliot ama você? De repente ele *ama você* de verdade? Isso não tem nada a ver com sua aparência irresistível...?

— É claro que esse fator entra na equação — disse Stephen, com simplicidade. — Pesa muito na atração que ele sente por mim... sempre pesou. — Stephen se aproximou dela. — Sei que tudo parece muito rápido, mas... respondendo à sua pergunta, *sim*. Aceito o fato de que ele me ama de forma genuína. A ligação telepática entre nós foi fundamental para eu me convencer disso. Passar uma hora dentro da mente de Elliot equivale a umas três semanas de conversas constantes. É uma loucura o quanto tudo me parece certo e confortável. Elliot é totalmente aberto e... digno de confiança. Está absolutamente pronto para ser amado. Se você quer saber a verdade, sou exatamente o que ele buscou a vida toda. E ambos estamos muito satisfeitos com a situação.

— Ele ama você porque você é um cara especial, D — insistiu Mac.

— Acertou na mosca, eu sou especial. — Stephen sorriu. — Ele também é. Michelle, sei o quanto é apavorante deixar um cara como Shane chegar tão perto — disse, baixinho, mas ela o cortou com uma gargalhada e um olhar de incredulidade.

— Você *não faz* ideia. Quanto a toda essa baboseira de *conto de fadas*, *felizes para sempre* e *encontrei minha alma gêmea*... Puxa, deve ter sido *apavorante* se lançar nos braços perfeitos de Elliot.

— E que tal saber que tudo acaba com ele crivado de balas no peito e na garganta, sangrando sem parar? — perguntou Stephen. — Isso é *apavorante* o bastante para você?

Ela ficou calada.

— Não sei se a minha *visão*, ou sei lá que diabos foi aquilo, era real, ou só resultado de uma baixa na minha taxa de glicose no sangue, ou talvez falta de sono — disse Stephen. — A verdade, porém, é que tudo pode acabar a qualquer momento para nós. Para *qualquer um* de nós. — Se os Maiorais ainda não estavam na lista de alvos da Organização, certamente entrariam em breve. — Para mim é assustador pensar em como eu costumava acreditar que era melhor ficar sozinho. Como poderia ser melhor? Mais seguro, talvez, mas não, de jeito nenhum, poderia ser melhor.

— Você não faz ideia — repetiu ela, como se sua vida fosse difícil e a de Stephen, fácil.

Isso o deixou ligeiramente irritado e ele exibiu um ar de sarcasmo.

— Tem mais uma coisa: se você não tivesse despencado para 51 — ressaltou ele —, talvez conseguisse ver a verdade em Devon Caine.

Mac assumiu um olhar sombrio.

— Acha que eu já não pensei nisso?

— Estou só tripudiando. Jogando um pouco de sal na sua insensatez.

— Ah, então sou insensata agora? — Mac balançou a cabeça. — Insensatez seria... — Sua voz falhou e seu rosto se contorceu por um instante doloroso. Stephen achou que ela ia começar a chorar.

Mas seu rosto se metamorfoseou na mesma hora, assumindo o velho ar de tédio debochado quando ela disse:

— Estou sendo prática.

— Você diz *prática*, eu digo insensata.

— Escute, você não devia estar à espreita de Elliot na porta da sala dele, pronto para colocá-lo sobre o ombro e forçá-lo a parar de trabalhar e ir para o quarto? — implicou ela. — Ou o sexo entre vocês só vai acontecer de 15 em 15 anos?

Stephen sorriu diante da ideia absurda.

— Suponho que isso seja um não — disse Mac. E seu rosto de megera durona se suavizou novamente. — Agora falando sério, D, estou feliz por vocês, numa boa. Elliot é um cara fantástico. Eu o amo desde o dia em que ele apareceu aqui para a entrevista de emprego.

— Eu também — confessou Stephen. Empurrou a perna dela com a ponta da bota, em um gesto carinhoso. — Vou precisar da sua ajuda para mantê-lo a salvo.

— Estou na área — disse ela, sem hesitar. — Você sabe disso.

— Ótimo. — Ele bateu com a mão aberta no balcão do bar. — Preciso ir. Ah, quase esqueci o motivo de vir procurá-la. Peguei o celular de Caine no apartamento dele. O Setor de Análises conseguiu rastrear suas andanças pelos registros do GPS. Acho que ele não desconfiava disso, pois não desabilitou o serviço. Na verdade, nunca apagou nada da memória do aparelho. O resultado disso...

— Nesse caso, poderemos saber por onde ele esteve e os lugares aonde foi! — Mac se colocou com as costas retas no banco. — Temos a rota que ele fez depois de raptar Nika Taylor?

— Temos. — Stephen ergueu a mão. — Colocamos uma equipe recriando seus passos, e outras estão de tocaia em todos os lugares que visitou. Sabemos, infelizmente, que ele foi direto para o apartamento dele depois que saiu da garagem de Rickie Littleton. Portanto, Rickie ou outra pessoa deve ter levado Nika. Ou pode ter sido uma entrega pura e simples: aqui está a garota, me passa a grana.

— Ou então Caine estava encarregado de entregar Nika, mas antes a levou para um passeio curto até seu apartamento. — O rosto de Mac se endureceu. — Quero ver essa lista.

— Mandei uma cópia para o seu e-mail. A lista saiu faz 15 minutos, junto com todas as localizações marcadas pelo Setor de Análises. A lista que eles compilaram depois de rastrear os 23 veículos que saíram da garagem de Littleton no sul de Boston levou mais tempo, mas também ficou pronta. Não vimos nenhum lugar que levante suspeitas...

Mac já pegara o celular e procurava sua lista de e-mails. Clicou na mensagem do Setor de Análises e foi descendo...

— Merda!

— Que foi?

— Conheço um desses endereços. — Mac olhou para Stephen com um ar tão sombrio que o Maioral sentiu um calafrio na espinha. — Segundo essa lista, Caine ficou em casa durante duas horas depois de sair da garagem de Littleton e em seguida foi para a avenida Western, prédio número 210. Littleton costumava ir a esse endereço o tempo todo para receber pagamentos. Nunca conseguimos provar que é um prédio operacional da Organização, mas é claro que é.

— Mas não está na nossa lista — disse Stephen, descendo da cadeira elevada. — Não está nem mesmo entre os imóveis que suspeitamos pertencer à Organização.

— Certamente é — disse Mac, descendo da cadeira também. — Só pode ser. Agora que Littleton está morto, esses relatórios deveriam ter sido atualizados.

— O Setor de Análises anda sobrecarregado — lembrou Stephen. — Você enviou para eles o seu relatório sobre Littleton?

Essa pergunta devia fazer Mac gargalhar ou pelo menos sorrir. Sua alergia a burocracia era lendária. Em vez disso, porém, seu rosto ficou sério.

— Nika está lá. Só pode estar!

— Se estiver lá, conseguiremos encontrá-la — disse Stephen, tentando tranquilizar Mac. — Não existe nada que você possa fazer que nós já não estejamos fazendo.

— Tem sim — disse Mac, tirando a jaqueta do encosto da cadeira alta do bar e vestindo-a. — Posso explodir a porra do telhado e salvá-la!

Stephen esticou as costas para tentar bloqueá-la ou pelo menos atrasá-la, e argumentou:

— O plano não é esse...

— Foda-se o plano!

Atrás do bar, uma a uma, em sequência, as garrafas foram explodindo, lançando no ar uma chuva de bebida e cacos de vidro.

— Que diabo é isso, Michelle? — perguntou Stephen, agachando-se em busca de abrigo e colocando a jaqueta sobre a cabeça para se proteger.

Mas ela já se virara de costas, sem dar a mínima para ele. Simplesmente seguiu em direção à porta, pegando as luvas no bolso e calçando-as depressa, apressando o passo e transformando-o em uma corrida leve.

Stephen tentou segui-la, cambaleando e escorregando no piso com lajotas encharcadas de gim e tequila, enquanto as lâmpadas do salão continuavam a espocar e explodir. Quando chegou à porta, viu pelo painel de vidro que ela já estava no fim do corredor e ganhava velocidade.

Tentou abrir a fechadura e quase deslocou o ombro. Que diabo...? Tentou a outra porta, mas ela também estava trancada. Focou sua atenção no mecanismo da fechadura, para abri-la, mas o metal não cedeu. Ele não conseguiu abrir o maldito trinco. De algum modo, Mac parecia ter derretido tudo.

— Merda! Mac! — gritou ele, socando a porta.

Uma última garrafa explodiu atrás do balcão. Ele pulou de susto e, quando se virou para olhar novamente para o corredor, Mac já desaparecera.

Procurou o celular e entrou em contato com Elliot, ao mesmo tempo que ia para o computador da sala e o ligava.

— Sistema, acessar SL e ligar para a segurança.

Elliot atendeu:

— Desculpe, mas eu ainda não acabei aqui...

— Preciso que você autorize uma tomografia de Mac a distância, imediatamente — interrompeu Stephen.

Elliot não hesitou e disse em voz alta:

— Computador, efetuar um escaneamento completo da dra. Michelle Mackenzie! — Olhando para o celular, disse: — Que diabos está acontecendo por aí?

— Não sei. Mac está... Merda, El...! É possível que um Maioral possa coringar?

— O quê? — Elliot pareceu assustado. — Não. — Mas logo completou: — Na verdade, não sei. Puxa vida, seu palpite é tão bom quanto o meu. Acho que qualquer coisa é possível.

O computador apitou e Patty Gilbert, da segurança, apareceu na tela.

— Senhor, há algo que possamos fazer para ajudar?

— Aguente um instantinho, El. — Stephen abriu o canal de voz com a segurança. — Positivo, srta. Gilbert — disse ele. — Envie um alerta imediato para todas as equipes. Se alguém cruzar com a dra. Mackenzie, deve manter distância dela. Tenho motivos para acreditar que ela está saindo do complexo. Não a impeçam de fazer isso.

— Sim, senhor. — Gilbert devia estar muito curiosa, mas sabia que sua função não era fazer perguntas.

Stephen desligou e voltou a atenção para Elliot, no celular.

— Você me faria um favor? — perguntou.

— Qualquer coisa

— Vá até o "quartel" e chame Shane Laughlin. Encontre-me no saguão sul.

— Fui!

— El, espere um segundo! — gritou Stephen, antes de o amigo desligar. — Não saia do prédio.

— Vou meio que precisar fazer isso — assinalou Elliot —, já que vamos atrás de Mac.

— Apenas eu e Shane iremos — explicou Stephen, a caminho da porta. Desta vez, sem a influência de Mac, conseguiu abri-la. Saiu e foi correndo até os elevadores que o levariam ao gabinete do Maestro. — Levaremos o dr. Bach conosco.

Do outro lado da linha, Elliot ficou calado, mas sua mensagem implícita foi clara. Tudo aquilo iria acabar depressa demais.

Mas Stephen lançou seu próprio subtexto ao silêncio do amigo:

A situação é muito grave.

— Pode deixar que eu pego Laughlin e nos encontraremos no saguão sul — decidiu Elliot.

— Obrigado — disse Stephen e, desligando, saiu dali correndo.

Eles haviam voltado à cena do crime.

Era algo ridículo para manter na cabeça, mas Anna não teve como evitar pensar nisso, sentada no sofá do gabinete de Bach.

Além do mais, isso nem mesmo era verdade. O quarto de infância de Bach tinha sido a cena *verdadeira* do crime, só que nenhum crime tinha sido cometido. Nada ilegal, pelo menos.

Anna ouviu a descarga e depois a água da pia no banheiro do gabinete de Bach — ele chamava o lugar de W.C., à moda antiga — e se preparou.

O que quer que tivesse acontecido com a "exploração das cavernas mentais distorcidas" de Devon Caine, certamente fora algo pesado, e Elliot tinha sido chamado, às pressas, para ajudar Mac e Joseph, que tinham vivenciado pesados sofrimentos físicos.

Pelo visto, Caine era um monstro com mente impenetrável e imersa em trevas. Agarrá-lo foi algo positivo, pois tinha servido para tirá-lo das ruas. Mas isso não ajudou a localizar Nika.

Anna percebeu que agora só lhe restara Bach e a conexão que ele havia estabelecido com Nika através dos seus sonhos.

No fim, Bach se isolara durante 15 minutos, no que chamou de meditação para readquirir o equilíbrio, enquanto Mac, com ar de estupefata, e depois de vomitar o jantar na lata de lixo do saguão do Setor de Segurança, acenou para Elliot e saiu correndo do prédio.

Bach finalmente reapareceu no saguão, com o rosto pálido e o mesmo ar de abatimento que exibia agora, ao sair do banheiro.

— Desculpe — pediu.

— Acho que você precisa descansar mais um pouco — aconselhou Anna, levantando-se.

— Não temos tempo

— Só mais 15 minutinhos — sugeriu ela. — Posso esperar do lado de fora.

— Deite-se — disse ele. — Por favor. Nika vai acordar logo, se é que já não acordou. Eu lhe prometi não ir embora e garanti que, caso isso acontecesse, tentaria voltar o mais rápido possível.

Anna suspirou e se sentou na beira do sofá.

— Você não conseguirá ajudá-la se ficar doente.

— Estou bem — garantiu ele, olhando para ela com firmeza. Depois de alguns segundos, conseguiu exibir um sorriso fraco. — Isso não é nada, pode acreditar. Já passei por momentos muito piores. Agora, por favor, deite-se.

Anna já se recostava no sofá quando alguém bateu na porta suavemente, abrindo-a em seguida e espiando lá para dentro.

— Desculpe, senhor — era Stephen Diaz —, mas temos um problema urgente. É Mac. Seus níveis de integração estão flutuando loucamente, com picos de setenta. Parece que ela... não sei ao certo, mas acho que seu cérebro estourou.

Mac entrou na Mass Pike a toda a velocidade, levando a moto aos limites do motor. Percebeu vagamente as luzes dos postes de iluminação pública, que passavam como flashes borrados e, de vez em quando, formavam clarões indistintos.

Não foi tão difícil quanto imaginou manter a mente longe de Shane. Bastou manter sua imagem em banho-maria, embora ainda conseguisse ter a percepção da perda e uma dor de cabeça típica de enxaqueca, mas isso não era o evento mais importante em seu cérebro.

No momento, uma única ideia havia tomado conta da sua mente por completo: entrar nos quartos onde Nika e as outras garotas eram mantidas cativas, a fim de libertá-las.

Manteve o foco nessa ideia, porque se não fizesse isso, mesmo com o barulho ensurdecedor da Harley em seus ouvidos e o cantar dos pneus no asfalto, ainda ouviria os sons horríveis que Caine emitiu quando estuprou e assassinou a menininha anônima de olhos castanhos, escolhida depois de ele circular pela enfermaria cheia de meninas presas a camas de hospital por correias.

Grunhiu, arfou e deu risadinhas enquanto gemia, batia os dentes e fazia estalos com os lábios. Em alguns momentos, cantava pedaços de velhas canções. Adorou quando a menina que violava gritou de desespero, mas curtiu ainda mais quando todas as outras meninas se juntaram a ela. Sentiu-se um apresentador de espetáculos, e os gritos eram como aplausos. Deleitou-se com a sensação de poder que aquilo lhe proporcionava, e o medo delas potencializava seus orgasmos.

E quando se via no ápice, em um momento de abandono e prazer completos, sua satisfação era quase... pura. Tão absoluta que se sentia praticamente uma criança.

Não tinha noção do que era certo ou errado, nenhum conceito de moralidade, nenhuma ideia de empatia ou compaixão.

Fazia aquilo simplesmente porque gostava. Adorava a sensação.

E quanto às pessoas que o contratavam? Que tinham conhecimento de que ele era completamente insano? Que não apenas sabiam o que ele fazia como também permitiam que fizesse e, o que era pior, ainda lhe pagavam pelos serviços?

Essas pessoas eram o Mal em estado puro.

E Mac conseguiria encontrá-las. Iria vasculhar a lista toda, cada um dos locais onde Caine havia estado. Encontraria não apenas as meninas trancadas no quarto, mas também as pessoas que as haviam aprisionado e contratado, filhos da puta como Devon Caine, unicamente para manter elevada a produção de adrenalina em seu sangue.

Mac iria encontrá-los para lhes arrancar o coração do peito, lentamente, um por um.

E também entoaria belas canções ao fazer isso, pois certamente se sentiria *ótima*.

Nika acordou ofegante, sentindo-se oca.

Joseph?

Nenhuma resposta.

Tentou novamente:

Joseph, onde você está? Continua aqui por perto?

Mas não havia nada, nem ninguém. Fechou os olhos e vasculhou a própria mente, mas o calor gostoso e a singular sensação de ter outra pessoa em sua cabeça haviam desaparecido.

Sentiu-se abandonada.

E entrou em pânico. Mesmo lembrando que Joseph lhe dissera para nunca falar com ele em voz alta, e se mostrara inflexível com relação a isso, começou a chorar e chamou por ele, aos gritos:

— Joseph! Joseph, por favor, não me deixe sozinha aqui. *Por favor!* Onde você está? Por favor, apareça. Mostre-me que você existe de verdade!

As outras meninas do quarto começaram a chorar e gritar na mesma hora também, alertando-a:

— Pare com isso! — exclamaram. — Eles vão escutar e mandarão alguém vir aqui!

Mas Nika não se importava, só queria Joseph de volta, mesmo que ele fosse apenas um produto da sua imaginação distorcida. Talvez ele aparecesse se ela continuasse a gritar, nem que fosse para castigá-la por ter quebrado as regras que ele mesmo impusera.

Só que, não importa o quanto ela gritasse, logo ficou claro que Joseph não iria voltar. Nesse momento, Nika se recriminou por pegar no sono; por permitir que ele a tranquilizasse tanto, a ponto de levá-la para um lugar onde *conseguiu* dormir em paz, sentindo-se segura tempo bastante para fechar os olhos.

Se tivesse permanecido acordada, Joseph continuaria ali, e ela se sentiria envolta pelo calor dele, em um lugar onde a esperança existia e incluía a possibilidade de fuga.

Estaria naquele lugar surpreendente, onde seria alguém fora do comum, uma pessoa denominada Maioral. Resgatada desse pesadelo, frequentaria uma escola especial, chamada Instituto Obermeyer, onde aprenderia, com a ajuda de Joseph, a movimentar objetos usando a mente; treinaria a leitura de pensamentos de outras pessoas e usaria telepatia para colocar seus próprios pensamentos na mente dos outros, mesmo a grandes distâncias, como Joseph disse estar fazendo enquanto conversaram mentalmente; aprenderia a curar o próprio corpo de todos os ferimentos e doenças; desenvolveria uma força sobre-humana; obteria fantásticas habilidades atléticas...

Mas o primeiro passo para alcançar tudo isso, conforme ele lhe explicara, seria aprender a se refugiar em um local de calma completa e absoluta, por meio de meditação. Nika precisaria buscar serenidade e paz interior, e só então Joseph conseguiria ajudá-la a desvendar os mistérios de sua mente poderosa.

Foi pensando nisso que resolveu parar de chorar e, embora ainda emitisse soluços esparsos e algumas lágrimas ainda lhe molhassem o rosto, fez um esforço para acabar com aquilo e se focou nos exercícios de respiração que Joseph lhe ensinara.

Se Nika os repetisse direitinho e fizesse um esforço supremo para se manter em paz, talvez conseguisse demolir os bloqueios que Joseph comentou que ela havia criado em sua mente. Talvez esse fosse o motivo de ele ter desaparecido. Quem sabe, de forma inconsciente, a própria Nika o tinha afastado?

Então respirou fundo. Mais uma vez.

Oceano calmo e azul...

Respirava lentamente, apesar de algumas das meninas mais jovens continuarem a gritar.

Apesar de a própria Nika ser a responsável pelo desespero delas, o som de suas dores e lamúrias começou a enlouquecê-la. O barulho a permeou e envolveu, apesar de suas tentativas de fazê-lo desaparecer, e isso a impediu de alcançar a remota sensação de paz.

— Calem a boca, parem de gritar... fiquem todas caladas! — gritou Nika. As ondas de frustração e raiva que sentiu na alma como se fossem garras deixaram-na chocada. Por um instante, as lâmpadas da enfermaria piscaram e ela congelou.

Foi ela? Tinha sido ela a responsável por aquilo?

Nenhuma das meninas parecia ter notado a falha de energia, e Nika resolveu tentar mais uma vez. Só que não seria fácil recolher fúrias e raivas de forma tão intensa num piscar de olhos. Mas talvez conseguisse fazer isso. Pensou em Zooey — a menininha que o homem das cicatrizes havia assassinado. Pensou no pesadelo de ter de escolher a próxima vítima para o raptor nojento... A menininha que não parava de chorar e soluçar no canto da enfermaria, naquele exato momento, talvez fosse uma boa candidata para isso. De repente, Nika direcionou a raiva e o nojo para si mesma e para as pessoas que a haviam trancado ali, por se ver tendo pensamentos tão egoístas e pouco caridosos.

Nika não fazia ideia de quem poderiam ser aquelas pessoas, mas uma coisa sabia com certeza... se conseguisse escapar dali, devotaria toda a sua vida a caçá-las... todas elas, inclusive aquela vaca grávida que lhe havia aparecido...

O mundo pareceu se retrair, engasgar e pular. Subitamente, Nika já não estava presa por uma correia a uma cama de hospital, em uma enfermaria cheia de meninas. Viu-se deitada de lado, com os olhos fechados. Quando os abriu, estava de volta a um quarto de hotel. Mas não era o mesmo quarto em que estivera no dia em que acordara e tentara escrever um S.O.S. no vidro da janela, com ketchup.

Desta vez era um quarto impessoal e genérico. Duas das paredes estavam cobertas por pôsteres e tapeçarias coloridas, e diante dela estava a maior TV de tela plana que vira em toda a sua vida. Música suave a envolvia, e algo que cheirava a sopa borbulhava sobre um fogão instalado em uma parede cheia de eletrodomésticos novos e brilhantes.

Ela se sentou e viu que a quarta parede era uma cortina. Embora soubesse que, provavelmente, a janela do quarto não iria abrir, foi até lá e puxou a cortina para o lado.

Estava escuro do lado de fora — era noite; as luzes da cidade cintilavam e pareciam dançar, mas não foi isso que atraiu sua atenção. Foi seu reflexo no vidro...

O rosto estava cheio, mais redondo, e não era o seu. O corpo... Nika olhou para baixo e viu a barriga pontuda, redonda, lisa, dura e esquisita. Sentiu que algo se mexia dentro dela, e essa foi a sensação mais estranha que sentiu *em toda a sua vida.*

Ao olhar novamente para o reflexo no vidro, percebeu que o rosto era o da garota anônima, a jovem grávida com olhos cor de mar.

Nesse instante, percebeu que havia transferido a própria mente para o corpo daquela estranha; sentiu os órgãos e membros da jovem; soube com absoluta certeza que Rayonna era o seu nome e acordou com um arfar de puro choque.

Nika recuou, assustada. O mundo se retorceu, inclinou e girou mais uma vez, e ela se viu de volta no quarto, em companhia das outras meninas, e ainda presa com correias à própria cama.

Respirava com dificuldade, como se tivesse corrido dois quilômetros, e lembrou que, durante o acesso de raiva que acabara de vivenciar, estava pensando na garota grávida.

Talvez... quem sabe?... se conseguisse ficar com raiva novamente, poderia pensar em Joseph. Em vez de trazê-lo para ela, poderia ir até ele.

Nika fechou os olhos com força e, em vez de respirar devagar e com calma, respirou forte e depressa. Deixou a raiva agitá-la e queimá-la por dentro, crescendo sem parar.

Shane estava sentado no banco de trás do carro, enquanto Stephen Diaz dirigia a toda a velocidade através das ruas escuras de um bairro decadente de Boston.

Via a tela do GPS no painel e sabia que estavam cada vez mais perto do alvo.

Bach carregava uma espingarda de caça e exibia um ar sombrio quando se virou para trás e olhou para Shane.

— Quando chegarmos lá, fique dentro do carro — ordenou.

Shane pensou em ignorá-lo, mas isso lhe pareceu desrespeitoso e ele disse, com calma:

— Não farei isso, senhor.

— Você não faz ideia do perigo... — tentou Diaz.

— Ela não vai me ferir — garantiu Shane.

— Pois saiba que chegou bem perto de fazer isso comigo — lembrou Diaz. Shane havia assistido ao vídeo gravado pelo sistema de segurança, e testemunhara o que Mac havia feito na sala de espera, com as garrafas se quebrando e as lâmpadas explodindo.

— *Bem perto* não é o mesmo que feri-lo — argumentou Shane. — Para ser franco, acho que, se ela quisesse realmente ferir você, não erraria o alvo.

No banco da frente, os dois homens trocaram olhares e Bach disse:

— Coringas não têm ligação com nada nem com ninguém, a não ser com a droga. Mães matam os filhos. Maridos assassinam as esposas.

— Está de sacanagem comigo...? — reagiu Shane, acrescentando um atrasado: — Senhor? Quer realmente que eu acredite que Mac anda ingerindo Destiny? Se for esse o caso, tenho certeza de que está completamente enganado.

— Nunca tivemos um caso de nenhum Maioral coringando de forma natural — contou Diaz —, mas isso não significa que tal fato não possa acontecer. Mac acabou de passar por uma experiência muito traumática. Ao se deixar mergulhar nas lembranças e fantasias de Devon Caine...

— Vocês *realmente* estão de sacanagem comigo? — repetiu Shane. — *Permitiram* que ela fizesse isso?

— Ninguém *permite* que a dra. Mackenzie faça ou deixe de fazer alguma coisa — explicou Bach, baixinho.

De repente — merda — lá estava ela. Em pé, debaixo de um poste de iluminação pública, diante de um prédio industrial em uma rua que ficava entre a Mass Pike e a ferrovia. Parecia menor do que Shane lembrava. Mais leve. Mais baixa. Muito feminina, mas nem por isso menos guerreira, na posição de luta em que se colocara.

Quando Shane olhou para ela com mais atenção, a luz do poste cintilou, soltou fagulhas e apagou, envolvendo Mac nas trevas.

Bach devia estar com algum tipo de tomógrafo portátil na mão, porque anunciou:

— Ela continua com fluxos irregulares de integração. Estou vendo picos de 71 neste instante.

Shane soltou o cinto de segurança, inclinou-se para a frente, desvencilhando-se dos ombros largos de Stephen, e se apoiou na buzina que ficava no centro do volante.

Ao ouvir aquilo, Mac se virou para eles e ergueu uma das mãos. Merda, mesmo com Diaz pisando no freio e diminuindo a velocidade, foi como se o carro tivesse batido de frente com um muro de concreto. A frente do veículo ficou totalmente amassada e os airbags foram acionados. Shane, que não estava preso pelo cinto, deveria ter voado para a frente e quebrado o para-brisa com a cabeça.

Só que isso não aconteceu. Alguma coisa ou alguém, certamente Mac, o manteve firme no banco.

Diaz e Bach, porém, receberam o impacto direto dos airbags no corpo e no rosto, ao mesmo tempo que o som de uma imensa explosão varou a noite.

Que barulhão teria sido aquilo? Boa coisa não era...

A força que mantinha Shane encostado no banco diminuiu, liberando-o. Ele abriu a porta do carro com o pé e engatinhou para a rua. Viu Mac agachada na calçada com uma das mãos espalmada no chão. Parecia se segurar no lugar com força para escapar do calor e das ondas de impacto da explosão. Ou talvez estivesse simplesmente surfando em toda aquela energia.

Ela usou seus poderes e abriu mais um rombo na parede do prédio. Chamas começaram a subir e muita fumaça escapou pelos buracos, enquanto uma chuva de destroços atingia tudo em volta, sibilando no capô do carro e quicando no assento da Harley.

— Tem gente lá dentro? — berrou alguém. Shane se virou e viu que Diaz e Bach também haviam conseguido sair do carro.

Sua pergunta foi respondida em poucos segundos por um sujeito que se debruçou sobre uma janela que ficava no segundo andar, empunhando um rifle antigo.

— Ei! — gritou Shane, tentando atrair o fogo do sujeito na janela, mas ele mirava em Mac, que não o tinha visto. O primeiro tiro a acertou em cheio no ombro esquerdo e a fez girar o corpo com violência.

Shane correu na direção dela, lembrando-se de algo que Mac lhe informara com ar casual: sua habilidade para se proteger de balas era muito fraca.

— Proteja-se, Mac! Droga, monte um escudo! — berrou ele. Ela contara que bastava focar nisso para conseguir se proteger.

Ela lançou mais um golpe furioso contra o prédio, mas era claro que continuava vulnerável. Por Deus, o homem deu mais um tiro com o rifle, mas algo estranho aconteceu. Bach ou Diaz devia ter entrado em ação, porque em vez de o tiro fazer um buraco na cabeça de Mac, o projétil só conseguiu arranhar de leve a sua testa. Mesmo assim ela voou para trás com o impacto e caiu no chão com força.

Shane mergulhou na calçada com um impacto que certamente iria sentir mais tarde, e usou o corpo como escudo, protegendo Mac enquanto Bach e Diaz se aproximavam do prédio com uma ira semelhante à dos soldados britânicos marchando sobre Lexington. Já estavam diante da construção, correndo para os dois lados, tentando obter uma visão panorâmica do terreno, em busca de algum adversário em potencial, ao mesmo tempo que atraíam as balas do atirador.

Cristo, havia uma quantidade assustadora de sangue nas roupas de Mac, e também empoçado na calçada, ao lado do corpo dela. Além do arranhão profundo na testa, tinha sido atingida perto do ombro esquerdo, mas Shane não teve tempo de determinar o ponto exato. Só lhe restou rezar para que a bala não estivesse perto demais do coração.

Mac estava desmaiada, e isso só serviu para apavorá-lo ainda mais.

Shane não fazia a mínima ideia de quantos atiradores mais poderia haver dentro do prédio, nem por quanto tempo Bach e Diaz conseguiriam mantê-los distraídos. Mesmo assim, pegou Mac no colo e a levou de volta para o carro com a frente amassada, enquanto, no segundo andar, o rifle se derretia nas mãos do atirador, que largou a arma depressa e pegou um revólver no bolso da calça. Shane triplicou a velocidade da corrida, sabendo muito bem o quanto suas costas representavam um alvo imenso. Mas o revólver explodiu no rosto do bandido, obviamente não por acaso, e ele desabou.

No instante em que Shane depositou Mac no chão atrás do carro, olhou para cima e notou que um segundo atirador acabara de aparecer em outra janela. Berrou um alerta, mas Diaz já tinha visto o sujeito. Apontou para ele e fez um movimento de puxar com o braço. Tanto a arma — uma espécie de fuzil de assalto Kalashnikov — quanto o homem que a segurava voaram pela janela e caíram com força na calçada.

Minha nossa, Mac não parava de sangrar! Só nesse momento Shane conseguiu colocar a mão dentro da jaqueta dela, em busca do ferimento — que graças a Deus estava longe do coração. Pelo menos ele podia riscar isso da sua lista de preocupações imediatas. Entretanto, havia outro ferimento em suas costas. Isso era uma boa notícia, pois mostrava que o projétil não estava mais no corpo dela.

A parte má é que havia *dois* ferimentos sangrando de forma abundante. Shane tirou a jaqueta, depois a camiseta, e as colocou debaixo de Mac, para formar uma espécie de almofada que ajudasse a estancar o sangramento.

— Isso vai doer um pouco — avisou, apesar de Mac continuar desacordada. Colocou a camisa no lugar certo e, franzindo o rosto como se sentisse a dor por ela, aplicou muita pressão para interromper o fluxo de sangue.

Isso a fez acordar. Seus cílios tremeram, sua boca se moveu em um sussurro:

— Shane...

Sim, ela dissera o nome dele, mas isso provavelmente não significava nada, não era exatamente um motivo de celebração. Mesmo assim ele se viu *comemorando* o evento, porque... puxa, ela pronunciara o nome dele!

— Estou aqui! — anunciou ele, com a voz embargada de emoção. — Estou bem aqui, amor. Do que você precisa, Mac? Diga-me o que deseja.

Nesse instante ela o agarrou com força. Seus olhos — aqueles olhos maravilhosos — se abriram e ela balbuciou:

— Esse prédio é um laboratório para fabricação da droga... Eu consigo sentir o cheiro. Você precisa avisar Bach e D, porque tudo vai voar pelos ares a qualquer momento.

Ele olhou para ela com cara de tolo e sentiu isso na mesma hora, mas o fato é que parecia hipnotizado. Até que ela berrou:

— Vá contar isso a eles!

Foi então que ela o puxou para perto de si e o beijou de forma profunda e ardente. Por Deus, como aquilo era maravilhoso!

Mas Shane percebeu que aquilo era um teste e recuou, apesar da vontade que teve de se deixar ficar ali, beijando-a para sempre. Em vez disso, avisou:

— Não mude de ideia sobre esse beijo, que eu já volto. — Saiu correndo de trás do carro, dizendo mentalmente a Diaz e Bach: *Protejam-se, abaixem-se! Saiam daí, porque o prédio está pronto para voar pelos ares!*

Eles se movimentaram lentamente e ele pensou com mais força:

Mac me avisou que esse é um laboratório para fabricação da droga, e o prédio vai explodir!

Virou-se na direção deles. Diaz olhou para Bach... Bach olhou para Diaz ao mesmo tempo... Então, ambos fixaram os olhos em um ponto logo atrás do ombro esquerdo de Shane. Quando ele se virou para ver o que estava atrás de si, viu apenas a lanterna traseira da Haley desaparecendo ao longe, acompanhado do som forte do motor da moto, que acelerava cada vez mais. Não acreditou no que viu. Aquilo não era possível! Correu de volta para a traseira do carro e...

Mac havia desaparecido por completo.

— Laboratórios que fabricam Destiny não explodem — explicou-lhe Diaz, no mesmo instante em que uma van do IO chegava, dirigida por ninguém menos que Charlie Nguyen. — Laboratórios que produzem anfetaminas podem explodir, mas... não esse.

— Acabei de passar por Mac — informou Charlie, abaixando o vidro da janela. — Ela dirigia a moto como se estivesse escapando do inferno.

— Precisamos enviar equipes de busca para todos os locais que aparecem na lista do GPS de Devon Caine — anunciou Bach, com ar sombrio. — Mac está ferida, mas continua perigosa. A ordem é atingi-la com tranquilizantes, caso seja encontrada.

— Vou informar a segurança, senhor — reagiu Charlie.

— Vamos limpar este lugar — continuou Bach, enquanto mais recrutas da faixa dos trinta e quarenta eram despejados de outra van, que parava naquele instante. — Temos dois prisioneiros que precisam de cuidados médicos. Vamos levá-los para o instituto imediatamente.

— Efetuar uma busca completa no prédio — ordenou Diaz, em voz alta. — Precisamos confiscar todos os produtos e equipamentos. Havia apenas dois guardas nas dependências, mas certamente acionaram o alarme, e outros homens devem estar a caminho. — Aumentou a voz ainda mais e completou: — Também preciso de uma equipe para recolher o veículo em que viemos, que ficou danificado. Todos trabalhando, vamos, vamos!

Shane ficou parado onde estava, sentindo-se deslocado. Percebeu que Mac o beijara unicamente com o fim de adquirir forças suficientes e acelerar seu processo de cura o necessário para ela se levantar, subir na moto e ir embora dali.

— *Que foda!* — reagiu, agarrando a jaqueta no chão enquanto se afastava dali, desaparecendo nas sombras da noite.

Porque ele sabia *exatamente* para onde Mac tinha ido.

Pretendia ir até lá para encontrá-la e trazê-la de volta.

24

Bach dirigia a van que levava os guardas da Organização que haviam sido feridos durante o confronto. Levava-os de volta para o Instituto Obermeyer quando algo pareceu atingi-lo.

A princípio, não teve ideia do que estava acontecendo. Só sabia que, fosse o que fosse, algo poderoso o jogara contra o banco e o fizera dar guinadas bruscas com o veículo em plena autoestrada. Seu corpo, subitamente, parecia não lhe pertencer mais.

Charlie estava no banco do carona e agarrou o volante com força quando Bach gritou, com uma voz aguda e estridente:

— Ó meu Deus, meu Deus!

— Pode deixar que eu peguei o volante, doutor! — gritou Charlie, elevando a voz: — Desacelere devagar... tire o pé do acelerador!

— Tirar o quê? — perguntou Bach, novamente aos gritos, parecendo uma menina frágil.

— O pedal, o pedal! — Charlie gritava ainda mais alto. — Tire o pé do pedal, senhor! Tire o pé, tire!

Bach ergueu um pouco o pé... ou melhor, Nika fez isso. Aquela voz *só podia ser* de Nika. Mas como seria possível? Como ela conseguiria reunir uma quantidade tão grande de poder, a ponto de colocar de lado a consciência do Maestro e se apossar do seu corpo? Sem mencionar que ela o havia localizado a partir de um local muito distante.

Não fazia sentido. Mas é claro que não precisava fazer sentido. Bach aprendera, havia muito tempo, durante muitas sessões de treinamento dele e de outros Maiorais, que não valia muito a pena perder tempo tentando descobrir *como algo havia acontecido*. O melhor era focar na questão de *como controlar o fenômeno.*

Tirando o pé do acelerador, Bach fez a van desacelerar lentamente, enquanto Charlie controlava o volante até o veículo parar no acostamento da autoestrada. Bach continuava a respirar com dificuldade e, pela primeira vez em décadas, sentiu uma forte descarga de adrenalina lhe invadir o corpo que já não controlava.

— Você é Joseph? — Essa foi a frase que Bach ouviu ao olhar para Charlie. Foi ultra, megaesquisito. Bach conseguia ver o que Nika via e ouvir o que dizia, mas não conseguia ler os pensamentos da menina. Era como se ela tivesse conseguido entrar em sua mente, mesmo ele estando completamente protegido por escudos, ao mesmo tempo que, de algum modo, conseguia bloquear sua capacidade de se comunicar ou responder como Bach.

— Puxa, agora o senhor está me apavorando *de verdade* — declarou Charlie, dirigindo-se para os fundos da van. — Preciso de ajuda médica aqui na frente. — Depois, pegou o telefone do painel e ligou para o instituto.

— *Eu* sou Joseph? — Usou a mão de Bach para girar o espelho retrovisor, olhou para o reflexo e disse: — Uau, ele é um tremendo gato! Joseph também está dormindo? Puxa, que burrice a minha perguntar isso... Ele estava dirigindo, é claro que não está dormindo. — Fechou os olhos e tentou focar a situação. *Joseph? Para onde você foi?*

Estou aqui, ele tentou transmitir a ela, percebendo então que daquele lugar para onde ela o empurrara — olhando de fora para dentro — Bach tinha o poder de senti-la em seu cérebro, o que lhe pareceu... fascinante. Com um pouco mais de tempo e esforço concentrado, talvez ele também conseguisse fazer o mesmo. E isso significava...

— Oi, olá, Elliot! — Bach ouviu Charlie dizer. — Preciso de assistência imediata. Pode ser que o dr. Bach tenha sofrido um AVC e...

— Não sou Joseph Bach — informou Nika, olhando para Charlie e para os outros Quarenta que tinham vindo dos fundos da van para ajudar. Ela tentou se manter forte, sem chorar, mas sua voz falhou e lágrimas surgiram em seus olhos. Os olhos *dele*. — Meu nome é Nika Taylor, e estou aqui porque preciso encontrar Joseph Bach. Só que ele não está aqui.

E se Bach conseguisse fazer aquilo ao contrário... Obter controle total sobre Nika? Assim, eles não precisariam invadir o local onde ela continuava cativa.

Tudo o que precisava fazer era encontrá-la e então trazê-la *para fora*.

❖

Mac estava no banheiro, deitada no chão, só de calcinha, quando Shane apareceu.

Ele entrou no apartamento sem precisar de chave, o que não foi tão surpreendente. Afinal, ele já se mostrara mais jeitoso do que ela quando se tratava de abrir fechaduras.

Mac o ouviu chegar, notou o ritmo familiar dos seus passos na sala de estar e depois no corredor, até que ele parou na porta do banheiro. Uma fração de segundo depois, estava agachado ao lado dela, tentando ajudá-la. Mac ergueu os olhos e o tranquilizou:

— Estou bem, só preciso descansar um pouco.

Ele tinha ombros largos e era belíssimo, com a jaqueta por cima do peito nu, ainda mais à luz da vela. Quando ele se ajoelhou e a fitou, conseguiu manter todo e qualquer ar de recriminação e acusação afastado dos olhos e do rosto.

O que seria espantoso, se ela não tivesse poderes de empatia.

— A ferida da cabeça já foi curada. A outra eu estou... acabando de limpar — informou Mac, enquanto ele a ajudava a se sentar. — Estava prestes a tomar uma ducha, mas pelo visto preciso tirar um cochilo antes.

Shane pegou a vela que Mac havia acendido sobre a pia, pois ainda não tinha tido chance de trocar as lâmpadas que haviam estourado na última vez em que ele estivera ali. Segurou-a bem no alto, projetando a luz fraca por todos os cantos do banheiro. Procurava por algo que pudesse dar a Mac para ela se cobrir, algo que não fosse a roupa cheia de sangue empapado que estava empilhada dentro da pia.

— Há uma toalha limpa no armário do corredor — informou ela, sentindo a relutância dele em se afastar dela, ainda que por alguns segundos. Deu de ombros e acrescentou: — Até parece que você ainda não me viu nua. Ou que eu sou uma moça virginal e recatada, daquelas que enrubescem.

Ele não sorriu. Estava muito preocupado, analisando os buracos da bala à luz da vela, tanto o da entrada quanto o da saída. Estavam quase fechados, mesmo sem ajuda externa.

Os dois sabiam que a cura aconteceria ainda mais depressa e sem dor se ele tirasse a roupa e se juntasse a ela para uma boa ducha.

Pensando nisso, ele baixou a vela novamente, olhou para ela e ofereceu:

— Se você quiser eu posso... ahn... o lance não precisa ter um significado especial, nem nada desse tipo. Estou só querendo ajudá-la.

— Um ato de puro altruísmo — disse Mac.

Shane finalmente riu, sem retrucar, mas foi um sorriso triste.

— Nada disso. Eu pego o que consigo. Pelo menos vai servir até a próxima vez em que você precisar de mim.

— E se não houver próxima vez? — perguntou, fitando-o longamente.

— Não vou mentir. Se conseguir achar alguém que possa me ajudar desse modo, não vou mais precisar de você. Nunca mais.

A resposta dele foi um beijo. E quando ele enfiou a língua com avidez, explorando a boca de Mac, ela percebeu que ele não acreditava nela. Ou talvez achasse que ela nunca encontraria um substituto à altura para ele, mesmo que procurasse.

Mais que tudo, não acreditava que ela fosse sair por aí procurando.

Mac não conseguiu evitar pensar que ele ficaria tristemente desapontado.

Logo depois, porém, parou de racionalizar e se deixou curar.

Joseph Bach a viu e começou a correr em sua direção.

— Anna! — chorou, explodindo em lágrimas enquanto se lançava nos braços dela.

Anna não tinha acreditado quando Elliot a chamou, avisando que iria pedir a Ahlam que a acompanhasse até a segurança, a fim de aguardar a chegada da equipe. Parece que o corpo de Bach tinha sido possuído pela sua irmãzinha.

Esquisitice total!

Onde quer que Bach estivesse, ninguém tinha conseguido entrar em contato com ele. Nem mesmo Nika fora capaz de achá-lo. Para piorar, a menina não sabia exatamente o que havia feito para chegar ali. Relatou que havia ficado com muita raiva e tentara alcançar e entrar em contato com Joseph Bach.

Então, de repente, estava dentro do corpo dele.

— Ela tem as habilidades de Bach? — perguntou Anna, olhando para Elliot, ao mesmo tempo que se sentava no chão para abraçar a irmã, que soluçava muito. A mesma irmã que agora habitava o corpo do homem por quem Anna tinha um tesão quase descontrolado. *Bizarrice completa* somada à esquisitice.

— Não que saibamos até agora — disse Elliot quando Anna alisou o cabelo de Bach e tentou de tudo para confortá-lo... isto é, confortar Nika.

— Parece que não — afirmou o médico.

Anna olhou para Elliot e perguntou:

— Existe algum outro Maioral que seja um bom telepata e consiga entrar na mente de Bach... isto é, na mente de Nika...? — Elliot obviamente entendeu o que ela dizia, e balançou a cabeça para os lados.

— Já tentamos isso — contou. — Não conseguimos nada. Não foi possível acessar a mente de Nika. Ela tem escudos demais em torno do cérebro.

— É possível que o dr. Bach esteja... habitando o corpo de Nika neste exato momento? — insistiu Anna. Será que, de algum modo, eles trocaram de corpo, como aconteceu...?

— No filme *Sexta-feira muito louca*? — terminou Elliot por ela. — Pode ser que sim. — Mas não pareceu convencido.

— Neek — disse Anna, enquanto a estranha criatura híbrida que era sua irmã no corpo de Bach tentava se recompor. Sua respiração estava ofegante. Nika e Bach ergueram o braço devagar, para tentar enxugar as lágrimas que não paravam de escorrer. — Querida, precisamos que você converse conosco, pois não sabemos por quanto tempo essa situação vai durar. Temos de aproveitar a chance para lhe fazer perguntas sobre o local onde você está presa. Consegue fazer isso?

— Sim. Tudo bem. — Nika concordou com a cabeça. Afastou-se do ombro de Anna, que ficara encharcado de lágrimas, e assoou o nariz na manga da camisa de Bach. Neste momento, olhou fixamente para os olhos de Anna, baixou a voz e informou: — Tem algo muito esquisito acontecendo aqui embaixo, nas minhas partes masculinas. Nunca tive órgãos de homem, então talvez nem seja tão esquisito, mas acho que estou com vontade de... fazer xixi.

Elliot fingiu tossir, para disfarçar o riso.

— Oh... — reagiu Anna, fitando os olhos que pareciam ser de Bach. — Uau! — Mas antes de ter chance de fazer outros comentários, ou pensar em uma solução ou sugestão sobre como sua irmãzinha poderia levar o corpo de Bach para o banheiro, a fim de aliviar a bexiga, algo mudou subitamente no rosto de Bach.

Não só no rosto, mas em todo o corpo. Tudo nele se aguçou e endureceu... tudo bem, talvez "endurecer" fosse a palavra inadequada, considerando o problema atual, mas o fato é que, mesmo antes de ele falar, Anna sabia que Joseph Bach voltara.

— Pode deixar que eu cuido disso — avisou ele com sua própria voz, falando depressa. — O excesso de adrenalina no meu corpo faz tudo parecer, ahn...

Seu rosto tornou a mudar, sua expressão se suavizou e ele perguntou:

— Joseph?

— Voltei, Neek — respondeu a si mesmo, enquanto olhava de Anna para Elliot. — Levei algum tempo para descobrir como voltar ao meu corpo. Quando Nika entrou de forma súbita na minha mente, ela me jogou para o lado e me tirou do controle. A princípio eu não consegui voltar, mas também não quis fazer isso até entender com detalhes o que ela havia feito.

— Foi um acidente — desculpou-se Nika, usando a boca de Bach.

— Sim, eu sei que foi, querida — retrucou ele mesmo, e seu rosto se contorceu quando ela disse:

— Desculpe.

— Não peça desculpas. Você foi surpreendente. Nunca conheci alguém com poderes e habilidades dessa magnitude, Nika. Vamos conseguir tirar você de onde está. Preciso apenas desativar alguns dos escudos que você ergueu, para ter acesso às suas recordações e ver se encontro algo que sirva de pista para chegarmos ao local onde estão mantendo você presa. — Bach olhou para Elliot. — Quero levá-la... ou me levar, se preferir, até o laboratório. Peça ao dr. Diaz para nos encontrar lá quando voltar, o mais rápido que puder.

— Sim, senhor. — Elliot ajudou Bach a se colocar em pé, e estendeu a mão para erguer Anna também.

Mas Nika é que se agarrou à irmã e não a deixou ser levada dali.

— Quero que Anna também esteja lá.

— É claro — responderam Bach e Anna, ao mesmo tempo.

Caminharam de mãos dadas pelo saguão, até o elevador que os levaria ao andar dos laboratórios, e Elliot seguiu na frente para preparar a sala de exames.

Mac fingiu que dormia.

Depois do banho que haviam tomado juntos, Shane a enxugara com carinho e a carregara para a cama, onde ela não reclamou quando ele se deitou ao seu lado de conchinha, com as costas dela contra o peito dele e seus braços bem apertados, envolvendo-a com força e calor.

Mac conseguira dormir um pouco — Shane percebeu que estava exausta —, mas logo acordou. Ele percebeu que ela conferia se ele ainda estava dormindo. Sem dúvida avaliava se seria possível se esgueirar dali sem acordá-lo.

Foi por isso que ele falou, tanto para mostrar a ela que estava acordado quanto por querer saber algo importante.

— Você está se sentindo melhor? — perguntou.

O corpo dela se enrijeceu de leve, mas ela assentiu com a cabeça.

— Estou sim, obrigada. — Desvencilhou-se dele e se sentou na cama. Shane percebeu que ela ainda estava meio zonza, pois levou algum tempo para se levantar e ir até o closet.

Ele também se sentou para observá-la melhor à luz da lua que penetrava no quarto através das frestas da persiana. Percebeu que no lugar por onde a bala tinha saído restava apenas uma cicatriz. Em pouco tempo, aquela marca também desapareceria.

As cicatrizes interiores dele, porém, marcadas em sua alma depois de vê-la levar aqueles tiros, certamente não desapareceriam tão depressa.

Enquanto a observava, viu que ela conseguira encontrar algumas roupas — uma calça cargo, que enfiou pelas pernas como se fosse um soldado, e uma camiseta preta em estilo regata, sua marca registrada, que enfiou pela cabeça sem vestir sutiã. Pelo visto não havia roupas de baixo naquele apartamento. Shane entendia bem esse problema: mandar a própria roupa suja para a lavanderia sempre perdia, em sua escala de prioridades.

As botas dela estavam largadas na sala de estar. Shane as tinha visto assim que entrou no apartamento. Mac se virou, pensando em ir até lá, e ele percebeu que ela não iria desistir. Certamente calçaria as botas de qualquer jeito e sairia pela porta sem pensar duas vezes, deixando-o para trás, comendo poeira, mais uma vez.

Foi por isso que ele pulou da cama e se colocou na porta, impedindo-a de passar.

Mac fechou os olhos e suspirou, mas logo ergueu a cabeça, tomando o cuidado de olhar só para o rosto de Shane, pois tinha consciência de que ele estava a poucos centímetros dela e completamente nu.

— Precisamos conversar — informou ele.

— Já lhe agradeci — disse Mac, balançando a cabeça. — Não há mais nada a dizer.

— Não estou falando disso — corrigiu-a Shane. — Falei sério quando disse que a transa não precisava ter nenhum significado especial. Consegui o que queria. A culpa de continuar querendo mais é totalmente minha, eu sei disso. Você não me deve nada.

— E mesmo assim não vai me deixar passar.

— Porque sei para onde você vai — disse Shane, com a voz muito calma —, e também sei que isso não vai ajudar em nada, Mac. Só vai piorar as coisas. — Ele reforçou a palavra "piorar". — Já é péssimo que você tenha feito o que fez no seu ataque solitário de ontem à noite. Esqueça o detalhe de que se nós não tivéssemos aparecido você estaria morta a essa hora. Embora, para ser franco, eu esteja com problemas em colocar esse fato na coluna dos "detalhes".

— Alguém precisava fazer alguma coisa — argumentou ela.

— Não daquele jeito! — reagiu Shane. — Você sabe disso. A verdade é que talvez tenha piorado muito as coisas indo até lá e explodindo tudo, como fez. A Organização já deve ter sido alertada de que Littleton e Caine estão desaparecidos. Se você pegasse a lista do GPS de Caine, um endereço de cada vez, deixando morte e destruição em seu rastro, alguém iria sacar o que está acontecendo. Eles iriam transferir Nika para um local tão distante e tão secreto que nós nunca mais a encontraríamos. Bach já tinha colocado equipes de tocaia em todos os locais da lista, mantendo a discrição, para levantar informações. Por falar nisso, saiba que o IO está pronto para interceptar seus movimentos, porque você está tornando as coisas mais difíceis.

Shane conseguiu ver pela expressão dela que a convenceu. Ainda havia resíduos de raiva em seu rosto, mas Mac lhe pareceu exausta, desmontada e vencida.

— Provavelmente você chegaria a essa conclusão por conta própria — continuou ele —, antes de ir longe demais. Eu só quero ter certeza de que vai analisar tudo que eu disse. Sei que, às vezes, o barulho na minha cabeça também abafa a minha sensatez, mas...

Ela riu, sem acreditar nele, e debochou:

— Tá legal. Vai me dizer que nunca agiu de forma impulsiva em toda a sua vida?

— Não sei nada a respeito da palavra *nunca* — reagiu ele, rindo, forçando-a a olhar para ele, em vez de fitar o chão. Quando Mac finalmente fez isso, ele completou: — O que sei, com certeza, é que nunca passei nem um segundo dentro da cabeça de um serial killer pedófilo.

Mac fechou os olhos e balançou a cabeça lentamente.

— Se quiser conversar a respeito disso... — ofereceu ele.

— Não seja tão irritantemente bondoso.

— Que foi? Quer que eu seja como você e finja ser um sujeito desagradável para manter as pessoas longe de mim?

— Não estou fingindo. — Ela riu. — Não por completo.

— Eu também não estou sendo tão bondoso assim — ressaltou Shane. — Existe um monte de motivos egoístas na minha tentativa de manter você aqui por mais tempo. Além do lado prático. Você está exausta. Precisa dormir e descansar decentemente, se pretende ser de alguma utilidade para Bach ou Diaz... ou Nika. E sabe muito bem que, se me permitir fazer isso, posso ajudá-la a dormir. Posso ser apenas um corpo quente junto do seu... se é isso que você está precisando.

Foi então que os olhos dela se encheram de lágrimas. Mac lutou contra elas de forma valente, mas perdeu a briga e uma das lágrimas lhe escapou pelo rosto abaixo. Ela se virou, largou-se na cama e pediu:

— Não faça isso comigo.

— Fazer o quê? Tentar convencê-la a dormir um pouco?

— Não aja como se me amasse — retrucou ela, balançando a cabeça. — Nós dois sabemos que isso não é verdade.

— Pensei que você não quisesse mais falar disso. — Ele se sentou ao lado dela. — Mas já que mencionou novamente o assunto... Você não é obrigada a me amar, Mac, mas também não tem o direito de decidir o que eu sinto ou não.

— Por Deus, estou cansada demais de toda essa merda — disse ela. — Porque acontece que eu *decido*, sim. Você não prestou atenção quando eu lhe expliquei tudo...?

— Então faça o encanto sumir — propôs Shane. — Se eu sou tão igual ao Tim, simplesmente faça com que eu pare de desejar você.

— A coisa não funciona desse jeito, agora é tarde demais. Meus poderes aumentaram muito desde aquela época. Não consigo anulá-los com tanta facilidade quanto fazia antigamente. Se eu conseguisse anular esse efeito em você, bem que eu faria isso. Deus... — Simplesmente se largou de costas na cama e colocou os braços sobre os olhos, com os cotovelos apontando para o teto.

— Escute, sei que você não quer mais tocar no assunto — disse Shane, baixinho —, mas andei pensando em tudo isso desde que você me contou sobre Tim e... Não precisamos falar disso, mas gostaria muito que você ouvisse o que eu tenho a dizer.

Ela não disse nada, não se moveu, nem saiu do quarto aos berros.

Shane percebeu que isso era uma espécie de concordância.

— Todas as vezes que meu coração bate — começou ele, baixinho — é como se estivesse apenas marcando o tempo até eu ter a chance de estar novamente com você. — Riu de leve. — É uma loucura esse tipo de desejo, sabia?

Mac não se moveu.

— Entendo que isso deve ser superirritante, do seu ponto de vista. Depois de saber o que aconteceu com você quando era menina... depois de ver o dr. Case Comigo cair de quatro por você, no hospital... Entendo numa boa o quanto deve ser incômodo acreditar que os homens desejam você não pela pessoa que você é, e sim pelo poder que tem. São motivos que, para você, certamente não parecem reais. Mas posso lhe perguntar uma coisa? Dá para você entender como são as coisas do lado de cá? Porque, para mim, tudo é tremendamente real. Sinto uma espécie de ligação especial com você, elevada à enésima potência.Vivencio alegria, respiro verdade. Sinto como se pertencesse *realmente* a algum lugar novamente.

Ela riu ao ouvir isso — ou talvez fosse um soluço. Mesmo assim, continuou imóvel, e ele continuou:

— Talvez isso pareça muita frescura ou pieguice para você. Pode ser que não fique satisfeita até me trancar em algum lugar por uma semana, um mês, ou sei lá quanto tempo imagina que vai levar para sua magia perder o efeito. Mas posso lhe informar isso agora. Mesmo que você me coloque em uma solitária, sem comida nem água, saiba que a primeira coisa que eu vou perguntar quando eles abrirem a porta será sobre você. Porque, mesmo que eu pare de sentir o que sinto, *vou me lembrar* de como é sentir, e vou querer essa emoção de volta.

Por fim, ela afastou os braços do rosto e disse:

— Mas nada disso tem a ver *comigo* — argumentou —, seja lá o que está sentindo.Você poderia sentir tudo isso por qualquer outra pessoa, não entende? Não *precisa* ser *comigo*!

— Está brincando? — reagiu ele. — *Só dá* para sentir isso com você. *Tem de ser* com você. Você é uma mulher única, Mac. Puxa vida, pode ser que eu tenha aberto o jogo cedo demais, quando confessei que a amava. Talvez tenha pulado a parte que você provavelmente gostaria de ouvir... algo do tipo *eu gosto da sua companhia.* A verdade é que eu gosto de você, Mackenzie. Gosto de verdade. Gosto de estar com você. Você é inteligente, é divertida, é linda... é a mulher *mais extraordinária* que conheci em toda a minha vida. Se quiser deixar de transar comigo para sermos amigos durante um ano, cinco anos ou a porra de tempo que for necessário para você entender o que estou explicando, eu topo na hora. Estou pronto para isso.

Foi nesse instante que ela o pegou com força e o trouxe para junto de si, a fim de beijá-lo.

A primeira coisa que Shane sentiu foi o próprio coração dando uma cambalhota dentro do peito. Ela acreditava nele! Mas a realidade se impôs subitamente quando percebeu, naquele décimo de segundo em que seus lábios se uniram, antes de ele se deixar perder por completo na suavidade do beijo dela, que tudo não passava de um teste.

Por causa disso, ele a beijou de leve. Um simples roçar dos lábios sobre sua boca macia e ele recuou.

Isso a deixou literalmente chocada, mas apenas por um momento. Escondeu a própria surpresa com uma gargalhada e um pouco mais da velha atitude que o deixava puto e com tesão ao mesmo tempo.

— O que pretende fazer agora comigo? — quis saber ela. — *Cantar* uma música suave para me fazer dormir?

Shane riu também, e sentiu o corpo reagir quando ela lhe lançou um pouco do seu encanto. O que era completamente desnecessário.

— Não preciso disso para desejar você — disse ele, colocando um dos travesseiros entre as pernas porque já sentia uma ereção forte. — Não preciso de sexo para ter vontade de estar ao seu lado. Quer testar isso, ou até mesmo me torturar? Vá em frente.

— Mas eu não estou fazendo isso de propósito. Nem sempre consigo controlar — admitiu ela, sentindo-se derrotada. — Só acontece porque... sei lá, acho que é instintivo. É como usar linguagem corporal e liberar feromônios. Simplesmente *acontece*.

Shane sabia que isso era verdade. Seres humanos respondiam de forma instintiva a alguém com quem acreditassem ter boa compatibilidade biológica — um bom parceiro.

Desse modo, de forma instintiva. Mac havia escolhido Shane desde o início do jogo. Isso significava que seus esforços para fazê-lo sucumbir ao seu charme não se dissolveriam tão depressa. Talvez até se intensificassem, antes de começarem a declinar.

— Tudo bem — disse ele, ainda segurando o travesseiro diante de si. — Isso vai ser muito... interessante.

— Ah, merda! — reagiu Mac, e abriu um sorriso largo. — Simplesmente venha até aqui. Fique apenas... — Ao olhar para ele, permitiu-se desejá-lo e deixou que ele visse isso nos olhos dela.

Seria o momento da verdade. Shane hesitou, pois era humano. Mas pretendia vencer a guerra toda, e não apenas uma batalha. Balançou a cabeça com um pouco de tristeza e, tomado pelo pesar, dispensou-a.

— Não — reagiu ele, reforçando a palavra. — Deixe-me só vestir a calça. Calças ajudam nessas horas.

Mas ela continuava fitando-o, interessada, com os olhos lindos, e ele acabou se inclinando para beijá-la. Um único beijo...

Só...

Um...

Beijo...

Conseguiria fazer apenas isso — beijá-la apenas uma vez, rapidamente, e seguir para o banheiro, onde vestiria a calça, mas ela sussurrou:

—Você está sempre me perguntando como pode ajudar...

Era verdade. Ele queria ajudar. Queria, desesperadamente, ajudar...

Foi por isso que a beijou novamente, continuou completamente nu quando ela se lançou sem barreiras em seus braços... e acabou se perdendo também dentro dela.

Perdeu feio.

Shane entendeu, no instante em que Mac gemeu de prazer em seus braços e estremeceu à beira do orgasmo, que ele havia...

Perdido a batalha.

— Durma um pouco agora — disse ela a Shane, no silêncio do depois.

Foi o que ele fez, mas se manteve colado nela, com os braços envolvendo-a por trás.

Mesmo sabendo que, quando acordasse...

Ela teria sumido.

Elliot ergueu a cabeça quando Stephen entrou no laboratório de observação.

— Oi! — saudou.

— Oi. — Stephen estava em pé ao lado da janela. Com sua presença sólida, supervisionava as pesquisas e testes, na área que fora configurada como sala de estar, com várias poltronas fundas e um monte de almofadões espalhados. Bach se sentava em uma dessas poltronas, com os pés para cima e os olhos fechados. Anna estava perto. Observando-o, ansiosa.

— Como vão as coisas?

— Esquisitas — admitiu Elliot. — Um pouco menos agora que Bach voltou. Quando tínhamos apenas Nika se comunicando e falando com o corpo de Bach, estava pior. — Olhou para Stephen. — Faz ideia do quanto essa menina deve ser poderosa para conseguir acesso à mente de Bach do jeito que fez? Obter controle total sobre o corpo dele? Isso é loucura! E mesmo com tudo isso, ela continua lutando para diminuir os bloqueios mentais que ergueu sem saber. Até que consiga essa façanha, nem mesmo Bach será capaz de acessar suas memórias. No momento, ele trabalha com todo o foco para entrar na mente dela mais uma vez, mas ainda não conseguiu isso, o que é apavorante. Se alguém arrancar Nika do corpo dele, talvez não seja possível retomar contato com ela, mesmo que Anna durma para nos ajudar.

— Não deveríamos estar conversando com ela? — quis saber Stephen. — Para obter o máximo de informações que conseguíssemos?

— Já fizemos isso. Nika não se lembra de nada entre o momento do rapto e o instante em que acordou na enfermaria do cativeiro, exceto por um breve momento de consciência, quando ainda estava com Littleton e Caine. E se lembra de ter sentido medo de Caine — contou Elliot. — Fora isso, tudo o que lembra é de ter visto três pessoas enquanto esteve prisioneira, sem contar as outras garotas: uma mulher mais velha, um homem com o rosto coberto de cicatrizes e uma jovem no fim da adolescência que... prepare-se, porque você vai se espantar com isso... está grávida.

— Por Deus! — murmurou Stephen.

— Pois é — concordou Elliot. — Parece que eles estão tentando gerar filhos nas meninas agora. Nika disse que a jovem parecia uma prisioneira ali, assim como ela, pelo menos até certo ponto. O homem das cicatrizes e a mulher, porém, trabalham lá, pela rotina que nos descreveu. O plano de Bach é fazer com que as lembranças de Nika se tornem memórias dele, para depois repassá-las a alguém capaz de acessá-las... no caso, *moi*. Vou montar um retrato falado de todos eles, da forma mais realista possível, e colocaremos os rostos no sistema para uma busca específica. Se conseguirmos identificar essas pessoas e elas morarem fora do prédio da Organização, poderemos rastreá-las na rua, quando estiverem a caminho do trabalho...

— *Se... talvez...* Temos muitas incertezas nesse plano — opinou Stephen.

— Nisso eu concordo com você — assentiu Elliot. — Alguma notícia de Mac?

Stephen fez que não com a cabeça.

— Até agora nada, mas Shane também sumiu. Como ele sabe onde fica o apartamento dela, pois já esteve lá, estou confiante de que ele vai encontrá-la. E se Mac precisar de ajuda, ele certamente irá nos chamar.

Elliot respirou fundo e perguntou:

— Existe alguma chance de que a visão que você teve... aquele seu momento de clarividência...

— Não — garantiu Stephen.

— Isso é para ser engraçado? Tipo assim, sua premonição é tão boa que eu nunca mais vou precisar terminar uma frase porque...?

— Não — garantiu Stephen novamente, e fez uma careta. — Desculpe. Não quis fazer graça. Simplesmente sabia o que você ia dizer porque conheço a forma como o seu cérebro trabalha. Respondendo à sua pergunta: a visão que tive não foi a de Mac sendo baleada...

— Bem, *disso* eu sei — rebateu Elliot. — Só que as visões podem ser enigmáticas. Talvez você soubesse que alguém seria ferido no peito, mas não exatamente quem era, e sua mente fez com que fosse eu por me amar de forma tão ardente...

— Não. Quer dizer, sim, mas... não foi isso.

— Que pena! — suspirou Elliot.

Stephen suspirou também, estendeu o braço e segurou a mão do amigo, pedindo permissão em silêncio. Estavam sozinhos na sala de controle; Bach e Anna estavam calados e imóveis no laboratório, do outro lado do vidro espelhado, e Elliot entrelaçou os dedos com os de Stephen.

Eu saberia com certeza se a ameaça tivesse desaparecido, disse Stephen mentalmente, assim que a ligação telepática entre eles se estabeleceu. *Não sei exatamente como, mas sei. Também sei que essa visão era críptica porque Anna voava em torno de Mac e, a menos que ela coringue por consumir Destiny, as coisas não vão acontecer exatamente do jeito que eu vi. De qualquer modo, isso não vem ao caso porque eu tive a visão, experimentei a dor e tive um terrível mau presságio. Que não foi embora, El. Você continua em perigo.*

Então, continuarei tomando cuidado, tranquilizou-o Elliot.

— Oceano calmo e azul... oceano calmo e azul... Isso *não está* adiantando nada!

Elliot e Stephen deram um pulo de susto e soltaram as mãos, mas a voz de Bach vinha pelos alto-falantes, em um timbre ainda mais agudo e esganiçado.

Foi então que ele mesmo respondeu, com sua voz normal:

— Espere um pouco mais.

— Já esperei um tempão! — A voz era de Nika novamente, falando através de Bach.

Stephen olhou meio de lado para Elliot e comentou:

— Você tinha razão. Isso é esquisito demais!

Então, foi Anna quem falou:

— Neek, você precisa esperar e tentar um pouco mais.

Todos ficaram em silêncio por alguns instantes, e então Stephen perguntou:

— Como está Edward O'Keefe?

— Espantosamente, continua vivo — respondeu Elliot. O velho se agarrava à vida com todas as forças. — Respondeu bem aos níveis baixos de oxiclepta diestrafeno que injetamos nele. Os centros de autocura do seu cérebro foram reativados. Continuamos a estimulá-lo, e os danos em seu coração continuam sendo reparados. Sua melhora é miraculosa.

— Excelente notícia, gato — alegrou-se Stephen, exibindo um sorriso.

— Apenas boa — retrucou Elliot. — Só vai ser *excelente* se ele sair do coma, o que talvez não aconteça por um bom tempo. Se é que vai acontecer. De qualquer modo, meus dedos estão cruzados, na torcida.

— Continua não funcionando! — No laboratório, Bach estava em pé. Ou melhor... Nika se levantara. — Não *consigo mais* prosseguir!

— Neek... — Anna também se levantou.

— Não, Anna, já fiz de tudo! Joseph, tentei do seu jeito! Já me obriguei a me acalmar pensando dez mil vezes no *oceano calmo e azul*. Agora, quero tentar do meu jeito.

Bach retomou a posse do próprio corpo e garantiu:

— Raiva não é a solução, Nika. Os poderes que ela libera são impossíveis de controlar. Sei que provoca fortes ondas de energia, mas...

— Talvez seja exatamente isso que eu precise! — Para quem via de fora, era como se Bach discutisse consigo mesmo usando vozes diferentes. — Uma forte onda de energia!

Anna resolveu insistir com Bach.

— Não custa tentar — argumentou. — Não fazemos ideia do que está acontecendo com o corpo físico de Nika neste momento. Precisamos encontrá-la e, desculpe dizer isso, mas acho que estamos perdendo tempo.

— Nika tem certeza de ter chegado aqui depois de canalizar sua raiva para esse fim — contou Elliot a Stephen, enquanto Bach discordava, balançando a cabeça. — E quer tentar novamente.

O dr. Bach, como sempre, achava que se armar com raiva ou outras paixões humanas era improdutivo.

— Sim, certamente Bach odiaria isso — concordou Stephen, assentindo com a cabeça. — Mas talvez eu possa ajudar um pouco. — Inclinou-se e ligou o botão do microfone que o faria ser ouvido no laboratório. — Desculpe, dr. Bach... por que não recua, descansa um pouco e me deixa assumir essa experiência?

Bach olhou para o vidro espelhado como se os seus poderes o fizessem enxergar do outro lado. Talvez enxergasse mesmo. Depois de alguns segundos, concordou com a ideia.

— Obrigado, dr. Diaz — agradeceu com toda a educação, como sempre. — Eu ficaria muito grato.

Bach se sentou no sofá do Laboratório 1 e deixou Nika assumir o controle total do seu corpo.

Naquele momento, ela resolveu usar apenas as cordas vocais dele.

— Tudo começou com o medo — contou ao dr. Diaz, que pegou uma cadeira de encosto reto e se sentou, dando atenção total a Nika. — Acordei, vi que Joseph se fora e fiquei muito apavorada, de verdade.

Sinto muito, Nika.

Tudo bem, respondeu ela, silenciosamente. *Também lamento. Sinto muito tê-lo desapontado desse jeito, Joseph.*

Querida, você não me desapontou, reagiu Bach. *Simplesmente escute o dr. Diaz.*

— Depois disso, o que aconteceu? — perguntou Diaz, obviamente repetindo em voz alta o que pensara.

— Algumas garotas choravam muito e eu fiquei irritada com elas. Senti raiva — explicou Nika. — Continuei com mais raiva ao me lembrar da garota que eles haviam matado bem na nossa frente...

— Por Deus! — Bach ouviu a reação de Anna, que esticara o braço para segurar a mão dele.

— De repente, fiquei com mais raiva ainda, porque o homem horrendo, com cicatrizes, me avisou que iria *me obrigar* a escolher uma das meninas para ser morta. — Nika estava ofegante agora, sua respiração parecia entrecortada, muito rápida, e ela se permitiu sentir toda a raiva novamente.

Ou talvez Bach é que estivesse sem fôlego, indignado pela crueldade dos raptores de Nika.

Depois de passar tempo demais escavando a cabeça repugnante de Devon Caine, o Maestro sabia muito bem sobre todos os recursos que a Organização usava para manter as meninas aterrorizadas. Só que aquilo era especialmente medonho, ainda mais para uma menina com a sensibilidade de Nika. Diante de algo assim tão terrível, mesmo que Bach e sua equipe encontrassem Nika e a resgatassem com segurança, a menina ficaria marcada de forma irreparável. As cicatrizes talvez permanecessem em sua alma pela vida toda.

Mas eles não permitiriam que isso acontecesse. Iriam encontrá-la, tirá-la daquele lugar e...

— Desculpe — disse Nika para Diaz, em voz alta. — Preciso... tenho de... Joseph está, ahn...

Você precisa parar com isso, pensou ela, dirigindo-se a Bach. *Em qualquer outro momento isso seria ótimo, mas... não está ajudando. E não está funcionando direito porque, a não ser que eu aprenda a fazer essa coisa* impossível *que é desmontar esses bloqueios que nem mesmo* sinto, *vocês não conseguirão me encontrar e nunca me tirarão daqui. Não sei o motivo de estar bloqueada, nem sei o que a palavra* bloqueada *significa. Se foi alguma coisa que eu fiz, certamente foi sem querer, e não sei como desfazer. Você diz que eu sou especial, mas eu não me sinto especial e...*

Espere!, pensou Bach, com determinação, para impedir os pensamentos dela.

— Merda! — disse, em voz alta.

— Foi ele quem disse isso, não eu — desculpou-se Nika, olhando para Anna.

— Se isso não foi uma coisa que *você* fez — repetiu Bach para Nika, em voz alta, olhando para Diaz para ver se ele acompanhava seu raciocínio, Stephen não compreendeu. — Os bloqueios, Diaz. Os bloqueios de Nika. Se não foi *ela* quem os construiu...

— Então foi outra pessoa — completou ele, entendendo a ideia.

— Estou procurando o tempo todo no lugar errado — afirmou Bach, rindo de si mesmo, atônito. Falava em voz alta, para que Diaz e Anna acompanhassem sua linha de pensamento. — Neek, eu parti do pressuposto que você havia erguido esses bloqueios de forma inconsciente, mas existe outra opção completamente diferente. Outra pessoa pode ter entrado em sua mente para criar esses obstáculos.

— Outra pessoa? — Ela pareceu confusa. — Quem mais poderia ser?

— Não sei — confessou Bach. — Seja quem for, certamente sabia que você era uma Maioral. — Como se essa possibilidade não fosse bombástica o bastante, soltou mais uma ideia intrigante: — É possível que alguém tenha criado esses bloqueios em sua mente como tentativa de proteger você, ou escondê-la de pessoas que poderiam tentar explorá-la.

— Isso é absurdo — disse Anna.

— Não é não — insistiu Bach, olhando para ela. — Com esses bloqueios erguidos, Nika tem acesso apenas a uma pequena fração dos seus poderes. *Mesmo assim*, sua tomografia mostrou uma integração na casa dos vinte. — Esse fato, por si só, era surpreendente. Quem quer que tenha feito isso sabia que seus níveis de integração iriam explodir e alcançar níveis altíssimos quando ela chegasse à puberdade.

— Na verdade — interrompeu Diaz —, saber *quem* fez isso é secundário, agora. Um mistério para refletirmos em um dia de chuva. Nosso objetivo principal, no momento, é derrubar esses bloqueios o mais rápido possível, Maestro.

— Concordo — disse Bach. — Nika, sei que já tentamos isso antes, mas não tentamos *outra* possibilidade.

A menina sabia o que ele queria que ela fizesse.

Você quer que eu respire e foque na imagem de um oceano perfeito e calmo. Um céu azul sem nuvens. Uma gota d'água caindo sobre...

Então, com toda a facilidade, com Bach aproximando-se dela por dentro, em vez de tentar desbloqueá-la pelo lado de fora, o Maestro entrou em sua mente por completo.

— Uau! — Se antes ele achara a cabeça de Anna um caos... estar dentro da mente completamente livre de Nika foi como se ver em uma loja de tintas em meio a um tornado.

Aquilo o pegou de surpresa e Bach não sabia para onde olhar primeiro. Por um instante, simplesmente girou o corpo.

Com o canto dos olhos — embora não fossem os olhos físicos propriamente ditos, e mais uma perspectiva mental —, Bach percebeu a silhueta de uma mulher, uma área em penumbra e uma sombra que pulava e desaparecia ao longe. Ele quase a seguiu, intrigado, certo de que se tratava de uma lembrança de Anna e da mãe de Nika, morta há muito tempo.

Mas precisava manter o foco na missão, o que já era complicado o suficiente.

Porque Nika parecia a emoção personificada. Era uma menina de 13 anos, e seus pensamentos, observações e lembranças giravam, pulavam, cintilavam e dançavam por toda parte, na loucura típica daquela idade. Bach precisou de mais alguns segundos para conseguir se orientar.

Em voz alta, anunciou para todos, inclusive Nika:

— Consegui entrar.

Bach encontrou, neste momento, suas recordações vívidas de tudo o que enfrentara nos últimos dias: o rapto; o momento em que acordou na enfermaria com as outras meninas; a visita do sujeito com as cicatrizes; as garotas morrendo; o acesso venoso que lhe aplicaram no braço; o momento em que acordou no quarto seguro, o bife com batatas fritas, a vista que teve do exterior pela janela...

A janela.

A janela!

— Nika tentou escrever um S.O.S. na janela usando ketchup — informou Bach.

— Tentei, mas falhei — disse Nika. — Só consegui completar o primeiro S e o O, antes de Rayonna entrar e apagar tudo.

— Mas a mensagem esteve no vidro durante pelo menos cinco minutos — confirmou Bach, vasculhando a memória da menina. — Rayonna é a garota grávida — acrescentou para Anna e Diaz.

Bach voltou um pouco no tempo, até o momento em que Nika olhara a vista lá de fora pela janela; notou o jeito como ela tentou identificar em que tipo de prédio estava, todo de aço e vidro. Quando ela olhou para a rua, ele repassou a recordação em câmera lenta e contou quarenta andares para baixo. Depois, da melhor forma que pôde, pegando os outros edifícios como referência, contou 15 para cima.

— Ela está em um prédio com mais ou menos 55 andares — relatou. — O edifício fica diante de uma esquina onde existe um Coffee Boy, um Burger Deluxe e uma antiga fábrica da Burlington Coat. Tudo isso fica perto de uma floricultura fechada chamada Maxie's Best.

Embora Nika não tivesse prestado muita atenção naquele momento, Bach reparou no ângulo que o sol fazia no céu. A cena tinha acontecido de manhã cedo ou no fim da tarde, o que significava que a janela dava para o sudeste ou nordeste. Focou a atenção no horizonte, onde tentou enxergar... pronto, estava bem ali! O brilho de um imenso espelho-d'água. Isso significava que era de manhã e a direção, sudeste, porque aquele era o porto de Boston.

— Existia uma loja da Maxie's Best na Washington Street — relatou Diaz, depois de procurar no computador. — E até quatro anos atrás também havia ali uma fábrica da Burlington Coat.

— Peça uma análise das gravações do satélite — ordenou Bach —, começando pelos últimos cinco dias, das seis às dez da manhã. Quero descobrir em que prédio apareceu um S e um O em uma das janelas próximas do quadragésimo andar.

— Já enviei a ordem — disse Elliot, depois de ligar o alto-falante da sala de observação, de onde acompanhava tudo.

Bach se virou para Anna, que estava de olhos arregalados e quase sem fôlego de tanta esperança.

— Nós a encontramos — garantiu, e ela se lançou nos braços dele.

Ou talvez fosse Nika que ela estava abraçando.

Você só precisa aguentar mais um pouquinho, avisou a Nika, enquanto sentia a menina usar seus braços para abraçar a irmã com entusiasmo. *Assim que confirmarmos sua localização, iremos resgatá-la.*

25

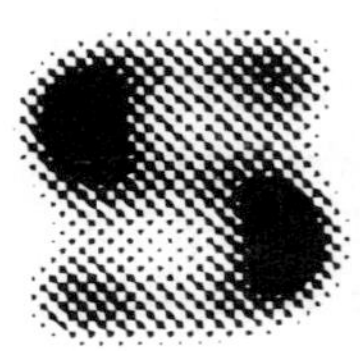

hane acordou sozinho sobre os lençóis. Mac não só estava fora da cama como havia saído do apartamento.

Talvez o barulho quase imperceptível da porta se fechando o tivesse acordado, então ele pulou da cama, foi até a porta e a abriu.

Ninguém estava no corredor. Ela já tinha saído havia algum tempo.

Shane refez os passos de volta ao quarto, analisando a mesa da sala e o balcão da cozinha, em busca de algum bilhete. *Fui aqui perto comprar café* ou *Fui até a esquina pegar algumas rosquinhas.*

Por mais improvável que aquilo pudesse parecer, só quando ele verificou na cama e no travesseiro dela foi que perdeu as esperanças.

Nenhum recado.

Aquilo não foi exatamente uma surpresa, considerando seu fracasso.

Shane foi ao banheiro para urinar, tomou uma ducha rápida, vestiu a calça e uma camiseta GG que achou no closet de Mac, onde se via uma estampa da finada banda Grateful Dead — sem dúvida o resquício de algum companheiro de transa grandalhão.

Fez a cama, saiu do apartamento e trancou a porta.

Ficou na frente dos degraus da entrada do prédio iluminado pela luz difusa do amanhecer do que prometia ser um belo e fresco dia de primavera. De repente, lhe ocorreu que aquele seria um bom momento para aceitar os prejuízos em sua vida e cair fora dali. Tinha 40 dólares na conta bancária, pagos adiantados por sua primeira semana de trabalho.

Poderia pegar o metrô, não para voltar ao bairro onde ficava o Instituto Obermeyer, e sim para um lugar longe de Boston. Na South Station, talvez pegasse um trem para Nova York, onde tentaria um emprego informal, quem sabe dirigindo um caminhão até Atlanta ou Miami.

Só que, agora, ele certamente se perguntaria o que o caminhão estaria carregando de forma clandestina. Certamente perguntaria a si mesmo se não seria um carregamento de Destiny.

Seguiu pela calçada na direção da Kenmore Square, sabendo que, não importa a escolha que fizesse, iria acabar perdendo.

Joseph se ofereceu para ajudar Nika a encontrar o caminho de volta ao próprio corpo físico.

A menina não tinha ideia de como Bach pretendia fazer isso, mas sua fé no homem cujo corpo invadira era tão forte que não se espantaria se ele conseguisse guiá-la até a Lua.

No entanto, à medida que retornava, sentiu uma fome tremenda, notou a força das correias que a prendiam à cama e se viu tomada pelo medo.

Calma, disse Joseph, mentalmente. *Respire fundo. Não pare de respirar.*

A enfermaria estava às escuras, apesar do fato de lá fora ser de manhã. Embora Nika continuasse a respirar devagar, continuava apavorada.

Por favor, não me abandone.

Não vou a parte alguma. A promessa de Joseph a encheu de esperança e calor humano, antes mesmo de terminar a súplica.

Por não estar mais na cabeça de Joseph, Nika não conseguia ver as coisas que ele via. De algum modo, porém, conseguia ouvir tudo o que era dito à volta dele. A menina não sabia como nem por que isso acontecia, e Bach também não conseguiu uma explicação plausível para o fenômeno.

De qualquer modo, Nika se sentiu feliz por ele estar ali com ela, apesar dos limites físicos.

Bach e Stephen Diaz, muito musculoso e lindo, acompanhados por Elliot, o médico gatinho, tinham acabado de travar uma discussão acalorada ao serem informados, por um setor chamado de Análises, qual era o prédio em que Nika estava presa.

Elliot chamara o local de *impenetrável*. Diaz pareceu pessimista e usou palavras como *fortaleza* e *exército muito bem armado*. Quanto a Joseph, ele insistiu que *impenetrável* significava apenas que eles ainda não tinham descoberto um jeito de entrar ou sair do local, e lembrou aos companheiros que bastava planejar a fuga.

Em seguida, ordenou que eles se pusessem a procurar uma solução e tirou Nika da conversa, pois viu que ela captava pensamentos que ele mesmo tentava esconder. Disse algo sobre mantê-la afastada de energias negativas e derrotistas.

Isso, vindo do Rei do Zen, era uma pista clara de que o *resgate fácil* não seria tão simples quanto Joseph previra inicialmente.

De qualquer modo, se havia alguém capaz de libertá-la, essa pessoa era Joseph e sua equipe.

Fico feliz por você ter fé em nós, Nika.

A menina sentiu a presença contínua, forte e calorosa de Bach em sua mente no instante em que ele se virou para falar com Anna.

— Estarei com sua irmã até a libertação — garantiu ele, para tranquilizá-la. — Agora que estou dentro da cabeça dela em seu auxílio...

— Você não precisa mais de mim agora — disse Anna. Era estranha a forma como Nika, deitada no aposento escuro, ainda conseguia ouvir a voz da irmã por meio do cérebro de Joseph Bach. Mas o som da voz dela estava diferente, parecia mais denso, mais melódico. Talvez porque estivesse muito cansada.

Joseph expressou esse pensamento na mesma hora.

— Você deve estar exausta, Anna. Por que não dorme algumas horas, ou pelo menos toma um café da manhã reforçado?

Nika não conseguia ver Anna, mas percebeu, por Joseph, que sua irmã sorriu. Mas foi uma emoção forçada que a fez parecer ainda mais esgotada. Nika percebeu a preocupação de Joseph, acompanhada de...

Ele sentia mais alguma coisa, algo que a menina não conseguiu identificar. Não era exatamente afeto. Talvez fosse uma espécie de...

— Não há mais nada que eu possa fazer para ajudar? — quis saber Anna. — Pelo menos por ora?

— Na verdade, há sim. Vá lembrar a Diaz e a Elliot que eles também precisam se alimentar — pediu Joseph. — Diga-lhes que eu ordenei que ambos a acompanhem até a sala de refeições para o *breakfast*. Enquanto todos estiverem comendo, quero que eles expliquem a você, em termos fáceis de entender, o problema que temos diante de nós e os desafios para penetrar nesse prédio em particular. Às vezes, conversar sobre o problema ajuda a encontrar soluções.

— Entendi. Eles devem desmontar a explicação em pedaços fáceis de digerir por "fragmentos" como eu, com mentes não desenvolvidas.

— Não é nesses termos que eu penso em você.

— Desculpe, Joseph, é culpa do cansaço. Quer que eu lhe traga algo para comer?

— Não, eu estou bem — garantiu. — Mesmo assim, obrigado. Muito obrigado.

As palavras de Bach eram estudadas e muito educadas, mas carregavam traços de... Nika não sabia descrever do quê. Um pouco de reserva, talvez, como se ele quisesse se manter afastado ou tentasse verbalizar o fato de que estava se mantendo longe de Anna. E foi então que Nika percebeu tudo:

Ó meu Deus! Você sente uma quedinha pela minha irmã!

Joseph simplesmente exalou um suspiro longo.

Não é nada tão assustador, transmitiu ele para a menina, rindo de leve. *E não é verdade. Claro que eu a admiro, da forma como admiro um monte de mulheres. Admiro você, por exemplo.*

Eu não sou uma mulher, lembrou Nika.

Claro que é, retrucou ele. *Depois de tudo que você enfrentou com tanta coragem? É uma mulher admirável.*

Mas logo Nika pulou, guinchou e não conseguiu suprimir uma onda de terror quando as luzes do aposento acenderam e a porta se abriu.

Ó meu Deus, disse a Bach. *Lá vem ele. É o homem das cicatrizes. Ah, não, Senhor, ele trouxe aquela faca...*

Estou aqui, avisou Joseph, com a voz calma, firme e forte. *Estou bem aqui.*

Só que ele não estava ali de verdade. Não poderia ajudá-la.

Por favor, implorou Nika. *Sei que você não quer papo de energias negativas, mas se eu não conseguir sair daqui... se você não conseguir me resgatar...*

Nika, nós vamos *conseguir!*

Eu sei, mas se isso não acontecer, pediu ela, *você promete que vai cuidar de Anna? Garantir que ela esteja sempre em segurança?*

Prometo, disse Bach. Todas as meninas da enfermaria começaram a gritar ao mesmo tempo quando o homem das cicatrizes caminhou diretamente na direção de Nika e sorriu.

Anna apenas provou a omelete, embora seu estômago estivesse roncando. Elliot e Diaz, conforme Bach ordenara, estavam lhe explicando tudo o que o Setor de Análises havia descoberto ao verificar o sistema de segurança do prédio onde Nika estava presa.

Em primeiro lugar, o edifício era imenso, bem no centro da cidade. Pelo visto, não tinha nada a ver com as casas semidestruídas da região rural, com cerca de cem metros quadrados cada uma, onde Bach e as equipes do Instituto Obermeyer tinham ido recentemente para resgatar garotas ou confiscar equipamentos para a fabricação de Destiny. Nunca tinham encontrado uma estrutura operacional como aquela.

O fato de um grupo clandestino e ilegal como a Organização funcionar em um local tão flagrantemente aberto e diante de todos era muito perturbador. Anna não quis refletir sobre o que aquilo significava em termos de governo municipal ou polícia, mas a palavra *corrupção* lhe surgiu na mente.

Em segundo lugar, parte dos andares tinha sido alugada a civis inocentes. Milhares de locatários pagavam aluguel em muitos apartamentos e salas, tanto nos andares mais altos quanto nos mais baixos. Muitas ONGs também tinham sede ali, inclusive, ironicamente, o controverso grupo internacional Women Now, que pregava a igualdade de direitos para ambos os sexos.

Ou talvez a presença dessa ONG não fosse irônica. O Setor de Análises havia descoberto que os donos do prédio, uma corporação chamada Brite Group, haviam feito um polpudo donativo à Women Now, sob a forma de dez anos de aluguel grátis. Possivelmente no espírito do *mantenha os amigos próximos e os inimigos mais próximos ainda*. É claro que também entrava na equação a estratégia de usar as organizações sem fins lucrativos e os civis como escudos humanos.

— Portanto, simplesmente abrir um buraco no prédio para entrar não é uma opção viável — explicou Stephen Diaz, servindo-se de uma fruta na tigela sobre a mesa.

— Se o Setor de Análises souber quais são os andares que esse Brite Group ocupa — perguntou Anna, batendo na planta do prédio que Elliot colocara na tela do computador —, por que não podemos simplesmente entrar pela porta da frente, pegar Nika e tornar a sair?

— Não é assim tão fácil — disse Stephen. — Eles têm uma legião de especialistas em segurança fortemente armados...

— Cujas balas vão voltar sobre eles mesmos, se vocês estiverem protegidos por escudos mentais — lembrou Anna.

— Mas não podemos proteger Nika na saída — disse Elliot. — Nem Bach nem Stephen conseguem montar escudos para mais de uma pessoa de cada vez. Nesse caso, eles mesmos. Além do mais, esse tipo de proteção drena toda a energia deles. De todos os nossos Maiorais, só Bach e Stephen têm a habilidade de acessar seus poderes enquanto estão sob a proteção do escudo, e até mesmo isso é limitado...

— Ahlam consegue criar mais de um escudo — lembrou Stephen, olhando para Elliot. — Talvez, se levarmos Ahlam... — Virou-se para Anna. — Ela é uma recruta na faixa dos trinta.

— Eu já a conheci — disse Anna.

— Você realmente pretende colocar *Ahlam* em um lugar como aquele? — Elliot não estava convencido. — Suas habilidades são, na melhor das hipóteses, inconstantes.

— Estou só pensando em voz alta — concordou Stephen. — Você tem razão, não devemos levar Ahlam para um lugar como esse. Mas talvez se fôssemos com um grupo grande e transformássemos essa operação no maior ataque já tentado pelo instituto...

— Quem sabe se o ataque viesse de fora, enquanto Joseph tomava posse do corpo de Nika, pelo lado de dentro? — propôs Anna. — É como o que ela fez com ele. Desse modo, Bach não estará fisicamente lá e poderia usar seus poderes para formar um escudo protetor para Nika, sem precisar de um escudo para si mesmo.

— Uma ideia tentadora — opinou Elliot. — Só que Stephen e sua equipe não conseguirão passar nem mesmo pelo saguão principal — explicou a Anna. — O Setor de Análises relatou que o Brite Group usa avançadíssimos scanners médicos ilegais. Tomógrafos potentes fazem parte do seu monitoramento de segurança. Eles efetuam leituras constantes no saguão, no porão, no telhado e em todos os corredores do prédio. Calibraram o equipamento para fornecer informações completas sobre os níveis de integração neural de todas as pessoas que se locomovem pelo local, o que é muito interessante, mas de um jeito negativo.

Stephen percebeu que Anna não entendia aonde Elliot queria chegar e completou a explicação:

— A avaliação dos níveis de integração neural não é aceita pelo governo nem pelas empresas, apesar de, a cada dia, mais e mais membros da comunidade científica estarem validando o trabalho do IO. O fato de uma megacorporação como o Brite Group ter ajustado seus scanners para incluir avaliações dos níveis de integração das pessoas é alarmante e muito significativo.

— A questão é que eles estão usando o equipamento para conseguir informações médicas de todos os homens, mulheres e crianças que entram no prédio — explicou Elliot, mastigando ainda mais as informações para Anna entender. — Programaram os aparelhos não só para fazer varreduras físicas, mas também para rodar tomografias médicas *completas* nas pessoas que permaneçam paradas por mais de alguns segundos.

— Mas isso é uma violação inaceitável dos direitos e da privacidade das pessoas — reagiu Anna, declarando o óbvio. — Por que fazem isso? O que pretendem obter com essas informações?

— Boa pergunta — disse Elliot. — Também gostaríamos de saber. Podem estar usando esse expediente para identificar novas garotas, que chamam de *fontes*.

— Ó meu Deus! — reagiu Anna.

— Ou talvez estejam usando as informações apenas como fator de segurança — sugeriu Stephen. — Pense no que *isso* significa. Qualquer Maioral que colocar o pé dentro do prédio será identificado imediatamente. Nossa simples presença no local vai fazer disparar os alarmes. Até hoje não sabíamos se a Organização tinha conhecimento da nossa existência, apesar de termos identificado e fechado vários laboratórios que produziam Destiny, além de resgatarmos dezenas de garotas nos locais que eles chamam de *fazendas*...

— Acho que o fato de eles estarem escaneando as pessoas para descobrir seus níveis de integração prova que sabem que estamos aqui e somos uma ameaça à sua operação — concordou Elliot. — Isso é assustador. Sem falar no tamanho do prédio onde mantêm Nika aprisionada. Até agora não fazíamos ideia do tamanho real da Organização. Acabamos de descobrir que somos insetos lutando contra Godzilla.

Stephen assentiu com a cabeça, mas ressaltou:

— Prefiro a analogia de Davi contra Golias. — Sorriu para Elliot. — Ou os ewoks contra o Império, em *Star Wars*.

Elliot riu, mas retomou o ar sério rapidamente.

— É isso que queremos evitar, Anna. Se tentarmos invadir o prédio, os alarmes *vão disparar*.

— Portanto, resgatar Nika de forma discreta também não é viável — refletiu Stephen. — Os relatórios do Setor de Análises informam que eles não estão escaneando as enfermarias onde as meninas estão, mas assim que o dr. Bach sair do quarto, dentro do corpo de Nika, os alarmes vão soar, ainda mais se considerarmos os níveis de integração dele somados aos dela.

— Mas Joseph conseguirá protegê-la...!

— Só até determinado ponto — retrucou Elliot. — Ele é poderoso, sem dúvida, e os guardas não conseguirão atingir Nika porque Bach conseguirá impedir que as balas a acertem. Mas vários homens reunidos conseguirão sobrepujá-la de forma física. Lembre-se de que Bach estará no corpo *dela*, limitado à força física de uma menina de 13 anos.

— Nika é a mais forte e corajosa menina de 13 anos que existe no mundo — disse Stephen, sorrindo para Anna —, mas nem mesmo o dr. Bach a torna invencível.

— Então... só nos resta desligar todos os scanners — concluiu Anna.

— O Setor de Análises também rejeitou esse plano — informou Elliot. — Os scanners trabalham a partir de uma central de transmissão sem fio, totalmente vedada e impossível de hackear.

— Bem, talvez seja "hackeável" — corrigiu Stephen. — Simplesmente ainda não descobrimos como fazê-lo.

— O que, para efeito do problema atual — retrucou Elliot —, a torna "não hackeável". Raciocine comigo: precisamos resgatar Nika o mais rápido possível, e não depois de sete meses de pesquisas e testes, certo?

— Então ignorem os scanners — sugeriu Anna. — E os alarmes também. Por que não voltarmos à ideia inicial, de enviar um grupo imenso de Maiorais para se juntar a Bach e proteger Nika?

— E simplesmente passar ilesos por todas as linhas inimigas? — perguntou Stephen, respondendo à própria pergunta com um balançar de cabeça.

— Vinte e cinco Maiorais invadindo de forma implacável a sede da Organização? — cantarolou Elliot. — Em teoria, isso é lindo. O problema é que voltamos aos alarmes. Os vilões receberão alertas em várias frentes, e bloquearão todas as rotas de fuga, até as que não estão na planta do prédio. É claro que conseguiremos derrubar alguns guardas e soldados, e também resgataremos algumas das prisioneiras. Mas eles pegarão todas as garotas como Nika, as suas preciosas *fontes* de produção, e sumirão com elas do mapa.

— Então, voltamos ao problema inicial de achar um jeito de desligar os scanners — insistiu Anna.

— Algo que só pode ser feito por dentro — disse Elliot, clicando no teclado e fazendo surgir na tela do computador um labirinto de aposentos e corredores. Apontou para um dos quartos. — É aqui que o controle de scanners fica localizado. Bem no meio do principal andar do sistema de segurança!

Os três ficaram parados em silêncio por alguns instantes, e Anna tentou não se mostrar derrotada pela aparente impossibilidade do resgate. Pensou em Nika, que só estava pouco mais a salvo agora, com Bach em sua mente. Porque, como Stephen e Elliot tornaram claro, *havia* limites para sua capacidade de protegê-la.

Anna fechou os olhos com força, respirou fundo uma vez, depois outra, pois se recusava a aceitar que salvar sua irmãzinha era uma missão impossível. Pensou na calma espantosa de Bach e tentou colocar em prática as técnicas que ele usara quando ensinou Nika a alcançar o controle necessário para destravar os poderes da sua mente.

Anna praticamente sentiu o calor dele e seus poderes dentro de sua cabeça quando, num lampejo, viu a resposta.

— Eu farei isso! — decidiu ela, abrindo os olhos e olhando para o outro lado da mesa. Stephen não entendeu o que ela quis dizer, mas Elliot sim. Anna viu o ar de surpresa em seus olhos, seguido por um brilho de empolgação, enquanto explicava seu plano para Stephen: — Sou um "fragmento". Consigo entrar no prédio e ser escaneada sem disparar nenhum alarme. Joseph poderá implantar qualquer conhecimento técnico que eu precise direto na minha mente. Ele me ensinou autodefesa desse jeito. Poderá me explicar como invadir o sistema de escaneamento deles. Será capaz até mesmo de me ensinar a escalar o poço do elevador, se isso for necessário. — E repetiu a proposta: —Vou até lá. *Farei isso.*

Bach sentiu o coração de Nika disparar quando o homem da cicatriz repetiu a pergunta:

— Qual delas vai ser?

Não responda nada, disse-lhe Bach. *Simule uma crise de choro. Consegue fazer isso?*

Ela conseguia, e foi o que fez. De modo bem eficiente, por sinal.

— Comovente! — debochou o sujeito, e a palavra saiu um pouco arrastada devido à sua inabilidade para mover os músculos do rosto terrivelmente deformado pelas cicatrizes. — Eu sinto um pesar parecido com o seu, provocado pelo desaparecimento súbito de um amigo. É claro que só porque ele não está aqui, isso não significa que o show será interrompido.

Caine. Ele se referia a Devon Caine. Era esse o seu amigo desaparecido. Bach fez um esforço para não demonstrar espanto. Esperava que, com o desaparecimento de Caine, Nika não seria forçada a fazer a escolha terrível, mas se enganara.

— A garota que você vai apontar não vai curtir a companhia do meu amigo nem precisará tentar escapar do seu abraço mortal. Mas eu cometerei o assassinato em nome dele. Agora escolha uma garota ou eu mato cinco delas, agora mesmo!

Bach tentou manter o foco e encontrar sua calma interior, apesar dos soluços de Nika e dos gritos das outras garotas da enfermaria. Não tinha certeza se conseguiria fazer o que planejava, considerando que usava grande parte dos seus poderes para se apossar do corpo de Nika, mas apelou para os poderes em estado bruto que havia nela também e...

Funcionou!

Lançou-se mentalmente na direção do homem, com muito cuidado, mantendo Nika a salvo atrás de si, e se infiltrou na caverna escura da mente distorcida do sujeito das cicatrizes, plantando lá dentro ideias que, esperava, criariam raízes e se fortaleceriam.

Ela já esta apavorada o bastante só com a ameaça.

Os níveis de adrenalina dela já estão altíssimos.

Não há necessidade de atacar nenhuma das garotas. Todas estão fornecendo produtos de excelente qualidade.

Só que isso não era verdade, e Bach percebeu seus próprios níveis de adrenalina aumentando ao ler os pensamentos mais depravados e ocultos do sujeito e testemunhar as lembranças doentias dos muitos anos que passara ali. Aquela criatura — Cristopher era o seu nome — gostava muito do seu trabalho. Gostava demais até.

O pior é que descobrira recentemente, por amostras de sangue das jovens, que três das meninas daquela enfermaria — Stacy, Mandy e Brianna — estavam com um desempenho fraquíssimo. Seu sangue tinha taxas tão baixas de adrenalina que elas eram praticamente inúteis. Sua presença ali era dispensável. Brianna vinha mostrando sinais de desidratação e choque, e já estava às portas da morte. Era uma das que não valia mais a pena manter viva. Ocupava uma cama que logo seria usada por uma garota nova. Cristopher recebera ordens para eliminá-la naquele dia.

Hoje não, sugeriu Bach. *Por enquanto, a ameaça é suficiente. Simplesmente recolha o sangue e vá embora.*

A garota já está apavorada demais.

Ela já está apavorada demais.

Seus níveis de adrenalina já estão suficientemente elevados.

O homem se colocou de costas para as meninas. Bach continuou focado nele e se manteria assim até ele sair pela porta. Mas então o sujeito parou, virou-se subitamente, com o corpo torto, e colocou a cabeça meio de lado.

Bach insistiu na ideia.

A garota já está apavorada o suficiente. É hora de sair. Hora de ir embora daqui.

—Você está tentando controlar a minha mente? — perguntou o homem, olhando para Nika. Bach saiu da cabeça dele na mesma hora. — Que garota esperta! Talvez esperta demais para permanecer viva.

Ele voltou mancando, e Bach não ousou tentar invadir sua mente mais uma vez. Agora ele estava preparado, quase esperava por isso. Se Bach tornasse a invadir sua cabeça, ele teria certeza de que não era apenas Nika que estava colocando aqueles pensamentos em sua mente.

Bach não podia correr o risco de ele descobrir que Nika não estava mais sozinha.

— Escolha... uma... delas! — A voz dele era dura e fria como aço.

Nika decidiu antes de Bach conseguir impedi-la. Ergueu o queixo com ar de desafio, apesar de continuar a chorar, e disse:

— Eu. Pode *me levar*!

Nika, não!

Tarde demais, disse ela para Bach, mentalmente. *Não quero fazer isso, nem vou fazê-lo. Recuso-me a escolher outra garota.*

— Isso não é aceitável — informou o homem das cicatrizes. — Você é valiosa demais para o novo proprietário da empresa.

Nika, sei que isso é difícil de compreender, mas ele tem razão. Seus poderes são absolutamente inéditos e...

— Uma pena, porque já fiz a minha escolha — disse Nika em voz alta, respondendo a ambos.

— Escolha outra! — ordenou o sujeito.

— Não.

Nika, avisou Joseph. *Vou afastar você daqui. Vou levá-la para o fundo da sua mente, até uma lembrança feliz, onde você não vai ver nem ouvir nada...*

Joseph, não, eu não aceito *isso!*

Não lute contra mim. Mas foi exatamente o que ela fez, com sua determinação aguda e forte, apesar de tantos dias de abusos psicológicos no cativeiro.

A faca surgiu na mão do sujeito das cicatrizes.

— Escolha outra garota, ou eu mato cinco delas aqui e agora! E se você mesmo assim não escolher uma, vou matar mais cinco.

Ele faria exatamente isso. Bach sabia que ele estava pronto para cometer essa atrocidade, graças aos breves instantes que passara em sua mente pavorosa.

— Não consigo escolher! — gritou Nika, e Bach resolveu empurrá-la para fora daquele pesadelo.

Nika, vá embora e você não precisará passar por isso, transmitiu-lhe Bach e, o mais rápido que conseguiu, fazendo-a compreender o que estava prestes a fazer e o motivo de fazê-lo. Mesmo assim ela lutou — desta vez por ele.

Joseph, não! Eu não posso permitir que você faça isso por mim!

Vá... VÁ! Ele era mais forte que ela — pelo menos naquele momento. Ao longo dos anos que se espalhavam pelo futuro, isso provavelmente mudaria, desde que ela sobrevivesse às próximas horas. Naquele momento, porém,

Bach a tirou daquele lugar, levou-a para fora de tudo e depois a afastou ainda mais do próprio desespero, deixando-a em um lugar muito seguro no fundo do seu subconsciente. Assim, ela não poderia testemunhar nada e, portanto, não teria lembranças do horror que estava para acontecer.

—Vou contar até três — avisou o homem das cicatrizes, olhando para a menina que já não estava ali. Apenas Bach continuava diante dele, ocupando o corpo de Nika. — Um!

Bach fechou os olhos. Que Deus o ajudasse.

— Dois!

Nika não seria capaz, mas ele *faria* aquilo. Olhou para cima e falou com a voz de Nika, pois essa era a única voz à qual tinha acesso, um décimo de segundo antes de o homem chegar ao *três*.

— Brianna! — disse Bach.

Foi duro pronunciar o nome. Muito mais difícil do que ele havia imaginado, mesmo sabendo que a menininha já estava condenada.

Sentiu vontade de vomitar, e talvez seu corpo verdadeiro estivesse fazendo exatamente isso, dentro de sua sala no IO.

Ali, porém, no corpo de Nika, ele se manteve calado e não se manifestou fisicamente, mas pensou:

Saiba de uma coisa: se você ferir essa menina, juro que vou acabar com a porra da sua vida! Vou perseguir você até os confins do mundo. Vou caçá-lo pessoalmente, até exterminar o veneno tóxico que sua vida representa.

Para horror e desespero de Bach, o homem não seguiu rumo à porta. Em vez disso, girou o corpo e foi em direção a uma das poucas meninas que não estava gritando loucamente; uma das poucas cujos olhos estavam vidrados e que mantinha um silêncio completo.

Ergueu a faca e a retalhou.

Bach poderia tê-lo impedido. Poderia ter tirado a faca da sua mão. Poderia ter forçado o sujeito a virar a faca na direção do seu pescoço e furar a própria garganta com a pele esticada pelas cicatrizes. Ou poderia ter lançado o corpo dele contra a parede. Poderia ter-lhe quebrado o pescoço. Poderia ter acabado com a vida dele e ter dado um fim ao mal e à podridão humana de que ele era feito.

Mas os captores de Nika descobririam a verdade e a matariam; ou a levariam para longe dali; ou a trancariam em outro lugar. Quando chegasse a hora, Bach não conseguiria libertá-la.

Sua equipe ainda não estava pronta para o ataque. As defesas da Organização eram fortes demais. Foi por isso que a menininha que ele escolheu tinha sido morta.

Bach se ouviu gritando. Percebeu a própria voz entrecortada e rouca, enquanto o sangue da jovem morta espirrava em todas as direções. Pela primeira vez em décadas, sua raiva quase o dominou. Pela primeira vez em décadas, permitiu-se sentir ódio em estado puro.

Pelo bem de Nika, porém... pelo bem de Anna e pelo bem de todas as outras garotas presas naquele inferno maldito e esquecido por Deus, enterrou tudo isso dentro de si mesmo. Trancou tudo no fundo da alma, com exceção do pesar.

Tentou extravasar essa dor através de um choro convulsivo — mas sabia que o sentimento nunca mais iria sair de dentro dele.

— Anna, obrigado — reagiu Elliot. — Você é brilhante, de verdade! Só que essa missão não pode ser cumprida por você. Não tem de ser você a realizá-la. Não precisa ser.

— Mas Nika é a *minha* irmã! — insistiu Anna. Elliot se virou e olhou para Stephen.

— Levante a mão quem conhece um ex-SEAL da Marinha que, por acaso, também é um "fragmento" — disse Elliot, erguendo a mão.

— Shane Laughlin? — perguntaram Anna e Stephen, ao mesmo tempo.

— Puxa, que boa ideia — elogiou Stephen. — É *realmente* boa, El.

— Mas... por que ele faria uma coisa dessas? — quis saber Anna. — Entrar naquele prédio? É um risco imenso!

— Qual o motivo de os SEALs encararem qualquer missão? — perguntou Elliot, e ele mesmo respondeu à pergunta com a voz mais baixa, como se estivesse revelando um segredo: — Eles são meio malucos.

— Shane provavelmente vai adorar o desafio — confirmou Stephen.

— Podemos colocar a cereja no bolo, por assim dizer, fazendo com que Mac participe do grupo de ataque.

— Que grupo de ataque?

Todos ergueram a cabeça ao ouvir a nova voz que entrara na conversa e viram Mac parada ao lado da mesa, com um prato de ovos mexidos e uma caneca de café nas mãos.

— Recebi uma mensagem de texto de Bach ontem à noite — informou ela. — O Maestro me mandou voltar para cá imediatamente e procurar Diaz. Aqui estou. Missão cumprida, a não ser pela parte em que eu recebo minha merecida punição.

— Ninguém vai punir você — disse Stephen, baixinho. —Você provavelmente já se puniu o suficiente.

Mac olhou para ele e, embora não tenha confirmado com a cabeça, ficou claro que concordava. Estava com uma aparência péssima. Seu cabelo parecia curto demais e repicado, como se ela tivesse dormido com ele molhado. Mesmo assim, conseguia ser uma das mulheres mais lindas que Anna vira em toda a sua vida.

Ela observou com atenção quando Mac se sentou e começou a enfiar comida na boca.

— Por falar em scanners médicos... — disse Elliot, usando o teclado do computador para buscar uma informação.

— Estávamos falando de exames? — perguntou Mac, olhando de boca cheia para Anna e Stephen, em busca de confirmação.

— Alguns minutos atrás, sim — confessou Stephen.

— Fique parada! — ordenou Elliot. — Estou fazendo uma tomografia completa sua, ou pelo menos o melhor que consigo em alguém vestido.

— Estou bem — retrucou Mac, e continuou a comer.

— Fique... parada!

Mac suspirou e permaneceu "congelada" com o garfo a meio caminho da boca, soltando fagulhas com os olhos.

—Veja só, você realmente *está* ótima! — confirmou Elliot quando Mac voltou a comer. — Os ferimentos a bala estão completamente curados e seus níveis de integração voltaram a oscilar pouco, entre 53 e 54. Obrigado, Shane Laughlin. Bom trabalho!

—Você sabia que alcançou um pico de 71? — perguntou Stephen.

— Caraca! — Mac exibiu surpresa. — Sério mesmo?

— Depois de comer — avisou Elliot —, pretendo fazer mais testes em você. E em Shane também. Quero ver se existe algo que possamos fazer para impedir que isso torne a acontecer.

— Da próxima vez, é melhor me jogar dentro de uma cela — recomendou Mac —, principalmente depois de me colocar na mente de um psicopata. Para sua informação, o responsável por isso não foi Shane.

— Tá legal! Sinto muito, mas você não me convence nem um pouco — disse Elliot.

— Afinal, onde está Shane? — quis saber Stephen, olhando em volta.

— Precisava dormir — informou Mac, mas seu encolher de ombros pareceu forçado.

— Sério? — insistiu Elliot. — É assim que você lhe agradece? Dispensando o cara? De novo?

— Eu não o dispensei — retrucou Mac. — Simplesmente o deixei lá, dormindo.

A conversa continuou. Anna conseguia vê-los trocando ideias, via seus lábios se movendo, mas as palavras que diziam começaram a sumir ao longe, abafadas por um zumbido forte e estranho.

Olhou em torno, confusa. De onde vinha aquele barulhão?

Mais ninguém parecia ouvir. Os lábios de seus companheiros continuavam emitindo sons. Stephen e Elliot usavam o computador para explicar a Mac tudo o que haviam descoberto sobre o prédio da Organização onde Nika fora aprisionada. Contaram dos scanners ilegais usados pela equipe de segurança e da necessidade de um não Maioral para desligá-los, depois de entrar no prédio.

Mesmo assim o zumbido continuou, sacudindo o cérebro de Anna. Ela tentou beber um gole de água, mas suas mãos tremiam muito e ela largou o copo novamente sobre a mesa.

A conversa continuava, mas as palavras pareciam cada vez mais distantes na cabeça de Anna; as cores da sala ficaram muito estranhas, mais fortes e brilhantes; ela fechou os olhos e respirou lentamente, usando as técnicas para indução de paz que Joseph havia lhe ensinado. *Oceano calmo e azul...*

A princípio o zumbido aumentou de intensidade e a tontura piorou. Subitamente, porém, ela ouviu um estalo e tudo ficou novamente silencioso. Mas era um silêncio estranho. Um silêncio caloroso, como se ela tivesse acabado de entrar no breu de um quarto escuro onde já havia alguém. Quando ouviu uma voz, não se sentiu tão surpresa.

Anna?

Quem quer que fosse, era uma garota, ou uma mulher jovem. Era óbvio, pela forma como Stephen, Elliot e Mac continuavam completamente absortos no papo que levavam, que aquela voz feminina só estava sendo ouvida por Anna.

Mesmo sabendo que não era sua irmã, Anna pensou de volta:

Nika?

Não, disse a voz, com um tom tenso, um pouco sussurrado e urgente. *Mas eu a conheço. Já a vi e conversei com ela. Cristopher, o homem das cicatrizes que toma conta das enfermarias, pretende matá-la. Nika se transformou num grande problema. É poderosa demais para ele lidar com ela. Cristopher está falando com o conselho diretor neste exato momento. Se eles derem permissão para isso, e certamente darão, pois é o que sempre fazem, ele vai voltar à enfermaria para sangrá-la até a morte.*

Por Deus, não!

Você precisa me ouvir, continuou a garota. *Com muito cuidado. Porque vou fazer o que Nika me pediu. Vou ajudá-la. Juntas, tentaremos fugir daqui, e que Deus nos dê forças. Só que você e seus amigos precisarão me ajudar. Precisam nos encontrar no meio do caminho, se conseguirem...*

Faremos isso, garantiu Anna. *Podemos e vamos fazer. Estávamos justamente planejando um modo de entrar aí.*

Sério? Fez-se uma pausa. *Em quanto tempo?*

Não sei ao certo, disse Anna. *É complicado. Vamos levar mais um tempo. Talvez alguns dias.*

A garota foi incisiva:

Aí será tarde demais!

Mas ainda não estamos preparados, pensou Anna.

Não vou esperar mais, disse a garota. *Vou pegar Nika e fugir daqui, mas vocês precisam nos encontrar na...*

O zumbido voltou, abafando as palavras, e Anna se levantou da mesa de repente. Stephen, Elliot e Mac olharam para ela com curiosidade.

— Desculpem — disse Anna, e se afastou lentamente da mesa, torcendo para que o zumbido fosse algum tipo de interferência. Se ela se locomovesse pelo salão, talvez captasse novamente a voz da garota.

Deu certo! Quando ela se aproximou da porta, o zumbido diminuiu. Continuava ao longe, mas já dava para ouvir de novo a voz assustada da jovem:

Você ainda está aí? O que aconteceu? Eu quase a perdi... Ó Senhor, talvez eles desconfiem...

Fale depressa, antes que eu a perca novamente. Onde devemos encontrar vocês?, perguntou Anna mentalmente, dando um pulo de susto quando Mac a pegou pelo braço.

— Anna, você está bem?

Ela percebeu a preocupação no olhar de Mac, mas balançou a cabeça para os lados, com força, quando a voz da garota foi novamente abafada pelo zumbido.

Fale de novo, pediu Anna. *Estou perdendo você!*

Agora, conseguia ouvir apenas pedaços soltos de palavras: *talvez*, *conexão*, *melhore*... e lhe pareceu... *ao ar livre*. De repente, ouviu a voz da garota, clara como cristal: *Talvez se você for para o lado de fora e se posicionar em algum ponto elevado, sem prédios nem árvores por perto...*

Sim, isso mesmo, Anna poderia fazer isso! Desvencilhou-se de Mac e saiu do salão, disparando pelo corredor na direção das escadas que a levariam para a entrada do complexo, no térreo.

Havia uma parte do terreno que era mais elevada. Ficava entre o prédio principal e a cerca que rodeava o complexo. Aquele lugar estava coberto de grama verde e nova da primavera, graças às fortes chuvas que vinham caindo nos últimos dias. Anna disparou escadas abaixo, sabendo que Mac estava atrás dela. Stephen e Elliot seguiam logo atrás.

— Para onde você está indo? — quis saber Mac, com a voz meio abafada pelo zumbido na cabeça de Anna. — Que *diabos* está fazendo?

Stephen não entendeu muito bem o que estava acontecendo. Só sabia que Mac saíra da sala correndo atrás de Anna, pelo corredor afora, e resolveu segui-las, curioso com o que rolava, ao mesmo tempo que percebia que o mau presságio que havia sentido mais cedo voltara com força redobrada e lhe oprimia o peito.

— Estou ouvindo a voz de uma garota — ouviu Anna explicar a Mac aos berros, enquanto corria — que é prisioneira junto com Nika; ela está me enviando uma mensagem telepática. Está *projetando* uma mensagem! Ela vai fugir do prédio com Nika, mas precisa de ajuda! Há uma interferência estranha aqui dentro, um zumbido na minha cabeça. *Preciso* ir lá fora para captar melhor o que ela está dizendo!

— Não — reagiu Mac. — Anna, *não faça isso*!

Mas Anna já tinha passado do ponto de controle da segurança e saíra porta afora. Mac corria logo atrás, mas Anna era ágil e muito rápida.

Stephen parou subitamente e se virou para Elliot, que vinha logo atrás dele.

— Fique dentro do prédio! — disse.

Elliot ficou calado, mas sua expressão exibiu um ar de "você não vai fazer isso comigo", e Stephen acrescentou:

— Por favor. — E o tocou de leve no rosto. *Obrigado. Eu amo você.*

Sem esperar resposta de Elliot, ele se virou e correu atrás de Anna e de Mac.

Dava para ouvir Mac berrando sem parar, atrás de Anna, enquanto subiam a colina.

— Não me faça atacar você para impedi-la de continuar, Anna. Não me obrigue a fazer isso!

— Fique calada! — Foi o que Stephen ouviu Anna replicar. — Você precisa calar a boca. Não consigo ouvir direito com todo esse barulho!

Merda! Realmente *havia* um barulho ao longe, mas não estava apenas na cabeça de Anna. Era um zumbido grave e baixo, meio rouco. Quando Stephen olhou para cima, lá estava a origem do som: contrastando com o azul forte do céu de primavera, não era um falcão circulando o espaço, e sim um helicóptero preto vindo na direção deles com muita rapidez, agigantando-se a cada segundo.

Não era um helicóptero comum, e sim uma aeronave de ataque com metralhadoras que sobressaíam dos dois lados da fuselagem.

Stephen gritou para Mac:

— Voltem! Traga-a para dentro do prédio, Mac. — Mas percebeu que não haveria tempo para isso. Estava tudo acabado. Anna seria capturada e voaria pelo céu, para bem longe do instituto, exatamente como ele tinha testemunhado em sua visão.

Focou todo o seu poder no helicóptero, tentando abatê-lo em pleno voo por meio de telecinese. O aparelho sacudiu e vibrou muito, mas continuou vindo. Stephen tentou novamente, mas não conseguiu interromper seu curso, o que não fazia sentido, a não ser que ele estivesse protegido por algum tipo de escudo invisível...

Mudando de tática, tentou alcançar a mente dos homens e mulheres que estavam dentro da aeronave de ataque. Embora esse não fosse o seu ponto forte, seus poderes recém-amplificados graças à relação com Elliot ainda estavam para ser revelados, e certamente valia a pena tentar.

Mas não sentiu nada. Era como se o helicóptero fosse uma máquina controlada a distância, ou por robôs. Não havia calor, nem humanidade — ou talvez as pessoas lá dentro também estivessem protegidas por escudos.

Mesmo assim ele não desistiu — não poderia. Tentou achar um jeito de entrar lá dentro, um ponto fraco no escudo, talvez, ou uma rachadura na carapaça por onde fazer sua força penetrar e travar o motor ou interromper sua rotação, mas isso também não adiantou.

Stephen notou nesse instante que alguns recrutas na faixa dos trinta e dos quarenta saíram apressadamente do Old Main, e continuou correndo na direção de Anna e Mac, mas não havia ninguém ali que pudesse ajudar, com exceção de Bach.

E o Maestro não estava ali. Stephen não sentiu a presença dele. Onde quer que a energia do Setenta e Dois estivesse, certamente era um local muito distante dali.

As pessoas que comandavam as armas do helicóptero viram o exército de homens e mulheres saindo do prédio e se espalhando pelo gramado, mas obviamente não sabiam que todos empunhavam apenas armas que davam choque ou lançavam dardos com tranquilizantes. Ou talvez *soubessem* disso e fossem filhos da puta implacáveis, porque Stephen pressentiu, com uma certeza gélida, que eles iriam disparar as metralhadoras. E também sentiu, com um terror frio e apavorante, que as armas também estavam, de algum modo, protegidas por escudos. Mesmo assim tentou, com todas as suas forças, impedir ou desviar as balas. Conseguiu reduzir a velocidade de ação de uma das metralhadoras, mas não ambas. Ao sentir que a outra arma atravessou seu escudo de defesa, lançou todos os seus poderes de autoproteção na direção de Elliot, para mantê-lo a salvo, um décimo de segundo antes de a metralhadora entrar em ação, quebrando e atingindo o prédio, estilhaçando os vidros das janelas e as portas de entrada.

E quando a metralhadora girou no próprio eixo, como uma espécie de monstro que cuspia morte, Stephen sentiu algo atingi-lo com força nas costas, seguido de outro impacto, e um terceiro. Suas pernas cederam debaixo dele, que caiu no instante em que viu Mac se atirando por cima de Anna, enquanto uma trilha de balas explodia na grama ao lado delas, enviando pedaços de terra para o ar.

Ele tentou se colocar em pé novamente, mas falhou. Viu a explosão de sangue no instante em que Mac foi atingida. Reparou, então, em três figuras escuras que desciam do helicóptero, agarrados em cordas. Um dos homens tirou para o lado o corpo sem vida de Mac, que despencara sobre Anna. Anna chutava e berrava com valentia, mas não tinha chance contra três homens imensos. Para piorar a situação, Mac, antes de ser atingida, prendera seu pulso ao de Anna com uma das algemas de plástico que sempre carregava nos bolsos.

Nesse instante, um dos homens atingiu Anna na cabeça com a coronha do rifle que carregava, e ela despencou no chão.

Enquanto Stephen rastejava na direção deles, ainda tentando alcançá-los, a metralhadora continuava a girar e cuspir balas, e os três homens de roupa preta pegaram Anna e Mac. Os cinco foram recolhidos pela porta aberta da cabine e o aparelho saiu dali como um foguete.

Stephen rolou de lado para observar a cena, e viu o aparelho preto ir encolhendo aos poucos, ao longe, até desaparecer no azul brilhante da manhã ensolarada.

Só neste momento, derrotado, permitiu-se olhar para o vermelho brilhante do próprio sangue que formava uma poça à sua volta e por baixo dele. Baixou a mão, tocando a frente ensopada de sua camisa, e enfiou o dedo em um dos buracos do tecido.

Seu estômago sangrava sem parar pelo buraco de saída de uma das balas que tinham lhe atingido as costas.

Estava gelado, sua visão ficou desfocada e ele se sentiu em uma espécie de túnel, o que certamente era um mau sinal. Mesmo assim seu coração pulou quando o rosto de Elliot apareceu em seu campo de visão.

— Você está vivo! — disse ele, mas Stephen não conseguiu ouvir a voz do amigo, e talvez ele não tivesse realmente pronunciado as palavras.

Elliot assumiu sua atitude de pura competência médica, ordenando que trouxessem uma maca, soro, plasma e algo esterilizado para estancar o sangue. De repente, decidiu que a esterilização não era prioritária, despiu a própria camisa e a usou para aplicar pressão nas costas ensanguentadas de Stephen.

Como sempre, a conexão entre eles foi imediata:

Merda, porra, maldição! Não morra nos meus braços, seu filho da puta! Trabalhe comigo agora, me ajude... Faça seu sangue se afastar dos ferimentos. Você consegue fazer isso, fique comigo!

Isso era mais fácil porque Stephen não precisaria manipular a garganta e a boca para falar. Mesmo assim, não conseguiu organizar os pensamentos. Só conseguia voltar ao seu apartamento e revia os momentos tão curtos que havia compartilhado com aquele homem surpreendente, nos braços um do outro.

El... eu amo você.

Não ouse *vir agora para cima de mim com esse papo de últimas palavras, seu babaca! Eu estava a salvo lá dentro! Estava a salvo! Por que não confiou em mim? Você devia ter acreditado que eu iria ficar lá dentro! Devia ter montado o escudo para proteger a si mesmo!*

Tive medo, confessou Stephen mentalmente, sentindo o corpo ser erguido e colocado em uma maca. Reparou que todos corriam muito, e depois seguiram ainda mais depressa, voltando para o prédio principal. *Tive medo de que as balas atravessassem os vidros... as paredes... e atingissem você.*

Ora, porra, mas elas não me atingiram!

O pior é que teriam atingido. Stephen não tinha noção precisa de como poderia ter tanta certeza disso, mas tinha. Enquanto entrava pelas portas principais, movendo-se ainda mais depressa, passaram pelo ponto exato onde ele soube, sem sombra de dúvida, que Elliot teria morrido se Stephen não o tivesse protegido com o escudo. *Eu consegui. Mudei o futuro.* Seu coração doeu ao se lembrar de Anna e Mac sendo levadas. *Pelo menos mudei parte dele...*

Ele ainda não tinha muita noção do que havia acontecido, nem do motivo de Anna ter corrido para fora, mas se lembrava vagamente de ter ouvido algo do que ela dissera a Mac. Lançou essa recordação para o cérebro de Elliot com toda a força que lhe restava. Aquilo era algo que Elliot precisava saber.

"Estou ouvindo a voz de uma garota", Anna havia gritado, "que é prisioneira junto com Nika; ela está me enviando uma mensagem telepática. Está projetando uma mensagem! Ela vai fugir do prédio com Nika, mas precisa de ajuda! Há uma interferência estranha aqui dentro, um zumbido na minha cabeça. Preciso ir lá fora para captar melhor o que ela está dizendo!"

Meu bom Deus, pensou Elliot, percebendo tudo. *Foi uma armadilha. Quem quer que fossem os atacantes, tinham ido até lá para pegar Anna, e a atraíram para fora do prédio.*

Por Deus... E agora Stephen estava cansado e com frio... muito frio...

Amplie seu foco!, ordenou Elliot, em pensamento. *Stephen, acompanhe o que estou pensando! Preciso que você foque toda a sua energia na cura...*

Mas a escuridão o oprimia com mais força a cada instante, a dor começava a assumir o comando e ele estava fraco demais para lutar. Queria apenas se deixar afundar na lembrança de... Foi ontem que tudo aquilo aconteceu? Havia tão pouco tempo que ele havia beijado Elliot quando os dois estavam sentados no sofá...?

Foram os dois melhores dias da minha vida, informou a Elliot, mentalmente. *Amarei você sempre.*

Por fim, rendeu-se às trevas.

— Os sinais vitais dele estão sumindo! — gritou Elliot enquanto Stephen Diaz, coberto de sangue, era levado às pressas para o centro médico do instituto.

Shane havia começado a correr assim que viu o helicóptero de ataque descendo lentamente na direção do prédio principal do Instituto Obermeyer.

Havia saltado do metrô na estação Riverside e caminhara o restante do caminho até o complexo, sem saber ao certo se seria bem recebido nos portões.

Mas os guardas não questionaram sua presença ali. Simplesmente o revistaram em busca de armas, conforme o protocolo. Ele foi liberado e lhe ofereceram uma carona até o alto da colina.

Shane recusou porque não tinha muita pressa para chegar. Ainda não tinha decidido o que dizer a Mac quando a reencontrasse.

Não sabia ao certo se devia apenas lhe desejar bom-dia.

O desapontamento que ainda sentia por ter acordado sozinho desapareceu assim que ele notou o helicóptero de ataque e, logo em seguida, viu Mac ser atingida por balas... Mais uma vez!

Baleada e raptada, junto com Anna Taylor.

Ele correu na direção delas, aos gritos, e foi recebido por uma rajada de tiros. A sorte, porém, estava do seu lado. Ele se jogou no chão, rolou na grama e não foi atingido.

Mas Stephen Diaz recebera vários tiros. Por Deus, o homem fora massacrado! Elliot já estava ajoelhado ao lado dele, trabalhando em silêncio para estancar o sangramento. Shane ajudou, despindo a própria camiseta do Grateful Dead para tentar diminuir a hemorragia.

Já vira muitos ferimentos mortais, em vários campos de batalha em todo o mundo. Aqueles buracos de bala eram, sem dúvida, do tipo que levavam a vida da vítima. Se o hospital não estivesse tão perto, só haveria tempo de administrar morfina para tornar mais confortáveis os últimos instantes de vida do paciente. Mas o hospital estava a poucos metros e Elliot decidiu que não desistiria.

Shane o compreendia, porque parte dele estava dentro do helicóptero que partira carregando Mac. Por favor, Senhor, mantenha-a viva até eu conseguir encontrá-la e trazê-la de volta...

Ele ajudou a levar Diaz para dentro e correu até o centro médico, onde o paciente, assim que entrou, morreu.

Pelo visto, porém, Elliot não aceitou isso, pois ordenava aos berros que trouxessem desfibriladores, placas metálicas e uma seringa com dez cc de só-Deus-sabe-o-quê.

Shane recuou e saiu da frente para deixar a equipe médica trabalhar em paz.

— Onde está Bach? — perguntou a um dos guardas, que estava quase tão coberto de sangue quanto Diaz.

O homem parecia estupefato, em choque, e simplesmente balançou a cabeça para os lados. Havia outro recruta ali, com ferimentos não tão graves quanto os de Stephen. Todos os Maiorais haviam conseguido se proteger. Naquele momento, porém, ninguém sabia exatamente como proceder.

Com Elliot ocupadíssimo, Mac raptada e Diaz fora de ação, alguém precisava assumir o comando. Shane se dirigiu até o computador mais próximo e o ligou.

— Computador, me conecte com o Setor de Análises! — ordenou. — Direcionar todos os satélites para acompanhar a trajetória do helicóptero que acabou de levar Anna Taylor e Michelle Mackenzie! Informar os dados mais recentes sobre a localização de Nika Taylor! Encontrar e alertar o dr. Bach, onde quer que esteja. Imediatamente!

— O dr. Bach está em seu gabinete — informou o computador. — Não deve ser contatado.

— Contatar o dr. Bach, apesar da ordem anterior — comandou Shane.

— O dr. Bach não deve ser incomodado.

Foda-se o computador! Shane sabia onde ficava o gabinete de Bach e saiu correndo naquela direção.

26

Estava havendo uma reunião no saguão diante do quarto de Stephen Diaz, na UTI do instituto.

Elliot havia conseguido fazer com que o coração de Diaz voltasse a bater e o levara na mesma hora para a cirurgia, a fim de limpar seus ferimentos e tentar reparar os danos extensos. Durante esses procedimentos, o Maioral havia sofrido mais duas paradas cardíacas.

O médico exibia um ar de choque e trauma profundo, mas Shane o admirou. Independentemente do que aconteceria com Diaz, Elliot não desistiu nem por um segundo, e se empenhou de corpo e alma em salvá-lo.

O dr. Bach também tinha um tom acinzentado no rosto. Estava, literalmente, em dois lugares ao mesmo tempo. A pressão intensa sobre seu corpo físico era inimaginável. Shane o encontrara encolhido, em posição fetal, atrás da mesa da sua sala. O gabinete parecia ter sofrido a ação de um furacão implacável.

As prateleiras haviam sido arrancadas da parede e os quadros estavam tortos. Livros e arquivos tinham sido transformados em pedacinhos de papel que sujavam o chão, espalhados por toda parte, cerca de dez canetas estavam pregadas de ponta na parede, como se fossem dardos arremessados por uma força sobre-humana.

E para aumentar um pouco mais a esquisitice da situação, Bach olhou em volta com ar surpreso quando se levantou, como se não se lembrasse de ter feito nada daquilo. Na mesma hora começou a limpar as coisas — até que a frase *Anna e Mac foram raptadas por um helicóptero* pareceu lhe penetrar no cérebro.

Isso atraiu por completo a sua atenção. Não exatamente por completo, pois uma parte dele continuava trancada junto com Nika, no prédio da Organização, na Washington Street.

Juntos, Shane e Bach estudaram atentamente todas as informações que o Setor de Análises havia compilado sobre o edifício e o esquema de segurança da Organização. Leram as notas da reunião que Diaz, Anna e Mac haviam tido com Elliot, e concordaram que o plano de enviar Shane para o edifício, a fim de desligar os scanners ilegais, seria, na prática, a única opção viável.

Também decidiram que Bach deveria e ganharia acesso total ao corpo de Nika, a fim de protegê-la com suas habilidades para montar escudos invisíveis nos momentos da fuga.

É claro que, agora, precisavam acrescentar a libertação de Anna e de Mac à sua lista de missões.

Supondo que os líderes da Organização não resolvessem matar Mac de imediato, assim que descobrissem que ela era uma das Maiorais e, portanto, representava uma ameaça.

Mas esse tipo de pensamento negativo não serviria para Shane.

— Se conseguirmos descobrir *o motivo* de eles terem raptado Anna, talvez possamos deduzir em que local ela e Mac estão presas — disse Shane, de forma objetiva.

Bach e Elliot, que havia se juntado à conversa, trocaram um olhar significativo.

— Sabemos o motivo por que eles pegaram Anna — afirmou Bach. — Todo o trabalho que tiveram para efetuar esse rapto confirma o que já suspeitávamos: a Organização também nunca encontrou uma jovem com os impressionantes poderes de Nika.

Shane ligou os pontinhos.

— Quer dizer que... eles pegaram Anna na esperança de ter acesso a outra *fonte*?

Bach fez que sim com a cabeça, mas seus lábios estavam crispados.

— O problema é que Anna é apenas um "fragmento". Ela não é uma Maioral — disse Shane, colocando em palavras o que todos já sabiam. — Quando descobrirem isso, eles não vão ficar nem um pouco satisfeitos. — Portanto, refletiu, aquela operação seria montada para resgatar apenas Nika, no fim das contas. A cada instante ficava mais claro que, no caso de Anna e de Mac, o Instituto Obermeyer poderia fazer pouca coisa mais, além de recolher seus corpos.

Shane viu o reflexo desse pensamento funesto nos olhos de Bach.

Elliot, porém, não se mostrou tão pessimista.

— Mac é uma guerreira — lembrou. — Se a mantiverem presa junto com Anna, ela vai encontrar um jeito de manter ambas vivas.

Isso era uma indefinição gigantesca, considerando que tanto ela quanto Anna estavam inconscientes ao serem levadas pelo helicóptero.

E ainda havia outros aspectos da batalha iminente a serem considerados.

— Se você estiver lá dentro, com Nika — perguntou Shane a Bach —, e Diaz e Mac obviamente fora de ação, quem, exatamente, vai liderar o ataque dos Maiorais?

— Jackie Schultz já se ofereceu como voluntária para isso — informou Bach.

Aquele era um nome que Shane nunca tinha ouvido.

— Quem é Jackie Schultz?

— Ela não está pronta para uma missão dessa magnitude — decretou Elliot.

— É a melhor que temos na faixa dos quarenta — argumentou Bach, com ar sombrio.

— Espere um instante — pediu Shane. — O melhor que temos é uma Maioral na faixa dos *quarenta*? Não existem outros Cinquenta? Você está me dizendo que existem apenas você, Mac e Diaz?

— A maior parte dos Maiorais nunca conseguiu uma integração neural acima da faixa dos trinta por cento — confirmou Elliot. Sim, Shane já fora informado disso antes, mas a ficha não tinha caído, pelo menos até aquele momento.

— Existem alguns Cinquenta em Nova York — disse Bach —, mas eles levariam muito tempo para chegar aqui.

Alguns?... A maior cidade dos Estados Unidos tinha só *alguns* Cinquenta?

— Desculpem — disse Shane. — Tenho certeza de que já tinha sido informado disso, mas estou atônito. — Olhou para Elliot. — Quer dizer que Mac é...

— Um dos cerca de cem indivíduos em todo o planeta que faz parte de uma elite de pessoas que alcançaram esse nível elevado de integração neural. — Foi Elliot quem terminou a frase por ele: — O número de Sessenta é ainda mais baixo. Deve haver só umas dezenas deles. Ainda menos na faixa dos Setenta.

Isso queria dizer que Mac, que já era, literalmente, uma em um bilhão de pessoas, teve a oportunidade — ao fazer sexo com Shane — de aumentar seu nível de integração de cinquenta para sessenta e poucos. Mesmo assim dispensara essa chance e lhe dera um chute na bunda.

— Puxa...! — exclamou Shane, e obrigou o seu cérebro a voltar à questão em foco. — Quer dizer que essa garota, essa tal de Jackie...

— Ela não é uma garota — cortou Bach. — É uma mulher feita que faz parte do nosso seleto grupo de Quarenta, o que significa que alcançou uma integração neural muito maior que a sua. E vai liderar uma equipe de dez outros Quarenta e Trinta para...

— Com todo o respeito, senhor — interrompeu Shane, da forma mais educada que conseguiu. — Talvez o senhor esteja enviando todos esses Maiorais para a morte. Ou para um destino ainda pior, caso o sangue deles sirva de fonte viável para a fabricação da droga...

— E você acha que eu não refleti muito a respeito disso? — perguntou Bach, com a voz tensa.

— Só *acho* — disse Shane — que o senhor não faz ideia do quanto a situação pode piorar.

O rosto de Bach se tornou mais duro.

— E eu acho que você devia focar sua atenção no plano para passar pela segurança do Brite Group.

Shane olhou novamente para o diagrama do prédio da Washington Street, que estava na tela do computador. Ele já decorara a planta, localizando o saguão, o porão, o telhado e os andares em questão — bem como os andares que ficavam acima e abaixo dos mais importantes. Sabia onde os elevadores estavam e já marcara mentalmente os acessos e escadas. Observara com atenção a localização das saídas e alarmes de incêndio, bem como os dutos do ar-condicionado, além de memorizar o local de todos os banheiros masculinos e femininos do edifício.

Porque, muitas vezes, o banheiro era o melhor lugar para se esconder.

— Meu plano já está pronto — informou Shane, olhando para Bach e para Elliot. — Suponho que vocês não tenham nenhum C4 em estoque nas dependências do instituto, certo...? — Percebeu um imenso "não" na expressão de Elliot, mas, para garantir que não tinha entendido errado o ar de "que porra é essa?" que o médico exibiu, explicou melhor: — Explosivos plásticos do tipo C4...?

— Nem pensar — garantiu Elliot. Shane olhou para Bach que estava com o ar impassível de sempre e confundiu ambos ao confessar:

— Na verdade, temos sim — confirmou o Maestro, olhando para Elliot. — Está em uma câmara secreta que fica debaixo do antigo auditório. No ano passado, o dr. Diaz me convenceu a dar início a um programa de aquisição de suprimentos de natureza militar. Acho que ele sempre foi um pouco visionário. Olhou para Shane e perguntou: — De quanto você precisa?

— Não muito. — Aquilo foi uma surpresa agradável. Agora ele não precisaria procurar pelo poderoso explosivo no mercado negro, antes de ir para a Washington Street. — Não posso entrar no prédio com uma quantidade muito grande, senão eles vão descobrir, caso eu seja revistado. Vou levar o explosivo sob a forma de goma de mascar. Não preciso colocar o edifício abaixo, basta derrubar o sistema de scanners e, se possível, provocar um apagão.

— Por que se dar ao trabalho de disfarçar o explosivo como goma de mascar — quis saber Elliot —, se você pretende entrar sem ninguém ver?

— Eu não disse que pretendia entrar sem ninguém ver — retrucou Shane. — E também não disse que não iria entrar pela porta da frente. Acho que não devo revelar detalhes do plano, dr. Bach, já que o senhor tem acesso direto à mente de Nika e a menina está sob o controle da Organização. É melhor que ela saiba o mínimo possível.

Bach, apesar do mau humor inicial e da fadiga óbvia, era um líder nato, e não levou as palavras de Shane para o lado pessoal.

— Creio que isso é o mais sensato a fazer, Shane — concordou ele.

— Mas como saberemos que ele conseguiu entrar lá? — perguntou Elliot, olhando para Bach, mas logo respondeu à própria pergunta: — Porque os scanners vão sair do ar, é claro! O Setor de Análises vai monitorar tudo via satélite.

— E os Trinta e os Quarenta estarão esperando ali perto, prontos para invadir o local — concordou Bach. — Enquanto tudo isso acontece, eu conduzirei Nika para fora.

— Onde eu posso pegar o C4? — perguntou Shane, levantando-se da cadeira.

Bach também se levantou, mas estava com o corpo rígido, como se tivesse dor nas costas.

— Vou mandar alguém pegar lá embaixo.

— O que eu devo fazer para ajudar? — perguntou Elliot.

Bach parou por um instante e colocou a mão no ombro do médico por alguns segundos, em um gesto solidário.

— Você já está ajudando — disse ao amigo, que olhou para trás na direção de onde o respirador mecânico enchia os pulmões de Diaz, enquanto as outras máquinas mantinham seu coração batendo.

— Antes de nos separarmos — lembrou Shane —, há mais um detalhe sobre o qual não conversamos, mas creio que é importante levarmos em consideração, senhor. A garota, isto é, a mulher que entrou em contato com Anna... Ela projetou uma mensagem completa na cabeça de um "fragmento", e a grande distância. Seja quem for, é uma Maioral poderosa pra cacete, com talentos próprios. E está trabalhando para o inimigo.

Anna acordou com o coração disparado, a cabeça latejando de dor e a boca seca.

Estava em um quarto escuro, um ambiente completamente preto. Apertou os olhos para tentar ver alguma coisa, a luzinha vermelha de um alarme de fumaça ou o vaga névoa iluminada de um monitor de computador recentemente desligado. Não havia nada.

Estava presa por correias a uma cama, com os braços e pernas fortemente apertados. Ao tentar se mexer, viu que seus captores não estavam ali para brincadeiras. Não conseguiria sair daquele lugar, a não ser que eles a libertassem.

Estava descalça, e dava para sentir a superfície e a textura de um cobertor leve que fora colocado sobre seu corpo. Foi nesse momento que percebeu que suas roupas tinham sido retiradas. Pelo pouco que conseguiu sentir pela habilidade limitada para mover as mãos, vestia uma espécie de camisolão de hospital feito de algodão, que ia até as coxas.

Anna.

Ela ficou petrificada, pois reconheceu a voz que ouvira mentalmente — a projeção, como Bach havia chamado o fenômeno.

Seja bem-vinda à sua nova casa.

Antes, a voz lhe parecera apavorada e com pressa, e fora muito convincente. Agora — quem quer que fosse a dona — tinha um leve tom de deboche e desdém.

Quem é você?, perguntou Anna, evitando o óbvio e deixando *Você me enganou, sua vaca* como uma ideia sem formação definida, guardada no fundo da mente.

Mas presente.

Meu nome não importa. É quase tão irrelevante quanto o seu será, depois que o conselho diretor analisar os resultados do seu exame de sangue. Tiveram muito trabalho por nada. Estalou a língua várias vezes, lamentando o fato.

Se sou irrelevante, pensou Anna de volta, *deixem-nos ir embora.*

Vou lhe dar uma dica muito quente, amiga. Nunca peça isso. Não deixamos as pessoas irem embora daqui. Nós as transformamos em cinzas e as jogamos na lata de lixo. É um ritual diário. Não deixe que isso aconteça com você, querida.

Onde está Nika?, tentou Anna. *Quero ver a minha irmã.*

Ei, se liga, garota! Qual de nós duas está deitada em um quarto escuro, presa a uma cama? Eu é que não sou. Isso a transforma na prisioneira que não exige nada. Portanto, acorde sua amiguinha e mande que ela baixe seus escudos e bloqueios mentais, para que eu possa me comunicar diretamente com ela. Mais uma coisinha: avise-a de que se ela usar algum dos seus poderes supersecretos contra mim ou contra qualquer pessoa que entrar neste quarto, ou causar prejuízos de forma direta ou indireta...vocês duas serão mortas imediatamente, sem piedade.

Com isso, a garota desapareceu da mente de Anna, deixando-a apenas em companhia do som da própria respiração ofegante. Mesmo assim, apurou os ouvidos para ouvir algo, qualquer coisa, na escuridão total.

Acabara de saber que Mac estava ali com ela, mas não conseguia ouvir a respiração da Maioral. Por que será que não ouvia nada?

— Mac?

Silêncio.

Anna teve um lampejo de memória. O helicóptero, os homens, as metralhadoras cuspindo tiros — e Mac atingida.

— Ó meu Deus, você está ferida? Pode me ouvir? Mac? Mac!... *Mac!*

Aquela não era a forma pela qual ela mesma gostaria de ser acordada, mas seu pânico descontrolado a fez gritar muito, cada vez mais alto, até finalmente ouvir, do outro lado do quarto, o som da Maioral gemendo baixinho, como se recobrasse os sentidos.

— Que diabos...? — ouviu Mac reclamar. Depois, ouviu-a fazendo algum tipo de esforço para tentar se livrar das correias que a prendiam à cama. — Que *porra* é essa...?

— Mac, sou eu — disse Anna. — Estou presa aqui dentro com você. A garota que entrou mentalmente em contato comigo no instituto e projetou a mensagem... ela pediu para você baixar seus escudos mentais, para ela poder se comunicar com você. Avisou que se usar seus poderes para ferir alguém ou tentar revidar de algum modo...

— Eles que se fodam! — Anna ouviu sons de metal estalando, que poderiam ser as correias de Mac sendo desafiveladas ou correntes sendo arrebentadas.

Ouviu o som que só podia ser feito por Mac deslizando para fora da cama e colocando os pés no chão. Deve ter esbarrado em algo — outra cama, talvez —, porque xingou alto antes de começar a dar tapinhas na parede, murmurando:

— A porra do interruptor de luz deve estar em algum lugar.

Subitamente as luzes do teto acenderam de forma tão gloriosa e ofuscante que Anna teve de apertar os olhos para protegê-los. Só então ergueu a cabeça e olhou para Mac, parada junto da porta.

Ela também usava um camisolão hospitalar amarrado nas costas. Tinha uma crosta de sangue coagulado no cabelo. Quando Anna olhou para aquilo, Mac ergueu a mão para tocar o ferimento e fez uma careta. Seus dedos ficaram cobertos de sangue muito vermelho e gosmento. Devia ter recebido um tiro de raspão no momento do rapto.

— Mac, ela falou sério — insistiu Anna. — Eles vão nos matar. Você precisa voltar para a cama.

— Não posso fazer isso. Se ficarmos simplesmente paradas aqui, Shane tentará me salvar, e vão explodir seu rabo de Minoral. — Mac tentou a porta. Estava trancada. Olhou para a fechadura com atenção. Verificou como a porta estava presa à parede pelas dobradiças e analisou o quarto. Anna percebeu que ela pretendia explodir a parede do aposento.

— Mac — repetiu Anna. A Maioral se virou para ela, mas logo tornou a analisar o quarto atentamente.

Era pequeno e continha quatro camas. Duas delas estavam vazias e uma exibia as correias arrebentadas. As paredes e o teto eram lisos, pintados em um tom sem graça de bege. O piso era revestido por lajotões da mesma cor.

— Anna, precisamos escapar daqui — disse Mac. — Agora mesmo, antes que eles descubram os poderes que eu realmente tenho. Sou muito fraca em poderes de telecinese, mas espere um pouco enquanto eu tento...

Ela focou a atenção, e não só as correias que prendiam os braços e as pernas de Anna se desintegraram de repente, como também a cama inteira desmontou.

— Puxa, que merda, você se machucou? — perguntou Mac, correndo para ajudar a companheira.

— Não, estou ótima — garantiu Anna. — Só que...

— Sim, já ouvi — reagiu Mac, olhando para a abertura do ar-condicionado no teto. Era grande o suficiente para Mac entrar e passar por ali, mas não Anna. — Você me repassou a mensagem. Ameaças de morte para mim e para você. Além de... que barulho é esse?

Era um silvo agudo. De repente, outro silvo agudo se juntou ao primeiro. O som vinha de um...

Anna ergueu a ponta do camisolão que vestia e viu o acesso venoso que fora instalado em seu braço. Muito mais bem-feito que aquele que vira na projeção de Nika.

Mac também tinha um aparelho daqueles no braço, por baixo do camisolão.

— Merda! *Merda!* — Agarrou os pequenos canos plásticos como se pretendesse arrancá-los, mas logo sentiu as pernas cedendo sob o corpo. — Fomos drogadas! — disse, ao atingir o chão, e completou, com palavras enroladas: — Os canalhas nos drogaram!

Anna sentiu o mesmo. Uma sensação de entorpecimento lhe atravessou o corpo e ela também caiu no chão. Viu-se olhando diretamente para os olhos de Mac, que se desculpou:

— Sinto muito... se eu não morresse aqui, Bach provavelmente iria me matar. Nós pegamos dois deles, e eles pegaram nós duas.

Anna não entendeu.

— O quê? — perguntou, mas os olhos de Mac giraram para trás, deixando aparecer só a parte branca, e logo depois o mundo escureceu.

Stephen estava morrendo.

Elliot continuava sentado ao lado da sua cama, segurando a mão do amigo, sabendo que havia feito tudo que era possível e, mesmo assim, nada havia adiantado.

O nível de integração neural de Stephen continuava estável na faixa dos 61 desde o momento em que ele fora trazido para o centro médico. Não havia mais nada que Elliot pudesse fazer para aumentar seus níveis, apesar de ter tentado alguns procedimentos muito arriscados.

Assim como fizera com Edward O'Keefe, Elliot havia injetado um pouco de oxiclepta diestrafeno diretamente nas áreas de autocura do cérebro de Stephen. Usara o massageador eletrônico para manipular um pouco mais a região e amplificar a capacidade de Stephen para se curar.

Porém, apesar de a droga ter sido metabolizada rapidamente e por completo — exatamente como acontecera com O'Keefe —, a capacidade de autocura de Stephen *não tinha* aumentado.

Era verdade que um mero Minoral estaria morto há muito tempo a essa altura, mas isso significava apenas que os poderes de Stephen iriam lhe garantir mais algumas horas de dor e sofrimento. Na verdade, vários médicos do complexo haviam passado por ali e sugerido indiretamente a Elliot, no corredor, que ele desligasse os aparelhos, já que Stephen iria morrer, de qualquer jeito.

Elliot teve de se segurar para não agredir seus estimados colegas.

— Lute com mais vontade — dizia a Stephen naquele momento. — Eu levo muita fé em você.

— Desculpe, dr. Zerkowski...?

Elliot ergueu a cabeça e viu Shane Laughlin parado na porta. Acabara de voltar do seu apartamento, onde tomara um bom banho, se barbeara e vestira roupas limpas. Parecia bem-vestido, como se estivesse saindo para um encontro amoroso ou...

Elliot conseguiu dar uma risada leve.

— Uma entrevista de emprego — percebeu. — Brilhante!

Shane olhou para os dois lados do corredor, antes de assentir com a cabeça.

— Posso entrar? — perguntou, embora já tivesse entrado e fechado a porta atrás de si.

Elliot olhou para o rosto inexpressivo de Stephen e propôs:

— Talvez seja melhor conversarmos no corredor.

— Na verdade, não — insistiu Shane, aproximando-se da cama. — Isso é algo que o dr. Diaz precisa ouvir. Tudo bem, eu sei que ele está em coma, mas ainda consegue ouvir, certo?

— Não tenho muita certeza de que ele consiga ouvir alguma coisa neste momento — admitiu Elliot. Sua ligação telepática com Stephen não tinha mais funcionado desde que os sinais vitais do Maioral haviam estacionado no zero.

— Fiz uma pesquisa rápida enquanto estava lá em cima — comentou Shane. — Li seu relatório sobre o velho Ted O'Keefe, e como você acredita ter encontrado a cura para o vício em Destiny.

Elliot tornou a se sentar junto de Stephen. Estava absurdamente cansado.

— E daí...?

— Quero um pouco daquilo — pediu Shane. — Epi Pens. Ouvi dizer que a Destiny estava disponível agora nesse formato, que é mais conveniente do que ter de parar em algum lugar para injetá-la por via endovenosa. Certamente vou estar sob violenta pressão e não terei tempo para isso.

O queixo de Elliot caiu. Logo ele fechou a boca, mas tornou a abri-la. Depois de mais alguns instantes, conseguiu acessar seu vocabulário, que era muito extenso.

— Você está sugerindo que...

— Não estou sugerindo, e sim requisitando — retrucou Shane. Pegou outra cadeira, colocou-a do outro lado da cama de Stephen e se sentou. Falava sério. — Escute, sei que conseguirei entrar no centro de segurança do

Brite Group. Eles vão me revistar e certamente colocarão em análise o meu currículo, que inclui uma expressão muito importante: *lista negra*. Vão me contratar na mesma hora. Quando estiver lá dentro, poderei desligar os scanners médicos e talvez derrube todo o sistema elétrico. Mas é a partir desse ponto que meu plano fica muito genérico. Vou estar em uma sala fechada quando derrubar os scanners, mas certamente haverá um exército de sujeitos zangados, com armas potentes, me esperando do lado de fora. Depois de algum tempo, eles vão desistir de esperar pela minha saída e vão invadir o local. E certamente vão me matar.

Shane olhou de Elliot para Diaz, e pousou os olhos novamente no médico para continuar:

— Sei que não preciso lhe explicar minhas razões para toda essa determinação em fazer isso e estar disposto a morrer para tornar esse resgate possível. Prefiro não entrar em detalhes. Além do mais, temos um problema adicional: o fato de eu simplesmente derrubar os scanners não significa que a equipe de crianças, ahn, desculpe... os Trinta e Quarenta, conseguirão encontrar Mac e Anna. Bach estará na mente de Nika. Quando o sistema de scanners cair, ele vai entrar em contato com a equipe e todos vão tirar a menina dali. Mas estou pessoalmente decidido em garantir a certeza absoluta de que Mac não vai passar o resto da vida sangrando em um saco plástico. Se eu ingerir a droga, certamente terei acesso a alguns poderes especiais, e espero que um deles seja o de me tornar à prova de balas. Nesse ponto, serei capaz de ajudar na busca por Mac. Depois, quando encontrá-la, vou amplificar seus poderes.

Ele riu diante da expressão que surgiu no rosto de Elliot e acrescentou:

— Não desse jeito! Basta eu estar no mesmo quarto que ela. Tocar sua mão será suficiente. Quando isso acontecer, as chances de nós dois conseguirmos sair dali serão muito maiores.

Elliot olhou para as mãos de Stephen e viu que os dedos sem vida haviam se entrelaçado aos seus. Puta merda. *Puta merda...!*

Ergueu os olhos para Shane, que esperava alguma resposta. Então, disse:

— O ponto principal do meu relatório é a palavra *possibilidade* — avisou Elliot ao ex-SEAL. — Descobri uma *possível* cura para o vício. Edward O'Keefe continua em coma; um coma verdadeiro, não induzido por meios médicos. Não conseguimos reanimá-lo, e pode acreditar que tentamos de tudo. O coração dele está em perfeitas condições. Na verdade, ele apresenta a saúde coronária de um homem robusto de 50 anos, mas... é possível que seu cérebro tenha sido danificado pela droga de forma irreversível e ainda não tenhamos percebido. E pode ser que ele nunca mais acorde.

— Mas existe a possibilidade de acordar. E *essa* possibilidade me dará mais chances que a outra versão, na qual estarei irreversivelmente morto — explicou Shane, com ar sombrio.

— Você tem consciência de que estamos falando de uma droga que poderá matá-lo, certo? Um vício tão incapacitante que...

— Tenho plena consciência disso.

— E que minha chamada *cura* inclui um procedimento para parar e danificar seu coração a tal ponto que a droga tenha de ser metabolizada em seu organismo pelos centros de cura, em uma tentativa de consertar os danos. Aliás, existe mais um detalhe: no seu caso, alguém que chamamos de "fragmento"... nem sabemos se *existe* um centro de cura!

— Mas eu não serei mais um "fragmento" — lembrou Shane. — E vou repetir: entendi todos os detalhes do que está no relatório. Li tudo duas vezes. Vou ficar em estado de coma e pode ser que eu nunca volte. É um risco calculado.

— Talvez seja melhor refletir mais um pouco sobre isso — sugeriu Elliot. — Quem sabe bolar um plano que inclua sua fuga do...

— Não temos tempo — disse Shane. — Elliot, por favor! Estou pronto para morrer, se for preciso. Só que, como eu disse, prefiro o vislumbre dessa teoria que você chamou de *possibilidade*.

Nika encontrou Joseph Bach em pé, em um cantinho da sua mente, dentro de uma pequena área na qual ele havia criado uma espécie de escudo para se proteger dos pensamentos privados da menina — tanto para o bem dela quanto para o seu próprio.

Agora que ele conseguira destrancar os escudos dela e seus vários bloqueios mentais, deixara de ser apenas uma voz e um sentimento de calor. Ela conseguiu vê-lo por completo quando ele se virou e abriu a área protegida para deixá-la entrar.

Foi uma sensação esquisita. Ali estava mais aconchegante do que do lado de fora, e o cheiro era bom — muito diferente da colônia barata que David, o ex-namorado esquisito de Anna, costumava usar.

À medida que Nika foi se aproximando, Joseph não simulou nenhuma atitude do tipo *tudo vai ficar bem*. Nem tentou suavizar o reencontro deles com um sorriso. Não tentou nem mesmo esconder a dor que sentia pelo que fizera — ou pelo que ela imaginava que tivesse feito. Nika não tinha certeza.

Foi por isso que se preparou para o pior e perguntou:

Você escolheu...?

Escolhi. Joseph não mentiu.

Santo Cristo! Ela não perguntou "como conseguiu?" porque não queria saber como *qualquer pessoa* poderia se ver obrigada a uma escolha tão terrível, muito menos um homem gentil como aquele.

Estamos a salvo por algum tempo, disse-lhe ele. *Eles tiraram mais sangue seu.* Ele trabalhara muito, estimulando a parte do cérebro da menina que curava as células e órgãos, reabastecendo-a com a energia que ela perdera. Nika percebeu isso, pois não se sentia tão fraca como normalmente acontecia depois de um sangramento.

Você está bem?, perguntou ela.

Não, respondeu ele, continuando a falar a verdade.

O coração de Nika se compadeceu por tê-lo colocado em uma situação daquelas e por trazê-lo para um lugar tão terrível e infernal.

Ela viera procurar Joseph depois de se afastar de uma recordação maravilhosa de uma manhã em que fazia anos e sua mãe e Anna haviam preparado panquecas; chegou pronta para reclamar com Joseph por ele tê-la tratado como criança.

Mas bastou olhar para a escuridão que havia em seus olhos e Nika ficou feliz por ele tê-la afastado da cena terrível.

Quanto a tratá-la como criança, ele certamente não fazia isso naquele momento, e exibia uma sinceridade atroz.

Sinto muito, disse ela.

Eu também. Nika, tenho péssimas notícias. Eles pegaram Anna.

O quê?

Mais uma vez, ele não tentou adocicar as coisas. Simplesmente lhe mostrou uma lembrança — não dele, mas de outra pessoa... de Elliot. Na recordação que ela via agora como um filme, Anna corria para fora de um lugar e era levada, junto com Mac, por um helicóptero.

Nika começou a tremer tanto que precisou se sentar.

Stephen Diaz morreu?

Ainda não, disse Joseph, aproximando-se dela e se sentando ao seu lado. *Mas seu estado é muito grave.*

Sinto muitíssimo, repetiu ela.

A culpa não é sua.

Não é? Ela olhou para Joseph. *Acho que sei quem projetou essa mensagem para a mente de Anna. Seu nome é Rayonna.* Em vez de explicar tudo, Nika simplesmente abriu a lembrança de como ela se vira, sem querer, na mente da garota grávida, quando procurava por Joseph.

Gostaria que você tivesse me contado isso antes, disse Joseph. *Eu teria ficado de olho nela. Deveria ter feito isso de qualquer jeito, isto é... Percebi que tinha havido alguma invasão mental quando soube que Anna recebera uma projeção mental de uma jovem que declarou estar ajudando você a escapar. Não tinha certeza de como isso poderia ter acontecido, mas soube que, provavelmente, essa era a garota que você contou que tinha estado no seu quarto e teve acesso à sua mente. Analisando agora, tenho certeza de que a vi, essa Rayonna, dentro da sua cabeça, quando estávamos no Instituto Obermeyer. Pensei que fosse uma lembrança da sua mãe, mas...* Ele suspirou. *Maldição!*

Isso prova que Rayonna encontrou Anna por meu intermédio. Nika encolheu os ombros, fazendo força para não chorar. *Ela sabe a respeito de você?*

Deve saber, confirmou Joseph. *Mas fui discreto e não deixei rastros. Montei este escudo* — ele fez um gesto abrangente — *para impedir que outros Maiorais que estejam aqui, trabalhando para a Organização, consigam me ver. Nos momentos em que você estiver aqui dentro comigo, a leitura que eles obterão de você será a de um sono profundo.*

Tem certeza de que Rayonna não pode vê-lo?, perguntou Nika, preocupada. *Talvez seja melhor você ir embora até... você sabe...* Só para o caso de Rayonna ter acesso aos seus pensamentos de alguma forma que Joseph não havia previsto, Nika não queria pensar sobre os eventos que estavam para acontecer. Eventos que incluíam o resgate de Mac e da sua irmã...

Tenho tanta certeza quanto poderia ter, garantiu Joseph. Inclinando-se de leve, bateu com o ombro no dela, de forma carinhosa. *De um jeito ou de outro, não vou abandoná-la.*

Ela tem muitos poderes? Rayonna?

Sim, muitos.

É mais poderosa do que você?

Ele olhou para ela e escolheu a sinceridade, mais uma vez:

Não sei, Neek. Mas acho que temos uma bela vantagem temporária. Suspeito que Rayonna tenha achado que foi Anna a pessoa que forneceu a ligação que permitiu que nos comunicássemos. Se não fosse assim, a Organização teria me atacado diretamente. Em vez disso, ao raptar Anna, eles acreditam ter cortado seu contato comigo e julgam ter descoberto uma nova fonte.

O que vai acontecer quando eles descobrirem que Anna não tem poder algum?

Joseph exibiu uma expressão sombria e balançou a cabeça.

Não sei responder. Só sei que simplesmente não a deixarão ir embora.

Quando Shane entrou no edifício da Washington Square, tinha certeza de que estava sendo monitorado tanto pelos Trinta e Quarenta do IO quanto pela meia dúzia de soldados contratados que guardava a entrada, espalhados pelo imenso saguão.

Não levava nada nas mãos.

Em seus bolsos, porém, tinha a carteira de documentos, a chave de uma das vans do IO, um maço de cigarros aberto e já pela metade, um isqueiro, o pacote da "goma de mascar" que conseguira de Bach, além de um detonador muito fino que trançara em um cordão que trazia ao pescoço, e de onde pendiam duas cápsulas explosivas em formatos curiosos: uma era uma cruz cristã e a outra, um anjo de olhar inocente.

Ah, sim! Também tinha duas Epi Pens para combater uma alergia recém-adquirida: alergia a babacas.

Na verdade, os dispositivos continham doses de Destiny.

Depois de lhe dar sua aprovação pouco entusiasmada. Elliot tinha alertado Shane sobre todos os perigos de ele coringar. Havia uma possibilidade de cinco por cento de Shane coringar no mesmo instante que ingerisse a droga. A partir desse momento, não serviria de mais nada para Bach, nem para Mac.

Entretanto, tentar contê-lo certamente serviria de distração para os guardas da Organização, enquanto a equipe do Instituto Obermeyer organizava a fuga.

Se os três homens que Shane vira descendo do helicóptero em cordas representavam a qualidade média da equipe de segurança da Organização, lidar com o ex-SEAL seria muito difícil, devido ao treinamento precário que os soldados haviam exibido.

Só um deles tinha passado por algum tipo de treinamento militar. Shane havia registrado isso na mesma hora.

Essa era uma das razões de ele estar ali. Tinha certeza de que a pessoa que comandava a segurança no prédio da Washington Street não dispensaria a oportunidade de ter um ex-SEAL em suas fileiras.

Conforme o planejado e esperado, quando Shane se aproximou do balcão instalado no saguão do prédio e anunciou que um amigo que servia nos Navy SEALs havia lhe informado que o Brite Group estava contratando gente nova, os dois homens se levantaram na mesma hora e trocaram olhares significativos.

Ao contrário do que acontecia com Mac, a palavra SEAL funcionou como mágica para aqueles dois, que se mostraram muito impressionados.

— Você realmente trabalhou com os SEALs? — perguntou o louro de cavanhaque.

— Fui oficial — respondeu Shane, embora eles não tivessem perguntado. — Mas não era exatamente um cavalheiro.

Eles riram.

— Poderia me informar seu nome, senhor? — pediu Cavanhaque.

Shane disse, soletrando "Laughlin" bem devagar, enquanto o sujeito teclava o nome no computador.

— E o nome do seu amigo? — quis saber Cavanhaque.

— Anônimo — disse Shane, e explicou: — Ele continua na ativa.

— Sim, recebemos boas indicações desse sr. Anônimo — comentou o guarda com a cabeça raspada e a ponta de uma tatuagem aparecendo por baixo do colarinho. Novamente, todos riram de forma máscula: *Ho, ho, ho!*

Apesar da tatuagem, o sujeito estava muito bem-vestido, com paletó e gravata. Era óbvio que, como o seu companheiro no balcão, ele carregava uma arma em um coldre debaixo do braço. Uma situação diferente dos guardas uniformizados que ficavam nas portas e exibiam armas presas ao cinto. Ele apontou com a cabeça para um banco ao lado.

— Espere ali, por favor. Para sua informação, o senhor está sendo sondado eletronicamente. Se o chefe gostar do que aparece nos scanners médicos e no seu currículo, ele nos avisará. Mas cá entre nós... se o senhor não tiver nenhum vício pesado, ele certamente vai querer conhecê-lo.

É claro que Shane sabia muito bem que eles o estavam analisando eletronicamente desde o instante em que colocara os pés no saguão. Se o chefe da segurança estivesse em sua mesa, e não no intervalo do café, certamente já tinha o currículo do recruta nas mãos antes mesmo de Shane anunciar seu nome para os homens do balcão.

Acertou na mosca! Mal se sentou no banco e Cavanhaque o chamou de volta.

— Por aqui, senhor — apontou ele, guiando Shane até um elevador, onde apertou o botão de subir.

Tudo foi quase fácil demais.

— Você gosta de trabalhar aqui? — quis saber Shane. Aquela era uma pergunta que ele teria feito se realmente estivesse ali para uma entrevista de emprego.

— Gosto do trabalho — replicou o sujeito. — O salário é muito bom, e, se você gostar de tarefas adicionais, pode ganhar muita grana fazendo horas extras.

— Ah, é? — perguntou Shane, mantendo o tom descontraído. — Estava torcendo para que esta empresa me oferecesse oportunidades desse tipo. É bom saber.

O olhar que recebeu de Cavanhaque foi de curiosidade, e ficou claro para Shane que o filho da mãe sabia exatamente o que rolava nos andares mais bem guardados do Brite Group. Que era para onde se dirigiam. Cavanhaque usou uma chave especial para destravar o botão do quadragésimo andar.

Shane enfiou as mãos nos bolsos, tentando não resistir à tentação de esganar o sujeito, e perguntou:

— Qual é o nome do seu chefe? Aquele que estou sendo levado para conhecer?

— Não sei exatamente quem está no gabinete agora — disse Cavanhaque. — Pode ser o sr. Smith ou o sr. Jones. — Ao ver que Shane ergueu as sobrancelhas ao ouvir os nomes obviamente falsos, o louro de cavanhaque exibiu um sorriso tenso. — Aqui a gente aprende depressa a não fazer perguntas. Deixe a coisa rolar e você irá longe.

— Mac.

Droga, que dor de cabeça! Mac abriu os olhos, mas as luzes do teto, fortes demais, a fizeram fechá-los novamente.

— *Mac!*

Era bem possível que ela fosse vomitar.

— Você precisa acordar!

Merda, aquela era a voz de Anna Taylor. Em um segundo, Mac se lembrou de tudo. O helicóptero de guerra, a metralhadora, Shane — o lindo, honrado e heroico Shane — correndo loucamente morro acima, gritando seu nome...

Depois, o pequeno quarto bege onde ela e Anna haviam sido instaladas, devidamente presas à cama por correias, sem suas roupas, vestindo apenas frágeis camisolões de hospital...

Anna a prevenira para não usar seus poderes com a finalidade de libertá-las, mas Mac a ignorara, e foi tarde demais. A droga entrou em seu organismo e ambas tinham apagado.

Pelo menos — uma boa notícia! — o que eles injetaram nelas não as tinha matado. Ambas continuavam vivas.

Na verdade, Mac se sentia energizada até demais. Além da dor de cabeça dos infernos, estava novamente presa à cama. Dessa vez as algemas ou correias estavam tão apertadas que, sempre que ela movia a mão, uma dor aguda lhe subia pelos pulsos e braços.

Isso não era pouca coisa, já que um dos seus maiores talentos era suprimir sua capacidade de sentir dor.

— Mac, *por favor, fale comigo...* o que eles fizeram com você?

Mac se forçou a abrir os olhos e viu Anna presa por correias à cama que não tinha sido quebrada. Quem as prendera havia desaparecido novamente. Elas estavam sozinhas no quarto.

Anna olhava para Mac com os olhos aterrorizados.

Mac olhou para baixo e...

— Que foda! — Ela estava algemada, mas a situação era pior. Não era de espantar que aquele troço doesse como o diabo cada vez que ela se movia. Alguém colocara ganchos de metal presos às algemas, e eles trespassavam a pele de Mac, com o metal lhe atravessando a carne e saindo do outro lado, gotejando sangue.

Era diabolicamente esperto. Se Mac arrebentasse as algemas, os ganchos rasgariam seus pulsos e lhe provocariam uma hemorragia maciça na mesma hora.

Embora tivesse um talento fabuloso em termos de cura rápida, *nem mesmo ela* teria o poder de se curar de um sangramento descontrolado e catastrófico como aquele.

— A garota voltou à minha cabeça — informou Anna. — Ela quer que você entenda que não teremos outra chance. Se você tentar alguma coisa... qualquer coisa... eles vão me matar.

Mac olhou para Anna.

— Diga a ela que queremos ver sua irmã. Se ela trouxer Nika aqui, faremos tudo que eles quiserem.

— Ela mandou você baixar seus escudos mentais.

— Diga a essa mulher que eu não tenho escudos mentais de qualquer tipo — afirmou Mac. — Meus talentos telepáticos não valem porra nenhuma. Se quiser conversar mentalmente comigo, ela terá de usar os próprios poderes. — Olhou para Anna com estranheza. — E desde quando *você* tem poderes telepáticos? Até mesmo receber mensagens não é algo que qualquer "fragmento" consiga, a não ser que a pessoa que as emite esteja a poucos metros.

Mas Anna não ouvia. Obviamente tentava se comunicar com a garota — uma Maioral que, pelo visto, virara porta-voz da Organização. Que Deus tivesse pena de todos!

Mac aproveitou a oportunidade para examinar as algemas. Certamente precisaria de poderes como os de Bach para mexer os braços e soltar as algemas com cuidado, para depois arrancar suavemente os ganchos presos aos músculos.

É... isso *certamente* não iria acontecer.

Ficou enjoada ao ver os ferimentos, porque sua pele estava em carne viva em torno do metal. Aquilo parecia o maior piercing que ela vira em toda a sua vida.

Alguns anos antes, Mac tentara colocar piercings em um monte de lugares, para compensar sua falta de tatuagens. O problema é que seu corpo considerava qualquer metal como um invasor externo, e ela desenvolvia uma infecção forte, por mais que tentasse manter o local limpo. No instante em que retirava o piercing ou o anel do mamilo, o buraco fechava e a ferida curava na mesma hora.

Só que, até ser retirado, o troço doía pra cacete.

De um modo ou de outro, na hora que aqueles ganchos saíssem, ela sentiria uma dor insuportável, que a faria gritar.

Mas *essa* dor não seria nada comparada a ter o coração arrancado do peito, quando assistisse à morte de Shane Laughlin.

Porque ele *viria* atrás dela. Mac acreditava nisso com cada fibra do seu ser. Shane tentaria salvá-la, mesmo sabendo que isso significaria a própria morte.

O mais absurdo é que Mac tinha certeza de que Shane teria se oferecido como voluntário para aquela missão suicida de resgate, mesmo que ela não tivesse usado seus encantos nele.

Shane faria isso porque era a coisa certa a fazer; porque queria ajudar; porque ainda acreditava na vitória do bem contra o mal; porque achava que os Estados Unidos ainda tinham chance de se reerguerem do fundo do fosso em que se encontravam — uma situação provocada por excesso de ganância e falta de compaixão —, para se transformarem novamente em um país onde a verdade, a justiça e o homem comum eram importantes.

Mac havia acordado naquela manhã e ficara na cama ainda por algum tempo, simplesmente ouvindo a respiração profunda de Shane e se lembrando das palavras dele na noite anterior:

Dá para você entender como são as coisas do lado de cá? Porque, para mim, tudo é tremendamente real. Sinto uma espécie de ligação especial com você, elevada à enésima potência. Vivencio alegria, respiro verdade. Sinto como se pertencesse realmente a algum lugar novamente.

Mac sabia exatamente o que ele queria dizer com aquilo, pois sentia a mesma coisa.

Uma ligação especial elevada à enésima potência. Como se, finalmente, pertencesse a algum lugar.

Um sentimento quase real.

Mac havia ficado deitada ali, pensando que apenas aquilo talvez pudesse ser suficiente: saber que fizera Shane feliz, não importava como a coisa começara.

Ela quase o acordou com um beijo — com muito mais que um beijo, na verdade.

Mas não confiava em si mesma quando se via perto dele.

Quando Shane estava com ela, receava que ele a conseguisse convencer de tudo. E a fizesse ceder. Naquele momento, enquanto ele dormia ali, pensou seriamente em ir em frente, ser totalmente egoísta e transformá-lo em namorado permanente.

Se ambos morassem no Instituto Obermeyer, ele nunca se cansaria dela. E não faria o que Tim fez, porque eles nunca ficariam separados por muito tempo.

Mac não era nenhuma santa; tinha mantido um relacionamento exatamente daquele tipo com Justin. Qual o grande problema em repetir a dose com Shane?

As pessoas aceitavam situações menos que perfeitas o tempo todo, quando se tratava de amor.

Mesmo assim, ela não acordara Shane com um bom-dia do tipo orgástico.

Tivera medo demais.

Em vez disso, escapara sorrateiramente do apartamento, sem deixar nem mesmo um bilhete, sabendo que ele acabaria procurando por ela.

Por Deus, o que não daria agora para ter aquele momento de volta e consertar as coisas...

— Ela vai entrar — anunciou Anna. — Quer falar com você. Avisou que se você a machucar...

— Ela vai nos matar, já saquei — cochichou Mac quando a porta fez ruídos de trincos, travas e fechaduras sendo abertas.

— Nós não — corrigiu Anna. — Vai *me* matar. Pelo visto, já descobriram que sou inútil para eles.

Antes de Mac ter a chance de corrigi-la e perguntar: "E você acha que eu posso lhes ser útil?", uma jovem entrou no quarto. Estava com uma gravidez em estágio avançado e tinha engordado alguns quilos a mais, por conta do bebê que trazia no útero.

Também trazia à sua volta uma quantidade absurdamente alta de ódio e medo. Mac fez de tudo para não recuar. Aquela força era tão dominante e forte que Mac não conseguiu ler nada na mente dela — nem compaixão, nem amor, nem desejo, orgulho ou esperança — nem mesmo inveja ou ciúme. Só percebeu aquele ódio movido a medo. Era quase como se aquela jovem tivesse passado a vida toda em uma jaula, em um zoológico absolutamente cruel.

— Meus parabéns! — disse Mac, basicamente para pegá-la desprevenida, pois isso, provavelmente, era a última coisa que ela esperaria que a prisioneira dissesse. Além do mais, Mac sabia que tentar alcançar aquela garota com compaixão verdadeira e gentileza só serviria para incitá-la a atacar, de forma figurada. Portanto, manteve o clima superficial. Por enquanto.

A garota piscou ao ouvi-la.

— Para quando é o bebê? — interessou-se Mac.

A jovem olhou para os ganchos nos braços de Mac e riu com desdém.

— Até parece que você se importa — reagiu.

— Parece estar bem perto — disse Mac. — Ouvi dizer que ter um bebê modifica uma mulher de forma radical. Prepare-se para uma surpresa.

— Este é o meu terceiro — disse a garota, e a força do seu ódio pareceu estalar à sua volta. Mac sentiu de forma inequívoca que ela falava a verdade. — Acho que é necessário um bebê de verdade para essa baboseira acontecer. Sou apenas uma reprodutora.

— Ó meu Deus — sussurrou Anna. — Pobrezinha!

A garota se encrespou e reagiu:

— Não sou mais uma menina, nem pobrezinha!

— Mas *sabe* que está do lado errado da briga — anunciou Mac, com a voz calma.

Ela simplesmente riu.

— Não sou eu quem está com ganchos de metal espetados nos braços. — Olhou para Anna, e havia algo em sua expressão que fez com que o cabelo da nuca de Mac se arrepiasse.

Ela resolveu manter a conversa no terreno inimigo.

— Tem razão. Onde está Nika? Gostaríamos de vê-la e saber se ela está bem.

Mais uma vez, a garota soltou uma risada de escárnio.

— Qual é o problema com vocês? Realmente acreditam que têm algum poder para fazer exigências?

A garota não fazia ideia da extensão dos poderes de Mac, mas obviamente ela não lhe informou isso em voz alta. Era melhor deixar que ela — e quem quer que a estivesse deixando apavorada — pensasse que eles haviam derrotado Mac com suas algemas à prova de telecinese. É claro que era bem possível que eles a *tivessem* derrotado com aqueles ganchos finos e dolorosos enfiados em seus braços.

Mas a verdade é que Mac ainda não estava disposta a admitir isso.

— Nika! — repetiu ela, com a voz gentil, mas firme. — Queremos vê-la agora!

— Ela não está neste prédio — disse a garota grávida, mas claro que estava mentindo e Mac sentiu isso. — De qualquer modo, eles pretendem transferir você para o mesmo local onde ela está. Esse lugar fica na China. Acho que é longe assim para escapar dos cientistas nerds do instituto dos mentirosos, de onde você vem. — Olhou para Anna. — Sua jornada acaba aqui. Você não odeia quando eles dizem isso no *American Idol*? — perguntou a Mac. — Depois de quarenta temporadas, era de imaginar que inventariam uma frase nova. No caso de Anna, porém, a jornada dela realmente termina aqui. É meio irônico, já que tiveram tanto trabalho para pegá-la. —Voltou-se para Anna e completou: — Não entendi como é que você pode ter uma irmã que é fonte, uma amiga que também é fonte e, no entanto, mostrar-se a coisa mais distante possível de ser uma fonte. De qualquer modo... tenho boas-novas! Você vai partir logo, exatamente como queria. Não se preocupe, tudo acontecerá rápido. Ouvi dizer que sangrar até a morte pode até ser agradável. Comparada a outras formas de tortura.

— Humm... não creio que isso aconteça — disse Mac, com calma. — Vocês não conseguirão nada de mim, nem mesmo controlar meus poderes, se matarem Anna. Ela não passa de uma alavanca para seus objetivos, e não é assim que a coisa funciona.

— Claro que não — concordou a garota. — É por esse motivo que você terá de escolher. Quem vai para a China com você, Michelle? Pretende levar Anna ou Nika? Há pessoas lá fora que estão muito interessadas em saber a sua decisão.

27

E se ele coringasse?

Como essa era uma das maiores preocupações de Elliot, ele criou um dispositivo que prendeu junto do peito. O pequeno aparelho iria injetar em seu organismo, automaticamente, uma dose fatal de um derivado de cianeto, caso ele apresentasse sinais de ter enlouquecido. Programou o computador para fazer tomografias constantes dele e também de Stephen.

Em seguida, se sentou na ponta da cama de Stephen. Logo ele, que costumava censurar os parentes que faziam isso com os pacientes. *Puxe uma cadeira, segure a mão dele, mas não o sufoque com a sua presença* era o que costumava aconselhar.

Se sobrevivesse àquela experiência, nunca mais precisaria dizer isso para ninguém.

Ao tocar o braço de Stephen, seu ombro e o peito, Elliot conseguiu sentir um zumbido e um arrepio fracos, nada que se assemelhasse à ligação usual que havia entre eles.

Usual. Rá-rá! Era engraçado como uma pessoa conseguia passar a vida toda sem ter algo e depois, em poucos dias, aquilo se tornava *usual.*

Ele se inclinou e reparou que os lábios de Stephen estavam secos demais. Pegou na gaveta da mesinha o creme labial que pedira a Robert, da hotelaria. O creme viera do apartamento de Stephen, pois lhe pareceu que o Maioral se sentiria mais confortável usando seus próprios produtos e calçando as próprias meias.

Apesar de estar inconsciente e morrendo.

Elliot divagava. Lábios secos não fariam a mínima diferença se Stephen estivesse morto — e era exatamente assim que estaria em poucos minutos, se Elliot não fizesse alguma coisa.

Então ele fez.

Pegou a seringa que havia preparado e atou o elástico que pegara na enfermagem em torno do próprio bíceps esquerdo.

Beijando Stephen suavemente, nos lábios, sussurrou:

— Amarei você para sempre.

E injetou oxiclepta diestrafeno na própria veia.

— Quem vai com você para a China, Michelle? Anna, Nika ou...?

— Nika — respondeu Anna. — Quem vai é Nika.

Mac olhou para ela com um olhar quase palpável de tão duro, e retrucou:

— A escolha não é sua — disse a Anna, com um tom quase ríspido. Em seguida, virou-se para Rayonna. De algum modo, Anna sabia que a grávida se chamava Rayonna, e esse nome lhe veio à mente. — Não me chame de Michelle, garotinha. Dirija-se a mim como "dra. Mackenzie"!

— A senhora é quem sabe, dra. Mackenzie — disse Rayonna. Seu tom de voz era de zombaria, mas Mac havia conseguido uma pequena vitória psicológica.

— Escolho ambas — disse Mac. — *As duas* irão comigo.

— Anna não vale nem o combustível do jato — retrucou Rayonna. — Se você insistir nas duas, ambas morrerão.

— Isso não vai acontecer — replicou Mac. — Nika é valiosa demais para vocês.

— Ela tem muito poder, o que a torna perigosa — disse Rayonna. — Estão estudando, neste exato momento, um modo de colocá-la em estase, uma espécie de congelamento físico com animação suspensa. Se a menina sobreviver, farão o mesmo com você, dra. Mackenzie. Como vê, nossa necessidade de uma "alavanca", como você chama, é apenas temporária. Receio que você não conseguirá ver muita coisa da China, já que passará o resto da vida em um tanque de estase, lutando contra pesadelos induzidos por drogas.

Por Deus.

— Mate-a, Mac — pediu Anna, com fúria na voz. — Mate essa vadia e tente se salvar!

Algo estava acontecendo.

Nika olhou para Joseph, que continuava sentado ao lado dela na área protegida que criara em sua mente. A cabeça dele estava um pouco virada para o lado, como se prestasse atenção em algo. De repente, ele se levantou em um movimento brusco e soltou um monte de palavrões que Nika nem conhecia. E não se desculpou por isso.

Em vez disso, simplesmente se virou para ela.

Ativaram o dispositivo que injeta o tranquilizante em seu sangue. Estão tentando apagar você.

Ela se levantou depressa.

Puxa vida, eles já fizeram isso antes e o efeito é muito rápido. Você deve ir embora agora mesmo, Joseph, antes de...

Estou conseguindo impedir o medicamento de circular livremente por sua corrente sanguínea, explicou Joseph, *mas não conseguirei fazer isso por muito tempo. Seu organismo vai absorver a droga por outras vias. Temos no máximo três minutos.*

Por Deus!

Será que eles sabem o que estamos planejando...? Fugir. Nika não queria pensar na palavra, caso houvesse alguém lendo seus pensamentos.

Talvez. Joseph não adocicou sua resposta. Olhou para um ponto ao longe, e Nika percebeu que ele acessava alguma informação com o corpo físico. *Os scanners ilegais da Organização continuam operando normalmente e a energia elétrica não caiu. Isso não é nada bom.*

Virou-se novamente para ela e a fitou longamente.

Nika, se eu ficar aqui, a droga que injetaram em você vai me afetar. As coisas não deviam funcionar desse jeito, mas é o que acontece.

Então você precisa ir embora, disse ela, sem conseguir impedir as lágrimas que lhe surgiam nos olhos. *Você tem de ir!*

Ele não queria abandoná-la. Dava para ver no seu rosto e nos seus olhos.

Minha nossa! E se, depois de deixá-la, ele não conseguisse mais voltar? E se eles mudassem Nika de lugar, a levassem para algum local distante, onde a ligação que compartilhavam não pudesse mais ser ativada?

E se ele não conseguisse mais achá-la?

Ela não precisou expressar esses sentimentos, pois Joseph sabia exatamente o que a menina pensava. Puxou-a para junto dele e a abraçou com força.

Vou encontrá-la novamente, prometeu ele. *Não importa o que vai acontecer, não importa para onde vão levá-la, acredite em uma coisa, Nika: EU ENCONTRAREI VOCÊ!*

Eu acredito nisso. Nika apertou os braços em torno dele, abraçando-o com a mesma força que sentia. Sabia que eles não estavam se abraçando de verdade. Seus corpos físicos estavam em dois lugares diferentes. Mesmo assim, ela sentiu firmeza e solidez quando ele pousou os lábios sobre a sua cabeça.

Desejou que aquele momento — um sentimento inebriante de proximidade, integração e confiança profunda — nunca terminasse.

Sinto muitíssimo, lamentou Joseph. *Prometi ficar com você e... que diabo é isso?...*

Joseph se afastou da menina e a olhou com uma expressão de surpresa total, com as mãos ainda em seus ombros.

— O que está fazendo, Nika? — Ela o viu e ouviu com tanta clareza que foi como se ele tivesse falado em voz alta.

— Não estou fazendo nada! — respondeu ela.

— Está sim, Nika, só pode estar! — garantiu Joseph. — Sinto que você está obtendo acesso a vários poderes muito maiores neste exato momento. Consigo sentir isso. É algo... surreal...

— Mas isso é bom, não é? — perguntou a menina, olhando para ele espantada.

Joseph sorriu e seu coração se apertou.

— Querida, isso é fantástico. Não sei o que está fazendo, mas... não pare, pelo máximo de tempo que conseguir.

Nika fez que sim com a cabeça ao olhar para ele, mas o sorriso dele desapareceu quando cambaleou de leve.

— Neek... — começou a dizer, e ela percebeu que, embora ainda não sentisse, a droga já começava a afetá-lo.

— Vá! — disse-lhe ela, com urgência na voz, forçando-se a não chorar. Erguendo o queixo, completou: — Vou ficar bem.

Joseph tocou-lhe as pontas do cabelo e as bochechas; seus dedos lhe pareceram quentes, em contato com seu rosto.

A garota grávida simplesmente deu uma gargalhada ao ouvir o pedido veemente de Anna para que Mac fizesse um estrago nela. Mac percebeu, sem sombra de dúvida, que qualquer tentativa de apelo para a humanidade daquela garota seria inútil.

A grávida se voltou mais uma vez para Mac e tornou a perguntar:

— Anna ou Nika? — E acrescentou: — Se você disser *ambas* novamente, vou abrir aquela porta e Cristopher entrará aqui para matar essa inútil agora mesmo. — Sorriu com crueldade. — É claro que se você responder Nika ele fará o mesmo. E se disser *Anna*, alguém entrará no quarto de Nika para...

Anna estava pronta para morrer. Mac conseguia sentir a emoção intensa que irradiava dela, junto com ondas de amor pela irmãzinha em perigo.

Irmãzinha...

— E que tal se eu disser *ambas* e você não precisar escolher Anna nem Nika? — perguntou Mac. — Que tal se, em vez de escolher, eu lhe conte um segredinho sobre a minha amiga aqui, que você chama de inútil? E se eu lhe contar que Nika não é irmã de Anna? — Fez uma pausa longa, para efeito dramático, e soltou a bomba: — Nika é filha de Anna.

Anna fez um som de surpresa, mas era muito esperta e compreendeu por que Mac resolvera mentir — isso lhe garantiria, pelo menos, nove meses de vida. Foi por isso que confirmou:

— É verdade. Fui estuprada quando tinha... ahn... *12 anos*. Minha mãe criou Nika como se fosse sua filha.

Mac explicou o caso em palavras simples e fez as contas certas, para o caso de a garota grávida, por ironia, não conseguir saber somar.

— Se Anna teve uma filha tão especial quanto Nika, é altamente provável que consiga gerar outra, mesmo não sendo uma *fonte*. — Tentou não engasgar com a palavra, que achava repugnante.

Mas a garota engoliu a história na mesma hora. Seu olhar foi de puro horror e nojo.

—Você quer se tornar uma *reprodutora*? Eu preferia morrer!

Avançou para Anna com tanto ódio nos olhos flamejantes que Anna pediu socorro:

— Mac!?

Mas a porta se abriu e uma voz chamou lá de fora, com muita autoridade:

— Rayonna!

A garota parou na mesma hora e ficou imóvel por um momento, simplesmente olhando para Anna, com o peito subindo e descendo a cada inspiração entrecortada. Agora, a agonia que transbordava dela era tão intensa que Mac precisou se segurar na cama, por medo de se soltar e arrancar os ganchos dos pulsos à força.

— Rayonna!

— Pobrezinha — sussurrou ela para Anna, antes de se virar e sair correndo do quarto.

Só nesse momento, quando um homem entrou e fechou a porta atrás de si, foi que Mac ergueu a cabeça para encará-lo.

—Você! — sussurrou Anna, e se virou para Mac. — Ele é o sujeito que apareceu no sonho de Nika!

O homem tinha cicatrizes horrendas, mas, o que era pior, tinha uma rede emocional muito semelhante à de Devon Caine. Com uma diferença: sabia *exatamente* o que estava fazendo.

Era o mal encarnado e fez a pele de Mac se retrair de nojo.

— Quer dizer então que você deseja se tornar uma das reprodutoras? — perguntou a Anna, com uma voz arrastada, muito característica. — Certamente poderemos considerar isso. Trato feito!

Pegou um controle remoto do bolso em seu guarda-pó de laboratório manchado de sangue e apertou um botão.

— Uau! Ei!... — reagiu Anna quando a cama de hospital se ajustou automaticamente, libertando suas pernas das correias, mas logo prendendo-lhe os pés no que pareciam estribos de uma mesa de consulta ginecológica, enquanto suas pernas eram abertas e seus joelhos, lançados para cima...

— Espere! — disse Mac. —Você precisa examiná-la antes. Para descobrir se ela está ovulando. — Olhou para Anna. Tinha certeza de que o tempo que acabara de lhes conseguir cobriria uma semana, ou um pouco mais, de testes diversos.

— Não é desse jeito que fazemos as coisas por aqui — informou o homem das cicatrizes, com uma careta assustadora que devia ser sua versão de um sorriso.

Bach abriu os olhos e se viu nos fundos de uma van do IO, estacionada perto do prédio da Organização, na Washington Street.

Por um momento, sentiu-se confuso. Estava em um sonho impossivelmente vívido, na qual a maravilhosa Anna Taylor, completamente nua e rindo muito, puxava-o para a cama, no quarto onde ele passara a maior parte da sua infância. Ela o beijou de forma ardente e...

Vamos por partes... *aquela* era uma experiência extremamente realista, mas não passava de um sonho induzido pela droga poderosa que havia sido injetada no sangue de Nika.

E nem mesmo tinha sido um sonho *dele*; era apenas a repetição do sonho que Anna tivera — aquele ao qual ele assistira de camarote, no canto do quarto, como se estivesse colado no chão.

Mesmo assim, exalou com muita força ao se sentar, e isso deixou Charlie apavorado. O recruta tinha recebido ordens de lhe fornecer informações durante todo o tempo em que ele estivesse aparentemente inconsciente.

— Caraca! — exclamou Charlie, acrescentando rapidamente: — Senhor! Está tudo bem?

Bach não fazia ideia de quanto tempo havia se passado, e olhou para o relógio na tela do computador. Não estivera aprisionado naquele sonho por tanto tempo assim, graças a Deus.

— Nika foi sedada. Acho que eles planejam movê-la para outro local. Tive de sair porque a droga estava me afetando... Preciso de uma atualização completa da situação — ordenou Bach.

— Os scanners médicos e a energia elétrica do prédio continuam operacionais — relatou Charlie. — Não houve mudanças.

— Alguma sorte quanto à localização exata de Mac e Anna?

Charlie balançou a cabeça negativamente e completou:

— Sabemos apenas que elas foram trazidas aqui para o edifício da Washington Street, pois rastreamos o helicóptero até o heliporto do prédio e o aparelho continua lá.

— Mande o Setor de Análises continuar pesquisando tudo — ordenou Bach. — Agora me dê uma notícia boa, por favor, Charlie. Algum sinal de Shane Laughlin?

— Nenhum, senhor — disse Charlie. — Mas ele *está* dentro do prédio. O último relatório o mostrou dentro do elevador, o que me parece muito bom e... Puta merda, senhor! Desculpe o palavreado, mas o senhor me pareceu um pouco verde agora há pouco e eu fiz uma tomografia completa. Sua integração neural acaba de alcançar os 81 por cento.

O quê?

Bach se remexeu no banco para olhar para o computador sobre os ombros de Charlie e... *puta merda* era realmente a expressão mais adequada. Ele alcançara um pico subitamente, e continuava a se manter no mesmo nível altíssimo.

— Com todo o devido respeito, senhor — disse Charlie —, mas isso é 12 por cento acima do seu nível 72 usual. É um crescimento *espantoso*. Nunca ouvi falar de alguém, *nunca na vida*, que tenha ultrapassado os 78.

—Virou-se para trás e olhou para Bach com os olhos arregalados. — O que o senhor fez, exatamente?

— Analisaremos isso mais tarde — disse Bach, embora suspeitasse que o motivo era o que *tinha feito* com Anna Taylor, mesmo em um sonho induzido por drogas. Ora, quem diria...! No fim das contas, Mac e Diaz estavam absolutamente certos sobre o sexo aumentar os níveis de integração neural das pessoas. — No momento, Charlie, pretendo tentar realizar um contato telepático com Anna ou com Mac. — Bach não fazia ideia se estava longe ou perto de uma delas, mas se mostrou disposto a tentar. — Faça-me um favor, Charlie... ligue para Elliot. Quero que ele acompanhe de perto tudo o que está acontecendo.

— Não consigo achá-lo, senhor — disse Charlie. — Estou tentando há um tempão. Cai sempre na caixa de voz. — Falou um pouco mais baixo ao se virar de frente para Bach. — A mensagem diz que ele continua acompanhando o dr. Stephen Diaz. Suspeito, senhor, que isso não seja uma boa notícia.

Stephen estava pegando fogo de tanta febre.

Sentia-se flutuando, sendo carregado por uma corrente para bem distante dali, cada vez mais longe de qualquer coisa sólida ou reconhecível. A dor voltara e ele já não conseguia controlá-la.

Mesmo assim, aquela sensação era melhor do que desaparecer lentamente em direção ao nada; muito melhor do que os choques de tédio e ondas de esquecimento que não o consumiam por completo pelo simples fato de que nada poderia preenchê-lo novamente.

Agora, porém, a dor fazia isso e ele não lutou contra ela, embora na verdade *estivesse* lutando para ficar ali. Para ser.

Para viver.

Quando abriu os olhos, viu flashes coloridos, em vez de tons de cinza. E a cada batida do seu coração sitiado pela morte, lembrava-se de tudo o que era e do que estava prestes a perder.

E quando Stephen lutou mais e mais para ficar, percebeu que já não estava sozinho. Virou-se e viu Elliot. E entendeu na mesma hora o que Elliot havia feito.

O pesar e o arrependimento de Stephen e seu crescente sentimento de perda quase atenuaram as fisgadas de dor que o arruinavam. Mas, quando Elliot estendeu a mão, seu toque foi poderoso não apenas para acalmar, mas também para curar.

Mesmo assim, Stephen precisava saber:

Por quê?

O sorriso de Elliot foi lindo e sua voz tinha a suavidade de um beijo.

Você é necessário por aqui.

O coração de Stephen pareceu se despedaçar.

E você não é?

Continuo aqui, disse Elliot, embora ambos soubessem que o que ele fizera certamente iria matá-lo.

Foi então que Stephen percebeu que não tinha mudado o futuro, afinal. Simplesmente adiara o inevitável.

O elevador se abriu com um *ding*. Cavanhaque tirou a chave do painel de controle e guiou Shane pelo quadragésimo andar do prédio da Organização na Washington Street, onde o pessoal do IO acreditava que Nika, Anna e Mac estavam presas.

Havia outro ponto de checagem no saguão daquele andar, operado por nada menos que sete guardas, todos homens e vestindo uniforme azul da polícia. E armas penduradas em um coldre no cinto. Enquanto passavam bastões detectores de metal e revistavam o corpo de Shane, ele teve várias oportunidades de arrancar as armas de alguns deles, mas optou por não fazer isso. Queria saber o quanto conseguiria chegar perto da sala de controle e segurança, antes de dar início à festa.

Cavanhaque o levou, de forma conveniente, na direção do seu alvo, embora as salas por onde eles passavam estivessem, em sua maioria, vazias. Havia alguns funcionários e o que pareciam pequenas salas de espera com as portas abertas, e Shane avistou um homem sentado atrás de uma mesa, ao telefone, usando o mesmo colete à prova de balas que as regras corporativas em todo o país haviam decidido, mais de vinte anos antes, que era bom o suficiente para tropas americanas em zonas de combate.

Não havia um único Navy SEAL vivo que não tivesse optado por comprar seu próprio equipamento de segurança e não conhecesse os pontos vulneráveis dos coletes comuns usados em todo o mundo. Havia uma longa lista de maneiras de matar um soldado que usasse proteção de baixa qualidade, especialmente se ele ou ela se sentisse invencível.

Naquele momento, porém, Cavanhaque e Shane tinham chegado a uma parte do corredor onde a maioria das portas estava fechada e as salas eram mais distantes uma da outra.

— Essa parte do prédio parece um corredor de hotel — comentou Shane.

— De certa forma é mesmo — confirmou Cavanhaque. — O Brite Group é uma corporação internacional que recebe muitos visitantes de países distantes. Eles precisam de acomodações extremamente seguras durante suas viagens aos Estados Unidos. Muitas vezes os funcionários também precisam fazer turnos de 24 horas, especialmente quando um carregamento está sendo preparado. Às vezes também somos acomodados aqui. O lugar vive cheio.

O corredor por onde eles seguiam terminava em um T — e Shane sabia que a sala de controle ficava à direita. Quando Cavanhaque apontou para a esquerda, Shane o fez parar.

— Antes de falar com o sr. Smith ou o sr. Jones, preciso encontrar a cabeça mais próxima. — Que também ficava à direita, segundo a planta do lugar que Shane havia decorado.

Surgiu um ar de confusão e alarme no rosto não muito inteligente de Cavanhaque, e Shane rapidamente traduziu seu jargão da Marinha para o idioma comum:

— Estou falando do banheiro — explicou. — "Cabeça" é o apelido comum para o banheiro de um navio. Eu preciso usar o banheiro.

Cavanhaque riu, aliviado.

— Caraca, meu irmão, fico feliz em saber disso! Estava achando que a *cabeça mais próxima que você iria pegar* seria a minha, sacou? — Riu com vontade e abriu o paletó para exibir a arma no coldre sob o braço. Estava presa por uma fina tira de velcro. — Cheguei *assim pertinho* de sacar meu berro — disse ele, formando um espaço pequeno entre o polegar e o indicador —, e ia atirar em você.

O corredor estava vazio em todas as três direções, e Shane não viu nenhuma câmera. Mas *tinha* de haver câmeras, a não ser que a ausência delas fosse *proposital*, para manter o anonimato dos convidados e clientes do exterior. Mas Shane suspeitava que as câmeras simplesmente estavam ocultas.

Mesmo assim, tinha experiência suficiente para reconhecer uma boa oportunidade quando ela aparecia.

Seguindo o instinto, esticou o braço com rapidez e se apossou da pistola SIG Sauer de Cavanhaque, encostando o cano no espaço entre a parte de baixo do mal ajustado colete barato do guarda antes mesmo de o sorrisinho desaparecer do seu rosto de mané.

— Fique calado, faça exatamente o que eu mandar — avisou Shane, olhando com firmeza para o homem, enquanto o empurrava com o cotovelo ao longo do corredor da direita —, e talvez eu não puxe o gatilho. Você sabe que se eu atirar desse ângulo a bala ficará presa aí dentro do colete e vai ricochetear até transformar sua região pélvica num hambúrguer, certo? É um defeito de projeto típico desse colete.

Cavanhaque gemeu que sim e Shane triplicou a velocidade em que ambos seguiam no instante em que, no fim do corredor, atrás deles, ouviu um: "Ei!", seguido do clássico: "Não mova nem mesmo um músculo, seu filho da puta!"

Shane não parou. Em vez disso, acelerou o passo.

Anna tentou dizer a si mesma que não era ela que estava ali. Aquilo não tinha nada a ver com ela. Tudo tinha a ver com Mac e o jeito como a adrenalina fazia despejar mais hormônios no seu sangue. O sangue que a Organização iria usar para fabricar Destiny.

Tratava-se de dinheiro e de ganância. É claro que quando o homem das cicatrizes abriu seu guarda-pó imundo e desabotoou a calça Anna entendeu que talvez ela tivesse *um pouco* a ver com tudo aquilo, e percebeu pelo brilho nos olhos do agressor que ele iria adorar machucá-la.

— Não faça isso — estava dizendo Mac. — Não faça isso! Anna, merda, eu sinto *muito*, sinto de verdade. Ei, você! Ei! *Ei...!* Olhe *para mim*.

Foi muito bizarro, porque algo estranho aconteceu. Algo inexplicável rolou quando o sujeito *se virou* e olhou para Mac. Houve uma mudança brusca na sua linguagem corporal. Ele pareceu um pouco mais alto, passou a respirar com ritmo mais ofegante e não conseguiu mais desviar o olhar.

Anna não sabia o que Mac havia feito com ele, mas obviamente ela fizera alguma coisa.

— Isso mesmo — disse Mac, olhando para o bandido. — Você não a quer. Você não precisa dela. Você só precisa de mim.

Shane quase conseguiu alcançar a sala de controle. Quase.

Foi ótimo ele não estar andando rápido demais, porque outra equipe com meia dúzia de seguranças surgiu justamente pela porta por onde ele iria entrar.

Diante disso, ele não entrou no banheiro dos homens, e sim no das mulheres, arrastando Cavanhaque consigo e trancando a porta por dentro usando as duas fechaduras.

O banheiro, apertado, tinha apenas um banco, uma pia imaculadamente limpa e uma privada provavelmente pouco usada. Não havia muitas mulheres trabalhando ali, isso era certo.

Shane analisou o mapa mental gravado na sua memória e deu um golpe com a coronha da arma na cabeça de Cavanhaque, que não parava de espernear e reclamava muito. Em seguida, arrastou o guarda inconsciente pelos pés até o lado oposto do espaço onde estavam, porque a parede onde eles haviam se encostado, à esquerda do toalete, era a única coisa que os separava da sala de controle.

Considerando que chegar até lá pela porta não era uma possibilidade plausível, devido ao fato de que os guardas, naquele exato momento, tentavam arrombar o banheiro feminino e exigiam que ele saísse com as mãos para cima, isso não queria dizer que o jogo acabara. Ele precisava simplesmente ser criativo.

Extracriativo, pois dispunha de apenas duas "gomas de mascar" com sabor de C-4 e duas cápsulas explosivas.

Havia um ditado famoso entre os SEALs que Magic Kozinski adorava recitar em casos de sufoco extremo: *Quando uma porta se fecha, uma janela se abre. Se a janela também se fechar, é a hora de fazer um buraco na porra da parede.*

Shane vasculhou os bolsos de Cavanhaque e transferiu vários cartuchos de munição do segurança para sua calça, e também encontrou uma faca retrátil perigosíssima, que o soldado certamente tentara pegar quando fora rendido no corredor.

Carteira, caneta esferográfica, um maço de cigarros, um celular — Shane confiscou tudo. Tinha os bolsos vazios e nada daquilo iria pesar. Além do mais, era impossível saber o que poderia ser útil.

Pôs-se então a trabalhar, tirando o detonador do pescoço e usando a faca de Cavanhaque para cortar o rosto lindamente esculpido do anjo e sacrificar metade dos explosivos que carregava para abrir um buraco que desse para ele passar, bem junto do rodapé.

O pavio não precisava ser muito comprido, mas não havia para onde correr. Shane usou o colete de Cavanhaque para se proteger, acendeu o pavio e se agachou ao lado da privada.

Vistoriou a SIG Sauer mais uma vez, olhando para confirmar se o pente estava cheio enquanto esperava a explosão...

E esperou, e esperou...

Estava levando tempo demais, não era possível. Mesmo assim, olhou com cautela por trás da privada...

E viu...

A cápsula explosiva havia falhado. Só podia ser.

Se ele usasse a segunda cápsula que levara, não teria nada para fazer explodir os scanners e cortar a energia do prédio.

Sua opção foi cortar mais um pedaço de pavio e tentar explodir a mesma cápsula.

Preparar o terceiro pavio não passou de uma reflexão sobre a exatidão — algo útil para suas mãos enquanto pensava com determinação em outra coisa: as potenciais ramificações do plano B.

Ele não precisava ser um Maioral com visão de raios X para saber que os seis guardas que tentavam arrombar a porta do banheiro feminino haviam se multiplicado.

Se pretendesse sair para o corredor por aquela porta, precisaria ter um corpo à prova de balas.

Portanto, quando a cápsula explosiva falhou pela terceira vez, Shane não hesitou.

Usou a caneta que confiscara de Cavanhaque e desenhou uma flecha na parede que o separava da sala de controle e segurança, acompanhada da frase: *Entre por aqui para encontrar as pessoas que você quer matar e o equipamento que precisa destruir.*

Só para o caso de ele coringar e perder a noção das coisas.

Então — com o mesmo senso de propósito inabalável que sentira ao pular pela primeira vez de um avião — Shane pegou uma das Epi Pens cheias de Destiny que levava no bolso, abriu o protetor plástico e injetou o conteúdo no músculo da perna.

Nika sentiu que Joseph tentava alcançá-la e fazia de tudo para entrar em sua mente, mas ela continuava tonta demais e ele preferiu recuar na mesma hora.

Ouviu um alarme disparar e desejou ficar acordada tempo suficiente para descobrir que barulho era aquele e relatar a Joseph. Por outro lado, talvez fosse apenas a sua imaginação.

— Alguma de vocês ouviu isso? — perguntou a uma das meninas, mas suas palavras saíram arrastadas e engroladas, e ninguém a compreendeu.

Percebeu que ninguém ouvira nada, pois as jovens estavam todas calmas e o alarme logo foi desligado.

Quando a porta se abriu de repente, porém, a gritaria começou. Só que não era o homem das cicatrizes, e sim a mulher idosa com olhar triste. Ela se dirigiu direto para a cama de Nika, mas parou assim que percebeu que Nika a encarava de volta.

Franziu a testa com ar de estranheza e pegou no bolso um celular de última geração. A pessoa para a qual ligou atendeu na mesma hora e ela perguntou:

— Como é que eu posso prepará-la para a viagem se a droga ainda não fez efeito por completo?

Viagem?

— Estou lhe dizendo, ela *não ficou* completamente apagada. Está bem aqui, olhando para mim e piscando muito. Pelo que eu sei, é muito perigosa — explicou a mulher. — Talvez tenha desenvolvido resistência à droga. Aplique mais uma dose nela...

Não, *não*! Se lhe aplicassem mais uma dose daquele sedativo, várias horas poderiam se passar até Joseph conseguir alcançá-la novamente. Nika precisava entrar em contato com ele agora mesmo para avisar que pretendiam levá-la em uma *viagem*.

Fechou os olhos lentamente, girando-os para cima e fingindo cair no sono, enquanto buscava mentalmente por ele.

Joseph! Eles vão tentar me mover daqui!

— Espere, ela está cedendo ao efeito do sedativo! — informou a mulher ao celular. — Mesmo assim, é melhor vocês aplicarem mais uma dose, só por garantia.

Enquanto o homem com as cicatrizes apavorantes se dirigia para Mac, Anna fechou os olhos e, com todas as forças, tentou o impossível.

Joe, por favor, se você está aí fora e pode me ouvir, por favor, nos ajude!

Por um instante, imaginou senti-lo junto de si. Sentiu o calor familiar dele, a cutucada leve e sua educada hesitação, antes de entrar em sua mente. Logo em seguida, porém, tudo desapareceu e sobrou-lhe apenas a sensação de que ele estava muito longe. Anna não passava de um *fragmento*, e precisaria estar muito perto dele para esse tipo de contato íntimo telepático.

Do outro lado do quarto, Mac dizia:

— Isso mesmo. Venha até aqui. Muito bem, venha para o meu lado... bem aqui...

De algum modo, ela conseguia atrair o sujeito e afastá-lo de Anna, e ela não podia permitir isso.

— Mac, não faça isso. Não vai mudar nada...

— Anna, *cale a boca*! — Mac sorriu para o homem e garantiu: — Eu não mordo. A não ser que você peça...

— É hora de invadir o prédio. — Bach desistiu de esperar.

Seu aumento súbito nos níveis de integração podia ter sido uma anomalia, e não exatamente um pico que havia estabilizado. É verdade que ele havia aumentado muito rápido, mas seus poderes começavam a se degradar, embora lentamente.

Bem que Bach gostaria de poder passar um dia ou pelo menos uma hora no laboratório, testando suas novas limitações e habilidades, mas o momento era de atacar.

Os alarmes disparavam em todo o prédio da Washington Street, mas os scanners e a eletricidade continuavam com força total.

Obviamente, Shane Laughlin tinha tentado invadir a sala de controle e falhara.

Como os scanners funcionavam normalmente, a Organização detectaria na mesma hora se uma equipe do IO invadisse o prédio. Se a coisa precisava ser feita desse jeito, que fosse!

Jackie e seu grupo de Trinta e Quarenta estavam a postos, mas pareciam preocupados com o resultado da operação, enquanto se avizinhavam do edifício. Em um lampejo de insanidade, enquanto caminhava com eles, Bach especulou consigo mesmo o que aconteceria se batesse palmas duas vezes para chamar a atenção da equipe e anunciasse que eles deveriam se dividir em casais e procurar o local reservado mais próximo, onde se entregariam a um rápido coito pré-ataque, a fim de aumentar seus níveis de integração neural.

Como ele poderia ter se enganado tanto?

É claro que a resposta lhe veio à mente de imediato. A verdade é que queria, desesperadamente, estar errado a respeito disso. Durante várias décadas, não quis outra pessoa em sua vida além de Annie. E como Annie estava morta... *ninguém* ocuparia o lugar da sua ex-companheira.

Mas agora Anna — uma mulher tão diferente fisicamente de Annie, apesar de compartilharem o mesmo nome, a centelha de alegria, a esperança e uma *vitalidade* gloriosa — aparecera em seu mundo.

Os poderes amplificados de Bach permitiram que ele sentisse que ela estava naquele prédio, não de forma tão vívida quanto sentia a presença de sua poderosa irmã, mas o bastante para que soubesse o aposento exato onde a Organização a mantinha cativa.

— Brian, Katie, Laurel, Frank, Rashid! O objetivo principal de vocês é invadir a sala de controle e derrubar os scanners e a força do prédio! — gritou Jackie, revendo o plano com a equipe. — Até isso acontecer, cada um de nós estará com um alvo desenhado nas costas. Eles saberão onde estamos e para onde vamos.

Continuou citando e revendo as tarefas de cada membro da equipe. A missão de alguns era achar Mac e Anna, outros tentariam localizar Shane e a maioria procuraria por Nika. Charlie, que caminhava ao lado de Bach, se inclinou para o Maestro e sugeriu:

— Senhor, talvez fosse aconselhável mais uma vez, antes de invadirmos, o senhor tentar entrar em contato com Nika...

Era uma boa ideia. Bach estendeu os limites da mente e encontrou...

Uma gigantesca muralha de trevas. Um redemoinho de pesadelos assustadores e medos inconscientes enquanto Nika lutava, de forma implacável, para se manter no momento presente.

Mas estava quase apagando, e depressa. Depressa demais. Além disso, parecia estar sendo movida para outro local. Bach soube, com uma certeza que o fez crer que desenvolvera alguns poderes de clarividência, que se eles não se mexessem depressa a Organização conseguiria levar Nika para longe dali.

E soube que precisava fazer aquilo. Tinha de entrar na mente de Nika para lutar ao seu lado, mesmo correndo o risco de ser derrubado pelos mesmos sedativos que haviam injetado nela.

Isso significava que ele precisava ficar para trás na hora do ataque, conforme havia planejado desde o princípio, mas foi muito difícil tomar essa decisão.

— Vá! — ordenou a Jackie. — Entrem. *Agora!*

A líder do grupo guiou seus homens na direção do prédio quase correndo.

— Charlie, leve-me de volta para a van — ordenou Bach enquanto fechava os olhos e mergulhava no pesadelo de Nika.

Nika estava perdida.

Conseguia ouvir Joseph chamando-a — ou talvez isso fosse apenas parte do sonho mau. Dava para ouvi-lo, mas não conseguiu alcançá-lo... Nunca mais conseguiria alcançá-lo.

Percebeu que a estavam mudando de um local para outro. Agora, estava sobre uma maca que seguia por um corredor a toda a velocidade, cada vez mais depressa, e ela não conseguia fazer nada para impedi-los.

Nikaaahhh... A voz de Joseph parecia vir de um lugar cada vez mais distante agora.

Nikaaahhh...

Era surpreendente.

O barato era incrível!

O sangue rugia através das veias de Shane, espalhando seu poder pelo corpo todo, transformando-o em alguma coisa... muito diferente. Algo como um...

Maioral.

Sentiu o poder formigando em seus dedos das mãos, nas extremidades dos dedos dos pés e até na ponta do pênis. Percebeu na mesma hora o quanto aquela droga era perigosa, porque já ansiava por mais. Não queria que aquela sensação e o poder acabassem, nunca mais.

Sentiu que a droga tornou seu corpo mais forte e resistente. Mais saudável. Sentiu toda a fadiga desaparecer, e foi como se as marcas roxas, ferimentos e arranhões que recebera quando Mac havia se transformado em Rambo, diante do laboratório da Organização, tivessem se curado instantaneamente.

Sabia muito bem que não havia garantia de nenhum tipo sobre quais os talentos e habilidades que desenvolveria ao tomar Destiny. Mas tinha certeza absoluta de que essas habilidades envolveriam sexo e Mac. É possível que a droga intensificasse o efeito que Mac provocava nele, porque conseguiu sentir a presença dela ali perto.

Onde quer que ela estivesse prisioneira, não era muito longe daquele banheiro feminino. Shane teve certeza de que bastava seguir o instinto de seu tesão e ele a encontraria.

Era bom saber disso.

Porque seu plano, depois de explodir os scanners e provocar um apagão elétrico no prédio, era libertá-la e levá-la para o apartamento, onde eles fariam amor loucamente, pela última vez, antes de Elliot fazer o coração dele parar de bater para sempre.

No momento, porém, Shane precisava invadir a sala de controle, ao lado. E a melhor forma de fazer isso era abrir um buraco na parede. Focou a mente para fazer explodir a parede inteira.

E a descarga da privada foi acionada.

Ora vejam, que maravilha!

Um dos seus novos talentos era a habilidade de soltar a descarga sem precisar tocar na válvula.

Hora de ir em frente.

Shane se concentrou mais uma vez, fechou os olhos e...

Aconteceu algo. Cavanhaque começou a se mexer e gemer, o que lhe pareceu meio estranho. Shane pegou a pistola para lhe dar mais uma coronhada...

Mas deixou cair a arma, pois ela queimou sua mão. Caraca, como estava *quente*!

Ao virar Cavanhaque de barriga para cima, viu que o homem usava um cordão de ouro cuja imagem ficara impressa com profundidade na pele fina e muito clara do pescoço do soldado, que tinha ficado queimada.

Tudo bem. Aquilo era bom — *muito bom*. Shane poderia usar esse novo talento: a habilidade de aquecer metais. Precisava apenas aprender a se focar nisso.

Manteve os olhos bem abertos desta vez, olhando fixamente para a cápsula explosiva que prendera na parede, enquanto trabalhava para tirar o colete de Cavanhaque.

E deixou a coisa esquentar.

Mais quente. Mais quente. Até que...

Sua pequena bomba explodiu, não com um estalo, mas com um estrondo que provocou uma chuva de reboco e pedaços de concreto.

Shane usou o colete de Cavanhaque como um pegador de panelas improvisado, agarrou a SIG Sauer e mergulhou pelo buraco da parede.

28

Bach não conseguiu achar Nika.

A menina fora pega no caos giratório de medos e pesadelos que eram um efeito colateral do sedativo que recebera.

Conseguiu ouvi-la muito longe, chamando por ele. Com o coração arrasado, viu que não conseguia chegar onde ela estava. Na verdade, porém, temia aquela falta total de controle.

Logrou, de algum modo, prender-se à periferia da sua mente, escapando da névoa de adormecimento e da confusa sensação de caos. Mas é claro que não conseguiria contato ali. Não havia chance de encontrá-la, a não ser que relaxasse.

Charlie, um bom rapaz, o levara de volta à van e lhe repassava continuamente relatórios atualizados do Setor de Análises, e também da equipe que havia invadido o prédio.

— A força elétrica e os scanners continuam ligados — contou a Bach, em tom alto e claro. — Jackie avisou que eles conseguiram passar pelos primeiros guardas no saguão, mas o elevador que pegaram foi desativado, o que já era esperado. As escadas estão bloqueadas, então eles estão seguindo até o quadragésimo andar pelos poços dos elevadores.

Por aquela via eles perderiam muito mais tempo. Bach sabia que, a qualquer momento, Nika seria colocada em um elevador privativo e levada para o porão, de onde seria tirada do prédio por algum túnel.

Engoliu o próprio medo.

E mergulhou mais uma vez no turbilhão maldito, chamando por Nika.

O homem das cicatrizes havia se esquecido completamente de Anna, e Mac tornou a lançar sobre ele mais uma forte dose do seu poder de encanto.

Quando ele se aproximou mais e mais, ela viu o que fizera com ele, e fez um esforço supremo para esconder o nojo e o medo.

Não era apenas sexo o que ele queria dela — esperava muito mais. Queria algo poderoso, algo que superasse tudo o que desejava e precisava fisicamente em seu mundinho imundo. Ele queria acreditar por completo que o que estivesse sentindo ela estaria sentindo também.

Foi por isso que Mac fechou os olhos e pensou em Shane; no jeito como o coração dela se aquecia quando ele sorria; no conforto que sentia quando ele a enlaçava com seus braços fortes; no prazer que sentia só por ele estar presente no mesmo cômodo que ela...

Mac o amava. Que Deus a ajudasse, mas ela o *amava* de verdade. Abriu os olhos e se obrigou a acreditar que era Shane o homem que vinha em sua direção, usando uma máscara medonha de Halloween.

O homem sorriu para ela — pelo menos lhe pareceu um sorriso.

E se aquilo não desse certo? Aí o bicho ia pegar...

O alvo de Shane não poderia ser mais certeiro.

Ele sempre fora bom na habilidade de se livrar de um bando de caras cruéis que o atacavam ao mesmo tempo. Tinha um sexto sentido sólido, antecipava os movimentos dos adversários e sempre eliminava as ameaças.

Naquele dia, porém, não perdeu uma única bala enquanto rolava pelo chão da sala de controle atirando para todos os lados, e trancou a porta por dentro.

Assumiu a posse do lugar em poucos segundos e então, num piscar de olhos, se viu diante dos computadores que comandavam as fileiras de scanners, a chave da força elétrica e os geradores do tipo *nobreak*. Em seguida, observou as fileiras de monitores que exibiam todas as imagens dos saguões e das áreas públicas, e também dos quartos onde os prisioneiros estavam instalados.

Foi por ver tudo aquilo, em um relance, que não hesitara em executar cada um dos cinco homens que trabalhavam na sala com tiros certeiros na testa. Não havia dúvida: eles sabiam exatamente o que era o Brite Group e o que a empresa fazia ali.

E Shane os eliminou sem pensar duas vezes.

Dava para ver pelos monitores que uma pequena multidão se aglomerava do lado de fora do banheiro feminino. O sujeito gigantesco de cabeça raspada comandava a ação. O homenzarrão tinha uma aparência impressionante, e talvez houvesse alguns músculos de verdade ali, por baixo das espessas camadas de gordura corporal. Como a maioria dos mercenários, guerrilheiros e soldados alugados, porém, o gigante devia ter mais aparência e arrogância do que competência. Pelo visto, não somara dois e dois quando viu Shane entrando no banheiro feminino, e só lembrou que a sala de controle ficava ao lado quando ouviu a explosão.

Agora empurrava a porta por fora e olhava com ódio para a câmera posicionada acima da entrada fortemente protegida.

Shane analisou os outros monitores, procurando por Mac, Anna e Nika, mas havia vídeos demais para vasculhar, e as imagens piscavam, pipocavam e se distorciam constantemente.

Focou a atenção nos scanners enquanto pegava a segunda "goma de mascar" com C4 no bolso, mas percebeu que aquilo não seria necessário. Com seu novo poder de derreter metais, conseguiria simplesmente fundir os fios de todas as placas-mãe dentro de cada computador.

Liberou um foco de energia concentrada e deixou as explosões e o forte cheiro de circuitos elétricos queimados encherem o ar, enquanto analisava o melhor modo de derrubar o suprimento de energia elétrica de todo o prédio.

Para isso ele precisaria usar o C4 que sobrara, desde que o instalasse em um local estratégico, mas — maldição! — a segunda cápsula detonadora tinha explodido no banheiro. De qualquer modo, sua habilidade para superaquecer metais talvez lhe garantisse algo de improviso, a não ser que...

Ele se protegeu, focou de forma concentrada e...

Nada.

No entanto, um após outro, os monitores começaram a piscar e apagaram à medida que sua fiação interna derretia.

Foi então, em um deles, antes de a imagem desaparecer com um estalo, que Shane a viu.

Mac. Presa a uma cama de hospital e olhando para um homem de rosto deformado que se aproximava dela com claras intenções, já que segurava seu membro com uma das mãos e girava uma faca imensa com a outra.

Mas o monitor apagou no instante em que Shane pulou na direção dos controles.

— Não! Porra, puta que pariu, *não*! *Mac!*

Mas todos os computadores fumegavam agora e, logo em seguida, o último monitor piscou algumas vezes e apagou de vez.

O brilho da faca que o homem da cicatriz segurava na mão direita foi a primeira pista de que as coisas não corriam exatamente do jeito que ela havia planejado.

Mesmo assim, talvez aquilo fosse alguma carência, uma antiga necessidade de se sentir seguro, e Mac lhe lançou mais uma dose forte de amor e sinceridade.

— Amorzinho, por favor — pediu ela. — Sei que você não devia fazer isso, mas gostaria muito que você libertasse minhas mãos e meus braços, pois quero abraçar você.

Foi então que ele riu e enfiou a faca até o cabo no colchão, com força, entre as pernas de Mac. A arma ficou presa ali, balançando de leve.

— Você acha que eu não sei o que está tentando fazer, sua vadia? — perguntou, com aquela voz arrastada e nojenta. — Pensa que eu não sei que você está controlando a minha mente?

— Claro que não, amor — insistiu ela, só que a voz saiu sem muita firmeza e nem um pouco de tesão do tipo "mal posso esperar para que você me coma". — Amorzinho, eu não estou...

— Para sua informação — disse ele, quando as luzes em torno começaram a piscar e apagaram de vez —, eu não consigo me excitar, a não ser que você grite. — As luzes de emergência acenderam, espalhando um brilho ainda mais artificial pelo quarto e mostrando que o homem das cicatrizes sorria e completava: — Ou então sangre!

Shane estava novamente em pé assim que as luzes de emergência acenderam, banhando a sala cheia de fumaça escura com uma luz muito enevoada.

Ouviu os gritos dos guardas de segurança da Organização no corredor, mas eles que se fodessem! Mac estava em perigo e ele iria salvá-la.

Usou o colete de Cavanhaque mais uma vez para pegar a arma e abriu a porta.

O gigante estava em pé bem ali, e um ar de surpresa total invadiu seu rosto feio. Ergueu a arma e, se Shane não fosse tão rápido, estaria morto. Mas teve tempo suficiente para lançar um jato de calor que fez o homem largar a arma subitamente aquecida. Na verdade, a maioria dos homens em volta fez o mesmo, mas alguns conseguiram atirar, apesar de quase todos largarem as armas e fugirem apavorados em busca de reforços.

Shane sentiu a ardência de uma bala que passou raspando pelo seu ombro, antes que ele fechasse a porta novamente. O ferimento lhe pareceu muito quente, mas a própria bala cauterizou a passagem enquanto lhe atravessava a carne.

O que, infelizmente, não impediu o sangramento. Mas sangrou bem menos.

Ele descobriu que não era à prova de balas.

Mesmo assim, precisava chegar a Mac. Como faria isso? Pelo visto, o seu talento para derreter metais não funcionava direito fora da sala onde estava, senão os guardas teriam largado as armas antes mesmo de ele aparecer no corredor.

Muito bem... pense... ou, merda, sei lá... experimente! O que mais ele conseguiria fazer?

Havia algo chamado desmaterialização, um poder que permitia que uma pessoa atravessasse paredes. Ele sentia a presença de Mac — ela não estava longe dali. Por favor, Senhor, ele só queria ir até lá para ajudá-la. Mas se sentia sem foco. Visualizou a planta daquele andar. Seria desastroso atravessar uma parede e cair por um poço de elevador.

Tentaria algo fácil, voltando para o banheiro.

Respirou fundo, começou a andar com determinação e bateu de cara na parede.

Que dor filha da mãe!

Acrescentar "desmaterialização" à lista das habilidades que ele não tinha, bem ao lado de "corpo à prova de balas", pensou ele. Colocar também uma observação ao lado, escrevendo a palavra *imbecil* por não testar antes, usando a mão, por exemplo. Mas, puxa vida, como ele queria chegar até onde Mac estava!

A fumaça estava cada vez mais densa. Shane voltou pelo buraco na parede até o banheiro feminino, onde Cavanhaque continuava apagado no chão.

Talvez conseguisse fazer aquele truque telepático que Nika conseguira com Bach — entrando no corpo dele e jogando sua consciência para escanteio. Possessão, foi como eles chamaram.

Poderia entrar no corpo de Cavanhaque e levar a si mesmo dali, como prisioneiro. Mas... já que planejava se apossar do corpo de alguém, por que não fazê-lo em grande estilo?

Shane se lembrou do relatório em áudio que ouvira, e que explicava em detalhes as palavras que Nika usara para entrar na cabeça do dr. Bach.

Parece que a menina tinha usado a raiva extrema para canalizar aquele poder, e focara a mente para alcançar Bach.

Em se tratando de receitas, aquela era extremamente imprecisa. Mas se havia algo que Shane tinha em excesso, naquele instante, era raiva. Fechou os olhos e visualizou Mac.

E viu nitidamente o homem que se aproximava dela com uma faca na mão.

—Você realmente acha que eu sou tão burro a ponto de soltar esses ganchos dos seus braços? — perguntara o homem das cicatrizes.

— O amor é uma coisa engraçada — disse Mac, e lhe enviou uma dose de encanto amplificada, tão intensa que deveria tê-lo afetado do mesmo jeito que fizera com Shane no carro, no estacionamento do Instituto Obermeyer. Aquilo certamente serviria para desarmá-lo, por assim dizer, mas ele simplesmente gargalhou.

Mac sabia que enquanto as algemas estivessem em seus pulsos não haveria mais nada que pudesse fazer para impedi-lo. Mesmo assim, não podia desistir. Não podia parar de tentar, e continuou enviando ondas contínuas de seu poder sobre ele.

Entretanto, ele puxou a faca do colchão e a usou para fazer um pequeno corte na perna dela, na parte interna da coxa. Pela primeira vez na vida, Mac desejou ter passado mais tempo em treinamento, no laboratório de telecinese, montando aqueles quebra-cabeças bizarros. Se ela tivesse se armado com mais poderes de telecinese e aprendesse a controlar objetos a distância, talvez conseguisse arrancar a faca dele e usá-la para lhe rasgar a garganta. Ou quem sabe poderia colocá-lo no ar e, então, atirar o safado contra a parede com tanta força que quebraria seu pescoço, sem se arriscar a ricochetes perigosos do seu poder que pudessem lhe arrancar as algemas sem querer, lhe abrindo os pulsos.

Ele apertou a lâmina um pouco mais fundo, e ela emitiu um som de dor, apesar de sua intenção de aguentar calada. Acabou transformando o grito em xingamento:

—Vá se foder!

—Mac! — disse Anna do outro lado do quarto, e começou a chorar.

—Vire o rosto, Anna — pediu Mac, quando o monstro usou o controle remoto para ajustar sua cama. — Olhe para o outro lado, não veja isso. E, pelo amor de Deus, não chore nem grite. Ele se excita mais quando ouve alguém gritando. Pense em Bach, OK? Ele está vindo salvá-la, sei que está. Ele a ama. Você sabia disso?

— O quê?

— Pois é, essa novidade também me pegou de surpresa. Bach está apavorado com isso, mas ele é o Maestro, e sempre foi muito esperto. Vai achar uma solução.

— Estou entediando vocês, garotas? — perguntou Cicatriz quando os joelhos de Mac se ergueram diante dele e os pés dela encostaram na bunda.

Mac tentou manter os joelhos unidos, mas não conseguiu. Então olhou para ele como se tivesse se esquecido de que ele estava diante dela.

— Puxa, cara, acho que você está me entediando um pouco sim.

Soube, na mesma hora, que havia exagerado no sarcasmo, porque ele agarrou a faca com mais força e ela percebeu que ele pretendia enfiá-la nela. Também viu que precisava desarmá-lo, o que acabaria por matá-la do mesmo jeito, por causa dos malditos ganchos. Subitamente, porém, ele deixou a faca cair no chão com um baque forte. *Por favor, meu doce Jesus, faça com que ele esteja tendo um AVC maciço...* Talvez estivesse acontecendo exatamente isso, porque ele dobrou o corpo para a frente, depois endireitou as costas e tornou a se lançar de cabeça para a frente de forma desordenada.

— É *você* que está fazendo isso com ele? — perguntou Anna.

— Não — disse Mac horrorizada, balançando a cabeça.

— Sou eu! — disse Cicatriz, indo para a frente e para trás mais algumas vezes. — *Eu* é que estou fazendo isso. Sou eu, Mac... Shane! — Tossiu com força, como se esvaziasse os pulmões de água ou de uma grande quantidade de fumaça.

Como assim?... Mac olhava espantada para ele, sem conseguir se controlar. Não podia ser Shane. Como aquilo era possível?

— Não brinque comigo — disse ela, só faltando cuspir. — Vá se foder... Vá se *foder*!

Mas o homem pegou o controle remoto do bolso do guarda-pó e apertou o botão para lhe baixar as pernas, enquanto usava a mão esquerda para colocar o membro novamente dentro da calça.

Olhou para o lado, viu Anna de pernas abertas e rapidamente desviou os olhos.

— Desculpe, Anna — disse, tossindo mais uma vez com muita força, enquanto procurava o botão que também baixaria as pernas dela, para que ela não ficasse ali exposta à brisa, como se estivesse à espera de um exame ginecológico.

Foi então que reparou nos ganchos firmemente presos aos pulsos de Mac.

— Puta merda, que foi que eles fizeram com você?

— Não me toque! — avisou ela. Aquilo era *impossível*. Shane não era um Maioral. Como poderia ter conseguido uma façanha daquelas? Não fazia sentido...

— Preciso tocá-la para poder arrancar esses ganchos. *Malditos!* — reagiu ele, e teve mais um acesso terrível de tosse.

Pronto, ela já aturara o bastante.

— Muito bem — disse Mac, tentando não gritar, certa de que estava pagando pra ver. — Tire os ganchos então, seu babaca. *Tire-os*. Agora!

— Entendo o porquê de você não acreditar que sou eu — disse Shane, com ar prosaico e um jeito tão característico dele que Mac quase desmontou. — Admito que estou caidaço aqui, exibindo essa aparência, mas... *sou eu de verdade*, Michelle. Preciso trabalhar depressa, porque Cristopher... Aliás, vocês sabiam que o nome do babaca dono deste corpo é Cristopher, escrito sem H depois do C? Ele quer esse bagaço de volta e está brigando pesado comigo, que ainda sou novo nessa parada de dominar corpos alheios e... — Com todo o cuidado, tentou soltar o gancho do pulso esquerdo de Mac, e então abriu as algemas.

— Puta merda! — exclamou ela. Ele realmente a estava libertando. — Como foi que... será que isso é possível?

— Pois é... essa é a parte onde você vai ficar muito puta comigo — disse ele, erguendo a cabeça e olhando para Mac de um jeito que era unicamente seu, com a diferença que tossia sem parar e usava o rosto medonho de Cicatriz. — Depois que vocês sumiram, eu me ofereci como voluntário para uma missão de resgate. Como não tinha nenhuma estratégia de fuga, peguei um pouco de Destiny com Elliot e injetei a droga em mim mesmo. Sabe como é... para salvar o mundo?

— O quê? — Mac nem percebeu que seus dois braços estavam livres, embora ainda atravessados pelos terríveis ganchos, e Shane completou:

— Vou lhe mostrar o meu emoticon sorridente, para convencê-la. — E tentou exibir uma versão muito estranha do mesmo sorriso feliz e cheio de dentes que exibira na noite em que eles haviam se conhecido.

Aquele sujeito era Shane — era realmente Shane! Ela agarrou a parte da frente do guarda-pó de Cicatriz enquanto ele libertava suas pernas.

— Que loucura foi essa? Você poderia ter coringado. Por Deus, Shane, Destiny provoca uma dependência imediata e terrível!

— Eu sei — concordou ele. — Bem, o caso é que sou um ex-SEAL.

— E o que *isso* significa?

— Sei lá — confessou, afastando-se um pouco dela e seguindo na direção da cama de Anna para libertá-la. Depois de ajudá-la a descer da cama, voltou-se para Mac. — Acho que ouvir isso talvez lhe parecesse mais plausível e aceitável do que a verdade.

— Que é...?

— Eu amo você loucamente.

Meu Deus...

— Mas não existe cura para quem é viciado em Destiny! A *morte* é a cura. Isso é irreversível! — Mac sentiu vontade de vomitar.

— Isso depende de que vício você está falando — argumentou ele, tentando conter um novo e forte acesso de tosse enquanto examinava os ganchos que continuavam presos aos pulsos dela. — Quanto à droga? Existe uma cura, sim. Elliot a descobriu. Na verdade é uma *possibilidade* de cura, mas ele estava muito otimista. Quanto a gostar de você? Estou certo de que só a morte vai me curar *desse* vício. — Ele a olhou fixamente. — Segure-se em mim com força, meu amor, porque arrancar esses ganchos vai doer pra cacete.

Anna sabia que Shane estava certo. Aquilo ia doer demais.

Ficou ali perto, torcendo para ele não precisar de ajuda para remover os ganchos dos braços de Mac. Depois de arrancá-los com cuidado, cobriu as feridas com as mãos até o sangramento diminuir.

Sua respiração ficava mais difícil a cada instante e os acessos de tosse pioravam. Quando Mac conseguiu falar, olhou para ele e perguntou:

— Onde você está?

Shane viu que ela se referia à sua localização física, pois aceitou que ele estava ali usando o corpo do sujeito chamado Cristopher.

Mas Shane simplesmente balançou a cabeça para os lados e entregou a Mac a faca imensa que ainda estava sobre a cama, com o cabo virado para ela, enquanto a tosse continuava a impedir que respirasse.

— Ele vai voltar logo. Estou perdendo o controle. Você precisa me matar, Mac.

Mac fez que sim com a cabeça, mas Anna percebeu que ela hesitava em fazer isso. Enfiar uma faca no coração do próprio amante? Mesmo sabendo que não era seu corpo físico real, na verdade era Shane quem estava ali dentro.

— Você precisa abandonar o corpo dele, antes de eu matá-lo — exigiu Mac.

— Farei isso — concordou ele, em meio a mais um acesso de tosse —, mas só depois de você matá-lo. Não vou deixar que ele retome o controle do próprio corpo até saber que está realmente morrendo.

— Mas você não sabe como isso funciona! — retrucou ela, com raiva. — E se depois que ele começar a morrer você *não conseguir mais* sair daí?

Ele tocou o rosto dela com uma ternura infinita, usando as mãos imensas e deformadas de Cicatriz.

— Por favor, Mac. Sempre existe um *e se*... E se eu for embora e ele matar vocês duas? Você mesmo disse agora há pouco: pode ser que não exista cura e eu já esteja morto.

— Mas *você disse* que estava otimista!

— E estou — confirmou ele, lutando muito para respirar. — Estou *sempre* otimista.

— E se você permanecer no corpo de Cristopher — sugeriu Anna —, e nos levar até Nika? Você tem acesso à mente dele. Não podemos encontrá-la desse jeito?

— Não consigo — confessou Shane. — Pelo menos agora, com ele tentando me derrubar no chão para pegar o próprio corpo de volta. É claro que não estou a fim de convidá-lo a fazer isso. — Ele tossiu mais uma vez. — Foi ótima essa ideia de me usar para tirar vocês daqui, mas estou prestes a perder o controle.

— Você está perdendo o controle porque está quase sufocando — disse Mac, com raiva. — Há um incêndio aqui neste andar, dá para sentir o cheiro da fumaça. Não me obrigue a sair daqui para procurar você!

— Por favor, não faça isso — pediu Shane, balançando a cabeça. — Há muitos guardas e você não está completamente à prova de balas, como antes. Você precisa me matar agora, Michelle. Depois, pegue Anna e dê o fora daqui. Pode deixar que sei cuidar de mim.

— Não. — Mac balançou a cabeça. — Você me diz onde está e eu mato Cristopher. Anna e eu sairemos do quarto, pegaremos você e só então daremos o fora daqui. Juntos!

Anna concordou com o plano, mas Shane balançou a cabeça mais uma vez.

— Você está na sala de controle da segurança, acertei? — perguntou Mac. Como ele não negou, ela olhou para Anna. — É para lá que vamos primeiro. É claro que se ele não estiver nessa sala...

— Merda! Estou dentro do banheiro feminino, ao lado da sala de controle — rendeu-se ele. — Mas não sei como chegar lá a partir deste quarto.

— Eu sei como! — disse Mac. —Vou pegar você. Basta seguir sua rede emocional.

— Pelo amor de Deus! — exclamou ele, tossindo com mais força. Nesse momento, seu rosto e seus olhos se transformaram por um instante. Era Cristopher tentando voltar.

Anna recuou um passo e Mac apertou com mais força o cabo da faca que segurava.

Então Shane retornou — mas por quanto tempo?

— Mac — pediu ele. — Por favor. Eu faria isso por mim mesmo, mas não quero *essa* faca *nestas* mãos.

Mac fez que sim com a cabeça e olhou fixamente para ele com os olhos cheios d'água.

—Vou até aí salvar você — prometeu ela.

— Por favor, não tente fazer isso — sussurrou ele.

— *Tenho* de fazer — disse ela. — Porque eu amo você.

Shane sorriu e, de algum modo, fez com que Cristopher parecesse lindo.

— Meu dia está ficando cada vez melhor — brincou ele. —Vou trabalhar dobrado para sobreviver. Por favor, faça o mesmo.

— Farei. — Mac riu, apesar das lágrimas que lhe escorriam pelo rosto. — Eu sou muito louca mesmo, não sou? — perguntou, e enfiou a faca com força no coração do homem à sua frente.

Oceano calmo e azul. Oceano calmo e azul.

Nika sabia que jamais conseguiria encontrar Joseph se não saísse daquele estado de pânico. Respirou bem fundo, do jeito que ele ensinara. Inspire devagar... prenda... expire completamente.

Tudo bem, vamos tentar. Conte até dez para inspirar, e até dez para expirar. Mais uma vez... mais uma vez...

Os pesadelos continuavam em redemoinhos à sua volta.

Viu a mesma cena idiota com bonecos antigos que pareciam as figuras robóticas do brinquedo It's a Small World, da Disney. Nika tinha *esse mesmo* sonho desde os 4 anos de idade. As cabeças dos bonecos balançavam sem parar enquanto suas bocas se moviam, mas as palavras estavam fora de sincronia com a música.

Viu David chegando ao apartamento quando Anna não estava, perseguindo-a escada acima e chamando-a por nomes terríveis...

Viu sua mãe, morta, deitada no caixão.

Oceano calmo e azul, oceano calmo e azul...

Quando Mac abriu a porta do quarto, viu o corredor fracamente iluminado e completamente cheio de fumaça.

Saiu correndo, segurando a mão de Anna com firmeza e puxando-a para fora. Sabia aonde ir. Podia sentir — Shane estava perto.

Havia muita atividade nos corredores — guardas fortemente armados andavam a esmo, sem liderança.

A princípio, Mac achou que os camisolões brancos de hospital que elas usavam seriam prejudiciais, mas logo percebeu que aquilo, na verdade, era uma vantagem.

Tudo o que precisavam fazer era se encolher de medo e os guardas mal prestavam atenção a elas, pois tinham peixes mais graúdos para pescar.

Havia um verdadeiro pelotão de guardas parado do lado de fora da sala de controle — que ficava ao lado do banheiro feminino onde Shane se entocara. Em vez de fugirem da fumaça, todos estavam protegidos por máscaras de bombeiros, o que era péssimo. A esperança de Mac era encontrar aquele corredor vazio.

A entrada do banheiro dos homens, porém, ficava na esquina do corredor, e Mac entrou por ali, carregando Anna.

Um palhaço estava lá dentro, dando uma mijada.

— Ei! — reagiu o homem, assim que as viu, e Mac usou seus imprecisos poderes de telecinese para atirá-lo contra a parede com tanta força que ele perdeu os sentidos.

Talvez estivesse morto. Ela não estava particularmente interessada nisso.

— Pegue a arma dele — ordenou a Anna, que cumpriu a ordem sem pestanejar. Tirou até mesmo a máscara contra gases que ele usava e partiu para saquear-lhe os bolsos, em busca de mais munição.

— Cuidado agora! — avisou Mac ao agarrar um dos mictórios individuais; havia três deles enfileirados na parede. Ela puxou com força, tentando usar as mãos para guiar seus poderes telecinéticos.

Acabou quase esmagando o próprio pé e teve de executar uma dança estranha e rápida para evitar os canos e pedaços de reboco que se despregaram da parede. Seu esforço abriu um rombo considerável, por onde uma fumaça tóxica começou a ser despejada.

Tentou passar pelo buraco, mas esbarrou em Shane, cujos olhos lacrimejantes eram a única coisa que aparecia em seu rosto quase todo coberto e com um pano amarrado. Ela acabou puxando-o para o banheiro masculino, em vez de entrar no ambiente enfumaçado. Colocou-o no chão e o abraçou com força, extremamente grata — ele ainda estava vivo!

Ele também se colou nela por um momento, mas logo a afastou para recolocar no rosto a máscara improvisada, e acabou vomitando no mictório intacto, ao lado, enquanto se engasgava, respirava com muita dificuldade e tossia mais. Por fim, pediu desculpas.

Mac simplesmente o amparou, até que ele finalmente limpou os pulmões, puxando o ar várias vezes, embora a atmosfera do local também começasse a se degradar.

— Dane-se o grande e romântico beijo do tipo "puxa, nós dois ainda estamos vivos!" — disse ele, olhando para Mac com a expressão brincalhona típica de Shane Laughlin. — De qualquer modo, temos algo que é quase tão bom quanto isso. Veja só! — Ele acionou a descarga do mictório sem tocar no botão.

Mac riu, apesar de tentar se impedir.

— Grande talento! — elogiou. — O que mais consegue fazer?

— Ainda estou descobrindo — disse ele, levantando-se para lavar a boca e bochechar na pia. Tossiu mais um pouco. — Não sou à prova de balas e não consigo atravessar paredes. Meu maior palpite até agora é que eu sou um cara muito, *mas muito bom* de cama.

— Eu estava pensando em termos de talentos potencialmente capazes de salvar vidas. — Ela riu novamente.

— Consigo esquentar metais e dar início a incêndios — contou ele. — Dá para explodir um monte de merdas usando explosivos.

— E telepatia? — perguntou ela.

— Fiz aquilo com Cristopher — lembrou ele. — Não tive acesso a nenhuma mente até agora para tentar leitura de pensamentos, e sempre sei o que você está pensando. — Ele a pegou e puxou para junto de si. — Uma coisa de cada vez — disse, baixinho.

Mac concordou com a cabeça, mas o que pensava, *na verdade*, era que, embora eles ainda estivessem vivos, tal situação poderia mudar a qualquer momento. De qualquer modo, mesmo que conseguissem simplesmente sair dali andando até o IO, o fato de Shane ter se tornado um viciado em Destiny a encheu de medo e apreensão.

Mas ele estava certo. Não adiantava se preocupar com isso agora. Havia inúmeros obstáculos a vencer até eles voltarem ao IO, e qualquer um poderia matá-los.

Shane a soltou, teve mais um acesso de tosse e se virou para cuspir na pia.

Anna segurava a máscara antigás e ofereceu:

— Talvez isso possa ajudar.

Shane balançou a cabeça enquanto enxugava a boca com as costas da mão.

— Um de nós devia colocar isso. Aceito que seja *eu*. — Ele pegou a arma que Anna também segurava e se virou para olhar para Mac. — Qual é o seu plano?

— Darmos o fora daqui — informou ela. — Vamos pegar Nika e levá-la para casa.

— Para mim está ótimo — concordou Shane. — Porta ou parede?

— Teto — avisou Mac, e abriu um rombo gigantesco sobre a fileira de reservados, para que eles pudessem usar as privadas e os escombros para escalar até lá em cima.

— Adoro seu jeito de pensar — disse Shane, sorrindo alegremente.

Imagens de pesadelos continuavam a circular Nika.

Viu Anna chorando no banheiro da casa delas, achando que Nika dormia e não poderia ouvi-la.

Viu Devon Caine correndo atrás dela na calçada onde fora raptada e ouviu a própria respiração entrecortada com um rugir nos ouvidos, enquanto tentava escapar dele, desesperadamente.

Viu o rosto de sua mãe, poucas horas antes de ela morrer. Parecia tão miúda, tão imóvel, tão...

— Anna?

Nika se virou e, graças a Deus! Era Joseph. Ela o encontrara. Ou talvez ele a tivesse encontrado.

— Não — respondeu. — Sou eu, Nika. — Exatamente como da outra vez em que eles haviam se encontrado na mente dela, as palavras que ambos pronunciavam eram tão claras que era como se estivessem na rua, batendo um papo.

Ele olhou para ela com uma expressão estranha e balançou a cabeça para os lados.

— Sim, desculpe — pediu ele. — Parece loucura, mas há horas em que você se parece *demais* com sua irmã... — Riu de leve. — É claro que, nesse exato momento, estou completamente doidão, então até minhas botas se parecem com Anna. De qualquer modo, por mais que eu desejasse ficar um pouco mais aqui curtindo Pink Floyd, precisamos ir embora.

— Quem é Pink Floyd? — quis saber Nika. E por que será que Joseph achava que as botas que calçava se pareciam com sua irmã...?

— Qualquer dia desses eu prometo colocar um disco dessa banda para você ouvir, o *Dark Side of the Moon* — prometeu ele, rindo de leve —, e lhe contar sobre minha fase *cannabis*, também conhecida como "meus anos desperdiçados". Você poderá aprender com alguns dos meus erros. Ou não. Os erros pessoais, cada um de nós precisa cometê-los por conta própria, não é verdade? — Riu novamente e lhe estendeu a mão. — Vamos, Mini-Anna. Precisamos escapar daqui. Para ser franco, não faço a mínima ideia de como faremos isso, mas vamos começar com a garantia de que não nos perderemos um do outro.

Balançou os dedos na frente dela e Nika riu ao pensar que, se outra pessoa a tivesse chamado de *Mini-Anna*, ela provavelmente ficaria revoltada. Esticou o braço e segurou a mão dele com força...

E seu mundo explodiu.

Shane entrelaçou os dedos para fazer cadeirinha, a fim de dar um impulso a Mac e fazê-la alcançar o buraco que abrira no teto. Antes de ela se virar na direção dele, porém, tudo aconteceu.

Uma espécie de explosão de grandes proporções encheu o ar. O prédio inteiro sacudiu, a rua inteira, talvez até mesmo a cidade toda. Mac ouviu barulhos terríveis de vidro se quebrando e ficou feliz por eles não estarem perto de nenhuma janela.

Os canos estouraram, água respingou para todos os lados; Shane ajudou Anna a subir também e pulou em seguida. Todos se seguraram com força enquanto o chão vibrava.

A porta do local onde eles haviam saído se entreabriu e Shane tomou a dianteira, obviamente esperando um ataque, mas não apareceu ninguém. Ele se encostou à porta e tentou abri-la, mas ela estava completamente torta e empenada.

Quando o tremor da explosão terminou, os dispersores de água do sistema contra incêndios foi acionado e Shane aproveitou a água que caía sobre eles como se fosse uma chuva benfazeja.

—Vocês não fazem ideia do quanto eu tentei acionar esses dispersores de água antes — começou a dizer, mas Anna o interrompeu.

— Meu Deus. Sua arma!

Mac e Shane olharam ao mesmo tempo para onde Anna apontava e viram...

O cano da arma que Shane empunhava tinha sido entortado, como se o metal tivesse sofrido um aquecimento altíssimo para, em seguida, ser torcido sobre o próprio eixo.

— Só espero que a pessoa que fez isso esteja do nosso lado — comentou Shane, olhando para Mac.

A água que continuava a cair do teto dava mais volume à fumaça que saía da sala de controle, o que era irônico, mas não inesperado.

Shane forçou a porta com o ombro, abrindo-a um pouco mais para dar uma olhada lá fora, antes de tornar a fechá-la.

Fez isso uma segunda vez e uma terceira, antes de lançar para Mac um olhar do tipo *fique aqui com Anna*. Abriu a porta um pouco mais, à força, para poder sair.

Voltou quase de imediato, chamando-as para o corredor, onde o ar estava menos enfumaçado.

— A pessoa que entortou esta pistola — informou, tirando o pente de balas da arma derretida e segurando-a como se fosse um bastão — fez o mesmo com todas as armas de fogo do lugar.

De fato, muitos guardas que saíram pelo saguão haviam tentado usar as armas, mas elas haviam explodido em seus rostos. Outros dos homens uniformizados caídos no chão não exibiam marcas de sangue, mas Shane sabia que eles tinham sido mortos de algum modo.

As luzes de emergência piscavam de forma intermitente em meio aos destroços, criando um efeito ainda mais infernal.

A porta deles não era a única que tinha sido destrancada. Todas as portas do andar estavam entreabertas. Garotas vestidas com camisolões de hospital semelhantes aos de Mac e Anna começaram a emergir dos quartos. Temerosas a princípio, e depois com mais determinação, começaram a sair às dezenas pelos corredores.

—Tenham calma! — comandou uma voz que soava esquisita e comandava o movimento no fim do corredor. — Não precisam entrar em pânico nem correr. Vocês estão todas a salvo agora.

— De quem é essa voz? — perguntou Shane.

— De Bach — respondeu Anna, com um tom de espanto. — É Joseph Bach.

Realmente, ali estava Bach no fim do corredor, parcialmente obscurecido pela fumaça. Parecia iluminado, mas não pelas fracas luzes de emergência. O brilho parecia vir dele... *de dentro dele*! E também de Nika, que estava ao lado, segurando a mão dele com muita força.

— A ajuda está a caminho — avisava Bach às garotinhas, e Mac percebeu por que sua voz parecia diferente e tão estranha. Nika falava em uníssono com ele, como se suas vozes fossem uma só: — Vocês não precisam mais ter medo.

— Neek! — gritou Anna, ao ver que sua irmã estava com Bach, e correu na direção dela.

Nika olhou para Bach, como se pedisse permissão para soltar a mão dele. O Maestro sorriu e concordou.

— Estamos a salvo agora — assegurou-lhe ele.

De fato, as equipes de Trinta e Quarenta apareceram em grandes levas pelo corredor e os cercaram, todos prontos para ajudar a quem precisasse.

A coisa mais estranha que aconteceu foi que, no exato instante em que Nika soltou a mão de Bach para se lançar nos braços da irmã mais velha, ele desapareceu em pleno ar — como se não tivesse nem mesmo estado ali em momento algum.

— *Isso* foi muito esquisito — espantou-se Shane.

Mac se virou e ele completou:

— Esquisitaço, certo? — Colocou a mão sobre o ombro dela e a puxou para perto de si. — Até parece que essa merda toda é normal.

— Pois vá se acostumando — retrucou Mac, segurando-o ainda com mais força.

Ele riu, e embora Mac não tivesse poderes telepáticos, sabia o que ele estava pensando naquele momento. Nika, Anna e Mac estavam a salvo, além de centenas de garotinhas. Mas a ameaça terrível à vida de Shane estava longe de acabar.

— Vamos voltar para o IO — sugeriu ela.

Ele não retrucou, simplesmente concordou com a cabeça.

Juntos, seguiram na direção das escadas.

29

Bach recobrou a consciência no banco de trás da van, onde Charlie continuava no computador, monitorando a situação no andar térreo e recebendo todas as informações do Setor de Análises.

Jackie e a equipe dos Trinta e Quarenta trabalharam rapidamente para esvaziar os andares do Brite Group, resgatando todas as crianças, e também confiscaram a droga em estado bruto.

Como o Serviço de Proteção à Infância fora privatizado, não havia como ter certeza absoluta de que a Organização não teria ligações importantes nas esferas do poder que permitissem que as garotas fossem novamente raptadas. Por causa disso, todas seriam enviadas ao Instituto Obermeyer, onde receberiam os devidos cuidados, até que seus pais fossem encontrados e avisados do resgate. As jovens que não tivessem pais construiriam no instituto uma nova vida. Teriam um novo começo, cercadas de pessoas que as respeitariam e cuidariam delas física, emocional e psicologicamente.

Os guardas e os funcionários mortos eram uma prioridade menor do que as meninas e o confisco da droga. Se houvesse chance, porém, todos seriam fotografados e teriam as impressões digitais devidamente analisadas pelo Setor de Análises.

O problema é que não haveria muito tempo.

A doutora Obermeyer, em pessoa, havia ligado para o chefe de polícia de Boston, solicitando que ele mantivesse todo o seu pessoal longe da cena por mais algumas horas. Em troca desse favor, Bach e sua equipe do Instituto Obermeyer continuariam à disposição da força policial da cidade em regime de prontidão, para cuidar de qualquer coringa perigoso que ameaçasse a população civil.

O chefe de polícia não ficou satisfeito com o acordo. Obviamente estava sendo pressionado por chefes de diversas corporações ligadas à Organização. Mas suas tropas, que diminuíam a cada dia, não conseguiriam lidar com o problema da droga sem a ajuda do IO, e ele negociou mais trinta minutos de liberdade total para os agentes da dra. Obermeyer.

E os minutos estavam passando.

— Ele finalmente acordou, senhora — Bach ouviu Charlie dizer ao microfone do seu headset. — Espere um pouco que eu vou verificar. — Virou-se para Bach e perguntou, de forma respeitosa: — O senhor precisa de alguma coisa?

Bach fez que não com a cabeça, embora quisesse, desesperadamente, receber a notícia de que Anna e Nika estavam a salvo. Mas sabia que estavam. Embora ainda não estivesse consciente por completo, tinha ouvido o relatório de Charlie de que ambas estavam sendo levadas, sob forte guarda armada, para o IO.

— Não, obrigado, estou ótimo — disse a Charlie. — Qual o nível de minha integração neural neste momento? — Certamente caíra de forma considerável, pois ele havia sentido uma abrupta perda de poder.

Charlie se inclinou para a outra tela e confirmou:

— Está em torno de 73, senhor. No entanto, alcançou um pico de 85 ainda há pouco.

— Sério? — Aquilo não fazia sentido. As pernas de Bach lhe pareceram firmes o suficiente para se levantar, e ele foi verificar a informação pessoalmente. Isso mesmo! Ele alcançara um novo pico espantoso: 85!

Verificou as outras informações do computador e reparou em um fato curioso: esse segundo pico ainda mais alto acontecera no momento exato em que todas as janelas dos andares onde ficava o Brite Group tinham sido quebradas.

Ele se lembrava vagamente de ter, com a ajuda de Nika, entortado os canos de todas as armas do prédio; depois derrubaram, com um golpe invisível, todos os guardas nas dependências da empresa. Bach se lembrava de ter conseguido identificar cada um dos homens que trabalhavam para a Organização através de suas pegadas mentais — algo que nunca tinha conseguido antes. Foi ele quem tomara a decisão de eliminá-los. Não achou difícil fazer isso e agiu como juiz e executor, pois todos ali sabiam e compreendiam perfeitamente o que suas funções na empresa representavam para a sociedade.

— Alguém se machucou do lado de fora do prédio — quis saber Bach — com os vidros que caíram na calçada?

— Não, senhor. Não sabemos para onde os cacos foram, mas o certo é que nenhum deles caiu na calçada. — Charlie pigarreou para limpar a garganta e disse: — Senhor... se não se importa, Jackie Schultz tem uma pergunta sobre algo que nos pareceu muito... bem, foi muito estranho. Ela encontrou um espaço no andar da equipe de segurança que parece uma pequena sala de estar. Lá existe um elevador de serviço que vai direto para o porão. — Fez uma pausa constrangida. — Havia três homens mortos na sala, dois guardas e um homem de guarda-pó. Eles morreram de forma completamente diferente dos outros.

— Diferente como? — quis saber Bach.

— Jackie está filmando o local neste exato momento — contou Charlie. — O senhor pode ver as cenas ao vivo, mas eu o aviso, senhor, de que o quadro é muito violento e macabro. Os três homens foram decapitados.

Era verdade.

— Obrigado, já vi o bastante — disse Bach, e a imagem da tela voltou para Jackie, que lhe pareceu pálida e exibia um ar sombrio.

— Senhor, estamos com uma psiquiatra aqui no carro, a dra. Rita Labrenze, acompanhando Nika e sua irmã. Estão quase chegando ao Instituto Obermeyer, então já conversaram bastante. Pedi que a dra. Labrenze perguntasse a Nika sobre essa sala, especificamente, sem entrar em muitos detalhes, mas a menina diz que não se lembra desse evento. O senhor não crê que possa ter havido...

— Não — interrompeu Bach. — Isso não foi feito por nós.

— Com todo o respeito, senhor — insistiu Jackie. — A dra. Labrenze acha que talvez nem Nika nem o senhor possam saber ao certo se Nika promoveu, talvez de forma inconsciente, um ataque aos...

— Estive dentro da mente de Nika em todos os momentos, srta. Schultz — afirmou Bach, com firmeza. — Agradeço sua preocupação, mas não foi a menina quem fez isso.

— Minha preocupação maior — disse Jackie — é o fato de estarmos combatendo os efeitos de um sedativo poderosíssimo e, ao mesmo tempo, lidando com um aumento gigantesco na sua integração pessoal. Com todo o respeito, senhor — repetiu —, isso é algo que precisamos acompanhar muito de perto.

— Farei isso assim que nos encontrarmos — disse Bach. — Vocês acharam alguma prisioneira que esteja grávida?

— Não, senhor — garantiu Jackie, e expirou com força. — Por Deus, dr. Bach, está falando *sério*?

— Receio que sim. Nika viu que pelo menos uma das jovens estava grávida. Acreditamos que tenha em torno de 17 anos. Tenho quase certeza de que ela é uma Maioral sem treino específico.

— Vou verificar mais uma vez — disse Jackie —, mas... um Maioral sendo usado em experiências genéticas? Sei que estou fazendo suposições, mas... é grande a probabilidade de ela ter sido levada do prédio ao primeiro sinal de problemas.

Ou ela mesma arrancou fora a cabeça dos guardas que a acompanhavam e fugiu.

— Se essa jovem *ainda estiver* no prédio — alertou Bach —, poderá ser muito perigosa. Trabalhava para a Organização, possivelmente obrigada, mas não temos certeza disso.

— Entendido — disse Jackie.

— Parece que vocês têm toda a situação sob controle — continuou Bach. — Se você confirmar isso, pretendo voltar para o IO.

— Positivo, senhor. Nos veremos lá, então — disse Jackie, e Charlie desligou.

Bach suspirou e olhou para Charlie, que observava tudo com atenção e um pouco de cautela.

— Suponho — disse Bach — que você prefira dirigir.

Mac insistiu em ir direto falar com Elliot.

Shane tinha como prioridades tomar uma boa ducha e fazer uma refeição suculenta, acompanhada por uma bela cerveja, seguida por quatro horas na cama com sua mulher, obviamente sem planos de dormir.

Depois disso, e só então, se sentiria remotamente pronto para ir ao hospital e enfrentar sua iminente parada cardíaca.

Mac, porém, precisava de fatos. Tinha uma quantidade monstruosa de perguntas. A maioria não seria respondida, claro; Shane estava disposto a apostar um caminhão de dinheiro nisso. Eram dúvidas do tipo: "Em quanto tempo Shane iria sofrer de abstinência de droga e precisaria tomar mais Destiny?" Tudo bem, talvez para essa pergunta Elliot tivesse alguma resposta. Mas Mac também queria saber se seria *mais* ou *menos* arriscado submeter Shane ao procedimento que lhe provocaria a parada cardíaca se ele estivesse, ao mesmo tempo, em um momento de fissura por mais droga? Além disso, não seria provável — se o procedimento não *fosse plausível* devido aos sintomas de abstinência em Shane — que a injeção de mais uma dose de Destiny só serviria para aumentar o risco de ele coringar?

Foi nesse momento que Mac mencionou informações que Shane desconhecia até aquele momento: embora muitos viciados tivessem tendência a coringar no momento da injeção da droga, alguns deles coringavam de forma espontânea.

É claro que Shane arregalou os olhos ao ouvir isso... Coringar espontaneamente? Embora fosse uma ocorrência rara, seria péssimo se isso acontecesse em um momento inesperado e ele matasse Mac na cama, em vez de fazer amor com ela.

Devido a isso, resolveu acompanhar Mac até o hospital, seguindo até o quarto onde Elliot, certamente, estaria ao lado da cama de Stephen Diaz.

Só que não foi isso o que viram ao entrar lá.

Era Diaz quem estava ao lado da cama de *Elliot*.

— O que aconteceu? — quis saber Mac, atônita.

Shane também estava abismado, mas logo somou dois e dois e entendeu tudo.

— Elliot também tomou uma dose de Destiny!

Puta merda.

Diaz concordou, com ar sombrio, abrindo o camisolão do hospital para exibir as cicatrizes do peito, quase completamente curadas.

— Ao chegar a um nível de integração elevadíssimo, Elliot conseguiu amplificar meus poderes de cura — explicou, olhando para Shane. — Pelo visto, teve a ideia de você. Assim que eu me curei o suficiente, ele me fez lhe provocar uma parada cardíaca e... — Olhou para Elliot, que jazia imóvel sobre a cama. — Tudo funcionou exatamente como ele previu. O dano relativamente leve provocado em seu coração foi reparado quando seu organismo se desintoxicou e eliminou todos os traços de oxiclepta diestrafeno.

— Mas isso é fantástico! — reagiu Mac. — Se tudo funcionou direito...

— Até certo ponto — retorquiu Diaz. — Porque ele não saiu do coma, Exatamente como aconteceu com Edward O'Keefe... — E soltou a bomba: — Que morreu faz duas horas.

— Ah, que merda! — Mac agarrou a mão de Shane estendida ao seu lado.

— Pois é — concordou Diaz, com uma expressão arrasada.

— O'Keefe tinha mais de 80 anos — lembrou Shane.

— Não quando morreu — retrucou Diaz. — Elliot relatou que ele estava com a saúde de um homem de 50 anos.

— Fizeram autópsia nele? — quis saber Mac.

— Ainda não.

— Vamos providenciar isso — propôs ela.

— Será que realmente importa? — perguntou Diaz. — Não teremos todos os resultados necessários antes de precisarmos parar o coração de Shane. — Olhou para Shane fixamente, mais uma vez. — Elliot vai morrer, e você também.

Mac agarrou o braço de Shane com uma das mãos e o braço do Maioral com a outra e os levou na mesma hora para fora do quarto, fechando a porta com força atrás de si.

— Não me venha com essa porra de dizer a um homem em estado de coma que ele vai morrer!

— Mas ele vai! — reagiu Diaz, igualmente revoltado. — Tentei mudar o futuro, mas falhei. — Começou a chorar. — Eu teria morrido por ele de bom grado. Por que ele não me deixou fazer isso?

— Porque talvez acredite que vocês dois poderão viver — disse ela, abraçando-o com força. — É *esse* o futuro que ele quer alcançar.

Diaz permaneceu calado.

— Você o viu realmente morrendo, em sua visão? — quis saber Mac.

— Não exatamente, mas o vi à beira da morte — afirmou Diaz, balançando a cabeça.

— Pessoas à beira da morte podem ser salvas — disse Mac ao amigo. — Você também viu Anna me levando embora daqui, mas não nos viu voltando, certo?

Diaz concordou.

— Vamos lá, seu babaca! — incentivou Mac. — Precisamos voltar lá dentro para assegurar a Elliot que ele vai conseguir sobreviver a esse sufoco. E depois devemos preparar um quarto... — Sua voz falhou e ela teve de refazer a frase ao olhar para Shane e fitá-lo longamente. — Vamos preparar um quarto para Shane.

Bach nem esperou pelo elevador. Seguiu pelas escadas até o centro médico, onde Nika estava sendo examinada por vários especialistas. Anna também receberia um exame completo com tomógrafos e scanners.

Ela já vestia o macacão do IO e estava sentada no corredor, junto à porta da sala de exames onde Nika era atendida. Viu Bach na mesma hora, assim que ele apareceu na curva do corredor. Levantou-se e...

Ele sorriu abertamente, como um tolo, e se moveu mais devagar. Anna correu na direção dele, que abriu os braços para recebê-la quando ela voou em sua direção.

Os dois começaram a rir, mas Anna também chorava quando disse:

— Obrigada, obrigada, muito obrigada por trazer Nika de volta para mim. — Enlaçou o pescoço dele com os braços. Bach a ergueu no ar e fez um rodopio, dizendo:

— Ela é fantástica, realmente incrível! Você também é. Não teríamos conseguido nada sem você, sem a sua ajuda.

Anna riu ao ouvir isso.

— É... fui de *muita* ajuda! — ironizou. — Você foi tão paciente, generoso e... — sorriu, feliz, olhando para ele — surpreendente. Você é surpreendente, Joe. Todos vocês são. Mas você é especial.

Bach sabia que devia beijá-la naquele instante. Queria fazer isso, e sabia que ela também desejava o mesmo. Só que depois de tanto tempo *sem dar o primeiro beijo* naquela garota linda, sentiu-se estranho e o momento passou.

Mas tudo bem... Anna e Nika iriam morar ali em definitivo, agora, e certamente haveria outros momentos no futuro.

— Ela está perguntando por você — contou Anna ao se desvencilhar dele e puxá-lo pela mão, com carinho, na direção da sala de exames. Entreabriu a porta, deu uma olhadinha e completou: — Ótimo, ela está vestida. — Abriu a porta e entrou, anunciando: — Veja quem apareceu para lhe fazer uma visita, Neek!

— Joseph! — Nika abriu um sorriso de orelha a orelha, pulou da mesa de exames e se jogou nos braços dele.

Bach precisou soltar a mão de Anna para pegá-la no ar. Nika era quase tão alta quanto Anna. Enlaçou-o pela cintura, enquanto ele a abraçava de volta, sorrindo para a irmã mais velha por cima de sua cabeça.

— Os níveis de integração neural da paciente acabam de dar um salto! — exclamou a médica, Elizabeth Munroe. — Desculpe, dr. Bach. — Ela afastou a menina dele. — Nika, querida, preciso que você volte para a mesa e fique sentada completamente imóvel.

— O que está acontecendo? — quis saber Anna, e seu sorriso desapareceu quando Nika voltou para a mesa.

— Eu... não sei — confessou Bach, aproximando-se do monitor onde viu que... santo Deus!... os níveis de integração de Nika tinham dado um salto e estavam em quase 45 por cento.

— Foi de repente — murmurou a dra. Munroe, olhando para Bach. — Ela pulou de trinta para 45 e... dr. Bach, o senhor está sendo escaneado também, e noto que também teve um aumento significativo em seu nível de integração. O senhor está acima de... — Virou-se e o encarou com os olhos arregalados. — Setenta e oito!

— Tenho certeza de que meu pico aconteceu antes de eu entrar na sala de exames — disse Bach. Com seus níveis de integração ainda em fluxo, ordenou ao computador que exibisse o resultado contínuo desde o instante em que ele entrara no prédio. Foi verificar os registros e...

A dra. Munroe olhou por cima do ombro dele, bateu com a ponta da unha bem tratada na tela do monitor e sentenciou:

— Está enganado, senhor. Foi neste ponto que aconteceu o pico, e foi exatamente quando o pico de Nika aconteceu também.

Como era possível...?

Bach ergueu os olhos e reparou que Anna olhava para ele com uma expressão de...

— Computador! — ordenou. — Acessar JB-1. Responda em voz alta: qual é o meu atual nível de integração?

Setenta e sete e caindo, replicou a máquina.

— Por favor, informe qualquer mudança — ordenou ele, e estendeu o braço para Anna e apertou-a quase com força. Ela o abraçou de volta, mas sem tanto entusiasmo, e se mostrou, gradualmente, mais e mais defensiva, evitando que seu corpo se esmagasse contra o peito dele.

— Continua caindo — informou a dra. Munroe.

Ele soltou Anna e foi até a mesa.

— Neek? Me dá mais um abraço? — convidou.

Ela foi muito mais entusiasmada ao abraçá-lo novamente.

— O que está acontecendo? — perguntou a menina, e o computador respondeu:

Setenta e oito vírgula quatro, três, três.

Anna pegou Bach pelo braço e o afastou da irmã.

— Acho que precisamos conversar. Lá fora. No corredor. Agora.

— Fiz algo que não devia? — perguntou Nika, olhando para ambos.

— Não — garantiu Bach.

— Você não fez absolutamente nada errado, querida — confirmou Anna. — Espere só um instantinho que eu já volto.

Bach ficou calado quando Anna fechou a porta com um estalo ao sair, e simplesmente se encostou à parede, sentindo-se enjoada, esperando para que ele a olhasse de frente, o que finalmente fez.

—Você sabe o que eu vou lhe perguntar, não sabe? — quis saber ela.

— Sei — respondeu ele, baixinho. — E a resposta é *não*.

Ela concordou com a cabeça.

— Quer dizer que... Mac se engancha com Shane e seu nível de integração arrebenta o telhado. Stephen Diaz propõe casamento a Elliot, e tenho muitas dúvidas de que esse momento feliz tenha acontecido enquanto ambos compartilhavam uma inocente xícara de chá, e os níveis de integração do Maioral subiram como um foguete... Será que, diante disso, eu não devo acreditar que você simplesmente *queria* fazer sexo com a minha irmã de 13 anos? E que você, *no mundo real*, ou talvez *virtualmente*, enquanto estava na mente dela...

— Sabe muito bem que eu não seria capaz disso — reagiu Bach, com aspereza. — Anna, por Deus, eu acreditei, sinceramente, que a causa de tudo era *você*. Achei que meu nível de integração tinha subido por causa do seu sonho... Por causa do que eu queria de *você*.

— Pelo visto, não era — disse ela.

— Gosto muito de Nika, claro — confirmou Bach. — Porém, de modo algum eu pensaria em... — Balançou a cabeça. — É loucura você pensar isso. Não compreendo.

— Não compreende o quê? — quis saber Anna. — Basta tocar nela e seu nível dispara. Ela toca em você e o nível dela alcança picos altíssimos.

— Ela tem 13 anos! — disse Bach.

— Não me venha com esse papo-furado — reagiu Anna, com o coração despedaçado por tantos motivos juntos que nem dava para contar. — Você passou um tempão com ela, no fundo da sua mente. "Ela é uma menina especial." Você mesmo comentou isso.

— Concordo — disse Bach. — Mas... — Bach fez que não com a cabeça, mais uma vez. — Ela só tem *13* anos.

— Então por que os *seus* níveis dispararam? — insistiu Anna.

— É verdade — confirmou ele, ainda balançando a cabeça — que eu tenho uma ligação especial com ela, mas...

— Eu não faço seus níveis dispararem — assinalou Anna.

— Pois devia — rebateu ele.

— Mas não faço. Quem consegue isso é Nika. — Respirou fundo uma vez. — Não podemos morar aqui no instituto — percebeu, expressando o pensamento em voz alta.

— Por Deus — reagiu Bach. — Anna, por favor, *não*!

— Como poderíamos ficar? O problema é que não há como escapar disso — reconheceu, ainda pensando em voz alta. — Nika poderia ser raptada novamente no instante em que saíssemos daqui e... — Dessa vez a Organização certamente mataria Anna. — Estamos presas aqui, não é verdade? Precisaremos ficar. — Respirou fundo e expirou devagar, mas quase bufando. — Vamos combinar o seguinte, dr. Bach: sob nenhuma circunstância eu permitirei que "testes" de qualquer tipo aconteçam entre o senhor e a minha irmã, a não ser que eu também esteja presente na sala. Na verdade, não permitirei que o senhor fique a sós com a minha irmã em *momento algum*.

— Anna, qual é, você me conhece muito bem e...

— Estamos de acordo? — interrompeu ela, tentando não chorar enquanto o fitava.

Os músculos do maxilar de Bach pareceram latejar quando ele cerrou os dentes.

— Isso que você propõe já é o procedimento padrão aqui no Instituto Obermeyer. Estudantes e recrutas do sexo feminino não podem... Isso é *lei* aqui dentro!

— Estou contente em saber disso.

— Isso é de matar de dor — murmurou ele. — Saber que você acredita, sinceramente, que eu fosse capaz de... — Balançou a cabeça.

— O que eu acredito — disse ela, com cuidado, tentando fazer com que a voz não falhasse — é que a minha irmã tem a habilidade de transformar você em um super-homem jamais visto. Sei que isso provavelmente significa muito para você... Na verdade, *tenho certeza* que sim.

Desta vez foi Bach quem ficou com lágrimas nos olhos, mas não negou o que ela dissera.

— Talvez eu não conheça você tão bem, afinal — continuou Anna. — E preciso proteger a minha irmã.

— Eu compreendo — ele concordou mais uma vez com a cabeça e completou: — Anna, eu sinto muito.

O mais curioso foi que ela acreditou nele.

— Agora, por favor, nos deixe um pouco sozinhas, nós duas — pediu. — Vou precisar de algum tempo para... enfim, vou precisar de algum tempo para pensar na vida.

Bach concordou mais uma vez.

Anna sabia que aquilo era o fim de tudo. Essa tinha sido a última chance de ele puxá-la para dentro dos seus braços e dizer: *Para o inferno todo esse papo de níveis de integração neural e os poderes incríveis que eles trazem. O que eu quero é você...*

Mas ele não tomou tal atitude.

Em vez disso, simplesmente virou as costas e se afastou dali.

Shane resolveu vetar o próprio plano de tirar algumas horas para si mesmo e curtir o equivalente a uma última refeição, um último drinque e a chance de fazer amor com Mac pela última vez.

A ideia de ele poder coringar do nada, de forma súbita e aleatória, deixou-o apavorado. Porém, enquanto Diaz, Kyle e o restante da equipe se preparavam para lhe provocar uma parada cardíaca e depois ressuscitá-lo, pediu para conversar a sós com Mac, por alguns instantes.

Kyle o encaminhou até a sala do hospital, onde Shane se recuperaria. Isto é, se ele sobrevivesse e precisasse se recuperar.

Quando a enfermeira fechou a porta, ele olhou fixamente para Mac. Ela estava tão nervosa e atormentada quanto ele jamais a vira — e Shane já presenciara muitos desses momentos.

Ela não se sentou, nem se manteve parada. Ficou pulando da cama para a poltrona, para a outra cadeira, se encostou no armário e foi até a janela, enquanto Shane tirava as botas com toda a calma, se sentava na cama e estendia as pernas.

— Seja lá o que aconteça — afirmou ele, baixinho —, tudo valeu a pena.

Mac se virou da janela e olhou para ele de frente.

— Como consegue dizer uma coisa assim?

— Consigo porque é verdade. — Encolheu os ombros. — Acabar desse jeito, sei lá... talvez seja bom. Não precisaremos terminar, nem ferir um ao outro.

Mac balançou a cabeça e se aproximou da cama.

— Isso é a maior idiotice que eu já ouvi na vida! *Querida, tenho novidades... como vou bater as botas, não precisaremos sofrer a dor de rompermos o relacionamento.* Isso é muita babaquice! E eu sei que você não é babaca.

— Não que eu, algum dia, fosse sentir vontade de abandonar você por livre e espontânea vontade — garantiu Shane.

— Então não me abandone! — pediu Mac, com raiva. —Vamos correr o risco com a droga. Podemos fazer com que os médicos monitorem suas dosagens...

Shane ficou chocado.

—Você está falando sério?

— Sim — garantiu ela. — Não. Sei lá! Maldição, *puta que pariu*! Que merda, você é *foda*, mesmo!

— Você não quer que eu vá embora — disse ele, pois precisava ter certeza de que entendeu direito.

Mac não respondeu. Não disse sim, nem não. Por fim, se sentou na beira da cama. Tão perto que ele segurou a mão dela. E entrelaçaram os dedos.

Shane aceitou isso como um "sim" e sorriu.

— Muito bem, está certo — disse ele, e então perguntou: — Você acredita que eu amo você?

Mac não respondeu de imediato.

— Acho que *eu amo você* — admitiu, por fim. — Se você aceitar isso como suficiente...

— Confio em você — interrompeu ele. — Se você disser que me ama, vou ter de acreditar que está dizendo a verdade. Porque não existe meio infalível de saber com certeza. Nenhum de nós tem dons de telepatia, pelo menos não a ponto de confirmar algo assim. Portanto, do mesmo jeito que você precisa acreditar que meu amor por você é real, tenho de confiar em você. É uma via de mão dupla, Michelle.

— Não me chame por esse nome — pediu baixinho, fechando os olhos lentamente.

— É um nome lindo! — afirmou Shane. — Michelle... — Quando ele chegou mais perto e a beijou, ela retribuiu o beijo de forma doce a princípio, mas logo a reação foi mais funda, mais quente e mais ávida.

Como sempre, ele conseguiu sentir o medo dela e recuou um pouco para apreciar aqueles olhos lindos.

— Havia um sujeito da minha equipe dos SEALs — contou ele. — Scotty Linden era o seu nome. Uma vez ele conheceu uma mulher em um bar e foi amor à primeira vista, mas ela partiu antes de ele ter a chance de se apresentar. Scotty passou a semana toda vasculhando cada centímetro de todos os resorts da ilha de St. Thomas, em busca dela. Durante todo o tempo em que a procurou, Scotty criou uma espécie de *mundo ficcional* sobre ela, uma fantasia maluca. Quem ela era; onde fora criada; por que motivos era tão perfeita para ele.

"No último dia de licença, ele a encontrou e... bem, ele é um cara pintoso, cheio de charme, e cativou-a na mesma hora. Só que na manhã seguinte, quando finalmente começaram a conversar, ele descobriu que ela não era *nada* do que ele havia imaginado. Não era tímida, nem doce. Na verdade, era muito marrenta, cheia de opiniões próprias, autoconfiante, e isso o deixou apavorado, porque ele já lhe propusera casamento e ela aceitara na mesma hora.

"Despediram-se com muitos beijos e ele, de forma conveniente, partiu em uma longa missão no outro lado do oceano. Ficou fora durante muitos meses, mas ela enviava e-mails e mensagens para ele o tempo todo. E ele respondia, pois embora soubesse que acabariam tendo de romper não era um completo idiota.

"Os meses se passaram, ele continuou escrevendo para ela, até que finalmente voltou para casa e... bem, eles estão casados há mais de cinco anos. Ele a ama muito, de alma e coração. No entanto, a coisa toda começou a partir de um aparente fracasso. O fato, porém, é que ele nunca a teria encontrado, e muito menos procurado por ela, nem a teria conhecido de verdade, se ela não tivesse percebido o olhar que ele lhe lançou no bar quando a viu, naquela primeira noite."

Shane acabou a história e beijou Mac longamente. Ela não resistiu, mas ele percebeu que, apesar da história bonita que acabara de contar, ela ainda alimentava receios.

— Vai dar tudo certo com esse procedimento — prometeu ele, baixinho. — Depois que a coisa funcionar, vamos acender a luz verde para esse sentimento que rola entre nós dois. Combinado?

Mac fechou os olhos e disse:

— Quando você está comigo eu acredito que apenas isso é o bastante. — Sua voz falhou. — Mas quando você não estiver aqui...

Shane a beijou mais uma vez.

— Então eu nunca a deixarei — prometeu ele, com a voz rouca de emoção, pois ambos sabiam muito bem que talvez estivessem prestes a se separar para sempre.

Ela o beijou de volta, de forma quase violenta. Então, como não conseguia fazer isso com o poder da mente, desceu da cama, atravessou o quarto e trancou a porta. Ao voltar, abriu a calça e tirou as botas, dizendo:

— Acho que você não vai coringar agora, pelo menos nos próximos trinta segundos.

— Trinta segundos? — espantou-se Shane, rindo muito, apesar das lágrimas nos olhos. — Quer dizer, eu consigo armar a barraca rapidinho, e sempre fui a favor de criatividade na transa, mas *esse* vai ser um novo recorde para mim.

— Nem tanto — lembrou Mac, e lançou sobre ele uma onda de...

Pu-ta-mer-da!... Ela já tinha feito isso com ele uma vez.

Shane não era bobo. Abriu a calça o mais depressa que conseguiu e as arriou até as coxas. Ela jogou uma das pernas por cima dele e o montou, deixando-o escorregar suavemente para dentro dela.

Ele gozou praticamente no instante em que a penetrou, e percebeu que ela gozou junto. Foi como tinha acontecido na van, só que muito melhor, porque ela remexia o corpo por cima dele, rindo em meio às próprias lágrimas, *amando-o* de forma absoluta. Shane puxou a boca de Mac contra a sua e a beijou longamente, enquanto ambos continuavam tendo orgasmos múltiplos que continuavam e continuavam, sem parar.

E ele percebeu que se expressara de forma correta; não importa o que acontecesse depois daquilo...

Teria valido a pena cada minuto.

Bach estava a postos para o procedimento médico.

Tudo ocorreu em um tempo relativamente curto e sem complicações, o que foi um bônus.

Tanto Elliot quanto Shane gozavam de boa saúde, para começo de conversa, o que não acontecera com Edward O'Keefe.

Mesmo assim, a morte do velho era preocupante.

Bach tentou não levar com ele nenhum vestígio de energia negativa ao visitar Mac, que estava de vigília o tempo todo, ao lado da cama de Shane. Depois, passou para ver Diaz e observou longamente o corpo completamente imóvel de Elliot.

Infelizmente não havia nada que pudesse fazer agora. Nada poderia ajudá-los.

Então foi embora. Passou rapidamente pela sala de observação que ficava sobre o Laboratório 1, onde Nika começava a explorar seus poderes, sob a tutela de Charlie e Ahlam.

Anna também estava na sala, lendo um livro. De repente olhou para cima, na direção do vidro espelhado, como se soubesse — de algum modo — que Bach estava ali, observando tudo.

Engraçado como as coisas aconteciam na vida — ou não aconteciam, no caso.

Bach voltou para o seu gabinete e fechou a porta.

Passaram-se uma semana, quatro dias, sete horas e 16 minutos.

Depois dos primeiros dias, os médicos que acompanhavam o caso — Munroe, Cleary e Masaku — começaram a mencionar a probabilidade cada vez menor de um paciente com aquele tipo de coma vir a se recuperar.

Mac os expulsara do quarto na mesma hora.

Colocou para tocar músicas que não ouvia há séculos, e chegou a dançar sozinha. Leu em voz alta livros que Shane certamente curtia — clássicos de autores como Robert Parker e Lee Child —, entremeando a leitura com seus próprios comentários e observações. Levou o notebook para o quarto e reproduziu vários filmes, relatando para Shane cada cena que surgia na tela, com todos os detalhes.

Exercitava os músculos de Shane, fazia massagens revigorantes em seu corpo e aplicava tratamentos de acupuntura, além de espalhar em sua pele óleos medicinais de todo tipo.

Dormia ao seu lado à noite — enroscada nele, com os braços em volta.

E conversava com ele. Falava sem parar. Mais do que jamais havia falado em toda a sua vida.

Depois de uma semana, quatro dias, sete horas e 16 minutos, Mac disse algo que Shane sentiu necessidade de comentar, porque acordou nesse momento.

Foi uma coisa muito louca, porque depois de uma semana, quatro dias, sete horas e 16 minutos com Mac contando a Shane o quanto sua vida era patética, mesmo antes de sua mãe morrer, ela passou a falar de algo absolutamente banal: disse que pretendia pintar de azul as paredes de seu quarto. Em seguida brincou, afirmando que planejava isso há algum tempo e, provavelmente, iria levar mais 12 anos morando no IO até finalmente colocar mãos à obra. Foi nesse instante que Shane abriu a boca e se ofereceu para ajudá-la.

— Tem certeza? — perguntou Mac, com o coração na boca ao apertar o botão para chamar a enfermeira. — Você anda tão ocupado ultimamente!

Foi nesse instante que ele abriu os olhos, fitou-a longamente e sorriu.

— Estou vivo ou isto aqui é o céu?

— Está vivo — conseguiu dizer ela, em meio às lágrimas.

Shane estendeu o braço e a puxou para perto de si.

— Caraca, essa minha frase de volta à vida foi horrível!

Mac concordou.

— De qualquer modo, estou aqui.

— Está... e eu também.

— Vejo que sim — disse ele, e a beijou.

Mac percebeu que estava em apuros, pois agora a parte *realmente difícil*, que era se permitir amar aquele homem, acabara de ter início.

Stephen percebeu, pelos gritos e pela celebração no outro lado do corredor, que Shane acabara de sair do coma.

Entretanto, Elliot continuou inalcançável, mesmo quando Stephen lhe contou a boa notícia.

Mac apareceu de tarde, quando Shane tirava um cochilo, e inventou justificativas. Shane era um pouco mais novo que Elliot; estava em melhor forma física; seu treinamento pesado como SEAL da Marinha o tinha preparado para enfrentar esse tipo de trauma.

Havia uma série de razões para Shane ter despertado antes, e todas faziam sentido.

Só que Stephen não acreditava em nenhuma delas.

— Talvez Elliot ache que eu continuo zangado com ele — disse, sem largar a mão do amigo. — Eu fiquei tão furioso, Michelle!

Aquele tinha sido — talvez — o último momento em que ele veria Elliot vivo. Sua última oportunidade de dizer algo importante ou lhe dizer o que sentia. Em vez disso, simplesmente perguntara a Elliot se ele estava pronto, antes de descarregar um volume imenso de energia que faria seu coração parar.

Eu te amo, disse Elliot, mentalmente.

Tudo bem. Você está pronto?

— Eu só queria que ele voltasse — disse Stephen.

— Dê a ele um pouco mais de tempo — sugeriu Mac. — Ele vai ficar bem. Já lhe contou sobre Shane?

— Claro! — confirmou Stephen.

— Isso vai ajudar. Ele vai saber que sua teoria está certa e o procedimento funciona. Certamente vai ajudar. — Cutucou o colchão de Elliot com a perna. — Ei, seu babaca vagabundo, saia dessa cama!

Stephen riu alto pela primeira vez em quase duas semanas.

— Foi assim que você acordou Shane?

— Não — confessou ela. — Estava contando a ele sobre meus planos de pintar o quarto. Maluquice, né? Ele se ofereceu para ajudar. — Cutucou o colchão de Elliot novamente. — Ei, Zerkowski, aposto que, se você acordar, o cara mais tesudo do Instituto Obermeyer vai balançar seu mundo. — Olhou para Stephen e sorriu. — Que tal isso como incentivo? Embora eu deva fazer uma ressalva: agora você é o *segundo* cara mais tesudo do instituto.

—Você vai deixar que Shane fique aqui?

Ela fez que sim com a cabeça, tentando parecer casual.

—Você tem direito de ser feliz, sabia, Michelle?

—Você também — rebateu ela, e lhe deu um beijo na testa ao se encaminhar para a porta. — Elliot vai acordar, vocês dois vão se casar e deixar todo mundo revoltado e morrendo de inveja por serem absolutamente perfeitos, juntos.

— Tomara que sim — disse Stephen.

— Pode apostar — garantiu Mac, fechando a porta.

Levou uma semana, seis dias, uma hora e quatro minutos, e Elliot, finalmente, também acordou.

Shane já havia se levantado, se vestira e estava dando a primeira caminhada autorizada pela parte externa do Instituto Obermeyer quando isso aconteceu. Ele e Mac estavam no corredor, diante do gabinete de Bach, quando souberam da notícia: Elliot estava de volta.

Os dois levaram algum momento para se recompor da emoção provocada pela novidade. Mac sabia que Shane se sentia muito culpado por Elliot ter tido a ideia de injetar Destiny em si mesmo para ver o que acontecia. Era um milagre os dois terem escapado com vida, e todos no Instituto Obermeyer sabiam disso.

Aquela era uma experiência que ninguém mais tentaria repetir.

— Você se importa se nós... ahn... — Shane apontou para a porta fechada da sala de Bach. Quando Mac encolheu os ombros, ele bateu.

Passaram-se alguns segundos, mas Bach finalmente abriu a porta e apertou a mão de Shane.

— Que bom ver você em pé, passeando por aí! — saudou Bach.

— Podemos entrar por alguns instantes? — pediu Shane. — Sei que está ocupado, Maestro, mas eu tive uma ideia e... ahn...

Bach escancarou a porta, convidou-os a entrar e lançou um olhar de curiosidade para Mac, que respondeu com um sorriso. Aquela era uma visita de cortesia, mas se Shane queria levar sua ideia adiante, ela o apoiaria.

Pelo menos se sentaria ao seu lado.

Ao fazer isso, no sofá, perguntou a Bach:

—Você está bem, Maestro?

Ele pareceu ainda mais cansado que o habitual ao se sentar na poltrona predileta.

— Foram duas semanas muito pesadas — explicou ele, forçando um sorriso e olhando para Shane. — Qual é a sua ideia?

— Gostaria de trabalhar para o senhor, Maestro — disse Shane, sem rodeios, como era de seu feitio. — Troquei algumas ideias com o pessoal da segurança e sei que existe uma vaga para mim aqui, se eu quiser. Agradeço muito a sua indicação, mas... — Olhou de Mac para Bach. — Na verdade, eu gostaria de fazer parte da *sua* equipe, senhor. Sei que não sou um Maioral, e nunca serei, mas já mostrei um bom conjunto de habilidades. Além do mais, acho que seus funcionários necessitam de treinamento básico para o uso de armas. Não precisam, necessariamente, portar armas de fogo, mas é importante saber o que fazer, caso seja necessário usá-las. O que certamente vai acontecer, porque o senhor sabe muito bem que a Organização não vai simplesmente desistir de Boston. Eles vão se reagrupar e voltarão a atacar em número ainda maior. De agora em diante, todos aqui no IO deverão se mostrar preparados, pois estão com um alvo desenhado nas costas. Se eu fosse o senhor, reforçaria tanto a equipe de segurança quanto o sistema de proteção geral do instituto. Posso ajudá-lo nesse trabalho. Além do mais, acho que todos nós aprendemos que é bom ter um *fragmento* na equipe, no caso de cenários pouco ortodoxos.

— Não Maioral — corrigiram-no Mac e Bach, falando ao mesmo tempo. Em seguida, Bach olhou para Mac. — Você concorda com isso?

— Totalmente — garantiu ela. — É claro que eu disse a Shane que ele poderia ficar só para ser meu brinquedinho pessoal, mas ele sempre cisma em ser útil. — Olhou para Shane e sorriu. — Isto é... *mais* útil.

— E o que acontecerá se vocês romperem o relacionamento? — perguntou Bach, olhando para Shane.

— Eu me demito — respondeu Shane, sem pestanejar. — Mas essa probabilidade é muito remota.

— Ou poderemos aprender a conviver de forma amigável — cantarolou Mac. — A decisão será sua, Maestro, caso isso aconteça.

— Isso na hipótese extremamente improvável de nós terminarmos — repetiu Shane.

Bach fez que sim com a cabeça.

— Não quero dramas pessoais na minha equipe. Aliás, vou deixar isso bem claro a todos, e pretendo informar o mesmo ao dr. Diaz e ao dr. Zerkowski.

— Sem dramas — concordou Shane. — Mensagem recebida e compreendida.

— Vou preparar um contrato — disse Bach, levantando-se. — Suponho que vocês dois pretendem morar aqui no campus, certo?

Shane olhou para Mac e sorriu de felicidade. Ambos se levantaram e ele respondeu:

— Pretendemos sim, senhor.

— Seja bem-vindo à equipe. — Bach estendeu a mão.

— Obrigado, senhor — agradeceu Shane, com um aperto firme. — O senhor não se arrependerá.

— Obrigada, Maestro — ecoou Mac, cumprimentando Bach também.

Eles fecharam a porta com muito cuidado ao sair e seguiram pelo corredor na direção do salão de estar antes de um deles ousar dar a primeira palavra.

Foi Mac quem quebrou o silêncio:

—Você nem quis saber qual será o salário!

— Estou pouco me lixando para o salário — garantiu Shane. —Terei casa, comida, roupa lavada e, ainda por cima, você... O que vier por fora é lucro.

—Você vai ganhar muito menos aqui do que lutando no octógono — avisou ela.

Shane riu e a olhou fixamente.

—Você nunca vai me deixar esquecer que eu disse isso, né?

— Nunquinha! — confirmou Mac.

— Agora, falando sério, Mac! — disse ele, fazendo-a parar ao segurá-la pelo braço. —Você não faz ideia de como é bom me sentir bem-vindo desse jeito. Ter um lugar onde eu me encaixo, um espaço ao qual pertenço. Achei que nunca mais teria isso na vida.

Mac simplesmente sorriu.

Shane sorriu de volta e o amor nos olhos dele foi lindo — não importa o jeito como tudo aquilo havia começado. Pelo menos ela repetia isso para si mesma...

— Você acha que, quando Bach disse que *não queria dramas*, deixou subentendido que deveríamos evitar nos beijar louca e ardentemente no meio do Old Main? — perguntou Shane.

—Acho que demonstrações públicas de afeto se encaixam na categoria "drama" — disse ela —, ainda mais quando eu começar a gritar pelos corredores: *Leve-me ao paraíso, Shane Laughlin! Bagunce meu mundo novamente e me carregue para o céu em seu estilo Navy SEAL, como se não houvesse amanhã!*

Shane riu com vontade. Pegou a mão dela, avisaram que iriam sumir por algumas horas e voltaram à privacidade do quarto, onde ele a beijou e — literalmente — a fez alcançar o paraíso.

Apesar de ambos saberem que o amanhã vinha chegando, quer desejassem isso ou não.

Nas páginas seguintes a Editora Valentina
traz um bônus especial para os leitores de

Destino Mortal.

Você vai saber por que Shane foi expulso
do pelotão que chefiava nos SEALs
em uma narrativa empolgante
e explosiva, dividida em cinco capítulos.

O ÚLTIMO DESAFIO DE SHANE

Em meados do século 21, muitas coisas no mundo mudaram para pior. Apesar dos avanços da tecnologia, a taxa de criminalidade cresceu consideravelmente, o consumo de drogas aumentou de forma desenfreada e as ameaças de terrorismo estão cada vez mais fortes e próximas dos cidadãos. Para piorar, o abismo surgido a partir da segunda Grande Depressão americana, que divide a população entre os que têm tudo e os que não têm nada, continua a crescer.

Muitas coisas estão mudadas nesse futuro sombrio e melancólico, mas uma coisa permanece a mesma: os Navy SEALs continuam sendo uma referência mundial.

E o único dia fácil foi ontem.

Algo estalou no tornozelo de Shane Laughlin no instante em que ele colocou os pés em terra.

Talvez "distendeu" fosse uma palavra melhor.

De um jeito ou de outro, o choque de seu corpo com o solo o fez quicar e ser levado sem controle por muitos metros antes de quicar novamente, fazendo piorar o ferimento a cada instante, enquanto o paraquedas o arrastava pelo terreno pedregoso.

Shane mordeu os lábios para não berrar um palavrão. Aquela fora a pior queda em toda a sua carreira militar, e foi preciso colocar em ação tudo que ele tinha aprendido nas intermináveis sessões de treinamento para conseguir controlar e recolher o paraquedas, apesar de Magic e Owen terem ido ajudá-lo, aos tropeções.

— Você está bem? — quis saber Magic, enquanto Owen recolhia os paraquedas dos três.

Caraca! O tornozelo de Shane ardia como se estivesse em chamas. Que diabos aprontara consigo mesmo? Fosse o que fosse, a situação lhe pareceu péssima. Conseguiu se arrastar e se ergueu das pedras, mas quando tentou colocar o peso do corpo no pé afetado quase caiu, e só não se esborrachou no chão novamente porque Magic o amparou; mesmo assim, viu estrelas de verdade.

Balançou a cabeça e fez sinal de "tudo bem" para Magic, porque eles não tinham tempo para frescuras. A missão exigia que o local da chegada fosse completamente limpo. Os paraquedas da equipe de oito SEALs deveriam ser dobrados, embalados a vácuo e levados para longe dali, mas tudo isso tinha de ser feito com rapidez e silêncio total. Portanto, ficar ali sentado gritando *porra* várias vezes não era uma opção.

Apesar dos estudos que comprovavam que soltar palavrões em altos brados ajudava a diminuir a dor.

— Já vi pela sua cara que não está nada bem — reagiu Magic, fazendo sinal para o auxiliar de comando, um sujeito magro e baixinho com quarenta e poucos anos chamado Johnny Salantino, que percebera a merda que acontecera e já corria para ajudar.

— Tornozelo ou joelho? — perguntou Magic.

— Tornozelo. — Shane se xingou mais uma vez; sentiu uma nova fisgada excruciante e berrou: — *Porra!*

— Tudo bem por aí, tenente? — quis saber o auxiliar, com seu sotaque áspero do Brooklyn, enquanto se agachava ao lado de Shane.

— Tornozelo — relatou Magic.

— Contagem dos homens? — perguntou Shane, com os dentes cerrados.

— Oito. Todos chegaram inteiros, você foi a única vítima — relatou o auxiliar, e se virou para comunicar o ocorrido a Rick Wilkie, médico da missão, que se aproximava deles: — Tornozelo.

Aquilo era uma cagada federal, considerando que eles estavam no meio do nada. E uma cagada duplamente qualificada, pois Shane era o líder de uma equipe de SEALs que deveria subir a montanha próxima de forma rápida e silenciosa, a fim de alcançar um vilarejo onde Rebekah Suliman, líder de um grupo terrorista conhecida pelo cognome Scorpion-Four, apreciava naquele instante, com serenidade, a sua última ceia.

Só que "rápida" e "silenciosa" eram adjetivos que não faziam mais parte da missão de Shane naquele momento.

— Nem pense em tocar nessa bota! — avisou Shane, olhando para Rick. Se o médico a descalçasse, ele ficaria em estado muito pior. — E mantenha sua seringa longe. Preciso raciocinar com clareza e não estou sentindo tanta dor assim.

É claro que isso era uma mentira deslavada, conforme todos ali sabiam. Mais cedo ou mais tarde, porém, a dor iria diminuir; mais cedo ou mais tarde, Shane se acostumaria com ela. *Por favor, Senhor, faça com que a melhora não aconteça tarde demais...*

— Eu poderia lhe aplicar um anestésico forte de ação local, senhor — sugeriu Rick.

— Nada disso, vamos improvisar — decidiu Magic, antes de Shane ter chance de responder.

Só que a patente de Shane era mais alta que a de Magic. Dos oito, Shane era quem tinha a patente mais elevada; era o chefe da missão.

— Tudo bem, aplique esse troço — ordenou Shane, erguendo a perna para dar ao médico o melhor acesso à torção sem precisar tirar a bota.

— Com todo o respeito, tenente, se o senhor correr com o tornozelo desse jeito, isso poderá destruir a sua carreira — avisou Magic, enquanto o medicamento que Rick injetava rapidamente aliviava a dor e a levava para o nível de latejar constante, mas suportável.

— Não pretendo correr — replicou Shane, olhando para o homem que era seu amigo e confidente desde os tempos do treinamento BUD/S, como era conhecido o rigoroso condicionamento físico para terra e mar a que os SEALs eram submetidos. — Mesmo assim eu preciso estar preparado, porque não posso ficar aqui.

— Aguente firme mais um pouco, senhor — Rick entregou a Shane uma seringa cuidadosamente embalada com outra dose do poderoso analgésico local —, mas me informe caso precise usá-lo.

— Não vou usar. — Mesmo assim, Shane guardou a embalagem com cuidado. Aquilo seria útil, caso eles fossem detectados e se vissem obrigados a permanecer em silêncio total para não serem descobertos. A última coisa que Shane queria era entregar a posição da equipe com sua respiração tornada ofegante pela dor.

— Qual *é* o plano, senhor? — perguntou o auxiliar.

Shane olhou para Magic, que tirou a mochila das costas e começou a repartir o conteúdo, espalhando o peso entre Owen e os outros SEALs.

— O plano imediato é limpar a área da queda por completo e depois seguir na direção do alvo — informou Shane. Aquela não seria a primeira vez que Magic teria de fazer malabarismos em missão, mas Shane confiava cegamente nele, e vice-versa.

Por mais que detestasse a ideia de seu ferimento ser um obstáculo para a equipe e representar um atraso para seus homens, deixar a missão por conta do auxiliar e passar as duas horas seguintes escondido atrás de um arbusto ou em uma caverna qualquer não era uma opção viável para Shane.

Em primeiro lugar, não havia cavernas naquela região do país antes conhecido pelo nome de Afeganistão. Além disso, os raros arbustos não conseguiriam esconder sequer uma criança de 3 anos, muito menos um homem adulto com a altura e o peso de Shane.

Para piorar, grupos de reconhecimento do inimigo patrulhavam a área regularmente.

Havia mais um problema...

O ponto de resgate — o local onde um helicóptero iria tirá-los daquele buraco — ficava no alto da montanha. Para chegar lá, Shane teria de passar, obrigatoriamente, pelo vilarejo onde Scorpion-Four, naquele momento, festejava algo.

Portanto, não havia opção, nem milagre, nem jeito rápido de escapar do problema. Shane estava fadado a ser o "pé no saco" da operação secreta, o representante da lei de Murphy, segundo a qual *se alguma coisa pode dar errado, certamente dará*. Shane era a prova viva disso.

Nesse instante, para confirmar o adágio, Slinger anunciou:

— Estamos sendo rastreados, senhor.

Pelo visto o velho Murphy, inventor do ditado, realmente apontara seu dedo de urubu na direção de Shane e ainda jogara uma chave inglesa nas engrenagens da missão.

— Rastreados? — perguntou Shane, deixando que Rick e o auxiliar de comando o ajudassem a se levantar. — Por um aparelho apenas?

O SEAL magricela com sotaque de adolescente do interior franziu os olhos para analisar os dados mais atentamente.

— Isso mesmo — confirmou Slinger. — Parece que... espere um segundo, vou recalibrar o aparelho e...

— Não coloque o peso do corpo no tornozelo torcido — alertou Magic, apertando o braço de Shane. — Você vai acabar esquecendo a dor e forçando o pé. — Em seguida, acrescentou: — Senhor! — Embora, pelo seu tom de voz, certamente tivesse vontade de dizer "seu babaca".

— Essa porra está muito esquisita. Parece que temos cinco rastreadores diferentes, mas estão todos localizados em uma área específica. — Slinger, cujo nome verdadeiro era Jeff Campbell, era o nerd favorito de Shane. Mais que um especialista em computação, o garoto era quase um cyborg. O equipamento especial que a Equipe 13 dos SEALs usava não poderia ser rastreado nem detectado por ninguém. Foi por isso que Slinger pegou seu equipamento pessoal e deixou a aparelhagem oficial por conta de Owen, o segundo técnico da equipe, mais conhecido como "mula de carga para equipamentos que nunca eram utilizados".

A equipe dos SEALs os largara do avião em uma região do mundo tecnologicamente prejudicada, segundo diziam, devido ao acesso limitado dos habitantes à eletricidade. Embora a mochila de equipamentos tecnológicos militares de Owen não tivesse um detector de frequências de última geração, Slinger já havia sacado o seu minitablet dotado de um detector muito mais sofisticado, e usava o aparelho para rastrear a região onde eles haviam descido.

Porque Slinger conhecia Shane. Qualquer pessoa que conhecesse o líder da equipe sabia que ele analisava cuidadosamente os relatórios da inteligência... *todos eles*. Quando saía com sua equipe no mundo real para cumprir uma missão perigosa demais, como era o caso daquela, Shane se recusava a aceitar com certeza absoluta que eles não estariam seguros.

Se recebesse um relatório da inteligência informando que o céu era azul, Shane certamente iria lá fora confirmar o fato. Muitas vezes, isso exigiria mais que uma simples olhada para cima, e na maior parte dos casos era fundamental ter conhecimento específico, tanto tecnológico quanto da estrutura do serviço de inteligência.

Porque as vidas dos seus homens dependiam disso. Ao longo de sua glorificada carreira, Shane nunca perdera nenhum homem em serviço.

— Que porra!... — confirmou Slinger. — Isso é *tremendamente* esquisito...

— Você localizou cinco rastreadores? — perguntou Shane. — Tem certeza de que é o número total?

Muitas vezes as forças inimigas espalhavam pelo terreno aparelhos de rastreamento minúsculos e quase invisíveis. Esses rastreadores, quase sempre microscópicos, se localizavam nas pernas das calças dos soldados, ou se alojavam nos cadarços de botas e de tênis. Nesses casos, porém, a "semeadura" de tais máquinas acontecia em grande escala, e a equipe inteira conseguia detectá-los e recebia avisos de alerta específicos.

— Afirmativo, tenente — garantiu Slinger, enquanto Shane apoiava o corpo no auxiliar de comando e colocava o braço sobre os ombros do homem mais baixo, para poder se movimentar melhor. — Estou recebendo dados de um grupo pequeno de rastreadores. Isso mesmo... eles estão muito próximos uns dos outros e... merda, senhor, estão na minha roupa. Parece que... — Parou de falar e entregou o minitablet turbinado para Owen. — Calo, segure isso! Passe o sensor em torno de mim para descobrir em que lugar da minha roupa eles estão e que porra é essa!

Na condição de mais novo membro da equipe de Shane, Jim Owen era novato também em missões de campo. Magic, que era mestre em colocar apelidos, tinha começado a chamar o rapaz de "Calo", que era a forma abreviada para "calouro", e o nome pegara.

Enquanto Shane assistia à cena, Slinger abriu os braços, como se estivesse pronto para ser revistado por um bastão de segurança em um aeroporto qualquer, e Owen passou o sensor ao longo do seu corpo, de cima a baixo.

— Isso é *muito* esquisito — declarou Owen.

— Muito mesmo — concordou Slinger, despindo a farda e, logo em seguida, a camiseta.

— Como é que esses rastreadores podem ter entrado no tecido da sua camiseta, Campbell? — quis saber o auxiliar de comando, com a voz carregada de ceticismo.

Owen franziu o cenho, pensativo, enquanto passava o sensor pela farda e pela camiseta penduradas na mão de Slinger. Então, passou o sensor junto do peito nu de Slinger e exclamou:

— Ô-ô!...

Shane se preparou para receber más notícias.

— Que porra é essa? — perguntou Slinger novamente, pegando o medidor das mãos de Owen.

Magic se aproximou, olhando por cima dos ombros de Slinger, enquanto os dois técnicos analisavam, boquiabertos, o resultado da leitura que aparecera no mostrador. Nesse instante, Magic declarou:

— Eu avisei que aquela gata era bonita demais para você, seu mané — lembrou a Slinger. Os outros soldados não entenderam.

— *Porra nenhuma!* — Slinger devolveu o aparelho para Owen, desafivelou o cinto, abriu a calça e a arriou até os tornozelos. Como a maioria dos SEALs da Equipe 13, ele não usava cueca. E também, como o restante de seus colegas de vida militar, não tinha vergonha de ficar pelado diante dos outros.

Owen circundou Slinger, esticando o braço até tocar a parte baixa das costas do colega, sobre a nádega esquerda.

— Estou captando o grupo de rastreadores bem aqui — informou, rodeando o corpo de Slinger até parar um pouco acima da virilha esquerda — ... e aqui *também*.

Foi então que as palavras de Magic fizeram sentido.

— Os rastreadores são internos — percebeu Shane. Estavam *dentro* de Campbell. Alguma linda agente inimiga lhe oferecera algo para comer... um pedaço de bolo com muitos rastreadores no glacê, talvez? O fato é que cinco deles haviam conseguido escapar ilesos dos dentes do soldado.

Isso disputava a taça de novidade mais bizarra da missão até agora, ao lado da torção do tornozelo de Shane em um salto relativamente tranquilo.

O fato é que o grupo, na prática, havia encolhido de oito para seis pessoas. Numa avaliação mais realista, talvez menos. Sem mencionar aquela dor *filha da puta* no tornozelo de Shane, que agora se tornara o menor dos problemas.

— O que você comeu? — perguntou a Slinger o auxiliar de comando. — Ou talvez a pergunta mais certa seja: *onde* comeu?

— Já se passaram de 12 a 14 horas — cantarolou Rick —, a julgar pela localização baixa no intestino.

— Que porra de rastreadores são esses, capazes de resistir aos poderosos ácidos do estômago? — perguntou Slinger em voz alta, enquanto puxava a calça para cima.

— Dá para misturar os sinais ou alterar a frequência dos dados que estão sendo enviados de dentro da sua barriga? — quis saber Shane.

— Não, senhor — disse balançando a cabeça para os lados. — Isso só seria possível se estivéssemos lidando com apenas um rastreador, mas temos cinco frequências diferentes. — Olhou para Owen, que continuava com o sensor na mão. — Confirme isso, Calo.

— Isso mesmo... cinco rastreadores, cinco frequências — confirmou Owen, olhando para Shane. — Seriam necessários cinco misturadores de sinal, senhor.

E havia apenas dois. Como se sabe, quem tem dois só pode contar com um, e quem tem um não tem nenhum. Essa era uma frase clássica dos Navy SEALs que existia desde a época em que o grupo especial fora fundado, durante a Guerra do Vietnã. Era importante carregar tudo em dobro, para haver opção no caso de falha em um dos equipamentos. Naquele momento, porém, dois era o mesmo que nenhum, pois estava muito longe dos cinco aparelhos necessários.

—Você jantou ontem à noite na cidade? — perguntou Rick, tentando descobrir o local onde Slinger fora "grampeado".

— Nada disso; almocei na base — respondeu Slinger, afivelando o cinto. —Jantei lá também. Não comi nem bebi mais nada, só água, mas foi de uma garrafa que também veio da base.

Com isso, a teoria de bolo com aparelhos minúsculos no glacê estava descartada. O que significava...

— Acho que a questão não é *onde* nem o *que* você comeu — disse Magic, pensando ao mesmo tempo que Shane. A pergunta é *quem*.

Slinger lançou um olhar firme para Magic, soltou um palavrão em seguida e perguntou:

— Será...? —Vestiu a camiseta com movimentos bruscos e irritados. — Vocês *realmente* acham que...?

— Achamos sim. — Magic se virou para Shane. — Ontem de tarde, enquanto você fazia sua ligação diária para Ashley, tentando controlar seus danos amorosos, todos nós fomos ao bar Schnitzel Haus. Eu e Sling estávamos curtindo uma batalha épica numa máquina antiga de fliperama. Sabia que eles ainda têm máquinas antigas de pinball naquele lugar, com bolas de metal e tudo o mais?

—Vá direto ao ponto! — interrompeu o auxiliar de comando, antes de Shane ter chance de falar.

— Sim, senhor... desculpe, senhor auxiliar. A questão é que Slinger teve a bunda rastreada internamente aqui pela área mesmo; foi pego por uma mulher deslumbrante. Demais até. Ela parecia uma dessas atrizes que estrelam superproduções milionárias. Bem, talvez menos... talvez superproduções tipo B. Isto é, considerando que ainda era de tarde e Slinger não está com essa bola toda. Quer dizer, não é exatamente um galã. Sem querer ofender, cara.

Slinger balançou a cabeça, indignado.

—Você tem certeza de que não comeu nada no bar? — quis saber o auxiliar. — Amendoins, pretzels, não colocou nada na boca?

— Tenho certeza, senhor auxiliar — garantiu Slinger, com ar sombrio.

— Então, como é que rolou o lance? Essa mulher levou você para o hotel onde ela estava e...? — Owen parou de falar quando Slinger olhou fixamente para ele. — Oh... — gemeu Owen, percebendo tudo. — *Tudo bem*. Desculpe. Uau... quer dizer, não uau, mas... porra! Isto é... — Foi preciso que Magic lhe desse um chute para que ele calasse a boca.

Slinger suspirou pesadamente ao olhar para Shane e murmurou:

— Senhor, sinto muitíssimo.

— Essa tática é novidade — disse-lhe Shane. — É algo novo para todos nós. — Virando-se para Rick, que já remexia em sua sacola médica, perguntou: — Será que você não tem alguma coisa para ele tomar? Algo que faça...

— Tive a mesma ideia, senhor — replicou Rick —, só que... — Balançou a cabeça. — O que poderia ser pior? Alguém rastreando Slinger ou ele ter de parar a cada três minutos de caminhada com diarreia aguda? Aliás, nem assim poderemos ter certeza de que ele vai expelir todos os rastreadores.

Era bom saber disso. Bem, não exatamente *bom*, mas pelo menos era uma informação importante.

— Senhor, precisamos nos movimentar no terreno — lembrou o auxiliar a Shane. — Com o seu ferimento, nosso ritmo será muito mais lento que o planejado originalmente.

Não me diga! Shane olhou do auxiliar para Slinger e ordenou:

— Sling, preciso que você troque de mochila com Owen.

Slinger suspirou novamente e assentiu com a cabeça. Sabia o que iria acontecer, mas disse apenas:

— Sim, senhor.

— Há outro vilarejo a oeste daqui. Quero que caminhe nessa direção. Precisamos descobrir quem vai seguir você.

A pessoa que colocara os rastreadores internos em Slinger obviamente fizera isso por um motivo importante. Queria saber o que a equipe de Shane planejava e para onde se dirigiam. Quem quer que fosse essa pessoa, ele ou ela seria obrigado a utilizar um equipamento de curto alcance, em vez dos recursos tradicionais de rastreamento via satélite, já que toda aquela região sofria interferências e muita estática. As imagens de satélite conseguidas naquela parte da montanha não poderiam ser decodificadas e apagariam eletronicamente o sinal lançado pelo conjunto de rastreadores que estava dentro de Slinger. No entanto, apesar de leituras de longa distância estarem prejudicadas, leituras próximas, realizadas com equipamento inferior, poderiam ser feitas. Por conseguinte, era altamente provável que quem tinha plantado os aparelhos microscópicos no SEAL já tivesse equipamentos próprios e pessoal especializado ali mesmo, em terra.

Se fosse assim, os SEALs certamente os encontrariam primeiro — depois de os levar a uma busca infrutífera.

Shane ativou o rádio e abriu o microfone posicionado junto dos lábios.

— Dexter e Linden! — gritou, chamando os dois SEALs que estavam parados em pé, sem dizer nada, desde que a sucessão de problemas tivera início.

— Esperem até Slinger estar a uma distância segura e então o sigam. Não quero que entrem em contato com quem está por aí. E cuidado com onde pisam.

— Sim, comandante.

Todos tinham conhecimento de que aquela região estava pontilhada por campos minados abandonados. Já haviam estudado todos os mapas e sabiam que nem todos os campos estavam marcados com tanta precisão quanto os que ficavam no terreno em volta do local da descida e da casa de fazenda que ficava a poucas centenas de metros ao sul.

No entanto, quando surgia uma construção abandonada, geralmente não era seguro se aproximar dela.

Shane olhou para os homens que lhe restaram: Magic, Rick, o auxiliar de comando e Owen, que agora seguiria com o minitablet turbinado de Slinger.

—Vamos nessa! — disse Shane. — Pé na estrada!

2

O alvo terrorista da missão dos SEALs era uma área ampla com muitas cadeiras e tapetes espalhados pelo chão. O espaço ficava na parte dos fundos de um antigo abrigo americano do tipo Quonset, que datava dos anos 1940. A estrutura tinha sido bem conservada ao longo das décadas, e funcionara por algum tempo como ginásio de uma escola. Esse ginásio, no momento, era usado como uma espécie de teatro improvisado.

Isso significava que o alvo da operação estava cercado por civis, a maioria deles crianças, todos sentados, assistindo a uma apresentação da opereta H.M.S. *Pinafore*, de Gilbert e Sullivan. Em idioma afegão.

— A atriz que faz o papel de Buttercup é excelente — informou Magic, agachando-se ao lado de Shane, que fora instalado numa posição tão segura quanto possível, escondido a meio caminho do alto da montanha, de onde era possível avistar o vilarejo. Rick estava ali perto, em pé, montando guarda.

— Tem certeza de que Suliman está lá?

— Ainda não consegui contato direto — disse Magic, entregando-lhe o equipamento que registrava as imagens. Era mais que uma câmera, embora também gravasse imagens digitais. No entanto, era muito mais útil que uma filmadora comum, porque utilizava softwares para reconhecimento de rostos, e isso era muito útil para descobrir alvos como Rebekah Suliman. — De qualquer modo, o auxiliar de comando confirmou que a imagem da mulher que está lá bate com o rosto da terrorista.

Shane levou o equipamento especial aos olhos e ativou o visor noturno, o que lhe permitiu ver tudo com muita nitidez, sem comprometer o ajuste de suas pupilas à escuridão. A moldura do equipamento se ajustou ao formato do seu rosto, mantendo a luminosidade interna do aparelho invisível para quem estava de fora. Nem mesmo Magic, que permanecia ao lado de Shane, conseguia ver a luz que havia dentro do aparelho.

O auxiliar de comando era partidário de cuidados exagerados e tinha registrado centenas de imagens digitais.

Via-se a parte externa do abrigo Quonset; o cartaz da escola anunciando que todos eram bem-vindos, não só os meninos, mas também as meninas; o palco com o cenário tosco; um monte de miniatores constrangidos vestindo figurinos malfeitos, quase todos crianças entre os 12 e os 18 anos.

E ali estava ela. Rebekah Suliman.

O arquivo de Suliman na ASN, Agência de Segurança Nacional norte-americana, era pequeno, mas os analistas da agência listavam aquela mulher não apenas como uma das dez mais procuradas do mundo, mas também como uma terrorista do tipo X. Isso significava que fora provado de forma irrefutável, ou ela confessara, ter sido a responsável pelas mortes de centenas de civis, inclusive crianças. Aquele X também a identificava como alguém que, de forma intencional, havia alvejado uma escola, um ônibus de crianças ou a ala pediátrica de um hospital. Aquele X, por fim, significava que a missão de Shane era encontrá-la e marcá-la — bem como qualquer pessoa ou organização que a protegesse — para eliminação por um avião do tipo drone, não tripulado e invisível aos radares inimigos.

Sua equipe deveria se aproximar o máximo possível e tirar fotos que poderiam ser usadas para identificar outros membros de seu grupo terrorista. Só então, depois de determinar as coordenadas exatas, eles criariam um perímetro para vigiar os "respingos" — nome dado aos terroristas que tentariam escapar das chamas e da destruição que cairiam sobre suas cabeças.

Quando Shane clicou através das imagens do arquivo, reparou que o auxiliar de comando havia marcado Suliman com um círculo vermelho, em uma sequência de fotos tiradas durante a apresentação que acontecia naquele momento. Havia vinte fileiras de cadeiras divididas por um corredor central, e cada fileira tinha lugar para 12 pessoas. Isso dava um total de quase quinhentas pessoas dentro do abrigo Quonset, sem contar as muitas crianças que se apresentavam no palco.

Basicamente a plateia da apresentação era composta por mulheres e crianças, e os poucos homens que havia no lugar estavam espalhados entre os espectadores. Mesmo que todos os adultos naquela multidão soubessem quem era Suliman e estivessem claramente acobertando seus muitos crimes, Shane tinha certeza de que as crianças eram inocentes.

No dia em que as tropas de ataque norte-americanas começassem a destruir escolas, seria melhor queimar a bandeira do país, porque os soldados americanos se tornariam iguais à escória de terroristas que combatiam.

— Quanto tempo falta para o musical acabar? — quis saber Shane.

— Humm... não sei exatamente — confessou Magic. — Só vi esse espetáculo uma vez na vida, mas... se eu tivesse de chutar, acho que já estão no último ato.

— Então não falta muito para acabar. — Shane passou as imagens seguintes no visor, e viu fotos cada vez mais próximas de Suliman, sentada na terceira fileira, segunda cadeira, exibindo um sorriso aberto e feliz em seu rosto de terrorista cruel assassina de crianças.

— Já vi que você não conhece as obras de Gilbert e Sullivan — disse Magic. — Essa merda pode continuar durante uma *eternidade.*

No bloco de imagens que Shane analisou em seguida, Suliman se virava para a esquerda, se inclinava e pegava o menininho sentado ao seu lado. Em seguida, em uma série de fotos quadro a quadro, erguia o menino no alto e o colocava sentado no colo, para que ele pudesse ver melhor o que se passava no espetáculo. Com o rosto colado no do menino, apontava para o palco enquanto o menino aplaudia alegremente, e ambos sorriam.

Que foda!

— O relatório não disse que essa mulher tinha filhos — disse Shane, entre os dentes cerrados.

— Suliman? — perguntou Magic. — Bem, ela realmente tinha filhos, mas não tem mais. Estão todos mortos.

— Mas talvez tenha sobrinhos ou sobrinhas...? — insistiu Shane, repassando várias fotos.

— Não. Todos eles foram mortos — garantiu Magic. — A família toda foi exterminada por completo em um ataque. Foi isso que a tornou tão cruel e implacável. Essa mulher não tem ninguém na vida, comandante. Também não conhece medo, e é feita de puro ódio.

Shane desligou o projetor de imagens, soltou a membrana que o colava aos olhos e reclamou:

— Não me chame de "comandante".

— Mas você vai virar comandante, Laughlin — insistiu Magic. — Ainda mais depois do sucesso em uma operação dessa magnitude. O almirante Hotchkiss vai pegar um avião só para vir lhe dar um beijo melado na boca, pessoalmente. E depois vai lhe oferecer a mão da linda sobrinha em casamento e... ei, espere um instante... mas que coincidência... ele já fez isso!

Magic estava convencido de que o noivado de Shane com Ashley Hotchkiss era o equivalente moderno de um casamento arranjado entre membros da aristocracia corporativa e um jovem e promissor oficial da Marinha americana. Tudo era parte, ele insistia, de um plano pérfido para manter os futuros líderes militares do país sob controle corporativo, em uma verdadeira panelinha.

Mas Magic não conhecia Ashley tão bem quanto Shane. Era absolutamente ridícula aquela ideia de que ela aceitaria se casar com alguém só para atender a um pedido do irmão do seu pai.

Ashley era linda, tinha uma personalidade vibrante, olhos azuis maravilhosos, um rosto perfeito, com formas clássicas, o corpo sinuoso de uma dançarina sedutora, mente intelectualmente afiada e exibia um delicioso senso de humor... Poderia ter qualquer homem — literalmente *qualquer* homem que quisesse —, incluindo nessa lista um monte de oficiais poderosíssimos com patentes muito mais altas que a de Shane na cadeia de comando. Mas Ashley havia se apaixonado por Shane, disso ele tinha absoluta certeza.

— Magic, esse papo escroto já deu, sabia? — reagiu Shane, entregando o visor ao amigo. — Faça algo útil com seu cabeção, para variar, e olhe com muita atenção essas fotos, especialmente as que eu marquei no fim da sequência. Esse menininho se parece demais com Suliman para não ser filho dela.

Isso significava que a missão deles se tornava mais complicada a cada instante. Porque se aquele menino realmente era filho de Rebekah Suliman, Shane não poderia liderar uma invasão à casa dela durante a noite, quando todos estivessem dormindo. Fazer isso iria resultar na morte da criança durante o ataque.

Enquanto isso, Magic passava as imagens lentamente, com o visor grudado no rosto.

— Cara, que porra...? — reagiu ele. — Espere um instante... não, não, não, Shane... essa mulher não é ela.

Bem, talvez Shane *conseguisse* atacar a casa e salvar o menino, mas não pretendia...

— Que foi que você disse, Magic? — retrucou Shane, quase gritando, ao olhar para o amigo.

— Porra, você consegue ser um tremendo pé no saco, sabia? — murmurou Magic. — Estamos aqui só nós dois, Ricky está tão longe que nem consegue nos ouvir, e mesmo assim você quer que eu continue chamando você de *senhor*, só porque insultei sua namorada gostosa?

— *Noiva* gostosa, olha o respeito! — corrigiu Shane. — Não é nada disso, idiota. É que eu achei que você tinha dito que essa mulher das fotos...

— Não é Rebekah Suliman? E não é mesmo. Não sei que porra de mulher é essa, mas a nossa terrorista eu tenho certeza de que não é.

— Mas o programa de reconhecimento de feições...

— Está bugado. — Magic terminou a frase antes de Shane, sem parar de passar as imagens no visor. — Me deixe reiniciar o aparelho... — Passaram-se alguns instantes. — Porra, o programa continua identificando essa mulher como Suliman, mas eu lhe digo com toda a certeza do mundo, *mermão*, essa mulher na plateia *não é ela*! — Magic desligou o visor e o devolveu a Shane. — Sua Alteza Real, milorde Shane Laughlin, talvez não saiba disso porque seu futuro titio almirante estalou os dedos há algumas semanas e o levou para uma festa de bacana, tá lembrado...?

— O casamento da irmã de Ashley.

— Sei lá, deve ter sido um lance assim — desprezou Magic.

— Aquela foi uma noite muito importante — protestou Shane.

— Tô sabendo... Só que na semana em que você foi fazer a dança da sedução com a velha tia Edwina nesse tal casório da futura cunhada eu estava trabalhando, por empréstimo, na Equipe 6 dos SEALs. Não comentei isso antes porque foi uma daquelas operações secretas que não devem ser mencionadas com ninguém. Para encurtar a história... nessa missão eu vi a verdadeira Rebekah Suliman pela mira telescópica de um rifle.

— Puxa, eu nem soube disso — disse Shane, sem conseguir descobrir o que era mais surpreendente... Magic ter participado de uma missão secreta com a Equipe 6 dos SEALs ou o fato de seu velho amigo tagarela não ter lhe contado nada disso até aquele momento. — Por quanto tempo você ficou "emprestado" com eles?

— Só uma semana, e foi uma merda completa — garantiu Magic. — Eu já estava novamente na nossa base antes de você voltar de viagem. Suliman escapou por entre os nossos dedos, o que foi duplamente frustrante. Mas posso lhe garantir, com absoluta certeza, que essa mulher ali no abrigo — apontou para o visor — não é ela. A vadia terrorista não tem um dos olhos. Estou cagando e andando para as tais cirurgias milagrosas que os médicos fodões andam fazendo hoje em dia em Paris. Aliás, mesmo que, por algum milagre, Suliman tenha ido até a França para se submeter a uma cirurgia de reconstrução de rosto sem nós sabermos, *continua* não sendo ela. A não ser que eles tenham trocado *os dois* olhos castanhos dela, a tenham tornado dez anos mais nova, vinte centímetros mais alta e também tenham consertado todos os seus dentes.

Shane olhou fixamente para o homem ao seu lado, em quem havia confiado cegamente inúmeras vezes, não só arriscando a própria vida, mas também a vida dos seus companheiros.

— Suponho que trocar os dentes esteja na categoria das coisas *possíveis* — continuou Magic, coçando a cabeça. — Mas se eles resolveram trocar a dentadura da vadia, por que implantariam nela alguns dentes meio tortos, dentes do mundo real? Sem falar no resto dessa figura sentada na plateia! — Na-na-ni-na-não... — ressaltou, falando bem devagar, no jeito típico que tinha aprendido com o próprio Shane. — Não é ela.

Shane se virou devagar, sentindo-se desolado. Apontou para a mochila de Slinger, que ficara ali perto.

— Vamos analisar as fotos por um programa de reconhecimento de feições não oficial.

— Boa ideia! — concordou Magic, puxando mais para perto a mochila onde estavam os sofisticados equipamentos de Slinger. Mergulhou os dedos em um emaranhado de fios e plugues, em busca do cabo que serviria para conectar o visor ao minitablet turbinado de Slinger.

Nesse instante, o aparelho de rádio de Shane apitou e a forte voz de barítono de Scotty Linden surgiu, transmitida por uma frequência exclusiva e protegida. Ele tinha sido um dos SEALs designado para seguir Slinger a distância.

— Tenente, aqui fala Linden... Câmbio.

— Estou ouvindo bem, Scotty — atendeu Shane, fazendo sinais para que Magic também ativasse o seu headset antes de ligar os equipamentos ao tablet. — O que vocês estão vendo?... Câmbio.

— Um grupo de seis homens — relatou Scotty. — Três deles passaram a acompanhar Slinger de longe, mas os outros três se separaram e estão seguindo na direção de vocês. Dex foi atrás deles e eu estou colado nos que ficaram com Slinger. Estão vestidos como moradores do vilarejo, mas se movimentam como se fossem soldados americanos. Eu seria capaz de apostar que são agentes da ASN... Câmbio.

Aquilo não fazia sentido. Se o governo americano já tinha mobilizado um grupo secreto altamente qualificado da ASN ali no território inimigo, por que se dariam ao trabalho de enviar uma equipe de SEALs para aquela missão?

A não ser que...

— Tenente — disse Magic, com a voz em tom grave surgindo com suavidade pelo rádio. Logo em seguida, desligou o microfone.

Shane olhou para o amigo e viu que ele tinha retirado o visor do rosto e parecia preocupado. Algo que vira o deixara com um ar sombrio.

— Aguente um instante, Linden — disse Shane. — Câmbio. — Desligou o microfone junto dos lábios e perguntou a Magic: — Quem é ela?

— Você vai odiar o que eu vou lhe contar, Shane — avisou Magic.

Shane assentiu com a cabeça. Nem ouviu e já odiava a má notícia que viria, mas pediu:

— Conte-me tudo.

— O programa de reconhecimento facial do minitablet de Slinger reconheceu a mulher da plateia como Tomasin Montague. Sua mãe é natural deste vilarejo, mas o pai dela é canadense — relatou Magic.

— E por que esse nome deveria me parecer familiar? — quis saber Shane.

— Ela é a única testemunha sobrevivente do Massacre Karachi — informou Magic.

Então... era isso!

Um ano antes, uma reunião de cúpula tinha sido marcada para acontecer na cidade de Karachi, no Paquistão. Ali, os maiores líderes mundiais iriam conversar sobre as crescentes ameaças terroristas a países localizados no Oriente Médio. Antes de as conversações terem início, porém, uma bomba explodiu, transformando a reunião internacional em um verdadeiro banho de sangue. Vários ditadores brutais haviam sido exterminados, mas no ataque também havia morrido meia dúzia de líderes democraticamente eleitos em seus países de origem, incluindo os presidentes da Alemanha e da Espanha.

O presidente dos EUA e sua delegação, entretanto, ainda não haviam chegado.

Não levou muito tempo para boatos horríveis começarem a surgir, e logo a mídia internacional acusou a comitiva de executivos americanos, garantindo que ela estava por trás do ataque. O ministro do Exterior passou mais de um ano insistindo, com muita indignação, que eles eram inocentes. A imprensa não desistiu e dizia que era necessário encontrar a jovem que alegava ter visto o homem que instalara a bomba no local. Ela conhecia toda a verdade e certamente estaria disposta a limpar os nomes dos suspeitos.

Só que essa mulher — Tomasin Montague — tinha desaparecido.

Agora, fora encontrada. Mas Shane e seus homens não tinham recebido a missão de resgatá-la para colocar a testemunha e sua família sob proteção e custódia, nem de levá-los para um lugar onde ela pudesse relatar a verdade sobre o que testemunhara.

Em vez disso, disseram aos SEALs que aquela mulher era uma terrorista perigosíssima, e eles receberam a ordem de promover um ataque aéreo que, basicamente, apagaria do mapa todo o vilarejo.

Mas quem fora o responsável por dar essa ordem? Quem será que tinha violado o programa oficial de reconhecimento de rostos? Certamente alguém muito alto na cadeia de comando estava envolvido no plano. Mas qual seria o seu cargo? E quem mais poderia saber de tudo?

— Merda! — reagiu Shane, em voz alta. Ligou o microfone que trazia acoplado ao capacete e ordenou: — Scotty, quero que você considere esses caras como inimigos, a princípio. Provavelmente são ex-agentes da ASN que agora trabalham para os inimigos. Compreendeu o que eu disse? Câmbio.

Era terrível demais imaginar que aqueles sujeitos pudessem ser soldados comuns em missão normal — se é que se podia dar esse nome — trabalhando para a ASN.

— Entendido, tenente — confirmou Scott. — Que cagada monumental, hein?! Câmbio.

— Slinger já foi localizado pelos supostos inimigos? — quis saber Shane, com a mente trabalhando loucamente. Como conseguiria lidar com aquela situação de perder ou perder e transformá-la em uma vitória parcial pelo menos? — Eles já perceberam que Slinger está sozinho? Câmbio.

— Negativo — garantiu Scotty. — Ele ainda está fora da vista deles.

— Ótimo! Entre em contato com ele — ordenou Shane. Por Deus, talvez o que ele planejava pudesse dar certo. Pelo menos existia uma possibilidade. — Não quero que eles o vejam por enquanto. Quero que pensem que ainda há mais sete homens como ele caminhando em grupo, entendeu? E quero que Slinger os atraia até o outro lado da fronteira e depois faça com que eles percam o rastro. Acompanhe Slinger e o grupo inimigo até esse momento. Quando estiverem do outro lado, quero que você se junte a ele e se coloquem a salvo. Isso é uma ordem! Câmbio.

— Entendido, senhor. Câmbio.

— Câmbio final — disse Shane, olhando para Magic e ordenando: — Preciso que você encontre o auxiliar de comando, e Owen também. Traga-os de volta para cá. — A conversa que Shane precisava ter com seus homens não poderia acontecer pelo rádio, nem mesmo através de uma frequência segura. — Conte o resumo do problema para Owen. Vou pedir que ele invada as comunicações de rádio entre as duas equipes de inimigos.

— Para isso você não pode contar com Owen — lembrou Magic, colocando-se em pé. — Para algo tão complexo, vamos precisar de Slinger.

Só que Shane não tinha Slinger. Só Owen.

— Preciso que você volte para cá depois de conversar com eles. E chame Rick também, quando chegar lá. Mais uma coisa: veja se consegue uma muda de roupa dos habitantes locais para você, para o auxiliar de comando, para Owen e para Rick. Quero que todos vocês tenham chance de se misturarem com o povo.

— E você não vai usar roupas de aldeão?

— Não — disse Shane, balançando a cabeça.

Magic era esperto demais. Percebeu o que Shane planejava e não gostou da ideia. Tornou a se agachar ao lado do tenente e pediu:

— Shane, por favor! Não sei exatamente o que está planejando, mas... deixe que *eu* leve a culpa por isso.

— E de que modo você acha que essa ideia poderia funcionar? — perguntou Shane. — Vai alegar o quê? Que me deu um soco e me colocou a nocaute?

— Não pensei em como fazer, mas... — raciocinou Magic. — Sim, eu poderia armar uma história dessas, sim. Ou dizer que você torceu o tornozelo quando caiu de paraquedas e bateu com a cabeça numa pedra. Puxa, isso é bem plausível.

— O problema é que estou me comunicando pelo rádio o tempo todo — lembrou Shane. — Haverá gravações desses contatos.

— Talvez você tenha conversado no rádio em estado de... como se chama?... semiconsciência, entre um desmaio e outro — argumentou Magic.

— E acha que ninguém vai suspeitar quando eu der entrada no hospital com uma pancada na cabeça que não é severa o bastante para me fazer delirar?

— Talvez tenha razão — concordou Magic, e se xingou, percebendo a burrice do seu plano.

— O que você propõe se chama motim, e isso dá prisão — avisou Shane. — E eu vou perder o meu comando *do mesmo jeito*.

— Deve haver alguma outra forma — insistiu Magic.

— Eu lhe dei uma ordem — reclamou Shane, interrompendo o amigo. — Não me faça repeti-la!

Magic se levantou.

— Vá tomar na bunda, seu tenente fodão. Não vou deixar que você faça isso consigo mesmo.

— Ah, mas vai sim! — disse Shane ao amigo, com toda a calma do mundo. — Porque pode ser que isso seja algum tipo de engano do pessoal do comando, talvez apenas um problema com o programa de reconhecimento facial, e eu vou acabar recebendo uma medalha por salvar a missão.

— Você acredita *realmente* nisso?

— Não — confessou Shane. — Mas é esse o jogo que vou armar, e ainda vou acrescentar o papo de que os medicamentos fortes que tomei depois da queda *podem ter provocado algumas reações negativas na minha mente*, só para garantir a história. Com um pouco de sorte, conseguirei convencê-los e vou ficar bem. Garanto a você que vou escapar numa boa.

Magic não acreditava nisso. Provavelmente por sentir que o próprio Shane não considerava plausível esse desfecho. Alguém nos cargos mais altos do comando americano queria Tomasin Montague morta. E Shane iria se queimar feio por sua recusa em cumprir as ordens recebidas.

Mesmo assim, Shane insistiu:

— Você sabe como a banda toca, Magic. O responsável pela equipe e pela missão sempre paga pelos erros do grupo. E se nós dois sairmos de cena, quem vai descobrir como foi que tudo aconteceu? Quem vai correr atrás do prejuízo, para se certificar de que não voltará a ocorrer? Nós ralamos muito, trabalhamos tanto, suamos e sangramos para chegar onde estamos e de repente deixamos que esses caras, seja quem forem, joguem nossa equipe em uma armadilha, nas mãos de uma porra de um pelotão de fuzilamento particular desconhecido?

Magic balançou a cabeça, desolado.

— Porra, você é foda mesmo, e o pior é que sempre está certo!

— Vá fazer o que eu mandei — disse Shane.

Magic concordou, depois de alguns segundos. Virando-se, desapareceu entre as sombras da noite.

Shane se pôs a trabalhar, pegando a seringa que Rick lhe entregara mais cedo, enquanto quebrava o silêncio do rádio para entrar em contato com o SEAL que seguia o pelotão misterioso que, pelas informações de Scott Linden, vinha na direção deles naquele exato momento.

— Shane Laughlin chamando Dexter. Responda, se tiver condições de fazê-lo. Câmbio.

3

— osso serviço de inteligência estava enganado e o alvo não se encontra neste local. Estou cancelando nossa missão e ordeno a todos vocês — afirmou Shane, olhando com firmeza de Rick para Owen, para Magic e para o auxiliar de comando — que refaçam o caminho de volta e atravessem a fronteira com o restante da equipe. Com o entendimento de que...

— Com todo o respeito, senhor — interrompeu Owen, com ar compenetrado, tirando os olhos do equipamento que usava para tentar rastrear os sinais de rádio da equipe misteriosa. Ele assim como o auxiliar de comando e também Rick e Magic estavam vestidos dos pés à cabeça como pastores de cabras, e tinham até um capuz que ajudava a esconder seus rostos. — Não vamos deixar o senhor aqui, sozinho.

— Chega! — reagiu o auxiliar, cobrindo a voz de Owen e lançando-lhe um firme olhar de censura.

— Com o entendimento — repetiu Shane, falando mais alto que ambos — que vocês poderão ser atrasados nessa retirada para realizar esforços humanitários relevantes, a fim de ajudar civis inocentes e fazê-los escapar com segurança, na sequência do ataque iminente de um grupo inimigo desconhecido e potencialmente mortífero.

— Caraca, senhor, que discurso bonito! — disse o auxiliar de comando.

— Semântica, meu caro auxiliar — disse Shane para o colega mais velho. — E é nesse ponto que vocês dizem, em uníssono: *Sim, senhor... Entendido, senhor.* Todos vocês!

Os homens resmungaram o que ele ordenara, sem muita convicção, e Shane continuou a falar.

— Estou no comando. Decidi cancelar a missão e distribuí suas ordens. Vocês devem obedecer a elas. Se e quando algum de vocês for questionado sobre o que aconteceu, estarão dizendo a verdade. São fatos simples que protegerão todos os membros do pelotão.

Devido ao misturador de sinais que eles usavam para enganar os satélites, não havia cronograma nem registros precisos que delatassem o momento exato em que a equipe abandonara a área. E como Shane ficaria sozinho para trás e seria resgatado pelo helicóptero no ponto de resgate combinado, poderia insistir que tinha agido sozinho em seus esforços para salvar a mulher identificada de forma equivocada.

As palavras que ele transmitira à equipe com tanto cuidado permitiriam que seus homens passassem com sucesso pelo detector de mentiras, se a coisa chegasse a esse ponto.

Com exceção de Magic Kozinski, que conhecia toda a verdade, mas desenvolvera a bizarra habilidade de controlar a pulsação e a pressão arterial, mesmo que estivesse contando a mentira mais cabeluda do mundo.

Todos os participantes da equipe tinham sido treinados para enganar detectores de mentiras rudimentares. Mas era assustador a forma como Magic conseguia alcançar a calma necessária. Uma vez, conseguira baixar a pulsação para cinquenta por minuto em meio a um combate armado.

Portanto, Shane não se preocupava com ele, o que era ótimo, pois Magic conhecia detalhes importantes, como o nome de Tomasin Montague. Shane decidiu que era melhor omitir essa informação do restante do grupo. Quanto menos gente soubesse, melhores as chances de todos sobreviverem aos ataques e interrogatórios administrativos implacáveis que certamente surgiriam no horizonte.

— Qual vai ser sua proteção, senhor? — quis saber Magic, pronunciando a palavra *senhor* com o tom de quem dizia *seu babaca*. — Quem vai protegê-lo dos oficiais superiores que provavelmente desejam que o alvo erroneamente identificado seja eliminado do mesmo jeito?

— Eu me aguento — garantiu Shane. Talvez... se Ashley, seu pai e o tio poderoso dela permanecessem do seu lado, realmente havia uma chance real de ele sobreviver à tormenta.

Por outro lado, isso não fazia diferença. Shane não tinha escolha.

O fato é que não pretendia ordenar que uma mulher inocente fosse assassinada.

O auxiliar de comando quebrou o silêncio:

— Com todo o respeito, tenente — disse ele, repetindo exatamente as mesmas palavras que censurara na boca de Owen —, *não pretendemos* deixá-lo sozinho aqui.

Shane estava pronto para isso também. Pegou a seringa que trazia oculta sob a manga e contou:

— A dor ficou forte demais, então eu acabei de aplicar o anestésico poderoso que Rick me deu. Fiz isso logo depois de dar a ordem para cancelar a missão. — Entregou a seringa vazia aos homens encarregados da parte médica do grupo; a mesma seringa que ele realmente esvaziara quando Magic saiu para buscar o auxiliar de comando e Owen. Na verdade, ele despejara o remédio fortíssimo no chão arenoso, fato que todos ali certamente sabiam, mas não conseguiriam provar, ainda mais depois de ele simular que tinha acabado de tomar a injeção.

— Vou precisar de mais uma dose — avisou a Rick, que guardava a seringa descartável vazia com todo o cuidado —, além de várias outras para aplicar nos moradores do vilarejo que precisarem.

— Ah, agora a porra dessa história ficou perfeita! — reagiu Magic, com irritação. — Além de ser expulso da corporação e colocado na lista negra, você vai ter de caminhar pelo resto da vida com a porra de uma bengala. Qual é o *seu problema*, cara?

Shane ignorou a explosão do amigo, enquanto Rick olhava assustado para o auxiliar de comando, que teria de assumir o controle da missão diante daquilo. Segundo o código militar revisado em 2024, o ato de tomar, de livre e espontânea vontade, um anestésico poderoso como aquele significava que Shane se considerava inadequado para manter o comando, por motivos médicos, e repassava o cargo. Não era preciso declarar isso em voz alta, pois a situação falava por si.

Agora, para todos os efeitos, Shane passava a ser um membro não militar da equipe. Um homem que seu ex-pelotão seria obrigado a auxiliar quando, na condição de civil, ele saísse em socorro de Tomasin Montague e sua família.

— Dê ao tenente Laughlin o que ele precisa — ordenou a Rick o auxiliar de comando, visivelmente contrariado. Em seguida, lançou um olhar de censura para Magic e avisou: — Daqui para a frente, mantenha suas opiniões para si mesmo, Kozinski.

Shane olhou para o cronômetro de mergulhador em seu pulso. Estava na hora.

— Sei que não estou mais no comando, mas creio que deveríamos partir rumo ao ponto de resgate, senhor auxiliar — disse ele, ao receber um pacote com muitas seringas lacradas, que guardou na mochila na mesma hora.

Todos haviam estudado o terreno antes da operação. Havia duas rotas possíveis para sair do vilarejo e seguir para as montanhas. Tomasin Montague e seu filho teriam de pegar uma delas.

O auxiliar franziu o cenho. Rick e Owen também se mostraram perplexos.

Magic foi o único que percebeu a atenção que Shane dedicou ao cronômetro. Como conhecia Shane muito bem, sabia o que aconteceria logo em seguida.

Bum!

Pronto! Tivera início o ataque aéreo ordenado por Shane. Ele havia enviado pelo rádio as coordenadas exatas da fazenda abandonada pela qual haviam passado ao subir a montanha.

Bum-pam-pam-bum! Ba-bum! Ba-pam-bum!

O som parecia com o de fogos de artifício estourando, e as minas ocultas que cercavam a fazenda abandonada começaram a explodir também, em sequência.

— Eu pedi a Dex que se certificasse de que a fazenda realmente estava abandonada — avisou Shane ao auxiliar de comando, agora no controle da missão, enquanto aplicava em si mesmo mais uma dose poderosa de anestésico local e fazia um esforço para se levantar. Seu tornozelo doía mais que um dente podre e a sensação era muito estranha, mas ele se aguentou em pé. Não precisava do olhar furioso e das palavras de censura de Magic para saber que forçar o corpo depois de um ferimento desse tipo talvez tornasse a lesão permanente. Mas suas escolhas eram limitadas, e ele precisava fazer o que tinha de ser feito. — Meu plano também foi nos livrar do máximo de minas terrestres ocultas e matar dois coelhos com uma cajadada.

O barulho do ataque fez soar as sirenes de alerta no vilarejo, como era esperado. Shane viu, do seu excepcional ponto de observação na montanha, um grupo grande de pessoas saindo às pressas pelos fundos da escola instalada no abrigo Quonset. Todos se moviam com rapidez, mas em ordem; seguiam na direção da trilha mais íngreme, como se tivessem sido treinados para isso.

— Movam-se para as posições marcadas nas duas trilhas — ordenou o auxiliar de comando —, para o caso de isso ser uma armadilha. Tentem encontrar a mulher que era o nosso alvo original, identifiquem-na positivamente e deixem-na passar, mas sigam-na com cuidado. Poderemos pegá-la quando ela estiver se sentindo mais segura. — Olhou para Shane, que concordou com a ordem.

Era exatamente isso que Shane havia planejado. Montague e os homens que a protegiam certamente estavam muito assustados com o barulho de bombardeio. Provavelmente atirariam antes de perguntar alguma coisa, pelo menos naqueles momentos iniciais de pânico.

— Rick, fique com Kozinski! — ordenou o novo chefe. — Owen e tenente Laughlin, sigam comigo.

— Desculpe, auxiliar — disse Owen, olhando de Shane para Salantino, de novo para Shane e depois para o novo chefe, e se corrigiu: — Isto é... senhor. Finalmente eu consegui decifrar o código do grupo desconhecido, e a ordem deles é lançar um ataque mortífero sobre a escola.

Era chegada a hora. Shane e todos os SEALs ouviram o inconfundível silvo de um morteiro, seguido do silêncio que antecedia a explosão. Não havia como saber onde ele cairia, pois não dava para acompanhar visualmente a chegada do torpedo.

Depois do silvo e do silêncio curto não havia mais avisos. Só a morte imediata.

Foi então que ele explodiu, num ataque direto ao abrigo Quonset, onde funcionava a escola. E todos ouviram, alto e claro, o estrondo que rasgou a noite.

O lugar ainda estava cheio de gente, a maioria crianças.

Outro silvo se fez ouvir e os SEALs começaram a correr.

— Façam o que têm de fazer para impedir esses filhos da puta, sejam eles quem forem — ordenou Shane ao auxiliar, enquanto deslizava morro abaixo, mesmo sabendo que não tinha mais o direito de dar ordens. — Impeçam o ataque deles a qualquer custo e depois me ajudem a resgatar os feridos. Vou procurar a mulher para levá-la até um lugar seguro!

— Cuidado para não levar um tiro na bunda dado por soldados que, supostamente, deveriam estar do nosso lado, tenente! — gritou o auxiliar de comando ao ver Shane se encaminhando diretamente para a zona sob ataque, com Rick e Owen atrás dele, enquanto abria o sinal de rádio para se comunicar com Dex.

— Magic, você fica comigo! — berrou Shane, mas o SEAL mais alto já estava na sua cola.

— Meu domínio da língua afegã é quase inexistente, acho que vou começar falando francês — avisou Magic — pelo fato de o pai dela ser canadense e tudo o mais.

— Simplesmente comece a falar, e não pare até ter certeza de que eles não vão atirar em nós — disse Shane, percebendo que o grupo de aldeãos já estava a meio caminho da trilha mais íngreme e se virava para trás de vez em quando para testemunhar, horrorizado, o instante em que outro morteiro acertou o alvo e, dessa vez, um carro explodiu em meio às chamas.

Então, quando Magic e Shane começaram a descer a montanha para ajudar os feridos a escapar do incêndio que já tomava toda a escola — algo que significaria morte certa para Tomasin Montague —, Shane não se limitou a andar e forçar o tornozelo torcido.

Ele correu de forma alucinada.

4

Tomasin Montague falava inglês fluentemente.

Já tinha uma rota de fuga devidamente planejada, mas se mostrou receosa de divulgar essa informação a dois americanos, um deles vestindo uniforme militar completo.

Seus guarda-costas mantinham os rifles cuidadosamente apontados para Shane e Magic, e Shane não poderia culpá-los por isso. Se estivesse na situação da mulher que estava diante dele, também se protegeria com muita determinação.

Contou tudo a ela, com detalhes.

A missão da qual fora incumbido, que era a de eliminar uma terrorista procurada, famosa pelo assassinato em massa de crianças, de forma implacável.

Depois, relatou a forma como eles descobriram que o programa de reconhecimento facial tinha sido modificado de propósito, especificamente para enganá-los.

Contou sobre a sua tentativa de aplacar seus superiores, mais tarde, e ganhar tempo suficiente para entrar em contato e resgatar Tomasin e sua família, ordenando o bombardeio da fazenda abandonada que ficava mais abaixo do morro.

O grupo inimigo ainda não identificado tinha lançado o ataque na escola — mas o ataque fora interrompido de vez pelo auxiliar de missão Paladino, agora no comando, e pelos outros SEALs.

— É muito importante — disse Shane, olhando fixamente para os olhos castanhos de Tomasin Montague, cansados e desconfiados — que dessa vez, quando você "sumir" do mapa, desapareça de verdade, para sempre, sem deixar pistas. Posso ajudá-la a fazer isso.

Ela não confiava em Shane, mas não mandou que ele calasse a boca, então ele continuou falando.

— Tenho um amigo... — Parou de falar, porque Jean não era amigo de ninguém. — Na verdade, é um contato. Em Viena. Ele poderá ajudá-la a desaparecer sem rastros. — Olhou de Tomasin para o menino que ela mantinha colado nela, o mesmo das imagens, e então viu uma adolescente que ainda vestia a roupa da sua personagem na peça. Ela também se parecia muito com a mãe.

Um dos guardas, o que empunhava o AK-47, murmurou algo baixinho, e embora Shane não fosse um especialista em idiomas como Magic, percebeu, pelo tom de urgência em sua voz, que ele avisava que estava na hora de eles irem embora.

— Você acha que pode se esconder — insistiu Shane, e a mulher olhou para ele com mais atenção —, mas as pessoas que estão atrás de você não vão desistir. *Conseguirão* encontrá-la.

— Só que, da próxima vez, o tenente Laughlin não estará aqui para ajudá-la — disse Magic, quase cantarolando. — A senhora não faz ideia da sorte que tem por esse homem estar no comando desta missão. *Não faz ideia!*

— O nome é Jean Reveur — disse Shane, quando Tomasin olhou de Magic para ele, e novamente para Magic. — Você poderá entrar em contato com ele através deste e-mail: dreamer19@qmail.com. Diga a ele que fui eu, Shane Laughlin, quem a enviou, e estou cobrando os muitos favores que ele me deve. Pode dizer a ele que, depois disso, estaremos quites.

— Você usaria os favores que ele lhe deve para ajudar estranhos? — perguntou ela, com um leve sotaque britânico.

— Sim, senhora — respondeu Magic, antes de Shane. — Esse cara faria isso.

— Vá, agora! — disse Shane. — O e-mail é dreamer19@qmail.com. Nós vamos ajudar os feridos.

A mulher fez que sim com a cabeça e, levando os filhos um de cada lado, virou-se para continuar a seguir a trilha que subia a montanha. O homem com o AK-47 ficou para trás por um instante, acompanhando Shane e Magic com a arma ainda apontada para eles, até que ambos foram engolidos pelas sombras da noite.

— Você acha que ela vai fazer o que você disse? — perguntou Shane ao amigo, que já erguera o braço de Shane e o colocara sobre os ombros, em torno do pescoço, para que ele colocasse o mínimo de peso possível sobre o tornozelo ferido, enquanto eles desciam pesadamente, quase escorregando, pela face escarpada da montanha e seguiam até o abrigo Quonset, que ainda ardia.

— Provavelmente não até que a notícia da sua corte marcial venha a público — disse Magic, tentando ser objetivo. — Ou talvez a cerimônia em que eles vão tirar sua patente e expulsá-lo da corporação é que vai conseguir convencê-la de que você estava do lado dela. Ainda mais quando as câmeras continuarem a filmar tudo e mostrarem a cena em que Ashley lhe devolve o anel de noivado.

— Isso não vai acontecer. Ashley me ama — afirmou Shane, embora essas palavras não soassem completamente convincentes nem mesmo para ele.

— Sei que eu já enchi seu saco infindáveis vezes falando mal dela — resmungou Magic, tentando impedir que ambos despencassem pela trilha quando suas botas escorregaram em pedrinhas soltas no terreno. — Sabe todas aquelas minhas teorias de conspiração e previsões de maldição irreversível? Tudo aquilo é porque eu sou um bundão ciumento. Ela é fantástica. E certamente ama muito você, cara. Só que o papaizinho dela não vai permitir que a filha se case com você. Ainda mais depois que o comandante-geral mastigar seu saco e cuspir você fora. Ashley pode ter um monte de qualidades fantásticas, Shane, mas determinação de aço não é uma delas. Você sabe disso tão bem quanto eu.

Shane não teve argumento contra isso.

— Ela vai chorar sem parar — continuou Magic, enquanto deixavam o morro para trás. — Ficará muito arrasada, devastada. Mas, no fim da história, vai fazer direitinho tudo que lhe mandarem.

— Mesmo assim eu acho que ainda tenho uma chance, e talvez... — tentou Shane.

Mas Magic ainda não acabara de dizer o que queria e o interrompeu:

— Sabe qual é? Ainda não é muito tarde para que eu decida cair fora...

— Caraca, por favor, cale essa boca, Kozinski!

Mas Magic não fez isso.

— Fala sério, Shane! Com você fora dos SEALs, qual vai ser meu incentivo para continuar? Você *já viu* os novos oficiais que estão chegando ao Grupamento de Operações Especiais de Guerra, lá no nosso quartel-general? Eles nem mesmo fizeram o treinamento subaquático básico dos BUD/S e agora estão liderando equipes dos SEALs? Esses caras não são qualificados nem mesmo para limpar a minha bunda!

A essa altura Shane já sentia o calor do incêndio lhe esquentando o rosto e ouvia os gritos dos feridos e agonizantes.

— Então — disse Shane ao amigo —, acho que você vai ter de parar de sacanagem e se alistar na Escola de Treinamento para Oficiais. Para sair da lista dos aspirantes e virar oficial.

— Você quer que eu me foda? — perguntou Magic. — Consegue me enxergar na Escola de Treinamento para Oficiais? Não vou durar nem uma semana lá, quanto mais 26.

— É só fazer as jogadas certas — aconselhou Shane —, e quem sabe *você* é quem vai acabar se casando com Ashley.

— Não tem graça! — A voz de Magic ficou dura.

— Eu sei — disse Shane. — Desculpe. Você está certo.

Ao virar uma esquina, encontraram o centro improvisado de triagem que Rock havia montado, que incluía uma área reservada para os que seria impossível salvar e os que já estavam mortos.

Magic parou de repente.

— Porra! Aqueles canalhas mataram a menina que fazia o papel de Buttercup. Merda — reagiu ele. — *Merda!*

Nada como uma dúzia de crianças mortas como ajuda visual para manter o foco de Shane. Ou duas dúzias de crianças feridas e muitas outras presas naquele inferno.

— Você precisa ficar, não pode dar baixa! — disse, baixinho, a Magic. — Ou nunca descobriremos quem foi o responsável por isso.

Magic não respondeu. Também não fingiu achar que Shane ficaria ali no abrigo improvisado, dando assistência a Rick. Simplesmente o ajudou a ir até o prédio em chamas e o deixou fazer o que precisava. Pelo visto, aceitava a possibilidade de Shane ser obrigado a usar uma bengala pelo resto da vida, se isso fosse necessário para salvar as vidas de tantas crianças.

Shane passou sem parar para falar com os civis que ajudavam na evacuação do local, a maioria mulheres. Foi direto até onde ardiam as chamas maiores e pegou nos braços uma menininha que ainda estava em choque com o ataque, tossia muito e vomitava com o efeito da fumaça densa e tóxica. Seu tornozelo voltou a doer com força total, porque o efeito da anestesia local estava acabando. Mesmo assim, pegou a menina com muito cuidado, colocou-a perto de Rick e voltou ao inferno para salvar outra criança... e outra... e a próxima.

5

Na contagem dos mortos foram incluídos os seis homens do pelotão de soldados desconhecidos, talvez ex-agentes da ASN ou sabe-se lá de onde tinham vindo.

Salantino, o auxiliar de comando que se tornara chefe, não tinha deixado ninguém vivo para interrogatório. Simplesmente os exterminou como a escória de terroristas que eles tinham provado ser. E se certificou de que os corpos não seriam localizados, nem resgatados.

Estava em pé, com as roupas ensanguentadas, depois de quase 24 horas ajudando Rick nos serviços médicos de urgência. Os SEALs só abandonaram o hospital improvisado quando veio a notícia de que uma equipe do Corpo Médico Norte-americano estava a caminho, devendo chegar em uma hora. Isso significava que também haveria mediadores da Guarda Nacional e um pelotão inteiro de forças de segurança.

Nem Salantino nem Shane queriam estar na vizinhança quando *essas figuras* aparecessem em cena.

Magic, Owen, Rick e o auxiliar de comando tiveram de passar para o outro lado da fronteira a pé, a fim de tornar verossímil sua versão da história.

Apenas Shane ficaria ali, à espera do resgate por helicóptero.

Só que Magic, em especial, estava detestando ter de deixá-lo ali sozinho.

— Está na hora — avisou Salantino.

— É sua última oportunidade — disse Magic, olhando para o amigo.

Shane estendeu a mão, percebendo que aquela talvez fosse a última chance de conversar com seu velho amigo sem ter outras pessoas por perto, ouvindo ou monitorando toda a conversa. Pelo menos por um longo tempo.

Na pior das hipóteses, por todo o resto da vida de Shane, que agora valeria muito pouco.

— Boa sorte na Escola de Treinamento de Oficiais, meu amigo.

Magic apertou a mão de Shane. Aquilo era mais que um aperto de mãos. Era uma promessa. Um voto. Uma garantia.

— Sabe que eu o seguiria a qualquer parte, não sabe, senhor? — Aquele foi o *senhor* mais respeitoso que Shane ouvira sair dos lábios irreverentes de Magic. — Se você precisar de alguma coisa. *Qualquer coisa...*

— Isso significa muito para mim — disse Shane em voz baixa, ao soltar a mão do amigo. — Obrigado de verdade.

É claro que Magic não poderia deixar a coisa nesse pé e se despediu dizendo:

— Eu odeio você, seu porra louca sem noção. E vou logo avisando... É bem capaz de eu aceitar a sua sugestão e me casar com Ashley.

— Boa sorte nesse lance também. — Shane riu, enquanto Magic se afastava. — Mais uma coisa: ela me ama. Lembre-se de que a ópera só acaba quando a mulher gorda canta.

Magic fez que sim com a cabeça, mas, quando se virou e olhou para Shane mais uma vez, percebeu em seu rosto: a mulher gorda já tinha cantado e as cortinas já estavam descendo.

Meia hora depois, Shane ouviu as hélices barulhentas do helicóptero designado para recolher o grupo. Só então injetou em si mesmo — desta vez de verdade — a dose do anestésico potente que Rick lhe dera, pois sabia que não faltava muito agora para que o mundo lhe caísse sobre a cabeça.

Enquanto a droga entorpecia seus sentidos e o abraçava como um cobertor de proteção feito de calor e indiferença, foi erguido até o helicóptero, onde os médicos se puseram a trabalhar imediatamente no seu tornozelo. E Shane percebeu que eles fariam de tudo para evitar que aquela lesão colocasse um ponto final em sua carreira.

Mas Magic tinha razão. Seus oficiais superiores, no alto da cadeia de comando, certamente iriam crucificá-lo.

Estava tudo acabado.

Ele estava acabado.

Nos últimos segundos antes de sucumbir ao estado de inconsciência, perguntou a si mesmo o que seria dele, para onde iria e o que faria da vida.

Por mais que fosse difícil perder Ashley, sua expulsão inevitável e iminente da Marinha certamente o deixaria muito triste, mas ele não se permitiria destruir moralmente.

Por outro lado, perder o comando de sua equipe de SEALs? Ser expulso de forma desonrosa?

Ser um SEAL era tudo na vida para ele. O sonho que havia definido sua trajetória desde que tinha 10 anos de idade. Shane havia trabalhado a vida toda para ser o melhor entre os melhores.

Mesmo assim, Shane sabia, com uma certeza que o aqueceu ainda mais do que o potente anestésico, que tinha feito a escolha acertada e agira do modo mais correto. Tomasin estava a salvo. Sua equipe estava a salvo.

Ele podia estar acabado, mas a sua história estava longe de terminar.

Papel: Offset 75g
Tipo: Bembo
www.editoravalentina.com.br